红楼梦俗文艺作品集成

话剧集(一)

朱恒夫 刘衍青 编订

上海大学出版社
·上海·

序言

詹 丹

《红楼梦》所具的百科全书性,单从其与戏曲结缘论,也洋洋大观。

虽然这种结缘让有些学者产生冲动,很愿意相信《红楼梦》作者是一位戏曲家,也费心费力做了研究,所得出的结论,堪称另一种"荒唐言"。但产生这种冲动的原因,是可以理解的。因为隐含在《红楼梦》小说中,作为情节发展和人物性格塑造一部分的元明清戏曲作品,姑且称之为小说文本外的"副文本",随处可见。据徐扶明等学者统计,《红楼梦》共有 40 来个章回涉及了当时流行的 37 种剧目,据此,有人夸张地称《红楼梦》中藏着一部元明清经典戏曲史,也并不令人惊讶。

研究元明清戏曲与《红楼梦》文本的关系,努力挖掘涉及的剧目是怎样滋养着《红楼梦》的创作成就,当然是一种重要的研究路径,而且确实取得了令人瞩目的成绩,丰富了我们对《红楼梦》同时也是对那些戏曲作品乃至当时社会文化的认识。当然这仅仅是一方面。

另一方面,《红楼梦》作为一部传统社会的小说巨著,也构成文化创作的丰富源泉,不断激发后人的创作灵感,延伸出大量戏曲改编作品。而且,不受传统戏曲种类局限,辐射到其他各种类别,在近两百年的历史长河中,持续不断,滚滚而来。

虽然本人的研究兴趣在《红楼梦》小说本身,但偶尔对改编的戏曲乃至影视作品也稍有涉猎,这里略谈几句感想。

其实,小说问世没多久,就有了仲振奎改编的共 32 出的《红楼梦传奇》。由于需要将《红楼梦》小说的基本内容在 32 出戏中全部演完,就不得不对小说的许多线索进行归并。比如将原本分处于第一回和第五回的木石前盟的神话传说和太虚幻境的情节进行归并。再比如在情节设计中,交代林黛玉的父母在黛玉进贾府前都已去世,这样林黛玉进贾府后不会再有牵挂,也避免再去探望病重的父亲及奔丧之类横生的枝蔓。又比如戏曲中林黛玉和薛宝钗是一起进贾府的,而在小说中,林黛玉和薛宝钗分别在第三回和第四回进贾府。在读小说的时候,读者可能感到奇怪:为什么对林黛玉进贾府有详细的描写,而对薛宝钗进贾府的情况则几乎没有描述,宝玉和宝钗正式见面的场合又在哪里?戏曲改编大概考虑到读者的心理疑惑,于是就安排了两人恰巧凑在一起进贾府,同时也改去了小说第三回中贾政未见林黛玉的情节,而让这两人见到了家中每一位长辈,等等。虽然从整体看,戏曲对小说文本的改造比较多,但出于演出制约和现场效果的特殊需要等,不得不对纷繁复杂的小说情节线索加以重新梳理,使得小说文本一些细腻之处就不可避免地被抹除,原本较能够凸显人物性格差异的精微之处,也不再彰显。

如何看待戏曲改编和小说文本的差异,是一个饶有趣味的接受学问题,这里举两例来谈。

其一,《红楼梦》小说改编而成戏曲的,影响最大、最深入人心的是越剧《红楼梦》。而越剧《红楼梦》改编之所以成功,一般认为,重要原因之一,是改编者在改编过程中做了一个大胆选择:将《红楼梦》小说中家族衰败的主线基本删除,只抓住了宝黛爱情这条线索。当《红楼梦》被改编成一部凸显爱情主题的作品时,尽管在越剧最后部分也有抄家的情节设计,但主要也是为了烘托宝黛爱情的悲剧性。此外,越剧《红楼梦》对小说一些重要情节的处理变动也很有意思。比如,它将黛玉葬花的情节放在了宝玉挨打之后,而在小说中,黛玉葬花在第二十七回,宝玉挨打在第三十三回,当中还间隔了六七回。这一改动让北大教授、曾经也是红楼梦学会会长的吴组缃非常不满。他认为,小说中,宝玉挨打后,林黛玉前来探望,宝玉让晴雯给林黛玉送去两条旧手帕,林黛玉在其上作《题帕三绝句》,通过这些情节的处理,表明两人此时已彻底理解了对方的心意,不可能再有大误会发生。而越剧在这之后,还把小说之前的一段情节挪过来,即林黛玉误以为贾宝玉吩咐怡红院里的丫鬟不给自己开门,然后心生哀怨,在悲悲戚戚中葬花,这样的变动设计是不合理的,也没有理解宝玉挨打后的一系列事件所蕴含的宝黛已经有了默契的深意。但现在回过头来思考这个问题,我觉得还可以有另一种思路。为什么越剧《红楼梦》要进行这样的情节改动?在我看来,情感的高潮与情节的高潮未必相等。在越剧《红楼梦》中，情感是其表现的主要内容，黛玉葬花则是其高潮，不同于宝玉挨打这一情节的高潮。如果黛玉葬花这一幕出现过早，是不符合越剧《红楼梦》高潮设计的整体布局的。

其二，鲁迅曾为厦大学生改编的《红楼梦》话剧写过一篇小序，这就是著名的《〈绛洞花主〉小引》。其中有一段话，十分经典，即"单是命意，就因读者的眼光而有种种：经学家看见《易》，道学家看见淫，才子看见缠绵，革命家看见排满，流言家看见宫闱秘事"。这虽然是从读者反应角度对《红楼梦》主题的经典概括，其梳理也相当精准。但让人感到疑惑的是，何以在这篇短小的"小引"中，鲁迅会强调这个问题？其实，如果我们阅读了《绛洞花主》剧本，就可以意识到，这出话剧对《红楼梦》作出了很大的改动。它甚至安排了"反抗"这样一出戏，让宁国府的焦大和进租的乌进孝等分享反抗的经验，并设计黑山村、白云屯等村民联合起来，要求贾府减轻租税，显示了一个来自底层的人对上层社会的对抗。而这种对抗性，在小说本文中，是很难发现的。即使鲁迅本人不会这样理解小说（就像他在其他场合论及焦大一样），但话剧的改编，把《红楼梦》定位为社会问题剧，鲁迅还是从读者接受的角度，给出了同情式理解。所以"小引"引入种种不同的眼光，其实，也是给话剧的大胆改编提供了合法依据。这在一定程度上启发我们，所谓改编，其实都是后人站在自身立场，对原作的一次再理解和再创作，从而形成持续不断地与原作的对话。从这一思路看，拘泥于作品本身的改编，改编者宣称的所谓忠实于原作，就可能是迂腐的，也是不现实的。

令人感叹的是，《红楼梦》作为白话小说，在当初正统文人眼里应该就是俗的，但时过境迁，它也有了雅的地位，而使得改编的其他类别的文艺作品，成为一种俗。这种雅和俗的微妙分离、变迁和对峙，也是值得讨论的耐人寻味的现象。

朱恒夫老师是我十分钦佩的国内研究戏曲的名家，不但善于发现新问题并加以解决，也勤于收集整理原始资料。之前，他已经主编并出版了数十卷的《中国傩戏剧本集成》，令人叹为观止，如今他和他的高足刘衍青教授搜罗广泛的《红楼梦俗文艺作品集成》也即将面世，知道我是《红楼梦》爱好者，就嘱我写序。以前翻阅顾炎武《日知录》，说"人之患在好为人序"，使我对写序一事，颇有忌惮，但朱老师所托之事，又不便拒绝，只能硬着头皮，略写几句感想，反正"人之患在好为人师"方面，我几十年教师当下来，已脱不了干系，再加一"患"，有虱多不痒的心理准备。只是一路写来,定有不当处,还请朱老师指正,借此也表达我对朱老师勤勉工作的敬意。

　　是为序。

2019 年 3 月 15 日

前言

朱恒夫　刘衍青

《红楼梦》自问世之后,不断地衍变,至今天,已经形成了一个形式多样、品种丰富的"红楼梦"文艺作品群。我们可以将它们分成五类,即曹雪芹创作的小说《红楼梦》,根据原典改编、续编的小说、戏剧、曲艺和影视剧。因而研究"红楼梦"的"红学"范围也相应地扩大,亦将它们纳入研究的范围。所以,"红楼梦"不仅仅指原典小说,还包括用多种文艺形式改编的作品,"红学"也不只是研究曹雪芹所创作的《红楼梦》的学问。

客观地说,《红楼梦》的人物与故事能达到几乎是"家喻户晓,人人皆知"的程度,主要得力于由原典改编的作品,尤其是戏曲、说唱和影视剧,所谓"俗文艺"是也。因为,接受原典的思想和艺术,须具备识字较多和文化修养较高这两个条件,否则,即使了解了故事情节的大概,也是囫囵吞枣、似懂非懂的,甚至阅读的兴趣会越来越小,直至束之高阁。而俗文艺的戏曲、说唱和影视剧就不同了,它们将原典《红楼梦》中的故事内容,通过悦耳的音乐、动人的表演、怡人的景象等,让人们直观理解并得到美的享受。与原典相比,更为不同的是,俗文艺的改编者所呈现的作品,往往选取小说中最动人的故事情节、最为人们关注的人物并对原典的内容进行通俗化处理,接受者用不着费心思考,就能明了作品的思想内涵和人物性格。

因原典用精湛高超的艺术手法逼真地描写了复杂的社会生活,表现了能引发许多人共鸣的人生观,故而甫一问世,就受到了读者的欢迎,尤其到了乾隆五十六年(1791),程伟元、高鹗刊行了一百二十回本后,《红楼梦》迅速传播,到了士人争相阅读的地步。为了让更多的人接受,一些文人与艺人将其改编成戏曲或说唱作品。据现存资料看,程高本问世的第二年,仲振奎就写出了第一出红楼戏,名曰《葬花》。说唱可能略晚于戏曲,据范锴《汉口丛谈(卷五)》记载,1808年,汉口的民间艺人开始说唱《黛玉葬花》。随着文明戏的出现,1913年,春柳社等话剧社团开始改编并演出《红楼梦》。最早的电影《红楼梦》问世于1927年,为上海复旦影片公司和孔雀影片公司分别摄制的《红楼梦》无声片;1944年,中华电影联合有限股份公司摄制了第一部《红楼梦》有声片,由卜万苍执导,周璇饰演林黛玉,袁美云饰演贾宝玉。因电视剧这一文艺样式晚出,故而电视剧《红楼梦》直到1987年才出现。但由于电视剧的传播方式不同于戏曲、说唱和电影,它真正达到了让《红楼梦》的故事与人物家喻户晓、人人皆知的普及程度。

将原典小说改编成俗文艺作品的人,除了文人外,还有艺人。文人改编者,其动机多是因为由衷地热爱原典小说,欲让更多的人分享其精彩的故事、发人深思的思想和栩栩如生的人物形象,如仲振奎读了《红楼梦》后,"哀宝玉之痴心,伤黛玉、晴雯之薄命,恶宝钗、袭人之阴险,而喜其书之缠绵悱恻,有手挥目送之妙也",于是他用40天的时间,编成传奇。万荣恩作《潇湘怨传奇》也是出于这样的心地,在购得《红楼梦》后,"披卷览之,喜其起止顿挫,节奏天成,末节再三,流连太息者久焉。因不揣愚陋,谱作传奇"。艺人改编者,则多是受艺术市场引导,样式以说唱为主。他们在改编时,很少像文人那样借他人之酒杯以浇自己心中之块垒,而是力求吻合大多数接受者审美之趣味。

如果说原典《红楼梦》是定型的、不变的话,那么,俗文艺红楼梦则不仅运用新出现的文艺样式,如话剧、电影、电视、歌剧、舞剧、音乐剧,等等,就每一种样式的内容来说,也在不断地变化。仅以戏曲为例,从时间上来说,自1792年仲振奎的传奇《葬花》诞生始,清代相继创编了20部红楼梦传奇、杂剧,今存的就有仲振奎《红楼梦传奇》、孔昭虔《葬花》、万荣恩《潇湘怨传奇》、吴镐《红楼梦散套》、吴兰徵《绛蘅秋》、石韫玉《红楼梦传奇》、朱凤森《红楼梦传奇》、许鸿磐《三钗梦北曲》、陈钟麟《红楼梦传奇》、周宜《红楼佳话》、褚龙祥《红楼梦填词》,等等。民国年间,京剧名角纷纷与文人合作编创新戏,齐如山与梅兰芳,欧阳予倩与杨尘因、张冥飞、冯叔鸾,陈墨香与荀慧生等,刘豁公与金碧艳等,编创了大量的京剧红楼戏。除京剧外,各地方剧种中的名旦也纷纷编演红楼戏,经过长时间的舞台实践,有许多剧目成了粤剧、闽剧、秦腔、越剧、评剧等剧种的骨子戏。新中国成立后,戏曲红楼梦的编演掀起了一波又一波的高潮,仅越剧就有弘英《红楼梦》(1953年)、夏昉《红楼梦》(1953年)、包玉珪《红楼梦》(1954年)、洪隆《红楼梦》(1956

年)、王绍舜《晴雯之死》(1954年)、冯允庄《宝玉与黛玉》(1955年)、张智等《晴雯》(1956年)、徐进《红楼梦》(1958年)、胡小孩《大观园》(1983)、吴兆芬《晴雯别宝玉》《宝玉夜祭》《元春省亲》《白雪红梅》《晴雯补裘》(20世纪80—90年代)等等。除了徐进的越剧《红楼梦》影响较大之外,受观众欢迎的还有吴白匋等改编的锡剧《红楼梦》,徐玉诺、许寄秋等改编的河南曲剧《红楼梦》,王昆仑等改编的昆剧《晴雯》,赵循伯改编的川剧高腔《晴雯传》,徐棻改编的川剧高腔《王熙凤》,陈西汀改编的京剧《尤三姐》,等等。其他剧种如粤剧、评剧、潮剧、湘剧、吉剧、龙江剧、黄梅戏、秦腔等,亦编演了许多红楼戏。

总之,两百多年来,俗文艺红楼梦作品因不断地涌现,已经形成了一个改编、衍变原典小说内容的品种较多、数量庞大的作品群。

对于这些俗文艺红楼梦作品,学人从它们出现时就关注着。早期的红楼梦戏曲研究,多是作者的亲友以对剧本的题词、序、跋等形式介绍其创作的背景、动机,并对作品进行评论,如许兆桂对吴兰徵《绛蘅秋》评曰:"观其寓意写生,笔力之所到,直有牢笼百态之度,卓越一世之规。虽游戏之作,亦必有一种幽娴澹远之致,溢乎行间,不少留脂粉香奁气。"民国时期,学人对红楼梦俗文艺作品,开始以专文的形式发表研究成果,如含凉的《红楼梦与旗人》、哀梨的《红楼梦戏》、赵景深的《大鼓研究》、李家瑞的《北平俗曲略》、方君逸研究话剧的论文《关于〈红楼梦〉的改编——〈红楼梦〉剧本序》等。新中国成立后,因政治的与文艺的原因,"红楼梦"受到了前所未有的关注,"红学"自20世纪50年代到20世纪末,不断掀起热潮,学人除了对原典做深入探讨之外,还对红楼梦俗文艺作品进行全面的研究,其成果之一就是汇编俗文艺作品或包括俗文艺作品在内的资料集,如一粟编的《红楼梦资料汇编》(全二册,中华书局1964年版),阿英编的《红楼梦戏曲集》(上、下册,中华书局1978年版),胡文彬编的《红楼梦子弟书》(春风文艺出版社1983年版)、《红楼梦说唱集》(春风文艺出版社1985年版),天津市曲艺团编的《红楼梦曲艺集》(春风文艺出版社1985年版),台湾"中央研究院"历史语言研究所俗文学丛刊编辑小组编的《福州评话红楼梦》(上、下集,新文丰出版股份有限公司2001年版),刘操南编的《红楼梦弹词开篇集》(学苑出版社2003年版),等等。

然而迄今为止,学界还没有将大部分在历史上产生过一定影响的红楼梦俗文艺作品结集汇编,这无疑是一个缺憾。因为俗文艺作品能够为现在及未来对原典小说《红楼梦》的改编提供经验与教训,能够由它们了解到不同时期的人们对《红楼梦》的审美趣味,能够由它们探讨《红楼梦》的传播范围和深度,也能够由它们而了解到"红学"理论对红楼梦俗文艺作品的影响程度,从而对"红学"发展史有全面而较为正确的认识。

鉴于这样的认识,我们便做了这项工作。之所以称之为"集成",是因为一定还有遗漏的作品。本集成中,我们仅收录了俗文艺红楼梦的戏曲、说唱与话剧的剧本,而没有收录也属于俗文艺的电影与电视剧的剧本,之所以这样,主要出于这两种文艺样式剧本在其艺术形态中所占的成分不大的考虑。

本集成比起同类的书籍,有两个特点:一是作品较全。民国之前的传奇、杂剧剧本和民国以来的话剧剧本基本上搜集齐全,晚清以来诸剧种的红楼戏剧目和诸曲种的红楼说唱曲目,搜集并刊载了杂剧、传奇、京剧、桂剧、粤剧、秦腔、评剧、越剧、川剧、潮剧、吉剧、龙江剧、曲剧、锡剧、黄梅戏等十多个剧种和子弟书、弹词、广东木鱼书、南音、福州评话、弹词开篇、滩簧、高邮锣鼓书、梅花大鼓、西河大鼓、东北大鼓、京韵大鼓、南阳大调曲子、河南坠子、岔曲、单弦、兰州鼓子、马头调、岭儿调、扬州清曲、四川清音、四川竹琴、长沙弹词、粤曲、山东琴书、相声等二十多个曲种的剧本。当然,由于中国的剧种、曲种实在太多,每个剧种和曲种又有很多的班社,想搞清楚在两个多世纪的时间内有哪些剧种、曲种和有哪些班社编演过红楼戏和红楼曲目,是十分困难的,所以我们也只能说已经尽了自己最大的努力,不敢称"完美",如果以后发现新的俗文艺作品,再作补遗。二是忠实于原著。为了反映作品原貌,我们尽可能采用最早的版本,如仲振奎的传奇《红楼梦》,用的是嘉庆四年(1799)绿云红雨山房刊本;南音《红楼梦》,则用的是清末广州市太平新街以文堂机器版刻印本。

原典小说《红楼梦》是中国文学的代表作,是中国古典小说的巅峰之作,在艺术审美、历史认知和人生启迪的作用上,古今的任何文艺作品都难以望其项背。文艺创作界为了传承这一宝贵的文化遗产,也为了让当代的人更容易接受它,会持续地对它进行改编;学术界尤其是"红学"界为了挖掘原典和俗文艺作品所蕴含的思想与艺术价值,也会持续地对它进行研究。因此,我们所编的这部集成,无论是对文艺创作,还是对学术研究,应该说都能发挥点积极的作用。

编 校 说 明

本集成的编校整理,遵循如下原则:

一、收录红楼梦俗文艺作品中的戏曲、说唱、话剧剧本,共分为八个分册:"戏曲集"四册、"说唱集"二册、"话剧集"二册。

二、对于收录的剧本,尽可能采用最早的版本,并标注每部剧本的出处。

三、为了尽可能地展现剧本原貌,除必要的文字订讹外,原则上不逐一考订原剧本的疏误。

四、对未加标点的抄本,按现行标点符号使用规范进行标点;难以辨认的字,用□代替。

目录

夏金桂自焚记 …………………………… 马二先生 1
风月宝鉴 ………………………………… 天虚我生 12
绛洞花主 ………………………… 陈梦韶 陈元胜 19
访雯 ……………………………………… 白　薇 141
黛玉葬花 ………………………………… 佚　名 155
红楼二尤 ………………………………… 朱　雷 162
林黛玉 …………………………………… 端木蕻良 174
晴雯 ……………………………………… 端木蕻良 203
红楼梦 …………………………………… 陈元宁 227
红楼梦 …………………………………… 吴　天 251
郁雷 ……………………………………… 朱　彤 376

夏金桂自焚记

马二先生

登场人物

夏金桂——言语尖利,举止风骚、泼悍而有身份之少妇也
宝蟾——言词机警、工于察颜观色,有胆略之婢女也
香菱——淑静多愁、娇弱可怜之慧婢也
薛蟠——贪酒好色之富家儿
薛姨妈——积阅世故、久持家政之老妇
薛宝钗——聪敏有城府之大家闺秀
薛宝琴——丰神清严、不知世事之闺秀
小丫头——薛姨妈之附属品
吴良——薛蟠之帮闲伙计
蒋玉函——王府优人所谓像姑者也
酒保张三——市侩小人而带流气者也
掌柜的李二——乡间商人
张三之母张王氏——乡下老婆子
知县——贪猾老吏
张三之叔张二——乡愚
薛蝌——谨悫少年,举止文雅而幼稚
薛仆李详——干仆也
贾琏——贵胄少年,气炎逼人
夏金桂之母——刁泼无赖之老婆子
夏三——下作无赖
周瑞家的——干练佣妇

贾仆二人
县役四人
仵作一人
书办二人
值堂家人一人
地保一人

第 一 幕

薛蟠垂涎宝蟾，金桂纵之以倾香菱，闸内大起骚扰。

［布景：精致卧室。

［开幕时，金桂与香菱对语，宝蟾旁立。

金　香菱。

香　奶奶。

金　你究竟是什么地方人？你爹妈是干什么事的？有多大年纪了？

香　我自小时被拐子拐了出来，便卖与人家，自家的事都不记得了。

金　（扭头介）我不信，你不过不肯告诉我罢咧。

香　这个，香菱可不敢，实在是不记得了。

金　可是你这名字，"香菱"二字是谁给你起的？

香　是我们姑娘起的。

金　（冷笑介）人人都说姑娘通，只这一个名字就不通。

香　（笑）奶奶若说姑娘不通，还是奶奶没和姑娘讲究过，说起来她的学问连咱们姨老爷还时常夸她呢！

金　（扭头冷笑介）菱角花开，谁见香来？若是菱角香了，正经那些香放在哪里？可是不通之极。

香　不独菱花香，就连荷叶、莲蓬都有一股清香的，但它原不是花香可比，若静日静夜或清早半夜细领略了去，那一股清香比起花好闻呢，就连菱角鸡头、苇叶芦根，得了风露，那一股清香也是令人心神爽快的。

金　依你说这兰花桂花倒香得不好了？

香　兰花桂花的香，又非别的香可比……

蟾　（指香菱介）你可要死，你怎么叫起奶奶的名字来？

香　（赔笑介）是我一时说顺了嘴，奶奶别计较。

金　这有什么，你也太小心了，但是我想这"香"字到底不妥，我的意思要想换一个字不知你服不服？

香　奶奶说哪里话？此刻连我一身一体俱是奶奶的，何况换一个名字反问我服不服，叫我如何当得起，奶奶说哪一个字好就用哪一个字。

金　你虽说得是，只怕你们姑娘多心。

香　奶奶原来不知，当日买了我时，原是老太太使唤的，故此姑娘起了这个名字，后来服侍了大爷，就与姑娘无涉了。如今有了奶奶益发不与姑娘相干了。况且姑娘又是极明白的人，如何恼得这些呢？

金　既这样说，"香"字不如"秋"字妥当。菱角菱花皆盛于秋，岂不比"香"字有些来历？

香　就依奶奶这样说，以后改秋菱罢。

〔薛蟠带醉上。

香
蟾　大爷回来了。

金　又是哪儿灌了黄汤来了？

蟠　典里陈先生过五十岁，伙计们凑份子给他暖寿，一定拉着我喝，没有法子。只好应酬他们几杯。〔脱马褂介。

〔香菱折衣介。

蟠　宝蟾倒茶。

〔蟾送茶，蟠挠其腕，蟾躲让，失手落杯介。

蟠　怎么茶杯也不好生拿着？

蟾　姑爷不好生接着。

金　（冷笑介）得了得了，两个人的腔调都够使得了，别打量着谁是傻子。

〔蟠俯首笑不语介，蟾伴羞下，香菱亦下。

蟠　（笑语介）你别吃醋，我不过……

金　你不过什么？

蟠　我不过……〔起身向前介。
金　你不过害馋痨罢了！你爱她，你今儿晚上就不许到我的床上来睡。
　　〔蟠涎脸笑介。
金　也没见过你这种馋嘴猫似的，见一个爱一个，还要说我吃醋，老实说，要什么对我明说，还许有个商量，别想偷偷摸摸的，那可不中用。
　　〔蟠跪求介。
蟠　好奶奶，你若把宝蟾赏了我，我就感恩不尽，你要怎么样就怎么样，你要活人脑子，我也想法子弄来。
金　你这话好不通，你爱她，你对我说明了，就收在房中也没有什么要紧。省得偷偷摸摸的叫人看着不雅相，我难道还稀罕你谢我什么不成……我问你，你既是爱上宝蟾了，你还是想慢慢地偷摸，还是想大大方方地立刻到手啊？你要是想立刻到手啊，你老老实实地给我磕一个头，我就把她给你。
蟠　（叩头介）大奶奶开恩，必当竭力图报。
金　咳！你瞧瞧，为一个丫头也值得这个样儿，你们这班爷可怎么好！（起身介）老实等着罢，我来叫他就是了。
蟠　是，是。
　　〔金桂下，宝蟾慢慢上，蟠以手招之前，蟾不肯介。
蟠　（近前介）来来，这怕什么？奶奶已经答应把你给我了，是奶奶叫你来的不是？〔蟾点头介。
蟠　可见这是奉官的了，你还怕什么？〔拥向床前介。
　　〔香菱急趋上，二人惊散，香菱亦惊而却走介。
蟠　（怒介）回来。〔香菱站住介。
蟠　谁叫你这会子来撞尸游魂？你来做什么？
香　奶奶叫我来找手绢子的。
蟠　呸！扯你妈的淡，几时奶奶会有绢子在这里的？几时又叫你到这里来找的？
　　〔打介。
　　〔香菱哭喊，薛姨妈率宝钗、宝琴及小丫头上，金桂继上。
姨　什么事情，不问青红皂白就打人呀，这个丫头服侍我好几年，哪一点不小心，你到底为什么？怎么就动粗鲁来了！
蟠　我为她……我为她……

金　我说你馋嘴猫儿似的,不是你既然管不了秋菱,教她别吃醋,你又何苦要霸占我的丫头呢?

姨　(指蟠介)你这不争气的孽障,狗也比你体面些,谁知你三不知地把陪房丫头也摸索上了,叫老婆说霸占了丫头,什么脸出去见人?我知道你是个得新弃旧的东西,白辜负了她当日的心,她既不好,你不许打她,我即刻叫人牙子来,卖了她,你就心净了,拔去肉中刺、眼中钉,大家过太平日子。

金　你老人家只管卖人,不必说着一个拉着一个的,我们狠是那吃醋拈酸容不得下人的不成?怎么拔去肉中刺、眼中钉?是谁的刺?谁的钉?但凡多嫌着她,也不肯把我的丫头也收在房里了。

姨　这是谁家的规矩,婆婆在这里说话,媳妇在面前拌嘴,亏你是大人家的女儿,满嘴里大呼小叫说什么?

蟠　(跺脚介)罢哟,罢哟,看人家听见笑话。

金　我不怕人笑话,你家要卖人我倒怕人笑话,再不然留下她,卖了我,谁还不知道薛家有钱,行动拿钱压人,又有好亲戚挟制着别人,你不趁早施为,等着什么!嫌我不好,谁叫你们瞎了眼,三求四告地叫媒人跑到我们家里做什么去了?

钗　妈别生气了。嫂子也少说两句罢。从来咱们家里只知买人不知卖人,香菱既是不好,叫她跟我那边去,我正没人使唤呢。妈请回那边歇歇罢。

〔钗、琴挽姨妈率小丫头同下。

蟠　(摇头介)咳!运气不好,运气不好。

〔闭幕。

第 二 幕

薛蟠与吴良遇蒋玉函于城南酒肆,醉酿人命。

〔布景:郊外酒肆。

〔开幕时,薛蟠与蒋玉函、吴良对饮。

蟠　(作醉态介)玉函咱们豁两拳罢。

玉　你醉了,别喝啦。

蟠　谁醉了就是王八蛋,咱们两个今日在这里又遇见也算巧极了,你何不唱个小曲儿给我听听呢?

玉　这里人生地不熟的,有什么意思呢?

蟠　你我马上往南往北各自分手,我虽不比宝二爷,难道唱一段的交情都没有吗?

吴　正是这话,老朋友难得碰着,就烦蒋大爷唱一段罢。

〔玉函笑介。酒保张三此时捧菜上,注视玉函介。

蟠　(叱介)滚下去……王八蛋!

吴　你快下去。〔张三下。

玉　(劝介)蟠大爷别生气,还是听我唱个小调罢。〔唱介。

　　第一桩,劝我的郎,少要在外边嫖,嫖来嫖去谁是你的真相交?郎吓,她要相交交多少,谁是你的真相交?郎吓,她的交情是钱和钞,她爱你银钱,你爱她的貌,银钱尽了,她把脸儿别处掉。郎吓,谁把眼儿向你瞧,她把脸儿别处掉。郎吓,你空把米汤喝个饱。

　　第二桩,劝我郎,少在外边赌,赌来赌去总是一场输。郎吓,房产田地一齐无,总是一场输。郎吓,耽搁了多少好工夫,把家私输尽了,不过是饥寒苦,把工夫耽搁了,一辈子的光阴误!郎吓,一事无成白了头颅,一辈子光阴误。郎吓,不想前路想后路。

　　第三桩,劝我郎,莫抽鸦片烟,倒在床上三百六十天。郎吓,面瘦腰弯真可怜,三百六十天。郎吓,呵欠鼻涕泪涟涟,听说是,外国里有个博物院,把一班鸦片鬼也列在院中间。郎吓,这是中国的好纪念,也列在院中间。郎吓,这样的纪念真丢脸。

吴　得了,得了。怎么骂起我们抽烟的朋友来了。

玉　(笑)谁骂你?当日这只曲子是这么编的,现在天气不早了,我还要赶进城呢,你不愿听,我还不能再唱了。蟠大爷,我少陪了。再会,再会!〔起身介。

蟠　怎么就走吗?改日见。〔玉函下。

蟠　酒保添酒,酒保添酒,怎么人都没有了?

吴　酒保,酒保!

张　来了,来了!

蟠　怎么半天也不来伺候伺候,难道说大爷吃酒是不给钱的吗?

吴　别发愣了,添酒去!

张　是。〔添酒介。

蟠　(闻酒介)这是什么酒,不能吃,快换去!

张　这是与方才一样的好白干。

蟠　放屁!快与我换好的来!

吴　叫你换你就得换去,怎么这样不会做生意?〔张换酒介。

蟠　(闻介)更不好,再换,再换!难道说你好酒不舍得卖给人吃不成?

张　这就是顶好的酒了,哪里还有再好的,我的爷!

蟠　放你妈的屁!

张　谁都是人生父母养的,不要开口骂人!

蟠　骂你了,怎么样?还要揍你呢!

吴　大爷!大爷!何必与他计较。(顾张三介)快滚快滚!

张　打死人总要偿命的。

蟠　打死你也不过和打死一条狗一样。

张　(凑向前介)给你打,给你打。

吴　(拦介)没见过你这样做生意的,还不走开!

张　做生意就该挨人打骂不成?

〔蟠以碗掷张三倒地殴打介,吴劝介,张三死介,掌柜李二闻声出视介。

李　呀!这是怎么了?出了人命了,你们可不能走!

蟠　怕什么,打死个把人,算什么?你去喊地保来。

吴　是呀,掌柜的,你去把尸亲找来,给他几个钱,也就没事了。

李　(摇头喊介)地保!地保!

〔地保上介。

地　什么事?

李　出了人命了。

地　呀!凶手呢?

李　(指吴、薛二人介)这不是,就是他们二位。

蟠　不错,人是我打死的,要多少钱,我给就是了。

地　你这话可不是这样说法,怎么打死人都可以出几个钱就没有事,将来有钱的人,不是可以天天打死几个人玩玩吗?
吴　你知道这位是谁?……这是城里荣国府的亲戚薛大爷!
地　任凭他是谁,打死人总要吃官司,抵命不抵命自有官断,我总要去报官的。掌柜的,你看着他们两位,可别叫他们走,我去叫伙计报官。
李　你顺便叫人告诉张三的家里一声。
〔地保下,闭幕。

第　三　幕

夏金桂闹闺闱,薛姨妈得凶耗。
〔布景：精致厅堂。
〔开幕时,宝蟾奉水烟袋给金桂。

金　大爷一出去好几天不回来,到底是到哪里去了,你自然知道的了。
蟾　我哪里知道,他在奶奶跟前还不说,谁知道他那些事。
金　(冷笑介)如今还有什么奶奶太太的,都是你们的世界了,别人是惹不得的。有人护庇着,我也不敢老虎头上去捉虱子。你还是我的丫头呢,不过问你一句话,你就和我摔脸子,说塞话,你既这么有势力,为什么不把我先勒死了,你和秋菱不拘谁做了奶奶,岂不清净了么?偏偏我又不死,碍着你们的道儿,是不是?
蟾　(变色介)奶奶这些闲话只好说给别人听去,我并没合奶奶说什么,奶奶不敢惹人家,何苦来拿着我们小软儿出气呢? 正经奶奶又装听不见,没事人的一大堆了。(哭介)
金　(拍桌介)你瞧! 你瞧! 他还敢跟我顶嘴呢,我问问你,你仗着谁势力呀,不要脸的东西,你不过沾了一次半次主人的气儿,你就敢在我面前轻狂起来了。
宝　(哭威介)又不是我要高攀的,谁叫奶奶答应爷的,我又没有偷谁,怎么叫作不要脸?
〔金怒摔器物介,二人吵嚷介,薛姨妈、宝钗、小丫头闻声上。
姨　你们是怎么着? 又这样家翻宅乱起来了,这还像个人家吗? 矮墙浅屋的,难道不怕亲戚们听了笑话吗?

金　我倒怕人笑话呢,只是这里扫帚颠倒竖,也没有主子,也没有奴才,也没有妻,也没有妾,是个混账世界了。我们夏家门里没见过这样规矩,实在受不得你们家里这样委屈了。

钗　大嫂子,妈妈因为听见闹得慌,才过来的,就是问得急了些,没有分清奶奶、宝蟾两个字,也没有什么,如今且先把事情说开,大家和和气气过日子,也省得妈妈天天为咱们操心。

姨　是啊,先把事情说开了,你再问我的不是不迟。

金　好姑娘,你是大贤大德的,你日后必定有个好人家、好女婿,绝不像我这样守活寡,举眼无亲,叫人家骑上头来欺负的。我是个没心眼的人,只求姑娘,我说话别往死里挑拣,我从小到如今没有爹娘教导。再者,我们屋里老婆、汉子、大女人、小女人的事,姑娘也管不得。

钗　大嫂子,我劝你少说句儿罢,谁挑拣你,又谁欺负你,不要说是嫂子,就是秋菱,我也从来没有加过她一点声气的。

金　(哭喊介)我哪里比得秋菱,连她脚底下泥,我还跟不上呢。她是来久了的,知道姑娘心事,又会献勤儿,我是新来的,又不会献勤儿,如何拿我比她?何苦来,天下有几个贵妃命,行点好罢,别修的像我,嫁个糊涂行子守活寡,那就活活的现世报了。

姨　(立起介)不是我护自己女儿,她句句劝你,你却句句怄她,你有什么过不去,不要寻她。勒死我,倒也稀松的。

钗　妈妈,你老人家不用动气,咱们既来劝她,自己生气倒多了一层气,不如且出去,等嫂子歇歇再说。(顾宝蟾介)你可别多嘴了。〔宝钗搀姨妈欲行介。

〔薛蝌带仆人李详慌张走上。

蝌　姊子,大哥又惹下事了,打死人了。

姨　(惊介)怎么又出了事了!咳,我们薛家运一坏就坏到这步田地吗?我还要这老命做什么?〔大哭介。

〔金大哭介。

钗　(泣介)妈妈别着急,办事要紧。

姨　到底是打死什么人了?在什么地方呀?

蝌　姊子先不必问那些底细,打死了人总要偿命的,且商量一个办法才好。

姨　还有什么商议。〔蝌顿足泣介。

李　依小的们主见,今夜带些银子,同二爷赶去见了大爷的面,就在那里请一个刀笔先生,许他些银子,先把死罪撕掳开回来再求贾府去上司衙门说情,现在还有外面的衙役,太太先拿出几两银子来打发了他们,好赶着办事。

姨　你们找着死人那家子,许他些发送银子,再给他养济银子,原告不追,事情就缓了。

钗　妈妈,使不得,这些事情越给钱越闹得凶,倒是刚才李详的话不错。

姨　(哭介)我也不要命了,赶到那里见他一面,同他死在一块就完了。

钗　(劝介)兄弟,你赶快就去照李详所说的话去打点罢,有什么信打发人即刻寄来,你们只管在外头照料。

蝌　事情我一定照姐姐的话赶紧去办,不过家里却要请姐姐照应。婶子别着急,嫂子也别着急,横竖不过花几个钱没有什么大不了的事。

钗　我知道,你去罢。
〔薛蝌应下,李详同下。

金　(大哭介)平常你们只管夸你们家打死了人一点事也没有,就进京来了。如今撺掇的真打死人了,平日里只讲有钱有势有好亲戚,这时候我看着也吓的慌手慌脚的了,大爷明日有个好歹不能回来,你们各自干你们的去了。剩下我一个受罪。
〔薛姨妈气极,发急介,宝钗劝介,周瑞家的丫头上。

周　姨太太,我们太太给你老人家请安!刚才听说这边大爷在外边又出了事了,心里不放心,到底是什么事,叫我过来打听打听。
〔姨点头,说不出话介。

钗　此时事情头尾还不明白,只就听见说我们大爷外头打死人,被县里看管起来了,也不知定什么罪呢? 刚才叫二爷去打听去了一半日,得了准信,赶着再给你们太太送信去,你先回去道谢你们太太惦记,底下还要有多少仰仗你们那边爷们的地方。

周　(应介)不敢当,有什么事只管吩咐就是了。
〔周下,闭幕未完。

原载《俳优杂志》第 1 期,1914 年。从目录知全剧七幕。写"薛蟠垂涎宝蟾,金桂纵之以倾香菱,阃内大起骚乱";"薛蟠与吴良遇蒋玉菡于城南酒肆,醉酿人命";"夏金桂闹闺阃,薛姨妈得凶耗"。第三幕结尾处写"未完",该剧后四幕未见面世。马二先生名远翔,字叔鸾,别署马二先生,是民国时期知名的戏剧评论家,著有《啸虹轩剧谈》。《俳优杂志》由冯叔鸾主编,1914年9月20日在上海出版,上海文汇图书馆发行,仅发行一期。

风 月 宝 鉴

天虚我生

风月宝鉴幕目
第一幕　宁国府神仙做寿
第二幕　会芳园叔嫂留情
第三幕　大希望喜承密约
第四幕　小惩戒饱受虚惊
第五幕　恋情欲再投罗网
第六幕　苦纠缠耽误光阴
第七幕　尝异味醍醐灌顶
第八幕　惹骚气兰麝熏身
第九幕　呆郎中助成死病
第十幕　辣货子吝赠人参
第十一幕　风月鉴救苦救难
第十二幕　冤孽报为雨为云

第一幕　布寿堂景

　　贾珍在场,指挥小厮装成十六大捧果盒,唤贾蓉上,令其押送与贾敬为寿,贾蓉领小厮等捧盒下,贾蔷上云:"学里太爷命瑞大爷来府给太爷拜寿。"贾珍命进,贾瑞上,述代儒之命,贾珍令贾蔷邀往外厅,蔷、瑞同下。小厮报王夫人、邢夫人、凤姐、宝玉均到。贾珍命报尤氏,贾珍出迎,彼此相见。尤氏上,迎邢夫人、王夫人、凤姐、宝玉下场。贾蓉上。回述敬老爷严命印刷阴骘文分送等语。贾政、贾赦、贾琏等俱上,命合家子侄,排班向上拜寿。唤贾蔷、贾瑞及宝玉上,随班拜寿毕,政、赦自下。当场排宴,(此处可插入家伶串戏)贾瑞席次狂饮,避席起,觅地欲溲。因遥望云那边花园倒没有人,不如进园去逛这么一逛,作鬼相下。(幕闭)

第二幕　布　花　园　景

贾瑞在假山背后撩衣作欲溲状,闻场内笑语声,知有人至,亟匿山背。凤姐同宝玉、贾蓉上。贾瑞作偷觑状。凤姐既出,复于场角止步云:"我却忘了一句话儿,你们先走,我去和蓉儿媳妇讲了便来。"凤姐转身下。宝玉向贾蓉云:"太太在那里等呢,咱们先走罢。只是你媳妇的病怕不好呢。"贾蓉感叹。金钏上,述王夫人命。催二人同下。贾瑞出,向场下云:"那个退了转去的,可不是琏二嫂子吗?出落得果然好模样儿,打量回来,必从这里经过,我且到假山背后等着她呢。"内婆子媳妇云:"琏二奶奶回来仍打这里来转呢。"凤姐上场,复回顾场内云:"我很不放心蓉儿媳妇的病呢,回来是定来的。"贾瑞闻声,避往假山石后。凤姐出场,揾泪作伤感状,贾瑞出见,如《红楼梦》原书云云。凤姐许其晋谒,贾瑞作种种丑状,再揖而退。凤姐见贾瑞走后,因道:"这才是知人知面不知心呢,哪有这般禽兽衣冠的人,他果如此,几时叫他死在我手里,才知道我的手段呢。"宁府老婆子上。见凤姐笑云:"我们奶奶见二奶奶不来,急得了不得,叫奴才们又来请奶奶了。"凤姐笑云:"你们奶奶总是这样急脚鬼似的,戏文唱了几出了?"婆子回道:"唱了八九出了,咱们奶奶说,再不去,是戏要完了。"凤姐一笑,因便整衣随婆子行下。(幕闭)

第三幕　设备富厅房景

贾瑞自幕外上。整衣作态云:"美人天下多多少,第一要算琏二嫂,聪明伶俐又妖娆,惹得我心里突突跳。哈哈哈,我前日在宁府拜寿,偶向会芳园中溲溺,遇见琏二嫂子,真是天缘凑巧,我拿话儿去打动她。她便对着我笑呀笑,我说改日前去拜谒。她又说道好呀好。她既这样多情,我怎不知奥妙。所以今儿打扮得波波俏俏,特地走去讨她一个音耗。你们诸位,看好也不好?"来此已是旺儿媳妇家门首,不免央她前去通报。因唤旺儿媳妇上,请为通报。旺儿媳妇云:"我正有事,要回二奶奶去。你且在外边等等,我去回过了再说。"旺儿媳妇进幕。贾瑞作搔首踟蹰状下。幕启,凤姐、平儿在场,旺儿媳妇上,将银两送呈凤姐云:"是三百两利银,请奶奶收了。凤姐因命平儿验收。旺儿媳妇又云:"瑞大爷在外面,要见奶奶,说有话回呢。"凤姐含笑不语,既而云:"他既来了,你便请他进来。"旺儿媳妇下。凤姐作冷笑云:"这畜生合该作死,看他来了怎么样?"平儿因问什么事,凤姐随将前事说与平儿。平儿笑云:"癞虾蟆想吃天鹅肉,没人伦的混账东西!起这样的念头,叫他不得好死!"凤姐云:"你莫多说,等他来了,我自有道理。"丰儿上云:"瑞大爷来了。"凤姐命之进,因递眼色令平儿、丰儿俱退。贾瑞上,揖见凤姐,赔笑问好,凤姐亦假意殷勤让坐让茶,贾瑞作酥麻状,如《红楼梦》云云。凤姐约其初更时,在西边川堂相候。贾瑞不禁狂喜,再三订约,告辞而去。凤姐起立,目送之远笑云:"贾瑞呀贾瑞。你如果今晚到来,包管你尝着些好滋味儿呢。"笑介。(幕闭)

第四幕　设备书房景

　　两婆子掌灯自幕外上,甲云:"今天倒有的奇怪,琏二奶奶叫我们先关西边的角门,后关东边的角门。这是什么意思?向来先关那边的门,都是听我们的便。这么今儿倒要吩咐起来。"乙云:"横竖都要关的,东边先关也好,西边先关也好,既是这样吩咐,我们便去先关西边的罢。"两婆子向西角作关门状,贾瑞自东角门掩入。以幕遮身。两婆子弗觉,自西角绕至东角,径掩东角门下。贾瑞自幕内出,见东西角门已关,推之不动,不禁诧异,因道:"你看奇吗?南面呢是墙,北面又是墙,咱们琏二嫂子,难道从天上降下来不成?"因作种种妄想。内三更介。贾瑞畏冷,蜷伏幕侧,以手抱头作偃息状。内四更介。贾瑞作梦里褒狃状。内五更介。贾瑞惊醒,作失望介。场上降霜,贾瑞作畏冷抖索状。复搴幕角蔽身。甲婆子上,开东角门云:"琏二奶奶吩咐早些开门,这又奇怪。"因叫西门。乙婆子开西角上,向甲婆子说笑俱下。贾瑞出,四顾探望,即抱肩自西门溜下。幕启,书房景现,贾代儒在场,搔首云:"我的孙儿,一夜不回,多分出外,非嫖即赌,可不把我气死!"作气愤状,贾瑞挥汗跑上。贾代儒严询:"何往?"贾瑞伪云:"在舅舅家里。"代儒怒斥,谓其私出不告,重责手心,罚跪院内读文章。贾瑞因馁求食,代儒不许。以教方连击其首,贾瑞急读文章,代儒掷教方。叹气下。贾瑞回顾,作格声笑云:"我的嫂子,难道因为琏二哥回来了,不得出来?但是我总不失信于你。如今我祖父已进去吃饭去了。我不免再去讨一个实在消息呢!"掷书卷跳起。(幕闭)

第五幕　布景同第二幕

凤姐在场。贾瑞进见。凤姐先责失约,贾瑞即跪发誓,并告昨夜苦楚。凤姐因约其今晚在院后空屋相候。贾瑞再三订约,凤姐云:"你今儿可又不来呢?"贾瑞云:"来来来!死也要来。"复再揖订约。凤姐目笑送之下。平儿上,因问:"瑞大爷又来干什么?"凤姐云:"他又来寻死呢!我如今有法子治他,你去替我请蓉哥儿和蔷小子来,我有吩咐。"平儿领命下。贾蓉、贾蔷同上,各向凤姐请安。凤姐因向贾蓉、贾蔷先后附耳授计,贾蓉、贾蔷均各失笑领命下。凤姐复向平儿附耳,平儿失笑,向台后唤丰儿上,平儿向丰儿附耳,并作手势。作倾马桶状示意。丰儿掩鼻,作嫌秽摇手不肯状。平儿欲批其颊,丰儿笑避下。凤姐亦笑。(幕闭)

第六幕　布书堂景

贾瑞作鹭鸶笑云:"我说琏二嫂子是个知趣的人,看她那种神情,比我还急得利害呢。今儿约我前去,偏是这可恨的老天,他死也不肯晚将下来呢。"(内风播鼓起更介)"好了好了,多谢多谢!天从人愿,也有时候儿会起更呢。我不如早些前去空屋里等候。"整衣冠出门欲行介,老学究扶杖咳嗽上,撞满怀介。贾瑞吃惊云:"原来是我舅舅,舅舅难得,到哪里去?"老学究谓访友不遇,无处夜膳,特至其家,强拉贾瑞同进。贾代儒上,欢迎老学究,命秃头书童置酒款待。席次问及前夜贾瑞是否在彼,贾瑞作求包谎状。既而两老絮絮读文章不休。贾瑞抓头挖耳,作种种不耐状。内二更介。贾瑞愈急,二老酒兴大发,高读文章,以资赌酒。顷之,二老俱醉,贾瑞一一扶入。单身复上,急急整冠拂衣去云:"如今好了,灾星退了,喜星到了。快走快走!"狂笑作蛙步下。(幕闭)

第七幕　设高楼外空屋景

贾蔷掌灯同贾蓉上,蓉云:"这呆子到这时候还不见来,怕是不来的了。"蔷云:"他要寻死,怕会不来吗?"贾瑞咳嗽上,即掩口止咳介,贾蔷急熄灯笑掩下,贾蓉笑避至场角,贾瑞摸索出场云:"险呀,方才一个灯光,幸喜不曾被他看见,这里是空屋了,待我摸将进去,呀!我的嫂子,嫂子在哪里?"摸着贾蓉介:"原来在此,我的嫂子,你心儿上的瑞大哥儿来了呢。"作狎亵状。贾蔷执灯上云:"谁在这里干什么事?"贾蓉云:"瑞大叔要耍我呢!"贾瑞惶急欲逃,贾蔷扭住云:"琏二嫂子,已告知太太,快跟我去见太太去。"贾瑞磕头央告,乃如《红楼梦》原定手续、署券毕。贾蔷置贾瑞于楼下台阶边,叮嘱勿声。蓉、蔷自下。贾瑞蹲踞楼下,作种种懊丧状。丰儿自幕内登楼下望,作匿笑介。手举圊桶倒下。(桶内预藏黄粗湿纸,作粪橛状。倾倒贾瑞满身满袖)贾瑞诧云:"莫非琏二嫂子,仿那掷果潘郎的故事吗?"拾起嗅云:"哎吓吓!"又急掩口不敢作声。贾蔷冲上云:"有人来拿你了,快走,快走!"贾瑞急奔出,与贾蔷撞倒介,贾蔷秽恶大作,贾瑞逃下。(幕闭)

第八幕　布厅堂景

内四更介,贾代儒掌灯候门云:"今晚孙儿又到哪里去了?到这四更时候,还不回来,真是打不怕呢。"贾瑞衙上,望见代儒呕止步。代儒近观云:"谁吓?谁?"贾瑞避入门背,代儒云:"呵吓,有贼!……贼……快拿门闩来打!"贾瑞縠縠出见云:"太爷是我。"代儒云:"是你!吓,你是瑞儿?如何不进来?"贾瑞近前,代儒大骇退后云:"好好,你在婊子家惹上一身狐骚臭回来。"因复近前,扯其衣袖,则粪橛滚下。代儒笑云:"亏你还有这一点孝心,你把果子带回来孝敬我吃,则索消受了你。"因拾起近觑,则臭气冲鼻,作大呕吐,力掷粪橛向贾瑞之面,问其所以。乃答称天黑心慌,误堕厕内。代儒大骂不止,贾瑞近前叩罪。代儒掩鼻避下,贾瑞笑云:"亏得有这一身蟒绣,否则怕不再吃一顿臭打。"顿足介。"咳,我想嫂子必不致于侮弄我来,总是那两个小鬼头儿,捉弄我呢,敲上我一百两银子的竹杠,明儿来讨,如何是好呢?"引手抚额寻思,猛觉臭恶,乃云:"哎吓吓,快去洗澡更衣去罢。"懊丧下。(幕闭)

第九幕　布书房景设床

贾蓉、贾蔷同往贾瑞家索钱,贾瑞自床帐中出,精神委顿,再三央求缓限,蓉、蔷自去。贾瑞乃卷帐登床,倒头假寐,呓语迭作,辄呼嫂子。代儒夫妇同上视疾,贾瑞误认祖母为凤姐,作亵呓状,称为嫂子,两老大骇。严词诘问,则呓语模糊,忽啼忽笑,状似疯癫。代儒发急,乃唤秃头书童,往请胡庸医来诊视,庸医作种种错误神情,以博座客一噱。因方内开有人参二两,代儒无钱购买,乃命其妻往荣府向王夫人乞取。(幕闭)

第十幕　富厅堂景

王夫人在场午餐,凤姐旁侍,金钏儿引贾代儒妻入见,王夫人秉侄媳礼,起迎让坐,询知贾瑞病状,目为受邪。凤姐窃笑,王夫人因命凤姐取参二两,凤姐设辞推诿,王夫人命向邢夫人处去要,凤姐不得已,姗姗下。顷之,取渣末上,当场背地包里,交金钏儿着小厮送去,一面留代儒妻午餐。代儒妻见参已送去,即致谢兴辞。(幕闭)

第十一幕　布景同第九幕

贾瑞在床卧病呻吟,代儒督率秃童调量药饵,小厮送参上,并问疾而去。代儒妻上,知参已送来,尚未入药,因而埋怨代儒,及启纸里,见为渣末,则大失所望,绝诋凤姐小器,贾瑞闻凤姐馈药,立即狂喜起坐,索取参末,不及煎饮,乃干咳之。于是,大噎几死,两老忙乱。跛道人上,求施斋,秃童叱之,并言大爷将死,道人称为冤孽之症,能以术治。为贾瑞所闻,则即警醒,力请代儒请救命菩萨进

17

道人进见，贾瑞于枕上叩求。道人乃出手照圆镜一面，谓此镜出自太虚元境，空灵殿上，警幻仙子所制。专治邪思妄动之症，但照反面，勿照正面，再三叮嘱。约三日后来取。代儒照之，了无一物，但见背面镌有风月宝鉴四字，其妻照之亦然。道人兴辞，代儒苦留不住，遂送之下。贾瑞取镜反照，则大惊云："啊吓！里面有一个骷髅，可怕可怕！代儒妻问之，则贾瑞已照正面，大喜欲狂云："哎吓吓，原来是我的嫂子。"作苏迷沉睡状。镜乃堕地，代儒妻拾而视之，仍无所睹，乃以悬之壁间，视贾瑞含笑熟睡，乃掩帐而下。（幕闭）

第十二幕　书房景旁设床帐（备影戏景片两张）
（一书字一画骷髅）

全场电灯黑暗，改用白幕，以影戏灯放光于幕，成一大圆光。现"风月宝鉴"四个字之反文，电灯倏明，照见贾瑞凤姐自床帐中出，作爱恋状，贾瑞大乐。凤姐令贾瑞复睡，抚之热情，凤姐自下。贾瑞醒，复取手镜反照，疾声一叫云："哎吓吓。"电灯忽暗，幕上现骷髅形，贾瑞惊扑于地，电灯复明，幕上影灭，贾瑞起，拾镜在手，复照正面。乃大笑，向空招手作亵语，电灯复暗，幕上现反文字，凤姐含笑自圆光中冉冉而出，电灯复明，贾瑞见凤姐，急趋抱之，拥入床帏。电灯复灭。幕上现"风月宝鉴"反字，两鬼卒持铁索掩上。电灯复明，凤姐自床帏中出。贾瑞继出，凤姐挥手令去，贾瑞欲行又止，凤姐挥之，贾瑞欲行。俄被两鬼卒以铁索套其颈，牵之下。电灯复灭，现"风月宝鉴"反字。凤姐向圆光中姗姗而进。幕闭，复启，电灯大明。贾瑞在床上疾嘶，镜堕于地。代儒夫妇奔上，贾瑞乃连呼嫂子而死。代儒急命秃童等为之易箦，床褥上发现濡湿痕。代儒大骂，是何妖镜，命聚柴火毁镜，烈焰方腾，跛道人叫上云："谁教你照正面的，何得毁我宝镜。"冲场夺镜下。代儒夫妇抚贾瑞尸大哭，扛抬而下。（幕闭）（完）

（附说）本幕毁镜时能用牵线法使镜从火焰中飞出翩然而入道人之手则愈妙。

原载《游戏杂志》1915年第13期，该剧在《游戏杂志》发表时，署名为天虚我生。天虚我生，名陈蝶仙，民国初著名作家、报人。

绛洞花主

陈梦韶　陈元胜

序　幕

人　物　贾雨村　冷子兴　张如圭　酒客三人　村肆伙计一人
景　地　扬州城郊外的一家村肆。村肆之外,山环水漩,茂林修竹之处,隐隐有座庙宇。村肆之内,桌子两张,椅子八只,陈设整齐,打扫洁净。
情　节　进士出身的贾雨村,被革官职后,应盐政林如海聘为西宾,教其女黛玉读书。一日,贾雨村闲步至扬州城郊外古庙游玩,无意中在村肆遇故人冷子兴,彼此纵谈黛玉和宝玉的身世,及贾府中诸姊妹的情形。此为本剧开演的引端。

〔贾雨村从古庙那边,移步行来,刚入肆门,只见座上吃酒之客,有一人起身大笑,接了出来。雨村忙看时,是都中古董行商冷子兴,旧日在京都相识的。

子　兴　(作揖)奇遇,奇遇!
雨　村　(大笑,行揖见礼)老兄何日到此?今日偶遇,真奇缘也!
子　兴　(欢笑)去年岁底到家,今因还要入都,路过此地访敝友,盘旋两日。今日散步到此,不期这样巧遇!
〔冷子兴一面说,一面让雨村同席坐下。村肆伙计捧上酒肴,冷贾二人闲谈慢饮,叙些别后之事。
子　兴　(笑)您老先生怎么到此来呢?
雨　村　(漫答)弟退官告闲后,承两个朋友介绍,说此地新盐政要请一位西席,

　　　　教训儿女，因此弟就滥竽教席。这新盐政林如海，是前科探花，本籍姑苏人，现钦点为巡盐御史。可惜他命中无子，只嫡妻贾氏生得一女，乳名黛玉，夫妻爱惜如掌上明珠。见她生得聪明俊秀，欲使她识几个字。弟单教这幼年女学生，挨过了好几年。这女学生的母亲贾氏身弱，不料一病而亡。女学生奉侍汤药，守丧尽礼，过于哀痛，素本怯弱，因此旧病复发，有好些时不曾上学。弟闲居无聊，散步至此郊外，赏鉴村野风光。近日都中可有新闻？

子　兴　（漫应）没有新闻，倒是老先生的贵同宗家，出了一件小小异事。

雨　村　（笑）弟族中无人在都，何谈及此？

子　兴　（笑）你们同姓，岂非一族？

雨　村　（疑惑）是谁家？

子　兴　是荣国贾府，可也不玷辱老先生的门楣了！

雨　村　（沉脸）原来是他家。若论起来，荣国一支，却是同谱，但他那等荣耀，我们不便去认他。

子　兴　（叹）老先生休如此说。如今这荣宁两府也都萧索，不比先时的光景。

雨　村　（骇问）当日宁荣两宅，人口也极多，如何便萧索了呢？

子　兴　（叹）正是，说来话长。

雨　村　（庄重）去年我到金陵时，曾从贾府门前经过。街东是宁国府，街西是荣国府，二宅相连，竟将大半条街占了。大门外虽冷落无人，隔着围墙一望，里面厅殿楼阁，也还都峥嵘轩峻，就是后边一带花园里，树木山石，也都还有葱蔚洇润之气，哪里像个衰败之家？

子　兴　（笑）亏你是进士出身，原来不通！古人有言：百足之虫，死而不僵。如今虽说不如先年那样兴盛，较之平常仕宦人家，到底气象不同。如今人口日多，事务日盛，主仆上下，都是安富尊荣，运筹谋划的竟无一个。那日用排场，又不能将就省俭，如今外面的架子虽没很倒，内囊却也尽上来了。这也是小事。更有一件大事：谁知这样钟鸣鼎食的人家儿，如今养的儿孙，竟一代不如一代了。

雨　村　这样诗书之家，岂有不善教育之理！别门不知，只说这宁荣两宅，是最教子有方的，何至如此？

子　兴　（叹）正说的是这两门呢！等我告诉你：当日宁国公、荣国公是一母同胞兄弟两个。宁公居长,死后长子贾代化袭了官。贾代化的长子八九岁上死了,只剩一个次子贾敬。这贾敬一味好道,想做神仙,倒把官让他儿子贾珍袭了。这贾珍早年生子,名唤贾蓉,业已成婚。敬老爷不管事,珍爷哪里干正事?他把宁国府翻过来,也没有敢来管他的人。
(略顿)

雨　村　(紧接)那荣国府的境况可好些?

子　兴　方才所说异事就出在荣府。自荣公死后,长子贾代善袭了官,娶的是金陵世家史侯的小姐,生了两个儿子:长名贾赦,次名贾政。贾政自幼酷喜读书,祖父钟爱,要他从科甲出身,不料代善临终遗本一上,皇上怜念先臣,即叫长子袭了官,又额外赐了贾政主事职衔,叫他入部习学,今已升了员外郎。这贾政的夫人王氏,头胎生的公子名唤贾珠,不到二十岁就娶妻生子,一病死了。第二胎生了一位小姐,生在大年初一,就奇了;不想后来又生一位公子,说来更奇,一落胞胎,嘴里便衔下一块五彩晶莹的玉来,还有许多字迹。你道是新闻不是?

雨　村　(笑)果然奇异!只怕这人的来历不小!

子　兴　(冷笑)万人都这样说,因而他祖母爱如珍宝。那公子周岁时,政老爷试他将来的志向,便将世上所有的东西,摆了无数叫他抓,他伸手只把些脂粉钗环抓来玩弄。那政老爷便不喜欢,说将来不过酒色之徒,因此不甚爱惜。独那太君还是命根子一般。说来又奇,如今长到十多岁,虽然淘气异常,但聪明乖觉,百个不及他一个。说起孩子话来也奇,他说:"女儿是水做的骨肉,男子是泥做的骨肉,我见了女儿便清爽,见了男子便觉浊臭逼人!"你道好笑不好笑?将来色鬼无疑了!

雨　村　(罕然厉色)非也!可惜你们不知道这人的来历,大约政老前辈也错以淫魔色鬼看待了!若非多读书识事,加以格物致知之功,悟道参玄之力者,不能知也。

子　兴　(忙请教)这是何故?

雨　村　(解释)天地生人,除大仁大恶,余者皆无大异。若大仁者则应运而生,大恶者则应劫而生。大仁者修治天下,大恶者扰乱天下。清明灵秀,天地之正气,仁者之所秉也。残忍乖僻,天地之邪气,恶者之所秉也。今当祚永运隆之日,太平无为之世,清明灵秀之气所秉者,比比皆是。所余之秀气,漫无所归。彼残忍乖邪之气,不能荡溢于光天化日之下,遂凝结充塞于深沟大壑之中,偶因风荡,或被云摧,略有摇动感发之意,一丝半缕,误而逸出者,值灵秀之气适过,正不容邪,邪复妒正,两不相下,必致搏击掀发。既然发泄,那邪气亦必赋之于人,假使或男或女,偶秉此气而生者,上则不能为仁人为君子,下亦不能为大凶大恶:置之千万人之中,其聪俊灵秀之气,则在千万人之上;其乖僻邪谬不近人情之态,又在千万人之下。(稍停)

子　兴　(领悟,忙问)这大概就是"正邪两赋"一派人物的来历?

雨　村　(眉飞色舞)是也!若生于公侯富贵之家,则为情痴情种;若生于诗书清贫之族,则为逸士高人。纵然生于薄祚寒门,甚至为奇优,为名娼,亦断不至为走卒健仆,甘遭庸夫驱制。古往今来,此派人物皆易地则同之人也。

子　兴　(怪问)依你说,成则公侯,败则贼了?

雨　村　(肯定)正是这意。你不知道,我自革职以来,这几年遍游各省,也曾遇两个异样孩子,所以方才你一说这宝玉,我就猜了八九也是这一派人物。

子　兴　(好奇)你说曾遇两个异样孩子,是哪两个,请你说说我听!

雨　村　(漫应)好的。不用远说,只说金陵城内,钦差金陵省体仁院总裁甄家,你可知道?

子　兴　(笑)谁不知道!这甄府就是贾府老亲,他们两家来往极亲热的,就是我也和他家往来非只一日。

雨　村　(笑)我在金陵时,也曾有人荐我到甄府处馆。这个学生虽启蒙,却比一个举业的还劳神。说起来更可笑,他常对着跟他的小厮们说:"这'女儿'两个字,极尊贵极清净的,比那瑞兽珍禽,奇花异草,更觉稀罕尊贵呢!你们这种浊口臭舌,万万不可唐突了这两个字,要紧,要紧!但凡要说的时节,必用净水香茶漱了口方可。设若失措,便要凿牙穿眼的。"其暴虐顽劣,种种异常;只放了学进去,见了那些女儿们,其温存和平,聪敏文雅,竟变了一个样子。

子　兴　(笑)这就是您老先生刚说过的"情痴情种"吧!

雨　村　(点头,紧接)因此,他令尊也曾下死笞楚过几次,竟不能改。每打得吃痛不过时,他便"姐姐""妹妹"的乱叫起来。后来听得里面女儿们拿他取笑,他回答得最妙,说:"急痛之时,只叫'姐姐''妹妹'字样,或可解痛,也未可知。因叫了一声,果觉疼的好些,遂得了秘法,每疼痛之极,便连叫姐妹起来了!"你说可笑不可笑?为他祖母溺爱不明,每因孙辱师责子,我所以辞了馆出来的。这等子弟必不能守祖父基业,从师友规劝。只可惜他家几个姐妹,都是少有的。

子　兴　(笑)不止甄家几个姐妹好,就是贾府三个姐妹也不错。政老的长女名元春,因贤孝才德,选入宫做女史去了。二小姐乃是赦老爷姨娘所出,名迎春。三小姐政老爷庶出,名探春。四小姐乃宁府珍爷的胞妹,名惜春。因史老夫人极爱孙女,都跟在祖母这边,一处读书,听得个个不错。

雨　村　更妙在甄家风俗,女儿之名,亦皆从男子之名。不似别人家里,另外用这些"春""红""香""玉"等艳字。何得贾府亦落此俗套?

子　兴　(解释)不然。只因现今大小姐,是正月初一所生,故名"元春",余者都从了"春"字。上一辈的,却也是从弟兄而来的。现有对证:目今你贵东家林公的夫人,即荣府中赦政二公的胞妹,在家时名字唤贾敏。"敏"字和"赦""政"二字的偏旁,同样是"文"。你若不信,回去细访便知。

雨　村　(拍手笑)是极!我这女学生名叫黛玉,她读书凡"敏"字皆念作"密"字。写字遇着"敏"字,亦减一二笔。我心中每每疑惑,今听你说,是为此避讳无疑矣。怪道我这女学生,言语举止另是一样,不与凡女子相同,度其母不凡,故生此女。今知道是荣府的外孙,又不足罕矣。可惜上月,其母竟亡故了!

子　兴　(惋惜)政老爷有姐妹三人,这贾敏是最小的又亡故了。长一辈的姐妹一个也没有了,只看黛玉这小一辈的将来的东床如何呢!

雨　村　(点头)正是。方才说政公有一衔玉之子名宝玉,不知赦老爷的子孙如何?

子　兴　政公有衔玉之子,又有长子所遗弱孙,其妾又生一子,眼前有二子一孙。若问那赦老爷,也有一子名叫贾琏,今已二十多岁了,亲上做亲,娶的是政老爷夫人王氏内侄女,今已娶了四五年。这位琏爷身上,现捐了个同知,也是不喜正务的;于世路上好机变,言谈去得,所以如今只在乃叔政老爷家住,帮着料理家务。谁知娶了这位姐姐之后,上下无人不称颂他的夫人,琏爷倒退了一舍之地。琏爷的夫人叫王熙凤,模样又极标致,言谈又爽利,心机极深细,竟是个男人万不及一的!

子　兴　(笑)可知我言不谬了:你我方才所说的这几个人,只怕都是那正邪两赋而来,一路之人,也未可知。

子　兴　(笑)"正"也罢,"邪"也罢!只顾算别人家的账,你也吃一杯酒才好。

雨　村　(赞同)只顾说话,就该多吃几杯。

子　兴　(笑)说着别人家的闲话,正好下酒,即多吃几杯何妨?

雨　村　(朝窗外看天色)天也晚了,仔细关了城,我们慢慢进城再谈,未为不可。

　　〔二人起身,算还酒钱。方欲走时,忽听得后面有人叫声。

张如圭　(喊叫)雨村兄恭喜了!特来报个喜信的。

　　〔雨村回头看时,乃是当日同僚一案参革的张如圭。张是本地人,革后家居。雨村、如圭二人,行揖见礼。

雨　村　(笑着,骇问)何喜之有?

张如圭　(笑)我打听得都中奏准起来复旧员之信,四下里寻找门路,不料遇见老兄,故忙道喜。

雨　村　(高兴)果有此事,当尽力而为!

子　兴　(献计)老先生何不央求贵东家林如海,转向都中去央烦贾政老爷,事定办成。

雨　村　(点头)是极!前两天听林公如海说,因他的夫人贾敏去世,都中岳母贾老太太念及外孙女黛玉,无人依傍,前已遣男女船只来接,因黛玉病未全平复,故尚未行,此刻正思送她进京。我回去找寻邸报看真确了,就要马上找林公商议。

张如圭　(笑)好!老兄应当赶回去,央求林公如海帮帮忙。

雨　村　(扬起手,笑哈哈)咱们就进城去罢。

　　〔说着,雨村、子兴、如圭等三人,离开村肆,朝扬州城回去。

　　　　　　　　　　　　　　　　　　　　——幕落

第一幕　晤　聚

人　物　贾　母　林黛玉　贾宝玉　王夫人　迎春　探春　惜春

		王熙凤　贾　政　贾雨村　鸳　鸯　紫鹃　雪　雁　秦　钟
景	地	荣府中贾母史氏的住室。
情	节	黛玉到荣府后,外祖母史氏、舅母王夫人及府中众姐妹,都来会面。表兄宝玉,一见如旧识,替她表字颦颦。后来,问知黛玉没有通灵玉,便将自己所挂的那块美玉摔掉,厮闹一番。

〔幕启。鸳鸯侍贾母侧。贾母鬓发如银,坐在太师椅上。

贾　母　鸳鸯!今天黛玉姑娘要从扬州来。你去看一下,来了吗?

鸳　鸯　好的,我就去。

〔鸳鸯出去。

〔贾母想念起女儿贾敏仙逝扬州城。黛玉是贾母外孙女,巡盐御史林如海的独生女儿,无人依傍。贾母早已遣船只往接,今日到来。贾母不胜悲喜交集,频频以手帕拭泪。

〔一会儿,鸳鸯进。

鸳　鸯　(欢笑)老太太,林姑娘来了!

贾　母　(抬起头,强露笑容)来了么?谁跟她来?

鸳　鸯　有一位老爷带了她来,还跟着一个小丫鬟。

贾　母　你这呆丫头,怎么不等着他们!

鸳　鸯　紫鹃叫我先来回报,她自己带着他们随后就来。

〔黛玉原不忍离亲而去,无奈外祖母必欲其往,且兼父亲林如海说:"汝父年已半百,且汝多病,上无亲母教养,下无姐妹扶持。今去依傍外祖母及舅氏姐妹,正好减我内顾之忧,如何不去?"黛玉方洒泪拜别,登舟而去。

〔且说黛玉弃舟登岸时,便有荣府打发轿子并拉行李车辆伺候。黛玉尝听得母亲说过,她外祖母家与别人家不同,吃穿用度,甚是不凡。今至其家,恐被人耻笑了去,故要步步留心,时时在意,不要多说一句话,不可多行一步路。

〔少顷,紫鹃引黛玉、雪雁上。黛玉见鬓发如银的姥姥迎上来,便知是外祖母了。

黛　玉　姥姥。

〔黛玉正欲下拜,早被外祖母抱住,搂入怀中。

贾　　母　（流泪哭唤）我的心肝儿肉,你的、你的母亲,竟忍心……放……放你……

黛　　玉　（啜泣）姥姥。啊,我的母亲——呀……

〔鸳鸯、紫鹃、雪雁都陪着拭泪。

〔黛玉在众人劝解下,扶贾母归坐,拜见了外祖母。

贾　　母　（泪眼向紫鹃）那位老爷,谁招待去?

紫　　鹃　他到二老爷那边去,说等一会,再来拜见太太哩。

贾　　母　（向鸳鸯）请姑娘们来。今日远客来了,可以不必上学去。

〔鸳鸯应声出去。少顷,王夫人进。

贾　　母　（指着王夫人）这是你的二舅母。

黛　　玉　（作揖）二舅母好!

王夫人　（陪揖）好。——可怜一个好好的孩子,怎么这样虚弱!

〔只见黛玉举止言谈不俗,身段风流,身体面貌却弱不胜衣,知她有不足之症。

贾　　母　（携着黛玉的手）你吃什么补药没有?怎么不治好!

黛　　玉　我从会吃饭时,便吃药到如今了。经过多少名医诊治配药,总未见效。如今,我还是吃人参养荣丸。

贾　　母　这正好,我这里正配丸药呢,叫他们多配一料就是了。

〔此时,迎春、探春、惜春三位姑娘进。

〔迎春肌肤微丰,身材合中,腮凝新荔,鼻腻鹅脂,温柔沉默,观之可亲；探春削肩细腰,长挑身材,鸭蛋脸儿,俊眼修眉,顾盼神飞,文彩精华,见之忘俗；惜春身量未足,形容尚小。——三位姑娘,钗环裙袄,皆是一样的妆束。

〔黛玉忙迎上来见礼,互相厮认。

贾　　母　（向着三位姑娘）你们和黛玉,都好像一家的姐妹。（转顾黛玉）你在这里,就好像自己家一样,以后要欢欢喜喜过日子,调养身体,不要忧闷想家,这才合我老人的意思……

〔一语未完,只听见笑语声传来："我来迟了,没得迎接远客!"

〔黛玉思忖："这些人个个皆敛声屏气,此来者是谁,这样放诞无礼?"

〔只见进来一个丽人,打扮与姑娘们不同,彩绣辉煌,恍若神妃仙子;一双丹凤三角眼,两弯柳叶吊梢眉,身量苗条,体格风骚;粉面含春威不露,丹唇未启笑先闻。

〔王熙凤头上戴着金丝八宝攒珠髻,绾着朝阳五凤挂珠钗,项上戴着有盘螭和璎珞附加饰物的金项圈,身上穿着缕金百蝶穿花大红洋缎窄裉袄(紧身袄),外罩五彩刻丝石青银鼠褂,下着翡翠撒花洋绉裙。

〔黛玉忙起迎。

贾　母　(顾黛玉)你不认得她:她是我们这里有名的一个泼辣货,南京所谓"辣子",你只叫她"凤辣子"就是了。

迎　春
探　春　(齐笑)她就是琏二嫂子!
惜　春　(笑着紧接介绍)二舅母的内侄女,名叫王熙凤,大家称呼她凤姐。

黛　玉　(微笑)二嫂子,我在家的时候,母亲也常常提起,很想念的。

凤　姐　(携黛玉的手,上下细细打量)天下真有这样标致人儿!我今日才算见了。况且这通身的气派竟不像老祖宗的外孙女儿,竟是嫡亲的孙女儿似的,怨不得老祖宗天天嘴里心里放不下。只可怜我这妹妹这么命苦,怎么姑妈偏就去世了呢?

〔说着,凤姐用帕拭泪。

贾　母　(苦笑)我才好了,你又来招我,你妹妹远路才来,身子又弱,也才劝住了,快别再提了。

凤　姐　(忙转悲为喜)正是呢!我一见了妹妹,一心都在她身上,又是喜欢,又是伤心,竟忘了老祖宗。该打,该打!(又忙拉黛玉的手,亲切地说)在这里别想家,要什么吃的、什么玩的,只管告诉我;丫头老婆们不好,也只管告诉我。(转头向鸳鸯)林姑娘的东西可搬进来了?

鸳　鸯　都搬进来了。

贾　母　(突然记起)谁去叫宝玉来,他时常念着,恐怕现在还不知道哩!

王夫人　(笑笑)那孽根顽头儿,今日因往庙里还愿去,还未回来。他心心念念盼林妹妹到来,此刻知道,不晓得又要怎样高兴了。

黛　玉　(兴奋)舅母说的,可是那位衔玉而生的表兄?在家时记得母亲常说,这位哥哥比我大一岁,小名叫宝玉,说待姐妹们极好的。

王夫人　你三个姐妹,都倒极好,以后一处念书认字,学针线,或偶一玩笑,都有个尽让的。我最不放心的,只有这个孽根祸胎,是家里的"混世魔王",你以后总不用理会他,姐妹们都不敢沾惹他的。

黛　玉　我来了,自然和姐妹们一处,弟兄们另院别房,岂有沾惹之理?

王夫人　(笑)他和别人不同,自幼因老太太疼爱,原系和姐妹们一处娇养惯了的。姐妹们不理他,他倒还安静些;若有一日,姐妹们和他多说一句话,他心上一喜,便生出许多事来,所以嘱咐你莫睬他。他嘴里一时甜言蜜语,一时有天没日,疯疯傻傻,只休信他。

黛　玉　(微笑)舅母的话,我仔细记着就是了。

贾　母　(着急)此刻不早了,怎么宝玉还不回来?须差人去看看。(向王夫人)那边可曾预备午饭?

王夫人　快预备好了,等一会叫她们姐妹一同过去。我还有点事,须得先去了。

凤　姐　我那边平儿等着,也须过去看一下。

迎　春　(笑)琏哥哥回来了,快过去,省得他着了急。

　　　　〔众姐妹笑。王夫人、凤姐同出。

贾　母　(向黛玉)你可念些什么书?

黛　玉　刚念了四书。姐妹们读些什么书呢?

贾　母　读什么书,不过认几个字罢了!

　　　　〔一语未了,只听外面一阵脚步响。紫鹃望望窗外。

紫　鹃　(笑)宝二爷回来了。

　　　　〔黛玉心想:"这个宝玉不知是怎样个惫懒人呢?"及至宝玉进来一看,却是位青年公子:头上戴着束发嵌宝紫金冠,齐眉勒着二龙戏珠金抹额,一件二色金百蝶穿花大红箭袖,束着五彩丝攒花结长穗宫绦,外罩石青起花八团倭缎排穗褂,蹬着青缎粉底小朝靴。面若中秋之月,色如春晓之花,鬓若刀裁,眉如墨画,鼻如悬胆,睛若秋波。项上金螭璎珞,又有一根五色丝绦,系着一块美玉。

　　　　〔黛玉一见,吃一大惊,心中想道:好生奇怪,倒像在哪里见过的,何等眼熟?

宝　玉　(向贾母"打千"请安)祖母大人午安!

贾　母　(半嗔半喜)怎么这样迟了才回来?快去见你娘来,她才刚回去的。

宝　玉　（恭答）好。我先去告诉我娘，马上就来。
〔宝玉说着，即转身去了。
〔台上灯光略暗片刻。
〔宝玉再回来时，已换了冠带：头上周围一转的短发，都结成小辫，红丝结束，共攒至顶中胎发，总编一根大辫，黑亮如漆，从顶至梢，一串四颗大珠，用金八宝坠脚。身上穿着银红撒花半旧大袄，仍旧戴着项圈、宝玉、寄名锁、护身符等物。下面半露松绿撒花绫裤，锦边弹墨袜，厚底大红鞋：越显得面如敷粉，唇若施脂；转盼多情，语言若笑。天然一段风韵，全在眉梢；平生万种情思，悉堆眼角。

众姐妹　（一齐笑）挨到此刻才来，我们刚念着呢！
宝　玉　我刚从城隍庙回来，听说林妹妹来了，便三步做二步，跑过来的。
贾　母　（笑向宝玉）外客没见就脱了衣裳了，还不去见你妹妹呢！
〔宝玉早已看见了一个袅袅婷婷的女儿，便料定是林姑妈之女，忙来见礼。归了坐细看时，真是与众各别。只见她：两弯似蹙非蹙笼烟眉，一双似喜非喜含情目。
宝　玉　（看罢，笑道）这个妹妹，我曾见过的。
贾　母　（笑）又胡说了！你何曾见过？
宝　玉　（笑）虽没见过，却看着面善，心里倒像是远别重逢的一般。
贾　母　（笑）好，好！这么更相和睦了。
〔宝玉听贾母这么说，便走向黛玉身边坐下，又细细打量一番。
宝　玉　（笑向黛玉）妹妹可曾读书？
黛　玉　（自谦）不曾读书，只上了一年学，些须认得几个字。
宝　玉　妹妹尊名？
黛　玉　（忸怩笑答）小名黛玉。
宝　玉　（笑着追问）表字呢？
黛　玉　（羞涩回答）没有表字。
宝　玉　（笑笑）我送妹妹一字，莫若"颦颦"二字极妙！
探　春　（插口）这个表字，何处出典？
宝　玉　（郑重解答）《古今人物通考》上说："西方有石名黛，可代画眉之墨。"况这妹妹眉尖若蹙，取这个字岂不美？

探　春　（笑）只怕又是杜撰？

宝　玉　（笑）除了四书，杜撰的也太多呢。（转向黛玉）你有玉吗？

黛　玉　（忖度宝玉项上戴的玉）我没有玉。你那玉也是件稀罕物儿，岂能人人皆有？

〔宝玉听了，登时狂病发作，摘下自己项上所系的那块美玉，狠命摔去。

宝　玉　（怒骂）什么罕物！人的高下不识，还说灵不灵呢！我也不要这东西。

〔黛玉及诸姐妹慌忙着，紫鹃急忙去拾玉。贾母急着搂了宝玉。

贾　母　你生气要打骂人容易，何苦摔那命根子！

宝　玉　（满面泪痕，哭道）家里姐姐妹妹都没有，单我有，我说没趣。如今来了这个神仙似的妹妹也没有：可知这不是个好东西。

贾　母　（忙哄着）你这妹妹原有玉来着，因你姑妈去世时，舍不得你妹妹，无法可处，遂将她的玉带了去：一则全殉葬之礼，尽你妹妹的孝心；二则你姑妈的阴灵儿也可权作见了你妹妹了。因此她说没有，也是不便夸张的意思啊，你还不好生戴上，仔细你娘知道！

〔宝玉听贾母如此说，在旁想了一想，也就不生别论。黛玉在另一旁见状伤心，以帕拭泪。

探　春　林姑娘因何伤心？是不是来了就想家？

黛　玉　（哽咽）今儿才来，就惹出你家哥儿的病，倘或摔坏了那玉，岂不是因我之过？

贾　母　（劝慰）好孩子，你不必担心。宝玉这痴孩子，是撒痴惯了的。（向迎春等人）你们姐妹和林姑娘，到二舅母那边逛逛去，也好用午饭了。

〔迎春、探春、惜春、黛玉、紫鹃、雪雁，同时退出。

贾　母　（嗔责）好好一个孩子，偏要这样厮闹，倒惹了你妹妹的伤心了！

宝　玉　（撒痴）我也要跟林妹妹去的。

贾　母　（哄着）好孩儿，你在这儿坐着，我还有话同你说……

〔话未说完，贾政、贾雨村同进。

〔贾政乃贾母次子，宝玉的父亲，为人端方正直，礼贤下士。贾雨村相貌魁伟，言谈不俗。

贾　政　（作揖）母亲！这是贾雨村先生，黛玉的老师，今儿带小姐来的。

雨　村　（作揖）老太太好康健！今儿承林老爷辱托，带了令孙女儿到这里来，顺便拜见老太太和政老爷,甚是荣幸!
贾　母　(扶杖起立)谢谢你老先生费心。以后还望你时常到这里来,看看你的学生。
雨　村　(赔笑)是的,谢谢老太太厚意。
　　〔秦钟进来。这秦钟是宁府贾蓉的小舅子,容貌标致,举止温柔,甚得贾母喜欢,嘱他住到贾府,和自己重孙一样看待。秦钟和宝二叔同往家塾上学。
秦　钟　(嘻笑)宝二叔,下午要上学去不?
宝　玉　(推托)今儿我的妹妹来了,祖母吩咐众姐妹们不要上学,我也不想上学去的。你也不去上学,好吗?
秦　钟　(笑)哈哈,可不是你天天念的那个林妹妹?
宝　玉　(笑)正是,刚给你猜着。咱们下午一同休学罢,大家玩它小半天。
贾　母　(劝阻)林妹妹有你的姐姐们做伴了,你倒是上学去好。晚上回来,再一同玩,岂不好吗?
宝　玉　(撒痴)可是我没吃过午饭,怎么空着肚子,能够念得书的?
贾　母　(喜色)好孩儿,你好好的去吃罢,不要给钟哥儿白等着。
秦　钟　(拉着宝玉)我陪你吃完午饭,趁早上学去!
　　〔宝玉、秦钟,骈肩退出。

——幕落

第二幕　闹　　塾

人　物　贾宝玉　秦钟　金荣　贾蔷　薛蟠　香怜　玉爱
　　　　贾瑞　贾代儒　茗烟　李贵　信差
景　地　贾府的家塾
情　节　贾宝玉进入家塾有两番:一番因业师回家去,宝玉招秦钟做伴,进家塾温习旧书;另一番是贾政外任,宝玉越发比头几年散荡,每每推病不肯念书,贾政叫宝玉仍旧到家塾中读书去。贾政指望塾师,先把《四书》一齐讲明,要宝玉专学八股文章,以应付科举考试。一日,宝玉和秦钟上学去,适逢代儒因事外出,以教务托孙贾瑞代庖。诸生见师出,大肆喧嚣。学童金荣,诋笑宝玉好友秦钟,说和香怜有暧昧的事,宝玉听了,代抱不平,唆嗾随僮茗烟,与金荣战。一场风波,遂从平地而起。后经李贵调停,才止息无事。

〔幕启。贾府家塾中,人声鼎沸,大嚷大叫,诵念四书。
〔贾府家塾原系当日始祖所立,合族中有不能延师的,便可入塾读书。亲戚子弟,可以附读。人多则龙蛇混杂。薛蟠之流,偶动"龙阳"之兴,也假说来上学。
〔贾代儒是宝玉祖父贾代善的从兄弟,是贾府族中的一位老学究,学问中平,弹压得住孩子们,被请来掌家塾。贾瑞是代儒的长孙,父母早亡,受他祖父代儒教养,随祖父在贾府家塾中读书,亦帮祖父掌管义学。

薛　蟠　(高声大嚷)子程子曰:大学孔氏之遗书,而初学入德之门也。
贾　蔷　(大嚷)孟子曰:天时不如地利,地利不如人和。三里之城,七里之郭。
金　荣　(大叫)子曰:吾岂匏瓜也哉,焉能系而不食?
秦　钟　(高声叫喊)孟子曰:鱼我所欲也,熊掌亦我所欲也。二者不可得兼,舍鱼而取熊掌也。
宝　玉　(高声朗诵)舜人也,我亦人也,有为者亦若是。
香　怜　(高声念读)子见南子,子路不说。夫子矢之曰:予所否者,天厌之,天厌之!
玉　爱　(高声念读)子程子曰:不偏之谓中,不易之谓庸。中者天下之正道,庸者天下之定理。
　　　　〔在一片诵读的嚷叫声中,宝玉和秦钟移过座位,来和香怜、玉爱交头接耳。
代　儒　(敲案)小声一点,小声一点!
贾　瑞　(嗔斥)先生叫我们小声些,你们是聋子吗?还尽管嚷!
　　　　〔群童低声,喃喃地念书。
　　　　〔宝玉和秦钟两人,忙离开香怜、玉爱,各在西南角靠窗户摆着的两张花梨小桌归座。薛蟠乘机溜走。
秦　钟　宝叔,你看香怜、玉爱两个人哩,今天更觉得加倍的标致了。

［香怜和玉爱，是两个多情的小学生的外号，不知是哪一房的亲眷，亦未考得真姓名，只因生得妩媚风流，满学中都送了这两个外号给他们。

宝　玉　（努着嘴）不要大声说，先生在看着我们。

秦　钟　（絮叨）你看，香怜今儿梳的那髻儿，光得可以照人；喷了一身香水，我嗅着，神魂都飞了！

宝　玉　（絮叨）还不如玉爱的迷人呢！淡扫的娥眉，吸人灵魂的樱唇……

代　儒　（敲案）不要说话！宝玉，你们书都念熟了吗？

宝　玉　今儿的书，我预备好了。

代　儒　来！你讲讲给我听吧！

　　　［宝玉持书过去，立师案前。

宝　玉　讲哪一章呢？

代　儒　"后生可畏"这章。

宝　玉　（琅琅地念了一遍原文）子曰：后生可畏。焉知来者之不如今也？四十五十而无闻焉，斯亦不足畏也已。

代　儒　你把节旨、句子细细儿讲来。

宝　玉　这章书是圣人勉励后生，教他及时努力，不要弄到——

　　　［宝玉抬头向代儒一看，他顾虑"老大无成"四字触犯老师的忌讳——因为贾代儒到老未中举，所以不敢出口。
　　　［代儒觉得了，意在解除宝玉顾虑，笑一笑。

代　儒　你只管说，"不要弄到"什么？

宝　玉　不要弄到老大无成。先将"可畏"二字激发后生的志气，后把"不足畏"三字警惕后生的将来。

　　　［宝玉抬头看着代儒。

代　儒　也还罢了，连串讲下去吧！

宝　玉　圣人说：人生少时，心思才力，样样聪明能干，实在是可怕的。那里料得定，他后来的日子，不像我的今日？若是悠悠忽忽，到了四十岁，又到五十岁，既不能发达，这种人虽是他后生时像个有用的，到了那个时候，这一辈子就没有人怕他了。

代　儒　（笑）你方才节旨讲得倒清楚，只是句子里有些孩子气。"无闻"二字，不是不能发达做官的话。"闻"是实在自己能够明理见道，就不做官也是有闻了；不然，古圣贤有遁世不见知的，岂不是不做官的人？难道也是无闻么？"不足畏"是使人料得定，方与"焉知"的"知"字对针，不是"怕"的字眼。要从这里看出，方能入细。你懂得不懂得？

宝　玉　懂得了。

代　儒　还有一章，你也讲一讲。

宝　玉　（低声念）吾未见好德如好色者也——

〔宝玉觉得这一章有些刺心。

宝　玉　（赔笑）这句话没有什么讲头。

代　儒　胡说！譬如场中出了这个题目，也说没有做头么？

宝　玉　（不得已的神色）这是圣人看见人不肯好德，见了色，便好得不得了，殊不想德是性中本有的东西，人也是从先天中带来，无人不好的，但是德乃天理，色是人欲，人哪里肯把天理好得像人欲似的？孔子虽是叹息的话，又是望人回转来的意思。并且见得人就有好德的，好的终是浮浅，要像色一样的好起来，那才是真好呢。

代　儒　这也讲的罢了。你既懂得圣人的话，为什么正犯着这两件病？你这会儿正是"后生可畏"的时候，"有闻""不足畏"，全在你自己做去了。我如今限你一个月，把念过的旧书全要理清，以后我要出题目叫你作文章了。

〔宝玉看着代儒，点点头，归座位。

〔信差进。

信　差　老师爷，这封信，是田老爷叫小的送来的。他请你到府上坐去。

代　儒　（拆信看）你先回去，我就来了。

〔信差出。代儒入室，换了一身长衫马褂出来。众人静默，视线集中在代儒身上。

代　儒　（对贾瑞）刚才接田老爷的信，说有要事商量。我出去一趟，晚上回来。塾中的事，交你看管。各人要自重，遵守秩序，谁顽皮的，当心回来吃板子。

〔贾瑞陪送代儒出。

〔学生有的跳，有的舞，有用纸糊的盔甲套在指甲上做戏的，有作犬吠鸡叫的，闹得天翻地覆。秦钟和宝玉移过座位，引香怜、玉爱说笑。

香　怜　宝二爷快念书，小心先生回来，吃板子的！
宝　玉　（在鼻子眼里笑了一声）提什么念书？我最厌这些道学话。更可笑的，是八股文章，拿他诓骗功名，混饭吃，也罢了，还要说"代圣贤立言"！好些的，不过拿些经书凑搭还罢了；更有一种可笑的，肚子里原没有什么，东拉西扯，还自以为博奥。
秦　钟　（对香怜）你怎么呆呆地坐着，动也不动？刚才我来时，看你这样漂亮，把我一颗心，都忘掉了。
香　怜　谁听你那油滑嘴？
秦　钟　我问你，家里的大人可管你交朋友不管——
香　怜　（撒嗔）好好地坐着吧！
秦　钟　（拉香怜）请你跳一段蝴蝶舞，给大家看看，好吗？
　　　　〔秦钟拉着香怜，香怜挣扎，作拒绝态。
　　　　〔听见背后咳嗽了一声，二人回顾时，原来是窗友名金荣的。
金　荣　哼！大家来看哟！一对野鸳鸯，浮在水面游戏啰！
秦　钟　你咳嗽什么？难道不许我们说话不成？
金　荣　许你们说话，难道不许我咳嗽不成？
秦　钟　（怒眼）……
金　荣　（拍掌大笑）贴得好烧饼，你们都不买一个吃去！
　　　　〔贾瑞恰好走进，塾中人声鼎沸。
贾　瑞　塾中的事，交我看管，谁个顽皮，当心先生回来请你们吃板子！金荣，规矩一点，嚷什么好烧饼？快念书！
秦　钟　我刚和香怜说了几句话，金荣无缘无故，就来嘲笑、欺负我们。
　　　　〔贾瑞是个图便宜没行止的人，每在学中以公报私，勒索子弟们请他。子弟们闹塾，他"助纣为虐"讨好儿。他不敢呵斥秦钟，却拿着香怜作法。
贾　瑞　（向香怜）香怜，你真多事！该自己知道尊重些。
香　怜　都是钟儿要来搅我的，金荣又装咳嗽来取笑我，谁去睬他们？
秦　钟　（讪讪的）我过来问他几个字，并没有什么事。
　　　　〔秦钟归座位。
金　荣　（一口咬定）方才明明看见他们弄眉挤眼，说什么很漂亮啦，害我丢掉一颗心啦,哪里是正经问字!

〔金荣越发得意,摇头咂嘴,却触怒了贾蔷。

〔贾蔷,系宁府中正派玄孙,父母早亡,从小跟着贾珍过活,比贾蓉生得还风流俊俏。他应名来上学,亦不过虚掩眼目而已,却以斗鸡走狗、赏花阅柳为事。他既和贾蓉最好,今见有人欺负秦钟,如何肯依?贾蔷悄悄把跟宝玉书童茗烟叫至身边,如此这般,调拨几句。

贾　蔷　茗烟!你好好陪着宝叔,我不奉陪了。

〔贾蔷转身故意整整衣服,出。

〔茗烟乃是宝玉第一个得用且又年轻不谙事的,无故就要欺压人的,如今又有贾蔷助着,便跳上前去,一把揪住金荣,也不叫"金相公"了——

茗　烟　姓金的,你什么东西!我们亲嘴,管你相干?横竖没亲你妹妹的嘴,就罢了。你这好小子,出来动一动你茗大爷!

贾　瑞　(忙喝着)茗烟不得撒野!

金　荣　(气黄了脸)反了!奴才小子都敢如此,我只和你主子说。

〔金荣夺手要去抓打宝玉,又被茗烟挡住,两人扭作一团。

〔贾瑞急得拉一回这个,劝一回那个,谁听他的话?肆行大乱。金荣挣脱,随手抓了一根毛竹大板在手舞动,茗烟吃了一下。

〔此时,外边大仆人李贵慌忙走进来喝住,拉茗烟在一边。

宝　玉　(气愤地命令道)李贵,收书!拉马来,我去回太爷去!我们被人欺负了,瑞大爷反派我们的不是,听着人家骂我们,还调唆人家打我们。茗烟见人欺负我,他岂有不为我的,他们反打了茗烟,还在这里念书么?

李　贵　(劝道)哥儿不要性急,太爷既有事去了,这会子为这点事去聒噪他老人家,倒显得咱们没礼节似的。依我主意,哪里的事情哪里了结,何必惊动老人家。这都是瑞大爷的不是。众人有了不是,该打的打,该罚的罚,如何等闹到这步田地还不管呢?

贾　瑞　我吆喝着都不听。

李　贵　(对贾瑞)闹到太爷跟前去,连你瑞大爷也脱不了的。还不快做主意解决了罢!

宝　玉　解决什么?我必要回去的了。

秦　钟　有金荣在这里,我是要回去的了。

宝　玉	这是为什么？难道别人家来得，咱们倒来不得的？我必回明白众人，撵了金荣去。(又问李贵)这金荣是哪一房的亲戚？
李　贵	(想了一想)也不用问了。若说起哪一房亲戚，更伤了兄弟们的和气了。
茗　烟	(站到宝玉身边，指着金荣)他是东府里璜大奶奶的侄儿，什么势力的撑腰，也来吓我们！璜大奶奶是他姑妈。你那姑妈只会献殷勤，给我琏二奶奶跪着借当头，我眼里就看不起他那主子奶奶！
李　贵	(忙对着茗烟喝道)偏你妄言多嘴！
宝　玉	(冷笑道)我只当是谁的亲戚，原来是璜嫂子的侄儿，我就去向她问问！ (对茗烟)茗烟，快包书！ 〔茗烟包书。
茗　烟	(得意洋洋)爷也不用自己去见她，等我去找她，就说老太太有话问她呢，雇上一辆车子拉进去，当着老太太问她，岂不省事？
李　贵	(忙喝道)你要死啊！回去我先捶了你，然后回老爷、太太，就说宝哥儿全是你调唆的。我这里好容易劝哄好了一半，你又来生了新法儿！你闹了学堂，不说变个法儿压息了才是，还往火里奔！ 〔茗烟听了，方不敢作声。 〔贾瑞也生恐闹不清，自己也不干净，只得委曲着来央告秦钟，又央告宝玉。
贾　瑞	宝少爷，何须这样生气呢，此刻回去，未免使家里的人奇怪。对于叔祖的面上，也有不便。
宝　玉	不回去也罢了，只叫金荣赔不是便罢。
贾　瑞	这不算什么大事，让我叫金荣向秦钟作揖，就算没事了。大家还是好好的念书，不要闹意气罢。
宝　玉	那不成的。那小子不向秦钟磕头赔罪，是不行的。
贾　瑞	金荣，你退让一点，给秦钟磕了头，大家仍旧无冤无恨，省得日后，不好见面的。
金　荣	我短他甚情理，须用到向他磕头？
李　贵	原来是你起的头儿，你不这样，怎么了局呢？
贾　瑞	(悄悄劝金荣)俗话说的："忍得一时忿，终身无恼闷。"还是依我的话好，大事化小事，小事化没事，这才是读书明理的人。

　　　　　　［金荣因宝玉他们人多势众,兼贾瑞劝逼他赔个不是,犹豫半晌,只得给
　　　　　　秦钟磕了头。
　　　　　　［大家欢笑如常,预备散学回去。
宝　玉　（笑）钟儿,恭喜你升做老爷了！
秦　钟　（笑）哈哈！……
　　　　　　［嘈杂的话语声。

——幕落

第三幕　缘　　巧

人　物　宝钗　宝玉　黛玉　王夫人　薛姨妈　莺儿　李嬷嬷
　　　　雪雁
景　地　贾府中薛姨妈寓室里间。
情　节　薛家母女合家进京,住在荣国府梨香院。一日,宝玉因想起宝钗近日在
　　　　家养病,去看望她。薛宝钗向宝玉借观通灵玉,宝玉亦向宝钗借观金
　　　　锁。各自所镌字句,恰成一对。适黛玉接踵至,言语间微露醋意。薛姨
　　　　妈请宝玉吃糟鹅掌且饮酒,黛玉以其特有的敏感,暗中奚落贾宝玉,又
　　　　狠敲了薛宝钗。宝玉心中理会,兴席相与归去。

　　　　　　［幕启。宝钗坐在炕上做针线。只见她头上挽着黑漆油光的鬓儿,蜜合
　　　　　　色的棉袄,玫瑰紫二色金银线的坎肩儿,葱黄绫子棉裙：一色儿半新不
　　　　　　旧的,看去不见奢华,唯觉雅淡。
　　　　　　［莺儿在一旁陪伴。
莺　儿　姑娘身体刚好些,就要用工,怕又生病了。多等三两天,再做未迟哩。
宝　钗　今儿已经舒服多了。
莺　儿　（注视着宝钗缝针线）姑娘这样精细的针黹,我恨自己学不来,不曾替你
　　　　缝；假使我母亲生我灵巧一点,也免得姑娘这般忙了。
宝　钗　（微笑）憨丫头,惯会甜言蜜语！但事事不淘气我,倒也罢了。
莺　儿　（撒娇）我去泡杯好茶,来给小姐喝吧！

　　　　　〔莺儿说着走出。王夫人进。
王夫人　宝儿,身子可好么?
宝　钗　今儿已经好多了。
王夫人　你缝谁的衣裳呢?
宝　钗　不是衣裳,是我一条未缝好的裙子,赶着老太太唱戏那天穿的。
王夫人　怎么不叫宝琴儿帮你缝,自己精神,须得休养休养。
宝　钗　整日坐着不耐烦,只当个玩意儿罢了。
　　　　　〔薛姨妈进。
薛姨妈　(向王夫人)你今儿好容易,就有空儿过来了。
王夫人　我刚从宁府那边来,听说宝儿身体不好,特意过来看看。
薛姨妈　她今儿已经好好了。
王夫人　还要仔细调养才是。等她一两天,身体康健些,好过去那边,找她们姐妹们坐去。
　　　　　〔王夫人将行,宝玉高高兴兴地跑进。
王夫人　憨孩子,整日奔东走西,这时候又打从哪儿来了?
宝　玉　我想着宝姐姐,走来看看她。
薛姨妈　(温和微笑)好!这么冷的天气,我的儿!难为你想着来。
王夫人　你就伴着姐姐坐,要有大有小,不要疯疯傻傻的。我现在就去了,你要早点回来。
　　　　　〔王夫人告辞出。
薛姨妈　(喊)莺儿,莺儿!这小丫头又走哪儿去了,还不拿茶来。
宝　钗　她刚说泡茶去的,就来了。
　　　　　〔薛姨妈拉着宝玉的手,望着坐在炕上的宝钗,对宝玉说话。
薛姨妈　你那里坐着暖和暖和,我到外间收拾收拾就进来和你说话儿。
　　　　　〔薛姨妈出。宝玉坐到炕沿。
宝　玉　姐姐可大好了?
宝　钗　(含笑)已经大好了,多谢惦记着。
　　　　　〔宝钗看宝玉头上戴着累丝嵌宝紫金冠,额上勒着二龙捧珠抹额,身上穿着秋香色立蟒白狐腋箭袖,系着五色蝴蝶鸾绦,项上挂着长命锁、记名符——另外有那一块落草时衔下来的宝玉。

宝　玉　自从姐姐来府里以后,我因为整日忙着上学,所以难得时常来拜候你,抱歉得很。大前月,林妹妹来这里,我喜欢得不得了;现在姐姐又来了,真是三生有幸!

宝　钗　我也正想要过去,拜候林妹妹,因为这几天病了,所以不能去。她在家里很忙吧?

宝　玉　她并不忙什么的,不过在家里温习些功课。祖母看她身子太弱,不要她过于用心,每日只和姐妹们谈天说笑,过日子就是了。

〔莺儿奉上茶来,宝玉、宝钗接着茶。

宝　钗　成日家说你的这块玉,究竟未曾细细鉴赏过,我今儿倒要瞧瞧。

〔宝钗说着便挪近前来,宝玉亦凑过去,便从项上摘下来,递在宝钗手里。宝钗托在掌上,只见大如雀卵,灿若明霞,莹润如酥,五色花纹缠护。

〔宝钗细看毕,念两遍。

宝　钗　莫失莫忘,仙寿恒昌。莫失莫忘,仙寿恒昌。

莺　儿　(笑)我听这两句话,倒像跟姑娘项圈上的两句话,是一对儿。

宝　玉　原来姐姐那项圈上,也有八个字,我也要赏鉴赏鉴。

宝　钗　你别听她的话,没有什么字的。

宝　玉　(央求)好姐姐,你怎么瞒我的呢?你一定要给我看看。

宝　钗　也是个人给了两句吉利话儿,錾上了,所以天天戴着;不然沉甸甸的,有什么趣儿?你既一定要看,就给你看罢。

〔宝钗一面说,一面解了排扣,从里面大红袄上将那珠宝晶莹、黄金灿烂的璎珞摘出来。

〔宝玉忙托着金锁看,也念两遍。

宝　玉　不离不弃,芳龄永继。不离不弃,芳龄永继。——果然一面有四个字,两面八个字,是两句吉谶。

〔宝玉又念自己的两遍。

宝　玉　莫失莫忘,仙寿恒昌。莫失莫忘,仙寿恒昌。

〔宝玉指着金锁,笑问宝钗。

宝　玉　姐姐,这八个字倒和我的是一对儿。

〔宝钗只是笑,不说话。

〔宝玉这时与宝钗挨肩坐着,只闻一阵阵的香气,不知何味。

宝　玉　姐姐熏的是什么香?我竟没闻过这味儿。

宝　钗　我最怕熏香!好好儿的衣裳,为什么熏它?

宝　玉　那么这是什么香味?

宝　钗　(想了想)是了!是我早起吃了冷香丸的香气。

宝　玉　(笑)什么"冷香丸",这么好闻?好姐姐,给我一丸尝尝呢。

宝　钗　又浑闹了,药也是浑吃的?

〔一语未了,外面人说:"林姑娘来了。"话犹未完,黛玉进来。

黛　玉　(笑)哎哟!我来得不巧了!

〔宝玉、宝钗忙起身让座。

宝　钗　(笑)这是怎么说的?

黛　玉　什么意思呢:要来一齐来,不来一个也不来;今儿他来,明儿我来,间错开了来,岂不天天有人来了?也不至太冷落,也不至太热闹。姐姐如何不解这意?

宝　钗　(笑)妹妹来了很好的,我们正念着你呢!

〔宝玉见黛玉外面罩着可防雨雪的大红羽缎对襟褂子,想必下雪了。

宝　玉　林妹妹,下雪了吗?今儿偏看你罩着大红羽缎褂子?

黛　玉　下了这半日了,你还不知道吗?

〔宝玉的奶母李嬷嬷拿茶果盘进,放在案上。薛姨妈随即进。

李嬷嬷　姨太太请大家喝茶吃果子。

宝　玉　(对李嬷嬷)取了我的斗篷来。

黛　玉　(笑)是不是?我来了他就该走了!

宝　玉　我何曾说要去?不过拿来预备着。

李嬷嬷　就在这里和姐姐妹妹一处玩玩儿罢。

〔李嬷嬷出,随即又进。

宝　玉　(高兴神情)前天到东府珍大嫂子那边去,她们请我吃那鹅掌,味道非常之好。现在想着,还要流下馋涎哩。

薛姨妈　(连忙说)我们也糟了一大砂锅,叫李嬷嬷拿来,给你尝尝。

　　　　(向李嬷嬷)你快把那糟好的鹅掌拿来!

宝　玉　(笑)我的腿长,一来又有鹅掌吃了。

薛姨妈　你天天到这里来,我天天给你糟一砂锅好了。

〔李嬷嬷托着一碗鹅掌来,递与宝玉。

薛姨妈　(向黛玉)我的儿,你也尝尝吧。

黛　玉　我怕油分,不敢吃的。

宝　玉　(笑)这个要有酒才好!

薛姨妈　(对李嬷嬷)你快烫一壶国公酒来。

李嬷嬷　姨太太,酒倒罢了。

宝　玉　(笑央道)好嬷嬷,我只喝一盅。

李嬷嬷　不中用,当着老太太、太太,哪怕你喝一坛呢!姨太太不知道他的性子呢,喝了酒更弄性。

薛姨妈　老货!只管放心,烫好酒来!我也不许他喝多了,就是老太太问,有我呢。

宝　玉　不必烫暖了,我只爱喝冷的。

薛姨妈　这可使不得:吃了冷酒,写字手打颤儿。

宝　钗　(笑)宝兄弟,亏你每日家杂学旁收的,难道就不知道酒性最热,要热吃下去,发散的就快;要冷吃下去,便凝结在内,拿五脏去暖它,岂不受害?从此还不收了,快别吃那冷的了。

宝　玉　这话说的有理,那么就等烫暖了拿来。

〔此时,黛玉嗑着瓜子儿,只管抿着嘴儿笑。黛玉丫鬟雪雁走来给她送小手炉儿。

黛　玉　(含笑,伴嗔)谁叫你送来的?难为她费心。——哪里就冷死我了呢!

雪　雁　紫鹃姐姐怕姑娘冷,叫我送来的。

〔黛玉接着手炉,抱在怀中。

黛　玉　(笑)也亏了你倒听她的话!我平日和你说的,全当耳旁风;怎么她说了你就依了,比圣旨还快呢!

〔宝玉听这话,知是黛玉借此奚落,也无回复之词,只嘻嘻地笑了一阵罢了。宝钗素知黛玉是如此惯了,也不理她。

薛姨妈　(笑道)你素日身子弱,禁不得冷,她们惦记着你倒不好?

黛　玉　(笑)姨妈不知道:幸亏是姨妈这里,倘或在别人家,那不叫人家恼吗?难道人家连个手炉子也没有,巴巴儿的打家里送了来?不说丫头们太小心，还只当我素日是这么轻狂惯了的呢。

薛姨妈　你是个多心的，有这些想头。我就没有这些心。

〔李嬷嬷烫好酒送进来，递与宝玉。

〔宝玉一口气喝下大半盅。黛玉、宝钗在旁赔笑。

宝　玉　好个国公酒，又醇又香！

李嬷嬷　(劝阻)你刚才说过，只喝一盅酒，别多喝了！

宝　玉　(央求)李嬷嬷，我再吃两盅就不吃了。

李嬷嬷　你可仔细今儿老爷在家，提防着问你的书！

〔宝玉听了，心中大不悦，慢慢放下酒，垂了头。

黛　玉　(忙说道)别扫大家的兴！舅舅若叫，只说姨妈这里留住你。——这李嬷嬷又拿我们开心了！

〔黛玉一面悄悄推宝玉，一面咕哝着。

黛　玉　咱们只管乐咱们的！

李嬷嬷　林姐姐，你别助着他了！你要劝他，只怕他还听些。

黛　玉　(冷笑)我为什么助着他？——我也犯不着劝他。你这妈妈太小心了！往常老太太也给他酒喝，如今在姨妈这里多吃了一口，想来也不妨事。必定姨妈这里是外人，不当在这里吃，也未可知。

李嬷嬷　(又急，又笑)真真这林姐儿，说出一句话来，比刀子还厉害。

〔宝钗忍不住笑着把黛玉腮上一拧。

宝　钗　真真的这颦丫头一张嘴，叫人恨又不是，喜欢又不是。

薛姨妈　别怕，别怕，我的儿！来到这里，没好的给你吃。只管放心吃，有我呢！索性吃了晚饭去。要醉了，就跟着我睡吧。再烫些酒来。

〔宝玉听了，方又鼓起兴头来。

〔李嬷嬷出，烫酒送进来。

李嬷嬷　(悄悄回薛姨妈)姨太太别由他尽着吃了，我家去换了衣裳就来。

〔李嬷嬷出。

薛姨妈　(对宝玉)姨妈陪你吃两杯，可就吃饭了。

〔宝玉欢欢喜喜，连喝两杯酒。

宝　玉　鹅掌吃饱了，酒也喝够了，林妹妹就在这边吃晚饭罢。

黛　玉　我晚上肚子怪饱的，现在不想吃什么。

薛姨妈　（笑问）我的儿，你吃什么饱了？

〔黛玉没有回答，只见宝玉乜斜倦眼。

黛　玉　（笑问宝玉）你走不走？

宝　玉　（提神）你要走，我和你同走！

〔黛玉听说，遂站起身来。

黛　玉　（紧张神情）咱们来了这一日，该回去了！

〔宝玉和黛玉二人，向薛姨妈和宝钗告辞。

薛姨妈　（挽留）且略等等儿，跟随你们的李嬷嬷刚才出去，还未来呢！

宝　玉　（讪笑）我们倒等着她！有雪雁丫头跟着就行了。（转顾雪雁）把我的斗笠拿来！

〔雪雁忙捧过斗笠来，宝玉把头略低一低，叫她戴上。雪雁便将这大红猩毡斗笠一抖，才往宝玉头上一合。

雪　雁　（嘻嘻地笑）宝二爷，这样戴好不好？

宝　玉　（漫应说）罢了，罢了！好蠢东西，你也轻些儿！难道没见别人戴过？

黛　玉　（站在炕沿上，笑向宝玉招手）过来！我给你戴罢。

〔宝玉忙近前来。黛玉用手轻轻拢住束发冠儿，将笠沿掖在抹角之上，把那一颗核桃大的绛绒簪缨扶起，颤巍巍露于笠外。整理已毕，端详了一会。

黛　玉　（微微一笑）好了，披上斗篷罢！

〔宝玉听了，方接了斗篷披上。

宝　玉　（高兴似的）林妹妹比雪丫头只大了一岁，但聪明伶俐却胜过十倍！

〔宝玉说着，再次向薛姨妈和宝钗告辞。

薛姨妈　（重复前话）李嬷嬷还没来呢，且略等等儿。

宝　玉　（笑笑）不用等了，她来时叫她回祖母那边去好了。

〔在告辞声中，宝玉、黛玉、雪雁，同时退出。

——幕落

第四幕　归　省

人　物　宝　玉　贾　政　贾　珍　詹　光　程日兴　贾元妃　贾　母

绛洞花主

|王夫人　邢夫人　薛姨妈　李纨　宝钗　黛玉　凤姐
迎春　探春　惜春　鸳鸯　袭人　太监甲　太监乙

景　地　（一）大观园正殿；（二）贾母正室；（三）仍旧是大观园正殿。
情　节　贾元妃封为凤藻宫尚书后，为她归省事，宁荣二府老爷们议定，接着东府里花园起，至西北一共三里半大的范围内，盖造省亲别院。此即后来贾元妃所题"大观园"。园内工程告竣。贾政闻塾师赞宝玉虽不喜读书，却有些歪才，专能对对，故令宝玉游园题对额。试才过程中，贾政表现出封建家长威风十足，却不碍宝玉大展才情。元妃归省，获悉园中所有亭台轩馆，皆系宝玉所题，很高兴。元妃当面试过宝玉，称赞他："果然进益了。"在归省的聚会上，宝钗、黛玉应元妃之命，亦各题咏一诗。这次归省，大兴土木，大事铺张，连元妃游幸时，都点头叹道："太奢华过费了！"及至排驾回銮时，又再三叮咛："倘明年天恩仍许归省，不可如此奢华靡费了。"

〔幕启。贾政踱步，若有所思。清客相公詹光、程日兴两人在旁侍立。贾珍上。

贾　珍　园内工程俱已告竣，老爷昨天瞧过，或有不妥之处，再行改造，好题匾额对联。

贾　政　（沉思）这匾对倒是件难事：论礼该请贵妃赐题才是，然贵妃若不亲观其景，亦难悬拟；若待贵妃游幸时再行请题，偌大景致，若干亭榭，无字无标题，任是花柳山水，也断不能生色。

詹　光　（捧场）老世翁所见极是。我们有个主意：如今且按景致，或两字、三字、四字，虚合其意拟了来，暂且做出灯匾对联悬了，待贵妃游幸时，再请定名，岂不两全？

贾　政　（点头）所见不差。我昨天到园内瞧过，该题匾额对联之处，都瞧定。又令宝玉入游园内，将所定该拟匾额对联之处，都题作来，再行斟酌。

程日兴　（笑）老爷所拟定佳，何必又待宝玉。

贾　政　（笑）你们不知：我自幼于花鸟山水题咏上就平平的，如今上了年纪，且案牍劳烦，于这怡情悦性的文章更生疏了。便拟出来，也不免迂腐，反使花柳园亭因而减色，转没意思。

詹　光　这也无妨，我们大家看了公拟，各举所长，优则存之，劣则删之，未为不可。

贾　政　（笑笑）诸公所见极是。我进来闻得代儒称赞宝玉小子专能对对，虽不喜读书，却有些歪才，所以令他入园题对额，欲试他一试。（转向贾珍）你去把宝玉喊来。

〔贾珍转身下。贾政看正殿中央壁上所挂巨幅彩色园图。少顷，宝玉随贾珍上。

贾　政　（向宝玉）昨日令你入园题对额，好生拟来！

宝　玉　园内该题对额之处，系老爷所定，珍兄与老先生们亦陪同老爷入园瞧过。现在我们就往园里去，随看随拟，大家斟酌。

贾　政　（命令口气）废话。有省亲别院园林图在此，（指后面壁上巨幅园图）快拟来！

宝　玉　（先把园图瞥一下，然后背述）入园门只见一带翠嶂挡在前面，绕过翠嶂往前，白色崚嶒，或如鬼怪，或似猛兽，纵横拱立。上面苔藓斑驳，或藤萝掩映，其中微露羊肠小径。从此小径游去，便见山上有镜面白石一块，正是迎面留题处。尝听见古人说："编新不如述旧，刻古终胜雕今。"这里并非主山正景，原无可题，莫如直书古人"曲径通幽"这旧句在上，倒也大方。

詹　光　（轻轻拍掌）是极，是极！

程日兴　二世兄天分高，才情远，不似我们读腐了书的。

贾　政　（笑）不当过奖他。他年小的人，不过以一知充十用，取笑罢了。再俟选拟。（稍停，指图）进入石洞，只见佳木茏葱，奇花烂漫，一带清流，从花木深处泻于石隙之下。渐向北方，平坦宽豁，两边飞楼插空，皆隐于山坳树杪之间。俯而视之，但见清溪泻玉，石蹬穿云，白石为栏，环抱池沼，石桥三港，兽面衔吐。桥上有亭。（问清客相公）诸公以何题此？

詹　光　当日欧阳公《醉翁亭记》云："有亭翼然。"就名"翼然"罢。

贾　政　"翼然"虽佳，但此亭压水而成，还须偏于水题为称。依我拙裁，欧阳公句："泻于两峰之间"，竟用他这一个"泻"字。

程日兴　（连点头）是极，是极。竟是"泻玉"二字妙！

〔贾政一手拈须寻思，一手指着宝玉。

贾　政　（向宝玉）你也拟一个来。

宝　玉　老爷方才所说已是，但似乎欧阳公题酿泉用"泻"字则妥，今日此泉也用"泻"字，似乎不妥。此处既为省亲别墅，当依应制之体，用此等字，亦粗陋不雅。

贾　政　（笑）方才说"编新不如述古"，如今我们述古，你又说"粗陋不妥"。你且说你的。

宝　玉　用"泻玉"二字，则不若"沁芳"二字，岂不新雅？

　　　　〔贾政抚须，低头不语。

程日兴　（伸出大拇指）才情不凡，才情不凡！

贾　政　匾上二字容易，再作一副七言对来。

宝　玉　（机上心来，念道）绕堤柳借三篙翠，隔岸花分一脉香。

　　　　〔贾政听了，点头微笑。

　　　　〔贾珍与清客两人，又称赞了一番。

贾　政　（向宝玉）你再往下说你的。

宝　玉　出亭过池，前面一带粉垣，数楹修舍，有千百竿翠竹遮映。进门便是曲折游廊，阶下石子漫成甬道，上面小小三间房舍，两明一暗。后院墙下有泉灌入墙内，绕阶缘屋至前院，盘旋竹下而出——

　　　　〔贾政打断宝玉的话，看着宝玉，弦外有音，话中有话。

贾　政　（笑指园图）这一处倒好，若能月夜至此窗下读书，也不枉虚生一世。

　　　　〔宝玉垂下头，一语不响。

詹　光　此处匾该题四个字。

贾　政　哪四字？

詹　光　淇水遗风。

贾　政　俗！

程日兴　睢园遗迹。

贾　政　也俗！

贾　珍　还是宝兄弟拟一个罢。

贾　政　今日任他狂为乱道，等说出议论来，方许他做。（问宝玉）方才众人说的，可有使得的没有？

宝　玉　都似不妥。

贾　政　（冷笑）怎么不妥？

宝　玉　这是第一处行幸之所，必须颂圣方可。若用四字的匾，又有古人现成的，何必再做？

贾　政　难道"淇水""睢园"不是古人的？

宝　玉　这太板了，莫若"有凤来仪"四字。

程日兴　（扬起手来）妙，妙！

贾　政　（点头）畜生，畜生！可谓"管窥蠡测"矣。再题一联来。

宝　玉　（念道）宝鼎茶闲烟尚绿，幽窗棋罢指犹凉。

贾　政　（摇头）也未见长。

　　　　〔贾政忽想起一事来，问贾珍。

贾　政　（向贾珍）这些院落屋宇，并几案桌椅都算有了，还有那些帐幔帘子并陈设玩器古董，可也都一处一处合式配就的么？

贾　珍　那陈设的东西早已添了许多，自然临期合式陈设。帐幔帘子，昨日听见琏兄弟说，还不全；那原是一起工程之时，就画了各处的图样，量准尺寸，就打发人办去的，想必昨日得了一半。

贾　政　共有几宗？现今得了几宗？尚欠几宗？你找贾琏问个清楚来。

　　　　〔贾珍下。贾政指看园图。

贾　政　山怀中隐露出一带黄泥墙，墙上皆用稻茎掩护。里面数楹茅屋，外面却是桑、榆、槿、柘，编就两溜青篱。篱门外路旁有一石。亦为留题之所。

詹　光　此处若悬匾待题，则田舍家风一洗尽矣。立此一碣，又觉许多生色。

贾　政　（笑请）诸公请题！

程日兴　方才世兄云"编新不如述旧"。此处古人已道尽矣：莫若直书"杏花村"为妙。

贾　政　"杏花村"固佳，只是犯了正村名，直待请名方可。

詹　光　是呀！如今虚的，却是何等字样好呢？

　　　　〔宝玉在旁等不得了，也不等贾政的话，便插话说。

宝　玉　旧诗云："红杏梢头挂酒旗"。如今莫若且题以"杏帘在望"四字。

程日兴　（轻拍手掌）好个"在望"！又暗合"杏花村"意思。

宝　玉　（笑笑）村名若用"杏花"二字，便俗陋不堪了。唐诗里有"柴门临水稻花香"，何不用"稻花村"的妙？

詹、程　（同时拍手）妙,妙极了!

贾　政　（断喝）无知的畜生!你能知道几个古人,能记得几首旧诗,敢在老先生们跟前卖弄!方才任你胡说,也不过试你的清浊,取笑而已,你就认真了!（瞅宝玉)"稻花香"也罢,"杏花村"也罢。你再看看此处"茅堂"景致如何?

宝　玉　此处风景,不及"有凤来仪"多了。

贾　政　（装腔嗔责）咳!无知的蠢物,你只知朱楼画栋,恶赖富丽为佳,哪里知道这清幽气象呢?——终是不读书之过!

宝　玉　（倔强,暗辩）老爷教训的固是,但古人云"天然"二字,不知何意?

〔清客相公见宝玉在老爷面前执拗,暗讥老爷不识"天然"之美,都怕他讨了没趣,不待贾政回答,连忙插口道——

程日兴　哥儿别的都明白,如何"天然"反要问呢?"天然"者,天之自成,不是人力之所为的。

宝　玉　（兴奋）却又来!此处置一田庄,分明是人力造作成的:远无邻村,近不负郭,背山无脉,临水无源,高无隐寺之塔,下无通市之桥,峭然孤出,似非大观,那及前数处有自然之理,自然之趣呢?古人云:"天然图画"四字,正恐非其地而强为其地,非真山而强为其山,即百般精巧,终不相宜。……

〔未及宝玉说完,贾政气得脸红手颤,大声喝命——

贾　政　叉出去!

〔宝玉悚然,转身要走。

贾　政　（喝令）回来,不要走!再题一联,若不通,一并打嘴巴!

〔宝玉呆住半晌,想出下面联句。

宝　玉　（念）新绿涨添浣葛处,好云香护采芹人。

贾　政　（摇头）更不好!马虎算了。（指看园林图）转过山坡,穿花度柳,到蔷薇院,忽闻水声潺潺,出于石洞,上则萝薜倒垂,下则落花浮荡。

詹　光　（笑）好景,好景!

程日兴　（肯定似的）再不必拟了,恰恰乎是"武陵源"三字。

贾　政　（摇头）太陈旧了。

詹　光　（漫说）不然,就用"秦人旧舍"四字也罢。

49

宝　玉　（率直）越发背谬了。"秦人旧舍"是避乱之意；归省当颂扬，反用避乱的典故，如何使得？莫若"蓼汀花溆"四字。

贾　政　（插口）更是胡说。（指看园林图）度过柳阴，露出一个折带朱栏板桥，一所清凉瓦舍，一色水磨砖墙，清瓦花堵。入门不见树木，只见许多异草：或有牵藤的，或有引蔓的，或垂山岭，或穿石脚，甚至垂檐绕柱，萦砌盘阶，或如翠带飘摇，或如金绳蟠屈，或实若丹砂，或花如金桂，味香气馥，非凡花之可比。（反问众人）真有趣！只是我不大认识。

程日兴　是薜荔藤萝罢。

贾　政　（反诘）薜荔藤萝，哪得有此异香？

宝　玉　那众草中也有藤萝薜荔，香的是杜若蘅芜，还有茝兰、金葛、金㯶草、玉䇲藤，红的自然是紫芸，绿的定是青芷。

贾　政　（打断宝玉的话头）谁问你来？何必说得如此啰嗦！
　　　　〔宝玉被唬得倒退，不敢再说。

贾　政　（指看园林图）这一所清凉瓦舍里头，两边俱是超手游廊。顺着游廊步入，可以看见上面有五间清厦，连着卷棚，四面出廊，绿窗油壁，更比前清雅不同。（转向二清客，叹道）在此轩中煮茗操琴，也不必再焚香了！此造却出意外，诸公必有佳作新题，必颜其额，方不负此。

詹　光　莫若"兰风蕙露"贴切了。

贾　政　只好用这四字。其联云何？

程日兴　我想了一对，大家批削改正。（略顿，念道）麝兰芳霭斜阳院，杜若香飘明月洲。

詹　光　妙则妙矣！只是"斜阳"二字不妥。我也有一联，请评阅评阅。（念道）三径香风飘玉蕙，一庭明月照金兰。
　　　　〔贾政拈须沉吟，意欲也题一联，忽抬头见宝玉在旁不敢作声，因喝道——

贾　政　（嗔怪）你怎么应说话时又不说了！还要等人请教你不成？

宝　玉　此处并没有什么"兰麝""明月""洲渚"之类，若要这样着迹说来，就题二百联也不能完。

贾　政　（冷笑）谁按着你的头，教你必定说这些字样呢？

宝　玉　如此说，则匾上莫若"蘅芷清芬"四字，对联则是：吟成豆蔻诗犹艳，睡

　　　　足荼蘼梦亦香。

贾　政　（笑）这是套的"书成蕉叶文犹绿"，不足为奇。

詹　光　李太白"凤凰台"之作，全套"黄鹤楼"。只要套得妙。如今细评起来，方才这一联比"书成蕉叶"尤觉幽雅活动。

贾　政　（笑）岂有此理！（转身抬头，指看园林图）这处崇阁巍峨，层楼高起，面面琳宫合抱，迢迢复道萦行。青松拂檐，玉兰绕砌；金辉兽面，彩焕螭头——此系我们所在的正殿。此殿匾额未敢擅拟，留待贵妃亲题。

　　　　〔正说着，贾珍上，从靴筒内取出靴披里装的一个竹折略节来。

贾　珍　（向贾政）老爷，这是贾琏办帐幔帘子的清单。（念）妆蟒洒堆，刻丝弹墨，并各色绸绫大小幔子一百二十架，昨日得了八十架。帘子二百挂，昨日俱得了。外有猩猩毡帘二百挂，湘妃竹帘一百挂，金丝藤红漆竹帘一百挂，黑漆竹帘一百挂，五彩线络盘花帘二百挂：每样得了一半；也不过秋天都全了。椅搭、桌围、床裙、杌套，每分一千二百件，也有了。

贾　政　（叮咛）尚欠的几宗，要赶早备齐。

贾　珍　（点头）好。老爷，雨村处遣人回话，请老爷题毕对额后就回去。

贾　政　（笑）自园门至此，对额才题了十之五六。（指看园图）此数处或清堂，或茅舍，或堆石为垣，或编花为门，或山下得幽尼佛寺，或林中藏女道丹房，或长廊曲洞，或方厦圆亭，明日再题罢了。

　　　　〔贾政忽视图中一所院落，颇感兴趣，又续题下去。

贾　政　（指园图）前面这所院落，粉垣环护，绿柳周垂。两边尽是游廊相接，院中点衬几块山石，一边种几本芭蕉，那一边是一株西府海棠，其势若伞，丝垂金缕，葩吐丹砂。

詹　光　确实是好花。海棠也有，从没见过这样好的。

贾　政　这株西府海棠，叫作"女儿棠"，乃是外国之种，俗传出自"女儿国"，故花最繁盛；这也不过是荒唐不经的传说罢了。

宝　玉　大约骚人咏士，以此花红如胭脂，弱如扶病，近乎闺阁风度，故以"女儿"命名。世人以讹传讹，都未免认真了。

贾　政　（制止）好了，不要多谈西府海棠了。想几个什么新鲜字，来题这座院落罢！

詹　光　（抢着说）"蕉鹤"二字妙！

程日兴　（持异议）"荣光焕彩"方妙。

贾　政　（赞成）好个"荣光焕彩"！

宝　玉　（反对）方妙？只是可惜了！

程日兴　（诧异）如何可惜？

宝　玉　（解释）此处蕉棠两植，其意暗蓄"红""绿"二字，若说一样，遗漏一样，便不足取。

贾　政　（怪问）依你如何？

宝　玉　（直说）依我，题"红香绿玉"四字，方两全其美。

贾　政　（摇头）不好，不好！尚有数处对额，明日题来。倘题不来，定不饶你！

〔贾政、贾珍先下，詹光、程日兴随后。

〔宝玉指看园图。

——幕落，数分钟后，复启

〔上元佳节，贾母正室，金银焕彩，珠宝生辉。

〔鸳鸯与另一丫鬟，忙着添烛。这时，袭人自室外进来。

鸳　鸯　（笑问袭人）都来了吗？

袭　人　（笑笑回答）贵妃入侧室更衣，正备省亲车驾出园。老太太将先来此等候。

鸳　鸯　老太太昨日一夜不曾安睡，今日五鼓自老太太等有爵者，俱各按品大妆。老太太等在荣府大门外。后来听太监说，贵妃酉初进大明宫领宴看灯方请旨，只怕戌初才起身。园中俱赖凤姐照料，老太太回房等候。贵妃来了，老太太领合族女眷在大门外迎接。

袭　人　老太太够劳累的了。

鸳　鸯　（高兴似的）园中香烟缭绕，花影缤纷，处处灯光相映，时时细乐声喧，说不尽的太平景象，富贵风流。老太太洪福齐天！

袭　人　听说园中亭台轩馆，都是宝玉所题。

鸳　鸯　刚才贵妃看到匾灯题着"蓼汀花溆"四字，笑着说："花溆"二字便好，何必"蓼汀"？太监飞传老爷，老爷即刻换了。

袭　人　老爷令宝玉题对额，贵妃倘知是爱弟所为，一定很高兴的。宝玉未入学之先，三四岁时，已得元妃口传教授了几本书，识了数千字在腹中。虽

	为姐弟,有如母子。今见宝玉题对额,亦不负其平日切望之意。
鸳 鸯	常听老太太说,贵妃入宫后,时时带信出来,与父兄说:千万好生抚养,不严不能成器,过严恐生不虞,且致祖母之忧。眷念之心,刻刻不忘。
袭 人	正殿石牌坊上写着"天仙宝镜"四个大字,贵妃也命换了"省亲别墅"四字。
鸳 鸯	是了。大老爷、老爷等排班朝贺,老太太等排班朝贺,贵妃都传谕免了。

[正说着,贾母率王夫人、邢夫人、李纨、王熙凤、迎春、探春、惜春等上。

贾 母	(满脸笑容)今日上元佳节,又逢元妃奉旨归省,好个欢天喜地!
凤 姐	贵妃车驾未到,老太太、太太和大嫂子,你们请在室中休息休息,我先出去看一下。
贾 母	(叮咛)你少不得多辛苦些,园中各处多多照应,不可有失。
凤 姐	(承顺)我当尽力照应,请老太太放心。

[凤姐扶贾母上座,然后出去。
[片刻,外面太监传贵妃驾到。
[贵妃至,欲行家礼,贾母、王夫人跪止之。贵妃一手挽贾母,一手挽王夫人,三人满心皆有许多话,只是说不出,呜咽对泣而已。
[邢夫人、李纨、迎春、探春、惜春,俱在旁垂泪无言。

贾 妃	(忍悲强笑)当日既送我到那不得见人的去处,好容易今日回家,娘儿们不说不笑,反倒哭个不了,一会儿我去了,又不知多早晚才能一见!
邢夫人	(强笑)是了。蒙皇上洪恩,元妃归省,万分庆幸,应当喜笑。请元妃归座面叙。

[贾母、王夫人,让元妃归座。

贾 妃	(叹气)许多亲眷,可惜都不能见面!
王夫人	(强笑)现有外亲薛王氏及宝钗、黛玉,在外候旨。外眷无职,不敢擅入。
贾 妃	(兴奋)请来相见!

[薛姨妈、宝钗、黛玉,接踵进来,欲行国礼,元妃降旨免过。

贾 妃	(笑笑)姨妈、姐妹们,免礼!今日归省,只望叙些家务私情。
薛姨妈	(作揖)祝愿贵妃千岁!
贾 妃	(笑)闻得妹等皆工吟诗题咏,还要当面请教呢。
宝 钗	(谦让)不敢当,不敢当!

黛　玉　（微笑）应当恳请贵妃指教。

贾　妃　（转向贾母）园内外太奢华过费了。

贾　母　贵妃崇尚节俭,然今日之尊,礼仪如此,不为过也。

〔正说着,贾政至帘外,问安行参。

贾　政　（打千）臣贾政,愿贵妃千岁,千岁!

贾　妃　（站起,复坐）不必行礼。田舍之家,齑盐布帛,得遂天伦之乐;今虽富贵,骨肉分离,终无意趣。

贾　政　（含泪）臣草芥寒门,鸠群鸦属之中,岂意得征凤鸾之瑞。今贵人上锡天恩,下昭祖德,此皆山川日月之精华,祖宗之远德,钟于一人,幸及政夫妇。伏愿圣君万岁千秋,乃天下苍生之福也。贵妃切勿以政夫妇残年为念。更祈自加珍爱,唯勤慎肃恭以侍上,庶不负上眷顾隆恩也。

贾　妃　（慰勉）国事宜勤,暇时亦宜珍重保养,切勿挂念。

贾　政　（俯首）贵妃训示,臣不敢忘。（略顿）现今园中所有亭台轩馆,皆系宝玉所题,如果有一二可寓目者,请即赐名为幸。

贾　妃　（含笑）果然进益了。

〔贾政退出。

贾　妃　（问贾母）宝玉因何不见?

贾　母　（恭答）无职外男,不敢擅入。

贾　妃　（激情）宣宝玉进来吧!

〔外面太监传旨,命宝玉参见。

〔太监引宝玉进来;宝玉行国礼。

宝　玉　（长跪）贾宝玉叩见贵妃。

贾　妃　（满脸喜笑）宝玉吾弟,起来。

〔宝玉立贾妃旁;贾妃携手,揽于怀内,又抚其头颈。

贾　妃　（笑笑）比先前长了好些——

〔贾妃一语未尽,转而呜咽抽泣。凤姐上。

凤　姐　（肃恭）筵宴齐备,请贵妃游幸。

〔元妃止泣起身,命宝玉引导;众人随后。

——幕落,数分钟后,复启

〔在园中正殿聚会。大开筵宴,贾母等在下相陪,李纨、凤姐等捧羹把盏。

〔元妃命笔砚伺候,亲拂罗笺,赐园总名"大观园"。又改题"有凤来仪"赐名"潇湘馆","蘅芷清芬"赐名"蘅芜院","红香绿玉"改作"怡红快绿",赐名"怡红院","杏帘在望"赐名"浣葛山庄"。

贾 妃 (满面堆笑)宝玉竟能题咏,真正可喜。潇湘馆、蘅芜院二处,我所极爱,次之怡红院、浣葛山庄,此四大处必得另行写诗题咏,方妙。如今着宝玉就这四处,各写五言律诗一首,使我当面试过,方不负我自幼教授之苦心。诸位妹妹,亦可各写一匾一诗,随意发挥,助助兴趣。

宝 玉 (高兴)是。我来写!

众妹妹 (喜笑)好,我们也来献丑!

〔宝玉和四位姐妹钗、黛、探、惜,都离席坐在两旁椅上,伏几构思拟稿。

贾 妃 此园总名曰"大观园",正殿匾额题为"顾恩思义",我先题一绝句来。(挥笔书写,然后念道)"衔山抱水建来精,多少工夫筑始成。天上人间诸景备,芳园应赐大观名。"

凤 姐 (恭维)贵妃封为凤藻宫尚书,才情可谓名不虚传!

贾 妃 (自谦)我素乏捷才,且不长于吟咏;今夜聊以塞责,不负斯景而已。异日少暇,必补撰《大观园记》并《省亲颂》等文,以记今日之事。

〔贾母、凤姐、李纨、迎春,观赏元妃刚才所题正殿匾额绝句。轮流阅看。
〔宝钗、黛玉、探春、惜春等,相继作诗毕,呈上元妃,并观赏元妃所作七言绝句。

宝 玉 (着急)大家都作好了。我只作了"潇湘馆""蘅芜院"两首,正作"怡红院"这首呢。

〔宝钗回头瞥见宝玉正在作的诗,便趁众人不理论,推宝玉道——

宝 钗 (细声)贵人因不喜"红香绿玉"四字,才改了"怡红快绿",你这会子偏又用"绿玉春犹卷"一句,岂不是有意和她分驰呢?况且芭蕉叶之典故颇多,再想一个改了罢。

〔宝玉拭汗,摇摇头。

宝 玉 (皱眉)我这会子总想不起什么典故出处来!怎么办呢?

宝 钗 (笑笑)你只把"绿玉"的"玉"字,改作"蜡"字就是了。

宝　玉　（骇问）"绿蜡"可有出处？

宝　钗　（悄悄咂嘴点头，笑笑）亏你今夜不过如此，将来金殿对策，你大约连"赵钱孙李"都忘了呢！——唐朝韩翃咏芭蕉诗，头一句"冷烛无烟绿蜡干"，都忘了吗？

宝　玉　（心意洞开，笑）该死，该死！眼前现成的句子，竟想不到。姐姐真是"一字师"了！从此只叫你师傅，不叫姐姐了。

宝　钗　（笑笑）还不作上去，只是姐姐妹妹的！谁是你姐姐？那上头穿黄袍的，才是你姐姐呢！

〔宝钗一面说笑，一面怕宝玉耽延工夫，遂抽身走开了，仍上前观赏贵妃的题诗。

〔宝玉续成第三首，正苦苦构思"杏帘在望"一首。

〔黛玉因元妃只命一匾一咏，不好违谕多作，未得展才，心上不快。转见宝玉构思太苦，便走至案旁。

黛　玉　（瞥见正在写第四首）先抄录前三首吧！

〔宝玉抄录前三首。黛玉退至原座椅，吟成一律，写在纸条上，搓成个团子，掷向宝玉跟前。宝玉忙打开看，觉得比自己作的三首，高得十倍，遂忙恭楷誊完。

〔宝玉将四首五言律诗呈上，元妃喜阅片刻。

贾　妃　（笑笑，褒奖）宝玉吾弟，果然进益了！这最后一首，"杏帘在望"，堪称四首之冠。（吟出）杏帘招客饮，在望有山庄。菱荇鹅儿水，桑榆燕子梁。一畦春韭熟，十里稻花香。盛世无饥馁，何须耕织忙。

贾　母　（笑）我不大懂诗，听起来倒是很好！

贾　妃　（重复褒奖）好，好！咏"杏帘在望"这首诗，可说是一篇《稻香村颂》！可将"浣葛山庄"改为"稻香村"。（拿起诗稿）再看刚才四位妹妹写的诗吧！（略顿，笑）终是薛林二妹之作，与众不同，非愚姐妹所及。宝钗妹妹的诗，是咏"凝晖钟瑞"匾额的七言律诗；黛玉妹妹的诗，是咏"世外仙源"匾额的五言律诗。

〔众姐妹传阅所作诗。

宝　玉　（特地吹嘘）林妹妹、宝姐姐二人都喜欢作诗，且甚巧妙！

贾　妃　（笑容满面）极好，极好！

〔元妃转回头,命三妹探春——

贾　妃　将方才我及众弟妹所作十数首诗,另以锦笺誊出,令太监传与外厢。

〔探春遵命,在旁案上誊诗。

〔太监甲上,跪启——

太监甲　启奏娘娘,赐物俱齐,请验,按例行赏。

〔说着,太监将赐物略节呈上。

贾　妃　(验看略节,着令太监)宣读略节,并派人分送赐物到各人住处!

太监甲　(站起来,接回略节,宣读)行赏贾母老太太:金玉如意各一柄,沉香拐杖一根,伽南念珠一串,"富贵长春"宫缎四匹,"福寿绵长"宫绸四匹,紫金"笔锭如意"锞十锭,"吉庆有余"银锞十锭。行赏邢夫人及王夫人:照上列行赏,只减金如意、玉如意、拐杖、念珠四样。行赏贾敬、贾赦、贾政三位:每份御制新书二部,宝墨二盒,金银盏各二只,表礼按前。行赏宝钗黛玉诸姐妹:每人新书一部,宝砚一方,新样格式金银锞二对。行赏宝玉和贾兰:金银项圈二个,金银锞二对。行赏尤氏、李纨、凤姐:金银锞四锭,表礼四端。另有表礼二十四端,清钱五百串,是赏与贾母、王夫人及各姐妹房中奶娘众丫头的。(略顿)贾珍、贾琏、贾环、贾蓉等,皆是表礼一端,金银锞一对。其余彩缎百匹,白银千两,御酒数瓶,是赐东西两府及园中管理工程、陈设、答应及司戏、掌灯诸人的。外又有清钱三百串,是赐厨役、优伶、百戏、杂行人等的。

〔宣读毕,太监退出。

贾　母　(拱手)谢谢贵妃,祝贵妃千岁!

众　人　(欢呼)贵妃千岁,千岁!

〔执事太监上,跪启——

太监乙　时已丑正三刻,请驾回銮。

〔场上热烈的气氛顿消。贾妃站起离座,满眼泪欲下,却又勉强笑,拉了贾母、王夫人的手,不忍放。贾母及王夫人,潸潸泪下。

贾　妃　(向贾母及王夫人)不须记挂,好生保养!如今天恩浩荡,一年准许省亲一次,见面尽容易的,何必过悲?倘明年天恩仍许归省,不可如此奢华靡费了。

〔贾母、王夫人,掩泪忍悲。

〔凤姐搀扶贾母,李纨搀扶王夫人,宝钗搀扶薛姨妈,宝玉及众姐妹跟着元妃,一齐步出大观园正殿。

〔元妃再次回首,掩泪告辞。

——幕落

第五幕　谈　谑

人　物　黛玉　宝玉　宝钗　湘云　凤姐　翠缕

景　地　潇湘馆。《大观园图说》云:"出沁芳亭,过池,一带粉墙,数楹修舍,有千百翠竹,掩映门内。回廊曲折,鹦鹉唤茶,阶下石子,漫成甬道。上面小小三间房舍,两明一暗,窗映茜红。里间房里,又有一门,外种大梨花并芭蕉。小退步二间为后院,墙下开沟尺许,引泉一脉,灌入墙内,绕墙缘屋,至前院,盘旋竹下而出。是即潇湘馆也。"

情　节　黛玉一日倦卧,宝玉适至,见她抑郁无聊,编说故事以为笑谑。湘云继至,邀黛玉往府中观戏,黛玉以不能往辞,湘云乃嬲宝玉同去。既而宝玉复来,告以宝钗之邀,将造访其寓,黛玉讥之。旋宝钗亦至,拥宝玉去,黛玉自觉失意而哭。移时,宝玉回,见黛玉哭,婉言相慰。俄而湘云、凤姐等又接踵而至,黛玉讥湘云口吃,湘云则以戏旦比黛玉。宝玉袒护黛玉,反受其懊恼,书一偈置镜台上而去。

〔幕启。黛玉自在床上歇午,丫鬟们都出去了,满屋内静悄悄的。

〔宝玉揭起绣软帘,进入黛玉屋内,只见黛玉睡在那里,忙上来推她。

宝　玉　好妹妹,才吃了饭,又睡觉!

〔黛玉被唤醒,见是宝玉。

黛　玉　你且出去逛逛,我前儿闹了一夜,今儿还没歇过来,浑身酸疼。

宝　玉　酸疼事小,睡出来的病大,我替你解闷儿,混过困去就好了。

黛　玉　(合着眼)我不困,只略歇歇儿,你且别处去闹会子再来。

宝　玉　(推黛玉)我往哪里去呢?见了别人就怪腻的。

黛　玉　("嗤"的一声,笑说)你既要在这里,那边去老老实实坐着,咱们说说话儿。

宝　玉　我也在床上歪着。

黛　玉　你就歪着。

宝　玉　没有枕头,咱们在一个枕头上罢。

黛　玉　(娇嗔)放屁！外头不是枕头？拿一个来枕着。

〔宝玉起身出外间,随即又进来。

宝　玉　外间那个我不要,也不知是哪个肮脏老婆子的。

〔黛玉听了,睁开眼,起身。

黛　玉　(笑)真真你就是我命中的魔星！——请枕这一个。

〔黛玉将自己的枕头推给宝玉,自己再拿了一个来,刚要枕上,一回眼看见宝玉左边腮上有纽扣大小的一块血迹,便凑近前来,以手抚之细看。

黛　玉　这又是谁的指甲划破了？

宝　玉　(笑)不是划的,只怕是刚才替她们淘澄胭脂膏子溅上了一点儿。

〔宝玉找手帕要擦,黛玉用自己的手帕替他擦了。

黛　玉　(咂着嘴儿)你又干这些事了——干也罢了,必定还要带出幌子来。就是舅舅看不见,别人看见了,又当作奇怪事新鲜话儿去学舌讨好,吹到舅舅耳朵里,大家又该不得心净了。

〔宝玉没听见这些话。此时,他只闻见一股幽香,是从黛玉袖中发出,闻之令人醉魂酥骨。宝玉一把将黛玉衣袖拉住,要瞧瞧笼着什么东西。

宝　玉　(笑)好香啊！妹妹带的什么香？

黛　玉　(笑)这时候谁带什么香呢？

宝　玉　那么,这香是哪里来的？

黛　玉　连我也不知道,想必是柜子里头的香气熏染的,也未可知。

宝　玉　(摇头)未必。这香的气味奇怪,不是那些香饼子、香球子、香袋儿的香。

黛　玉　(冷笑)难道我也有什么"罗汉""真人"给我些奇香不成？就是得了奇香,也没有亲哥哥亲兄弟弄了花儿、朵儿、霜儿、雪儿替我炮制。我有的是那些俗香罢了！

宝　玉　(笑)凡我说一句,你就拉上这些。不给你个厉害也不知道,从今儿可不饶你了！

〔宝玉说着将两只手呵了两口,便伸向黛玉胳肢窝内两胁下乱挠。黛玉素性触痒不禁,见宝玉两手伸来乱挠,便笑得喘不过气来。

黛　玉　宝玉!你再闹,我就恼了。
　　　　[宝玉住了手。
宝　玉　(笑)你还说这些不说了?
黛　玉　(笑)再不敢说了。(一面理鬓,笑)我有"奇香",你有"暖香"没有?
宝　玉　(一时不解)什么"暖香"?
黛　玉　(点头笑叹)蠢才,蠢才!你有玉,人家就有金来配你;人家的"冷香",你就没有"暖香"去配她?
　　　　[宝玉听出话中有话,边说边笑着伸出手又要挠。
宝　玉　方才告饶,如今更说狠了!
黛　玉　(忙笑着)好哥哥,我可不敢了。
宝　玉　饶你不难,只把袖子给我闻一闻。
　　　　[宝玉拉了黛玉的袖子笼在面上,闻个不住,黛玉夺了手。
黛　玉　这可该去了。
宝　玉　要去不能。咱们斯斯文文说说话儿。
　　　　[黛玉躺下,用手帕盖上脸。宝玉坐床沿,一手搁黛玉身上,有一搭没一搭的同黛玉说些话。
宝　玉　妹妹几岁上京?路上见何景致?
　　　　[黛玉不理。
宝　玉　扬州有何名胜古迹?土俗民风如何?
　　　　[黛玉不答。
　　　　[宝玉沉思半晌,正言厉色,郑重喊道。
宝　玉　嗳哟!你们扬州衙门里有一件大故事,你可知道吗?
黛　玉　(诧异)什么事?
宝　玉　(忍住笑)说是扬州有一座黛山,山上有个林子洞,……
黛　玉　(笑)这就是扯谎,自来也没听见这山。
宝　玉　天下山水多着呢,你哪里都知道?等我说完了,你再批评。
黛　玉　你说吧!
宝　玉　(忍笑又诌)林子洞里原来有一群耗子精,那一年腊月初七日,老耗子升座议事,说明天是腊八日,世上人都熬腊八粥,如今我们洞里果品短少,须得趁此打劫些来方好。乃拔令箭一枝,遣了个能干小耗子去打听。小耗子回来报告:"各处都打听了,唯有山下庙里果米最多。米豆成仓,果品有五种:一是红枣,二是栗子,三是落花生,四是菱角,五是香芋。"老耗子听了大喜,立刻点耗子前去。一个耗子接令偷米,一个耗子接令偷豆,然后一一都接令去了。只剩香芋,因又拔箭问谁去偷香芋。只见一个极小极弱的小耗子应道:"我愿去偷香芋。"老耗和众耗见他怯懦无力,不准他去。小耗子道:"我虽年小身弱,却是法术无边,口齿伶俐,计谋深远,此去我只摇身一变,也变成个香芋,滚在香芋堆里,叫人瞧不出来,却暗暗搬运,这不比直偷硬取的巧吗?"众耗子听了,都说:"妙却妙,你先变个我们瞧瞧。"小耗子听了,笑道:"等我变来。"说着,摇身一变,竟变了一个最标致美貌的小姐。众耗子忙笑道:"变错了,原说变果子的,如何变出小姐了?"小耗子现形笑道:"我说你们没见世面,只认得果子是香芋,却不知道盐课林老爷的小姐才是真正的'香玉'呢!"

〔黛玉翻身爬起来,抓住宝玉,又捶又拧。

黛　玉　(笑)你这个烂了嘴的!我就知道你是在讥诮我,在哄骗我呢!

宝　玉　(连连央告)好妹妹,饶了我罢,再不敢了!我因为闻见你的香气,忽然想起这个典故来。

黛　玉　(笑)你骂了人,还说是典故呢!

〔一语未了,只见史湘云走来。

湘　云　谁说典故?我也听听。

黛　玉　你瞧瞧,还有谁?他尽管骂人,还说是典故!

湘　云　别只管说笑话。今儿老太太那边,要唱女班的戏,还要摆几席酒宴,请府里大小姐妹们。你们还不去看看热闹呢!

宝　玉　那些女戏子都来了吗?

湘　云　都来了。

宝　玉　林妹妹,咱们也到那边看看去吧!

黛　玉　你去,我不去的。

湘　云　听说今儿派的戏目,是《贵妃醉酒》,那小旦唱的功夫又好。(转向黛玉)林姐姐,怎么不听去?

黛　玉　我今儿身子疲倦,心乱如麻,就有好的戏曲也听不入耳,不如一个人坐在这里好。

湘　云　林姐姐不去,咱们去吧。

〔湘云?着宝玉出去。

〔黛玉移步镜台前,整理云鬓,顾影自怜。正凝思间,宝玉又来。

宝　玉　妹妹!宝姐姐喊我到姨妈那边走一走,咱们一同去吧?

黛　玉　你去好!快和你的心肝肉儿去好!

宝　玉　(苦笑)只许和你玩,替你解闷儿!

黛　玉　没好意思的话!去不去,管我什么事?又没叫你替我解闷儿,还许你从此不理我呢!

〔黛玉赌气退坐床上,背着宝玉。

〔宝玉忙跟了过来。

宝　玉　好好的,又生气了;就是我说错了,你到底也还坐在这里。

黛　玉　你管我呢!

宝　玉　(笑)我自然不敢管你,只是你自己糟蹋坏了身体。

黛　玉　我作践了我的身子,我死我的,与你什么相干?

宝　玉　何苦来?大正月里,死了活了的。

黛　玉　偏说"死",我这会子就死!你怕死,你长命百岁地活着!好不好?

宝　玉　(笑)要像只管这么闹,我还怕死吗?倒不如死了干净。

黛　玉　(忙接着说)正是了,要是这样闹,不如死了干净!

宝　玉　我说自家死了干净,别错听了话,又赖人。

〔宝玉正说着,宝钗走进来。

宝　钗　(顾宝玉)史大妹妹等你呢!

〔宝钗推宝玉同去。

〔黛玉只见宝玉去了,越发气闷,伏窗前镜台,嘤嘤啜泣。

〔少顷,宝玉复来;黛玉抬头看,又伏下,越发抽抽搭搭地哭个不住。

宝　玉　好妹妹,你到底哭什么?莫不是我又得罪了……

〔黛玉没让宝玉说完,抢着说。

黛　玉　你又来做什么?死活凭我去罢了!横竖如今有人和你玩,比我又会念,又会作,又会写,又会说会笑,又怕你生气,拉了你去哄着你,你又来做什么呢?

［宝玉忙上前,依着黛玉。

宝　玉　(悄悄地)你这么个明白人,难道连"亲不隔疏,后不僭先"也不知道? 我虽糊涂,却明白这两句话。头一件,咱们是姑舅姐妹,宝姐姐是两姨姐妹,论亲戚也比你远。第二件,你先来,咱们两个一桌吃,一床睡,从小儿一处长大的,她是才来的,岂有个为她远你的呢?

黛　玉　(啐)我难道叫你远她? 我成了什么人了呢? 我为的是我的心!

宝　玉　我也为的是我的心。你难道就知道你的心,不知道我的心不成?

［黛玉听了,低头不语,半晌才说。

黛　玉　你只怨人行动嗔怪你,你再不知道你怄得人难受。

［二人正说着,湘云来了。

湘　云　(笑)爱哥哥! 你怎么成日在这里和林妹妹绊住,一步也走不动! 刚说找姨妈去,却又逃来了。

［宝玉无言以对,只是笑。

黛　玉　(冷嘲)偏是咬舌子爱说话,连个"二哥哥"也叫不上来,只是"爱哥哥,爱哥哥"的。回来赶围棋儿,又该你闹"幺爱三,幺爱三"了。

宝　玉　(笑对黛玉)你学惯了,明儿连你还咬起来呢。

湘　云　她再不放人一点儿,专会挑人。(对黛玉)你比世人好,也不犯见一个打趣一个。我指出个人来,你敢挑她,我就服你。

黛　玉　是谁?

湘　云　你敢挑宝姐姐的短处,就算你是个好的。

黛　玉　(冷笑)我当是谁,原来是她! 我可哪里敢挑她呢!

宝　玉　(插口)咱们来讲讲故事,别再说这个吧。

黛　玉　这咬舌子,自己输了嘴,偏要拿人家势头来哄我。

湘　云　(笑)也莫笑别人呢! 这一辈子,我自然比不上你,我只保佑着明儿得一个咬舌儿林姐夫,时时刻刻你可听:"爱呀,厄的去!"阿弥陀佛,那时才现在我眼里呢!

［宝玉扑嗤一笑。

［湘云说着,忙转身跑出。

［黛玉娇羞,追将过来。

宝　玉　当心绊倒了! 哪里就赶得上?

〔宝玉将手叉在门框上拦住。

〔湘云见宝玉拦着门,料黛玉不能出来,便立住脚。

宝　玉　饶她这一遭吧!

湘　云　(笑)好姐姐,饶我这遭儿罢!

〔黛玉拉宝玉叉着的手,欲追将过去。

黛　玉　我要饶了云儿,再不活着!

〔值凤姐来在湘云身背后,湘云婢翠缕亦来。

〔黛玉止闹。

〔湘云随众人背后,又来。

凤　姐　你们三个只管在这里玩,老太君请的那班女戏,都来了。那做小旦的,非常标致,扮上活像一个人,你们再瞧不出来。……

湘　云　(接口)我知道,是像林姐姐的模样儿。

〔宝玉听了,忙把湘云瞅了一眼,使个眼色。

宝　玉　啐!偏你又爱说话了。

〔凤姐、翠缕皆笑。

湘　云　(撒嗔)翠缕!去把我的衣包收拾了。

翠　缕　姑娘忙什么?等去的时候,收拾衣包也不迟。

湘　云　明早就走,还在这里做什么?看人家的嘴脸!

〔湘云翩然将去,宝玉追到门口,拦住去路。

〔宝玉拉着湘云的手。

宝　玉　(低声)好妹妹,你错怪了我。林妹妹是个多心的人。别人分明知道,不肯说出来,也都因怕她恼。谁知你不防头就说出来了,她岂不恼呢?(稍顿)我怕你得罪了人,所以才使眼色,你这会子恼了我,岂不辜负了我?

〔湘云摔开手。

湘　云　你那花言巧语,别望着我说,我原不及你林妹妹。她是主子小姐,我是奴才丫头,得罪了她!

〔湘云掉头不顾,同翠缕去了。

〔宝玉退坐床上。

宝　玉　(失意)琏嫂子恶作剧,无端恼了史妹妹。

凤　姐　(笑)谁叫你瞅了她,又啐了她?

黛　玉　他自己恼了人，倒要怪人家。

凤　姐　这云丫头今儿偏会撒娇撒痴，我且去看她一看。（对黛玉）你和宝少爷，等一会都过那边听戏去。

　　　　［凤姐去。

　　　　［宝玉偎着黛玉，黛玉不理。

宝　玉　（失意）凡事都有个缘故，说来人也不委曲。好好的就恼了，到底为什么起？

黛　玉　（冷笑）问我呢！我也不知为什么。我原是给你们取笑的？拿我比戏子，给众人取笑。

宝　玉　我并没有比你，也并没有笑你，为什么恼我呢？

黛　玉　你还要比！你还要笑！你不比不笑，比人家比了笑了的还厉害呢！这还可恕，你为什么和云儿使眼色？这安的是什么心？莫不是她和我玩，她就自轻自贱了？她是公侯的小姐，我原是民间的丫头。她和我玩，假如我回了口，那不是她自惹轻贱？——你是这个主意不是？你却也是好心，只是那一个不领你的情，一般也恼了。你又拿我作情，倒说我小性儿，行动爱恼人。你又怕她得罪了我——我恼了，与你何干？她得罪了我，又与你何干？

　　　　［黛玉径自听戏去了。

宝　玉　（自语）我原是一片好心，怕她两人生隙，不料反落了两处责备！"巧者劳而智者忧，无能者无所求，蔬食而遨游，泛若不系之舟。"——《南华经》内说的，我今儿总算领会了！

　　　　［宝玉感愤，至案边，提笔立占一偈。

宝　玉　（边写边念）你证我证，心证意证。是无有证，斯可云证。无可云证，是立足境。

　　　　［宝玉将偈置黛玉镜台上，又恐人看了不解，因又填一支《寄生草》，写在偈后，边写边念。

宝　玉　无我原非你，从他不解伊。肆行无碍凭来去。茫茫着甚悲愁喜？纷纷说甚亲疏密？从前碌碌却因何？到如今，回头试想真无趣！

　　　　［宝玉自言自语，自觉心中无有罣碍，行将出去。

　　　　　　　　　　　　　　　　　　　　　　——幕落

第六幕　埋　香

人　物　宝玉　黛玉　袭人　紫鹃

景　地　沁芳亭。《大观园图说》云："俯视则清溪泻玉,石磴穿云,白石栏杆,环抱沼沚。石梁跨港,为沁芳桥。桥有亭,为沁芳亭。近怡红院,为园中出入所必经,诸处之总路也。亭后有桃花山子石,山后为黛玉葬花处。"

情　节　一日,宝玉在沁芳亭桃花树下,披阅《西厢记》,见落英缤纷,任人践踏,想抛入水中,随流水以俱去。适黛玉荷着花锄至,同阅《西厢》,共扫落花。黛玉埋香,有葬花诗,寄怀幽怨。宝玉悯其情,婉言慰之,说出"看破世情,逃入空门"的话语。黛玉探怀取出宝玉置其镜台上的偈语,讥笑宝玉"参什么禅"。宝玉说:"妹妹若能伴我过一世,我还想参禅做和尚吗?设如妹妹不想我会辜负了你,也许就不作这葬花诗了。"黛玉正笑着要撕诗笺,其宠婢紫鹃来促黛玉归。

〔幕启。宝玉坐在沁芳亭边桃花底下一块石头上,细阅《西厢记》。
〔只见一阵风过,树上桃花吹下,落得满身满书满地都是花片。
〔宝玉抬头,望望树上的桃花,又看看一地落花。

宝　玉　好一个"落红成阵"!(若有所思)这满地花瓣儿,任人家践踏,实在不好。让我兜了那花瓣儿,抖在池内,任它流出沁芳闸去。
〔宝玉至池边,将花瓣抖在池内。
〔黛玉肩上担着花锄,花锄上挂着纱囊,手内拿着花帚,姗姗而来。
〔宝玉只听见背后有人问话,回头看,是黛玉。

黛　玉　你在这里做什么?
宝　玉　(微笑)来得正好,你把这些花瓣儿都扫起来,撂在那水里去罢。
黛　玉　撂在水里不好。那犄角儿上,我有一个花冢,如今把它扫了,装在这绢袋里,埋在那里,日久随土化了,岂不干净?
宝　玉　(喜不自禁)待我放下书,帮你来收拾。
黛　玉　什么书?

宝　玉　（慌忙）不过是《中庸》《大学》。

　　　　〔宝玉边说，边将书藏身后。

黛　玉　你又在我跟前弄鬼。趁早儿给我瞧瞧，好多着呢！

宝　玉　妹妹，要论你，我是不怕的。你看了，好歹别告诉人。真是好文章！你要看了，连饭也不想吃呢！

　　　　〔宝玉一面说，一面递过去。

　　　　〔黛玉放下花具，接书来瞧，从头看去，但觉词句警人，余香满口。一面看了，只管出神，口中还低声记诵。

宝　玉　妹妹，你说好不好？

黛　玉　（微笑着点头）果然是好文章。

宝　玉　（笑谑）我是个"多愁多病的身"，你就是那"倾国倾城的貌"。

　　　　〔黛玉听了，不觉带腮连耳的通红，登时竖起两道似蹙非蹙的眉，瞪了一双似睁非睁的眼，桃腮带怒，薄面含嗔，指着宝玉。

黛　玉　你这该死的，胡说了！好好儿的，把这些淫词艳曲弄了来，说这些混账话，欺负我。（眼圈儿红了）我告诉舅舅、舅母去！

　　　　〔黛玉转身就走。宝玉忙上前拦住。

宝　玉　好妹妹，千万饶我这一遭！要有心欺负你，明儿我掉在池子里，叫个癞头鼋吃了去，变个大王八，等你明儿做了"一品夫人"，病老归西的时候，我往你坟上替你驮一辈子碑去。

　　　　〔黛玉"扑嗤"一声笑，一面揉着眼，一面笑着说。

黛　玉　一般唬的这么个样儿，还只管胡说。——呸！原来也是个"银样蜡枪头"！

宝　玉　（笑）你说说，你这个呢？也是那《西厢记》中的词句！我也告诉去。

黛　玉　（笑）你说你会"过目成诵"，难道我就不能"一目十行"了！

　　　　〔宝玉收起《西厢记》。

宝　玉　正经快把花儿埋了吧！别提那些个了。

　　　　〔二人收拾落花。

　　　　〔只见袭人走来。

袭　人　哪里没找到？摸在这里来了！老太太叫你去，快回去换衣裳吧。宝姐姐等着同你一块去哩！

宝　玉　这就回去。(对黛玉)你把落花掩埋好。
　　　　〔宝玉、袭人同去。
　　　　〔黛玉葬花,口里喃喃念着古诗词的句子。
黛　玉　水流花谢两无情——
　　　　流水落花春去也,天上人间——
　　　　〔黛玉感花伤己,心痛神驰。
　　　　〔她坐到桃花树下的石头上,眼中落泪,啜泣伤心。
　　　　〔她探帕怀中,诗笺堕地。发觉后,俯首拾起诗笺,展开低吟,一面哽咽。
黛　玉　花谢花飞飞满天,红消香断有谁怜?
　　　　游丝软系飘春榭,落絮轻沾扑绣帘。
　　　　闺中女儿惜春暮,愁绪满怀无着处;
　　　　手把花锄出绣帘,忍踏落花来复去?
　　　　柳丝榆荚自芳菲,不管桃飘与李飞;
　　　　桃李明年能再发,明年闺中知有谁?
　　　　一年三百六十日,风刀霜剑严相逼;
　　　　明媚鲜妍能几时,一朝漂泊难寻觅。
　　　　花开易见落难寻,阶前愁杀葬花人;
　　　　独把花锄偷洒泪,洒上空枝见血痕。
　　　　昨宵庭外悲歌发,知是花魂与鸟魂?
　　　　花魂鸟魂总难留,鸟自无言花自羞;
　　　　愿侬此日生双翼,随花飞到天尽头。
　　　　天尽头!何处有——
　　　　〔黛玉啜泣,置诗笺在身旁。
　　　　〔宝玉早已在沁芳亭另一侧山旁听痴了,忽见黛玉低吟中止,便绕到黛玉背后,拾起诗笺,在一旁披读。
宝　玉　(低吟)何处有香丘?
　　　　未若锦囊收艳骨,一抔净土掩风流;
　　　　质本洁来还洁去,不教污淖陷渠沟。
　　　　尔今死去侬收葬,未卜侬身何日丧?
　　　　侬今葬花人笑痴,他年葬侬知是谁?

试看春残花渐落,便是红颜老死时——
一朝春尽红颜老,花落人亡两不知!

黛　玉　(抬着泪眼)还给我吧!

　　　　［宝玉因看到诗笺上有"一朝春尽红颜老,花落人亡两不知"等句,不觉悲伤!

宝　玉　(沉思)诸姐妹花颜月貌,将来亦到无可寻觅之时,宁不心碎肠断。姐妹无可寻觅之时,我自己又在什么地方呢?将来这大观园,这些花、柳,又不知当属谁姓?

黛　玉　我无可寻觅之时,还有宝姐姐等着你呢!伤心什么!

　　　　［黛玉长叹一声,抽身便走。
　　　　［宝玉自觉无味,连忙赶上去。

宝　玉　你且站着。你又不理我;我只说一句话,从今以后,撂开手。

黛　玉　请说吧!

宝　玉　(强颜微笑)两句话,说了你听不听呢?

　　　　［黛玉听说,回头又要走。
　　　　［宝玉在身后叹道。

宝　玉　既有今日,何必当初?

　　　　［黛玉听见这话,由不得站住,回头。

黛　玉　当初怎么样?今日怎么样?

宝　玉　嗳!当初姑娘来了,那不是我陪着玩笑?凭我心爱的,姑娘要,就拿去;我爱吃的,听见姑娘也爱吃,连忙收拾得干干净净收着,等着姑娘回来。一个桌子上吃饭,一个床儿上睡觉。丫头们想不到的,我怕姑娘生气,替丫头们都想到了。我想着:姐妹们从小儿长大,亲也罢,热也罢,和气过日子,才见得比别人好。如今谁承望姑娘人大心大,不把我放在眼里,三日两天不理我,倒把什么"宝姐姐""凤姐姐"的放在心坎上。我又没个亲兄弟、亲妹妹——虽然有两个,你难道不知道是我隔母的?我也和你是独出,只怕你和我的心一样——谁知我是白操了一番心!

　　　　［宝玉不觉悲伤起来。
　　　　［黛玉听了,又见宝玉这光景,心内不觉灰了大半,低头不语。
　　　　［宝玉见黛玉低头不语,遂又说话。

宝　玉　我也知道,只凭我怎么不好,万不敢在妹妹跟前有错处。——就有一二分错处,你或是教导我,戒我下次,或骂我几句,打我几下,我都不灰心。谁知你总爱理就理,不爱理就不理我,叫我摸不着头脑儿,少魂失魄,不知怎样才好。(略有所思)莫非叫我只好看破世情,逃入空门!

黛　玉　你成天只管想做和尚。那天你写的那偈语,还记得吗?

宝　玉　什么偈语?我倒忘了。

黛　玉　那天放在镜台上的那偈语,不是你写的,倒是谁会写了来?

宝　玉　是我写的吧?给我看看。

黛　玉　(探怀拿出)你自己看看。是谁写的。

宝　玉　(拿笺念)你证我证,心证意证;是无有证,斯可云证;无可云证,是立足境。(笑)那不过是一时的感想,写起来玩玩,不料妹妹认真收藏了。

黛　玉　(若有所思)我问你:至贵者"宝",至坚者"玉"。尔有何贵?尔有何坚?
　　　　[宝玉被问住,竟不能答。

黛　玉　这样愚钝,还参禅呢!(略停顿)你道"无可云证,是立足境"两句,固然好了,只是据我看来,还要续两句才好。

宝　玉　什么两句?

黛　玉　还要续下"无立足境,方是干净"两句。

宝　玉　妙极了!亏你想得出来。

黛　玉　当日南宗六祖惠能初寻师至韶州,闻五祖弘忍在黄梅,他便充作火头僧。五祖欲求法嗣,令诸僧各出一偈。上座神秀说道:"身是菩提树,心如明镜台;时时勤拂拭,莫使有尘埃。"惠能在厨房舂米,听了道:"美则美矣,了则未了。"因自念一偈曰:"菩提本非树,明镜亦非台;本来无一物,何处染尘埃?"五祖便将衣钵传给了他。——今儿这偈语亦同此意。这便丢开手不成?我所知的,你还不知,参什么禅呢!

宝　玉　(笑)谁又参禅,不过是一时的玩话罢了。

黛　玉　只是以后再不许参禅了。

宝　玉　妹妹若能伴我过一世,我还想参禅做和尚吗?设如妹妹不想我会辜负了你,也许就不作这葬花诗了。

黛　玉　(微笑)那也是一时的感想,没有什么意思,都把它们撕了吧!
　　　　[正要撕诗笺,紫鹃来了。

　　　　　〔黛玉随手将诗笺藏入怀中。
紫　鹃　我找了半天,姑娘原来就在这里。
黛　玉　憨丫头,这时又打从哪里来?
紫　鹃　我来找姑娘哩。琏嫂子送了些茶叶来,她在等着你回去哩。
黛　玉　我就回去。你好把这花锄、花帚,带回去。
　　　　　〔黛玉匆匆回去。
　　　　　〔宝玉拉紫鹃,到石头上坐了。
　　　　　〔宝玉依偎着紫鹃。
宝　玉　林妹妹咳嗽可好些了?
紫　鹃　好些了。
宝　玉　阿弥陀佛!宁可好了吧!
紫　鹃　(笑)你也念起佛来了,真是新闻!
宝　玉　(笑)所谓"病急乱投医"了。
　　　　　〔宝玉一面说,一面见紫鹃穿着弹墨绫薄棉袄,外面只穿着青缎夹背心,
　　　　　便伸手向她身上抹了一抹。
宝　玉　穿这样单薄,还在风口里坐着,时气又不好,你再病了,越发难了。
紫　鹃　(推着宝玉)从此咱们只可说话,别动手动脚的:一年大,二年小的,叫
　　　　　人看着不尊重。打紧的那起混账行子们,背地里说你,你总不留心!
　　　　　〔紫鹃说着,起身带了花锄花帚,跑了。
　　　　　〔宝玉心中像浇了一盆冷水一般,只瞅着落花发呆出神。
　　　　　　　　　　　　　　　　　　　　　　　　　　　——幕落

第七幕　娇　　玩

人　物　宝玉　晴雯　黛玉　袭人　鸳鸯　湘云
　　　　李贵　老嬷　茗烟
景　地　怡红院。《大观园图说》云:"粉垣环护,绿柳遮堂,进门西边,游廊相接。
　　　　院中点衬几块山石,一边种几本芭蕉,一边种一株西丹砂。上面小小五
　　　　间抱厦,曰怡红院;其中收拾,与别处不同,分不出间隔。四面皆雕空

玲珑木板：或流云百蝠，或岁寒三友，或山水人物，或翎毛花卉，或集锦仿古，或万福万寿。各种花样，皆经名手雕镂，镶金嵌玉。逐一隔中，或贮书，或设鼎，或安置笔砚，或供设花瓶，或安放盆景。其格之式样，或圆或方，或葵花蕉叶，或连环半壁，真是花团锦簇，玲珑剔透。倏尔五彩纱糊，竟是小窗；倏尔彩绫轻覆，竟如幽户。且满墙皆是随依古董玩器之形，抠成槽子，如琴剑悬瓶之类，俱悬于壁，而都与壁相平。地上砖面，皆碧绿凿花。"读此，可想见怡红院大概矣。

情　节　晴雯，宝玉宠婢也。端阳节这日，晴雯偶失手，扇堕骨折，为宝玉所訾，反唇相讥；袭人劝之，又与口角，经黛玉调停，始释芥蒂。时鸳鸯托一盘粽子进，说薛姨妈叫宝玉吃鹅掌去。迨归，宝玉见晴雯在枕榻上假寐，与之语。晴雯撕扇，宝玉喝彩，且说"千金难买一笑"。旋湘云自家来，语际，宝玉欲取所佩金麒麟示湘云，方知已失。正慌忙间，湘云出途中所拾者献之，知系原物，相顾而笑。有顷，李贵奉贾政命，召宝玉。宝玉不耐烦，又听湘云劝说些"仕途经济"的话，大觉逆耳。袭人、湘云疑为客至求见者，迨老媪、茗烟相继入报，乃知为金钏儿投井诸事，宝玉受父严杖云。

[幕启。端阳佳节，蒲艾簪门，虎符系臂。宝玉坐在房中，托着杯子，喝茶。

[午间，王夫人曾治了酒席，请薛家母女等过节。宝玉因昨日奚落过宝钗，宝钗今天便淡淡的不和他说话。黛玉见宝玉懒懒的，只当是他因为得罪了宝钗的缘故，心中不受用。王夫人见宝玉没精打采，也只当是昨日金钏儿之事，他没好意思，越发不理他。因此，酒席间大家坐了一坐，就散了。

[此时，宝玉心中闷闷不乐。喝茶间，他长吁短叹。

[偏偏晴雯进来，不防又把扇子失了手，掉在地上，将骨子跌折。

晴　雯　（拾了扇）哎哟！骨子跌折了。

宝　玉　（叹）蠢才，蠢才！将来你自己当家立业，难道也是这么观前不顾后的？

晴　雯　（冷笑）二爷近来气大得很，动不动就给脸子瞧。先前什么玻璃缸、玛瑙碗，不知弄坏了多少，也没见个大气儿。这会子一把扇子，就这么着急了。何苦来呢！嫌我们就打发了我们，再挑好的使。好离好散的，倒不好？

宝　玉　(气得浑身乱战)你不用忙，将来横竖有散的日子！

〔袭人在里间房子早听见，忙赶出来。

袭　人　(向宝玉)好好的，又怎么了？可是我说的：一时我不到就有事故儿。

晴　雯　姐姐既会说，就该早来呀，省了我们惹得生气。常日里，就只是你一个人会服侍，我们原不会服侍。因为你服侍得好，昨日才挨窝心脚。我们不会服侍的，明日还不知犯什么罪呢！

〔袭人听了这话，又是恼，又是愧；见宝玉在生气，只得自己忍了性子。

袭　人　好妹妹，你出去逛逛，原是我们的不对！

晴　雯　(冷笑)我倒不知道，你们是谁？别叫我替你害臊了！你们鬼鬼祟祟干的那些事，也瞒不过我去。——不是我说：明公正道，连个姑娘还没挣上去呢，也不过和我似的，那里就称起"我们"来了！

宝　玉　你们气不忿，我明日偏抬举她。

袭　人　(拉宝玉的手)她一个糊涂人，你和她分证什么？况且你素日又是有担待的，比这大的，过去了多少，今日是怎么了？

晴　雯　(冷笑)我原是糊涂人，哪里配和我说话！我不过奴才罢咧！

袭　人　姑娘到底是和我拌嘴，是和二爷拌嘴呢？要是心里恼我，你只和我说，犯不着对二爷吵；要是恼二爷，不该这么吵得万人知道。我不过是进来劝开，了事，大家保重。姑娘倒寻上我的晦气！又不像是恼我，又不像是恼二爷，夹枪带棒，终究是个什么主意？

宝　玉　(顾晴雯)你也不用生气，我也猜着你的心事了，我回太太去，你也大了，打发你出去，可好不好？

〔宝玉说着，站起来就要走。

〔袭人忙拦住。

袭　人　好没意思！认真地去回，你也不怕臊了她！就是她认真要去，也等把这气平下去了，等无事中说话儿，回了太太也不迟。这会子急急地当一件正经事去回，岂不叫太太犯疑！

宝　玉　太太必不犯疑，我只明说是她闹着要去的。

晴　雯　(含泪)我多早晚闹着要去？尽管生了气，还拿话压派我。——只管去回，我一头碰死了，也不出这门儿。

宝　玉　这又奇了。你又不去，你又只管闹，我经不起这么吵，不如去了，倒干净。

〔宝玉一定要去回。

〔晴雯在旁哭泣，方欲说话，只见黛玉进来。

黛　玉　（微笑）大节下，怎么好好的哭起来？难道是为争粽子吃，争恼了不成？

〔宝玉和袭人都"扑嗤"的一笑。

〔黛玉拍着袭人的肩膀。

黛　玉　（笑）好嫂子，你告诉我，必定是你们两口儿拌了嘴？

袭　人　（推黛玉）姑娘，你闹什么？我们一个丫头，姑娘只是浑说。

黛　玉　你说你是丫头，我只拿你当嫂子待。

宝　玉　你何苦来替她招骂呢？尽管这么着，还有人说闲话，还搁得住你来说这些个！

袭　人　姑娘，你不知道我的心，除非一口气不来，死了，倒也罢了。

黛　玉　（笑）你死了，别人不知怎么样，我先就哭死了。

宝　玉　（一语双关）你死了，我做和尚去。

袭　人　你老实些儿罢，何苦还浑说！

黛　玉　（伸两个指头，抿着嘴笑）做了两回和尚了！我从今以后，都记着你做和尚的次数。

〔宝玉听了，知道是点他前日的话，自己一笑，把话题岔开。

宝　玉　云妹说是今儿要来看龙船，你可看见她来呢？

黛　玉　我正想到老太太那边问看来。

〔鸳鸯进，一手托一碟茶果，一手托一盘粽子。

〔宝玉接过粽子。

宝　玉　大家吃来！这粽子做得怪好看的。

鸳　鸯　宝二爷，这不是给你吃的。刚才薛大爷不是在找你吃酒去吗？

宝　玉　吃什么酒？

鸳　鸯　说是薛姨妈晓得你爱吃鹅掌，又糟了一大锅，叫你吃去哩。你还吃这粽子吗？

宝　玉　我尝尝看。

[宝玉夹了一大块粽子,塞入嘴里,起身而去。
　　　[鸳鸯跟了出去。
袭　人　(笑)林姑娘,我们也都尝尝吧。
黛　玉　好的。老太太好意送了来,大家都该吃了,才不怠慢。晴雯,你不要恼了,伴我们吃来。
晴　雯　我们吃不来的。
黛　玉　你还有什么气不了的?
　　　[黛玉用箸夹了一块粽子,向晴雯口里塞将进去。
晴　雯　(强笑)林妹妹,我怎么当得起?你这么来,倒要折了我的寿数了!
黛　玉　我看见你们生成乖巧,只当自家亲姐妹一样,有什么当不起的?嘴儿开吧,只吃这个。
　　　[晴雯嘴半开不开地推拒了一回,粽子坠地,大家喧笑起来。
　　　　　　　　　　　　　　——幕落,复启

　　　[景地依然,晴雯睡在枕榻上。少顷,宝玉酩酊进来。
宝　玉　(拉着晴雯)袭人,你困啦?
　　　(在榻沿上坐下)
晴　雯　(翻起身)何苦来,又招我?
宝　玉　(笑)我只当是袭人呢!(拉晴雯在身旁坐下)你的性子越发惯娇了。你跌了扇子,我不过说了那么两句,你就说上那些话。你说我也罢了,袭人好意劝你,你又拉扯上她。你自己想想,该不该?
晴　雯　怪热的,拉拉扯扯的做什么?叫人看见什么样儿呢?我这个身子本不配坐在这里。
宝　玉　你既知道不配,为什么躺着呢?
晴　雯　("嗤"的一笑,片刻才说)你不来使得,你来了就不配了。——起来让我洗澡去。袭人洗过了,我叫她来。
宝　玉　我才喝了好些酒,还得洗洗。你既没洗,拿水来,咱们两个洗。
晴　雯　(摇手,笑)罢,罢!我不敢惹爷。还记得碧痕打发你洗澡呵!足有两三个时辰,也不知道做什么呢!后来洗完了,我们进去瞧瞧,地下的水,淹着床腿子,连席子上都汪着水,也不知是怎么洗的?今日也凉快,我也不洗了，我舀一盆水来你洗洗脸，篦篦头。刚才鸳鸯送了好些果子来，都浸在那水晶缸里，叫她们打发你吃不好吗？

宝　玉　既这么着，你不去，就洗洗手，给我拿果子来吃罢。

晴　雯　可是说的，我一个蠢才，连扇子还跌折了，哪里还配打发吃果子呢！倘或再砸了盘子，更不得了！

宝　玉　（笑）你爱砸就砸。这些东西，不过是供人所用，你爱这样，我爱那样，各有性情；比如那扇子，原是扇的，你要撕着玩儿，也可以使得，可是别生气时拿它出气；就如杯盘，原是盛东西的，你喜欢听那一声响，就故意砸了，也是使得的，只别在气头儿上拿它出气。——这就是爱物了。

晴　雯　（笑）既这么说，你就拿了扇子来我撕。我最喜欢听撕的声儿。

〔宝玉笑着，把扇子递给晴雯。

〔晴雯接过扇子，"嗤"的一声，撕作两半。接着又听"嗤""嗤"几声。

宝　玉　（喝彩）撕得好，再撕响些！

晴　雯　（撒娇）还有吧？再拿了来。只恐一千把，我都撕得来。

宝　玉　哈哈！怕不会撕坏了你的指头吧？

〔正说着，袭人洗过澡才换了衣服，手拿扇子走来。

〔袭人见晴雯撕扇子，瞪了一眼。

袭　人　（啐道）少作点孽儿罢！

〔宝玉赶上来，一把将袭人手里的扇子也夺了递给晴雯。

〔晴雯接了，也撕作几半子。

〔宝玉、晴雯二人大笑。

袭　人　这是怎么说的？拿我的东西开心儿！

宝　玉　你打开扇子匣子拣去，什么好东西！

袭　人　既这么说，就把扇子搬出来，让她尽力撕不好吗？

宝　玉　你就搬去。

袭　人　我可不造这样的孽！她没折了手，叫她自己搬去。

〔晴雯笑着，倚在床上。

晴　雯　我也乏了，明天再撕罢。

宝　玉　古人云："千金难买一笑"，几把扇子，能值几个钱？

袭　人　（对宝玉）别只管闹，把那玻璃盏的茶果，拿来给你吃吧！

宝　玉		好吧，叫晴雯拿来吃。
晴　雯		你叫别人打发你吃，我到林姑娘那边坐去。

〔晴雯出，袭人打发宝玉吃果子。

宝　玉		湘云今儿来了，可曾来过这边？
袭　人		她来了吗？你可曾见过？
宝　玉		我听莺儿说的。
袭　人		那么，我去看她一下。

〔袭人将出，湘云喜洋洋走进来。

湘　云		（口吃）宝爱爷，袭姐姐，我来了半天，你们只管躲在这里，连睬也不睬我一下。
袭　人		（携手笑说）我们正在念你，要到老太太那边看你，可巧就来了。你这趟回去这么久，把姐妹们都忘了。
湘　云		（笑）我每日都忘不了你们，尤其是没有一天不念着你这好嫂子。
袭　人		你果真有这心吗？
宝　玉		我们念你整半天，挨到这会才来，没有莺儿说了，我还不知道呢！
湘　云		都是姐妹们缠着我说话，所以来迟了。
宝　玉		你该早来，我得了一件好东西，专等你呢。

〔宝玉说着，一面在身上掏了半天。

湘　云		什么好东西？
宝　玉		让我拿给你瞧瞧，便就知道。（在身上掏）哎呀！袭人，那个东西你收拾起来了么？
袭　人		什么东西？
宝　玉		前日得的麒麟。
袭　人		你天天带在身上，怎么问我？

〔宝玉听了，将手一拍，顿足。

宝　玉		这可丢了！往哪里找去？
湘　云		你几时又有个麒麟了？
宝　玉		前日好容易得的呢！不知多早晚丢了，——我也糊涂了。
湘　云		幸而是个玩的东西，还这么慌张。（将手一撒，擎出麒麟）你瞧瞧，是这个不是？

宝　玉　（欢喜非常）正是这个！正是这个！亏你拣了！你是怎么拾着的？

湘　云　刚才来的时候，在那蔷薇架下，看见金晃晃的一件东西，忙赶去拾起来，才知道是个金麒麟。幸而是这个，明日倘或把大印也丢了，难道也就罢了不成？

宝　玉　倒是丢了大印平常；若丢了这个，我就该死了。

袭　人　（对湘云）亏你眼睛好，设如别人拾了去，又要哪里找了来？

湘　云　可不是吗？宝爱爷合该谢我一杯茶。

　　〔袭人倒了茶来与湘云喝。

袭　人　大姑娘，我前日听见你大喜呀。

　　〔湘云红了脸，扭过头去喝茶，一声也不答应。

袭　人　（笑）这会子又害臊了？你还记得那几年，咱们在西边暖阁上住着，晚上你和我说的话？那会子不害臊，这会子怎么又臊了？

湘　云　你还说呢！那会子咱们那么好，后来我们太太没了，我家去住了一程子，怎么就把你配给了他（指宝玉）；我来了，你就不那么待我了。

袭　人　（红着脸笑）罢哟！先头里"姐姐"长，"姐姐"短，哄着我替你梳头洗脸，做这个，弄那个；如今拿出小姐款儿来了。你既拿款，我敢亲近吗？

湘　云　阿弥陀佛！冤哉枉哉！我要这么着，就立刻死了。你瞧瞧，这么大热天，我来了，必定先瞧瞧你，你不信，问缕儿，我在家时时刻刻，哪一回不想念你几句？

宝　玉　（笑劝道）说玩话儿，你又认真了。还是这么性儿急。

湘　云　你不说她的话刺人，倒说人性急。

　　〔湘云一面说话，一面打开绢子，将戒指递与袭人。

湘　云　袭人姐姐，这枚戒指送你，你试试看。

袭　人　你前日送你姐姐们的，我已经得了；今日你亲自又送来，可见你的真心，没忘了我。

湘　云　是谁给你的？

袭　人　是宝姑娘给我的。

湘　云　（叹道）我只当是林姐姐送你的；原来是宝姐姐给了你。我天天在家里想着，这些姐姐们，再没一个比宝姐姐好的。可惜我们不是一个娘养的。我但凡有这么个亲姐姐，就是没了父母，也没妨碍的。

宝 玉		罢,罢,罢！不用提起这个话了。
湘 云		提起这个便怎么？我知道你的心病,恐怕你的林妹妹听见,又嗔我赞了宝姐姐了。可是为这个不是？
袭 人		("嗤"的一笑)云姑娘,你如今大了,越发心直嘴快了。
宝 玉		我说你们这几个人难说话,果然不错。
湘 云		好哥哥,你不必说话叫我恶心；只会在我跟前说话,见了你林妹妹,又不知怎么好了。

〔正说着,李贵进。

李 贵		老爷说,叫二爷出去一会。

〔宝玉听了,心中好不自在。

袭 人		莫不是又有客人来了,叫二爷会客。
李 贵		并不见客人来,老爷只说有话吩咐。
宝 玉		便是有客来,见我做什么！
湘 云		(笑)主雅客来勤,自然你有些警动他的好处,他才要会你。
宝 玉		罢,罢！我也不过俗中又俗的一个俗人罢了,并不愿和那些人来往。
湘 云		还是这个性儿,改不了。如今大了,你就不愿去考举人进士的,也该常会会这些为官作宦的,谈谈那仕途经济,也好将来应酬事务,日后也有个正经朋友。

〔宝玉听了,大觉逆耳。

宝 玉		姑娘请别的屋里坐坐罢,我这里仔细腌臜了你这样知经济的人！
袭 人		(连忙解说)姑娘快别说他。上回也是宝姑娘说过一回,他也不管人脸上过不去,嗐了一声,拿起脚就走了。宝姑娘登时羞得脸通红。幸而是宝姑娘,有涵养,心地宽大。要是林姑娘,不知又闹得怎么样,哭得怎么样呢！谁知这一位(指宝玉)反倒和宝姑娘生分了。
宝 玉		林姑娘从来说过这些混账话吗？要是她也说过这些混账话,我早和她生分了。
湘 云		(笑)这原是混账话吗？

〔宝玉和李贵同出。

湘 云		今天是端阳节,咱们何不看看划龙船去？
袭 人		你瞧瞧那衣服呢,二爷赶着明儿要穿,我还有心看热闹吗？

湘　云　何不早就叫奶奶那些丫头替你做,等时候紧了,才忙不开呢?

袭　人　偏生他牛心左性,凭着小的大的活计,一概不要家里这些活计上的人做,我又弄不开这些。

湘　云　(笑)你不要忙,我也替你做些如何?

袭　人　当真的?这可就是我的造化了!

湘　云　要是二爷知道我做的,怕索性不穿了。

袭　人　他只不要别的丫头做,若知道姑娘做的,还要喜欢得不得了哩。

〔两人缝着衣,几分钟后,一个聋子老媪慌忙走进来。

老　媪　(气喘)哎呀!我住府里十多年,未见过老爷的气性像今天这么大!他喊着要找宝二爷,我三步做两步,一气跑过来……

湘　云
袭　人　(二人惊惶)为什么事?

老　媪　(倾耳)什么?

袭　人　老爷生气什么事?

老　媪　气得要命,没有死。

湘　云　(口吃)老爷生气宝二爷吗?

老　媪　生气哟!也不知忠顺府长府官来说些什么话儿。说什么他们府里的小旦琪官儿,三五日不回去,叫宝二爷须将琪官儿放回……我又耳聋,只没头没尾的,听他们说了这几句话,不知究竟是怎么一回事哩。

〔正说着,宝玉的书童茗烟,慌张跑来。

茗　烟　(喊)袭人!老爷打死宝二爷了!快过来,要紧,要紧!

老　媪　(惊骇)跳井!谁跳井?

袭　人　(焦急)唉呀!天啊,他何时又闹出乱子来了?你不早来透个信儿!

茗　烟　(急)偏我没在跟前,打到半中间,我才听见,忙打听缘故,却是为琪官儿和金钏儿姐姐的事。

袭　人　老爷怎么知道了?

茗　烟　那琪官儿的事,多半是薛大爷素昔吃醋,不知挑唆了谁来,在老爷跟前下的蛆。那金钏儿姐姐的事,听见跟老爷的人说,是三爷贾环在老爷面前告的状,添了许多的话,说什么宝二爷前日在太太屋里,拉着太太的丫头金钏儿,强奸未遂,金钏儿被太太打了一顿,便赌气投井死了——

绛洞花主

袭　人　告什么状！宝玉不过是在太太房里和金钏儿闹着玩,说要向太太讨了她；金钏儿回说"金簪儿掉在井里头,——有你的只是有你的",被太太听见打了个嘴巴,撵了出去。那金钏儿含羞忍辱投井……

湘　云　都别说了,快看看去！

［众人慌慌张张下。

——幕落

第八幕　问　病

人　物　宝玉　宝钗　黛玉　贾母　王夫人　薛姨妈　凤姐
　　　　袭人　玉钏　莺儿　晴雯

景　地　同前幕怡红院。

情　节　宝玉被笞后,卧床静养。宝钗、黛玉来怡红院省视,争致殷勤。贾母、王夫人、凤姐、薛姨妈也相继来探视。宝玉嘱宝钗婢莺儿,为结丝绦,玉钏偕来,容貌惨沮。宝玉知其为姐姐金钏儿之死而悲伤,计解慰之。既而晴雯来,询问宝玉是否借书用功,宝玉加以解释,并拿两条旧绢子,叫晴雯转与黛玉,作题诗之用。

［幕启。宝玉卧床。袭人在宝玉身边坐着,双眼含泪。

袭　人　怎么就打到这步田地？

宝　玉　（叹气）不过为那些事,问他做什么！只是下半截疼得很,你瞧瞧打坏了哪里？

［袭人轻轻伸手进去,要将宝玉中衣脱下。略动一动,宝玉便咬牙叫"哎哟",袭人忙停手；如此三四次,才褪下来了。袭人睇视,叫了起来。

袭　人　我的娘！半段腿儿都是青紫僵痕,怎么下这般的狠手！——你但凡听我一句话,也不到这个份儿。幸而没动筋骨,倘或打出个残疾来,可叫人怎么办呢？

［正说着,只听丫鬟们说："宝姑娘来了。"

［袭人知道穿不及中衣,便拿一床夹纱被,替宝玉盖了。

81

〔宝钗手里托着一丸药走进,将药递给袭人。

宝　钗　晚上,把这药用酒研开,替他敷上,把那淤血的热毒散开,就好了。
　　　〔宝钗又问宝玉——

宝　钗　这会子可好些?

宝　玉　好些了。

宝　钗　(叹)早听人一句话,也不至有今日。别说老太太、太太心疼,就是我们看着,心里也——
　　　〔宝钗刚说了半句,又忙咽住,不觉眼圈微红,双腮带赤,低头不语,只管弄衣带。

宝　玉　你放心,我这样躺着,倒觉舒服得多。
　　　〔宝钗转向袭人。

宝　钗　怎么好好的动了气,就打起来了?

袭　人　(悄悄)薛大爷挑唆人把琪官儿的事说出,老爷本就有气;贾环又在老爷面前告二爷的状,说二爷要奸污金钏儿,老爷动了气就打起来了。
　　　〔宝玉听见拉上薛蟠,唯恐宝钗多心不愉快,忙止住袭人。

宝　玉　薛大哥从来不是这样,你们别乱猜度。

宝　钗　(笑道)据我想,到底宝兄弟素日肯和那些人来往,老爷才生气。袭姑娘从小只见过宝兄弟这样细心的人,何曾见过我哥哥那天不怕、地不怕、心里有什么口里说什么的人呢?
　　　〔宝钗起身。

宝　钗　下午再来看你,好生养着吧。
　　　〔袭人送宝钗出院外。
　　　〔宝玉默默躺在床上,无奈臀上作痛,如针挑刀挖一般,禁不住"嗳哟"之声。
　　　〔黛玉进,满面泪光,走近床前,推着宝玉。
　　　〔宝玉将身子欠起来,叹了口气,仍旧倒下。

宝　玉　你又做什么来?我虽然挨了打,却也不很觉得疼痛。我这个样儿是装出来哄他们,好在外头散布给老爷听。其实是假的,你别信真了。
　　　〔黛玉心中提起万句言词,要说时却不能说得半句。半天,才抽抽噎噎地说——

黛　玉　你可都改了罢！
宝　玉　（长叹）你放心，别说这样的话。我便为这些人死了，也心甘情愿。
　　　　［一句话未了，只听见袭人在院外说："二奶奶来了。"黛玉知是凤姐来了，连忙立起身。
黛　玉　我从后院子里去罢，回来再来。
　　　　［宝玉一把拉住黛玉。
宝　玉　这又奇了！好好的，怎么怕起她来了？
　　　　［黛玉急得跺脚。
黛　玉　（悄悄）你瞧瞧我的眼睛，又该她们拿咱们取笑开心了！
　　　　［宝玉忙放手。黛玉三步两步转过床后，出了后院。
　　　　［袭人引凤姐进。
凤　姐　可好些了？想什么吃？叫人往我那里取去。
　　　　［才说着，贾母搭着薛宝钗的手，后头是薛姨妈、王夫人，都来了。
贾　母　宝玉儿，可好些？儿子不好，原是要管的，不该打到这个份儿！他那样下死手的板子，难道宝玉儿就禁得起？他说教训儿子是光宗耀祖，可当日他父亲怎么教训他来着！
　　　　［贾母一面说，一面看宝玉，又是心疼，又是生气，不觉泪往下流。
　　　　［宝玉忙欲欠身，口里答应着——
宝　玉　好些，老祖宗，我好些了！
　　　　［薛姨妈忙扶他睡下。
宝　玉　只管惊动姨娘姐姐，我当不起。
薛姨妈　想什么，只管告诉我。
宝　玉　（笑）我想起来，自然和姨娘要去。
王夫人　你想什么吃？回来好给你送来。
宝　玉　倒不想什么吃。只是那一回做的小荷叶儿小莲蓬儿的汤还好些。
凤　姐　（笑道）都听听！口味倒不算高贵，只是太磨牙了。巴巴儿的想这个吃！
贾　母　（一叠连声）做去！做去！
凤　姐　老祖宗别急，我想想这模子是谁收着呢？……
薛姨妈　吃碗汤，还有什么样的模子呢？
凤　姐　（笑道）那是四副银模子，都有一尺多长，一寸见方。上面凿着豆子大小,也有菊花的,也有梅花的,也有莲蓬的,也有菱角的,共有三四十样,打得十分精巧。多半是在茶房里,或在管金银器的那里。

薛姨妈　你们府上都想绝了!要我见了,也认不得是做什么用的。

凤　姐　姑妈不知道,这是旧年备膳的时候,他们想的法儿,不知弄什么面印出来,借点新荷叶的清香,全仗着好汤,我吃着究竟没有什么意思。那一回呈样,做了一回。他今儿怎么想起来了!要来银模子,吩咐厨房立刻拿几只鸡,另外添了东西,做十碗汤来。

王夫人　要这么些做什么?

凤　姐　这一宗东西,家常不大做,今儿宝兄弟提起来,不如就势儿弄些大家吃吃。

贾　母　(笑)猴儿,把你乖的!拿着官中的钱做人情。
〔众人皆笑。

凤　姐　这不相干。这个小东道儿我还孝敬得起。——回头吩咐厨房只管好生添补着做了,在我账上领银子。
〔凤姐出。

宝　钗　我来了这么几年,留神看起来,二嫂子凭她怎么巧,再巧不过老太太。

贾　母　我的儿!我如今老了,哪里还巧什么?当日我像凤丫头这么大年纪,比她还来得呢!凤儿嘴乖,怎么怨得人疼她。她比你姨娘强远了!你姨娘可怜见的,不大说话,公婆跟前就不献好儿。

宝　玉　(笑道)要这么说,不大说话的就不疼了?

贾　母　不大说话的人有不大说话的可疼之处;嘴乖的也有一宗可嫌的,倒不如不说的好。

宝　玉　这就是了。我说大嫂子倒不大说话呢,老太太也是和凤姐一样的疼。要说单是会说话的疼,这些姐妹里头也只是凤姐和林妹妹可疼了。

贾　母　提起姐妹,不是我当着姨太太的面奉承:千真万真,从我们家里四个女孩儿算起,都不如宝丫头。

薛姨妈　(笑)这话是老太太说偏了。

王夫人　(笑)老太太时常背地里和我说宝丫头好,这倒不是假话。
〔宝玉勾着贾母,原为要赞黛玉,不想反赞起宝钗来,便看着宝钗一笑。
〔宝钗早扭过头和袭人说话去了。

［贾母立起身来。

贾　母　我们吃饭去。宝玉儿好生养着罢。
　　　　［贾母方扶着宝钗,让着薛姨妈,大家出房去。
　　　　［宝玉伸手拉着袭人在他身旁坐下。
宝　玉　(笑)你站了这半日,可乏了。
袭　人　可又忘了,趁宝姑娘在院子里,你和她说,烦她们莺儿来打上几根络子。
　　　　［宝玉仰头向窗外,喊道——
宝　玉　宝姐姐,吃过饭叫莺儿来,烦她打几根络子,可得闲儿?
　　　　［薛姨妈正要出房门,回首代答。
薛姨妈　怎么不得闲? 一会叫她来,你顺便叫她打就是了。
　　　　［众人皆出。
　　　　［袭人坐在床前,绣个鸳鸯戏莲的兜肚。
宝　玉　(不耐烦)躺着久了,头脑昏昏沉沉,又要做不三不四的怪梦了。
袭　人　你做什么梦呢?
宝　玉　我一闭眼,只见蒋玉菡走进来,诉说忠顺府抓拿的事;一时又见金钏儿进来,哭说她投井之情。
袭　人　你只把心儿放宽,不要去胡思乱想。
　　　　［莺儿捧着莲蓬汤,偕玉钏进。
　　　　［袭人起迎。
　　　　［玉钏儿见了宝玉,便向一张杌子上坐下。
袭　人　你们两个怎么来得这么碰巧,一齐来了?
莺　儿　我听我们太太说,就和玉钏儿来了。
　　　　［宝玉见玉钏哭丧着脸,便知是为金钏儿的缘故。
宝　玉　(对袭人)叫莺儿到院子里纳凉去,停一会再来打络子。
袭　人　你先把这汤喝了。
宝　玉　等一会再喝。
　　　　［袭人、莺儿出。
　　　　［玉钏跟着将出。
宝　玉　(温和)玉钏儿,你来,我有话问你。
　　　　［玉钏站住。不答。

宝　玉　你母亲可好？

　　　　〔玉钏满脸娇嗔，不答。

宝　玉　（笑央道）好姐姐，你把汤端了来，我尝尝。

玉　钏　我从不会喂人东西，等她们来了再喝。

宝　玉　不是要你喂我，我因为走不动，你递给我喝了，你好赶早回去交代了，好吃饭去。我只管耽误了时间，岂不饿坏了你。你要懒得动，我少不得忍着疼下去取。

　　　　〔宝玉说着，便要下床，挣扎起来，禁不住"嗳哟"一声。

　　　　〔玉钏见他这般，忍不过，起身。

玉　钏　躺下去罢！哪世里造的孽，这会子现世现报，叫我那一个眼睛瞧得上！

　　　　〔玉钏儿一面说，一面"哧"的一声笑了，端过汤来。

宝　玉　（苦笑）好姐姐，别怨我吧。你姐姐赌气死了，我比你还来得伤心。我疼你们姐妹，就像疼林姑娘一样。你要生气，只管在这里生罢！见了老太太、太太，可和气些。若还这样，你就要挨骂了。

玉　钏　吃罢，吃罢！你不用和我甜嘴蜜舌的了。

　　　　〔宝玉喝了两口汤。

宝　玉　不好吃！

玉　钏　阿弥陀佛！这还不好吃，什么好吃呢？

宝　玉　一点味儿也没有，你不信尝一尝，就知道了。

　　　　〔玉钏儿果真赌气尝了尝。

玉　钏　怎么不好吃的！

宝　玉　（笑）这可好吃了！

　　　　〔玉钏儿听说，方解过宝玉原是哄她喝一口。

玉　钏　（娇嗔）你既说不喝，这会子说好吃，也不给你喝了。

宝　玉　（赔笑央求）好姐姐，不要苦我，给我喝吧。

　　　　〔玉钏把汤递给宝玉，向院外走去。

　　　　〔袭人、莺儿进。

莺　儿　玉钏儿呢？

宝　玉　她恐太太有事支使，先回去了。你坐着，烦你打几根络子。

莺　儿　要打什么样的络子？

绛洞花主

宝　玉　（笑）刚才只顾说话，就忘了你。烦你来，不为别的，替我打几根络子。

莺　儿　装什么的络子？

宝　玉　不管装什么的，你每样都打几个罢。

莺　儿　（拍手笑）这还了得！要这样，十年也打不完了。

袭　人　哪里一时都打得完？如今先拣要紧的打几个罢。

莺　儿　什么要紧，不过是扇子、香坠儿、汗巾子。

宝　玉　汗巾子就好。

莺　儿　汗巾子是什么颜色？

宝　玉　大红的。

莺　儿　大红的须是黑络子才好看；或是石青的，才压得住颜色。

宝　玉　松花色配什么？

莺　儿　松花配桃红。

宝　玉　这才娇艳。再要雅淡之中带些娇艳。

莺　儿　什么花样呢？

宝　玉　前儿你替三姑娘打的那花样是什么？

莺　儿　是"攒心梅花"。

宝　玉　就是那样好。

　　　　〔宝玉说着躺下入睡。

　　　　〔袭人拿了彩线递给莺儿，莺儿理线。

　　　　〔袭人坐在床沿，仍然绣着兜肚。这是一个白绫红里的兜肚，上面扎着鸳鸯戏莲的花样，红莲绿叶，五色鸳鸯。

　　　　〔一会，宝钗姗姗走来。

宝　钗　好嫂子，这么热天，还整日忙着。

袭　人　（笑）不忙的。

宝　钗　（睇视）嗳哟！好鲜亮活计！这是谁的，也值得费这么大工夫？

袭　人　（向床上努嘴儿）他的。

宝　钗　（笑）这么大了，还带这个？

袭　人　他原是不带，所以特地做得好，哄他带上了，就是夜里睡觉不留神，纵盖不严些儿，也就罢了。你说这一个就用了工夫，还没看见他身上带的那一个呢！

宝　钗　也亏你耐烦！

袭　人　今天做的工夫大了，脖子低得怪酸的。好姑娘，你略坐一坐，我出去走走就来。

　　　　〔袭人说着就走了。

　　　　〔宝钗只顾看着袭人放下的活计，一蹲身坐在袭人方才坐的那个地方，不由得拿起针线做起来。

宝　钗　把那金钱拿来配着黑珠儿线，一根一根地拈上，打成络子，那才好看。

莺　儿　这线的颜色配得倒好看，只不知道二爷喜欢把玉络上吗？

宝　钗　你就这样打下去，只管多话！难道我做个主意，他就不喜欢？

　　　　〔莺儿打络子。

　　　　〔宝钗傍着宝玉刺绣。

　　　　〔宝钗刚做了两三个花瓣，忽见宝玉在梦中喊骂，不觉怔住了。

宝　玉　（喊）和尚道士的话如何信得？什么"金玉姻缘"？我偏说"木石姻缘"！

莺　儿　二爷又做什么梦了？（叫）二爷！二爷！

宝　玉　（醒）宝姐姐，何时又来了，我倒不知道。袭人往哪儿去了？倒叫你替她做吗？

宝　钗　她出去院子散散步，就来的。你身子倦乏，躺着养养神，才好。

　　　　〔正说着，袭人进。

袭　人　宝姐姐，莺姐姐，刚才林姑娘、史大姑娘进来了吗？

宝　钗　没见她们进来。

袭　人　我才碰见她们。林姑娘、史大姑娘看见你们专心会神做活计，二爷在喊什么梦话，便笑着走了。

宝　玉　林妹妹怎么不进来呢？

　　　　〔宝钗不语。

　　　　〔宝玉略思片刻。

宝　玉　宝姐姐，我也不走动了。让袭人到你那里拿几本书来看看，好吗？

宝　钗　这就是了。养养身体看看书，这才是正经事。

　　　　〔宝钗起身，同袭人出。

宝　玉　莺儿也回去吧。你把晴雯叫来。

　　　　〔莺儿出。

〔一会,晴雯进来。

晴　雯　袭人借书去,没回来吗?你借书用功了吧?
宝　玉　刚才一会儿。什么用功?我不过惦着林妹妹,要打发人去,只是怕袭人拦阻,先使她往宝钗那里借书去。宝姑娘的"正经书",我哪看得进去呢?好好的一个清净洁白女子,也学得沽名钓誉,入了国贼禄鬼之流!这总是前人无故生事,立意造言,原为引导后世的须眉浊物。不想我生不幸,亦且琼闺绣阁中亦染此风,真真有负天地钟灵毓秀之德了!
晴　雯　林姑娘呢?
宝　玉　她自幼儿不曾劝我去立身扬名,我深敬佩林姑娘。你到她那里,看她在做什么呢。她要问我,只说我好好的。
晴　雯　白眉赤眼儿的,做什么去呢?到底说句话儿,也像件事啊。
宝　玉　没什么可说的么。
晴　雯　或是送件东西,或是取件东西;不然,我去了,怎么搭讪呢?
〔宝玉想了想,伸手拿了两条旧绢子,撂给晴雯。
宝　玉　(笑)也罢。就说我叫你送这个给她去了。
晴　雯　这又奇了,她要这半新不旧的两条绢子?她又要恼了,说你打趣她。
宝　玉　(笑道)你放心,她自然知道这两条绢子的意思。
晴　雯　(猜度)莫非要林姑娘研墨蘸笔作诗写在这绢子上?
〔晴雯拿了绢子,笑着走出。

——幕落

第九幕　诗　宴

人　物　宝玉　黛玉　宝钗　迎春　探春　惜春　李纨
　　　　凤姐　贾母　薛姨妈　王夫人　史湘云　刘姥姥　鸳鸯
　　　　李嬷嬷　翠墨
景　地　秋爽斋。斋在大观园中,此为贾府第三小姐探春所居者。斋中有厅曰晓翠堂,整理洁净,明窗净几,布置极其闲雅,雕柱彩槛构造精致,梧桐芭蕉绕之,旷爽之地也。贾府中诸姐妹,曾在此结海棠诗社,贾母亦曾

情　节　某年夏秋之交,三小姐探春以建诗社小启,征求宝玉及众姐妹之意,皆欣然应征。届时,宝钗、黛玉、迎春、探春、惜春等,皆早已在秋爽斋中相待。未几,宝玉同随婢翠墨亦至。诗会毕,定名为海棠诗社。原景地,在秋爽斋晓翠堂中,贾母设宴飨刘姥姥。宴席上,凤姐和众姐妹捉弄刘姥姥取乐,刘姥姥也倚老卖老,把贾府中的奢侈浪费加以明讥暗嘲。

〔幕启。宝玉同翠墨往秋爽斋来。
〔宝钗、黛玉、迎春、探春、惜春,早已在斋中相待。
〔众人见宝玉至,皆笑。

宝　玉　你们早就来了!
众姐妹　又来了一个。
探　春　我不算俗,偶然起了个念头,写了几个帖儿试一试,谁知一招皆到。
宝　玉　可惜迟了,早该起个社的。
〔宝玉坐。
黛　玉　此时还不算迟,也没什么可惜。但是你们只管起社,可别算我,我是不敢的。
迎　春　(笑)你不敢,谁还敢呢?
宝　玉　这是一件正经大事,大家鼓舞起来,别你谦我让的。各有主意,只管说出来,大家评论。宝姐姐也出个主意,林妹妹也说句话儿。
宝　钗　你忙什么?人还不全呢!
〔一语未了,李纨也来了。
〔李纨笑着进门。
李　纨　雅得很哪!要起诗社,我自举我掌坛。(坐)前儿春天,我原有这个意思的。我想了一想,我又不会作诗,瞎闹什么,因而也忘了,就没有说。既是三妹妹高兴,我就帮你作兴起来。
黛　玉　既然定要起诗社,咱们就是诗翁了,先把这些"姐妹叔嫂"的字样改了,才不俗。
李　纨　极是!何不起个别号,彼此称呼倒雅。我是定了"稻香老农",再无人占的。

绛洞花主

探　春　（笑）我就是"秋爽居士"罢。

宝　玉　居士、主人，到底不雅，又累赘。这里梧桐芭蕉尽有，或指梧桐芭蕉起个，倒好。

探　春　有了，我却爱这芭蕉，就称"蕉下客"罢。

众　人　好好！别致有趣。

黛　玉　（笑）你们快牵了它来炖了肉脯子吃酒！

　　　　［众人不理解黛玉的话意。

探　春　没意思的话！

黛　玉　庄子说的"蕉叶覆鹿"，她自称"蕉下客"，可不是一只鹿么？快做了鹿脯来！

　　　　［众人听了，皆笑。

探　春　你又使巧话来骂人！你别忙，我已替你想了个极当的美号了。（转向众人）当日娥皇女英洒泪竹上成斑，故今斑竹又名叫湘妃竹；如今她住的是潇湘馆，她又爱哭，将来她那竹子想来也是要变成斑竹的，以后都叫她作"潇湘妃子"好了。

　　　　［众人都拍手叫妙。

　　　　［黛玉低了头不言语。

李　纨　（笑）我替薛大妹妹也早想了个好的，也只三个字。

众　人　三个字，是什么？

李　纨　我是封她为"蘅芜君"，不知你们以为如何？

探　春　这个封号极好。

宝　玉　我呢？你们也替我想一个。

宝　钗　（笑）你的号早有了："无事忙"三个字，恰当得很！

李　纨　你还是你的旧号"绛洞花主"就是了。

宝　玉　（笑）小时候干的营生，还提他做什么！

探　春　你的号多得很，又起什么？我爱叫你什么，你就答应着就是了。

宝　钗　还是我送你个号罢。有最俗的一个号，却于你最当：天下难得的是富贵，又难得的是闲散，这两样再不能兼有，不想你兼有了，就叫你"富贵闲人"也罢了。

宝　玉　（笑）当不起！当不起！倒是随你们浑叫去罢！

黛　玉　浑叫如何使得！你既住怡红院，索性叫"怡红公子"，好不好！

众　人　也好。

李　纨　二姑娘、四姑娘，起个什么？

迎　春　我们又不大会诗，白起个号做什么？

探　春　虽是如此，也起个才是。

宝　钗　她住的是紫菱洲，就叫她"菱洲"；四丫头住藕香榭，就叫她"藕榭"好了。

李　纨　就是这样好。但序齿我大，你们都要依我的主意；管教说了，大家合意：我们七个人起社，我和二姑娘、四姑娘都不会作诗，须得让出我们三人去，各分一件事。

探　春　（笑）已有了号，还只管"二姑娘""四姑娘"的这样称呼，不如不有了。以后错了，也要立个罚约才好。

李　纨　立定了社，再定罚约。我那里地方儿大，竟在我那里作社，我虽不能作诗，这些诗人竟不厌俗，容我做个东道主人，我自然也清雅起来。只是要推我做个社长再请两位副社长。就请菱洲、藕榭二位学究来，一位出题限韵，一位誊录监场。亦不可拘定我们三个不作，若遇见容易些的题目韵脚，我们也随便作一首，你们四个却是要限定的。若不依我，我也不敢附骥尾了。

迎　春
惜　春　（二人同声）这话极是。

探　春　（笑）这话罢了。只是自想好笑，好好儿的我起个主意，反叫你们三个管起我来了。

宝　玉　既这样，咱们就往稻香村去。

李　纨　都是你忙。今日不过商议，等我再请。

宝　钗　也要议定一月几会才好。

探　春　若自管会得多，又没趣儿了。一月之中，只可两三次。

宝　钗　一月只要两次就够了。拟定日期，风雨无阻。除这两日外，倘有高兴的，谁情愿加一社，也使得。岂不活泼有趣？

众　人　这个主意好。

探　春　这原是我起的意，我须先做个东道，方不负我这番高兴。

李　纨　既这样说，明日你就先开一社，不好吗？

探　春　明日不如今日,就是此刻好。你就出题,菱洲限韵,藕榭监场。
迎　春　依我说,也不必随一人出题限韵,竟是拈阄儿公道。
李　纨　刚才我来时,看见他们抬进两盆白海棠来,倒很好。你们何不就咏起它来呢?
迎　春　花还未赏,倒先作诗?
宝　钗　不过是白海棠,又何必定要见了才作。古人的诗赋也不过都是寄兴寓情,要等见了作,如今也没这些诗了!
迎　春　既如此,我就限韵了。
　　　　〔迎春走到书架前,抽出一本诗来,随手一揭。
迎　春　是一首七言律,你们看,咱们都该作七言律诗了。
　　　　〔迎春递给众人看后,掩了诗本,又转向翠墨。
　　　　〔丫头翠墨正倚门站着。
迎　春　你随口说个字来。
翠　墨　(顾门,脱口而出)门。
迎　春　(笑)就是"门"字韵,"十三元"了。起头一个韵定要"门"字。
　　　　〔迎春走到书架前取韵牌盒子,抽出十三元一屉,又命翠墨随手拿四块。
　　　　〔迎春边看边念。
迎　春　盆、魂、痕、昏!
宝　玉　这"盆""门"两个字不大好做呢!
　　　　〔探春从书架上取四份纸笔来,自留一份,其余交李纨分给宝玉、黛玉、宝钗三人。
　　　　〔迎春拿来一枝"梦甜香",叫翠墨点燃。
　　　　〔这"梦甜香"只有三寸来长,有灯草粗细,以其易燃,故以此为限。
迎　春　这枝香燃烬为限。香烬诗未成,便要受罚的。
　　　　〔探春、宝钗、宝玉三人,皆就案子支颐,各自悄然思索起来。
　　　　〔黛玉离座,和翠墨望着槛外梧桐景色。
　　　　〔一时探春有了,提笔写出,又改抹了一回,递给迎春。又问宝钗。
探　春　蘅芜君,你可有了?
宝　钗　有却有了,只是不好。
　　　　〔宝玉背着手在回廊上踱来踱去。

〔宝玉踱向黛玉。

宝　玉　你听她们都有了。

黛　玉　你别管我。

〔宝玉见宝钗已誊写出来。

宝　玉　不得了,香只剩下一寸,我才有四句。

〔黛玉只管蹲在地上,望着景色,不理宝玉。

〔宝玉急。

宝　玉　香要完了,只管蹲在地上做什么?我可顾不得你了。管他好歹,写出来罢。

〔宝玉走至案前写了。

李　纨　我们要看诗了。若看完了还不交卷,是必罚的。

宝　玉　稻香老农虽不善作,却善看,又最公道。你的评阅,我们是都服的。

〔众人点头赞同。

〔李纨和迎春共看探春的诗稿。

〔迎春念。

迎　春　请听蕉下客的诗《咏白海棠》:
　　　　斜阳寒草带重门,苔翠盈铺雨后盆。
　　　　玉是精神难比洁,雪为肌骨易销魂。
　　　　芳心一点娇无力,倩影三更月有痕。
　　　　莫道缟仙能羽化,多情伴我咏黄昏。

宝　玉　这七言律咏得好!

〔大家称赞一番,又看宝钗的诗稿。

李　纨　听我念蘅芜君的诗:
　　　　珍重芳姿昼掩门,自携手瓮灌苔盆。
　　　　胭脂洗出秋阶影,冰雪招来露砌魂。
　　　　淡极始知花更艳,愁多焉得玉无痕?
　　　　欲偿白帝宜清洁,不语婷婷日又昏。
　　　　——到底是蘅芜君!再听我念怡红公子的诗:
　　　　秋容浅淡映重门,七节攒成雪满盆。
　　　　出浴太真冰作影,捧心西子玉为魂。

　　　　　晓风不散愁千点,宿雨还添泪一痕。
　　　　　独倚画栏如有意,清砧怨笛送黄昏。
宝　玉　还是蕉下客的诗好。
李　纨　要推蘅芜君的诗有身份。再看看潇湘妃子的诗吧!
黛　玉　你们都有了?
　　　　〔黛玉提笔一挥而就,掷与众人。
　　　　〔李纨拿起卷子来,众人围看。
李　纨　(念)半卷湘帘半掩门,碾冰为土玉为盆。
宝　玉　(喝彩)好极了!这两句从何处想来!
李　纨　(念)偷来梨蕊三分白,借得梅花一缕魂。
　　　　〔众人都不禁叫好。
宝　玉　果然比别人又是一样心肠。
李　纨　(念)月窟仙人缝缟袂,秋闺怨女拭啼痕。
　　　　　娇羞默默同谁诉?倦倚西风夜已昏。
迎　春
惜　春　(二人同声)是这首为上。
李　纨　若论风流别致,自是这首;若论含蓄浑厚,终让蘅稿。
探　春　这评的有理。潇湘妃子当居第二。
李　纨　怡红公子是压尾,你服不服?
宝　玉　我的那首原不好,这评得公道。只是蘅潇二首,还要斟酌。
李　纨　原是依我评论,不与你们相干。再有多说者必罚。
　　　　〔宝玉和众人只得罢了。
李　纨　从此后,我定于每月初二、十六两日开社,出题限韵,都要依我。这其间你们有高兴的,只管另择日子补开,哪怕一个月每天都开社,我也不管。只是到了初二、十六这两日,是必往我那里去。
宝　玉　到底要起个社名才是。
探　春　俗了又不好,太新了刁钻古怪也不好,可巧才是海棠诗开端,就叫"海棠诗社"罢。虽然俗些,因真有此事,也就不碍了。
众　人　就叫"海棠诗社"好!
宝　玉　(站起)这个社名不但不俗,倒还新鲜。今儿就算我们海棠诗社成立的纪念日子。

［话语刚落，鸳鸯来。

鸳　鸯　诸位都在这里。史大姑娘来了，明天中午，老太太就在晓翠堂设宴，还有刘姥姥赴宴呢！

［众人高兴。

宝　玉　史大姑娘在哪里？

鸳　鸯　在老太太那里。

宝　玉　咱们先看看去。

——幕落，数分钟后，复启

［第二天中午，贾母在秋爽斋晓翠堂，设宴飨刘姥姥。

［刘姥姥，久经世代的老农妇，女婿王狗儿的祖父原是小京官，昔年曾与凤姐之祖、王夫人之父认识。因贪金陵王家的势力，便连了宗，认作侄儿。今其祖早故，儿子王成——王狗儿之父因家业萧条，已搬出城外乡村居住，亦相继身故。刘姥姥为女婿王狗儿进荣国府，重拉二十年前连过宗的这门"亲"，以求荣府"布施"。贾母正想个"积古"的老人聊天说话，想不到刘姥姥投上了缘。贾母留下刘姥姥，设宴飨刘姥姥。

［席前，凤姐和李纨、探春、鸳鸯带着端菜肴的小丫头等，在晓翠堂上调开桌案。既毕，待贾母等到来。

鸳　鸯　（笑）天天咱们说外头老爷们，吃酒吃饭，都有个凑趣儿的，拿他取笑儿。咱们今儿也得了个女清客了。

凤　姐　（笑）我们今儿就拿她取个笑儿。

［鸳鸯附凤姐的耳朵，细声商量了一番。

鸳　鸯　要记得这一双象牙镶金的筷子！

李　纨　（笑）你们商议要打趣那老人家不成？一点儿好事也不做，又不是个小孩子，还这么淘气。仔细老太太说！

探　春　嫂子，咱们不管她。老太太知道了，是她们的事呢。

鸳　鸯　（笑）与大奶奶不相干，有我呢。

［正说着，贾母等来了。

［贾母带着宝玉、湘云、黛玉、宝钗，共五人一桌。

〔刘姥姥挨着贾母,一人坐在一张小楠木桌子旁。

〔王夫人带着迎春、探春、惜春、凤姐、李纨,共六人一桌。

〔薛姨妈是吃过饭来的,不吃了,只坐在一边吃茶。

〔翠墨挨人递了茶,大家都先饮茶。

〔凤姐递眼色与鸳鸯,鸳鸯忙拉刘姥姥至一旁,附耳悄悄吩咐一席话,才又出声叮咛。

鸳　鸯　(郑重)这是我们家的规矩,要错了,就会闹笑话呢!

刘姥姥　(点头)是的,我记得就是了。

〔刘姥姥回到自己的桌子座位上。

〔李嬷嬷端进一个盒子,揭去盒盖,里面盛着三碗菜。凤姐端了一碗虾仁炒蛋,放在王夫人桌上。

〔鸳鸯端了一碗红烧豆腐,放在贾母桌上。另端了一碗鸽子蛋,放在刘姥姥桌上,同时向刘姥姥递眼色。

刘姥姥　(点头)姑娘放心。

〔刘姥姥拿起象牙筷子,试试伏手不伏手:沉甸甸的不伏手。——原是凤姐和鸳鸯商议定了,单拿了一双老年四楞象牙镶金筷子给刘姥姥。

刘姥姥　这个叉巴子,比我们那里的铁锹还沉,哪里拿得动它?

〔说得众人都笑起来。

贾　母　(拿起筷子)请,大家吃罢。

刘姥姥　(站起,高声说道)老刘老刘,食量大如牛:吃个老母猪,不抬头!

〔说完,慢慢地坐下,鼓着腮帮子,两眼直视,一声不语。

〔众人先还发怔,接着上上下下都一齐哈哈大笑起来。

〔湘云撑不住,一口茶都喷出来。黛玉笑岔了气,伏着桌子只叫"嗳哟"!宝玉滚到贾母怀里,贾母笑得搂着叫"心肝"。王夫人笑得用手指着凤姐儿,却说不出话来。薛姨妈也撑不住,口里的茶喷了探春一裙子。探春的茶碗,都合在迎春身上。惜春离了座位,拉着李嬷嬷,叫"揉揉肠子"。其他人无一个不笑得弯腰屈背,独有凤姐、鸳鸯二人撑着,还只管让刘姥姥。

凤　姐　大家不要笑了,快请刘姥姥吃罢。

〔刘姥姥拿起筷子,只觉不听使唤。

刘姥姥　这里的鸡儿也俊,下的这蛋也小巧,怪俊的。我且得一个儿!

〔众人方住了笑,听见这话,又笑起来。贾母笑得眼泪出来,只忍不住;鸳鸯在后捶着。

贾　母　(笑脸)这定是凤丫头促狭鬼儿闹的!快别信她的话了。

凤　姐　(笑着顾刘姥姥)一两银子一个呢!你快尝尝吧,冷了就不好吃了。

〔刘姥姥便伸筷子要夹,满碗里掏了一阵。好容易撮起一个来,才伸着脖子要吃,偏又滑下来,滚在地上。刘姥姥忙放下筷子,要亲自去拣,鸳鸯早已代拣在一旁。

刘姥姥　(叹)一两银子,也没听见个响声儿,就没了!

贾　母　谁这会子又把那筷子拿了出来?又不请客摆大筵席,都是凤丫头支使的,还不换了呢!

〔鸳鸯将那象牙镶金的筷子收了,照样换了一双乌木镶银的递给刘姥姥。

刘姥姥　去了金的,又是银的!到底不及俺们那个竹做的筷子伏手。

凤　姐　菜里若有毒,这银子下去了,就试出来的。

刘姥姥　这个菜里有毒,我们那些都成了砒霜了!哪怕毒死,也要吃尽了。

〔贾母见刘姥姥如此有趣很高兴,把自己的菜都端过来,给刘姥姥吃。

刘姥姥　(叹气)别的罢了,我只爱你们家这行事!怪道说:"礼出大家。"

凤　姐　(忙笑)你可别多心,才刚不过大家取乐儿。

鸳　鸯　(忙趋前,赔笑)姥姥别恼,我给你老人家赔个不是儿罢。

刘姥姥　(忙笑)姑娘说哪里的话了?咱们哄着老太太开个心儿,有什么恼的?你先嘱咐我,我就明白了,不过大家取笑儿。我要恼,也就不说了。

贾　母　(笑)趁着刘老亲家的兴致,今日也该行一个令,吃两杯酒,才有意思。

〔鸳鸯为众人斟酒。丫鬟添端菜肴。

薛姨妈　(笑)老太太自然有好酒令,我们如何会呢?安心叫我们醉了,我们都多吃两杯就有了。

贾　母　(笑)姨太太今儿也过谦起来,想是厌我老了。

薛姨妈　(笑)不是谦,只怕行不上来,倒是笑话了。

王夫人　(忙笑)便说不上来,只多吃了一杯酒,醉了睡觉去,还有谁笑话咱们不成?

薛姨妈　（点头笑）依令。老太太到底吃一杯令酒才是。
贾　母　（笑）这个自然。
　　　　〔贾母说着，便吃了一杯。凤姐忙走至贾母跟前。
凤　姐　（笑）既行令，还叫鸳鸯姐姐来行才好。
　　　　〔众人都知贾母所行之令，必得鸳鸯提着，便都赞同。凤姐便拉鸳鸯过来。
王夫人　（笑）既在令内，没有站着的理。（回头命翠墨）端一张椅子，放在你二位奶奶的席上。
　　　　〔鸳鸯半推半就，也便坐下，喝了一盅酒。凤姐归原座位。
鸳　鸯　（笑）酒令大如军令，不论尊卑，唯我是主，违了我的话，是要受罚的。
王夫人　（笑）一定这样，快些说。
　　　　〔鸳鸯未开口，刘姥姥便下席，连连摆手。
刘姥姥　别这样捉弄人！我家去了。
王夫人　（笑）这却使不得。
鸳　鸯　（喝令）拉上席去。
　　　　〔翠墨笑着拉刘姥姥入席。
刘姥姥　饶了我罢！
鸳　鸯　再多言的罚一壶。
　　　　〔刘姥姥不语。
鸳　鸯　如今我说骨牌副儿，从老太太起，顺领下去，至刘姥姥止。比如我说一副儿，将这三张牌拆开，先说头一张，再说第二张，说完了，合成这一副儿的名字，无论诗词歌赋，成语俗话，比上一句，都要合韵。错了的罚一杯。
贾　母　（笑）这个令好，就说出来。
鸳　鸯　有了一副了。左边是张"天"。
贾　母　头上有青天。
众　人　（同声）好，好！
鸳　鸯　当中是个五合六。
贾　母　六桥梅花香彻骨。
鸳　鸯　剩了一张六合么。

贾　母　一轮红日出云霄。

鸳　鸯　凑成却是个"蓬头鬼"。

贾　母　这鬼抱住钟馗腿。

　　　　〔说完,大家笑着喝彩。

　　　　〔贾母饮了一杯。

鸳　鸯　又有一副了。左边是个"大长五"。

薛姨妈　梅花朵朵风前舞。

鸳　鸯　右边是个"大五长"。

薛姨妈　十月梅花岭上香。

鸳　鸯　当中"二五"是杂七。

薛姨妈　织女牛郎会七夕。

鸳　鸯　凑成"二郎游五岳"。

薛姨妈　世人不及神仙乐。

　　　　〔说完,大家称赏,饮了酒。

鸳　鸯　有了一副了。左边"长么"两点明。

湘　云　双悬日月照乾坤。

鸳　鸯　右边"长么"两点明。

湘　云　闲花落地听无声。

鸳　鸯　中间还是"么四"来。

湘　云　日边红杏倚云栽。

鸳　鸯　凑成一个"樱桃九熟"。

湘　云　御园却被鸟衔出。

　　　　〔说完,饮了一杯。

鸳　鸯　又有一副。左边是"长三"。

宝　钗　双双燕子语梁间。

鸳　鸯　右边是"三长"。

宝　钗　水荇牵风翠带长。

鸳　鸯　当中"三六"九点在。

宝　钗　三山半落青天外。

鸳　鸯　凑成"铁锁练孤舟"。

宝　　钗　处处风波处处愁。
　　　　　［说完饮毕。
鸳　　鸯　左边一个"天"。
黛　　玉　良辰美景奈何天。
鸳　　鸯　中间"锦屏"颜色俏。
黛　　玉　纱窗也没有红娘报。
　　　　　［宝钗听了，睁大眼睛看着黛玉。原来，黛玉说了《牡丹亭》《西厢记》里的两句。
　　　　　［宝玉只是笑。
　　　　　［黛玉只顾怕罚，并不理会。
鸳　　鸯　剩了"二六"八点齐。
黛　　玉　双瞻玉座引朝仪。
鸳　　鸯　凑成"篮子"好采花。
黛　　玉　仙杖香桃芍药花。
　　　　　［说完饮了一口。
鸳　　鸯　二姑娘接着说。左边"四五"成花九。
迎　　春　桃花带雨浓。
众　　人　该罚，错了韵，而且又不像。
　　　　　［迎春笑着，饮了一口。
鸳　　鸯　刘姥姥接着——
刘姥姥　　我们庄稼闲了，也常会几个人弄这个儿，可不像这么好听就是了，少不得我也试试。
鸳　　鸯　（笑）容易的，你只管说，不相干。左边"大四"是个人。
　　　　　［刘姥姥想了半天。
刘姥姥　　是个庄稼人罢！
　　　　　［众人哄堂笑了。
贾　　母　（笑）说得好，就是这么说。
刘姥姥　　（笑）我们庄稼人不过是现成的本色儿，姑娘姐姐别笑。
鸳　　鸯　中间的"三四"绿配红。
刘姥姥　　大火烧了毛毛虫。

众　　人　（笑）这是有的,还说你的本色。

鸳　　鸯　（笑）右边"么四"真好看。

刘姥姥　一个萝卜一头蒜。

〔众人又笑。

鸳　　鸯　（笑）凑成便是"一枝花"。

〔刘姥姥两手比画着,也要笑,却又撑住了。

刘姥姥　花儿落了结个大倭瓜。

〔众人听了,哄堂大笑。

〔刘姥姥喝过一杯,又笑着斗趣。

刘姥姥　今儿实说罢,我的手脚子粗,又喝了酒,仔细失手打了这瓷杯。有木头的杯取个来,我就失了手,掉了地,也无碍。

〔众人又笑起来。

凤　　姐　果真要木头的,我就取了来。可是一句话先说下：这木头的可比不得瓷的,那都是一套的,定要吃遍一套才算呢。

〔刘姥姥忖量：想必是小孩子们使的木碗儿,不过诳我多喝两碗,横竖这酒蜜水似的,多喝点也无妨。

刘姥姥　取来再商量。

凤　　姐　（命翠墨）前面里间书架子上,有十个竹根套杯,取来。

鸳　　鸯　（笑）我知道,那十个杯子还小,况且你才说木头的,这会子又拿竹根的来,倒不好看。不如把我们那里的黄杨根子整刓的十个大套杯拿来,灌她十下子。

凤　　姐　那更好了。

〔鸳鸯命翠墨取杯来。

鸳　　鸯　待取来杯,刘姥姥细看那杯是什么木头的。

刘姥姥　（笑）怨不得姑娘不认得：你们在这金门绣户里,哪里认得木头？我们成日家和树林子做街坊,困了枕着它睡,乏了靠着它坐,荒年间饿了还吃它——眼里天天见,耳里天天听,嘴里天天说,好歹真假我是认得的。

〔众人笑。

贾　　母　大家先吃菜儿。刘亲家尽喝酒,禁不起醉的。

凤　　姐　（笑）姥姥要吃什么,说出名儿来,我夹了喂你。

刘姥姥　我知道什么名儿！样样都是好的。

贾　母　把茄鲞夹些喂她。

〔凤姐依言夹些茄鲞，送入刘姥姥口中。

凤　姐　你们天天吃茄子，也尝尝我们这茄子，弄得可口不可口。

刘姥姥　别哄我了，茄子跑出这个味儿来了！我们也不用种粮食，只种茄子了。

宝　玉　(笑)真是茄子，我们再不哄你。

刘姥姥　(诧异)真是茄子？我白吃了半日！姑奶奶再喂我些，这一口细嚼嚼。

〔凤姐又夹些放入刘姥姥口内。

〔刘姥姥细嚼半日。

刘姥姥　(笑)虽有一点茄子香，只是还不像是茄子。告诉我是个什么法子弄的，我也弄着吃去。

凤　姐　(笑)这也不难，你把新鲜的茄子刨了皮，只要净肉，切成碎丁子，用鸡油炸了，再用鸡肉脯子合香菌、新笋、蘑菇、五香豆腐干子、各色干果子，都切成丁儿，拿鸡汤煨干了，拿香油一收，外加糟油一拌，盛在瓷罐子里，封严了，要吃的时候儿，拿出来，用炒的鸡腿子肉一拌，就是了。

〔刘姥姥听了，摇头吐舌。

刘姥姥　我的佛祖！倒得多少只鸡配它，怪道这个味儿！你们大户人家，一顿螃蟹酒菜花费的银子，够我们庄稼人过一年了。我们庄稼人吃不起这些。

〔正说着，翠墨送来十个大套杯。

〔刘姥姥又惊又喜。惊的是一连十个挨次大小分下来，那大的足足像个小盆子，极小的还有手里的杯子两个大；喜的是雕镂奇绝，一色山水树木人物，并有草字以及图印。

刘姥姥　拿了那小的来就是了。

凤　姐　(笑)这个杯，没有这大量的，所以没人敢使用它。姥姥既要，好容易找出来，必定要挨次吃一遍，才使得。

刘姥姥　(吓得忙道)这个不敢！好姑奶奶，饶了我罢！

贾　母　(笑)说是说，笑是笑，不可多吃了，只吃这头一杯罢。

刘姥姥　阿弥陀佛！我还是小杯吃罢，把这大杯收着，我带了家去，慢慢地吃罢。

〔众人又笑起来。

〔鸳鸯满斟了一大杯酒，刘姥姥两手捧着喝。

贾　母　（笑）大家吃上两杯，今日实在有趣。
　　　　〔贾母擎杯，众人擎酒干杯。

——幕落

第十幕　反　　抗

人　物　乌进孝　焦　大　柳五儿　进孝妻　黑山村九个村庄的村民代表若干人　白云屯八个村屯的村民代表若干人

景　地　黑山村祠堂。正中大厅，灯光明亮，气氛肃穆。祠堂以外，松柏苍翠，皓月当空。时农历正月十五。

情　节　黑山村九个村庄和白云屯八个村屯，其土地乃宁荣二府特封建官僚势力，世世代代所占有的。这九村八屯的村民，每年要用血汗劳力所得的物品充作地租，缴纳给宁荣二府。由于贾府的剥削苛求，激起村民的公愤，聚议反抗，决定向宁荣二府要求减轻地租。

〔幕启。厅堂正中，横放着长方形的桌子。两只靠背椅坐北朝南，对着桌子并排着。厅堂东西两边，各排列四条长椅子。柳五儿、乌进孝妻及村民代表二三十人，已先来到，分坐在东西两边的长条椅子上。乌进孝坐在桌子东边靠背椅子，停止吸旱烟，开始说话。

乌进孝　（扫视两边）乡亲们要来的都到了。只是焦大哥，怎么到现在还不来？（转问其妻）你知道吗？

进孝妻　焦大伯今晚吃饭迟，马上就要来的。
　　　　〔语音刚落，焦大来了。大家拍手欢迎，气氛活泼。焦大坐在桌子西边的靠背椅子，跟乌进孝并排坐着。

焦　大　（向大家点头）对不住！我来迟了，给你们多等待。

乌进孝　（以旱烟斗敲击桌子）大家安静。各个村庄今晚都有人来了，现在先请焦大伯向大家讲讲他是怎么被发落到黑山村来的。
　　　　〔向焦大打揖，焦大站起来讲话。

焦　大　（愤慨）我焦老头，在贾府里做了四五十年的奴才，谁料年已古稀，竟被宁国府里那些畜生,驱赶出来!

村民甲 （气愤不平）为啥事,他们将你赶出来?

焦　大 （接着说）黑天半夜,叫我从宁国府送人回荣国府,我刚喝醉酒,就骂了大总管赖二。尤大姐的小婶王熙凤,人称"凤姐"的,便责备尤氏说:"成日家说,你太软弱了,纵的家里人这样,还了得吗?"尤大姐说:"你难道不知道焦大的?他从小跟着太爷出过三四回兵,从死人堆里把太爷背出来,得了命,不过仗着这些功劳情分,有祖宗时都另眼相待,如今谁肯难为他?他一味的好酒,喝醉了,无人不骂。我常说给管事的,不要派他差事,只当他是个死的就完了。今儿又派了他!"王熙凤说:"我何曾不知道焦大?到底是你们没主意,何不打发他到远远的黑山庄子上去就完了?"

村民乙 （插口）难道王熙凤这么一说,你就到这里来了吗?

焦　大 （愤慨）哪有这么便宜的事!我焦大看那大爷贾珍不在家,便趁着酒兴,先骂大总管赖二,说他:"不公道,欺软怕硬!有好差使,派了别人;这样黑更半夜送人,就派我。没良心的王八羔子,瞎充管家!你赖二也想想焦大爷,跷起一只腿,比你的头还高些。二十年头里的焦大太爷,眼里有谁?别说你们这一把子的杂种们!"我骂得正高兴时,贾蓉送凤姐的车出来,众人喝我不要骂,我偏偏骂下去。贾蓉小子便叫人要把我捆起来。

进孝妻 （插口）你这老头,也太不识时务了!贾蓉是贾珍的长子,是贾敬的长孙,你怎么去惹他?

焦　大 （紧接）我焦大太爷,哪里有贾蓉在眼里?他叫人把我捆缚起来,我就赶着他叫骂:"蓉哥儿,你别在我焦大跟前使主子性儿!别说你这样儿的,就是你爹,你爷爷,也不敢和焦大挺腰子呢?不是焦大一个人,你们做官儿,享荣华,受富贵!不和我说别的还可,再说别的,咱们白刀子进去,红刀子出来!"这时候,凤姐在车上听我这样骂,便嗾使贾蓉说:"还不早些打发了没王法的东西!"贾蓉叫来几个人,真的把我揪翻捆倒,拖往马圈里去。我连他的父亲贾珍都说出来,大喊大叫:"我要往'贾氏宗祠'里哭太爷去,哪里承望到如今生下这些畜生来!每日偷狗戏鸡,爬灰的爬灰,养小叔子的养小叔子,我什么不知道?咱们胳膊折了往袖里藏!"贾蓉小子,凤姐泼妇,见我这样骂,便骂我说"有天无日",叫小奴才们用土和马粪,满满地填了我一嘴。

村民丙 (气愤)啊!这些少爷奶奶,不念你老人家为他们的祖宗立过功,真是忘恩负义的畜生,不算是人!

村民丁 (插口)焦大伯!你刚才说的"每日偷狗戏鸡,爬灰的爬灰,养小叔子的养小叔子",究竟有何故事,说给大家听听。

焦　大 他们荣国府中的贾琏,是贾珍的从弟,人家叫他二爷。这位贾琏,背着他的老婆王熙凤,人家又称她二奶奶的,去偷娶他从兄贾珍的小姨尤二姐,并且勾诱二姐的妹妹尤三姐。弄到王熙凤吃醋设毒计,害死尤二姐。又弄到尤三姐被情人柳湘莲怀疑他和贾琏有瓜田纳履之嫌,竟将尤三姐来抛弃。尤三姐是贞女,有义气,埋怨柳郎善狐疑,竟然持剑自杀,芳魂归阴去!贾琏这样恶作剧,不是"偷狗戏鸡"的样板吗?

村民戊 (插口)这二爷贾琏,真是"偷狗戏鸡"的拿手!还有那"爬灰的"呢?

焦　大 (紧接)那二爷贾琏的父亲贾赦,虽然不和媳妇王熙凤通奸,却叫他的老婆邢夫人去向贾母要求把婢女鸳鸯给他做小妾。鸳鸯不愿意,贾赦竟诬蔑她是"看上了宝玉,或者是看上了贾琏"。又用死来威胁鸳鸯,说是"凭她嫁到谁家,也难出我的手心,除非她死了,或是终身不嫁人,我就服了她"!后来这位鸳鸯姑娘,竟然被贾赦这个贪色鬼逼死自杀了。贾赦是老爷,比如"公公";鸳鸯是贾母的爱婢,比如"儿媳"。贾赦逼娶鸳鸯,恰如公公强奸儿媳,不正是"爬灰的爬灰"吗?

村民己 (插问)那么,你说"养小叔子的养小叔子",又有何故事呢?

焦　大 (摇头)唉!我那时虽然酒醉,说的话却是有根有据的。那贾赦的儿媳王熙凤,是从赦老爷那边移来政老爷这边做管家主妇的。她泼辣善妒,诡诈多谋。莫说她正经,却常送秋波,把堂小叔子贾瑞,勾诱得如饥如醉。有一次,这堂小叔子贾瑞要搭上她,行那狗勾当。她竟设下陷阱,泼得贾瑞一身屎溺。这出弄狗熊的把戏,大家满以为是凤姐正经,其实是她"养小叔子"的证据。

村民庚 (笑)我本想贾府里的男男女女,都是循规蹈矩的,原来却是一个个卖假膏药的闷葫芦!

焦　大 (冷笑)吓吓,我在贾府里做奴才,从壮年到老大,放眼全府里,除却贾氏宗祠前两个石头狮子,再没有干干净净的东西!

〔焦大讲话至此,立即坐下。众人议论纷纷。

乌进孝　（站起）刚才焦大哥讲了贾府的情形。现在,再请柳五儿讲话。大家肃静,细细地听。

〔坐在进孝妻旁边的柳五儿,站起来了,眼泪盈眶。

柳五儿　（愤愤不平地诉说）我叫柳五儿,今年十六岁。我的娘亲是梨香院的差使,专在大观园厨房中做饭菜的,人家称她柳嫂子,或叫她柳家的。我因为素有弱疾,所以没得差使。我娘见宝玉房中丫鬟差轻人多,又闻宝玉将来都要放她们,所以央托梨香院的红戏子芳官,去向宝玉说项,录用我在他房中做差使。宝玉虽答应,却还未实行。谁料想"莫须有"的灾祸,打从天窗来!那凤姐吩咐宠婢平儿,支使林之孝家的,将我娘打四十板子,撵出去永不许进二门;把我也打四十板子,交给庄子上。

进孝妻　（表同情）真是罪过啊!你母女俩又犯了什么错呢!

柳五儿　我娘和我,并不曾有错。只因那个管家主妇凤姐,相信谣言,说我偷了玫瑰露,我娘偷了茯苓霜。啊,真冤枉!我哪里是偷的?是有一次,芳官到怡红院找宝玉,说起我身子弱,需要吃些玫瑰露。宝玉说他还有整半瓶,都拿去给五儿好了。我娘又把玫瑰露分送一半给我母舅家,因我表哥生病也想这些东西吃。舅妈送我娘一纸包茯苓霜,说是给我吃的。这茯苓霜是广东官儿来拜,给门上人一篓作门礼,我舅在门上该班儿,分得的。

进孝妻　（插口）硬说你母女偷的,这已是不当;把你母女各打了四十板子,更是大冤枉!

柳五儿　（泪眼）四十板子,后来却未打过。只是先把我软禁起来,交给上夜的媳妇们看守着。这一夜,我思茶无茶,思水无水,思睡无衾枕,呜呜咽咽,直哭了一夜。次日清早,追查玫瑰露从哪来,宝玉也慌了,说:"露虽是我给的,若勾起茯苓霜来,五儿自然也实供。若听见是五儿舅舅门上得的,她舅舅又有了不是,岂不是人家的好意,反被咱们陷害了?"便忙与平儿计议:"你只叫五儿也说是芳官给的,就完了。"平儿笑说:"虽如此,只是五儿昨晚已经同人说是她舅舅给的了,如何又说你给的?"于是大家商议妥帖,平儿带了芳官来至上夜房中,叫了我也将茯苓霜一节,说是芳官给的。宝玉这样替我开脱,我感激不尽。

进孝妻 （插问）你娘被诬偷茯苓霜,后来怎么样啦?

柳五儿 （激愤）后来平儿说:"如今这事,八下里水落石出了。那茯苓霜也是宝玉外头得了的,也曾赏过许多人。袭人也曾给过芳官一流的人。她们私情各自往来,也是常事。前日广东官儿送来那两篓,还摆在议事厅上,好好的原封没动,怎么就浑赖起人来?等我回了二奶奶再说。"平儿便将此事回了凤姐去。

进孝妻 （插问）回了凤姐后,你娘就释放了罢?

柳五儿 （眼圈又红了）我娘释放了,仍旧派在园里厨房煮饭菜,可我被打发到村子来了。因为那凤姐听了平儿回话,还是横着脸说:"苍蝇不抱没缝儿的鸡蛋,虽然这柳家的没偷,到底有些影儿,人才说她。虽不加贼刑,也该革出不用。朝廷原有挂误的,到底不算委屈了她。"平儿说:"何苦来操这心?得放手时须放手,什么大不了的事,乐得施恩呢。如今趁早儿见一半不见一半的,也倒罢了。"这话说得凤姐儿倒笑了,但又沉着脸说:"柳嫂子可以照旧去当差,只是五儿要暂时发配到黑山村去,以示惩一警百!"

〔柳五儿坐下,眼泪汪汪。进孝妻偎倚她在身边,用手抚摸她的头发。

〔众人议论纷纷。

进孝妻 （向众人）五儿姑娘来到本村,如今就住在我们的家里。只叫她看看牛羊不做粗重活。

乌进孝 （站起来）刚才五儿说的,大家都很同情,代抱不平。这种冤枉事,贾府中多着呢。听说有一个乖巧小丫头,叫金钏,也是受诬赖,畏羞跳井死的。又听说有一个婢女叫晴雯,生得俊俏多才艺,也被当狐狸精,赶出大观园,卧病惨死了。（停顿）这些且不说,谁都知道:"宁国府,荣国府,金银财宝如粪土。"他们的金银财宝,都是从我们身上剥夺去的。我们黑山村一个村庄,今年缴纳的地租,照旧是用农副产品和折现银抵还的。

村民申 （请求）将账目单念给大家听听吧!

乌进孝 （取出账目单,逐项念读）大鹿三十只,獐子五十只,狍子五十只,暹猪二十个,汤猪二十个,龙猪二十个,野猪二十个,家腊猪二十个,野羊二十个,青羊二十个,家汤羊二十个,家风羊二十个,鲟鳇鱼二百个,各色杂鱼二百斤,活鸡、鸭、鹅各二百只,风鸡、鸭、鹅二百只,野鸡野猫各二百对,熊掌二十对,鹿筋二十斤,海参五十斤,鹿舌五十条,牛舌五十条,蛏干二十斤,榛、松、桃、杏瓤各二口袋,大对虾五十对,干虾二百斤,银霜炭上等选用一千斤,中等二千斤,柴炭三万斤,御田胭脂米二担,碧糯五十斛,白糯五十斛,粉粳五十斛,杂色粱谷各五十斛,下用常米一千担,各色干菜一车,外卖粱谷牲口各项折银二千五百两。外门下孝敬哥儿玩意儿:活鹿两对,白兔四对,黑兔四对,活锦鸡两对,西洋鸭两对。

焦　大　(插问)你乌庄头进孝哥往年送地租,我在宁国府里都亲眼看见的。那大爷贾珍,收租态度很恶劣,不知这回怎样呢?

乌进孝　我这回领着几个小伙伴,帮运缴租物产进城去。到了宁国府里,那大爷贾珍问我:"你走了几日?"我答说:"今年雪大,外头都是四五尺深的雪,前日忽然一暖一化,路上竟难走得很,耽搁了几日。虽走了一个月零两日,日子有限,怕爷心焦,可不赶走来了!"贾珍翻脸说:"怎么今儿才来!我才看那单子上,今年你这老货又来打擂台来了。"

村民壬　(气愤)这些老爷们翻脸不认人!

乌进孝　(紧接)我忙进前两步答说:"今年年成实在不好。从三月下雨,接连着直到八月,竟没有一连晴过五六日。九月一场碗大的雹子,方近二三百里地方,连人带房,并牲口粮食,打伤了上千上万的,所以才这样。这是事实,小的并不敢说谎。"

村民癸　(激愤)这些老爷们不长眼睛!

乌进孝　(紧接)贾珍皱眉说:"我算定你至少也有五千两银子来,这二千五百两够做什么的?如今你们黑山村一共只剩九个庄子,今年倒有两处报了旱潦,你们又打擂台,故意少缴钱粮,来和我斗气,真真是叫别过年了!"我答说:"爷的这地方还算好呢!我兄弟离我那里只一百多里,竟又大差了。他现管着那荣府八处庄地,比爷这边多着几倍,今年也是这些东西,不过二三千两银子,也是有饥荒打呢!"可是,贾珍却说:"不和你们要,找谁去?"

焦　大　(怒骂)他妈的,狗东西!亏他说得出:"不和你们要,找谁去"!看来宁府这么狼狈,荣府那边有元妃庇荫,应当阔气得多。进孝哥,你说对不对?

乌进孝　(冷笑)未见得较阔气罢。我当时问贾珍说:"那边荣府里,如今虽添了事,有去有来,姨娘和万寿爷岂不赏呢?"贾蓉在旁对我说:"你们山坳海沿子上的人,哪里知道这道理?娘娘难道把皇上的库给我们不成?她心里纵有这心,也不能做主。就是赏,也不过一百两金子,才值一千多两银子,够什么?这二年,哪一年不赔出几千两银子来?头一年,省亲连盖花园子,你算那一注花了多少。再省一回亲,只怕就精穷了!"贾珍也笑着,说:"你们庄客老实人:外明不知里暗的事,黄柏木做了磬槌子,外头体面里头苦!"

焦　大　(插口)你相信贾珍这狗种的诉苦吗?他说你是庄客老实人,要你做他们的忠实走狗,把黑山村民兄弟的骨髓,多多送上去,孝敬他们。你打的,是不是这个主意?

乌进孝　(激愤)焦大伯,你的话说到哪儿去了!黑山村是我出生地,黑山村民是我的亲兄弟。我十个指头,一向是屈向内的。我们十七个村屯的兄弟,应当同心协力,联合起来,向宁荣两府的贵族们,提出我们的抗议。

焦　大　(力赞)对!我们要同心协力,我们要反抗!

乌进孝　(激动)要减少地租,这是我们黑山村、白云屯十七个村庄的呼声!

　　〔群情激奋:"我们要求减少地租!""不能再打饥荒!"众议纷纷。

——幕落

第十一幕　诡　　计

人　物　贾母　贾政　王夫人　凤姐　袭人　鹦鹉　珍珠
景　地　贾母卧室的前厅,即宝玉临时养病室的隔壁。
情　节　宝玉因失玉,一时变疯傻。贾母主张宝玉和宝钗配亲来冲冲喜,好治愈宝玉的病。但怕宝玉平时极爱黛玉,倘知道和宝钗配亲,定会闹出生死大事来。凤姐闻知此事,即献奇计:不实说和宝钗配亲,要诡称和黛玉婚配。这个奇计,叫作"掉包儿",使宝玉误认"金包儿"为"玉包儿",导致以后黛玉吐血焚稿身亡,宝玉看破世情出家做和尚去。

〔幕启。贾母坐在太师椅上,鹦鹉侍立在身边。珍珠用巾拂擦厅边悬挂的大镜。

贾　母　（喊叫）珍珠！你去请老爷来。

珍　珠　（应声）好！我就去。

〔珍珠出去。

〔贾母愁眉不展,唉声叹气。

鹦　鹉　（劝慰）老祖宗请宽心,宝二爷的病会好起来的。

贾　母　（拭泪）自从失玉,宝玉儿病得疯傻,令我心忧啊！

〔语间,贾政进来,王夫人也跟着贾政后面,一齐进来。

贾　政　（作揖）向母亲大人请安问好！

贾　母　（微展愁容）好,都好！

王夫人　（敛衽）母亲大人,身体健康！

贾　母　健康,都健康！

〔贾母叫贾政及王夫人,分坐在厅边靠背椅上。

贾　政　（恭问）母亲大人,叫我有何吩咐？

贾　母　（忧容）你不日就要赴任,我有多少话与你说,不知你听不听？

〔贾母说着,掉下泪来。贾政看了,忙站起来。

贾　政　（恭答）老太太有话,尽管吩咐,儿子怎敢不遵命呢？

贾　母　（哽咽着）我今年八十一岁的人了,你又要做外任去。你这一去了,我所疼的只有宝玉,偏偏又病得糊涂,还不知道怎么样呢。我昨日叫赖升媳妇出去,叫人给宝玉算算命,这先生算得好灵,说要娶了金命的人帮扶他,必要冲冲喜才好；不然,只怕保不住。我知道你不信那些话,所以叫你来商量。你的媳妇（指着王夫人）也在这里,你们两个也商量商量：还是要宝玉好呢,还是随他去呢？

贾　政　（赔笑）老太太当初疼儿子这么疼的,难道做儿子的就不疼自己的儿子不成么？只为宝玉不求上进,说什么书都是前人浑编出来的,凡读书上进的人,就叫人家是"禄蠹",因此,我时常恨他,也不过是"恨铁不成钢"的意思。老太太既要给他成家,这也是该当的,岂有逆着老太太不疼他的理？如今宝玉病着,儿子也是不放心。因老太太不叫他见我,所以儿子也不敢言语。我瞧瞧到底宝玉是什么病？

〔王夫人见贾政说着也有些眼圈儿红,知道贾政心里是疼的,便想叫宝玉出来。

王夫人　（向后窗叫）袭人！扶宝玉出来！
袭　人　（应声）好！太太,我就来了。
〔袭人扶着宝玉,从后厅门进来,见了父亲贾政。袭人叫他向父亲请安。
袭　人　（目宝玉）向父亲请安！
宝　玉　（瞪视）父亲,请安！
〔贾政见他脸面很瘦,目光无神,大有疯傻之状,便吩咐袭人。
贾　政　（目袭人）扶了进去,小心看顾。
〔袭人扶宝玉进去,不久又回来,站在厅后门边,听大家谈话。
〔王夫人低头无语,眼泪汪汪。
贾　政　（感慨）我自己是"望六"的人了,如今又放外任,不知道几年回来。倘或这孩子果然不好,一则年老无嗣,虽说有孙子,到底隔了一层；二则老太太最疼的是宝玉,若有差错,可不是我的罪名更重么？
〔说到这里,瞧瞧王夫人一包眼泪,又想到她身上,心里不安,便站起来。
贾　政　（接续说）老太太这么大年纪,想法儿疼孙子,做儿子的还敢违拗？老太太主意该怎么便怎么就是了。但只姨太太那边,不知说明白了没有？
王夫人　（收泪）姨太太是早应了的；只为蟠儿害人命的事没有结案,所以这些时总没提起。
贾　政　（窘态）这就是第一层的难处,她哥哥在监里,妹子怎么出嫁？况且贵妃仙逝的事虽不禁婚嫁,宝玉应照已出嫁的姐姐有九个月的功服,此时也难娶亲。再者,我的起身日期已经奏明,不敢耽搁,这几天怎么办呢？
贾　母　（想了想）你说的果然不错。若是等这几件事过去,你又走了,倘或宝玉这病一天重似一天,怎么好？只可越些礼办了才好。
〔贾母说到这里,略停顿,想定主意后,续说下去。
贾　母　（接续说）你若给他办呢,我自然有个道理,包管都碍不着：姨太太那边,我和你媳妇亲自过去求她。蟠儿那里,我央蝌儿去告诉他,说是要救宝玉的命,诸事将就,自然应的。若是服里娶亲,当真使不得；况且宝玉病着,也不可叫他成亲,不过是冲冲喜。
贾　政　（点头,插口）老太太,说的极是。

| 贾　母 | （兴奋，接说）我们两家愿意，孩子们又有"金玉"的道理，婚是不用合的了，即挑了好日子，按着咱们家份儿过了礼。赶着挑个娶亲日子，一概鼓乐不用，倒按宫里的样子，用十二对提灯，一乘八人轿子抬了来，照南边规矩拜了堂，一样坐床撒帐，可不是算娶了亲了么？宝丫头心地明白，是不用虑的。内中又有袭人，也还是个妥妥当当的孩子，再有个明白人常劝他，更好。他又和宝丫头合得来。再者，姨太太曾说宝丫头的金锁也有个和尚说过，只等有玉的便是婚姻，焉知宝丫头过来，不因金锁倒招出他那块玉来，也定不得。从此一天好似一天，岂不是大家的造化？这会子只要立刻收拾屋子，铺排起来。这屋子是要你派的。一概亲友不请，也不排筵席。待宝玉好了，过了功服，然后再摆席请人。这么着，都赶得上，你也看见了他们小两口的事，也好放心的去。 |

| 贾　政 | （勉强赔笑）老太太想得极是，也很妥当。只是要吩咐家下众人，不许吵嚷得里外皆知，这要耽不是的。姨太太那边，只怕不肯；若是果真应了，也只好按着老太太的主意办去。至于成婚屋子，就指定在荣禧堂后面的"跨院"好了。 |

| 贾　母 | （自信）姨太太那里有我呢，你去罢。 |

　　〔贾政向贾母打揖，告辞从前门出去。

| 贾　母 | （向王夫人）你坐会儿，我便来。 |

　　〔鹦鹉扶贾母，从后门出去。
　　〔袭人站在厅后门边，静静儿听得明白，嘴里喃喃地念着。

| 袭　人 | （自言自语）果然上头的眼力不错！这才配得是。但是宝玉心里只有一个林姑娘，幸亏他睡着，没有听见。若是如今和他说要娶宝姑娘，竟把林姑娘撂开，除非是他人事不知还可，倘或明白些，只怕不但不能冲喜，竟是催命了！我再不把话说明，那不是一害三个人了么？ |

| 王夫人 | （惊问）袭人，你站在那边，自言自语，究竟是在唠叨什么啊？ |

　　〔袭人见问，忙走进王夫人身边，跪下哭了。

袭　人	我为宝二爷担心呢！
王夫人	（诧异）好端端的，这是怎么说？有什么担心，起来说给我听。
袭　人	（站起来）这话奴才是不该说的，这会子因为没法儿了！
王夫人	（抚慰）你尽管说，慢慢地说罢。

袭　　人　（敛泪）宝玉的亲事，老太太、太太已定了宝姑娘了，自然是极好的一件事。只是奴才想着，太太看去，宝玉和宝姑娘好，还是和林姑娘好呢？

王夫人　（漫应）他两个因从小儿在一处玩，一处吃，所以宝玉和林姑娘，比和宝姑娘好些。

袭　　人　（肯定口气）不是"好些"，是把林姑娘当作心肝肉儿！

王夫人　（微笑）这怎么说，何以见得？

袭　　人　（严肃）太太难道忘了罢，那年林姑娘曾做梦，梦见宝二爷拿着一把小刀，往自己胸口上一划，只见鲜血直流。林姑娘吓得魂飞魄散，忙用手握着宝二爷的心窝，哭道："你怎做出这个事来？你先来杀了我罢！"宝二爷说："不怕！我拿我的心给你瞧。"这虽是做梦，却可以看出宝二爷对林姑娘的真心。又那夏天在园里，宝二爷把我当作林姑娘，说了好些私心话。后来紫鹃又和他开玩笑，说："林妹妹要回苏州去了，早则明年春天，迟则秋天，这里纵不送去，林家亦必有人来接的。"宝二爷听了，呆呆坐着，不作声，一头热汗，满面紧胀。紫鹃忙拉他的手，一直回到怡红院中来。我见了这般，慌起来了，赶忙差人去请宝玉的乳母李嬷嬷来。李嬷嬷用手在宝玉嘴唇人中上着力掐了两下，掐得指印如许来深，宝玉竟也不觉疼。李嬷嬷摇床拍枕说："这可不中用了！我白操了一世之心了！"我见宝二爷这次闹得死去活来，便急忙到潇湘馆去问紫鹃姑奶奶，才知道原来是紫鹃哄他，说林姑娘回苏州去了。——这些事，都是太太亲眼看见的。独是夏天的话，我从没敢对别人说。

王夫人　（追究）夏天说的，是什么话？

袭　　人　（忸怩）那年夏天，天气炎热，宝玉不知和林姑娘赌气什么，仓促出去不曾带得扇子。我怕他热，忙拿了扇子赶去送给他，他正和黛玉站着，一时黛玉走了，他还站着不动。我赶上去，对他说："你也不带扇子，亏了我看见，赶着送来。"他正出了神，见我和他说话，并未看出是谁，只管呆着脸说道："好妹妹，我的这个心，从来不敢说，今天胆大说出来，就是死了也是甘心的！我为你也弄了一身的病，又不敢告诉人，只好捱着。等你的病好了，只怕我的病才得好呢。睡里梦里，也忘不了你！"——可知宝玉是忘不了林姑娘的；为了林姑娘死也甘心的。

王夫人　（追问）倘若忘不了林姑娘，他会怎样呢？

袭　　人	（漫应）有一次，黛玉对宝玉说："我回苏州去。"宝玉笑颜说："我跟了去。"黛玉又说："我死了呢？"宝玉沉脸说："你死了，我做和尚。"
王夫人	（接着袭人）我看外面儿，已瞧出几分来，你今儿一说，更加是了。但是刚才老太太和老爷说的话，决定宝玉娶宝钗。这话宝玉想必都听见了，你看他的神情儿怎么样？
袭　　人	（沉着）如今宝玉若有人和他说话他就笑，没人和他说话他就睡，所以刚才老爷和老太太说的话，他都没听见。
王夫人	（着急）倒是这件事，叫人怎么办呢？
袭　　人	（郑重）奴才说是说了，还得太太告诉老太太，想个万全的主意才好。
王夫人	（憬然）既这么着，你去干你的。等我回明老太太，再作道理。

　　〔王夫人说着，转身向厅后门要出去。恰好贾母和凤姐从厅后门进来。袭人忙扶着贾母，并招呼凤姐，各就靠背椅坐下。

袭　　人	（赔笑）琏二奶奶，你来正好。陈平六出奇计，正用得着你呢。
凤　　姐	（笑笑）什么奇计？奇计即是诡计。
贾　　母	（褒奖）这凤丫头有心计，无论什么难题，她都会迎刃而解。（转向王夫人）刚才袭人丫头跟你说什么，这么鬼鬼祟祟的？
王夫人	（漫应）是说宝玉和宝钗婚配的事。袭人说宝玉钟情黛玉，倘知道和宝钗配亲，怕会闹出生死大事来。不知如何是好？
贾　　母	（叹气）别的事都好说。林丫头倒没有什么，只要劝劝她，她就死心了。若宝玉真是这样闹，这可叫人作难了。
凤　　姐	（自信有把握）难倒不难。只是我想了个主意，不知姑妈肯不肯？
王夫人	（喜色）你有主意，只管说给老太太听，大家娘儿们商量着办罢了。
凤　　姐	（郑重）依我想，这件事，只有一个"掉包儿"的法子。
贾　　母	（提神）怎么"掉包儿"？
凤　　姐	（果断）如今不管宝兄弟明白不明白，大家吵嚷起来，说是老爷做主，将林姑娘配了他了，瞧他的神情儿怎么样。要是全不管，这个包儿也就不用掉了；若是他有些喜欢的意思，这件事却要大费周折呢！
王夫人	（提神）就算他喜欢，你怎么样办法呢？
凤　　姐	（走到王夫人耳边，如此这般的说了一遍）姑妈，这样好么？
王夫人	（点了点头，笑了一笑）这样办，也罢了。

贾　母　（好奇）你们娘儿两个捣鬼，到底告诉我是怎么着呀。

〔凤姐恐贾母不懂，泄露机关，便也向贾母耳边，轻轻告诉了一遍。

贾　母　（笑）这么着也好，可就只忒苦了宝丫头了。倘或吵嚷出来，林丫头又怎么样呢？

凤　姐　（郑重）这个话，原只说给宝玉听，外头一概不许提起，有谁知道呢？

贾　母　（放心）好罢，就请派人，替宝玉收拾新房子好了。

〔贾母语音刚落，珍珠进来，向凤姐传话。

珍　珠　二奶奶，琏二爷到十里屯料理完令叔父王子腾的丧事，现在回来了，他叫你赶快回去呢。

凤　姐　（紧张）老太太、太太，我回去那边看一下。宝二爷的新房，我叫巧姐的爹去办就是了。

〔凤姐出去，王夫人起立，目送着她。

——幕落

第十二幕　焚　　稿

人　物　黛玉　紫鹃　傻大姐　袭人　宝玉　秋纹　雪雁　贾母
　　　　凤　姐　王夫人　王嬷嬷　李　纨　素云　碧月　探春

景　地　（一）沁芳桥附近，山石背后。（二）贾母住室毗邻，宝玉养病房子。
　　　　（三）潇湘馆中，黛玉卧室。

情　节　黛玉和紫鹃出了潇湘馆，要往访贾母。路经沁芳桥附近，黛玉听了傻大姐哭诉，知道贾母、王夫人及凤姐三人商议宝玉娶宝钗的事。黛玉听了，误会宝玉已移爱宝钗，不胜痛苦，回转回潇湘馆来，即吐血卧床不起。病危中，命紫鹃把题诗的绢巾和诗稿本子，拿来烧掉。黛玉"魂归离恨天"，众人大哭。

〔幕启。紫鹃随着黛玉，姗姗走到沁芳桥附近。

黛　玉　（回头向紫鹃）紫鹃，我忘记带手绢，你回去拿来罢！

紫　鹃　（应声）好！我就回去拿。

〔紫鹃忙转回头,朝潇湘馆走去,黛玉却慢慢走着等她。刚走到沁芳桥那边山石背后,当日同宝玉葬花之处,听见一个人呜呜咽咽在那里哭。黛玉煞住脚听时,又听不出是谁的声音,也听不出哭的切切的是什么话,心里甚是疑惑,便慢慢走去。及到跟前,却看见一个浓眉大眼的丫头,蹲在那里哭。

〔那丫头见黛玉来了,便也不敢再哭,站起来拭眼泪。

黛　玉　(慰问口气)你好好的,为什么在这里伤心?

丫　头　(流泪埋怨)林姑娘,你评评这个理。她们说话,我又不知道;我就说错了一句话,我姐姐也不能就打我呀!

黛　玉　(愕然,笑问)你姐姐是哪一个?

丫　头　就是珍珠姐姐。

黛　玉　(憬然,了悟)嗐,就是贾母屋里使的大丫头!(转了话头问)你叫什么?

丫　头　(天真)我叫傻大姐儿。

黛　玉　(笑了一笑)哈哈,你姐姐为什么打你?你说错了什么话了?

傻大姐　(抱屈似的)为什么呢? 就是为我们宝二爷娶宝姑娘的事情!

〔黛玉听了这句话,如同一个疾雷,心头乱跳,略定了定神,便叫傻大姐。

黛　玉　(轻声)傻大姐,你跟了我这里来!

傻大姐　(随顺)好! 林姑娘有什么事?

〔傻大姐跟着黛玉,走到那犄角儿上,往日葬桃花的去处,那里背静,较好询问。

黛　玉　(轻声)宝二爷娶宝姑娘,你姐姐为什么打你呢?

傻大姐　(兴致勃勃)我们老太太和太太、二奶奶商量了,因为我们老爷要起身,说:"就赶着往姨太太商量,把宝姑娘娶过来罢。头一宗,给宝二爷冲什么喜;第二宗,赶着——(傻大姐说到这里,瞅着黛玉,笑了一笑)赶着办了,还要给林姑娘说婆婆家呢。"

黛　玉　(听得呆了,突然喊叫)呀! 是这样吗?

傻大姐　(接着说)我又不知道她们怎么商量的,不叫人吵嚷,怕宝姑娘听见害臊。我和宝二爷屋里的袭人姐姐说了一句:"咱们明儿更热闹了,又是宝姑娘,又是宝二奶奶,这可怎么叫呢?"林姑娘,你说我这话害着珍珠姐姐什么了吗? 她走过来就打我一个嘴巴,说我浑说,不遵上头的话,要撵我出去！我知道上头为什么不叫言语呢？又没告诉我，就打我！

〔傻大姐说到这里，又呜呜哭了。

〔黛玉听了，心里竟是油儿、酱儿、糖儿、醋儿，倒在一处的一般，甜、苦、酸、咸，竟说不上什么味儿来了。停了一会，对傻大姐说——

黛　玉　（颤巍巍的声音姿态）你别浑说。你再浑说，叫人听见，又要打你了。你去罢。

〔黛玉说着，自己转身要回潇湘馆去。那身子竟有千百斤重的，两只脚却像踩着棉花一般，早已软了。只得一步一步，慢慢走将来。走了半天，还没到沁芳桥畔，却又不知不觉顺着堤往回里走起来。

〔紫鹃取了绢子来，不见黛玉。正在那里看时，只见黛玉颜色雪白，身子恍恍荡荡的，眼睛也直直的，在那里东转西转。紫鹃心中惊疑不定，只得赶过来。

紫　鹃　（轻声）姑娘，怎么又转回头，是要往哪里去？

黛　玉　（模糊听见，随口应答）我问问宝玉去。

〔紫鹃听了，摸不着头脑，只得搀着她，向前到贾母那边去。

——幕落，复启

〔贾母卧室的隔壁房，即宝玉临时养病处。黛玉走到房门口帘外，心里似觉明晰，回头看见紫鹃搀着自己，便站住了。

黛　玉　（问紫鹃）你做什么来的？

紫　鹃　（赔笑）我找了绢子来了。头里见姑娘在桥那边呢，我赶着过去问姑娘，姑娘没理会。

黛　玉　（笑）我打量你瞧宝二爷来了呢，不然，怎么往这里来呢？

〔紫鹃见她心里迷惑，唯有点头微笑而已。只是心里怕她见了宝玉，那一个已经疯疯傻傻，这一个又这样恍恍惚惚，一时说出些不大体统的话来，那时如何是好？心里虽如此想，却也不敢违拗，只得搀她进去。黛玉不是先前那样软了，也不用紫鹃打帘子，自己掀起帘子进去。

〔袭人听见帘子响，忙从屋里迎出来，见是黛玉和紫鹃。

袭　人　（向黛玉）姑娘，屋里坐罢。

黛　玉　（笑着）宝二爷在家吗？

〔袭人不知底细,刚要答言,只见紫鹃在黛玉身后和她努嘴儿,又摇摇手儿。袭人不解其意,也不敢言语。

〔黛玉也不理会,自己走进房去。看见宝玉在那里坐着,也不起来让坐,只瞅着嘻嘻地傻笑。黛玉自己坐下,却也瞅着宝玉笑。两个也不问好,也不说话,也无推让,只管对着脸傻笑起来。

袭　人　(向宝玉)宝二爷,林姑娘来看你,你怎么不起来让坐呢?
黛　玉　(向宝玉)宝玉,你为什么病了?
宝　玉　(笑)我为林姑娘病了!
〔袭人、紫鹃两个,听宝黛两人问答,吓得面目改色,连忙用言语来岔。宝玉、黛玉却又不答言,仍旧傻笑起来。
〔袭人见了这样,知道黛玉此时心中迷惑,和宝玉一样。

袭　人　(向紫鹃悄悄说)姑娘才好了,我叫秋纹妹妹同着你搀回姑娘,歇歇去罢。(转回头向秋纹)你和紫鹃姐姐,送林姑娘去罢。你可别浑说话。
〔秋纹笑着,也不言语,便来同着紫鹃搀起黛玉。黛玉也就站起来,瞅着宝玉只管笑,只管点头儿。

紫　鹃　(催促)姑娘,回家去歇歇罢!
黛　玉　(失神似的)可不是!我这就是回去的时候儿了。
〔黛玉说着,便回身笑着出来了,仍旧不用丫头们搀扶,自己却走得比往常飞快。紫鹃、秋纹在后面,赶忙跟着走。黛玉心迷,要向左边走,紫鹃忙去搀扶她,向右边走。

紫　鹃　(温和)姑娘,往这边来。
〔黛玉仍是笑着,随着两人往潇湘馆回去。

——幕落,复启

〔潇湘馆中,黛玉的卧室。黛玉、紫鹃、秋纹三人走到卧室门口。雪雁在室内等待。

紫　鹃　(松一口气)阿弥陀佛,可到家了!
黛　玉　(吐血)哇!
〔黛玉一口血直吐出来,身子往前一栽,几乎晕倒。幸亏紫鹃同秋纹,两个人搀扶着,移步躺在床上。

秋　纹　（告辞）紫鹃姐，雪雁妹，你们好生守着林姑娘，我回去报告老太太、太太们。

〔秋纹去后，紫鹃、雪雁流泪，守着黛玉，见她渐渐苏醒过来。

黛　玉　（无力气）你们守着哭什么？

紫　鹃　（拭泪）姑娘刚才打宝二爷那边回来，身上觉着不大好，唬得我们没了主意，所以哭了。

黛　玉　（苦笑）我哪里就能够死呢？

〔黛玉因听得宝玉、宝钗的事情，一时急怒，所以迷惑了本性。及至回来，吐了这一口血，心中却渐渐明白过来，把头里的事一字也记不得。这会子见紫鹃哭了，方模糊想起傻大姐的话来。此时反不伤心，唯求速死。

〔贾母从秋纹口中，得知黛玉因宝玉、宝钗配亲的事，急怒吐血，大惊说："这还了得！"连忙着人叫了王夫人、凤姐过来，告诉了她俩。贾母带着王夫人、凤姐等来看视。见黛玉颜色如雪，并无一点血色，神气昏沉，气息微细。半日又咳嗽了一阵，丫头递痰盂，吐出都是痰中带血的。大家都慌了。只见黛玉微微睁眼看了看。

贾　母　（看黛玉）好孩子，怎么啦，不舒服吗？

黛　玉　（喘吁吁）老太太，你白疼了我了！

贾　母　（十分难受）好孩子，你养着罢，不怕的！

〔黛玉微微一笑，昏昏沉沉，把眼又闭上了。贾母看黛玉神气不好，拉着凤姐，退到房门口。

凤　姐　（向贾母）你看怎么样？

贾　母　（向凤姐）我看这孩子的病，不是我咒她，只怕难好！你们也替她预备预备，冲一冲，或者好了，岂不是大家省心？就是怎么样，也不至临时忙乱。咱们家里这两天，正有事呢。（说着，指指昏睡在床上的黛玉，续说）我方才看她还不至糊涂。这个理，我就不明白了！咱们这种人家，别的事自然没有的，这心病也是断断有不得的！林丫头若不是这个病呢，我凭着花多少钱都使得。就是这个病，不但治不好，我也没心肠了！

凤　姐　（安慰贾母）林妹妹的事，老太太倒不必挂心，横竖有她二哥哥天天同着大夫瞧看。倒是姑妈那边的事要紧。今儿早起听见说，房子不差什么就妥当了。竟是老太太、太太到姑妈那边去,我也跟了去商量商量。就只一件:姑妈家里有宝妹妹在那里,难以说话,不如索性请姑妈晚上过来,咱们一夜都说结了,就好办了。

贾　母　(向凤姐)你说的是。今儿晚了,明儿饭后,咱们娘儿们就过去,和姑妈谈好了那件冲喜事。

〔贾母和凤姐谈毕,进入房里,瞧瞧黛玉正睡着。吩咐紫鹃、雪雁,好好守着。回头招呼王夫人、凤姐,三人一同回去。舞台灯光转暗。

〔黛玉的病日重一日,灯光复亮。

黛　玉　(睡中惊叫)我要回去了,回苏州找母亲去了!

紫　鹃　(苦劝)姑娘,事情到了这个份儿,不得不说了。姑娘的心事,我们也都知道。至于意外之事,是再没有的。姑娘不信,只拿宝玉的身子说起,这样大病,怎么做得亲呢? 姑娘别听瞎说,自己安心保重才好。

黛　玉　(挣扎着)妹妹! 你是我最知心的。虽是老太太派你服侍我,这几年,我拿你就当作我的亲妹妹——(说到这里,气接不上来,一面喘一面又勉强说下去)紫鹃妹妹! 我躺着不受用,你扶起我来靠着坐坐才好。

紫　鹃　(劝止)姑娘的身子不大好,起来又要抖搂着了。

〔黛玉闭着眼,不言语。一会儿,又要起来。紫鹃没法,只得同雪雁把她扶起,两边用软枕靠住,自己却倚在旁边。黛玉哪里坐得住,下身自觉硌得疼,狠命撑着。

黛　玉　(叫着)雪雁! 我的诗本子……

〔黛玉一句话未说完,喘着不能言。雪雁料是要她前日所理的诗稿,便把诗稿本子找来,送到黛玉跟前。黛玉点点头儿,又抬眼看那箱子。雪雁不懂,只是发怔。黛玉气得两眼直瞪,又咳嗽起来,吐了一口血。雪雁连忙回身取了水来,黛玉漱了,吐在盂内。紫鹃用绢子给她拭了嘴,黛玉便拿那绢子指着箱子,又喘成一处,说不上来,闭了眼。

紫　鹃　(向黛玉)姑娘,歪歪儿罢。(又向雪雁)雪雁,你开那只箱子,拿出一块白绫绢子来。

〔雪雁开箱,拿出白绫绢,交紫鹃递与黛玉。黛玉瞧了,撂在一边。

黛　玉　(使劲说)有字的!

〔紫鹃明白是要那块题诗的旧帕,叫雪雁拿出来,递给黛玉。

紫　鹃　（劝告）姑娘，歇歇儿罢，何苦又劳神？等好了，再瞧罢。

〔黛玉接过绢子，也不瞧，只挣扎着伸出那只手来，狠命撕那绢子，却是只有打颤的份儿，哪里撕得动？紫鹃早已知她是恨宝玉，却不敢说破。

黛　玉　（丧气）我撕不断这劳什子！
紫　鹃　（劝告）何苦自己又生气！
黛　玉　（微微点头，把绢子掖在袖里，喘叫）雪雁，点灯！
雪　雁　（承顺）好！

〔雪雁连忙点上灯来。黛玉瞧瞧，又闭眼坐着，喘了一会。

黛　玉　（又叫）笼上火盆！
紫　鹃　（误会是怕冷）姑娘躺下，天气冷，多盖一件罢。若笼上火盆，那炭气只怕耽不住。

〔黛玉摇头。雪雁只得笼上，搁在地下火盆架上。黛玉点头，意思叫挪到炕上来。雪雁只得端上来，出去拿那张火盆炕桌。

〔黛玉又把身子欠起，紫鹃只得用两只手来扶着她。黛玉将方才的绢子拿在手中，瞅着那火，点点头儿，往上一撂。紫鹃唬了一跳，欲要抢时，两只手却不敢动。雪雁又出去拿火盆桌子，此时那绢子已经烧着了。

紫　鹃　（劝说）姑娘，这是怎么说呢？

〔黛玉只做不闻，回手又把那本诗稿拿起来，瞧了瞧又撂下了。紫鹃怕她也要烧，连忙将身倚住黛玉，腾出手来拿时，黛玉又早拾起，撂在火上。此时紫鹃却够不着，干急。雪雁正拿进桌子来，看见黛玉一撂，不知何物，赶忙抢时，那纸沾火就着，如何能够少待，早已烘烘着火了。雪雁也不顾烧手，从火里抓起来，撂在地下乱踩，却已烧得所余无几了。

〔黛玉把眼一闭，往后一仰，几乎不曾把紫鹃压倒。紫鹃连忙叫雪雁上来将黛玉扶着放倒，心里突突乱跳。欲要叫人时，天又晚了。欲不叫人时，自己同着雪雁两个人，又怕一时有什么缘故。想来想去，无可奈何。只好静坐，守着黛玉。熬过一夜，明天再说。

——幕落，复启

〔景地同前，隔日，仍旧是黛玉卧室。幕启时，雪雁坐守在床沿上，黛玉沉睡在床上正中央。紫鹃愠见于色，匆忙从外面回来。

紫　鹃　（愤恨）雪雁！我今早去找老太太，见老太太上房静悄悄的。我问守屋的三个老妈妈，老太太哪里去，都说不知道。我走到怡红院，要去看宝二爷，也都静悄悄，不见一人在院里。回来，恰好碰到那墨雨小丫头，笑嘻嘻地问我说："姐姐到这里做什么？"我说："听见宝二爷娶亲，我要来看看热闹儿，谁知不在这里。"墨雨悄悄说："我这话，只告诉姐姐，你可别告诉雪雁。她们上头吩咐了，连你们都不叫知道呢。就是今日夜里娶。哪里是在这里？老爷派琏二爷另收拾了房子了。"

雪　雁　（愤怒）这些人竟这样狠毒冷淡！

紫　鹃　（悲恨）今日倒要看看宝玉是何情状，看看他见了我怎么样过得去！那一年我说了一句谎话，他就急病了，今日竟公然做出这件事来！可知天下男子之心，真真是冰寒雪冷，令人切齿！（紫鹃说到这里，眼泪汪汪，咬牙发狠）宝玉啊！我看她明儿死了，你算是躲得过不见了！你过了你那称心如意的事儿，拿什么脸来见我？

〔这时，黛玉的乳母王嬷嬷进来，走近床边一看，见黛玉脸无血色，双手冰冷。

王嬷嬷　（哭叫）苦啊！我的心肝儿啊！

紫　鹃　（向雪雁）你赶快去告诉大奶奶！

〔语音刚落，便见大奶奶李纨，由素云、碧月跟着，匆忙进来。

李　纨　（向紫鹃）紫鹃，老太太叫雪雁到她那边。这里的事，让素云和碧月暂时帮着你。

紫　鹃　（向雪雁）既是老太太这么吩咐，你就去罢！

〔雪雁悻悻然，拿着小包袱出去。

李　纨　（惊问）林妹妹怎么样了？

〔李纨说着，走近床边，见黛玉略缓，知是回光返照，料着还有短暂耐头，不禁伤心落泪。

王嬷嬷　（哭向李纨）大奶奶，她怎么样啦？

李　纨　（眼泪汪汪）她跟姐妹们在一处一场，更兼她那容貌才情真是寡二少双，唯有青女素娥可以仿佛一二，竟这样小小的年纪，就作北邙乡女！偏偏凤姐想出一条偷梁换柱之计，自己也不好过潇湘馆来，竟未能少尽姐妹之情，真真可怜可叹！

王嬷嬷　（听了又哭）可怜呀，我的心肝姑娘！

〔这时，素云和碧月，都抽抽噎噎，流泪啜泣。

〔李纨、王嬷嬷和紫鹃注目着黛玉。

〔黛玉回光返照，睁开两眼，一手攥着紫鹃的手——

黛　玉　（使着劲说）我是不中用的人了！你服侍我几年，我原指望两个总在一处，不想我……

〔黛玉说着，又喘了一会子，闭了眼歇着。紫鹃见她不肯松手，自己也不敢挪动。看她的光景，只当还可以回转，听了这话，又寒了半截。

黛　玉　（使劲又说）妹妹，我这里并没亲人，我的身子是干净的，你好歹叫她们送我回去！

〔黛玉说到这里，又闭了眼不言语了。那手却渐渐紧了，喘成一处，只是出气大，入气小，已经促急得很了。

〔在这危急之际，可巧探春来了。

紫　鹃　（向探春）三姑娘，瞧瞧林姑娘罢！

〔探春走过来，摸了摸黛玉的手已经凉了，连目光也都散了。

探　春　（哭泣）怎么就这样了！

〔探春、紫鹃、王嬷嬷呜呜哭着。

黛　玉　（突然直声尖叫）宝玉，宝玉！你好……

〔说到"好"，便浑身冷汗，不作声了。

〔紫鹃、王嬷嬷急忙来扶住。探春、李纨叫人乱着拢头穿衣，只见黛玉两眼一翻，呜呼，魂归离恨天！

〔紫鹃扑到黛玉床上哭叫。

〔李纨、探春伤心痛哭，众人大哭起来。

〔窗外，竹梢风动，月影移墙，好不凄凉冷淡。

——幕徐徐落

第十三幕　闺　思

人　物　宝　玉　宝　钗　贾　母　王夫人　凤　姐　袭　人　紫　鹃　雪　雁

绛洞花主

|人物| 莺儿　毕大夫　贾兰　轿夫　乐队　喜娘　傧相

景　地　(一)贾府荣禧堂后面的跨院里,宝玉和宝钗完婚的大厅。(二)潇湘馆中,黛玉停放灵柩的厅堂。

情　节　本幕所谓"闺思",指宝钗思宝玉,宝玉思黛玉,不在远方外地,而在闺中室里。宝钗受骗,伪装作黛玉,乘十二人抬的大轿,进入荣禧堂后的跨院,来和宝玉完婚。才刚登堂,即露出马蹄,被宝玉发觉:新人不是林妹妹,而是宝姐姐。登时,疯傻发作,口口声声叫喊:"我要找林妹妹去!"后来,宝玉知黛玉已死,便写祭文,抒发哀思,径到潇湘馆黛玉灵前哭祭一场。祭毕,仍回跨院里的闺房,貌合神离,和宝钗相守着。宝玉和侄儿贾兰讲文,动身赴乡试。宝钗原想宝玉早回来同居,不期从此竟赋《长相思》。

〔幕启。宝玉梳好头发,披上迎娶新衣,坐在跨院大厅中,抬头笑问旁立的袭人。

宝　玉　(天真喜笑)袭人,今天是我完婚的吉日,林妹妹打园里来,为什么这么费事,到如今还不来?

袭　人　(笑答)来了,来了,快来了!

〔一时,大轿抬到大厅门口,细乐声音悠扬,十二对宫灯排着进来,倒也新鲜雅致。

〔傧相请了新人出轿,宝玉见喜娘披着红扶着新人,新人蒙着盖头。下首扶新人的,原来就是雪雁。

〔宝玉看见雪雁,揣想:"因何紫鹃不来,倒是雪雁呢?"又想:"雪雁原是黛玉家里带来的,紫鹃是我们贾府家里给的,自然不必带来。"因此,见了雪雁,竟如见了黛玉一般欢喜。

〔傧相宣唱仪节,拜了天地。先请贾母,从厅后房子进来,受了四拜。后请贾政夫妇,也从厅后房子进来,受了三拜。行礼毕,贾母和贾政夫妇相继从厅后门退出。

〔宝玉坐大厅东边,新人坐大厅西边,两人面对面。宝玉此时到底有些傻气,便走到新人跟前。

宝　玉　(傻笑)妹妹,身体好吗?好些天不见了,盖着这劳什子做什么?

〔宝玉说着,要揭开盖头,把站在旁边的凤姐急出一身冷汗来。

凤　姐　（阻止）林妹妹是爱生气的,不可造次揭开这个盖头!
宝　玉　（按捺不住,伸手便揭）好久不见面,蒙着这盖头做什么?
〔喜娘接去盖头。雪雁走开。凤姐叫莺儿来伺候。宝玉睁眼看新人,好像是宝钗,心中不信,擦眼一看,明明就是宝钗。只见她:盛妆艳服,丰肩俔体;鬟低鬓軃,眼睢息微。论雅淡,似荷粉露垂;看娇羞,真是杏花烟润。

〔宝玉发了一回怔,只见莺儿立在旁边,不见了雪雁。此时心无主意,自己反以为是梦中了,呆呆的只管站着。凤姐和袭人,扶他坐下。宝玉两眼直视,半语全无。对面宝钗,盖头已经揭开,也呆呆坐着,低头不语。

凤　姐　（安慰宝钗）你要安心,等一下就会好的。
袭　人　（劝告宝玉）你要镇静,不要胡思乱想。
宝　玉　（骇叫）袭人!我是在哪里呢?这不是做梦吗?
袭　人　（半嗔半哄）你今日好日子,什么梦不梦的浑说!老爷可在外头,小心给他听着!
宝　玉　（悄悄指着对面）坐在那里的这一位美人儿是谁?
袭　人　（握着嘴笑,好一会才说）那是新娶的二奶奶。
〔凤姐、莺儿都回过头去,忍不住地笑。
宝　玉　（嗔怪）好糊涂!你说"二奶奶",到底是谁?
袭　人　（庄重）是宝姑娘。
宝　玉　（骇怪）那么,林姑娘呢?
袭　人　（正经）老爷做主娶的是宝姑娘,怎么浑说起林姑娘来?
宝　玉　（追究）我才刚看见林姑娘了么,还有雪雁呢。怎么说没有?——你们这都是做什么玩呢?
凤　姐　（走近宝玉,轻轻地说）宝姑娘坐在你对面,别浑说。回来得罪了她,老太太不依的。
宝　玉　（疯傻发作,大声狂喊）我不管她了,不管她了!我要找林妹妹,找林妹妹去哟!
〔宝玉喊着,站起身要走出去,被袭人拉住了。

——幕落,复启

［幕启。半个月后,照旧是跨院里的大厅,椅桌略有改动。宝玉坐在右边一只长躺椅上,袭人站在他的身边。

宝　玉　(拉着袭人的手,哭说)袭人,我问问:宝姐姐怎么来的?我记得老爷给我娶了林妹妹过来,怎么被宝姐姐赶了出去了?她为什么霸占住在这里?我要说呢,又恐怕得罪了她。你们听见林妹妹哭得怎么样了?

袭　人　(不敢明说,诡应道)林姑娘病着呢。

宝　玉　(急切)我瞧瞧她去,我瞧瞧她去!

［说着,要站起来。岂知连日饮食不进,身子无力转动,便哭道——

宝　玉　我要死了!我有一句心里的话,只求你回明老太太:横竖林妹妹也要死的,我如今也不能保。两处两个病人都要死的,死了越发难张罗。不如腾一处空房子,趁早把我和林妹妹两个抬在那里,活着也好一处医治服侍,死了也好一处停放。你依我这话,不枉了几年的情分。

［袭人听了这些话,又急,又笑,又痛。因为是完婚,还未同房,恰巧宝钗和莺儿从隔壁过来,早听见这些话。

宝　钗　(走近宝玉)你放着病不保养,何苦说这些不吉利的话呢?老太太才安慰了些,你又生出事来。老太太一生疼你一个,如今八十多岁的人了,虽不图你的诰封,将来你成了人,老太太也看着乐一天,也不枉了老人家的苦心。太太更是不必说了,一生的心血精神,抚养了你这个儿子,若是半途死了,太太将来怎么样呢?我虽是命薄,也不至于此。据此三件看来,你就要死,那天也不容你死的,所以你是不能死的。只管安稳着,再养四五天,风邪散了,太和正气一足,自然这些邪病都没有了。

宝　玉　(停了半晌,才嘻嘻笑道)你是好几天不和我说话了,这会子说这些大道理给谁听?

宝　钗　(索性说穿)实告诉你罢:那两日你不知人事的时候,林妹妹已经亡故了。

宝　玉　(忽然坐起,大声诧异道)果真死了吗?

宝　钗　(伤心点头)果真死了。岂有红口白舌,咒人死的呢!老太太和太太,知道你姐妹和睦,你听见她死了,自然你也要死,所以不肯告诉你。

宝　玉　(不禁放声大哭)林妹妹啊,我随你去……

［宝玉大哭后,即晕倒在长躺椅上。只见眼前好像有人走来。那人道:

"此阴司泉路。你寿未终,何故至此?"宝玉道:"适闻有一故人已死,遂寻访至此,不觉迷途。"那人道:"故人是谁?"宝玉道:"姑苏林黛玉。"那人冷笑道:"林黛玉生不同人,死不同鬼,无魂无魄,聚而成形,散而为气,生前聚之,死则散焉。常人尚无可寻访,何况林黛玉呢?汝快回去罢。"那人说毕,袖子取出一石,向宝玉心口掷来。宝玉听了这话,又被这石子打着心窝,吓得即欲回家,只恨迷了道路。正在踌躇,忽听那边有人唤他。回首看时,不是别人,正是贾母、王夫人、宝钗、袭人等围着哭泣叫着,自己仍旧躺在长躺椅上。定神一想,原来竟是一场大梦。浑身冷汗,觉得心内清爽。仔细一想,真正无可奈何,不过长叹数声。

〔在宝玉晕倒做梦时间里,袭人深怪宝钗,赶忙出去报告贾母,莺儿也斗胆批评宝钗不该把黛玉已死的事告诉宝玉。

莺　儿　(向宝钗)二奶奶,你忒性急了,何必告诉他呢?

宝　钗　(发嗔)你知道什么好歹!横竖有我呢。

〔半晌,贾母、王夫人进来,袭人带着毕大夫随后进来。坐定后,毕大夫为宝玉诊脉。

毕大夫　(欣然向贾母、王夫人)不急,无事。奇怪,这回脉气沉静,神安郁散,明日进调理的药,就可以望好了。

〔毕大夫向贾母、王夫人等告辞出去。

贾　母　(以手按宝玉额)好孩子,放心调养,明日吃药,病就好了。

王夫人　(执宝玉右手)好孩子,不可胡思乱想,静心休养,就无事了。

〔宝玉斜靠躺椅,闭目不语。贾母、王夫人由莺儿伴送回去。

袭　人　(走近宝玉,缓缓地说)老爷选定的宝姑娘为人和厚,嫌林姑娘秉性古怪,原恐早夭。老太太恐你不知好歹,所以叫雪雁陪新人来,哄你安心。如今林姑娘成仙去了,你也该自己保重,不要辜负老太太、太太疼你的心意。

宝　钗　(安慰)你该知道,养身要紧。你我既为夫妇,岂在一时和好,当图白头偕老!

宝　玉　(激动)你们相信"金玉姻缘",我偏相信"木石姻缘"。不然的话,林妹妹死了,怎么会夺去我的心?她死时,我不知。她死后,我应该到她灵前去吊祭痛哭!

〔宝玉说着,从长躺椅上吃力地站起来,走到桌前要写祭文。

宝　钗　(代移来座椅)这事从缓办,你何必太急忙?
袭　人　(代取笔和笺)你勿过于悲伤,养神要紧,祭文不要写得太长!
〔宝玉执笔,沉思半晌。忽想到从前曾写过《芙蓉女儿诔》吊祭晴雯。当祭完晴雯时,只听得花阴中有个人声,吓了一跳,以为晴雯真来显魂了。细看不是别人,却是黛玉。满脸含笑,称赞《芙蓉女儿诔》,说是"好新奇的祭文,可与《曹娥碑》并传"。但是,她却嫌祭文中的"红绡帐里,公子情深"两句,未免俗滥些,建议应改为"茜纱窗下,公子多情"。——宝玉想到这里,便取消另写祭文的念头,只要把《芙蓉女儿诔》删削修改一下,便可移作黛玉的祭文。他放下毛笔,回头望宝钗和袭人——

宝　玉　我想把从前祭晴雯的《芙蓉女儿诔》删削修改,作为吊祭黛玉的祭文,你们替我主张,这样行吗?
袭　人　(点头)行呀!我正担心你重新撰写祭文,太过伤神呢!
宝　钗　(也点头)你的主意极好,祭文能背出来吗?
宝　玉　(摇头)哪里能背?(转向袭人)袭人!你给我到怡红院那边,去翻箱把祭文稿子找来罢。
袭　人　(温顺)好的,我随即去。
〔袭人出去。

宝　钗　(同情)听说老太太和太太,也要到那边去吊祭。
宝　玉　(怡然)那很好!就让她们先去,等她们祭毕回来,我们再去罢。
宝　钗　(失意)我不能去。她们说才刚完婚,不能去的。
宝　玉　(惊怪)你才刚完婚不能去,我也才刚完婚能去吗?
宝　钗　(肯定)她们怕你着急,哪敢阻止?
〔正说着,袭人匆忙回来,把《芙蓉女儿诔》存稿,交与宝玉。

宝　玉　(伤神、庆幸)誊写稿已焚化给晴雯了,幸亏有这份存稿。
〔袭人代磨墨,宝玉执笔改稿。

——幕落,复启

〔翌日上午,景地在潇湘馆,但不是黛玉卧室,却在厅堂中黛玉灵帐前。紫鹃、雪雁两人,分站在灵帐双边。

［宝玉由袭人陪着,黯然伤神,泫然坠泪,踉踉跄跄,来到灵堂。先向灵帐打揖,然后跪在毡垫上。袭人陪侍站在旁边。

宝　玉　(号啕大哭)我的林妹妹啊! 你去了,你夺去我的心……你要回去时,我茫然无知,不能来送你。如今敬备碧玉珪、白绫绢、沁芳泉、龙井茶四样微物,来吊祭你。聊表诚信,请你临鉴。爱念祭文,请我颦卿之魂,倾耳细听!

［宝玉收哭,流泪念读:

窃思颦卿自临人世,迄今凡十有八载。其先之乡籍姓氏,乃苏州林门独生女儿。而浊玉得亲昵狎玩相与共处者,仅八年而已。忆卿曩生之时,其为质则金玉不足喻其贵,其为体则冰雪不足喻其洁,其为神则星日不足喻其精,其为貌则花月不足喻其色。姐妹悉慕媖娴,妪媪咸仰惠德。孰料鸠鸩恶其高,鹰鸷翻遭罦罬;薋葹妒其臭,茝兰竟被芟葢。花原自怯,岂奈狂飙? 柳本多愁,何禁骤雨! 偶听傻姐之言,遂抱呕血之疾。故樱唇红褪,韵吐呻吟;杏脸香枯,色陈颟顸。自蓄辛酸,谁怜夭折? 仙云既散,芳趾难寻。洲迷聚窟,何来却死之香? 海失灵槎,不获回生之药。桐阶月暗,芳魂与倩影同消;蓉帐香残,娇喘共细腰俱绝。连天衰草,岂独兼葭? 匝地悲声,无非蟋蟀。昨闻严命,竟抛玉而拾金;今闻金声,乃知玉碎而石存。灵棺停放,顿违共穴之情;嘱运姑苏,愧逮同灰之谅。尔乃潇湘旧居,淹滞青磷;我竟荣禧跨院,羁缠此身。岂道茜纱窗下,公子多情;黄土垄中,卿何薄命! 呜呼! 固鬼蜮之为灾,岂神灵之有妒? 在卿之尘缘虽浅,而玉之鄙意犹深。因希卿不昧之灵,陟降于兹;特不揣鄙俗之词,有污慧听。乃歌而招之曰……

［宝玉缠绵而凄怆地念读至此,伏在灵前放声大哭。
［袭人含泪相劝。
［紫鹃哭呼"林姑娘——",雪雁伏到灵桌上号哭。
［幕上空,传来宝玉"歌而招之"的悲痛之声:

天何如是之苍苍兮,乘玉虬以游乎穹窿耶? 地何如是之茫茫兮,驾瑶象以降乎泉壤耶? 瞻云气而凝眸兮,仿佛有所觇耶? 俯波痕而属耳兮,恍惚有所闻耶? 期汗漫而无际兮,捐弃予于尘埃耶? 倩风廉之为余驱车兮,冀联辔而携归耶? 余中心为之慨然兮,徒嗷嗷而何为耶? 卿偃然而长寝兮,岂天运之变于斯耶?既停棺之归葬兮,反其真而又奚忧耶?余犹桎梏而悬附兮,灵格余以嗟来耶?来兮止兮,卿其来耶?

〔号哭声大作。

——幕徐徐落,数分钟后复启

〔时间过了半年。景地照旧是荣禧堂后面跨院大厅。宝玉坐在桌边,翻阅《四书》和写好的几篇八股文。袭人坐在另一边,缝制衣服。

宝　玉　(翻书)袭人!明天我和兰儿就要进考场去应试了,今天还要和兰儿讲文。我自信这回赴考必中,你看怎么样?

袭　人　(停针,笑道)你这回必中,我早在暗中祷祝!
〔正说着,贾兰进来。

宝　玉　(欣然)兰儿,你来正好。前几天,师父给我们出了三个作文题目,我都作好,你呢?

贾　兰　(得意)二叔,我早也作好了。不知行吗?你先看看。
〔说着,从包巾里取出三篇制艺,递给宝玉。

宝　玉　(看第一艺)兰儿,我们先谈第一篇罢。题目是"吾十有五而志于学"。你原本破题写的是:"圣人有志于学,幼而已然矣。"师父将"幼"字抹去,明用"十五"。你原本"幼"字,便扣不清题目了。"幼"字是从小起,至十六以前都是"幼"。题目"吾十有五而志于学"出自《论语》,这章书是圣人自言学问工夫与年俱进的话,所以十五、三十、四十、五十、六十、七十,都要明点出来,才见得到了几时有这么个光景,到了几时又有那么个光景。师父把你"幼"字改了"十五",便明白了好些。你写的承题,那抹去的原本云:"夫不志于学,人之常也。"这样说,是小孩的口气,不是学者的志气。你后句云:"圣人十五而志之,不亦难乎?"这更不成话!你看师父的改本云:"夫人孰不学?而志于学者卒鲜。此圣人所为自信于十五时欤?"这样改,你懂吗?

贾　兰　(点头)这样改,蛮好。没有二叔讲破,我还是有些模糊。

宝　玉　(又看第二艺)我们再来看,第二题是"人不知而不愠"。师父的改本云:"不以不知而愠者,终无改其悦乐矣。"你的原本说:"能无愠人之心,纯乎学者也。"上一句似单做了"而不愠"三字的题目,下一句又犯了下文

    君子的分界。必如师父所改,才合题位呢。且下句找清上文,方是书理。你须要细心领略。

贾　兰　(点首)好!我要记住二叔指点的话。

宝　玉　(往下文看)"夫不知,未有不愠者也,而竟不然。是非由悦而乐者,曷克臻此?"比较你原本末句作"非纯学者乎",改为"曷克臻此",实在好得多。你原本末句,毛病与破题相同。

贾　兰　(点头)二叔的批评,十分正确。

宝　玉　(又看第三艺)我们再来看第三题:"不归杨则归墨。"这是《孟子》书上说的,比较好懂。这个破承,倒没大改。你这里写的破题云:"言于舍杨之外,若别无所归者焉。"说得不错。第二句云:"夫墨,非欲归者也;而墨之言已半天下矣,则舍杨之外,欲不归于墨,得乎?"说得颇妙。(奇怪似的问)兰儿,这是你作的吗?

贾　兰　(点点头,笑)二叔,确是我自己作的。难道二叔肯替我作吗?

〔宝玉笑出声。袭人停针站起来,插口说——

袭　人　(喜笑)我刚才边缝衣,边听你们言谈。看来,我说宝二爷会中第一名解元,是确的了。兰哥儿,只能中第一百零一名。

〔袭人说着,进内室捧茶出来,分置在宝玉、贾兰面前。

宝　玉　(笑向袭人)袭人,你真是府中最贤能的人!这是公论,不是我私誉。

袭　人　(笑向宝玉)不用你吹牛。口讲得干了,快喝茶罢。兰哥儿,你也喝。

贾　兰　(笑)多谢你,袭人姑娘!我怕此去应考,准会名落孙山。倘能从你的祝愿,中了一百零一名,那就"阿弥陀佛"了。

〔正说着,宝钗进来,插口说——

宝　钗　(笑)兰哥儿,刚才为什么念"阿弥陀佛"?

宝　玉　(忙插口问)你说念"阿弥陀佛"好,还是作"八股文章"好?

宝　钗　当然是作"八股文章"好。

宝　玉　(惊怪)为什么!作"八股文章"好在哪里?

宝　钗　(劝告)我劝你从此把心收一收,用功作文章,但能博得一第,便是从此而止,也不枉天恩祖德了。

宝　玉　(叹了一口气)一第呢,其实也不是什么难事,倒是你这个"从此而止,不枉天恩祖德",却还不离其宗。

袭　人		宝二爷,你刚才和兰哥儿讲文多认真,怎么忽然想起念"阿弥陀佛"好呢?
宝　玉		(仰面大笑)哈哈!我这话是从兰儿念"阿弥陀佛"想出来的,你们不要担心我做和尚去!
贾　兰		(插口)二叔,请再拟几个题目,我跟着叔叔作作,也好进去混场,别到那时交了白卷子惹人笑话。
宝　玉		(微笑,劝止)不必劳神费力了。你我都已作过几篇,熟一熟手,好去诓这个功名!明天就要进场赴考,你快回去做些准备。

〔贾兰忙用包书巾包好三篇制艺,夹在腋下回去。

宝　钗		(恳切叮咛)二爷,你明天和兰哥儿就要进考场去,盼你中举,平安回来,家园团聚,无劳相思!

〔宝玉低头不语。

——幕落

第十四幕　蝉　　蜕

人　物　宝　玉　贾　兰　贾　政　王夫人　袭　人　薛姨妈　宝　钗　探　春　惜　春　李　纨　史湘云　贾　蓉　贾　蔷　李　贵　茗　烟　莺　儿　麝　月　秋　纹　驿站长　小　僮　船　夫　僧　人　道　士

景　地　(一)贾府荣禧堂后面跨院里的一间静室,贾宝玉读书之处。室内窗明几净。案上一边陈列四书、五经、《庄子》《昭明文选》及《八股文示范》等书,一边堆放《参同契》《元命苞》及《五灯会元》等谶纬及参禅的书。窗外已呈初冬景象,但松柏枝叶仍依依苍翠。(二)毗陵驿的幽静处。船泊驿口岸边,船外但见"千山鸟飞绝,万径人踪灭",白茫茫一片旷野。

情　节　贾宝玉和侄儿贾兰,同赴乡试毕,一齐走出考场,宝玉突然走失。贾兰回家哭诉,引起王夫人、李纨、宝钗、袭人皆哭。忽然外头有报子来报喜:宝玉中了第七名举人,贾兰中了第一百三十名。事过一月,贾政从金陵葬母归来,路经毗陵驿地方,忽见宝玉光头赤脚,披着大红猩猩毡斗篷,来向他跪下,拜了四拜,并回答他所提出的问题。旋被一僧一道夹持,飘然唱歌而去。

[幕启。袭人站在案旁翻书。秋纹拂扫几案毕,将鸡毛帚挂壁上。
[麝月从后门进来。

袭　人　（指案上的书）麝月,你来看！这一叠叫什么《参同契》啦,《元命苞》啦,《五灯会元》啦,都是一些说谶谈禅的书。二爷早就发誓,要专心研读《四书》作八股文章,不要这些说谶谈禅的书了。你把它搬放在那边墙脚罢。

麝　月　（应声）好！二爷早吩咐我搬走,我竟然忘记了。

[麝月搬走一部分书放在壁边,秋纹把四书等摊开,排在原案上。
[王夫人和李纨,联翩进来。薛姨妈和宝钗、莺儿接着也进来。袭人迎接她们就座。
[秋纹递茶给王夫人和李纨;麝月递茶给薛姨妈和宝钗。

袭　人　（喜笑）宝二爷和兰哥儿,叔侄两人赴考,屈指今天考完,马上就要回来了。

李　纨　（欢笑）是的,马上就该回来了。

王夫人　（感慨）宝玉这孩子赴考之前,曾经跪在我膝下,满眼流泪,磕了三个头,说道:"母亲生我一世,我也无可报答。只有这次入场,用心作了文章,中个举人出来,那时太太喜欢喜欢,便是儿子一辈子的事也完了,一辈子的不好,也都遮过去了。"我对他说:"你有这个心,自然是好的,可惜你祖母老太太已经归天去,不能见你的面了。"宝玉这孩子,只管跪着,不肯起来,说道:"老太太见与不见,总是知道的,喜欢的。既能知道了,喜欢了,便是不见也和见了的一样,只不过隔了形质,并非隔了神气啊。"

李　纨　（强笑）太太,今天宝二爷叔侄应试完毕要回来,这是大喜事。应当笑嘻嘻,乐哈哈,大家恭喜。为什么提起这些伤心话？宝玉兄弟近来知好歹,很孝顺,又肯用功。这次带兰儿进考场作好文章,回来后写给世交老先生们看看,等着爷儿两个都报了喜,就是了。

王夫人　（正色）宝玉赴考之前,可曾对你说些什么话？

李　纨　（沉思）宝玉兄弟要赴考之前,也曾对我说:"嫂子放心！我们爷儿两个都是必中的。日后兰哥还有大出息,大嫂子还要戴凤冠穿霞帔呢。"我对他说:"但愿应了叔叔的话,也不辜负你大哥哥生前的厚望。"他笑着说:"只要有个好儿子,能够接续祖基,就是大哥哥不能见,也算他的后事完了。"

宝　钗　(忧思,插口)二爷临走时对我说:"姐姐,我要走了。你好生跟着太太,听我的喜讯儿罢。"我催他说:"是时候了,你不必说这些唠叨话了。"宝二爷答说:"你倒催得我紧,我自己也知道该走了!"他仰面大笑道:"走了,走了!不用胡闹了!完了事了!"但见他嘻天哈地,大有疯傻之状,出门而去。

〔宝钗话音刚落,贾兰仓皇走来,呆呆地站着。

王夫人　(欢笑站起)兰儿回来了!宝二爷呢?
贾　兰　(哭声)二叔丢了!
王夫人　(怔了半天)我的儿……

〔王夫人大声"啊"了一下,便直挺挺倒在长躺椅上。秋纹扶着她,下死的叫醒转来,她才哭出声来。

宝　钗　(白瞪着两眼,凄厉)我命苦啊!
袭　人　(哭着骂)兰哥儿,你这糊涂东西!
贾　兰　(哭丧着脸)我和二叔在下处是一处吃,一处睡。进了场,相离也不远,刻刻在一处的。今儿一早,二叔卷子早完了,还等我呢。我们两个人一起去交了卷子,一同出来,在龙门口一挤,回头就不见了。我们家接场的人都问我。李贵还说:"看见的,相离不过数步,怎么一挤就不见了?"叫李贵、茗烟等,分头找去。我也带了人,各处号里都找遍了,没有,我所以这时候才回来。

〔王夫人听了,哭得更加伤心。

宝　钗　(流泪,心里已知八九)母亲啊,我命苦呀!
薛姨妈　(抚摩宝钗,满脸泪光)女儿啊,不要太过悲伤,宝二爷还会回来呢!
贾　兰　(惶惶不安)我要再找去!
王夫人　(止哭,拦住贾兰)我的儿,你的叔叔丢了,还禁得再丢了你么?好孩子,你歇歇去罢!

〔贾兰不肯休息,照旧是呆呆站在一边。
〔麝月出去告诉探春和惜春,又跟她们一齐进来。

惜　春　（一见宝钗便问）二哥哥这次赴考,戴了玉去没有?
宝　钗　（激动）这是随身的东西,怎么不戴?
　　　　〔惜春听了,便不言语。
袭　人　（插口）回想以前抢玉的事来,我就料着那和尚作怪。我有时若怄急了他,他便赌誓要做和尚。谁知今日却应了这句话!
　　　　〔秋纹刚才出去,这时带了史湘云进来。
史湘云　（惊叫）唉呀,爱哥哥丢了么? 爱哥哥如今十九岁,是大人了,怎么会丢掉呢?
　　　　〔王夫人、薛姨妈听湘云这样惊叫,一时又放声哭了。舞台灯光转暗。
　　　　〔一连数日,王夫人哭泣不已。仆人李贵进来。贾蔷随后进。灯光复亮。
李　贵　（欢笑）太太奶奶们,大喜大喜!
王夫人　（止哭,站起问说）在哪里找着的? 快叫他进来!
李　贵　（喜笑）报子才刚在外头报喜,说宝二爷中了第七名举人。
王夫人　（惊讶）宝玉呢?
李　贵　（沉默半晌）只是报子来报喜,宝二爷还未归来。
　　　　〔王夫人听了,大失所望,仍旧坐下。
　　　　〔外头嚷嚷着"领报单",贾蔷赶忙出去,接了两份报单,进来回禀。
贾　蔷　（向王夫人和李纨）贾宝玉中了第七名举人,贾兰中了第一百三十名。
　　　　〔李纨心下喜欢,但因不见了宝玉,不敢喜形于色。王夫人见贾兰中了,心下也喜欢。
王夫人　（略露喜色）兰哥儿也中了,若是宝玉一回来,咱们这些人不知怎样乐呢?
　　　　〔宝钗心下为宝玉失踪悲苦,但听见贾兰也中了,又不好掉泪。
李　纨　（向王夫人道喜）宝二爷既有中的命,自然不会丢的,再过两天,必然找得着。
　　　　〔茗烟从外面边嚷边跑进来。
茗　烟　（大嚷）我们二爷中了举人,是丢不了的了!
袭　人　（向茗烟）怎么见得丢不了?
茗　烟　（肯定地说）"一举成名天下闻"! 如今二爷走到哪里,哪里就知道的,谁敢不送来!

王夫人　（霁容,向袭人）茗烟这孩子,虽是没规矩,这句话是不错的。

惜　春　（插口）二哥哥这样大人了,哪里有走失的?只怕他勘破世情,入了空门,这就难找着他了!

　　　　〔王夫人听了道姑打扮的惜春这么说,顿敛笑容,大哭起来。

李　纨　（泪眼相慰）古来成佛作祖成神仙的,果然把爵位富贵都抛了,也多得很。

王夫人　（哭泣）他若抛了父母,这就是不孝,怎么成佛作祖?

探　春　（安慰）大凡一个人,不可有奇处。二哥哥生来带块玉来,都道是好事;这么说起来,都是有了这块玉的不好。若是再有几天不见,我不是叫太太生气,就有些缘故了,只好譬如没有生这位哥哥罢了。果然有来头成了正果,也是太太几辈子的修行积德。

惜　春　（附和）宝兄弟如果做了得道和尚,也可以显祖荣宗,光耀门楣。

　　　　〔宝钗听了,不言语。袭人哪里忍得住,心里一疼,头上一晕,便栽倒了。王夫人看着可怜,命小丫头麝月和秋纹扶着袭人,到室内去休息。

王夫人　（叮咛李纨）你要即刻写一封信,叫人马上送去金陵,把宝玉中了举人和失踪的事,报告二老爷知道。

李　纨　（答应）好。我立刻就写,马上叫人专程送去。

　　　　〔说着,便和薛姨妈、王夫人、探春、史湘云等,相继退出。

　　　　〔只剩下莺儿陪着宝钗和惜春,呆呆地站在静室里,抬头朝西方那边的天空遥望。

　　　　　　　　　　　　　　　　　　　　　　——幕落,复启

　　　　〔时间过了一个月。贾政坐在船上写回信,小僮替他泡茶。船夫坐在船尾上,慢慢地吸旱烟。

小　僮　（走到船尾,对船夫说）老艄公,你看那边旷野,白雪茫茫!难怪昨夜天气乍冷,翻来覆去,睡不着觉。老艄公,你昨夜好困么?

船　夫　（漫应）老汉昨天白昼把一日舵,驶一天船,精疲力竭。夜里一躺,便一觉睡到天亮,怎么不好困?不知你们老爷起得这么早,究竟在忙着什么?

小　僮　老爷在金陵葬母完毕,忽接家里一封信,说宝二爷考中举人,但在走出考场时失踪不见了。老爷正在船上写回信。

［贾政写到"宝玉失踪,不必介意"时,便停笔,抬头忽见船头上微微雪影里面有一个人,光着头,赤着脚,身上披着一领大红猩猩毡斗篷,向贾政倒身下拜。贾政尚未认清,急忙出船,欲待扶住问他是谁。那人已拜了四拜,站起来打了个问讯。贾政才要还一揖,迎面一看,不是别人,却是宝玉。

贾　政　（吃一大惊）你可是宝玉么?

［宝玉不语,如喜似悲。既摇摇头,又点点头。

贾　政　（提问）你既然中了举人,如何这样高僧打扮?

宝　玉　（低头漫应）妹妹死了,我做和尚;信誓旦旦,千古不忘!

贾　政　（提问）你既然做和尚,为何又跑到这里来?

宝　玉　（低头漫应）只怕家里双亲,不明儿子失踪原因;请你转告世人,切勿垄断儿女婚姻!

［宝玉话刚说完,忽见船头来了两人,一僧一道,夹住宝玉。

僧　人
道　士　俗缘已毕,还不快走!

［说着,三人飘然登岸而去。贾政不顾地滑,急忙来赶,见那三人在前,哪里赶得上?只听得他们三人口中,仿佛是宝玉唱的歌。

宝　玉　（引吭高歌）我所居兮,青埂之峰;我所游兮,鸿蒙太空。谁与我逝兮,吾谁与从。渺渺茫茫兮,归彼大荒!

［贾政一面听着,一面赶去。转过一小坡,倏然不见。贾政已赶得心虚气喘,惊疑不定。回过头来,见自己的小僮也随后赶来。

贾　政　（问小僮）你看见方才那三个人么?

小　僮　（点头）看见的。奴才为老爷追赶,故也赶来。后来只见老爷,不见那三个人了。

［贾政还欲前走,只见白茫茫一片旷野,并无一人。贾政知是古怪,只得回来。

［贾蓉造访毗陵驿站长,相与携手回船。见贾政不在船上,问了船夫,说是老爷上岸,追赶两个和尚和一个道士去了。贾蓉便请驿站长在船上等候,自己从雪地里寻踪追去,远远见贾政来了,迎上去接,一同回船。

贾政坐下,喘息方定,将见宝玉的话说了一遍。贾蓉和小僮建议,要在这地方寻觅。

驿站长　（讪笑）这地方素极清静,又无寺庙,哪里来了这种鬼怪?
贾　政　（长叹）啊,你不知道,这是我亲眼看见的,并非鬼怪。何况听他说话,足以为训;听他唱歌,大有玄妙!宝玉生下时,衔了玉来,便也古怪,我早知是不祥之兆,为的是老太太疼爱,所以养育到今。便是那和尚道士,我也见了三次:头一次,是那僧道来说玉的好处;第二次,便是宝玉病重,他来了,将那玉持诵了一番,宝玉便好了;第三次,送那玉来,坐在前厅,我一转眼就不见了。我心里便有些诧异,只道宝玉果真有造化,高僧仙道来护佑他的。岂知宝玉是下凡历劫的,竟哄了老太太十九年!如今叫我才明白。
　　　　〔贾政说着,不禁掉下泪来。
驿站长　（劝慰）政老爷啊,不必多伤心!令郎既是下凡历劫的,那么劫尽自能成佛,成佛就能传经授道,普渡众生。何况宝玉才十九岁,便中了举人,既有才学,悟道必易。
贾　政　（敛泪霁容）老驿站长,见解极是!我如今也是这样想的。
贾　蓉　（反诘）宝二爷果然是下凡的和尚,就不该中了举人。怎么中了才出家去呢?
贾　政　（激动）你哪里知道?大凡天上星宿,山中老僧,洞里精灵,他自具一种性情。你看宝玉何曾肯念书?他若略一经心,无有不能的。他那一种脾气,也是各别各样!你要他中举人进士做高官,他偏认为做官是禄蠹,远远不如做和尚!
　　　　〔贾政答毕,又叹了几声。
贾　蓉　（转了口气,劝解一番）老爷啊,不要忧愁叹气!兰哥儿今年得中举人,他年可成进士,光耀门楣。宝二爷虽做和尚,玄奘功业,永垂不朽!
　　　　〔贾蓉说毕,抬头朝东方瞪视。
　　　　〔贾政似悲非悲,如喜非喜,若有所思,低头无语。
贾　蓉　（突然喊叫,举手遥指）老爷!那边天空垂挂对联,说的是什么呀?
　　　　〔贾政抬头一看,只见白茫茫旷野的上空,金光闪闪,显出两行一对联句:

梦境谁能住？

韶光自在流！

——幕落

——全剧终

《绛洞花主》单行本1929年由上海北新书局出版，现按陈梦韶、陈元胜著《绛洞花主》校正(厦门大学出版社2005年版)，书中附有1935年《闽南日报》副刊上连载《绛洞花主》的节录及陈元胜等人研究《绛洞花主》的论文8篇。

访　雯

白　薇

登场人物　宝　玉　晴　雯　其　嫂　柳　妈　柳五儿
地　　址　大观园外吴贵家
时　　间　清初某年仲秋的黄昏
布　　景　分左右两间平民房间,右房仅见一隅。房的正面横一炕床。炕床空空简陋无一饰品。床右端有户通他室,左方一户通晴雯的房间,两户都垂着灰色的布门帘。

左房颇宽,乌壁简陋,正面两个小格子窗,窗下置粗木床。床敷稻草破席,晴雯寂睡其上,钗鬓零落枕边,锦绣的被盖着。左隅置粗桌椅各一,桌上有乌黑的瓷茶壶及茶碗,桌旁土堆上放一小炉,炉上一砂罐,室中尘埃厚积,阴气的同幽灵窟。只有窗外大观园的黄金点缀的梧桐,沙沙地摇动。夕阳映树影投入室中,乌鸦几羽咭咭地叫。

晴　雯　唉,哥哥!哥哥!(在床上翻动几下)嫂子!……嫂子!(脆弱弱地爬起)嫂子!(凄凄的音嗓,黑发散垂肩上,坐不起)怎么一个人都不在家……我口干得很。(半竖起腰,手撑席上,望着桌上的茶具。叹叹气又拼命地爬。苦爬总下不得床来)阿弥陀佛!谁来拿点水给我喝!(勇气地再爬,反倒在枕上。一会轻轻拉起)这家里半天都没有一个人在,把我关囚人似的关在这当儿,真是受罪啊!(骚乱地乱爬两下。忽然静着,睁起怪美的眼睛深思。边沉思边玩身上的白绸衣的花边和丝带,一寸寸涌上娇美的骚情)好,沉落到这样了,马上就要死的……(微泣)我真诚真诚的一点心,比宝石还珍贵的一点心……恐怕等我的骸骨朽了,还是没有人知道!……棺材,墓穴,永远的美事的箱子!……爱娇,美丽,纯洁,人虫的大敌!(咳,喘)什么王夫人!什么花袭人!(兴奋地拍枕)无怪乎,无怪乎!……世间的眼睛,是些煤炭团造成的:她们当然看不出我琉璃色的眼睛;世间腐融了的心,只会在猪窝狗房里打算盘;她们当然不明白我娇花解语的佳调。(带些优和的笑容,望望窗外,鸦声起)乌鸦呀!莫尽卖弄你怪丑的音乐,报告我的凶兆!……预备牺牲的人,就是毒药也会吃的。你们莫关起暖房,得意地笑我的退屈!我芙蓉仙子的心肠,不是你们当朽太太、臭丫头的人能够想象得到啊!(非常自慢的样子,病容减了三分,启了朱唇,露出琥珀般的皓齿轻笑一下,脸上忽浮出清愁,热泪暴落,举起蝶形的衣袖拭泪,身子坐不住似的)唉!连凤娘雨娘都没有一个来,来给我一口水喝!(爬爬又想下床,不得下)若是病在怡红院……怡红公子……呀,不思议的钏子!……他病了我招呼了他,他在老太太面前褒美我……老太太赏实我的!(举起嫩腕,尽亲钏儿)情场是没有和平的啊。阴谋家,妒惑家……至若那些花间啄虫的小鸟,能够偷一瞬间的幸福,还算她是命好……我不是诈伪师,一般姑娘,恐怕谁都不及我脱俗?……倒是玉石俱焚,不,不,反而优者惨败!(失神的惨色,低头稍默)撑出了我还不算账,倒还引起我哥哥苦打我一场……污辱我,好像我死了,不打超度,还不能见阎王。(摇头浩叹。身歪歪动,愈加坐不稳似地)幸而……幸而宝玉知道……(咽住,害羞)到底是什么怪?怎么我一离开大观园,我简直狂人一样的苦念宝玉,好像我的全心魂,都被他占住了?不可思议!这银光笼罩的秘密,真不可思议!(抱胸似喜似狂的表情)我一想到他便像穿着霓裳羽衣在云霞里面乱舞。未必有什么妖惑的媒婆在心里作怪么?……吓!该喂!我妙香的闺阁,符儿挂满了窗门上,有什么妖魔鬼怪跑得来!……怕莫是芙蓉的仙女,盗去了我的心,使我恍恍惚惚?……我爱他只是酷爱了他个人,至若我闭起笼的小鸟,我还不曾许它飞过。(身子乱动,脸苍白)真的,我怎么是这般烦恼?(疑惑脑冈相)怎么是这般秘密狂哟!……到头我的自尊心,是要笑我轻薄吗?(咳,喘)不对,不对,我心里只有真挚,只有纯情,只有比梦还要美丽的光彩……我根本嫌忌……嫌忌贾府那逐鹿的战场。(歪起头微笑,长默)怪!我不落概念的好奇心,何以全是他的刺激?!这神秘的氤氲气何以总恼得我不自然?! 他毕竟魅了我吗?(带苦闷的骚调。身上处处尽揉)哼……那么……我封着的神秘,早是向他开了封了!(娇羞)断言我也是……爱……爱了他了!(死人狂的样子,抱头骚动)难怪,我狂我的眼泪,是为他流的! 我凶险的痨病是因他得的! 〔眼泪暴流,倒在枕上,慢慢扯被盖着,乌鸦咕咕地在窗外叫,鸦声停,舞台肃静一会。窗外宝玉说话声。

〔声音:"那么,就请你在这窗户下看着吧!"
〔宝玉登场,穿的肉红色绣金花的长袍,气色平静地自左室走近床边。默立一会。轻轻地拿起晴雯的手,又喜又悲的样子。

宝　玉　晴雯!(晴雯故装不动。宝玉伶俐的眼光尽瞧在她脸上。忽伸手抚她的额,随又收手,斜靠枕边叹息。带泪的悲颜,默默玩她的散发。后拉了她的肩,低头枕边细声叫唤)晴雯! 晴雯!

晴　雯　(展开愁绝的眼儿,一把拉着宝玉的手,咽哽不能语言,一会,伤感的调子)宝玉! 〔喘息咳嗽。

宝　玉　可怜你睡在这样的地方! 〔低眉悲感。

晴　雯　阿弥陀佛! 你来得好! 请把那茶倒半碗给我喝吧!

宝　玉　茶在哪里? 〔慌忙地放了她。

晴　雯　在那火炉上。〔指着。

宝　玉　(一看不快)就是这个黑烟乌嘴的罐子么? 又不像个茶壶!

晴　雯　哦,就是那个。

宝　玉　(在桌上拿了个茶碗,闻闻又放下)呀! 这么肮脏,又有油臭,怎么用呢?(用桌上茶壶里的水洗了两次,把自己的手巾揩干了,又闻闻)还是有些气味,没有法子!(提罐斟了半碗茶,尽看)这绛红色的,又不大像茶……

晴　雯　(从被中爬起,娇喘喘地扶枕延颈望他)快些给我喝一口吧! 这就是茶了,哪里比得我们家里的茶哩。

宝　玉　(把茶先自尝一尝)咸涩得不堪! 并没有茶味。〔给茶她喝。

晴　雯　(接茶一气灌下)呀,好像得了甘露一般!

宝　玉　回来还没有一天,连你舌头的味儿都变了! 〔接茶碗,愁绝地熟视她。

晴　雯　口干了半天,叫半个人都叫不着。

143

宝　玉　（越看她越心同粉碎一般，眼泪流下）你嫂子呢？

晴　雯　她哪里有心肠照顾我！吃了饭就去串门子，剩下我一个人在这里乱爬乱叫。她不怂恿我哥哥打我还是好的哩。

宝　玉　嘿！打你？〔很心痛相。

晴　雯　她们都信了太太的冤枉，送我回到这里，我一进门的时候……我嫂子恨不得挂起我的脸庞示众……毕竟我哥哥，不是打了我一顿吗。〔愤怨地坐不稳。

宝　玉　（心碎的悲调，急扶着她）偏你遭着这种恶蹄子！〔深叹。

晴　雯　没有父母的孤儿，还想过什么好日子？

宝　玉　若是今早我同你一块来了就好了。

晴　雯　哼，你来！那王夫人的威风……

宝　玉　（边焦心地看她，边把茶碗放在枕边的粗凳上，悲愤）美死了的心情，真不是能够和她们那些妇人们讲得清的！（柔和地扶她）打得很厉害么？〔拿了她的袖口想探看。

晴　雯　不要是这样探看！（急收了手）是打着背上。

宝　玉　你病得同橄榄一般青了，怎能受这种无情的鞭挞？（很难过的表情）你给我看看打伤的地方好不好？〔伸手从她衣领上想剥开她的衣服。

晴　雯　你莫发疯！〔急杀的样子，拒绝。

宝　玉　你不知道，我很心痛，你给我看一看！

晴　雯　我没有那种义务！〔剧烈的，神经的。

宝　玉　（朱唇微动，真纯的瞳子呆看她，似梦中浮出无限的爱怜惘，不思议地看她）你不知道我真难过！〔轻轻伏被上，问。

晴　雯　屈辱了我还不要紧，还要屈辱你……（爱娇的）我虽然有了十六岁，何曾存了不洁的心，走过迷路？〔搔首仰天，悲颜。

宝　玉　哪里，未曾开放的玫瑰，比什么还名贵些……〔一同冷叹，一同默。

晴　雯　当那惨受刑法的时候，有两下我只怕立刻就会打死……（咽泣）我只怕今生不能再和你见面了，你怎么来的？〔天真地握宝玉。

宝　玉　我看见那一群糊涂人，将你从我的地方撵出来的那种横暴和惨酷的光景，我心里好像烈火烧着似的难受，恨不得即刻死了。（热情狂的悲相）但是因为这件事是太太做主的，太太正在气头上，我只得忍气送她到沁芳亭,然后我才回到怡红院……到房里看见你吃剩的残药,还有些余温;哭在衣上的眼泪,还是湿的;你病中哼哼的声浪,仿佛还冲荡我的耳鼓。可是,物存人去,满房冷清清的空气,真叫我冷得发抖……(渐移身近着她,真面目)又想起你平日孤洁的怪癖,反遭别人的逸言,嫉妒,真是愤激万分!(晴雯现出感动的表情,似伤似爱地尽玩他的手,宝玉情热的哀调,滔滔说下)你原来是一株殿堂的香兰花,如今把你送到这猪窝马厩里来了,越想越气,越想越发心痛,所以我就趁着人静了的时候,到园子的后角门上,央了一个老太婆领我进来的。不料,你的病更加重了些![含泪深叹。

晴　雯　到这种地方来,病怎么有减轻的道理?

[嫂强壮的凶相,粗俗得怪难看,但装扮得七分妖艳,自右室走出,惊闻人语,轻至晴雯的房门口站住,悄悄地听。

宝　玉　我很难得来,你有什么话要说么?趁着没有人在这里,请你告诉我!

晴　雯　(想说又说不出,炯炯的目光呆看他)有什么话说哩,不过捱得一刻是一刻,捱得一日是一日!(伤绝,泣)只是我有一件,我死也不甘心!我虽然比别人生得美,并没有私情勾引的事。怎么那一班人,一口死死地咬定我是个狐狸精![口锋锐利,语气愤激。

宝　玉　(又怨又恼又爱,紧握着她,脸伏她的手上)只要我明白就够了。

[嫂越发好奇,越发高兴,时时轻轻掀开门帘偷看。

晴　雯　宝玉!……(被感情支配的表情)如今我既然受了这个冤枉……(艳绝的狂态)不是……(停)不是我说句后悔的话:早知如此……我当日……[气往下咽,一身战栗,悲泣。

[宝玉又急又痛心又害怕,呆了,但挨近她替她捶背,心魂不附体地。

[嫂高兴得欲狂,掩嘴苦笑。

宝　玉　你平静些吧!身子要紧。你别哭!(含泪)你看了我就是这般悲伤,我如何好来看你呢?最好是欢欢喜喜说说笑笑好了,我心里非常焦躁,只想看你的笑颜。你笑吧!……我看了你的笑颜,就像惊弹的白鸽子,飞到天女的倩影里一般安定。

晴　雯　(在床上尽索看)哦,我的小手巾呢?

宝　玉　就这个也行吧?[用自己的手巾替她拭泪。

晴　雯　（憔悴中又现出眉妍色妩的表情，优雅地娇笑）宝玉！知道我的莫如你……我为什么要受这些冤枉？我真是那样的坏人么？
　　　　〔嫂顿悟似的，妖态忽检点一些。

宝　玉　我刚说了，只要我信得你过就够了。

晴　雯　晓得你的心，又信到我几分呢？

宝　玉　难道你还怀疑我吗？〔不高兴相。

晴　雯　我顶不了解男子的心。

宝　玉　你定要硬起心疑我是只什么草宝？

晴　雯　因为男子总爱戴起绿色的眼镜，在幸福上做功夫。越是乖癖深秘的女子，男子越发理解不来了。况且男子的心性，只管求爱女性，并不想想要理解女性的。

宝　玉　像你的说法，我宝玉也是一个混账的泥菩萨么？……如果我没有澄明的千里眼，你晴雯早就……（沉着一会）你也要想我是同那些猪头狗面的人一般么！……（眼光闪闪的，忽然冷下）她们那一班人，除了脏死了的肉眼之外，再没有心上清净的灵眼。（停）她们看见你的美貌强过一般人，就说美是祸害，是妖精。她们总以为美人的心，是不干净的。哪知道我们的心境，为得是沉醉在美的世界里。不但一切的邪念不会发生，就连那混浊的世界所认为正常的念头，也不会发生过。并且我们彼此，还常常感觉一种不落概念的优美和纯洁。可是我们这个心境，她们一点也不懂得。所以我想你的委屈，一定是为你生得太美的缘故。你倒被这个"美"字牵累了。

晴　雯　啊，"美"落在她们的眼睛里，真糟透了！我美不美，我自己也不知道……

宝　玉　为什么你自己也不知道呢？你的眼睛又不是被松油封闭了。

晴　雯　你平日不是说："美人的要素定要有丰富的肉体；还要在她嫩白肥胖的曲线上，处处寻出小洞儿，在她玩笑的当儿，看到筋肉和小洞的收缩，才有诱惑的魔力吗？"

宝　玉　该死，晴雯！

晴　雯　你又要爱辩么！所以宝姑娘一双皓腕，叫你迷呆了，你晚上睡着还说那可笑的梦话咧。〔轻巧地笑他。

宝　玉	第二天的早上,我不是和你们几个小鬼说明了吗:"肥胖圆圆的模样,是一种可爱的典型;清雅纤细,那是美的典型。"像你,好像是兼了这两种的魔力。
晴　雯	呿,说话要留意哩!
宝　玉	对不起! 不是在这里论红经绿纬。你病到这步田地,还尽管在美里面做醉客吗?

〔嫂冷坐炕床上,要困的样子。

晴　雯	一天吃的是佳肴,穿的是锦绣,满姗姗的玲珑幻想,自然会涌出眼帘上来。
宝　玉	也是你的性情特别不同些。若是个个都像你那就了不得了。
晴　雯	莫是这般说法,急杀那些姑娘吧!(停)不过我爱"美"比爱"生命"还重。宁肯不生,不愿不美。我不敬爱众生皈依的佛菩萨,我不敬爱那些流芳百世的贤人君子;我只敬爱崇高绝艳的天女和花神。我这爱美的心理,难道就是不干净的种子吗?……为得我美就奚落我到这个地步!〔微喘欲倒。
宝　玉	(急忙扶着她很温霭的情绪)坐在与我们相隔太远的世界,是要受这些无情的残酷的哟。
晴　雯	宝玉!……〔很现疲倦,身颤动,眼放悲光。
宝　玉	你很疲倦了,好好睡下吧!
晴　雯	不,宝玉! 你会忘记我么?……〔凄凄地望他。
宝　玉	你说的什么意思?
晴　雯	我不能再捱好久了……
宝　玉	你静心调养吧! 兴奋是病的材料。
晴　雯	叫我从什么地方调养起? 家里是这个光景。调养好了又做什么? 我恨不得早点死去!
宝　玉	生命就是一个幸福,况且你有这么样的慧根,有这么样的美丽,叫你点缀这个世界,世界也多沾些福泽。
晴　雯	只要人会得享受,何处何物不是福泽呢? 看一瞬间的霞彩,几闪似电光的星辰,都是比吃八宝汤还美的幸福呀。四季中有开一百天的花,有开几十天的花,也有开一天或半昼的花。

宝　玉　所以你常说："愈是娇妍美丽的花愈短命。"所以你常常愿天为你生些一闪瞬间的花。可是你这种怪癖，真够人伤感啊！〔集心眼的焦点，在她圣处女的清颜上。

晴　雯　（活泼的敏慧的眼连窥宝玉）你哭什么，宝玉？绝望不是终结。绝望的对面，是有同云彩的锦丝，理不清的将来。自老太太把我放在你房里，虽说有了五六年，虽说你待我如同自己的亲姐妹，究竟我是一个丫头。（脆脆地俯枕上，喘急）你回去吧！你的身体要紧。〔凄绝的声调。

宝　玉　（不懂她的话意，直坦坦的）好，我就回去，慢下叫袭人来。

晴　雯　叫袭姑娘来？她来做什么？〔睁起不快的眼。

宝　玉　是她说要送东西给你的。

晴　雯　好贤惠的袭姑娘！她果然会送来么？送什么来？〔身子摇摆无力，勉强支持相。

宝　玉　她是对我说过了，可是我没有留意听她。

晴　雯　呀，你不应该！

宝　玉　有什么不应该？我那时候哪有心听她那絮絮的。

晴　雯　絮絮絮絮的，她就是说给你听的。唯其是袭姑娘，才有这般叮咛。

宝　玉　不懂她，她今天特别地叮咛。

晴　雯　不在你面前叮咛叮咛，你又怎能知道她送了东西给我呢？

宝　玉　晴雯！……你这么害病，还有神气想到那些……

晴　雯　你信她会亲自送来么？

宝　玉　她说是说来。

晴　雯　她来了少不得要在这里玩一阵，今晚让别的丫头服侍你脱衣取帽，或是宝姑娘、林姑娘往你房里去坐坐，岂不是……（掩唇一笑）我看她……她今晚一定是半步都不会移动，陪着你的。

宝　玉　也要我的眼睛愿意睐。

晴　雯　到头你是个扯白精！〔微笑。

宝　玉　这些地方你真讨厌！〔恼，冷视她，跑开。

晴　雯　又是你平日说的，我是个……

宝　玉　快别说了！我们真是白好了一场！（气愤愤地拿了茶碗送到原处，赌气立室中）望你莫说这许多违心的话，自取疏远！（室中回走几圈，又低心和悦地抚着晴雯,含笑)你明不明白我的心?〔含羞,默。

晴　雯　你的心像茫茫大海的波浪,要我分别哪一个是深红的,哪一个是惨黄的?

宝　玉　(拉着晴雯的手,想说却被悲哀所咽)我到今天,虽然(很焦痛很可怜的样子,二人长默,经一会,天真地爱抚,抚着晴雯,又把指头插在她乌云似的头发中,细细玩味)你的眼睛,好像魅惑的海!你的朱唇,好像将发蕾的红蔷薇!你投在我心中的美影,真使我终身不忘……因为你的优美高洁的精神,替我辟开了美宇宙,给肮脏的宝玉,常常能在这个美丽的宇宙里洗澡,净化,美化……所以我方以为我和你要好,我的灵魂,简直是一天比一天清洁起来。(心里似爱极她,又好像朦胧害怕的神气,颤动不已。渐渐现出悲闷,破笑向晴雯,晴雯凄寂寂地流泪)你不要太想闷了,晴雯!你好好地养息耐过一下子!等太太的气消了,我还是求她许你过园里来。(惨然凄愁间,慢慢拿起晴雯的手细看)唉,瘦得像枯柴一般!这一次病后,又要瘦好些。

晴　雯　我再没有重进园的心肠了!也没有重进园的生命了……〔惨色。

宝　玉　这几个金钏儿,取了下来吧。等病好了,再戴上去。

晴　雯　横竖取下来也没有地方放,不要取它吧。

宝　玉　那年我病得厉害,你招呼我真好!我告诉了老太太,老太太就赏我十六株白海棠,赏你几个金钏儿……你戴着它,喂我的茶饭药,记得清早你给我吃药时,朝阳照着你这几个钏儿,金色的光辉,映在我的脸上,我也注意看着你脸上,女子早晨起来的时分那种娇美,真是没有文章可以描画的啊!那时候……

晴　雯　真是,你院子里的海棠花开了没有……

宝　玉　还没有开,我前几天很望它开,可是现在又不望它开了。

晴　雯　你平日又如何那样眼巴巴地望它开呢?

宝　玉　唉!不开又如何能够表现它的特色呢?我这颗心,真不知道要如何着想才好!(没奈何的表情)假使你的病能够快好,我们又同去年那样一块儿赏它也罢。

晴　雯　我……(眼光惨淡)我的寿命,恐怕等不到它开花了。海棠开了纵然凋谢可哀,它还是在你的院子里。我呢?……(惨色咽声)宝玉!……(声音较强)我的心是比什么花还美丽的,我的身子是……是干净的!〔表现无限的悲恻,忽然藏身被窝中。

〔嫂突出舌子睁眼怪笑,跳跃喜欢。

〔宝玉掩面似疯了一般,低头步步室中,晴雯自被里脱下红绫的衬衣,爬起,羞颜颊气地投给宝玉,宝玉惊喜悲默,点头受衣,往桌旁背着晴雯,脱下自己湖色的衬衣,穿上晴雯的红绫衣,理好后,羞羞默默地把自己的衬衣递给晴雯,晴雯羞悦受衣,娇软软的不知所语。宝玉热烈的情焰不能自制相,即抱晴雯,长默。

〔嫂耸起双肩表惊奇,又似浮出妒焰,巧把门帘一揪一掩,烦煞闷煞。

晴 雯 (放了宝玉,一身猛烈地发抖)宝玉!……我们怎么会是这样?〔艳娇愁媚媚的。

宝 玉 我哪里知道,好像很自然的。

晴 雯 我们平日并没有想到这层,刚才不是还说了么?

宝 玉 是呀,只是你刚才所做的,你觉得是背你的心故意开玩笑的么?

晴 雯 哪里……〔深羞娇滴滴的,投身宝玉怀中。

〔宝玉携起她的头,几次想吻她,晴雯巧避了。

晴 雯 宝玉!这倒是什么一种心境?我怎么也不懂。平日却真正没有这种念头……现在……

宝 玉 这是神圣的恋爱哟!……〔羞,停。

〔嫂越疯子似的怪笑。

宝 玉 平日因为很强烈的神秘美的心,掩饰了这层意思。平日只把爱的意思和美意识混在一齐,在幻想的梦境里生活。从没有落到人生上来,此刻才发始落到人生的地位。

晴 雯 (点头)我虽然是什么都不懂的小妹子,但我也是这样想。〔流泪。

宝 玉 我老早就知道你是非常非常爱我的,唯其是长久尽神秘起来。越是证明这种爱的珍贵难得,况且我们天天晚晚是在一块,就是殿上的菩萨,恐怕也会……

晴 雯 我虽然早晚在你房里,就像黄昏的冷道上找不着妈妈的孩子,忽然听着,牧歌一样的愉快。可是近来越感觉这种美雅的牧歌,是叫人濒死的。〔寂寞的感伤。

宝　玉　我知道你寂寞的境涯已是无边。因为人性越要爱越感觉孤独的。

晴　雯　你怎么那么会说别人的心事！〔狂热的泪水淋淋,乱骚骚不知所措。

宝　玉　晴雯！……〔恋慕的眼光,迷迷地看她。忽然热烈地抱她求吻。

晴　雯　(起初拼命地拒绝,渐扯渐现出暧昧的样子,软心地将要许他似的,秘美的微笑向他。忽然似受了痛击一般,一手掩口,一手狂乱地推开他。骚动头发乱舞)呀,你……你跑开！
　　　　〔嫂想掀起门帘走出,几回不遂行。

宝　玉　为什么忽然又是这样?！(双手握她)你悔吗?
　　　　〔晴雯摇头。

宝　玉　是的,你不会悔。你是很聪明的人,心境到了什么地步就做到什么地步的……(停)那你就是嫌我是肉块脏尸?……(自惭相)要不是,你还是不明白我的心。〔带恼。
　　　　〔晴雯摇头,越悲伤。

宝　玉　毕竟,你总不能说你不爱我吧。〔强笑。

晴　雯　哦……

宝　玉　那么,为谁你又是……〔再抱她。

晴　雯　请不要再挨近我！

宝　玉　莫尽向我张起你迷惑的眼睛！你说吧,为什么?

晴　雯　我不说。〔尖锐的口调。

宝　玉　不说?真的不说?……〔郁陶地复强她吻。

晴　雯　宝玉！你撵开！

宝　玉　咄！我是听你的命令的么?(故意苦弄她)请给我吻一下！请给我吻一下！……(乱扯)我会动蛮哟……

晴　雯　我会叫起来……〔强烈地反抗,冷静相。

宝　玉　(露骨的情焰,暴索她的朱唇)只一个……你给我一个……你毕竟不是一个诚心的女子！〔舞台渐暗,宝玉燃起壁上的灯。

晴　雯　你别把我当卖春妇看待！〔刚情的。

宝　玉　嘿！你怎么说这样可恶的话?〔钳制她的手脚,使她不能动。
　　　　(晴雯很虚心地静看取他,浮出酷爱的表情,眼泪奔流。

宝　玉　你到底是怎么样?说吧！(狂摇她)你说吧！

晴　雯　眼泪以外,我什么都不想答你。

宝　玉　怎么?你说!你说!

晴　雯　不要这么苦我!

宝　玉　你全使我爱伤了心!我要是这样。〔贴她脸上。

晴　雯　哼,你想想!(冷相)我不过是你奢华的一点装饰品。你呢……是我生涯的全身。(表出威严的气分)把我最纯洁的全生涯,该送给你瞬间的装饰就牺牲么?……女孩子的珍贵呢?所以我只有是死。〔又恼又怜又爱的热情奔放相,拒绝宝玉,骚动一顿,砰然倒在枕上,悲绝。

〔宝玉失心的样子,呆着。扯被替她盖好,无兴趣地往右门走退,刚走一二步。

〔嫂退炕床边作咳声,边整理自家的头发。

〔宝玉揭开门帘走到右室,惊的一跳。

嫂　　(娇妖带惊带怒地跳问宝玉)你一个公子少爷,跑到下人们房里来做什么?看了我年轻长得好看,你敢不是来调戏我的吗?〔边说边丑怪的妖态,逼近宝玉。

宝　玉　(吓得忙赔笑)好姐姐,请别大声喊!

嫂　　好呀!你们两个人说的话,我也听了。〔泼辣的样子,峭他面前。

宝　玉　她服侍了我一场,我私自偷来瞧瞧她的病。

嫂　　怪不得人家说你有情有义,你同她真好出花来了!〔一把揪住宝玉。

宝　玉　你是做什么?!〔拼命地反抗。

嫂　　(双手紧拉宝玉,立房中,向他撒娇谄笑)你若要我不喊,这也容易,你只要依我一件事就够了。(边说边拖宝玉坐在炕床上,拉他在怀中挑弄他)你听不听我的话?……(玩摸他)由得你不依我吗?〔点燃油灯。

宝　玉　(乘机脱开她奔走。复被她揪住,但现没奈何的样子,向她求情)姐姐!怕老太太等我吃晚饭,你给我回去罢!

嫂　　你叫我等穿了心!喂,玩一会儿!〔尽是卑劣地调弄他。

宝　玉　(骇得似猫前的小鼠,满脸通红,全身颤动)好姐姐,请别闹!

嫂　　(斜了淫荡的眼睛,媚笑)呸!成天看了你在那些姑娘们身上做工夫,怎么这会子就害起羞来了?〔柔摸他,强迫他的身体。

〔晴雯听了她嫂子缠着宝玉,着急,拉起。越听越急,气得把被翻在一边,愤愤地想下床去救,刚撑着移身床缘,正穿鞋想走时,忽然晕倒,横摊床缘上。

宝玉　(很懊恼,但已无力抵抗相)好姐姐!请饶恕了我吧!放开你的手!有话我们慢慢儿说。外头有老婆子听了,怎么好意思呢?

嫂　我早就看见你进来了,已经叫那老婆子退到园门口等着你哩。你放心吧!(问)我真想得你怎么似的,好容易今天才等着你了!(谄笑)你若是不依我,我就要大声喊起来。给太太听了,看你怎么样!(稍稍放松宝玉)你这个人,这么大的胆子!我走进这屋子来的时候,只有你们两个在那里弄鬼。(故意装出玲珑窈窕,又很不自然)这样看来,你们的肺腑,好像洒了香水一样。你们却毕竟还没有发生关系哩。我可是不像她那么傻![用十分诱惑的腕力,把宝玉用力撩在炕床上,自己立在床前钳住他,头贴他胸上。

〔宝玉急得乱碰,外面人声起。

声音:"喂,晴雯姐姐是住在这里不是?"

嫂　(骇得没有魂,急忙放了宝玉,一面答应)是的。

〔宝玉爬起来乱躲,急掀起正面的门帘,躲进去。

〔二柳登场。

〔宝玉刚躲进时,柳五儿活泼泼地走进嫂房,穿粉红的衣裳,短辫,手上拿着一个小包,柳妈穿的蓝衣,挟着一个大包袱。

柳妈　(刚走进来,问着吴嫂)这是里头袭姑娘叫我拿来给你们姑娘的衣服;那里还有几吊钱。(指着柳五儿手上的小包)也是袭姑娘给她买买药的。晴雯姑娘在哪一间房间里呢?

嫂　(指着晴雯的房)就在那里。(领二柳边向晴雯的房间去,边说)柳妈,真是费心!袭姑娘真是一个好人!

柳妈　哪儿的话!我们走用的人,横直是做这么一些差事罢了。

五儿　(未及进晴雯的房,忽扯住柳妈的衣服,敏捷的慧眼望着吴嫂)妈妈!里头袭人姐姐不是悄悄地尽找宝二爷吗?

柳妈　哎呀,我可是忘了!方才老宋妈说:"宝二爷出角门来了。"(向吴嫂)他没有来这里么?再不回,要关园门了哩。

嫂　柳妈说话真妙!我们这肮脏的地方,宝二爷怎么会来呢?

〔二柳一同走进晴雯房里,刚进门。

柳　妈　啊呀！姑娘怎么这般摊着！

五　儿　（急忙跑到床前,放下包去抱晴雯）晴雯姐姐！（骇得一跳）哎呀,妈妈！
　　　　〔惊望母亲。

柳　妈　（代女抱着晴雯,惊骇）哎呀,怎么样了！晴姑娘！晴姑娘！

五　儿　姐姐！姐姐！〔急煞相,亲热地抚晴雯。

柳　妈　快来！快来！不好了。

　嫂　　（跑进房）啊,做什么？

柳　妈　（尽揉晴雯）姑娘怕莫是死了罢！
　　　　〔宝玉自别室跑到嫂房,呆凝一下。

五　儿　妈妈,她还动着呢。姐姐！姐姐！

晴　雯　（长叹一声！如梦中叫唤）哎！……宝玉！……宝玉呢？

宝　玉　（自嫂房慌慌张张,一直向床前跑来）呀,怎么一回事！

——幕——

选自白薇《访雯》（《小说月报》1926 年第 7 期）。

黛 玉 葬 花

佚 名

人物：林黛玉　紫　鹃　贾宝玉
地点：大观园
时间：春夏之交某日上午
幕景：在花园内黛玉抚琴,紫鹃侍于其侧

黛　玉　唉！想不到他……〔流泪。
紫　鹃　姑娘,怎么好好的,又要流泪呢？我们出来逛逛,为的要散心解闷。
黛　玉　紫鹃,这里有什么可以散心？拿什么来解闷？
紫　鹃　今天不是花神退位吗？刚才看见园里许多姑娘姊妹们,正在热闹着和花神饯行,那也可以算作佳节良辰,何况这样好的天气,花红柳绿,多么的赏心悦目！（鸟声）听,姑娘,你听,枝上黄莺儿也正快乐地在唱歌呢。
黛　玉　你知道它是在唱快乐的歌？据我听来,还是一曲悲歌呢。
紫　鹃　姑娘,何以说是悲歌呢？
黛　玉　你看柳绿成阴,落花满地,不就是表示春去了的意思吗？我想黄莺儿正在啼着唤春归来,但是春已去了,它应该要唱悲歌的。要不然,对着这些落花,也得要伤感呢。
紫　鹃　这些虚幻的问题,想它做什么,春去夏来,花开花落,这多么平常的事情。怎的要为它去伤感呢！你看园里许多姑娘们,哪个像你常常这样无缘无故地伤心流泪。何必呢！老是闷闷不乐,唉声叹气,春去秋来,仿佛和你都有另外的一种情调,感受的特别和人家不同,那一年四季就没有一个寻乐时期吗？
黛　玉　紫鹃,你懂得什么！

紫　鹃　姑娘,我虽则不懂得什么,但是我服侍姑娘,就应该要使姑娘快快乐乐。如果姑娘常常为着无缘无故的事情悲感流泪,常常忧伤,要坏身体的,那是一件大事,明儿老太太知道了,还以为是丫头们没有好好地服侍姑娘,得罪了姑娘,将来老太太怪起来,一定又派我们不是呢。

黛　玉　你倒说得好听,可是你也应该明白,我是一个怎样身世的人,人家有妈妈,有亲哥哥,还有……你看我,别说爸爸妈妈不在人世,就是连个伯叔兄弟也没有一个,这样的举目无亲,寄居在人家,怎么使我不对景伤怀？

紫　鹃　你是有老太太在爱护你呢,我看她待你,比她家里的一般孙女儿还要疼爱,现在什么都自在如意,还愁什么呀！

黛　玉　紫鹃,什么都自在如意,难道一个人就只为了吃饭穿衣吗？虽说是舅母家如同自己家一样,还有外祖母老太太的疼爱,但是在我的地位,到底是客边,如今父母双亡,无依无靠,现在他家依栖,受了气,向谁去哭诉。

紫　鹃　有谁来和你怄气？就是和宝玉吧,我看每次的闹,大家都有不是,论前儿的事,竟是姑娘太浮躁了些,别人不知宝玉的脾气犹可,难道咱们也不知道吗？为那块玉,也不是闹了一遭两遭了。

黛　玉　呸！你倒来替人家派我的不是,我怎么浮躁了？

紫　鹃　哈哈,你们好好儿的,为什么为了一句话、半句话,就值得闹起来,据我看起来,宝玉只有三分不是,姑娘倒有七分不是。我看他素日在姑娘身上就好,皆因为姑娘小性儿,常要歪派,他才这样呢。

黛　玉　你倒替他辩护得有情有理,你不知道他昨天恼了我一天,晚上我到他那儿去,他关了门不让我进去,我虽则高声说:"是我。"那些丫头们还说道:"凭你是谁,二爷吩咐的,一概不许放进人来。"他竟恼我到这步田地,他也不打听打听究竟是怎么的,他不叫我进去,难道以后就不见面了。

紫　鹃　啊,昨儿又受委屈了,但是说不定是他那边小丫头们偷懒呢。

黛　玉　"丫头们偷懒",难道连我都不认识吗？他现在人大心大,什么金哪！玉呀！我们不过是个草木人儿罢了,还能和人比吗？

紫　鹃　可是虽然生气,姑娘到底也该保重些,常常的自泪不干,不是愁眉,便是长叹,实在何必呢！为了很小的闲气,犯得着彼此认真吗？姑娘,我来把这琴架起来,弹一曲散散心吧。

黛玉葬花

黛　玉　也好,今天是芒种节,众花已谢,花神退位,我来弹一曲和花神饯行吧!紫鹃!你来燃香。(调弦声)(奏七弦琴)春已老,流年似水,又到绿树成荫。心懊恼,无奈何,扣上琴弦,向花神一诉我婉转的柔情,缠绵的怀抱。〔配上琴调中一节。

紫　鹃　姑娘,又来了。刚才已经说了半天散心解闷的事儿,又犯得上伤感吗?

黛　玉　你不看满地的落花,不觉得可怜吗?你赶快回到屋子里去,把那个花锄花囊拿来,我们再来把这些花瓣儿,收拾起来,掩埋了罢。

紫　鹃　姑娘!你的病刚好一点,何必又要劳动呢?

黛　玉　你不用管,快去拿来!

紫　鹃　可是不要太劳动了,姑娘,要保重些。〔紫鹃下。
　　　　〔稍静,音乐起。

黛　玉　唉!可怜的花呀!〔下接唱葬花词。
　　　　〔林黛玉唱葬花词。
　　　　(唱)花谢花飞飞满天,红消香断有谁怜?
　　　　　　游丝软系飘春榭,落絮轻沾扑绣帘。
　　　　(白)想不到昨夜一夜狂风,把花瓣儿吹落得满地飘零,溪流沟渠中,也浮着许多香片残红,现在还有谁来收拾?唉!花儿!
　　　　(唱)闺中女儿惜春暮,愁绪满怀无着处;
　　　　　　手把花锄出绣帘,忍踏落花来复去。〔略长之音乐过门。
　　　　(白)咦!这里又是一堆落花,可怜有谁还来爱惜你们?
　　　　(唱)柳丝榆荚自芳菲,不管桃飘与李飞。
　　　　　　桃李明年能再发,明年闺中知有谁?
　　　　(白)思想起来,女儿薄命,还不如桃李呢。(哭)唉!人生毕竟如幻如梦,还有什么可说。
　　　　(唱)三月香巢初垒成,梁间燕子太无情;
　　　　　　明年花发虽可啄,却不道人去梁空巢已倾。
　　　　〔略长之音乐过门,悲泣声。
　　　　(白)闺中的女儿,正和你们花儿差不多,可怜!
　　　　(唱)一年三百六十日,风刀霜剑严相逼,
　　　　　　明媚鲜艳能几时?一朝飘泊难寻觅。〔悲泣声。

(唱)花开易见落难寻,阶前愁杀葬花人;
独把花锄偷洒泪,洒上空枝见血痕。

(白)世间上知心的人,原是不容易找得到的,花呀!你们有香色的时候,赏花人是有的。可是到落花时节,还有谁来理你们?只有我这样的痴心人,来埋葬你们了。

(唱)杜鹃无语正黄昏,荷锄归去掩重门;
青灯照壁人初睡,冷雨敲窗被未温!

(白)花呀!你们还有我这样一个痴心人呢。现在来爱护你们,来收拾你们。可是我呢?有谁呀,真是花又无言春不语。

(唱)怪侬底事倍伤神?半为怜春半恼春。
怜春忽至恼忽去,至又无言去不闻。

(白)像我这样一个人,父母双亡,又无叔伯又无兄弟姊妹,伶仃孤独,无依无靠,何况寄居在别人家里。花儿呀!春去无言,怎么能使我不感怀伤春呢?〔哭。

(唱)昨宵庭外悲歌发,知是花魂与鸟魂?
花魂鸟魂总难留,鸟自无言花自羞。

(白)唉!可怜的人生,可怜有我这样身世人。

(唱)愿侬此日生双翼,随花飞到天尽头。
——天尽头,何处有香丘?
未若锦囊收艳骨,一抔净土掩风流。
质本洁来还洁去,不教污淖陷渠沟。

(白)花呀,我现在来把你们这些落瓣残花,收拾起来,掩埋在黄土冢中。

(唱)尔今死去侬收葬,未卜侬身何日丧!
侬今葬花人笑痴,他年葬侬知是谁!

(白)人生百年,也不过是一段短短的时期,何况还有许多不测的风云呢!

(唱)试看春残花渐落,便是红颜老死时。
一朝春尽红颜老,花落人亡两不知!〔哭。

宝　玉　(啼哭)一点也不错,"一朝春尽红颜老,花落人亡两不知!"像她那样的花颜月貌,将来也要到无可寻觅的时候,宁不心碎肠断,既然黛玉有终

黛玉葬花

归无可寻觅的时候,推想到他人,那么宝钗、香菱、袭人等,也可以到无可寻觅之时,自己又在哪里呢?唉!自身尚且不知何来何往,将来此处的园,此处的花,此处的柳,更不知怎样呢?〔哭泣声。

黛　玉　咦!山坡后面哪来的悲切声,……人人都笑我的痴病,难道还有一个痴的不成?……

宝　玉　(带哭而来)妹妹……

黛　玉　呸!我打谅是谁?原是这个狠心短命的……唉!

宝　玉　不要只管跑哟!你且站着,我知道你不理,我只说一句话,从今以后,咱们撩开手。

黛　玉　只说一句话吗?请说。

宝　玉　哈哈!妹妹!两句话说了,你听不听呢?

黛　玉　哼……

宝　玉　不要只管走,……唉!既有今日,何必当初?

黛　玉　什么!当初怎么样?今日怎么样?

宝　玉　嗳,当初姑娘来了,哪一刻不是我陪着顽笑,凭我心爱的,姑娘要就拿去。我爱吃的,听见姑娘也爱吃,连忙收拾干干净净,收着等着姑娘回来,一个桌子上吃饭。丫头们想不到的,我怕姑娘生气,替丫头们都想到了。我想着姊妹们从小儿长大,亲也罢,熟也罢,和气到了底,才见得比别人好。如今谁承望姑娘人大心大,不把我放在眼里,三日不理,四日不见的,倒把外四路儿的什么宝姐姐、凤姐姐的放在心坎儿上,我又没个亲兄弟,亲妹妹虽然有两个,你难道不知道是我隔母的吗?我也和你一样是独出,只怕你和我的心一样,谁知道我是白操了这一番心,有冤无处诉。〔哭。

黛　玉　哼……

宝　玉　我也知道我如今不好了,但只凭着我怎么不好,万不敢在妹妹跟前有错处,就是有一二分错处,你或是教导我,禁戒我下次,或骂我几句,打我几下,我都不灰心,谁知道你总不理我,叫我摸不着头脑儿,少魂失魄的,不知怎么样才好,就是死了,也是个屈死鬼,任凭高僧高道忏悔,也不能脱生,还得你说明了缘故,我才得脱生呢。

黛　玉　你既这么说,那么为什么我去了,你不叫丫头们开门呢?

宝　玉　咦！这话从哪里说起，我要是这么着，立刻就死了。

黛　玉　啐！大清早起！死呀活呀的，也不忌讳，你说有呢就有，没有就没有，起什么誓呢？

宝　玉　实在没有见你去，就是宝姐姐来，坐了一坐，就出来了。

黛　玉　嗯！是了，想必是丫头们懒得动，丧声歪气的，也是有的。

宝　玉　对了，想必是这个缘故，等我回去问了是谁，教训教训她们就好了！

黛　玉　对呀，你的那些姑娘们，也应该教训教训，只是论理我不该说，今儿得罪了我的事小，倘或明儿宝姑娘来，什么贝姑娘来，也得罪了，事情可就大了。

宝　玉　为什么呢？

黛　玉　什么人比得起宝姑娘！什么金哪玉呀的，我们不过是个草木人儿罢了。

宝　玉　唉！你又跟我提金玉二字来了。……除了别人说什么金，什么玉，我不管，我心里要有这个念头，天诛地灭，万世不得人身。

黛　玉　哈哈！好没意思，白白了又起什么誓呢，谁管你什么金什么玉的。

宝　玉　我心里的事也难对你说，日后自然明白，除了老太太、老爷、太太这三个人，第四个就是妹妹了，要有第五个人，我也起个誓。

黛　玉　你也不用起誓，我很知道你心里有妹妹，但只是见了姐姐，就把妹妹忘了。

宝　玉　那是你多心，我再也不是这么样的。

黛　玉　我问你，刚才你在山坡那边走来，做什么？

宝　玉　唉！刚才一路走来，看见各色落花，锦重重地落了一地，我当时收拾了好些，在衣兜里，原想到那天和你埋葬桃花的花冢那儿去掩埋，想不到你在里独自悲伤。

黛　玉　哼！（冷笑）你也来葬花吗？我看你还是去和宝姐姐讲话吧！

宝　玉　唉，别人不知道我的心，还可恕，连你也常来奚落起我来，我白认得你了，罢了！罢了！

黛　玉　（冷笑）你白认得了我吗？我哪里能够像人家有什么配得上你的呢？

宝　玉　啊，你这么说安心咒我天诛地灭，我就天诛地灭，你又有什么益处呢？

黛　玉　何苦来呢？

宝　玉　是呀，何苦来呢？为了多心，你就三天二天地不理我，妹妹你要打要骂，

|||凭你怎么样,可是千万别再不理我,好妹妹,好妹妹!好妹妹!

黛 玉　你也不用来哄我,我们也闹得够了。从今以后,我也不敢亲近二爷,权当我去了。

宝 玉　哈哈。(笑)你往哪里去呢?

黛 玉　我回家去。

宝 玉　哈,(笑)我跟你去。

黛 玉　我死了呢。

宝 玉　你死了我做和尚。

黛 玉　哼!(怒)想是你要死了,胡说的是什么,你们家倒有几个亲姐姐、亲妹妹呢,明儿都死了,你几个身子做和尚去呢?等我把这话告诉别人评评理,……你这个……唉![掩面而泣。

宝 玉　唉,好妹妹,我说错了。

　　　　[黛玉哭泣。

宝 玉　我的五脏都揉碎了,你还只是哭,我们回去吧!别吹了风。走罢!

黛 玉　谁和我拉拉扯扯的,一天大似一天,还这么涎皮赖脸的,连个礼也不知道。

紫 鹃　嗳哟!好了!原来二爷在这里。袭人姐姐哪里都去找了呢。

宝 玉　嘎!紫鹃姐姐,袭人姊找我有什么事?

紫 鹃　嗳哟,说是老太太在生气呢,老太太为了你们两个恼气,她老人家急得抱怨说:"我这老冤家,是哪一世里造下的孽障,偏偏儿的遇见这么两个不懂事的小冤家儿,没有一天不叫我操心,真真的是俗语儿说的,'不是冤家不聚头'了,几时我闭了眼,断了这口气,任凭你们两个冤家闹上天去,我眼不见,心不烦,也就罢了,偏他娘的,又不咽这口气。"自己抱怨着,也哭起来了。二爷,姑娘,还不快到老太太跟前去,叫老人家也放点儿心呢。

宝 玉　那么!妹妹我们走吧!

　　原载《广播周报》第 71 期,1936 年 2 月 1 日,未署作者姓名,剧名后括号中注明为"独幕歌话剧"。该剧是民国时期《红楼梦》话剧中唯一一部以"葬花"为主题的作品。

红 楼 二 尤

朱 雷

蓬门未识绮罗香,拟托良媒亦自伤,
苦恨年年压金线,为他人作嫁衣裳。

人物:(上场先后为序)
　　尤二姐　尤三姐　贾　蓉　贾　琏　小道童　王熙凤　贾　珍　贾宝玉
　　丫鬟二人　林之孝(管家)　鲍　二(家人)　珍　珠(丫鬟)　麝　月
　　(丫鬟)

时间:贾府敬大老爷丧事百日,近晚。

置景:
　　宁府内客堂,正中三个穹隆圆门,中间一个较大,门外是一抹朱红的短栏,分隔游廊,左门有轻帘垂地,帘后隐约站着二三个缟衣素服的执事,右门较侧通内园,左边还有个通内厅的便门。
　　正中设紫檀贡桌,香烟缭绕,尤二姐伏在桌前锦裀上,有一个娉婷的影子站在她身旁,用烛剪修烛。
　　幕在锣声中展开,领帖在帘内传呼眷客的名字,伴着一声声凄壮的螺角,帘内人形陆续,执事曲身迎送。
　　修亮烛尖以后,这影子悄悄绕过桌后,在栏边隐去,贾蓉由左门卷帘上,用手招呼后面的贾琏,轻轻走近二姐,贾蓉站在她身后,贾琏站在她左首。
　　二姐在裀旁盈盈起立,回头正撞着贾蓉,她啐了一口,旋过身去走开,又冲着贾琏挡住去路,带着一份做假和一份害羞,索性退下来站定了。

贾　蓉　二姨娘!你在佛前许了什么心愿,要猜上就没有错的份儿。
二　姐　你作死!我告诉你娘去。

贾　蓉　（拦着她）好歹说了句话儿再走，琏叔在这儿。

贾　琏　二妹妹！

二　姐　（正眼也不觑他一下）你放不放我走？热孝挂在身上，亏你还有这胆量调三窝四的。

贾　蓉　好姨娘！你看我们琏叔叔哪一件配不上你，论面貌，妥放平准；论身量，嫌长嫌短；库里存的是雪白的银子，一辈子给你穿吃不尽。

二　姐　（半恼半羞地）蓉儿你再胡说，（送一个媚眼给贾琏）再说呢，我可比不上人家奶奶好性儿，有才有貌，哪儿修到这样的福气。

贾　琏　二妹妹别这样客气，只怕我高攀不上。

贾　蓉　你真给人家急死，爱理不理的，到底存什么心眼儿，今天这儿送了灵，散了宾客，明天就没有见的份儿了，好姨娘！你是水晶肝儿，一等的聪明人物，这一次就糊涂蒙了顶，周不转心眼儿了。不是我早跟你提过，咱们那一位婶娘体弱多病，本性要强，挺多就挨上一年半载，给阎王老子请了回去，你就是正室的太太了。

二　姐　说话小心，后面有人呢？

贾　琏　二妹妹！你到底回我一句话儿，这是你自个儿终身大事，你就一点儿主意没有，我知道你碍着那倒霉的夜叉婆子，只要她闹起来，反正白赔她一条命就得了。

二　姐　你不要动气，我哪儿敢这样存心，总说一句，我不是这种命，可不折死了我自个儿呢？

贾　蓉　你瞧这股寒酸劲儿。

二　姐　放开手，不是我嚷了。

　　　　〔又是一个飞眼，笑着向右门飘下。

贾　琏　你看，总是这样似真似假的装傻儿。

贾　蓉　你要是真的爱她，一准想娶她到手，我有主意。

贾　琏　好侄子！你这个主意要是中听，什么都可以答应你。

贾　蓉　干脆得很，跟你那个夜叉婆子拼了。

贾　琏　见你的鬼。

贾　蓉　（笑起来）就怕老鼠见了猫子，躲都够不了，是不是？告诉你，你可听我？

贾　琏　听你说的。

贾　蓉　咱可刨开根儿说话,不用跟你瞒三阻四的。

贾　琏　行!

贾　蓉　第一,这二位姨娘都不是我爷爷养的,原是他们老娘做我爷爷继室的时候,提带过来的拖油瓶子。

贾　琏　拖油瓶子?

贾　蓉　怎么着,你有点看轻的意思?

贾　琏　你说你的,绝无关系。

贾　蓉　听说这一位老娘没有嫁到这儿来的时候,就把我二姨娘许了人家,两老面证,指腹为婚。

贾　琏　这一家姓什么?

贾　蓉　就是皇粮的庄头张华那小子,本来是有田有产,一等的爷派劲儿,现下可遭了官司,败落得可怜,哪儿有力量娶媳妇儿?你只要找一个妥当的管家,把张华那小子叫了来,给他银子,半吓半骗,写上一张退婚的字儿,什么都安定妥当。

贾　琏　不错,这是头件。

贾　蓉　回头找到我爸爸,就求他老人家同意。

贾　琏　跟你爸爸有什么相干?

贾　蓉　告诉你可别闹醋劲儿,二姨娘跟我爸爸有这么一手风流故事。

贾　琏　怎么说?

贾　蓉　你别着慌,这件事也得跟你说明,不要等你后悔,说咱们爷儿俩做成圈套,当你馄饨担子,放了汤儿来着。

贾　琏　你是说跟你爸爸?他——

贾　蓉　不错,是他,你想想,天底下哪一个油瓶的母亲不是为了闹穷才跟人再嫁的?二姨娘生成这副美人的胎子,就可惜是穷命,吃了早饭愁着晚饭,连要件像样的衣服都没有,爸爸早就看在眼里,记在心里,平日借着姐夫的名义,问寒嘘暖,做好作歹的,送衣服,打首饰,娘儿们肚子饿了要吃饭,谁还顾得了贞洁廉耻?——怎么样?你要是不愿意咱们就撂开手。

贾　琏　咱哥儿俩心里照会,毫不相干,只怕你爸爸摔不下手。

贾　蓉　你放心,爸爸早把二姨娘玩得起腻,转着三姨娘的念头了。

贾　　琏　（跳起来）三姨娘！她？

贾　　蓉　怪气！你今天有点失神落魄的样子。

贾　　琏　不错！你们爸爸的手条子够劲,弄上手儿没有？

贾　　蓉　你猜一下。

贾　　琏　难！（摇头）你的三姨娘不像她姐姐那样随和儿,见了人冷得要命,别提咱们这几个出了名的浮头滑少,就是见了宝玉,也是毫不相干。

贾　　蓉　你猜对了,这叫作玫瑰花儿可爱,刺多扎手。

贾　　琏　咱们再说自己的,第二步怎样？

贾　　蓉　只要我爸爸同意,咱就跟她母亲提亲去。

贾　　琏　你跟她提亲？

贾　　蓉　提亲,第一说你人漂亮,说话明白,心里有见识。第二说你凤姐儿身上有病,已是不能再好,只等她一死,就接了二姨娘进去做正室。第三说你自个儿租的屋子,三进三间,正开门面,一式的动用家具,全不短少,专就接她老人家过去养老,要使唤有下人,要出去有车儿,茶来伸手,饭来张口,做她一辈子的老佛爷去。

贾　　琏　不错！

贾　　蓉　你舍得花银子？

贾　　琏　别提这个,就怕给我夜叉婆子知道了,可吃不了的兜着走了。

贾　　蓉　那也容易,咱们瞒着她过咱们的日子,等上一年半载,生米煮成熟饭,她要闹也闹不上来,你再上老太太的面前一跪,就说不孝有三,无后为大,凤姐儿没有生产,所以就纳了小。

贾　　琏　（喜得眉开眼笑）中听！中听！

贾　　蓉　怎么样？我起的主意就没有错的份儿。

贾　　琏　好侄子,难为你这样小的年纪,就是包揽主意的能手,不愧"青出于蓝"。

贾　　蓉　还有……

　　　　　〔外起锣声,传帖高呼"荣府琏二奶奶到"。

　　　　　〔小道童自右门上,提着烛剪把烛尖修亮。

贾　　琏　糟糕！夜叉婆子来了,见了她就生气,咱躲起来。

贾　　蓉　走！（回头见道童）喂！你干什么？

道　　童　师父叫我来剪烛,看上煤烟没有。

贾　蓉　人家有女客来了,你快躲开!

道　童　是!少爷!

〔贾蓉自右门下。

〔道童很快地把烛尖修好,提起烛剪就走,不提防把烛火碰翻,他赶忙再扶起插好,昏头昏脑向左门撞去。

〔帘内高呼"琏二奶奶到",卷帘,宝玉、贾珍及二丫鬟簇王凤姐同上,道童不及闪避,和凤姐撞个满怀。

凤　姐　(劈面一掌)反了!哪儿来的小野杂种!

〔小道童想溜回头走,给凤姐反手又是一掌,一面给贾珍挡住,浑身战抖着跪下来。

凤　姐　传管家!

丫　鬟　传管家!

〔帘外执事声:"传管家!"

〔外间混成的一片呼声:"传管家!"

〔管家林之孝及家人鲍二掀帘上。

林之孝　奶奶有什么吩咐?

凤　姐　你管的好事,放着不知死活的杂役,在这里胡奔乱撞!

林之孝　是!奶奶!小的该死!

凤　姐　叉他出去,打四十板子,回头再押上来给我看过。

林之孝　是!奶奶!

宝　玉　姐姐!你看他怪可怜见儿的,哪儿禁得起打?

凤　姐　宝玉!不叫你开口的时候你别开口,你懂得什么叫家法。

宝　玉　可是姐姐,他不是存心来撞你的。

凤　姐　少说话!看回头叫你老子捶你。

〔贾蓉复上。

贾　蓉　婶娘!太太在里面叫你,等你回话。

凤　姐　(顾林之孝)押下去!等着干什么!

〔二人押道童自左门下,二丫鬟随凤姐自右门下。

贾　蓉　(顾贾珍)爸爸!你也来了,太太正等你呢?

贾　珍　我知道!(他走一步重回过身来)蓉儿!你见了你二姨娘没有?

贾　蓉　没有见着。

贾　珍　你跟我来，有话问你！〔二人自右门下。

　　　　〔台上剩下宝玉一个人，他急遽地奔到左门。

宝　玉　传管家！赶快把小道童带上！

　　　　〔外声："传管家！"

　　　　〔林之孝等三人复上。

林之孝　是宝二爷！

宝　玉　赶快把这个孩子放了，快！

鲍　二　这……

宝　玉　琏二奶奶面前，你就提上我，是我叫你们放了。

鲍　二　这……小的没有这个胆量，二奶奶口爽心快，错点儿就是一顿板子，小的吃了打可没有钱来养伤。

宝　玉　我猜准你的心眼儿，你想卖放人情是不是？

鲍　二　这全仗二爷培栽。

宝　玉　你到账房里去说我支钱，每人十两，现在你可以放了？

鲍　二　谢二爷！（替小道童松绑）快跪下来，跟二爷叩头谢恩！

宝　玉　起来，起来！我就怕这一套，他叫什么名字？

林之孝　他是干粗工的王老头儿孙子，老头儿一把年纪，就留下这个根儿，祖孙二个相依为命，上前天老头儿挑水闪了腿子，躺在床上挣命，就支使他孙儿过来帮做活计，赚几个小钱使用，可不就撞在二奶奶手里。

宝　玉　你给我账房里多支二十两银子，给他爷爷养病，都说我要的，再好好儿送他回去，别骇了他，听见没有？

林之孝　是！二爷！

鲍　二　二爷！你说二十两？

宝　玉　怎么样？

鲍　二　（咽个唾沫）是！二爷！〔三人下。

宝　玉　回来！

鲍　二　是！二爷！

宝　玉　你要是从中作弊，克扣银子，我叫太太回了你！

鲍　二　小的不敢。〔下。

〔宝玉带着欣快的神气,倒背着双手走向右门。

〔尤三姐自中门锦帐畔走出,微微对宝玉笑着,一柄团扇半掩了她的嘴唇。

三　姐　(柔和地)宝玉!

宝　玉　(觉得有人叫他,回过头,奇怪——)是三姐姐!

〔三姐一面在端相他,一面是故意装作不说话。

宝　玉　(想打破难堪的沉默)三姐姐打什么地方走来,怎么门风儿都没有听见?

三　姐　我在看戏。

宝　玉　看戏?

三　姐　不错。

宝　玉　今天这儿没有搭戏,三姐姐跟我说笑话来了。

三　姐　谁跟你说笑话儿,你听着我的戏文,一出是《捉放曹》,一出是《脂粉计》。

宝　玉　三姐姐在说我是不是? 我知道一准躲在中门后面,听了我的说话来着。

三　姐　躲得很早,所以听到二场戏。

宝　玉　你说一出是《脂粉计》,那是什么意思?

三　姐　是你的宝贝叔父——琏二少爷,跟他宝贝的侄子相量,转我姐姐的念头。

宝　玉　琏叔叔! 奇怪!(寻思)奇怪的事情碰在一起。

三　姐　你说什么?

宝　玉　我没有说什么。

三　姐　你说奇怪的事情碰在一起?

宝　玉　唔!(掩饰)我说今天的天气变得很快,(有意义地)昨天还是满盖乌云,密密蒙蒙地下着细雨,今天可突然地阳光普照了。

三　姐　你这是说我了,昨天见了你还是冷冷的毫不相干,今天会跟你说话了。

宝　玉　姐姐猜得很对。

三　姐　说理由也容易得很,今天是这儿老爷送灵的日子,返本归元,结束佛事,明天起咱们就不能见面了。

宝　玉　这样说你是一直在提防我欠了规矩,就不愿意招呼我?

三　姐　(说得很淡,很柔和)不! 宝玉! 我们中间隔着一样东西,是什么东西我可说不上来,反正你将来总会知道。

宝　玉　到底是什么东西,姐姐你跟我说了,就给我提在心上,防在前头。

三　姐　难得很,比方说打一个比喻给你,你离开我远一点,你看,看着我,不错,我把姿势站得中看一点儿,(自己把双手放在身后)打头上看起,插的珠凤,戴的首饰,涂的香粉,穿的衣服,你再下个判定,觉到中看不中看?

宝　玉　三姐姐!你——

三　姐　放着胆子,我绝不会着恼。

宝　玉　三姐姐!你今天有点儿——

三　姐　(抢说)放肆!是不是?不要紧,只要你心里喜欢,你就多看我一眼,这里只有咱们二个,谁也不会偷听来的。

宝　玉　姐姐你别动气。(看了一眼)接着我的批评,你可别生气,我说你插的珠凤太旧了一点,衣服很衬身,就是总不像你自个儿穿的,还有一桩稀奇古怪的事情,你怎么会穿着黑袜子,跟这身衣服毫不配合?

三　姐　你听我的解释,说了也别笑我,我家里头穷得很,只靠咱们这一位宝贝的姐夫周济一点儿,偏偏又认了你们有钱的亲戚,偏偏又聚在一起,自己就怕下了脸面,不能不装个体面,我这件衣服是大姐那儿借来的,首饰是母亲嫁人的时候留下的,穿戴起来倒也充的过去,可惜这一双袜子就没有意思跟人家借用,自己找了半天,可是连一双完整的都没有。

宝　玉　那你为什么只拣黑袜子穿呢?

三　姐　穿上黑袜子,只要露出破洞,就用墨汁涂黑了,谁也瞧不出来,不是吗?你现在就瞒过了——怎么样?你为什么掩着嘴笑?

宝　玉　姐姐你说得太好笑了,我要是笑起来,又怕你动气。

三　姐　你只管笑,笑完了再说。

　　　　〔宝玉纵声大笑,几乎透不过气来。

三　姐　(幽致地望着他笑着)笑完了没有?

宝　玉　(揩着笑出的眼泪)笑完了。

三　姐　懂了我的意思没有?

宝　玉　没有!姐姐!

三　姐　你要我继续跟你解释?

宝　玉　是的,姐姐!我一辈子愿意听你说话。

三　姐　别的事情苦得很,你愿意听?

宝　玉　愿意听。

三　姐　你是想再痛痛快快地笑一下？

宝　玉　不！姐姐！方才我笑的时候没有想过你的话儿，笑完以后才打心窝里冒起一阵苦味。（像在试验自己）是苦味！（幽暗地）我明白你的痛苦，我想哭！

三　姐　想哭？你是不是有点疑心我在勾引你，敲动你的同情，对你存什么野心？

宝　玉　不！姐姐！你知道我起的心，你就不会和我说话了。

三　姐　聪明得很！（她自己陷在凄楚的回忆里，想到就说）可是其他，告诉你什么好呢？每天打清早起来，跟着母亲做活，看着她鸡皮的手指一针一针扎下去，这样老的年纪，还整天没有空憩，一针一针，这针尽像刺在我心上一样，（抬头望望宝玉）这也许你不要听，可是我们就靠着这些挨过日子，挨过年头，挨过清早，挨过黄昏，我自己没有怨过，我认清自个儿的命，我什么都肯做，打柴，淘米，洗菜，挑水，上街儿买调和，回来就跟人打架！

宝　玉　你跟人打架？

三　姐　我说顺了口，就照着心里想的说上来，你也许听不懂了，你知道我的母亲嫁过二次，我和姐姐是第一个父亲养的，后来又嫁给你们贾府，就带上姐儿二个，人家可再不想到孤儿弱母，苦得要命，就欠讨饭的道儿没有走，只要我一出去，不是冷嘲热讽，便是抛砖弄瓦，恶言秽语，什么都添全了。

宝　玉　后来呢？

三　姐　后来给人家笑惯了，骂惯了，上门来欺侮惯了，心里的怨恨也积久了，就逼起一阵子的火气，本来我是个穷命，装什么女人的幌子，索性破了脸，跟着他拼命，别人骂一声我骂二声，碰一下就还他二下，恶言村语，满地乱滚，出手就打了个痛快！

宝　玉　可是三姐姐，你回到家里头，心静以后，你会感到难过的。

三　姐　（怔了好一阵子，说不尽感触）宝玉！这一句话可给你说对了，女人就可怜这一点，浮面儿成了势，丢了脸，当场只顾了个痛快，回头静了心想想，就逼起一阵子酸痛，要压也压不下去，正像你们堆的雪人一样，吹在风里头淋在雨里头会越吹越僵,愈打愈硬,一见了太阳一有了暖和,就点点滴滴,全淌眼泪了。

宝　玉　方才你说珍老爷常来周济你们,你不会求他帮助吗?

三　姐　说周济也可怜得很,是我姐姐陪了身子给他换来的。

宝　玉　你二姐姐跟自己的姐夫?

三　姐　她的情儿柔顺,脸软心慈,搁不住人家哄二句就陪上了,听着爷们自来自去,尽情快乐,家里头变了现成的窑子,喝酒唱戏,什么都来,可是爷们又谁有个真心诚意的,回头玩得起腻了,就会装着假儿送人!

宝　玉　给谁?是不是琏二叔?

三　姐　不错,方才我就偷听他们商议来着,看情儿不会愁着失望了。

宝　玉　三姐姐!我没有想到你有这许多痛苦,你要不要憩会儿,你的脸色灰白,你休息一下。

三　姐　去你的,你以为我跟你们府上娇生惯养的小姐一样,说几句苦话就掌不住脸了,我只是心里感触,没有发疯的地方,平日听人家说你怜贫惜贱,心地暖和,就有点情不自禁,跟你说着心话来了……一个年轻的孩子,心里只想着攀高,就怕身为下贱,心飞天外,合上眼高手低的病根儿,这经过就惨得很,(幽暗地)惨得很!

宝　玉　姐姐!你怎么哭了?

三　姐　(她缓缓抬起头来)哭的不是我一个,你自己呢?

宝　玉　(慌忙擦着自己的眼睛)这……

三　姐　宝玉!你真是个孩子,一点儿刚性儿没有,我不跟你提什么伤心的话了,多说了也没有意思……宝玉!记着我说的,以后要多跑一点地方,多看一点东西,世界上苦的事情多得很,人家就不像咱们一样傻,全挂上嘴儿罢了。你懂了我的意思没有?

宝　玉　姐姐!我只懂我的心,问题就在这上头,你可从没有跟我解释咱们中间隔了什么东西来着。

三　姐　宝玉!你病得可怜,我不跟你说了。(突然神秘地兴奋地望着他)你给我后退二步!

宝　玉　后退二步?〔疑迟地退了二步。

三　姐　看准我,再退二步!

〔宝玉迟疑地再退二步。

三　　姐　现在看着我,照着你原来的步数,向前走五步!(宝玉听着她的话走上来,几乎碰在她面上)把背后的手放下!(急遽地)抱着我!(他迟疑地圈住她)吻我!〔下意识地吃惊,宝玉跌退二步。

三　　姐　(自然地)怎么样?胆小?真是你祖宗的凤凰儿,现在你该明白我意思了。〔向右门下。

宝　　玉　(慌急)三姐姐!你听我说一句话再走。

三　　姐　(回过身来)请说。

宝　　玉　起始咱们聚在一起的时候,我没有知道你的性情儿,几次想跟你说话,你又冷冷的不爱睬,我怕冲撞了你,害你生气,就跟你撇开了,你难道没有见着我的心跟你一样,连一点解释的机会都没有?

三　　姐　你想怎样?

宝　　玉　姐姐要是答应我,我一准到府上来拜望,跟你多学一点儿人情世故。

三　　姐　你要到我家里来?

宝　　玉　是的,姐姐!

三　　姐　我在门口儿等你,有棒儿提棒儿,有门条拉门条,你要是骑着马来,我就敲折你的马腿子,你要是乘着车来,我砸碎你的轮圈儿,你自个儿走了来,我会给你好看,连腿子打折了你!

宝　　玉　这为什么?

三　　姐　不为什么,你就看我说到做到。

宝　　玉　姐姐!你再给我们一次见面的机会都不成?

三　　姐　(她突然回过头来,柔和地望着宝玉,她眼里像不相信这一回事,口里可不能不颓伤和惨痛地叫出来,她的声音是喃喃地只像是跟自己声辩)这是命!宝玉!命!

〔一棒锣鸣,正打在第二个"命"字上,跟着几声催人的螺角,她静静地望着他,像落在一个梦里。

三　　姐　宝玉!把头儿抬得高一点,让我多看你一眼,(呓语地)多看你一眼,我只要,(疲倦地)只要这一刻就够了,(她揩掉敲在颊上的眼泪,轻轻走上来,温柔地用手整理他肩上的缨络,一半是凄凉,一半是流露)两个都年轻,两个的心合在一起,没有做作,没有假意,跟着是别离的时候了,谁

172

也不用解释，不用纪念，宝玉！这一生，算是亲近你一次了。

［话说完以后，人也走近右门，飘然不见。

［剩下宝玉一个，呆呆地站在那里。

［珍珠自左侧小门上。

珍　珠　哎！找到宝贝了，人家闹得口枯舌烂，你在这儿站闲天，太太叫你呢？

宝　玉　（正眼不觑她一下，自个儿说着做着）这像梦，像一场梦，她的翅膀像春天的蝴蝶儿飞！飞到我的心边，我伸手去抓，她可扎了我一口溜了。

珍　珠　（惊慌）你怎么啦！宝玉！

宝　玉　她的翅膀美丽，她的针上有毒，在我的心上扎了一口。

珍　珠　哎！来人哪！宝二爷中了邪了！（哭起来）宝二爷！宝二爷！

［麝月自左侧门上。

麝　月　什么事大惊小怪的，你真是越过越娇嫩了。

珍　珠　姐姐！你没有见二爷，疯疯癫癫的光说傻话，你看他的。

麝　月　宝玉！你装什么鬼？

宝　玉　（索性吓她们到底）我看见一个蝴蝶，翩翩地飞到我身边。

麝　月　（猜着他的道儿）嗯！一个蝴蝶？

宝　玉　我伸手抓她，她可在我心上扎了一口！

麝　月　扎了一口？

宝　玉　我心里发虚，眼里发暗，跳得像发疯一样，她刺得我那样深，那样沉痛！

麝　月　沉痛？嗯！我说二爷，你的心里发虚，可不是应了先兆了，方才老爷在前厅下了马，进来就叫人传话，问你功课来着，回头就上这儿陪客，你担待着看罢！

宝　玉　（两眼发瞪，双脚发软，虎虎地啐她一口）去你的，鬼丫头！［向内厅溜下。

［两人笑着随下。

——幕——

选自朱雷话剧集《晚祷》（光明书局1941年版）。

林 黛 玉

端木蕻良

第 一 场

　　从沁香亭过了池水,就是潇湘馆,一带粉墙,几间精舍,有千百棵翠竹掩映门里。门廊曲折,花木萧森,阶下石子漫成甬路,上面小小三间房子,两明一暗,窗映茜红。黑间房里,又有一间外种大梨花和芭蕉,小退步两间,作为后院,墙下开了细沟,引一脉泉水,灌进墙来,绕的屋子转到前院,盘旋竹下而出……门口有联刻着:"宝鼎茶闲烟常绿,幽窗棋罗指犹凉。"

　　是在黛玉的卧室,黛玉睡在一个描金填漆炕式凿沿的矮床,床上挂着东方式的宝庐华帐,由上面一直垂下来。还有珍珠玛瑙等十宝珠珞垂护下来。因为床宽,她没有睡在帐子里,帐子下摆垂拖着,堆在床上。这时春寒料峭,黛玉枕着玫瑰花瓣装的玉色夹纱红香枕,半盖着杏子红烧被,在睡午觉……

　　[宝玉携玉走进潇湘馆,只见湘帘垂地,悄无人声。走至窗前,觉得一缕幽香从碧纱窗中暗暗透出。宝玉便将脸贴在纱窗上,往里看时,耳边听见细细的叹息:"每日价情思睡昏昏!"宝玉听了不觉心内痒将起来。再看时,只见黛玉在床上伸懒腰,宝玉在窗外笑着。

宝　为什么每日价,情思睡昏昏的![一面说,一面掀帘子进来了。黛玉自觉忘情,不觉红了脸,拿袖子遮了脸,翻身向里,装着睡着了。宝玉才走上来,要扳黛玉的身子。紫鹃便跟了进来。

鹃　姑娘睡觉呢,等醒来再请罢。

黛　（翻身坐了起来）谁睡觉呢！

鹃　我只当姑娘睡着了。〔下。

黛　（坐在床上，一面伸手整理头发，一面笑着向宝玉）人家睡着觉，你进来做什么？

〔宝玉见她星眼微饧，香腮红晕，不觉神魂早荡，一歪身坐在椅子上，笑着看她。

宝　你才说什么？

黛　我没说什么！

宝　给你个"榧子"吃呢，我都听见了。（看紫鹃进来）紫鹃，把你们的好茶倒一碗我吃。

鹃　哪里有好的呢！要好的只有等袭人来。

黛　别理他，你先给我打水去吧。

鹃　他是客，自然先倒茶来，再打水去。

宝　（微笑）好丫头，我要共你多情小姐同鸳帐，怎舍得叫叠被铺床。

黛　（登时撂下脸来）二哥哥，你说什么？

宝　（笑）我何曾说什么？

黛　（哭着）如今新兴的，外头听了村话来，也说给我听，看了混账书，也拿我取笑儿，我成了替爷们解闷的了。〔一面哭着，一面下床来向外就走。

宝　（不知怎样才好，心下慌了，忙赶上来）好妹妹，我一时该死，你别告诉去，我再敢说这样话，我就不得好死！我就烂了舌头。

黛　（依然向外走）你那些誓我都背下来了。

宝　好妹妹，你直成心让我死了。

黛　你死了倒不值什么，只是丢下了什么"金"，什么"锁"的，可怎么好呢？

宝　（急了，赶着扳她）你还是说这话，到底是咒我呢，还是气我呢！我知道你不恼我，但只是我不来，叫旁人看见，好像是咱们又拌了嘴似的。要等他们来劝咱们，那时节，岂不咱们倒觉生分了？不如这会子，你要打要骂，凭着你怎样，千万别不理我。好妹妹，你就理理我，又怎样呢？好妹妹，你要不理我，我死了也不会超生的，好妹妹，你就算大人不见小人怪行不行？

黛　你也不用来哄我，从今以后，不敢亲近二爷，权当我去了。

宝　你往哪里去？

黛　我回家去。

宝　我跟了去。

黛　我死了呢？

宝　你死了，我做和尚。

黛　（登时把脸放下来）想是你要死了，胡说的是什么？你家倒有几个亲姐姐、亲妹妹呢！明日都死了，你几个身子去做和尚？明日我倒把这话告诉去评评。

　　〔宝玉自知这话造次了，后悔不来，登时脸上红涨，低了头，不敢吱一声。

黛　（两眼直瞪瞪地瞅了他半天，气得"嗳"了一声，说不出话来。见宝玉逼得脸上涨紫，便咬着牙，用指头狠命地在他额上戳了一下，哼了一声，咬着牙说道）你这——〔刚说了两个字，便又叹了一口气，拿起了手帕来擦眼泪。回身坐在床上，哭了起来……

　　〔宝玉心里原有无限心事，又兼说错了话，正自后悔，又见黛玉戳他一下，要说也说不出来，自叹自泣，心有所感，不觉滚下泪来，要用帕子揩拭，不想又忘了带来，便用衫袖去擦。黛玉虽然哭着，却一眼看见他穿着簇新藕合纱衫，竟去擦泪，便一面自己擦着泪，一面回身，将枕上搭着一方绡帕，拿起来向宝玉怀中一摔，一语不发，仍掩面而泣。宝玉见她摔了帕子来，了忙接住试了泪，又挨近了些，伸手挽黛玉一只手。

宝　我的五脏都碎了，你还只是哭？

黛　（将手摔开）谁同你拉拉扯扯的，一天大似一天的，还这么涎皮赖脸的，这个理也不知道！

宝　好妹妹，你打我骂我咒我恼我，只要是你给我的，我都能忍受，只是我也并不是糊里糊涂的，你放心——〔宝玉瞅了半晌，不敢再说下去……

黛　（怔了半天）我有什么不放心，我不明白这话，你倒要说说怎么叫放心不放心？

宝　（叹了一口气）你果然不明白这话，难道我夙日在你身上的心都用错了？连你的意思都体贴不着，就难怪你为我生气了。

黛　果然我不明白"放心不放心"的话。

宝　（点头叹气）好妹妹你别哄我，果然不明这话，不但我素日的心白用了，而且连你素日待我的心也都辜负了，——你都是因为不放心的缘故，才弄了一身的病,但凡宽慰些,这病也不得一日重似一日!

〔林黛玉听了这话,仿佛心上中了沉重的一击,细细地寻思,竟比自己肺腑中掏出来的还亲切,竟有万句,满心要说,只是半个字也不能吐,却怔怔地望着他。此时宝玉心中万句有词,不知一时从哪一句说起,却也怔怔地望着黛玉。

〔两个人怔了半天,黛玉只"咳"了一声,两眼不觉滚下泪来,回身翻过里边去,硬撑着想说什么……

黛 你去回去!

宝 (亲切地用手去拉她)好妹妹,容我再讲一句。

黛 (一面拭泪,一面将手推开)有什么话说的,你的话我都知道了。

宝 (一把拉着她的手)好妹妹,我的这心事,从来也不敢说,今天我大胆说出来,死也甘心,我为你也弄的一身的病在这里,我不敢告诉人,只好捱着!等你的病好了,只怕我的病才得好呢!——睡里梦里,也忘不了你!

〔宝玉话还没说完,只听嚷道:"好了!"两个人都不期地吓了一跳,回头看时,只见凤姐儿跑了进来。

凤 (笑着)老太太听袭人说你们在吵嘴,在那儿怨天怨地,只叫我来瞧瞧你们好了没有。我说不用瞧,过了一会儿,他们自己就好了。老太太骂我说我懒。我来了,果然应了我的话。也没见了你们两个有什么可拌的,三日好了,两日恼了,越大越成了孩子了——有这会子拉着手哭的,刚才为什么又成了"乌麻鸡"似的呢,快和我去看老太太去。

黛 好姐姐,我不去了,等一会儿我再去看太太也不迟。

凤 不成,你们不去,一会儿太太就要来的,那不是更使不得了吗?本来没有事,反而弄得天翻地覆!闹得了不得了,宝玉,快拉着林妹妹的手陪着去看老太太去。

黛 我自己去看老太太去,就行了,用不着哪一个——(短命的……三个字没有说出)来陪着。

〔袭人急急地走进来。袭人的样子柔媚姣俏,细挑身子长脸儿,柳眉笼翠,杏眼含丹,一双秋水眼,出落得横波入鬓,转盼流光,头上带着几枝金钗珠钏,倒也华丽,身上穿着桃红百花刻丝长袄,葱绿盘彩绣丝裙,外罩石青团花金丝沿绣褂。

177

袭　（对宝玉）快陪着妹妹去看老太太吧，要不然一会儿太太赶到这儿来，岂不是惊动了上下。

凤　（对袭人瞟了一眼）我说话他不听，（对宝玉）这回她的话你得听了。

袭　奶奶的话，只怕她更听些。

宝　（连忙赔笑）姐姐说哪里话？凡是姐姐们的话，只要是对的，我都听的。——〔啜嚅的，用眼看黛玉。

〔黛玉以鼻嗤之。

凤　好妹妹，你就饶了他一遭吧。他也怪可怜的呢！（对黛玉）我给你拢拢头发，一起去见老太太去！

袭　（一面为黛玉捧梳装百宝镜盒，一面给宝玉整理衣服。看见佩戴的东西没有了）你身上戴的东西，又是给哪一起没脸的东西们给解了去了？

黛　（听见袭人的话。连忙走过来一瞧，果然宝玉平日身上佩戴之物一件无存）我给你的那个荷包也给了他们了？你明儿再想我的东西，可不能够了！〔说完从床上捡起宝玉嘱咐她未做完的香袋，拿起剪刀来就铰，宝玉见她生气连忙赶过来抢救，可是早已被黛玉剪破了。宝玉连忙从里面衣襟上边把所系的荷包解了下来，递到黛玉面前。

宝　你瞧瞧，这是什么？我怎能把你做的给了别人！

〔黛玉见他如此珍重，戴来里面，可知是怕给别人拿去，因此自悔莽撞，剪了香袋，低着头，一言不发……

宝　你也不用剪，我知道你也懒怠送给我东西，我连这个荷包也送还给你，岂不是更好？〔说完，把荷包丢到她的怀里去。

〔黛玉又气得哭了起来，拿起荷包又剪。

宝　（忙回身抢住，赔着笑）好妹妹，饶了它吧！

黛　（拭泪）你不用和我好一阵，歹一阵，要恼，就撒开手！

宝　好妹妹，都是我的错，好妹妹，下次不敢说错话就是了。

凤　妹妹刚刚好了，你又气她，我们不管了，看你怎样劝她！

袭　姑娘，这都是我的不是，不该我来引头，姑娘不看在他身上，看在我身上好了，我在这赔不是了。

黛　（连忙站起施礼）姐姐这是说哪里话，姐姐说这话就生分了。我哪能那样不分青红皂白的呢！他的意思是不叫我得着平安，（对宝玉）索性我就离

林黛玉

开你,你在这儿,我就走。

宝　（笑）你到哪里,我跟到哪里！〔一面仍拿荷包戴上。

黛　（伸手去抢）你说不要！这会子又戴上,我也替你怪臊的呢！

宝　好妹妹,明儿另替我做个香袋儿吧！

黛　那也得瞧我的高兴罢了！

宝　（拉凤姐）好姐姐,我们一齐去见太太去吧！

凤　（抿嘴笑）我不去了,我和袭人这有话要说呢！

宝　你和她讲话,在这儿做什么,等一会紫鹃回来,人家还得招呼你们,岂不是给人家添了麻烦！袭人姐姐,我们大家一道去该多好！

袭　（抿嘴笑）我不去,我等紫鹃回来,还有话说呢！

〔外面的声音:"老太太叫呢,要不然说就来了！"

宝　（红了脸）你们何苦来哄我！

〔雪雁进来把两筒茶叶放在桌上,换着林姑娘。

雪　姑娘,老太太正急着呢,我们走吧！〔回头向宝玉做鬼脸。

〔黛玉随雪雁去了。

〔外面的声音:"老太太叫二爷去呢！"

宝　（尴尬的）告诉说我就来了。〔匆匆跑下。

〔凤姐和袭人两人大笑起来！

袭　（正经的）实在是我们二爷太不懂人情世故了。姊妹们闹,也得有个分寸,没有看过一天到晚总是黏舌儿似的……

凤　（有味地笑）那就得你管束管束他了。

袭　没见过,不知奶奶哪里来的这阵子高兴,竟拿我们奴才丫头来取笑！

凤　我说话,你别生气,我实在太爱你了,要论其实呢,我的话,也不算过分,如今宝弟弟谁的话能听进去,老爷的话虽然严厉,他一转身就忘了,太太压根儿舍不得说他,太太的话他哪儿能听见去。其余的哪个人会放在他的眼里？

袭　他听我的话,不听那都罢了,反正我们当使唤丫头的,又有什么见识？只是有一样二爷一年也比一年大了,天天只是在姊妹们跟前混来混去,虽然说都是一起长大的,没有什么嫌忌,可是日夜在一起,由不得叫人担了一份儿心事。

凤　（笑）好嫂子,我的人嘴快,什么事也藏掖不住,太太、老太太,不是把你宝兄弟给了你了吗?

袭　和你说正经的,你只是胡说,我要走了。

凤　别走,我且问你,（仔细端详袭人一番,摸她身上的衣服）这三件衣裳都是太太的。赏了你正是太太的心思,但是这件褂子太素了些,你该穿了些藕荷银灰的,配着你的脸儿,更漂亮了。

袭　可不要冤枉我们了,反正太太体恤我就是了。本来从前也给过我一件灰鼠的,还有一件银鼠的,面子也鲜艳些,不过都过时了,不好穿出来,今天因为我去见太太,特意穿了这个,好讨她一个喜欢。

凤　我倒有一件藕荷色,我嫌肥了几分儿,正要去改——也罢,先给你拿去穿穿,等年下太太给你做的时候,我再改吧,只当你还我的一样。

袭　你真会算账,分明送给我东西,落得我欠你个人情,过后太太给我做的新衣服,你再拿去,成年价你大手大脚的,替太太不知背地里赔垫了多少东西,真真是赔的都是说不出来的,哪里又和太太算去,为什么碰到我名下就又小气起来!

凤　真是我没有白疼你一会,真是知道我的心,我就常说,要是我手中有你这个帮手,再加上宝姑娘,那真是如鱼得水。太太有许多正经事,哪管得这许多,不说就得我吃些亏,把大家打扮体统了,宁可我得个好名儿也罢了。一个一个,烧糊了我的卷子似的,人先笑话我,说我当家,倒把人弄出个叫花子来了。哪天我叫平儿拣了几件花色好的给你送过去。

袭　一件就当不起了,这里道谢了。

凤　我先回去了。

袭　我要等紫鹃问她给我们那位搇的鞋底搇好没有?（雪雁跑着进来）我挽着你去吧!

凤　我没有那个福气……

鹃　我来了,（对凤姐）奶奶吃一杯茶再走吧。

凤　我先走一步。你们的茶叶还是我送的,回去吃是一样的。［退出去了。

雪　恐怕太太真个自己来了。

袭　真的吗? 我们去迎接一下。

雪　我走在藕香榭那儿,看见太太正带着丫头婆子,往这边走,我因为我跑得急了，上气透不过下气来，没办法，怕太太看了不好看，就往竹林那边绕过来了，抄了近道先跑回来。

袭　你倒真有算计，我们先去接接太太去吧！
雪　我也去。
　　〔王夫人带着丫头婆子进来。
王　宝玉呢？
袭　正往老太太那边去了，真奇怪了，半路上没有碰见。
王　我是从秋爽斋来的，这也难怪了。
雪　袭人姐姐，你先服侍太太，我去找紫鹃姐姐去就来。
王　不要找她了，我歇一会腿儿就走。
袭　太太喝一点水吧，滋润滋润。
王　我也不渴，只是他们为什么又吵起来了，见着你倒好，我正要问一问。
袭　也不过是话儿赶话儿就是了。
王　是不是还有别的缘故？
袭　别的缘故实在不知道。我今天大胆在太太跟前，说一句不知好歹的话。论理——
王　你只管说。〔示意别人都走开。
袭　太太别生气，我就说了。
王　我有什么生气的？你只管说来。
袭　论理，我们二爷也得管束管束，老太太再不管束，将来还不知道要做出什么事来呢！
王　我的儿，亏了你也明白这话，和我的心一样！我何曾不知管儿子？先是你珠大爷在，我是怎样管他？难道我如今倒不知管儿子了？只是有个缘故：如今我想我已经五十岁人了。通共剩了他一个，他又长得单弱，况且老太太宝贝似的。老管紧了他，倘或再有好歹，或是老太太气坏了。我常常苦着。儿说一阵，劝一阵，哭一阵，当时也能好了一会儿，过后来还是不相干，可是他要有个一差二错，我这辈子可指望谁呢？
袭　二爷是太太养的，太太哪能不心疼，便是我们做下人的，服侍一场，大家落个平安，也算是造化了，要这样起来，连平安都不能了。哪一日，哪一时，我不劝二爷？只是再劝不醒！偏生那些人又肯亲近他！——也怨不得他

	这样,总是我们劝的倒不好了。今天太太提起这话来,我还是记挂着一件事。每要来回太太,讨太太个主意,只是我怕太太疑心,不但我的话白说了,而且连葬身之地都没有了。
王	(好奇的)你只管说,近来我因为听见众人面背后都夸你。我只说你不过是在宝玉身上留心,或是对人和气周到,这些小意思罢了。谁知你方才和我说的话,全是大道理,正合我的心事。你有什么,只管说什么,只别叫别人知道就是了。
袭	我也没有什么别的说,我只想讨太太的一个示下,怎么变个法儿,以后竟还是叫二爷搬出园外来往就是了。
王	(大吃一惊,忙拉了袭人的手)宝玉难道和别人作了怪不成?
袭	太太别多心,这里人都是清白的,并没有这话——这不过是我的小见识,如今二爷也大了,里头姑娘也大了。况且林姑娘、宝姑娘,又是两姨姑表姊妹——虽说是姊妹们,到底是男女之分,日夜一处出坐不大方便,由不得叫人悬心。便是外人看着,也不像大家子的体统。俗语说得好:"没事常思有事。"世上多少没头脑的事,多半因为无心中做出。给有心人看见,当作有心事,反说坏了,只是预先不防着,断然不好。二爷素日性格,太太是知道的,他又偏好在我们队里闹,倘或不防前后,错了一点半点,不论真假,人多口杂,那起小人的嘴有什么避讳?心顺了,说的比菩萨还好,心不顺,就偏得连畜生都不好。二爷将来倘或有人说好,不过大家无过。设若叫人哼出一声不是来,我们不用说,粉身碎骨,罪有万重——都是平常小事,但二爷后来一生的声名品行,岂不完了?二则太太也难见老爷。俗语又说:"君子防未然!"不如这会子防备的为是。太太事情多,一时固然想不到则可,既想到了,老不回明太太,罪越重了。近来我为这事,日夜悬心,又不好说与人,唯有灯知道罢了。
王	(心中又惊又喜,非常感激)好孩子,你竟有这等心胸,想得这样周全,我何曾又不想到这里?只是这几次有事就忘了。你今天这一番话,提醒了我,难为了你成全了我娘儿两个声名体面,真真我竟不知你这样好。罢了,你且去吧,我自有道理——只是我还有一句话,你今天既然说了这样的话,我就把他交给你了。好歹留心,保全了他,就是保全我,我自然不辜负你。今天既然说了这些话,我还要问你。你平常和她们在一起的时候比

我多，她们哪个人的脾气禀性，你都知道，今天我且问你，从你冷眼观察，哪个人的性格禀赋最好？

袭　论理，我可不敢胡说，只是太太问到了，我们要不说，也有欺主之罪，模样体态当然还是林姑娘第一，但是处人接物，规矩礼法，却都没有一个赶得上宝姑娘的，倒不是上上下下的人都这样说，我也这样说，实在是一个能干精明里里外外都打点得到的人，到哪里去找！

王　（沉吟不语。等了一会儿）你搀着我回去。

〔王夫人和袭人同下。

〔宝钗和黛玉同上。

钗　颦儿，跟我来，有一句话要问你。（进了房，宝钗便坐下）你跪下，我要审你！

黛　（笑）你瞧宝姐姐疯了，审问我什么？

钗　（冷笑）好个千金小姐，好个不出闺门的女孩儿！满嘴里说的是什么！你只实说了罢！

黛　（不解只管发笑，心里不免也疑惑起来）我曾说什么？你不过要捏我的错儿罢了，你倒说出来我听听。

钗　你还装糊涂，今儿行酒令，你说的什么，"纱窗也没有红娘报！"（害羞）我不懂，你给我讲解讲解？

黛　（一想才知自己失于检点，把《牡丹亭》《西厢记》上的句子说了出来，不觉红了脸，便上来搂宝钗，笑着讨饶）好姐姐，原是我不知道，随口说的。你教导教导我，再不说了。

钗　我不知出在什么书上，所以请教你。

黛　好姐姐，你别说给别人，我以后再不说了！

钗　（见她羞得满脸飞红，满口央告，便不再往下去追问，因拉她坐下吃茶，款款地告诉她）你当我是谁？我也是个淘气的，从小儿七八岁上也够人缠的。我们家也算是个读书人家，祖父手里，也极爱藏书。先时人口多，姊妹兄弟也在一处，都怕看正经书。兄弟们，也有爱诗，也有爱词的，诸如这些《西厢》《琵琶记》以及元人百种，无所不有。他们背着我们偷看，我们也背着他们偷看。后来大人们知道了，打的打，骂的骂，烧的烧，丢开了。所以咱们女孩儿家不认字的倒好，男人们读了书要不明白迎贤的道理，尚且不如不读书的好,何况你我?连作诗写字等事,这也不是你我分内之事,而且也不是男人分内之事,男人们读书明理,辅国治民,这更好了。要不这样,读了书,更就糟了,这不但辜负了书,而且开发了他,走进邪道,谤贤诬圣,定不反而成了罪人,倒不如一生耕种买卖的,倒没有什么大害处。至于你我,只该做些针线纺绣的事才是,偏又认得几个字。既然认得几个字,不过拣那正经书看也罢了,最怕看些不三不四的杂书,移了性情,就不可救药了![一些话说得黛玉心中暗服,低头吃茶,只有答应一个"是"字。

黛　妹妹年纪小,只承望姐姐教导!

[正说着,忽然外边人喊:"姨姑奶奶请宝姑娘过去呢!"莺儿慌慌张张地进来。

莺儿　大爷整得不像样子了,金桂一头撞在柱子上,血流满地,太太请姑娘快家去!

[宝钗匆匆下。

第　二　场

[三月天气,花开时候。

[宝玉走进了潇湘馆,揭起乡绣线软帘,进入里间,只见黛玉睡在那里,忙走上来推她。

宝　好妹妹,我怕你发闷,我又忙着回来了,好妹妹,看我往日的情意,打理打理我吧!

黛　你又要死了,做什么又这般动手动脚的。

宝　(赔笑)说话忘了情,不觉地就动了手,也就顾不了死活。

黛　(合着眼)我不困,只料歇歇儿,你且别处去闹会儿再来。

宝　(推她)我往哪里去,见了别人就怪腻的!

黛　(嗤的一笑)你既要在这里,那边去老老实实地坐着,咱们说话儿。

宝　我也躺着。

黛　你就躺着。

宝　没有枕头,咱们在一个枕头上罢。

黛　胡说,外面不是枕头,拿一个来枕着。

宝　(出去外间,看了一看,回来笑着)那个我不要,也不知是哪个脏老婆子的。

黛　(睁开眼坐起身来笑着)真真你就是我命中的"妖魔星",请枕这个。〔黛玉把自己的枕头推与宝玉,又起身把自己的再拿了一个来枕了,两人才对面躺下,黛玉看见宝玉左边腮上有纽扣大小的一块血渍,便欠身凑近前来用手去抚摸细细看了。

黛　这又是谁的指甲刮破了。

宝　(侧着身,一面躲一面笑着)不是刮的,只怕是她们淘澄胭脂膏子溅上了一点儿。〔伸手便找绢子要揩拭。

黛　(用绢子替他拭了)你又干这些事了!(宝玉好偷吃女儿胭脂)干了也罢,必定还带出幌子来,便是舅舅看不见,别人见了,又当着新鲜话儿去学舌讨好,吹到舅舅耳朵里,又大家不干净惹气!
〔宝玉根本没有听进去这些话,只是闻见一股幽香,却是从黛玉袖中发出,闻之令人醉魂酥骨,宝玉一把便将黛玉的衣袖扯住,要瞧瞧里边笼着什么香。

宝　你袖子笼的什么香?

黛　(笑着)这等时候,谁带什么香呢?

宝　既如此,这香是哪里来的?

黛　这我也不知道,想必是柜子里头的香气,衣服上熏染的也未可知。

宝　未必,这香的气味奇怪,不是那些香饼子、香毯子、香袋子的香。

黛　(冷笑)难道我也有什么"罗汉真人"送给我的奇香、冷香?——就是有了奇香,这也没有亲哥哥、亲兄弟,弄了花儿、朵儿、霜儿、雪儿替我泡制,我有的不过是一些俗香罢了。

宝　凡我说一句,你就拉上了这些个,不给你个厉害,你也不知道,今儿可不饶你了。〔说着翻身起来,将两手呵了两口,便伸向黛玉胳肢窝内两手乱挠,黛玉素在触痒,禁不住宝玉两手伸出来乱挠,便笑得喘不过气来。

黛　宝玉,你再闹,我就恼了。

宝　(住了手)你还说这些不说了?

黛　(笑着)再不敢了。(一面理鬓发)我有奇香,你有"暖香"没有?

宝　(一时解不来)什么"暖香"?

黛　（点头笑叹）蠢材,蠢材,你有"玉"人家就有"金"来配你,人家有"冷香"你就没有"暖香"去配她。

宝　（听出来,笑着）刚才求饶,如今说得更狠了。〔说着又要伸手去呵她。

黛　（忙笑着）好哥哥,我可不敢了。

宝　（笑着）饶便饶你,只把袖子拢过来我闻一闻。〔说着便拉住了袖子,笼在脸上,闻个不住〕

黛　（夺了开来）这回可该走了。

宝　走？不能,咱们斯斯文文的,躺着说话儿。〔又倒下。

〔黛玉也倒下,用绢子盖上脸,宝玉有一搭没一搭地说些鬼话,黛玉只是不理。

黛　你躺你的,我躺我的。

宝　你几岁上京……路上看见什么景致？……有什么古迹,姑苏有个姑苏台是不是？苏州有个拙政园是不是？当年文徵明画过的是不是？苏州有什么风俗？嗳哎！你们苏州衙门里有一件大故事,你可知道吗？

黛　（见他说得郑重,而且正言厉色的,只当是真事）什么事情,你说说看,你要说得对便罢,说得不对我要不依的。

宝　（信口胡诌）苏州有一座黛山,山上有一个林子洞……

黛　这就扯谎,从来也没有听见过有什么黛山。

宝　天下山水多着呢,你哪里都知道？等我说完了,你再批评。

黛　你先说吧！

宝　（又接着胡诌下去）林子洞里,原来有一群耗子精,那一年腊月初七,老耗子升堂议事,说:"明日就是腊八了,世上的人都熬'腊八粥';如今,我们洞中果品短少,趁这个时候赶快打劫一些来才行。于是,拔出令箭一支,派一个能干的小耗子,前去打听。小耗回来报道:'各处察访打听:唯有山下庙里果米最多了。'老耗子问:'米有几样？果子有几样？'小耗子说道:'米豆成仓不可胜计,果品有五种：一、红枣；二、栗子；三、落花生；四、菱角；五、香芋。'老耗子听了大喜,立刻点人前去。拔了令箭问:'谁去偷米？'一个耗子便接令去偷米。又拔了令箭,问:'谁去偷豆？'又一个耗子接了去偷豆,然后一一地都各自分路去了,只剩下香芋,没有人去偷。于是又拔出一支令箭问:'谁去偷香芋？'只见一个极小极弱的小耗子应着说：'我愿去偷香芋。'老耗子和大家看看他这样，恐怕怯懦无力，都不准他去。小耗子说道：'我虽年小身弱，却是法术无边；口齿伶俐，计谋深远。此去管比他们偷得还巧呢！'这群耗子连忙都问：'比他们巧呢？'小耗子说：'我不学他们直偷，我只摇身一变，也变成个香芋，滚在香芋堆里，使人看不出听不见；却暗暗地用"分身法"搬运，渐渐地就搬运尽了，岂不比直偷硬取的巧些。'众耗子听了都说：'妙却妙，只是不知道怎么个变法，你去先变个我们瞧瞧。'小耗子听了笑着说：'这个不难，等我变来。'说完，摇身一变，竟变了一个最标致美丽的一位小姐。众耗子忙都笑着说：'变错了！原说变果子的，如何变出小姐？'小耗子现形冷笑着说：'我说你们没有见世面，只认得这果子是香芋；——却不知道盐课林老爷的小姐才是真正的香玉呢！'"

黛　（听了翻身爬起来，按着宝玉笑着）我把你这嚼舌头的——我就知道你是编我呢。〔说着便来揿他。

宝　（连忙尖告）好妹妹，饶我吧，再不敢了，我因为闻见你的香气，忽然想起这个典故来。

黛　（笑起来）饶骂了人，还说是典故呢。

宝　我一看见你，我的典故就多。〔坐起来。

黛　我不拧你这片嘴。

宝　（送上去）凭你去拧。

〔两个人的眼光汇合在一起，黛玉的眼看入他的眼里，黛玉又是爱，又是恨，一时情不自禁，神魂摇荡，狂热地伸出她的胳臂，挂在宝玉的脖子上，宝玉左手在她的头下，右手抱住她腰，他俩沉迷的发狂的脸贴着脸，摩擦着……怜爱不能克制地互相不住地亲嘴（纯粹中国式的……）

宝　（喃喃地）我昨天做梦也和你亲嘴。

黛　（迷惘的）我要死了！〔黛玉沉迷地疲惫地将手从她的脖颈上放开，身子突然向下沉去。宝玉用手接住，微微地笑着把她放在床上。黛玉把一只手扬出来，迷惘地困倦地娇喘着，眼儿惺忪地合着，等一下又睁开眼睛，找寻宝玉的脸，伸出手来抚摩了一下，然后一翻身向里面滚过去，将袖子遮了脸……

宝　好，你又不理我，我可不依你的……〔伸手去咯吱她……奏 G 调马奴哀曲……。

［两人笑着闹着滚作一团……（暗换）

第 三 场

［初秋天气，桂花正开。
［这时林黛玉站在栏杆旁边，远远的却向怡红院内望着。只见李宫裁、迎春、探春、惜春和丫鬟人等，都向怡红院去过，之后，一起一起地又散尽了。忽然又见花花簇簇的一群人，又向怡红院内来了。定睛看时，只见贾母搭着凤姐儿的手，后头邢夫人、王夫人，跟着周姨娘和丫头媳妇等人，都进院去了。黛玉看了，不觉点头，想起有父母的好处来，早又泪球满面，少顷只见宝钗、薛姨妈等也进去了。忽见紫鹃从背后走来说道："姑娘，吃药去吧，开水又冷了。"

黛　你到底要怎样呢？只是催我，吃不吃，与你什么相干？

鹃　咳嗽的才好了一点儿，又不吃药了。现在已经是秋天了，天气转凉，到底也该小心一点儿。现在天色已晚在这个风口的地方站了半天，也该回去歇歇了。

［黛玉悄悄地回到屋里，眼睛看着墙上昨天新写的诗：风轻云娇夜雾轻，花红柳媚翠烟情。雪香冷锁灵兰梦，月影碧笼发黛清。
［想起自己的身世的凄凉，不觉下泪来。不提防架上的鹦哥儿。看见黛玉来了。嘎的一声，扑了下来，倒给吓了一跳。

黛　只管淘气，又吓了我一跳。［那鹦鹉又飞到架上去，叫着："紫鹃，快掀帘子，姑娘来了。"

黛　（止住脚步，以手扣架）添了盒水没有？
［鹦鹉长叹一声，很像黛玉平日长呼短叹的声音。接着念道："侬今葬花人笑痴，他年葬侬知是谁！"黛玉、紫鹃听了都笑起来。

鹃　这都是姑娘素日念的，难为它怎样记了。
［黛玉便将架摘下来，另挂在月洞窗外的钩上，于是进了屋子，在月洞窗内坐了。一面从紫鹃的手里吃着药，只见窗外竹影映入纱，满屋内阴阴翠润，几簟生凉……

林黛玉

[宝钗因为黛玉每至春分秋分之后，旧病就要犯的，今天特意来瞧她。

钗　你今天觉得怎样？

黛　也没有什么，反正还不是那样，天长日久也就没有什么了。

钗　在这里走动的大夫，虽然还好，只是吃他们的药，总不见效，不如再请一个高明的人来瞧一瞧，治好了岂不是好。每年间闹一春一夏，又不老，又不小，成个什么样子，这样下去，也不是个长法儿。

黛　没有什么用处。我知道我的病是不能好的了，别说病犯了。就拿好的时候说罢，我是个怎样的情形。就可想而知了。

钗　可正是这话，古人说："食谷者生。"你素日吃的又少，精神添补不上来，天长日久，血气不能充足，这自然不会好的。

黛　一个人的生死，也不是人力所强求的，由它去算了，今年我觉得比往年又重了些似的！

钗　昨儿我看你那药方上，人参肉桂的开的，就嫌太多了，虽然说这些药能够移气补神，也不宜吃得太热。依我说，先以平肝养气为主，肝火一平，不能克土，胃气没有了病，饮食就可以养人了。每天早起，拿上等燕窝一两，冰糖五钱，用银吊子熬出粥来，要吃惯了，比药还强，最是滋补的。

黛　（叹息）姐姐素日待人，固然是极好的，然而我是个多心的人，只当你有心藏奸。从前你说我看杂书不好，又劝我那些好话，我非常感激你，往日都是我错了，实在是我自己的不是，直到今天，细细算来，我母亲去世之后，我又没有兄弟，又没有姊妹，我长了今年十九岁，竟没有一个像你前日的话教导我，怪不得云丫头说你好。我往日看她称赞你，我还不受用。昨儿，我亲自体会了，才知道你真是个真心的人。比如咱们要是对调过来，你说了那个，我再也不能轻放过你的，可是你都不介意，反而劝了我那些好话，可知我竟"自误"了！要不是前天看出你待我的真心来，今天的话，我再也不会跟你说的。你方才叫我吃燕窝粥的话，虽然燕窝并不难得，但是因为我身子不好，每年犯了这病，虽没有什么要紧的，请大夫熬药，人参、肉桂，已经闹了个天翻地覆的了。这会子我又弄出新花样来，又熬什么燕窝粥，老太太、太太、凤姐姐这三个人便没有话说，那些底下老婆子、丫头们一定要嫌我未免太多事了，你看这里这些人，因为看老太太多疼了宝玉和凤姐姐两个，他们尚且虎视眈眈，背地里说三道四的，何况对我，况且我又不是正经主子,原来无依无靠,投奔了这里来的,他们已经多嫌着我呢,如今我还不知进退,何苦叫他们咒我。

钗　这样说,我也是和你一样。

黛　你怎能比我?你又有母亲,又有哥哥,这里又有买卖地土,家里又仍旧有房有地,你不过是亲戚的名分,白住在这里,一应大小事情,又不沾他们半文分毫,哪一天说要走就走了。我是一无所有,吃穿用度,一草一木,都是和他们家的姑娘一样,那起小人,岂有不嫌忌我呢?

钗　其实你带来也不少了,林老伯都有过安排的,你妈妈临死的时候,一切的小分子体己,都是留给你的,不过这里都是老太太请凤姐姐看着。将来给你做嫁妆就是了?

黛　(不觉脸红笑着)人家才拿你当正经人,把心事苦恼告诉你听,你反而拿我取笑儿!

钗　虽然是取笑儿,也是真话。你放心,我在这一天,我与你好一天,你有什么委屈烦难,只管对我说,我能解的,自然替你解。我虽然有个哥哥,你也是知道的,只有个母亲,比你略强些。咱们也算是同病相怜。你也是个明白人,何必自己想不开?你才说的也是,"多一事不如省一事"。这倒也是,我明天家去,和妈妈说了,只怕燕窝我们家里还有,与你送几两过来,每日叫丫头们熬了就是了。又方便,又不惊师动众的。

黛　(忙笑着)东西事小,难得你这样多情!

钗　这有什么说的呢,我就怕我在人跟前做得不周到就是了。这会子只怕你烦了,我先去了。——晚上再来看你,找你来说闲话儿。〔宝钗说着去了。
　　〔黛玉拨一拨香炉里的檀香,看了桌上的诗稿。

黛　(幽幽地念着)秋花惨淡秋草黄,耿耿秋灯——夜——长……
　　〔天色渐渐黄昏,天就要变了,淅淅沥沥,下起雨来。外面阴得沉黑,雨滴打着芭蕉竹叶,更觉凄凉。
　　〔忽然丫鬟报道:"宝二爷来了!"
　　〔宝玉头上戴着大箬笠,身上披着蓑衣……

黛　(看看他失笑着)哪里来的这个渔翁!

宝　今儿好些?吃药没有,今儿一日吃了多少饭?(一面说着一面摘了箬笠,脱了蓑衣,忙一手举起灯来,一手遮着灯光,向黛玉脸上照了一照,嘘着眼,细瞧了一瞧,笑着)今天气色好了一些。

〔黛玉看他脱了蓑衣,里面只穿半旧石青短袄,系水黄汗巾子,膝下露出水香色莲花裤子,底下是掐金满绣的绵花袜子,穿着蝴蝶落花鞋。鞋都没有湿,又看那蓑衣斗笠不是寻常市上买来的,做得特别细致轻巧,便问宝玉。

黛　上头怕雨,底下不怕雨,鞋袜子倒也干净。

宝　我这一双是全的,有一双棠木屐子,才穿了脱在廊下了。

黛　是什么草编的?怪到穿上平平整整的。

宝　这三样都是北静王送的,他家常落雨时,也是穿这个,你若喜欢这个,我也弄一套来送你。——别的都罢了,唯其这斗笠有趣:上头这顶儿是活的,冬天下雪,戴上帽子,就把竹子心抽了去,拿下顶子来,只剩这个圈子,下雪时,男女都戴的,我送你一顶,冬天下雪戴。

黛　我不要它,戴上那个,成了书儿上画的和戏上唱的渔婆了。〔说到这儿,想起和宝玉方才的话相连了,后悔得很,羞得满脸飞红,呛喇起来。

〔宝玉却没留心,便坐在黛玉常坐的灰鼠椅搭的一张椅上。因为看见暖阁里面有一个玉石条盆里面攒三聚五栽着一盆单瓣水仙。

宝　(搓着手称赞着)好花,这屋子越暖,这花的香越浓,怎么昨儿没见?

黛　这是你家的大总管赖大奶奶送薛二姑娘的。两盆水仙,一盆蜡梅,也送了我一盆水仙,我原不要的,又恐辜负了她的心,你若要,我转送你,怎样?

宝　我屋里已经有了两盆,只是赶不上这个好,琴妹妹送你的,怎能够又转送别人?这个万万使不得!

黛　我一天药吊子不离火。药焙着呢,哪里还经得住花香来熏,反而把这花香扰坏了,不如你抬了去,这花儿倒清净了,没什么杂味,来扰它。

宝　我屋里今儿方有个病人煎药呢。你怎么知道的?

黛　我原是无心话,谁知你屋里的事!那样就算了。

宝　咱们明个儿结一个社,又有题目了。就咏水仙,好不好?

黛　罢,罢,再不敢作诗了?作一回,罚一回,没的怪羞的!(说着用手在脸上羞他)

宝　何苦来,又打趣我做什么?(看见案上有了诗稿,便走过去)妹妹,又作什么诗,作得这样好!

黛　没有作诗,那是香菱作的,送给我来改。

宝　　分明是你的手迹，又糊弄我，作得这样好诗。

〔黛玉听了忙起来夺在手内，在灯上烧了。

宝　　我已记熟了。

黛　　我要歇了，你走吧，明天再来。

宝　　（掏出金表来看）原该歇了，又搅得你劳了半天神，（披蓑衣，戴箬笠出去了又转身回来）你想什么吃的，你告诉我，我明天一早回老太太，岂不是比老婆子们说得明白？

黛　　等我夜里想起来，明天一早我就告诉你，你听外面雨越下越大了，快去吧，可有人跟着你没有？

宝　　有人，外面拿着伞，点着灯笼呢！

黛　　（笑）这个天点灯笼？

宝　　不相干，是羊角的，不怕雨。

黛　　（回手向书架上把个玻璃绣毯灯拿了下来，紫鹃过来点了小蜡烛递给宝玉）这个比那个亮，正是雨里点的。

宝　　我也有这么一个，怕他们失脚滑倒了打碎啦，没有点来。

黛　　跌了灯值钱呢，是跌了人值钱？你又穿不惯木屐子，那灯笼叫他们前头点着，这个又轻巧，又亮，——原来是为了雨里自己拿着的，——你自己手里拿着这个定不是好，明个儿再送来——就失了手也不值什么，怎么忽然又这么小气拘谨起来了？

〔宝玉接了，外边婆子丫头迎接着他径自去了，蘅芜院宝钗打发一个婆子打着伞，提着灯，送了一个大包燕窝来。

婆子　林姑娘好，我们姑娘本来亲自要来了，后来因为下雨了，说明天再来看您，这是一大包燕窝，还有一包子洁粉梅花雪片洋糖，这比买的强。我们姑娘说，姑娘先吃着，完了再送过来。

黛　　难得费心，倒茶来。

婆子　（赔笑）不吃茶了，我还有事呢。

黛　　我也知道你们忙，如今天也凉夜又长，越发该会个夜局，赌上两场了。

婆子　不瞒姑娘说，今年我大沾光儿了。横竖每夜有几个上夜的人，谈个更也不好，不如会个夜局，又坐了更，又解了闷。今儿又是我的头家，如今园门关了，就该上场了。

林黛玉

黛　难为你,耽误了你的发财,冒雨送来。(对外边)赶快给拿几百钱,打酒吃,避避雨气。

婆子　又破费姑娘赏酒吃。这里给姑娘请安了。〔接了钱,打伞走了。

〔紫鹃收起燕窝,然后移灯下帘,服侍黛玉和衣卧下。黛玉拥衾独卧,听着外面雨声淅沥清寒透衾幕,不由得滴下泪来。

鹃　(安慰她)姑娘,外面雨下得紧,你要嫌冷清,我去请他们来说话儿。

黛　人生有聚就有散,聚的时候欢喜,散的时候,定不冷清?既然冷清免不了就要感伤,所以倒不如压根儿不聚就算了。比如,花开令人爱慕,谢了就使人惆怅,所以倒是不开的好。人也是这样的,你不要请去就算了。

鹃　姑娘,平凤里就是心窄,其实这病只要放下心来,好好地保养,明年春天就会好了的。

黛　(笑)连日子都完了,我这病不会好了,我不过是熬日子罢了。从今以后我只会与青山绿水为伴了,那一部红楼让别人去写罢!假如我死后,请你们用白绫子一束,将我裹了,抛在大海里面……

鹃　姑娘,我是随便劝姑娘几句,惹出姑娘这些话来,我就担待不起了!〔抽噎,急急走下。

〔苍茫的暮色合拢来,一片凄厉幽长的秋声在外面响起,潇湘馆里珠光泪影,越觉凄凉了。黛玉随手拨开八音盒,盒里放出哀感的音乐:"最后的玫瑰……"

〔忽然晴雯从外面走来。

黛　是谁呀?

晴　晴雯。

黛　做什么?

晴　二爷送手绢给姑娘。

黛　(心中纳闷)做什么送手绢给我?

晴　我也不知道为什么。二爷吩咐说:"今天天气阴冷,雨又下得凄凉。你到林姑娘那里看看做什么呢?她要问我,只说:'要我过来玩儿我就过来。'我说:'要不然或是送件东西,或是取件东西,不然我去了,怎么讲话呢?'二爷就撩了这两只巾绢给我,叫我拿来,说你自然会知道。"

黛　这手绢是谁送给他的,必定是贵重的,叫他留着送给别人去吧,我不会用

193

这个。
晴　不是新的,是家常用的。
黛　这又奇怪,先放在这里吧!
　　〔晴雯放在几上,奏 rigo 小夜曲……
晴　姑娘,我走了。
　　〔林黛玉细心去想,一时才大悟过来,细细体味手帕的意思,不觉神魂驰荡,宝玉这番苦心,能领会我这番苦意,又令我可喜;我这番苦意,不知将来如何,又令我可悲,忽然好好的送两块手绢来,若不是领我深意,单看了这帕子,又令我可笑;再想私相传递,我又可惧;我自己每每好哭,想来也无味,又令我可愧;如此左思右想,一时五内沸然,由不得余意缠绵,便命掌灯,也想不起嫌疑避讳,起身下来研墨蘸笔向那两块旧帕上写道:欲拨兰烟泣晚装,金笼鹦鹉唤茶汤。灵风梦雨茜窗冷,一寸斑竹一断肠。海棠庭院月昏黄,金屋无人金井凉。寂寂风来花自落,啼痕室染柳丝长。帘拢风满花飞扬,点点丝丝是泪香。腮上枕边春不管,任她滚落到衣裳。写完了,不由得连连咳嗽,紫鹃轻轻地敲着她的背,扶着她躺下了,黛玉半倚着床栏痴痴地坐着,这时灯火昏黄,雨声凄厉……数着窗外的雨滴不由得滚下泪来……
　　〔灯光慢慢地暗下去。暗换。

第 四 场

〔宝玉来看黛玉。在窗子外看黛玉在歇觉,宝玉不敢惊动。看紫鹃正在廊上手里做着针线便上来和她闲谈。
宝　昨夜咳嗽的可好些了?
鹃　好些了。
宝　阿弥陀佛,宁可好些了。
鹃　你也念起佛来了,真是新闻!
宝　(笑)所谓"病急乱投医"了。〔一面看紫鹃穿着杏黄薄绸棉袄,外面只穿着蛋青色夹背心,宝玉便伸手向她身上抹了一抹。

林黛玉

宝　穿这样单薄,还在风口里坐着,时令又不好,你要再病了,越发难了。

鹃　从此咱们可只可说话,别动手动脚的。一年大,二年小的,叫人看着不尊重,打紧的那起混账行子们背地里说你。还愁不远呢！〔说着起身携了针线,进屋去了。

〔宝玉见了这般光景,心中像浇了一盆冷水一般只瞅着竹子发一面呆,随便坐在一块山石上,不觉滴下泪来。却巧雪雁走来,扭头看见桃花树下石上坐着一个人,手托着腮颊正在出神呢,雪雁疑惑地走到他的跟前,蹲下来笑着。

雪　怪冷的,一个人坐在这你做什么？春天凡是有残疾的人都犯病,必是你也犯了呆病了。

宝　（忽然看见雪雁）你又做什么来招我？你难道不是女儿家？她们既妨嫌我,不许你们理我,你又来寻我,倘若是被人看见,岂不又生口舌？你快进屋去吧！

〔雪雁听了,只得回到房来,看黛玉尚未醒来,便将人参交给了紫鹃。

鹃　太太做什么？

雪　也歇觉呢,所以等了半天,姐姐,你听笑话儿,姑娘还没有醒,是谁给宝玉气受,在那儿哭呢？

鹃　（慌忙的）在哪儿？

雪　在桃花底下呢。

鹃　（放下针线）你听着姑娘动静,若问我,答应我就来。〔便出来看宝玉,看见他坐在桃树下面手托着脸儿,神情呆滞地望着。

鹃　我不过说了那两句话,为的是大家好。你就一气跑到这风地里来哭,弄出病来还了得！

宝　（忙笑着）谁赌气了？我因为听你说得有理,我想你们既然这样说,自然别人也是这样说,将来渐渐地大家都不理我了,我所以想到这里,自己伤心起来。

〔紫鹃便也挨着他坐着。

宝　方才对面说话你还走开,这会子怎么又来挨着我坐？

鹃　你都忘了,几天前,你们说给姑娘送燕窝,可是你刚和她说了一句燕窝,正赶巧赵姨进来一个岔打过去,总没提起,我正想问你,你怎没有送来？

宝　　我听宝姐姐已经送来了,我想再过几天送来也不迟。不过我想着宝姐姐也是客中,既然是吃燕窝不可间断,若只管和她要,天长日久也不成,虽不便和太太要,我已经在老太太跟前露了个风声,只怕老太太已经和凤姐姐说了。我要告诉她的,还没有去告诉呢！如今我听了一天给你们一两燕窝,这也就是了。

鹃　　原来是你说的,这又多谢你费心。我们正疑惑老太太怎么忽然想起来叫人每天送一两燕窝来呢?

宝　　这要天天吃惯了,吃了两三年病也就好了。

鹃　　在这里吃惯了,明年家去,哪里有闲钱吃这个?

宝　　(吃了一惊)谁家去?

鹃　　妹妹回苏州去!

宝　　(笑)你又说白话。苏州虽是原籍,但是因为没有了姑母,没有人照着,才接了来的,明年回去找谁? 可见你扯谎!

鹃　　(冷笑)你太小看了人,你们贾家虽然是个大族,人口多的。除了你家,别人就只得一父一母,全族中真的就得一个活人都没有了? 我们姑娘来时,原来老太太疼她年小,虽有叔叔伯伯,不如亲生父母。所以才接来住几年。等到大了该出阁的时光,自然要送还人家林家的。难道人家林家的女儿在你们贾家一辈子不成? 林家虽然穷到没有饭吃,也是书香人家,断不肯把他家的人,丢给亲戚家里,让人奚落耻笑。所以早则明年春天,迟则秋天——这里虽不送去,林家也必定派人来接的。前天夜里姑娘和我说了,叫我告诉你,将从小时玩的东西,有她送你的,叫你都打点出来还她,她也将你送她的,打点在那里呢,等你去取。

〔宝玉听了,便像顶上响了一个焦雷一样。紫鹃想看他怎样回答,等了半天,见他只不作声,才要再问,只见晴雯找来。

晴　　老太太叫你呢,谁知你在这里。

鹃　　在这里问姑娘的病,我告诉了他半天,他不信,你倒拉他去吧!

〔晴雯见他呆呆的,一头热汗,照脸紫胀,忙拉着他的手。

晴　　去吧,老太太急得很呢。

〔紫鹃坐在宝玉原来坐着的地方,一面做针线,一面寻思不语。不到一会工夫,晴雯忙张地跑来。

晴　（急急地）你才和我们宝玉说了些什么话？你瞧瞧他去！你回老太太去，我们不管了！〔说着进屋便坐在椅子上。

〔黛玉听了连忙起来，看见晴雯满脸急怒，又有泪痕，情形不同，不免也着了忙。

黛　怎么了！

〔晴雯定了一会儿，哭了起来！

晴　（边哭边说）不知紫鹃姑奶奶说了些什么话，那个呆子，眼也直了，脚也冷了，话也说不出来了！李嬷嬷掐了也不痛了，已经死了一半了，连嬷嬷都说不用了，在那里放声大哭，只怕这会子都早死了！

〔黛玉听了李嬷嬷乃是个有经验的老侍候人的，都这样慌急，一定是不好了，一时面红发乱，大嗽起来，紫鹃连忙过来捶背。

〔黛玉伏枕喘息了半晌，推了紫鹃一把。

黛　不用你捶，你也让我一齐死了算了。

鹃　（哭着）我没说什么！我只不过说了几句玩话，他就认真了。

晴　你也不知道他那傻子，每每玩话认了真，你说了什么玩话，趁早去解说他，只怕就醒过来了。

〔紫鹃忙着拉了晴雯就走。

〔黛玉起来在镜中拢着头发……用粉擦去脸上泪痕！

〔雪雁回来急急地跑到黛玉前。

雪　紫鹃不知和宝玉唧唧咕咕地说了些什么话，宝玉就活了，老太太、太太都来了，姑娘快去看看，我给姑娘梳头。

黛　（照了一照镜中）不用梳了，我自去了。

〔雪雁进屋收理东西。

〔紫鹃急急地走来，抱住雪雁就大笑起来，两个人坐在床上打滚。

雪　你这丫头疯了？

鹃　笑死我了。

雪　你这疯丫头，对他讲了些什么话？快快告诉我！

鹃　宝玉一把手拉住我，一定不放我，说放了我，我马上就回苏州去，可巧林之孝家的来了，宝玉听了个"林"字，就满床闹起来了。（学宝玉的声音）"了不得了，林家的接她们来了，快打出去吧！"大家都说是林之孝家的，宝玉说："凭他是谁，除了林妹妹都不许姓林了！"老太太说（学老太太的声音）："没姓林的来，凡姓林的都打出去了。"一面又吩咐："以后别叫林之孝家的进园子来，你们也不许说林字。"大家忙着答应，又不敢笑，宝玉又一眼看见了十锦格子上面摆着的一只金自行船，便指着乱说："那不是接她们来的船来了？湾在那里呢！"老太太忙让人拿下来，宝玉伸手要袭人递过去，宝玉便掖在被中，笑道："这可去不成了！"一面哭，一面死拉住我不放。我看他真心，我就和他说你知道我不是林家的人，我也和晴雯、鸳鸯是一伙的。偏把我给了林姑娘使唤，偏生她又和我极好，比她苏州带来的还好十倍——一时一刻，我们两个都离不开。我如今心里愁她倘或要去了，我必要跟了她去的。我是合家在这里，我要不去，辜负我们凤日的情长，要去，又舍不得本家。所以我心里疑惑，故意说出些谎话来问你，谁知你又傻闹起来。宝玉说："原来你愁这个，所以你是傻子！"他反而说我傻起来了。（笑着和雪雁闹着）他说（学宝玉）："从此后，再别愁了，我告诉你一句打里儿的话，活着，咱们一处活着，不活着，咱们一处化灰、化烟，怎样？"

〔笑着、闹着两人作一团。

雪　　你看你这轻狂样儿，闹什么，原来还是你这疯丫头在那运用"激将法"。可把人吓死了，本来可也是，他们两个从小儿在一起长大的……要是——真能够……也是好的！

〔紫鹃突然回身哭了起来，哭得十分伤心……

雪　　（不解，慌了起来）紫鹃姐姐，你怎么了，莫不是宝二爷的呆病也传染给你了不成？

〔紫鹃还是抑抑地啜泣，只不理她。

雪　　（用手摇她）姐姐，你怎的了，为什么，这样伤心，什么事哭得眼泪一把，鼻涕一把的？

鹃　　（还是哭）……

雪　　（扳她）莫不是我哪儿冲撞你了？

鹃　　没有的事，你不要多心，我不过是觉得咱们姑娘可怜，没有一个正头香主给她做主，要是自己有个亲人在旁边，一句话就成了，何必这样被人们奚落……

雪　　（也难过起来）我们姑娘真是可怜！

林黛玉

鹃　（以手指掩唇）嘘！

雪　（知道黛玉回来了，连忙收拾床褥，一面笑着）姑娘回来了。

鹃　（装出平静无事的样子，迎接出来）宝玉的心倒实，听见咱们走，就病起来。

　　［黛玉不回答。

鹃　我倒没想到，他对我们是这样的。

黛　把屋子收拾了，下一扇纱屉，看那大燕子回来，把帘子放下来，用椅子倚住，烧了香，就把炉罩罩上。

　　［紫鹃一面照着她的吩咐去做，一面自言自语地说话。

鹃　一动不如一静，我们这里就算好人家，别的都容易，最难的是从小一处长大，脾气禀情，彼此都知道的了。

黛　（啐了一口）你今天还不乏，趁这会子还不歇一歇，还胡说八道些个什么？

鹃　倒不是胡说八道，我倒是一片真心为姑娘，替你愁了这几年了：又没个父母兄弟，谁是知冷知热的人？趁早儿，老太太还明白硬朗的时节，作定了大事要紧！俗语说："老健春寒秋后热。"倘或老太太一时有个好歹，那时谁也完事，只怕耽误了时光，怎能称心如意呢？公子王孙虽多，哪一个不三房五妾，今儿朝东，明儿朝西？娶一个天仙来，也不过三夜五夜，也就丢在脑子后头了！甚至怜新去旧，反目成仇的！若娘家有人有势的，还好些。要像姑娘这样的人，有老太太一日还好些，要没有了老太太，也只是凭人去欺侮罢了！——所以说拿主意要紧。姑娘是个明白人，没听见俗话说的"万两黄金容易得，知心一个也难求"。

黛　这丫头今天可真疯了，怎么去了一会儿，忽然变了一个人？我明天必定回老太太，退回你去，我不敢要你了。

鹃　（笑着）我说的是好话，不过叫你心里留神，并没叫你为非作歹，何苦回老太太，叫我吃了亏，又有什么好处？

黛　你不要惹我生气！

　　［外面小丫头喊："薛姨妈来了。"

　　［紫鹃忙着去接，薛姨妈、宝钗同来。

　　［黛玉过去拉着宝钗的手。

姨妈　这几天忙，总没得闲来，总没来瞧宝玉和你，今天顺便来瞧瞧你们两个，也是好的。俗语说得好，一个人情也是做，两个人情也是做。

黛　（拉着手和宝钗一起坐了）难得姨妈费心。

姨妈　你这几天可好了。

黛　我总是好两天坏两天，这几天吃了燕窝觉得好些，宝姐姐送来的还没有吃完，上边又批下分例来，每天一两，等我慢慢吃惯，病也许就该好了。

姨妈　这个方儿我倒是经过的，就是要靠个长儿才能有效验，你这孩子的脾气我是知道的，你可不要间断才是。

黛　是了，……听说姨妈和大舅又联了亲，还没有给姨妈道喜，可是真是奇怪，本来就是亲戚唡，又结了亲。

姨妈　我的儿，你们女孩儿家，哪里知道？自古道："千里姻缘一线牵！"管姻缘的有一个月下老人，预先注定，暗里只用一根红丝，把这两个人的脚绊住，凭你们两家——哪怕隔着海国呢，倘若有姻缘，终有机会，做了夫妇，这件事都是出人预料之外，凭父母本人都愿意了，（加重口气）或是年年在一处，以为是定了的亲事，若是月下老人不用红丝拴的，也再不能到一处的，比如你们姊妹两个的婚姻，此刻也不知在眼前，也不知在山南海北呢！

钗　唯有妈妈说话动不动就拉上我们！（一面说，一面伏在她母亲怀里笑）咱们走吧！

黛　（笑）你瞧，这么大了，离了姨妈，她就是个最老到的，见了姨妈，她就撒娇儿。

姨妈　（用手摩弄着宝钗，向着黛玉叹息着）你这姐姐就和凤姐儿在老太太跟前一样，有了正经事，就有话和她商量。没有了事，幸亏她开我的心。我见了她这样，有多少愁不散的！

黛　（流泪叹息）她偏在我这里这样，分明是气我没娘的人，故意形容我！

钗　妈妈，你瞧她这轻狂样儿，倒说我撒娇呢！

姨妈　也怨不得她伤心，可怜没父母，到底没个亲人。（又摸着黛玉笑着）好孩子别哭，你见我疼你姐姐你伤心，不知我心里更疼你呢！你姐姐虽没父亲，到底有我，有亲哥哥，这就比你强了。我每每和你姐姐说心里很疼你，只是外头不好带出来，他们这里人多嘴杂，说好话的人少，说歹话的人多，不说你无依靠，为人做人，可配人疼，只说我们看太太疼你，我们也溅上出去了。

黛　姨妈既这么说，我明儿就认姨妈做娘，姨妈要是嫌弃，便是假意疼我。

姨妈　你不厌我,我认了。

钗　（忙着）认不得的。

黛　怎么认不得?

钗　（笑）我且问你,我哥哥还没有定亲事,为什么反将邢妹妹先说给我兄弟了? 是什么道理?

黛　他不在家,或是属相生日不对,所以先说给兄弟了。

钗　不是这样,我哥哥已经相准了,只等来家就放定,也不必提出人来。我说你认不得,叫你细想去。〔一面和母亲挤眼儿发笑。

黛　（一头伏在薛姨妈身上）姨妈不打她,我不依!

姨妈　（搂着她笑着）你别信你姐姐的话,她是和你玩呢!

钗　（笑）真个妈妈明日和老太太求了,聘作媳妇,定不是比外头寻的好!〔黛玉拢上来要抓她。

黛　（口内笑着）你越发疯了。

姨妈　（忙着劝着,用手将两人分开,又转向宝钗）连邢姑娘我还怕你哥哥糟蹋了她,所以才给了你兄弟,别说这孩子,我也断不肯给他。前些日子老太太要把你妹妹说给宝玉,偏生又有了人家,不然,倒是一门子好亲事。前我说定了邢姑娘,老太太还取笑儿说:"我要娶她的姑娘,谁知她的人手快,倒被她说了我们的一个去了!"虽是玩话,细想来,倒也有些意思。我想宝琴虽有了人家,我虽无人可给,难道一句话也不说? 我想你宝兄弟,老太太那样疼他,他又生得那样标致,要若外头说去,老太太断不中意,不如把你林妹妹定给她,岂不四角俱全?

〔黛玉先还怔怔地听,后来见到自己身上,便啐了宝钗一口,红了脸,拉着宝钗……

黛　（笑着）我只打你,为什么招出姨妈这些老没正经的话来?

钗　（笑）这可奇了,妈妈说你,为什么打我?

鹃　（跑来笑着）姨妈既有这个主意,为什么不和太太说去?

黛　又兴你这蹄子什么相干?

姨妈　（笑着）这孩子急什么,想必是催着姑娘出了阁,你自己也要早些寻一个小女婿儿去了。

鹃　（红了脸笑着）姨太太真个倚老卖老的。〔便转身回去了。

黛　谢天谢地,该!该!该!也腺了一鼻子灰去了!

〔薛姨妈母女和婆子丫鬟都笑起来。

〔莺儿进来和薛姨妈耳语,薛姨妈立刻神色大变,站起来要走!

姨妈　我坐了半天了,本来是逗你玩儿,娘们儿解闷儿,现在我得回去了。(对宝钗)你陪着你妹妹坐一会儿吧!

钗　必定是哥哥又闹架了,妈妈何必瞒着我,我也和母亲一起回去看看他就是了,他的无法无天的样子,谁不知道,说出来,颦儿也不会笑话的!

黛　姐姐,也难为你!

钗　反正亲生亲养的哥哥,有什么法子呢,我明天再来看你!

黛　妈妈,女儿这里有礼了!

姨妈　(去了又站住)唉,我要没有你那个哥哥,换了你这样一个女儿该多好,可是我哪有这个命,就拼着我的老命和他去滚吧,我得回去了,要不然说不定会出了人命!

〔姨妈等人下去了,紫鹃行后揩泪出来……

鹃　(出来收拾茶具自言语地)不过是摆好了圈套给人家上当就是了,嘴是一块田,后边拖着个大钩镰!

黛　你说什么?

鹃　我说已经是十二点了,侍候姑娘洗了脸,躺下歇歇吧!

——幕——

选自端木蕻良《林黛玉》(《文学创作》1943 年第 6 期)。

晴　　雯

端木蕻良

未到巫山已有情,空留文字想虚名,
可怜一夜潇湘雨,洒上芙蓉便是卿!

布景:

通过蜂腰桥的滴翠亭,就到怡红院的游廊底下,牡丹盛开,花木扶疏。傻大姐年纪差不多十四五岁,是新挑上来的,给贾母这边专做粗活。因为她生得体肥面润,两只大脚,做粗活爽利简捷,而且生性愚顽,一无知识,出言可以发笑,贾母欢喜,便起名叫傻大姐。若有错失,也不苛责她,无事时,便到园里玩耍,刚才她正往岩背后掏蟋蟀去,忽然看见一个五彩"绣香囊",上面绣着两个人,赤条条地抱着,心下寻思:"敢是两个妖精打架!不,就是两口子打架呢!"左右猜解不来,正要拿去给贾母去看,所以笑嘻嘻地走回。忽然王夫人走来。

王　这傻丫头,又得着个什么好稀罕的,这样欢喜!拿来我瞧瞧。

傻　太太真个说得巧,真是个稀罕人的东西,两个妖精抱着打架!太太瞧一瞧!

王　(接过来一看,吓得连忙放下来)你是哪里得来的?

傻　我掏蛐蛐儿,在假山洞子里头捡来的!

王　快不要告诉别人,这不是好东西,连你也要打死的。看你素日傻头傻脑,饶了你。以后不许你再提了。

傻　再不敢了。〔磕了头呆呆而去。

〔宝钗从怡红院出来,芳官等十二个女孩儿在前边过去,想回到梨香院去,看见宝钗,上来问了好,宝钗说:"你们几时排新戏,我去看!"芳官说:"姑娘,我们正排《游园惊梦》,姑娘要想看,就跟我们来吧!"宝钗说:"等我有工夫就去,我找林妹妹去就来!"芳官等便谢去了。宝钗刚想找别的姊妹去,忽然看见前一双玉色蝴蝶,大如团扇,一上一下,迎风翩翩,十分有趣,宝钗意欲扑了来玩耍,遂向袖中取出扇子来,向草地下来扑,只见那一双蝴蝶,忽起忽落,来来往往,将要过河去了。倒引得宝钗蹑手蹑脚一直赶到池边滴翠亭上,累得香淋汗滴,娇喘细细。

[宝钗也无心扑蝶,刚欲回来,只听那亭里边喊喊喳喳,有人说话。——原来这亭子,四面雕镂格子,糊着纸,宝钗在亭外听见说话,便停住脚,往里细听。里面是坠儿和小红的声音:

坠　你瞧瞧这手帕,果然是你丢的那块,你就拿着,要不是,就还二爷去。

红　可不是我那块,拿来给我吧!

坠　你拿什么谢我呢?难道我白找来了?

红　我已经许了你,自然不是哄你的。

坠　我找了来,自然谢我,只是那个拾了来的人,你就不谢他了吗?

红　你别胡说,他是个爷们家,拾了我们的东西,自然该还的,叫我拿什么谢他呢?

坠　你不谢他,我怎么回他呢——况且他再三再四和我说了,若没谢的,不许我给你呢!

红　也罢,拿我这个给他,算谢他的吧!——你不要告诉别人呢,得说一个誓。

坠　我要告诉别人,嘴上就长一个疔,以后不得好死。

红　嗳呀,咱们只顾说话,看有人来在后面悄悄地听见,不如把这格子都推开了,便是人见咱们在这里,他们只当我们说玩话儿呢。要是到跟前,咱们也看得见,就别说了。

[宝钗听了这话,吃了一惊,想道:怪道从古至今,那些奸淫狗盗的心机都不错。这一开窗,见我在这儿,她们岂不臊了——况且说的声音大似宝玉房中小红的声音,她凤日心空眼大,是个头等刁钻古怪的东西,今儿我听了她的短儿,"人急造反,狗急跳墙",不但生事,而且我还没趣。如今便赶着躲了,料也躲不及,莫如使个"金蝉脱壳"的法子……正想着,忽听咯波一声,宝钗便故意放重了脚步,笑着叫着。

晴　雯

钗　　林妹妹,我看你往哪里藏?〔一面说着,一面故意往前赶。
　　　〔小红、坠儿刚一推窗,两人都吓怔住了。
钗　　你们把林姑娘藏在哪里了?
坠　　何曾见林姑娘呢。
钗　　我才在河边见林姑娘在这儿蹲着弄水儿呢。我要悄悄地吓她一跳,还没有走在跟前,她倒看见我了。——朝东一绕,就不见了。——别是藏在里头了?(一面说着,一面故意去寻找)一定是钻在洞里去了,遇见蛇咬一口也罢了。
　　　〔小红、坠儿两个人听了这话,都信以为真,等宝钗走远了。
红　　(拉着坠儿)了不得了,林姑娘在这儿,一定听了去了。
　　　〔坠儿半日不言语。
红　　这可怎么办呢?
坠　　便听见了,管她什么,各人干人的就完了。
红　　若是宝姑娘听见倒还罢了,林姑娘嘴里又爱刻薄人,心里又细,她一听见了,倘或走露了,怎么样呢?
　　　〔正说着,只见凤姐儿在山坡上招手叫小红。
红　　(连忙跑去,脸上堆着笑)奶奶使唤我做什么?
凤　　(打量了一回儿,见她生得干净俏丽,说话知趣)我的丫头今儿没跟我来,我这会子想起一件事来,要使唤个人出去,不知你能干不能干,说的齐全不齐全?
红　　(赔笑)奶奶有什么话,只管吩咐我说去,若说得不齐全,任凭奶奶责罚就是了。
凤　　你是哪位姑娘房里的?我使你出去,她回来找你,我好替你说。
红　　我是宝二爷房里的。
凤　　(笑)嗳呀,原来是宝玉房里的,怪道呢,也罢了,等他问起来,我好回说我使唤你去了。你到我们家告诉你平姐姐,外头屋里桌子上汝窑盘子架儿底下放着一包银子,那是一百二十两,给绣工匠的工价,等张才家的来要,当面称给她瞧了,再给她拿去,里头床头上有个小荷包拿来。
　　　〔小红听转去了,凤姐又自去山坡上。晴雯和袭人走过来看见了小红。
晴　　你只是疯吧,院子里花儿也不浇,雀儿也不喂,茶炉子也不弄,就在外头逛？

红　昨儿二爷说了，今儿不用浇，过一日浇一回吧，我喂雀的时候，姐姐还睡觉呢。

袭　茶炉子呢？

红　今天不该我的班儿，有茶没茶别问我。

袭　你听听她的嘴，我们不要说了，叫她逛吧！

红　你们再问问，我逛了没有，二奶奶才使唤我，说话叫我去取东西呢！

晴　(冷笑)怪道呢！原来爬上高枝儿了，把我们不放在眼里了！不知说了一句话，半句话，名儿姓儿记住了不成，就把她兴头的这个样，这一遭儿半遭儿算不得什么，过了后儿，还得听呵！——有本事从今出了这个园子，长长远远地在高枝儿才算得。

〔说着袭人拉她走下去了。

〔黛玉进来，今天是老历四月二十六日，原来这天未时交"芒种节"，尚古风俗，凡交芒种这天，都要设摆各色礼物，祭饯花神。认为芒种一过，便是夏天了。众花都谢，芒神退位，须要饯行。闺阁更兴这种风俗，所以大观园里的人，都早起来。那些小孩们，或用花瓣柳枝，编成轿马的，或用绫绵纱罗，叠成千旌旄幢的，都用彩线系了，每一棵树，每一枝上，都系了这些物事。满园里绣带飘摇，花枝招展……

〔黛玉肩着花锄，花锄上挂着纱囊，她因为看见落花片片，都被人人踏践糟蹋，一时不忍，便收拾落花，预备扫聚在花袋里，埋在地里，作为花塚。正想走到山坡去，忽然听见梨香院里远远地透来孩子们演习的戏文，一时浅吟低唱，听得十分真切。

〔唱：可知我常一生儿爱好的是天然！

黛　(独白)好一个"一生儿爱好是天然！"

〔唱：却三春好处无人见。(下面几句大概是唱的人正在饮水，或考弄什么，所以只有笛韵飘来……)原来姹紫嫣红开遍，似这般都付与断井颓垣，良辰美景奈何天，赏心乐事谁家院？(黛玉点头自叹，心下思量："原来戏上也有好文章，可惜世人只知看戏，未必能领略戏中趣味！")朝飞暮卷，云霞翠轩，雨丝风片，烟波画船，锦屏人忒看的这韶光贱，遍青山啼遍了杜鹃，荼蘼外，烟丝醉软，牡丹虽好他春归，怎占得先。闲凝眄，生生燕语明如剪，呖呖莺歌溜的圆。则为你如花美眷，似水流年，是答儿闲寻遍，在幽闺自怜！

[黛玉听到了这里，越发如醉如痴，站立不住，便一蹲身，坐在一块石头上细嚼"如花美眷，似水流年"八个字的滋味，仔细忖度，不觉心痛神驰，眼中落泪……宝玉进来，黛玉忙弹去眼角泪痕，宝玉不大注意，只是去拉着她的手。

宝　好妹妹，随我听戏去。

黛　（推开他的手）你只管听你的戏去，我还要收理花儿去呢！（说着遂自去了）没有工夫理你！

宝　好妹妹，一起去吧！

黛　你去你的！

[宝玉呆在那儿木了似的，心里想道："别人不知道我还可恕，连她也奚落起我来！"因此心中比往日烦恼，加了百倍。若是别人跟前，断不能动这肝火，只是黛玉说了这话，倒又比往日别人说的这话不同，不由得立刻沉下脸儿来。

宝　我白认得你了，罢了罢了！

黛　（回转身来，冷笑着）白认得了我，我哪里有什么配得上的呢！

宝　（走上前来，直问到脸上）你这么说，是安心咒我天诛地灭。

黛　（一时回不过味儿来）我稀得咒你。

宝　昨儿就为了这些歪话，赌了几回咒还不够，今天你倒又逼着我来说，我便天诛地灭，你可有什么益处？

黛　（一听这话，才想起昨儿的也是因为这句话，两个人赌咒发狠地闹了半天，今天便不应该再说那话了，可是已经说了，也就无法挽回，就又是急，又是羞愧，便战战兢兢地说）我要安心咒你，我也天诛地灭，何苦来？我知道昨儿张道士"说亲"，你怕拦了你的好姻缘，你心里生气，来拿我杀性子！

[宝玉本来有一种下流痴病，又加上从小和黛玉耳鬓厮磨，心情相对，又看了些邪书僻传，又加凡是远亲近友之家的闺英闱秀，没有一个赶得上黛玉的，所以早存了一段心事，只是不好说出来，所以每每或喜或怒，变尽法子，暗中试探。黛玉偏生也是个有痴病的，也每用假情试探。因你

既将真心真意瞒了起来,只用假意,我也将真心真瞒了起来,只用假意——如此两假相逢,便常当口角起来。此刻,宝玉的心里想:"别人不知我的心,还可恕。难道你就不想我的心里眼里只有你?你不能为我解烦恼,反来以这话奚落堵噎我,可见我心里一时一刻皆有你,你心里竟没有我了。"

宝　(气急地)别人不知道我,倒也罢了,你还要来火上浇油!

[黛玉心里想:"你心里自然有我,虽有金玉相对之说,你定是重这邪说,不重我的!我便时常提起金玉,你只管了然无闻的,方见得是待我重,无毫发私心了。如今我这一提金玉之事,你便着急,可见你时时有金玉的想法,见我一提,你又怕我多心,故意着急,安心哄我。又何况她有母亲做主,又加人缘结得好,贾母也是极疼她的,人的好歹标准很难定的,千夫所指,天长日久,也是分不清罢了。"

黛　你自然心里有什么私情私隐,要不然为什么我一说你就着急!

[宝玉又想:"我不管怎么样都好,只要你随意,我便立刻因你死了也情愿。你知也罢,不知也罢,只由我的心,那才是你和我近,不和我远。"

宝　好,由着你冤枉也罢了,反正心掏出来也是一样!

[黛玉想:"你只管你,你好我自好,你何必为我把自己失了,殊不知你失我也失,可见你不叫我近,你竟是叫我远了!"

黛　反正你就怕我和你近了,变着法儿使我远着呢,怕别人拦了你的好姻缘,没有地方出气,寻到我的头上扎筏子!

[宝玉因为听见黛玉说了"好姻缘"三个字,越发误会了自己的意思,心里干噎,口里说不出话来,便赌气向头上摘下"通灵宝玉"来,咬咬牙狠命往下一摔。

宝　什么劳什子!我砸了你,就完事了!

[摔了一下,玉竟然不破,宝玉回身找东西来砸。

黛　(早已哭起来)何苦来,你摔砸那不会说话的东西,有砸它的,不如来砸我吧![说着把花锄花囊都扔落地上了。

[早有小丫头忙去告诉了袭人,袭人赶着来劝解。

宝　我是砸我的东西,与你们什么相干?

袭　(看他从来没有气得这样过,便□□安慰他)你和妹妹拌嘴,犯不着砸

晴 雯

它,倘若坏了,叫她心里脸上怎过得去呢?

〔黛玉一行哭着,一行听了这话,说到自己心坎上来,可见宝玉连袭人都不如,越发伤心起来。一时紫鹃来将黛玉搀扶回去。剩下袭人来劝宝玉。

袭　千不是,万不是,都是你的不是。往日家里小厮们和他的姊妹拌嘴,或是两口子分争,你听见了还骂小厮们,不能体贴女孩儿们心肠,今儿你也这么着了。你们两个再这么仇人似的,老太太越发要生气,一定弄得不安静!依我劝你,正经下个气,赔个不是,大家还是照常一样,这么也好,那么也好。

〔宝玉闷闷地随着袭人来到廊下痴痴地坐下。

袭　不管妹妹怎样,都是你太急躁了。凤常凤往的她的脾气你是知道,你为什么不体谅她的心思,听一句话也不放过去!

宝　昨天给你的金雀裘,补好了没有?

袭　我不知道!〔赌气去了!

〔可巧晴雯洗罢了澡出来晒衣服,不防又把扇子失了手,跌在地上,将骨子跌断。

宝　(叹息)蠢材蠢材,将来怎么样,难道明日你自己当家立业,也是这么顾前不顾后的?

晴　(冷笑)二爷近来脾气大得很,动不动就给我们脸子瞧,前个儿连袭人都打了,今个儿又来寻我们的不是,要踢要打凭爷去,就是跌坏扇子,也是平常事呀,先时连那些的玻璃缸、玛瑙碗,不知弄坏了多少,也没出个大气儿,这会儿一把扇子,就这么着看在眼里了。何苦来,嫌我们就打发了我们,再挑好的使,好离好散的,岂不是好?

宝　(气得浑身乱颤)你不要忙,将来有散的日子!

袭　(端茶来,忙走几步向着宝玉)好好的,又怎么了?可是我说的:一时我不到,就有事故儿!

晴　(冷笑)姐姐既然会说,就应该早来,也省了爷生气。自古以来,就是你一个人服侍爷的,我们原没有服侍过,因为你服侍得好,昨儿才挨窝心脚呢,我们不会服侍,明日还不知是什么罪儿呢?

〔袭人听了这话,又是恼,又是愧,待要说几句话,又是宝玉气得已经黄了脸,少不得忍了下来……

袭　（推晴雯）好妹妹,你出去逛逛,原是我们的不是!

晴　（冷笑）我倒不知道"你们"是谁？别教我替你们害臊了!就是你们鬼鬼祟祟地干的那些好事,也瞒不过我去!哪里就称起"我们"来了!那明公正道,连个姑娘还没挣上呢,也不过和我似的,一名使唤丫头罢了,哪里就称起"我们"来了,还没有"上头"呢,就拿起太太的款了。

〔袭人羞得脸紫涨,觉得自己把话说错了。

宝　气不忿？我明个偏抬举她!

袭　（拉了宝玉的手）她是一个糊涂人,你和她分证什么？况且你凤日又是有担待的,比这个大的过去了不知有多少,今天是怎么的了？

晴　（冷笑）我原是个糊涂人,哪里配和你说话,我不过是个奴才（加重）罢咧!

袭　姑娘到底是和我拌嘴呢,还是和二爷拌嘴呢？要是心里恼我,你只和我说,不犯着当二爷吵,要是恼二爷呢,不该这么吵得万人都知道,我才不过为了省事,进来劝开了你,好大家保重一些,姑娘倒寻上我的霉气,又不像是恼我,又不像在恼二爷,夹枪带棒的,终久是个什么主意？

宝　（向晴雯）你也不用生气,我也猜着你的心事了,我回太太去,你也大了,打发你出去,可好不好？

〔晴雯听了这话,不觉越伤起心来。

晴　（含着眼泪）我为什么出去,要嫌我,变着法儿,打发我去,也不能够的!

宝　我何曾给这样吵闹过？一定是你要出去,不如回太太,打发你去吧!不用你闹我,就回去!〔起身就走。

〔袭人忙回身拦住。

袭　往哪里去？

宝　回太太去。

袭　好没意思,认真地去回,你也不怕臊了她,就是她认真想去,（看晴雯）也得等把这气平下去了,等靡事的时候闲说话儿,回了太太也不迟。这会子急急的,当一件正经事去回,岂不叫太太犯疑？不但说不成,反要派你的不是!

宝　太太不会犯疑,只明说是她闹着要去的就得了。

晴　我多早晚闹着要去了？饶了生气，还拿话儿压派我——只管回去，我一头碰死，也不出这园门儿！

宝　这又奇了，你又不去，你又闹些什么？我经不起这样吵，不如去了大家干净！〔说着一定要回去。

袭　（见拦不住，只得跪下了）二爷，你难道真不给我们一个脸吗？

宝　（将袭人拉起）叫我怎样才好，这个心使碎了，也没有人知道！〔说着不觉流下泪来。

〔晴雯也哭了，袭人陪着流泪。

〔正在这个时候，湘云进来。

湘　大节下，怎么好好的又哭起来？难道是为了花神退位了，你们舍不得？

〔宝玉和袭人都笑起来了。

湘　二哥哥不告诉我，我只问你就知道了。（一面说一面笑着拍着袭人的肩膀）好嫂子，你告诉我，必定是你们两个拌了嘴，告诉妹妹，替你们和劝和劝。

袭　（推她）史大姑娘，你闹什么，我们一个丫头，姑娘只是浑说。

湘　（笑）你说是个丫头，我只拿你当嫂子看待。

宝　你何苦来替她招骂名儿？饶这么着，还有人说闲话，还搁得住你来说这话。

袭　姑娘，你不知道我的心事，除非一口气不来，死了倒也罢了。

湘　你死了，别人不知怎的，我就先哭死了。

宝　你死了我做和尚去！

袭　你老实些吧，何苦说这些话！

湘　（将指头一伸，抿着嘴笑）做了两回和尚了，上回你和林姐姐呕气，林姐姐说她死了，你说你也做和尚去，将来说不定谁又说了，你又做和尚去！

宝　（长叹了一声）唉，罢了罢了！

袭　（笑）算了，史大妹子来了，什么都忘了吧，快快说些别的，大姑娘，我听前日你大喜呀！

湘　（红了脸吃茶，一声不响）瞎说什么！

袭　这会子又臊了，你可记得五年前，咱们在东边暖阁上住着，晚上你问我说的话儿，那会子不害臊，这会子怎么又臊了？

湘　你还说呢,那会子咱们那么好,后来我们太太没了,我家去住了一程子,怎么又把你派了跟二哥哥,我来了,我来了,你就不像先待我好了。

袭　你还说呢,先姐姐长姐姐短,哄着我替你梳头、洗脸,做这个,弄那个,如今大了,就拿出小姐的款子来了,你既拿小姐的款,我怎么敢亲近你呢!

湘　阿弥陀佛,冤枉冤枉!我要这样,就立刻死了,你瞧瞧,这么大热天,我来了,必定先赶来瞧你。

袭
宝　(同时)说顽话儿,你又认真了,还是这么性急。

湘　你不说你的话咽人,还说我性急。[一面说着一面打开手帕,将戒子送给袭人。

袭　真是我的罪过,谢谢你,你前日送给你姐姐们的,我已经得着一份了,今个自又亲自送了来,可见是没忘了我,这个就试出你的真心来了。

湘　那一份是谁给你的?

袭　是宝姑娘给我的。

湘　(叹息)我只当是林姐姐送你的,原来是宝姐姐的给了你!我天天在家里,想着这些姐姐们,再没一个比宝姐姐好的!可惜咱们不是一个娘养的!我但凡有这么个亲姐姐,就是没了父母,也没妨碍的![说着眼圈儿就红了。

宝　算了吧,算了吧,不要提这话了。

湘　这话便怎样?我知道你的心病,恐怕你的林妹妹听见,又怪我赞了宝姐姐了,可是为的这个,是不是?

袭　(嗤的笑了)云姑娘,你如今大了,越发心直口快了。

宝　我说你这个人难说话,果然不错!

湘　(笑)好哥哥,你不必说了,叫我恶心,只会在我跟前说话,见了你林妹妹,又不知怎样好!

袭　(想岔过去)不要说顽话了,我正有一件事情想求你呢!

湘　什么事?

袭　有一双靴,这几天我身上不好,不得做,你有工夫替我做做。

湘　论理,你的东西也不知道我做了多少,这回我不做的缘故,你必定也会知道。

袭	我倒也不知道。
湘	（冷笑）前天我听说把我做的扇套儿拿着和人家比，赌气又铰了，我就听见了，你还瞒我？这会子又叫我做，我倒成了你们的奴才了。
宝	（忙笑着）前天的那个本来不知道是你做的！
袭	他本不知道是你做的，是我哄他的话，说是新近外头有个会做活的，做得绝色出奇的花儿，他就信了，拿了那个扇套，给人看。不知怎的，又惹恼了"那一位"，铰了两段，回来他还说叫着赶夜做去，我才告诉他是你做的，他后悔得什么似的。
湘	这越发奇了，林姑娘也犯不着生气——她既会剪就让她做。
袭	她可做呢，饶着这么闲着，老太太还怕她劳碌着呢！去年一年的工夫，才做了一个香袋儿。（向宝玉使眼）今年半年来，还没拿针线呢！

［正说着，有人来回："贾雨村大爷来了，老爷叫二爷出去会！"
［袭人忙着服侍他穿衣服。

宝	（很不自在）有老爷和他坐着就罢了，回回一定要见我！
湘	主雅客来勤，自然你有惊动他的好处。
宝	算了吧，我可称不起雅，我不过是俗中又俗的一个俗人罢了。只是不愿意和这些人来往。
湘	还是这个性情，改不掉，如今大了，你就不愿读书去考举人进士的，也该常会会这些为官做宰的，谈谈讲讲那些仕途经济的学问，也好将来应酬庶务，日后也有个朋友，没见你成年价，只在我们队里，扰什么？
袭	姑娘快别说这话，上回也是宝姑娘说过一回，他也不管人家脸上过去过不去，他就咳嗽了一声，拿起脚就走了，登时羞得满脸通红，说又不是，不说又不是——幸而是宝姑娘，那要是林姑娘，不知又闹的怎么样，哭的怎么样呢！提起这些话来，宝姑娘倒叫人敬重，自己过了一会子走了，我倒过意不去，只当她恼了，谁知她照旧还是一样，真是有涵养、心地宽大的，值得佩服！谁知这一个（向宝玉努嘴）反倒和她生分了。那林姑娘见了他要赌气不理他，他后来不知要赔多少不是呢！
宝	林妹妹从来说过这些混账话不成？要是说过，我早就和她生分了！
袭湘	（都点头）这原是"混账话"？

[宝玉穿戴完早径自去了。宝钗、平儿带着众婆子进来。袭人、湘云连忙忍住笑躲起来。

钗 （一边走一边说,并没有看见袭人、湘云）嬷嬷们也别推辞了,这原是分内应当的。你们只要日夜辛苦些,别躲懒,别纵放人家吃酒赌钱,就是了,不然,我也不愿管这些闲事,你们也知道,我姨娘亲口嘱托三五回,说:大奶奶如今又不得闲,别的姑娘又小,托我照看照看,我若不依,分明是叫姨娘操心,我们太太又多病,家务也忙,我原是闲人,便是街坊邻舍,也要帮帮忙的,何况是姨娘托我?倘或我只顾沽名钓誉的话不说在前头,将来,酒醉赌输了,生出事来,我怎么见姨娘,你们那时后悔也迟了。——就连你们素日的老脸那时也丢了。这些姑娘小姐们,这么一所大花园子都是你们照管,因为看得起你们这三四代的老嬷嬷,最是循规蹈矩的,原该大家顾些体统。你们反而纵放别人,任意吃酒赌博,姨娘听见了,教训一场犹可,倘若被那几个管家娘子听见了,她们也不用回姨娘,竟教导你们一场,你们这年老的反受了小的教训——是不是往日的体面都没有了! 所以我如今替你们想出这个额外的"进项"来,也为的是使你们大家齐心把这个园里周全得谨谨慎慎的,将来传来太太耳朵里去,也好听,还能记起你们往日的功劳,而且使那些有权管事的看见这般严肃谨慎,而且不用他们操心,他们心里岂不佩服? 也不枉我替你们筹划外落项了,你们去细想想这话。

众 人 （都很喜欢的样子）姑娘说得很是,从此姑娘奶奶只管放心,姑娘奶奶这样疼顾我们,我们要再不体上情,天地也不容了。

平 （笑看宝钗）就是这样了,还不谢姑娘!

众 人 谢姑娘疼我们,我们好好做就是。〔才都散去。

袭 （抢着说）姑娘真分派的是,我们在这儿听半天了。

〔湘云拉袭人跳出来,哈哈大笑!

湘 姐姐,我们正背后赞你。

钗 难为你们惦着我,我也常常记起你们。

湘 讲你坏话!

钗 就是真讲了我的坏话,我也不恼。倘要我有错了,有亲近的姊妹,给我说破了,告诉我,使我下次不犯了,岂不是好,我就不愿意做那个"小性

湘　我们正说,我又没有了母亲,倘有一个好哥哥也好。
钗　有一个好姐姐岂不更好,我虽然没有什么才能,可是我对你总是真心的,只要你不嫌我,把我看作同胞的姐姐岂不是好。
湘　我是说我要有一个好哥哥,我就啜弄他,把姐姐娶回家去,做我的嫂嫂,我们一生一世住在一起岂不是更好!
袭　只怕刚娶了进门,你又出嫁了![大家笑了起来!
　　[湘云打了袭人一下。
平　去找二奶奶说话去罢,今天园子里还要查呢。
钗　我也去跟她讲了来,免得你们夹在中间不自在。
袭　等我一会,我也去溜达溜达。
平　没的一会儿又叫了。
袭　我们那位会客去了!
　　[四个人一边说笑着一边走了。
　　[晴雯穿着睡衣,娇慵痴懒,一个人悄悄地把院里的枕榻摆好,躺在那儿乘凉。宝玉悄悄地回来。看见凉榻上有人,以为是袭人呢,一面坐在榻沿上,一面推她。
宝　痛的好些吗?
晴　(翻身起)别来惹我!我的病还没有好呢!
　　[宝玉将她一拉,拉在身旁坐下。
宝　你的心性子越发娇惯了。早起就是跌了扇子,我不过说了你几句,你就说上那些话,——你说我也罢了,袭人好意来劝,你又拉扯上她,你自己想想,该不该?
晴　怪热的,拉拉扯扯做什么,叫人看见像什么?我这身子也不配坐在这里。
宝　你既知道不配,为什么还睡在上面呢?
晴　你不来使得,来了就不配了,起来,让我洗澡去,袭人、麝月都洗了澡。我叫她们来。
宝　(笑)我才又吃了好些酒,还得洗一洗,你既没有洗,拿了水来,咱们两个洗。

晴　（摇手笑着）算了吧，算了吧！我不敢惹爷。还记得麝月打发你洗澡，足有三小个时辰，也不知道干什么呢。我们也不好进去的，后来洗完了，进去瞧瞧，地下的水淹着床腿，连席子都汪着水，也不知怎么洗的，笑了几天，我也没工夫收拾，也不用同我洗去，今日也凉快，我刚洗完了澡。（用手掀胸前衣服）才鸳鸯送了来好些果品来，都在那水晶缸里呢，叫她们打发你吃去。

宝　既是这样，你也不许去，只洗洗手，拿果子来吃吧！

晴　我慌张得很，连扇子还跌折了，哪还配侍候吃水果，倘或再打破盘子，还更了不得！

宝　你要打就打，这些东西原不过供人使用的，你爱这样，我爱那样，各自性情不同。比如那扇子原是扇的，你要撕着玩也使得，只是不可生气时，拿它出气，就如杯盘原是为了盛东西的，你若欢喜听那一声响，就故意砸了，也可以使得。只别在生气时拿它出气——这就是爱物了。

晴　既是这么说，你就拿扇子我来撕，我是最喜欢撕的。

〔宝玉听了，便笑着把手中泥金小扇递给她，晴雯接过来，果然嗤的一声，撕成两半，接着又听嘶嘶几声……

宝　（听了笑着）响得好听，再撕响些。〔正说着麝月出来。

麝　少作孽吧！

〔宝玉赶上来一把将她手中扇子也夺了，递给晴雯，晴雯接了，也就撕作两半了。两人都大笑起来。

麝　这是怎么说的，你们作乐儿，拿我的东西开心儿。

宝　打开扇匣子你去拣去，是什么好东西？

麝　既是这么说，就把扇子都搬出来，叫她撕，岂不好！

宝　你就搬去。

麝　我可不造这个孽，她也没有撕折了手，叫她自己去搬去。

晴　（笑倚在床上）我也乏了，明天再撕吧。

宝　古人说："千金难买一笑！"扇子能值几个钱。（细细看了她，见她脸上红红的）你的脸为什么这样红？你吃点儿"依弗娜"好吧？〔依弗娜是治头痛的西洋药。

〔忽然外边婆子传话说："北静王府上来人了！老太太还叫二爷陪

晴　雯

客去！"
- 宝　（立刻想起了）哎呀,这可糟糕,老爷给我的那件雀金裘,谁知一个不小心,后襟上烧上了一块,幸而天晚了,老爷太太都没看出来,可是方才嬷嬷拿回来补好没有？
- 晴　你问袭人去,我不知道！
- 宝　好姐姐,今儿老爷正高兴,一定还要我陪客去还叫穿这个去,要不穿了,岂不扫兴！
- 晴　拿来我瞧瞧罢,麝月,你拿来好不好？我觉得懒洋洋的！
- 麝　好大的款,偏你又大呼小叫地起来了。〔去取雀金裘去……
- 晴　外头的裁缝、绣匠和做女工都问了,都认不得你们家的那个怪玩意儿,都不敢揽！真是要我看没福穿也就罢了！
- 宝　这正是没有福气消受嗬！——〔点头,转着脸儿去看晴雯,晴雯不好意思了……
- 晴　这是孔雀金线的。如今我们也拿孔雀金线,就像界线似的界密了,只怕还可混过去。
- 麝　孔雀线现成的,但这里除你,还有谁会界线？
- 晴　说不得我挣命罢了！
- 宝　这如何使得,才好了些,如何做得活！
- 晴　不用你蝎蝎螫螫的,我自知道。（一面缝补起来）这虽不很像,若补上也不很显。
- 宝　这就很好了,哪里我又找俄罗斯的裁缝去！我看你在这儿缝吃力得很,没如我侍候你到屋里去,又有引枕,又有靠褥,你做起活计比这个舒服得多。
- 晴　（故意的）麝月,给我拿进去！
- 麝　（取笑）我看你也没有几天活头了,将来说不定怎么死呢！
  〔晴雯妩媚的一笑……对宝玉吐舌头……
  〔麝月和晴雯去收拾雀金裘,袭人进来,看了雀金裘一眼,便去弄茶去,麝月和晴雯回屋里去了。
- 宝　（对小丫头）给我拿牛奶酥来。
- 丫鬟们　李奶娘来了,看见吃了！

宝　谁？越老越混账,她到这儿……［气得发作,袭人听了忙忙赶来。

袭　原来你给我留的体己,多谢多谢。前次我吃的时候好吃,吃过了肚子疼,她吃了倒好,搁在这里白糟蹋了。——我只想风干栗子吃,你替我剥栗子,我去倒茶。

宝　（听了信以为真,取栗子来剥,一面想起了袭人家里的事搭讪着说）你们家里那个穿红的是你什么人？

袭　那是我的两姨妹子。

［宝玉听了赞叹两声。

袭　叹什么？我知道你心里的缘故,想是说她哪里配穿红的？

宝　（笑）不是,不是,那样的人不配穿红的,谁还敢穿？我因为她实在好得很,怎么也得她在咱们家就好了。

袭　（冷笑）我一个人是奴才命罢了,难道连我的亲戚都是奴才命不成？一定还得要拣实在好的丫头,才往你家来！

宝　（忙笑着）你又多心了,我说往咱们家来,必定是奴才不成？说亲戚就使不得？

袭　那也攀配不上！

［宝玉不肯再说,用手剥栗子。

袭　怎么不言语了？想是我才冒撞冲犯了你？——明儿赌气花几两银子买他们进来就是了！

宝　你说的这话怎的叫人搭言呢？我不过是羡慕她好正配生在这深宅大院里。

袭　她虽没有这造化,倒也是娇生惯养的,我姨娘的宝贝,如今十七岁,各样的嫁妆都齐备了,明年就出嫁。

［宝玉听了"出嫁"两字正不自在,不禁又"哎哟"了两声……

袭　（叹息）只从我来这几年,姊妹们都不得在一处,如今我要回去了,她们又都要去了。

宝　（听这话里有文章,不觉大吃一惊,忙丢下栗子）怎么,你如今要回去了？

袭　我今儿听见我妈和哥哥商议,叫我再耐烦一年,明年他们上来就赎我出去呢！

宝　（听了这话,越发怔住了）为什么要赎你？

袭　这话奇了，我又比不得是你们这里的家生儿女，我一家都在别处，独我一个人在这里，怎么是个了局！

宝　我不叫你去，也难。

袭　从来没有这个道理，便是朝廷宫里，也有定例——或几年一选，几年一放——没有长远留下人的理，别说你家！

宝　(想了一想，果然有理)老太太要不放你呢？

袭　为什么不放呢？我果然是个难得的，或者感动了老太太、太太，不肯放我出去，再多给我家几两银子留下，也还有的。其实我也不过是个最平常的人。比我强我，多而且多。如今我们家来赎，正是该叫去的，只怕连身价也不要，就开恩叫我去呢，若说是服侍得你好，不叫我去，断然没有的事。那服侍你好，是"分内"应当的，不是什么奇功；我去了，仍旧又有好的了，不是没有我，就不成事。

宝　(急得很)虽然如此说，我只一心要留下你，不怕老太太不和你母亲说，多多给你母亲些银子，她也不好意思接你了。

袭　我妈自然不敢强，且慢说和她好好说，又多给银子。便不好好和她说，一个钱也不给，安心要强留下我，她也不敢不依。但是咱们家里，从来没有干过这"仗势欺人"的事。这比不得别的东西，因为你欢喜加十倍利息来给你。那卖的人不得吃亏，可以行得，如今无故凭空留下我，于你又无益，反叫我们骨肉分离——这件事，老太太断不肯行的。

宝　(思忖半晌)依你说来，说去是定的了！

袭　去定了！〔袭人转进屋去。

宝　(叹息)谁知这样好一个人，这样无情无义……早知都要去的，就剩我一个人在作一道青烟飞去……〔宝玉魄散魂失，两手一撒，栗子滚落了满地……

〔袭人出来，走到跟前摇他。

袭　(笑)这有什么伤心的，果然留我，我自然不出去。

宝　(见她话里有因)你倒说说，我还要怎样留你？我自己也想不出！

袭　咱们素日好处，自不必说，但今日你安心留我，不在这上头，我另说出三件事来，你果然依了，我就是你真心用我了，刀搁在脖子上，我也是不出去的了。

宝　　　(忙笑着)你说,哪几件? 我都依你,好姐姐！——好亲姐姐！别说三件事,就是三百件,我也依的,只求你们一同看着我,守着我,等着我,等我有一天,化成了一股轻烟,风一吹便散了的时候,你们也管不得我,我也顾不得你们了,那时凭我去,我也凭你们爱哪里去就哪里去了。

袭　　　(忙掩他的嘴)好！好！我正为劝你这些,更说得狠了。

宝　　　再不说这话了。

袭　　　这顺嘴胡说,是头一件要改的！

宝　　　改了！再说,你就拧我,还有第二件。

袭　　　第二件,你真喜欢读书也罢,假喜欢也罢,只在老爷跟前或在别人跟前,你别只管批驳人家,只作出个喜欢读书的样子来,也叫老爷少生些气,在人家也好说嘴,但凡喜欢读书的人,你就给他起个名字叫作"禄蠹",怎怨得老爷不生气? 不时时打你！

宝　　　(笑)再不说了,还有什么?

袭　　　再可毁僧谤道,调脂弄粉——还有更紧要的一件事：再不许弄花儿、弄粉儿,偷吃人嘴上擦的胭脂,和那个爱红的毛病儿了。

宝　　　都改,都改,再有什么? 快说。

袭　　　再也没有了,只是百事检点些,别任情任意的就是了。你要果然都依了,便拿八抬大轿也抬不出我去了。

宝　　　你在这里长远了,不怕没有八抬大轿你坐！

　　　　[小丫头来回："老爷在前面叫宝二爷呢！"

袭　　　(冷笑)这我可不稀罕的！有那个福气,没有那个道理,纵坐了,也没有什么意思！

　　　　[因为傻丫头拾了绣香囊,王夫人带着王善保家的等婆子们来抄检大观园。吵吵闹闹而来。

王善保家的　　(一边走一边对王夫人)别的还罢了,太太不知,头一个是宝玉家里的晴雯,那丫头仗她生的模样儿比别人标致些,又生了一张巧嘴,天天打扮,像个西施样子,在人跟前能说惯道,抓尖要强,一句话不投机,她就立起两只眼睛来骂人,妖妖调调,大不成个体统！

　　　　[宝玉听了立刻惊呆了……

王　　　(听了这话,猛然触动往事,便问凤姐)上次我们跟了老太太去园逛去,

晴 雯

　　　　有一个水蛇腰、削肩膀儿、眉眼又有些像你林妹妹的，正在那里骂小丫头，我心里很看不上那狂样子！因同老太太走，我不曾说的，后来要问是谁，又偏忘了。今日对了槛儿，那丫头必定就是她了！（猛然看见了宝玉）你的老子等你等急了，你还不快去！
　　　　〔宝玉匆匆下。
凤　　若论这些丫头们，共总比起来，都没晴雯生得好，论举止言语，她原轻薄些，方才太太说的倒很像她，我已忘了那日的事，不敢乱语。
王善保家的　　不用这样，此刻不难叫了她来，太太瞧瞧。
王　　宝玉房里常见我的，只有袭人、麝月，这两个笨钝的倒好。若有这个，她自然不敢来见我的。我一生嫌这样的人，且又出来这个事，好好的宝玉，倘或叫这蹄子勾引坏了，那还了得！（因而就叫了自己的丫头来，吩咐她）你去，只说我有话问她。留下袭人、麝月服侍宝玉不必来，有一个晴雯最伶俐，叫她即刻好来，你不许和她说什么。
小丫头　　是！〔退下。
　　　　〔素日晴雯不敢出头，因连日不自在，并没十分妆饰，自为无碍。及到了凤姐房中，王夫人一见她钗斜鬓松，衫垂带褪，大有春睡捧心之态，而且形容面貌，恰是上月的那人，不觉勾起方才的火来。
王　　（冷笑）好个美人儿！真像个"病西施"了！你天天作这轻狂样儿给谁看！你干的事，打量我不知道么？我怎能放过你，自然要揭你的皮！
　　　　〔晴雯一听如此说，内心诧异，便知有人暗算了。她虽然着恼，只不敢作声，她本是个聪明过顶的人，见问宝玉可好，她便不肯以实话答应，忙跪下在王夫人的面前。
晴　　我不大到宝玉房里去，又不常和宝玉在一处，好歹我不能知，那都是袭人和麝月两个人的事，太太问她们。
王　　这就该打嘴！你难道是个死人？要你们做什么？
晴　　我原是跟老太太的人，因为老太太说园里空大，人少，宝玉害怕，所以拨了我去，外间屋里上夜，不过看屋子，我原回过我笨，不能服侍，老太太骂了我："又不叫你管他的事，要伶俐的做什么？"我听了，才不敢不去。才去的不过十天半月之内，宝玉叫了，答应几句话就散了。至于宝玉的饮食起居，上一层有老奶奶、老妈妈们，下一层有袭人、麝月、秋纹几个

|人;我闲着还要做老太太屋里的针线,所以宝玉的事,竟不曾留心。太太见怪,从此后我留心就是了。

王 　(信以为真)阿弥陀佛!你不近宝玉,是我的造化,竟不劳你费心!既是老太太的,我就马上去回老太太,撵你出去!(向王善保家的)你们进去,好生防她,不许她在宝玉房里。(对晴雯)出去!站在这里,我看不上这浪样儿!谁许你这样花红柳绿的妆扮!

晴 　[没说什么,这气却非同小可,一转身,便拿手帕子握脸,一头走,一头哭,直哭到屋子里去。

王 　(向凤姐等自怨着)这几年,我越发精神短了,照顾不到。这样妖精似的东西,竟没看见,只怕这样的还有,明日倒得查查。

凤 　(见王夫人盛怒,又因王善保家的是邢夫人的耳目,常时调唆着邢夫人生事,纵有千百样言语,此刻也不敢说,只低头答应着)是!

王善保家的 　太太且请息怒。这些小事,只交与奴才。如今要查这个,是极容易的。等到晚上园门关了的时候,内外不通风,我们竟给她们个冷不防,带着人到各处丫头们房里搜寻。想来谁有这个,断不单有这个,自然还有别的。那时翻出别的来,自然这个也是她的了!

王 　这话倒是;若不如此,断乎不能明白。(对凤姐)是不是呢?

凤 　太太说是,就行好了。

王 　这主意很对,不然,一年也查不出来!这会子,我很累,我要回去,你们一个一个地查查,查出什么可疑的只管告诉我。

[袭人听了连忙把自己的箱子匣拿来打开,任她们搜查。王善保家的搜到晴雯的箱子问道:"这是谁的?怎么不打开叫搜?袭人正欲代为打开,只见晴雯挽着头发,闯进来,"豁啷"一声,将箱子掀开,两手提着箱底,把所有的东西都倒了出来,王善保家的也觉没趣儿,便紫涨了脸。

王善保家的 　姑娘别生气,我们并非私自来的。原是奉太太的命来搜查。你们叫翻呢,我们就翻一翻,不叫翻,我们还许回太太去呢,哪用急得这个样子?

晴 　(气急了,指着她的脸)你说你是太太打发来的,我还是老太太打发来的呢!太太那边的人,我也都见过,只没看见你这么个有头有脸大管事的奶奶!

晴　雯

　　　　［凤姐看晴雯说话锋利尖酸,心中甚喜……
　　　　［王善保家的又羞又气,刚要还言……
凤　　　妈妈,你也不必和她们一般见识,你且细细搜你的。咱们还到各处走走呢。再迟了走了风,我可担不起。
　　　　［王善保家的只得咬咬牙,暂且忍了这口气……将来寻着机会再说……又看她箱中也没有什么私弊,只得罢了……
　　　　［正乱着,忽然婆子走来,忙说道:"你们小心,传齐了侍候着,此刻太太又转回来亲自到园里来查人呢! 又吩咐快叫怡红院晴雯姑娘的哥嫂来,在这里等着,领出他妹子去!"又有婆子听见,就说:"阿弥陀佛! 今天天睁了眼,把这位祸害妖精退送了,大家清静些!"说着王夫人一脸怒气走进来,袭人连忙伺候着坐下。
王　　　把晴雯拖出来,把她贴身的衣服撵出去,余者留下,好给别的丫头穿。这里还有哪个侍候宝玉的,都叫进来我过目。
　　　　［王夫人从袭人起,到极小极粗的丫头都看过……
王　　　谁是和宝玉同生日的?
老嬷嬷　这一个蕙香,又叫四儿的,是同宝玉同一天生日的。
王　　　(冷笑)这也是个没廉耻的东西,她背地里说的,同生日的就是夫妻,这可是你说的? 打谅我隔得远,都不知道吗? 可知我身子虽不来,我的心耳神意,时时都在这里! 难道我统共就一个宝玉就白放心,凭你们勾引坏了不成!
　　　　［四儿见王夫人说着她平日和宝玉的私语,不禁红了脸,低头垂泪。
王　　　也快把她家人叫来,领出去配人! 那芳官呢?
　　　　［芳官只得过来。
王　　　唱戏的女孩子,自然更是狐狸精了! 上次放你们,你们又不愿去,可就该安分守己才是,你就成精鼓捣起来,调唆宝玉,胡作非为!
芳　　　(赔笑辩白)并不敢调唆什么了。
王　　　(冷笑)你还犟嘴,连你干娘都压倒了,岂止别人? (喝着命令)叫她干娘来领去! 就赏她外头找个女婿吧。她的东西,一概给她! 这样才干净,省得旁人口舌! (又吩咐袭人、麝月等人)你们小心,往后再有一点分外之事,我一概不饶! 因叫人查了皇历,今年不宜迁移,暂且捱过今年,明年一并给我仍旧搬出去才心净！〔说完了，茶也不吃，又带领着众人，又往别处去阅人……

　　〔宝玉哭着走上，见了袭人——

宝　　谁这样犯口舌？……况且这些事也没有人知道，为什么又都说着了？

　　〔袭人知道他心里别的犹可，唯独晴雯是第一件大事，便来劝他。

袭　　哭也不中用，你起来，我告诉你，晴雯虽然有点症候，已经好了。她这一家去，安心静养几天。你果然舍不得她，等太太气消了，你再求老太太，慢慢地叫进来也不难。太太不过偶然听了别人的闲话，在气头上罢了。

宝　　我究竟不知道晴雯犯了什么弥天大罪。

袭　　太太只嫌她生得太好，未免轻狂些。太太是深知这样美人似的人，心里是不能安静的，所以很嫌她了。像我们这样粗粗笨笨的倒好。

宝　　美人似的，心里就不安静吗？你哪里知道，古来的美人，安静的多着呢——这也罢了，咱们私自的顽话，怎么也知道了？又没有外人走风，这可奇怪了！

袭　　你有什么忌讳的？一时高兴，你就不管有人没人了。我也曾使过眼色，也曾递过暗号，被那些人知道了，你还不觉。

宝　　怎么人人的不是，太太都知道了，单不挑出你和麝月、秋纹来？

袭　　（听了这话，心内一动，低头半日，无可回答，便笑着）正是呢，要论我们，也有玩笑的去处，怎么太太竟忘了？想是还有别的事，等完了，再发放我们，也未可知！

宝　　（笑）你是头一个出了名的至善至贤的人，她两个又是你陶冶出教育出来的，焉得有什么该罚之处？只是芳官尚小，过于伶俐，未免倚强压倒了人，惹人厌。四儿是我误了她。还是那年我和你拌嘴的那天起，叫上来做细活的。别人看我待她好，未免夺了地位，也是有的，才有今天。只是晴雯，也和你们一样，从小在老太太屋里过来的。虽然生得比别人强，也没有妨碍着谁，就说她的性情爽利，只因锋芒，究竟也没得罪着哪一个，可是你说的——想是她过于生得好了，反被这个好给带累了。

　　〔说着又哭起来了。

袭　　（细揣这话，是宝玉有疑她的意思，竟不好再劝，因叹了一口气）天知道罢了！此时也查不出来人来了，白哭一会儿，也无益了。

晴　雯

宝　　（冷笑）原是想她自幼娇生惯养的,何曾受过一天委屈？如今是一盆才透嫩尖的兰花,送到猪圈里去一般！况且又是乍添新病,心里闷着一口气！她又没有亲爹亲娘,只有一个醉泥鳅姑舅哥哥,她这一去,哪里还等到一月半月,——再不能见一面两面的了！〔说着越发心痛起来！

袭　　（笑）可是你"只许州官放火,不许百姓点灯",我们偶尔说一名妨碍话,就说不吉利,如今好好地咒她,就该的了！况且,那晴雯是个什么东西,就费了这样心思！她非好,也越不过我的次序去！要是我死了,你还未必会这样呢！

宝　　（忙过来握住她的嘴）这又何苦,一个闹不清,你又这样起来！罢了,别再提这事,弄去了三个人,又饶上一个！

袭　　若不那样,也没了个局！

宝　　我还有一句话要和你商量,不知你肯不肯？现在她的东西,是瞒上不瞒下,悄悄地送还她去,或者再有咱们当日积攒下的钱,拿出些去给她养病,也是你姊妹们好了一场。

袭　　你太把我看得成小器,又太没有人心了。这话还等你说,我才把她的衣裳零物,都打点下了,放在那里。如今白日里人多眼杂,又怕生事。暂且等到晚上,悄悄地叫宋妈给她拿去,我还有攒下的几吊钱,也给了她去！（宝玉听了点点头）我原是久已出名了的"贤人",连这一点子好名,还不会买去不成？〔转身回屋去。

宝　　（自言自语地）我就说,要趁着太太还没有回老太太去,你哭抢着先去回老太太求个情,只怕老太太也不忍心呢！

袭　　（转回身来）我没有那么好心眼,你为什么不自去求去,你不去反而叫我去,我不是和你一样的吗？为什么这儿又想不开了,你怕老太太疑你,难道就不怕老太太疑我了吗？假如老太太要疑心我和她是一伙的,串通了来哄着你的,和我一道儿也撵了出去,看你怎么办！此刻我就回去！

宝　　何必这样性急,我是随便说说。

袭　　就是你这样随便说说的,才编出来祸乱了。

宝　　可是我这心总是放不下！

〔袭人径自去了。

225

〔宝玉哭乏在榻上假寐……□□□□□……
〔晴雯从外边来,仍是往日情景,进来向宝玉轻轻地碰了一下……
〔晴雯穿着天青色纱袄,纱绣的呆丝线銮反射出闪闪的磷光……

晴　你们好好过吧,我从此去了!〔转过身自去了。
　　〔宝玉急忙跳起,哭着喊袭人。
宝　晴雯死了!
袭　这是哪里话,被人听着什么意思!
　　〔袭人不以为然地转身走了。
宝　(招呼)晴雯,晴雯,你等我,我也来了!〔宝玉像平日一样追着跟下去了。

——完

选自端木蕻良《晴雯》(《文学创作》1943年第2期)。

红 楼 梦

陈元宁

第一幕：
  第一场——怡红院，一个冬天的黄昏。
  第二场——同景，三天后，一个有星星的初夜。
第二幕：
  王熙凤房中，次日下午。
第三幕：
  第一场——怡红院，接上幕。
  第二场——同景，四天以后，黄昏时分。
第四幕：
  贾母寝室外间，十天以后，午后。
第五幕：
  第一场——贾府边厅，天色将晚，四日后。
  第二场——潇湘馆，紧对第一场。

全剧人物（出场先后为序）
花袭人：十九岁，中等面貌身材，为人极有心机，宝玉的贴身丫鬟。
麝　月：二十岁，宝玉房中的大丫鬟。
晴　雯：十九岁，妩媚动人，心灵口利，宝玉房中的大丫鬟。
宝　玉：十八岁，清秀聪明，一个痴情的公子。
春　燕：十六岁，伶俐活泼，宝玉房中的小丫鬟。
李妈妈：六十岁左右，宝玉的奶妈，是一个仗势而爱多事的人。
王夫人：五十岁，宝玉的母亲。

贾　　母：七十岁左右，宝玉的祖母，敦厚善良。
白玉钏：十七岁，王夫人的丫鬟。
贾探春：十六岁，宝玉的三妹，庶出，但为人聪敏能干，极识大体。
王熙凤：二十一岁，王夫人内侄女，贾琏妻，精明强干，揽权跋扈。
紫　　鹃：十八岁，美慧诚厚，黛玉最体己的丫鬟。
王太医：年约四十，医而儒，状如书呆子。
林黛玉：十七岁，贾母外孙女，秀慧多病，天资超逸，一往情深，气量则颇狭。
薛宝钗：十九岁，王夫人的姨侄女，貌丰艳，胸有城府，稳练和婉。
平　　儿：十九岁，凤姐的陪房丫鬟，贾琏之妾，温和干练。
傻大姐：十九岁，贾母房里做粗活的丫鬟，傻头傻脑，天真直率。
周瑞家的：年约四十，王夫人的陪房，为人颇解事，和平能干。
贾　　琏：二十三岁，熙凤的丈夫，宝玉的堂兄，是一个纨绔子弟，但人颇干练，与其妻同掌贾府事务。
王善保家的：五十余岁，邢夫人的陪房，仗势作恶，三姑六婆之流。
茗　　烟：宝玉书童，年十七八。
雪　　雁：十六岁，黛玉丫鬟，天真直率。

第　一　幕

第一场

时：初冬的一个黄昏。
地：大观园中怡红院，宝玉寝室。
人：袭人、麝月、晴雯、宝玉、春燕、李妈妈、贾母、王夫人、玉钏、探春、王熙凤、紫鹃、王太医、林黛玉、宝钗。
景：这是宝玉的寝室，温馨富丽，左后方凹入处有一个八角门，门通丫鬟们的卧室，门右侧斜置屏风一座，左侧火盆一只，前设床榻，榻上绣衾皮褥，备极精雅，榻前有镜台绣墩，右后壁正中有镜门一扇，推开是门，平时则宛然穿衣镜，通外室。右隅设什锦格子，上有古董珠玉玩赏品多件，右壁有门及窗，窗上糊粉红色纱，门外画廊一道，斜入后院，右前方置红木小书桌及椅，室中有圆桌绣墩。

[幕启：黄昏时分，微风传来一阵阵林鸟归巢的聒噪声；麝月盘一条腿坐在榻上做针线，袭人擎灯从八角门上。

袭　（四面看了看，叹了一口气，把灯放在中间圆桌上）麝月，你做什么哪？

麝　（略抬头看了她一眼）咦，你不是叫我做一条宝玉的肚兜吗？

袭　哦，晴雯呢？

麝　（看着她）你不是打发她到潇湘馆去找宝玉了吗？

袭　（自语）唉，我们这位宝二爷也真是的，去了就不知道回来，这么大的人了，还跟小时候一样，混在一起也不怕叫别人说闲话！

麝　罢呀，我的袭人姊姊，（忽改口）哦，不，我不该叫你袭人，我该叫你宝二奶奶，对了，我说二奶奶，你近来越发会吃醋了，宝玉左右不过在这几处玩玩，哪就会丢了，要你这么着急？

袭　少说玩话吧，麝月姊姊，什么二奶奶不二奶奶的，你说着玩玩不要紧，要是给哪位小心眼儿的主儿听见了，又不知道要怎么样生气了。

麝　（放下针线走到袭人身边）不过说实话，宝玉要是娶了林姑娘，你这个姨奶奶可真不大好做呀！

袭　我可没有这份福气当姨奶奶。（转话）再说，你怎么知道宝玉一定会娶林姑娘呢？

麝　这还有什么看不出来呢？老太太不过是因为他们年纪都还小，所以没有提；宝玉林姑娘那点情分，老太太们还看不到吗？你也未免太傻了！

袭　你才傻呢！……（忽然岔开）哦，天都快黑了，床前面的灯，你去点上吧。

[麝月走到床边，收拾起针线物件，点亮了灯。

[门外小丫头嚷着"宝二爷回来了！"的声音，袭人、麝月迎到门口，晴雯拉着宝玉上。

晴　（向袭人）喏，我替你把宝玉找回来了，怎么谢我吧？

袭　吓！（她还想和晴雯调笑，然而回头看到宝玉神情不对，不禁有些奇怪）你，你又怎么啦？

[宝玉不言语，只是默默地站着，一头热汗，满脸紫涨。

[大家不禁慌张起来。

袭　（着急地质问晴雯）这是怎么回事？

晴　我怎么知道呢？我遵了你的命，跑到潇湘馆，看见了宝玉，一把就拖了他回来，一路上没跌没碰，你怎么好怪我呢？

袭　那他怎么会直着眼睛发呆呢？

麝　别是被时气所感，热身子受了风扑的缘故吧？

袭　（抱怨地）看这情形，竟是在那儿又着了魔了！（拉着宝玉的手）坐着歇歇吧！

〔宝玉好像失了魂似的，任人摆布，袭人扶着他坐下，他也不言语，眼珠儿直直地，口角流出津液来。

麝　（慌张地）哎呀！唾沫都挂下来啦！〔一边替他拭。

晴　（急躁地）这是怎么说的！倒霉的事情总要轮到我。（回头看）那些小蹄子呢？（喊）春燕！

〔春燕慌忙趋上。

晴　倒杯茶来！快！

〔春燕下。

袭　（着急地）怎么办呢？我看还是去回了老太太和太太再说吧。这个风险我们可当不起！

麝　他向来就是这么疯疯颠颠的，回了老太太，他要是一会儿就好了，我们倒要受埋怨！

晴　我看还是打发人先把李妈妈找来，看看再说，上了年纪的人见识总比我们多一些儿。

袭　也只有这个办法了。

〔春燕端茶上。

麝　（接过茶来）春燕，赶快去找李妈妈，就说有事请她赶快来！

春　是！

〔春燕疾趋下，麝月端茶给宝玉喝，宝玉喝茶，还是不言语。

袭　（不禁流下泪来）小祖宗，你这是怎么啦？

晴　先让他躺躺吧！

〔麝月走到床边，安好靠枕，袭人扶宝玉至床边，让他躺下。

麝　看这情形，简直好像失了魂似的。

〔门外李妈妈慌张地嚷着："宝玉怎么啦,宝玉怎么啦?"春燕扶李妈妈上。

袭　(急忙趋向李妈妈)妈妈,你先看看他再说吧!
　　〔袭人等拥着李到床边。
李　(嘶哑地)宝玉,你怎么啦?(不见宝玉回答,着急地)宝玉你认识我吗?(更急)宝玉,你怎么不说话呀?(用手在宝玉脉上摸了摸,又在人中上掐了两下)哎呀,怎么掐得这样重也不知道痛呀!
袭　妈妈。
李　可不得了啦!〔搂着宝玉便放声大哭起来。
袭　(回头向春燕)你赶快去回老太太和太太!(春燕下,袭人拉着李)妈妈,你老人家倒是瞧瞧到底要紧不要紧,先帮我们想个办法,怎么倒先哭了起来呢?
李　(边哭边说)这可不中用了,我算是白操一世的心了!〔说着又捶床大哭起来。
　　〔袭人、晴雯、麝月等也都流下泪来。
袭　(忽然想起)晴雯,你刚才去找他的时候,他在干什么呀?
晴　刚才我到潇湘馆去找他,小丫头们说二爷没到屋里去,林姑娘睡着中觉呢。我正想再到别处去找,雪雁告诉我说,宝玉和紫鹃在廊子上说话呢!我找到廊子上,果然紫鹃跟他正说着话哪,我怕你等得着急,不管三七二十一,一把就拖着他回来了。
袭　那一定是这位紫鹃姑奶奶又跟他说了些什么不中听的话了,好,我去找她来问问!〔慌忙下。
麝　怎么老太太还不来呀?
晴　早知道这样,我刚才也不去找他了,如今替人家当了差,还要落个不是!
　　〔外面传来嘈杂的人声,春燕、王夫人、玉钏、探春拥着贾母上。
贾　(面带泪痕,哭着进来)宝玉,你怎么啦?
　　〔众人围到床前。
王　(痛哭)我的儿,你怎么啦?
李　(带哭)老太太,我看竟是不中用了!
贾　(痛哭)业障呀!都是你父亲逼着你读书,吓破了胆子,才会这样的呵!
王　宝玉,你丢了我,叫我后半世怎么过呀!

探　老太太，太太，先别难受，倒是打发人去找大夫来看看再说。
〔王熙凤在外边嚷着上来。
凤　（在外边）哎呀！我的宝兄弟又怎么啦？（进来）老太太，太太，先别着急！（回头向玉钏）玉钏，快去找个小厮，套上车请王太医来，赶快！
玉　是！〔急趋下。
凤　（向麝月、晴雯等）究竟是怎么回事？
麝　刚才袭人打发晴雯去找宝二爷，晴雯跑到潇湘馆，看见二爷正跟紫鹃说着话呢，晴雯就拉了二爷回来，回来就这样人事不省了。
凤　袭人呢？
麝　找紫鹃去了。
贾　（怒）紫鹃这丫头，平日看她很稳重的，怎么也会闹出花样来了？明知道这个业障胎里就带来痴癫的毛病，偏要和他胡说些什么！
〔袭人气急败坏地拖着紫鹃上，喘着气。
贾　（看到紫鹃，不禁眼内冒火）你这小蹄子，和他说了些什么啦？
紫　（慌忙）没有什么，不过说了几句玩话，老太太！
贾　（埋怨）平白无故的，说些什么玩话呢？
王　（埋怨）他总是把玩话当真的，你难道不知道他的脾气吗？
探　你说了些什么？趁早想个法子解说解说，只怕他就会醒过来了。
贾
王　（同声）对了，对了！〔拉紫鹃到宝玉面前。
紫　（慌张）叫我说些什么呢？
贾　（又怒又急）你刚才说些什么？现在倒不会说了吗？
王　快些儿！快些儿！
紫　（无可奈何，上前叫宝玉）宝二爷！宝二爷！
〔这时宝玉忽然"哎呀！"一声哭了出来。
李　（松了口气）阿弥陀佛！可把我吓坏了！
〔众人都放下一半心。
贾　（推着紫鹃）刚才你说错了什么？赶快赔一个礼吧！
宝　（一把拉住紫鹃死也不放，带哭地）要去，连我也带了去。
凤　紫鹃，什么去不去的？你们究竟是怎么一回子事？

紫	我也没有说什么,只说了一句,早则明年春天,迟则明年秋天,林家会打发人来接林姑娘回家去……
凤	(叱之)谁说林家会打发人来接林姑娘回家去?
紫	这话我原是哄着他玩的,谁知道他就当真了。
贾	(不禁流下泪来)我当是什么要紧大事,原来不过这么一句玩笑话。(又向紫鹃)你这孩子,平日是伶俐聪明的,你又知道他有个傻根子,平白地哄他做什么?
凤	宝兄弟本来心实,林姑娘又是从小来的,他们兄妹俩一处长得这么大,比别的姊妹更加不同,这会子热剌剌地硬说一个要走,别说他是个实心眼儿的小孩子,就是冷心肠的大人也要伤心!我看这不是什么大病,老太太和太太只管安心,吃一两剂药也就好了。

〔玉钏上。

玉	茗烟已经套车去接王太医了,大概一会儿就来的,刚才碰见林之孝家的和赖大家的,都要来瞧宝二爷,等老太太示下!
宝	(听到这句话,不等贾母回答。便满床闹了起来)了不得啦!林家的人来接林妹妹了,快打出去!
贾	(急忙顺着他)对,快打出去!快打出去!(其实莫名其妙,偷问凤姐)这是怎么一回事呀?
凤	(低声鬼祟地)一定是听见玉钏儿说到林之孝家的,他认了是林妹妹家里来接林妹妹的人。
贾	(恍然,点头)哦!(对宝玉)那不是林妹妹家里的人,林妹妹家里的人都死绝了,再不会有人来接她,你放心吧!
宝	凭他是谁。除了林妹妹都不许姓林!
贾	(抚慰)对!对!对!都不许姓林!
凤	(低声向玉钏)你出去对他们说,难为他们惦记,说宝玉现在已经好了,不用进来了。
玉	是!〔下。
贾	(向众)以后不许林之孝家的进园子来,谁也不许提到林字儿!你们听见没有?
众	(忍笑答应)是!

宝　　（一眼看到什锦格子上陈设的一座西洋自行船，便瞪着眼指着它乱说）不得了啦！那不是来接林妹妹的船吗？湾在那里呢！

贾　　（不懂）什么船呀？湾在哪儿呀？

宝　　（指什锦格子）喏！不是在那儿吗！

贾　　哦……袭人，赶快把那个西洋自行船拿开！

袭　　是！（去拿开那只船）

宝　　（伸手向袭人）给我！（袭人递给他，宝玉珍重地藏进被内，傻笑）这下子可去不成了！〔拉着紫鹃傻笑。
　　　〔玉钏上。

玉　　王太医到！
　　　〔王夫人、探春、凤姐、袭人等避入内室，只剩贾母坐着，紫鹃被宝玉拉着不能脱身。

贾　　请进来吧！
　　　〔紫鹃想挣脱回避，宝玉拉着不放，贾母看见止住她。

贾　　（对紫鹃）你就留在这儿陪着他吧！〔紫鹃只得低头站在床边。

玉　　（已走到门口，打起门帘向外）王太医，有请！

医　　（进来向贾母请安）老太太！

贾　　（欠身）供奉好！

医　　托老太太的福！

贾　　当年太医院正堂，有一位王君效，好脉息！

医　　（忙躬身低头含笑回说）那是晚生家叔祖。

贾　　原来这样，也算是老世交了！

医　　（谦恭）不敢！不敢！

贾　　（向玉钏）迎手有了吗？

玉　　有了！〔和紫鹃安好迎手。

贾　　请供奉替我这小孙儿诊脉吧！

医　　是！是！（走到床边，诊过两手的脉，看过舌苔起身走近贾母）老太太，据晚生看来，世兄此症，乃是急痛迷心，古人曾云："痰迷有别，有气血亏柔饮食不能溶化而痰迷者，有怒恼奔心，痰急而迷者，有急痛壅塞血致痰迷者。"至于世兄此症，当属急痛所致，不过一时壅塞，比别的痰迷，似乎轻些。

贾　（早已听得不耐烦）你只说要紧不要紧，谁要你背医书呢？

医　（忙躬身回答）是！是！不妨！不妨！我这里有一种秘制的灵丹，叫作祛邪守灵丹，先给世兄冲服，然后再开一张方子煎下，只吃一服就好了，不妨！不妨！〔从药囊取出灵丹。

贾　（向玉钏）收下交给袭人，叫她化开先给宝玉喝下。（转向王太医）果真不妨？

〔玉钏下，片刻复上。

医　实在不妨，都在晚生身上。

贾　既这么着，请外头坐！

医　是！是！〔起立躬身。

贾　请外头开方子，吃好了病，我另外再备谢仪！

医　（躬身）不敢！不敢！

贾　万一耽误了他的身子，我打发人去拆了你们太医院的大堂！

医　不敢！不敢！

〔贾母不禁笑了，丫鬟们也忍不住笑将出来。

医　（这才发觉自己说错了话，急忙改口）哦！晚生听错了，世兄的病一定就好，一定就好的！

贾　请外头开方吧！

医　（再打躬）是！是！晚生就此告辞了。

贾　（欠身）不送，不送！（向玉钏）吩咐外头伺候王太医开方子！

玉　是！

〔玉钏打起门帘，王太医下。

玉　（喊）伺候王太医开方子！

外应　是！

〔王夫人和凤姐等从内室出来。

凤　好了，老祖宗，太医都说不妨，你老人家也可以回房去安歇了，太太也可以不用着急，想来调养一两天，再吃一两服药也就复原了。

贾　谢天谢地，能不妨就好了！（袭人走上，捧着一个小盏）袭人，这就是那个什么灵丹吗？

袭　　是的！

贾　　赶快服侍宝玉喝下！

袭　　是！〔走到床边,和紫鹃一同服侍宝玉喝药。

凤　　老祖宗,宝兄弟看来已经安静了,你老人家回去躺躺吧！

王　　老太太现在可以放心了,回去歇歇吧！

贾　　我不要紧,我还要跟宝玉说两句话哪！(走近宝玉)宝玉,宝玉！

宝　　是,老太太。〔想坐起来。

贾　　(忙向前拦住)快别起来,你精神刚定一定,还是躺着吧！(叹息)唉！我倒不拘这些小节,你只要不叫我操心着急,也就罢了。

宝　　谢谢老太太！

贾　　这事情别叫老爷知道,(向众)知道了他又该生气了。(向宝玉)你放心躺着养养吧,大后天是北静王的寿辰,老爷昨儿还吩咐,要你去拜寿,赶快好起来才好。

凤　　老祖宗放心,我看明天宝兄弟就能起床淘气了。

贾　　(抚着宝玉)你要是能去呢,我有一件孔雀裘给你,本来我收着也没有用,早就想给你,只怕你年轻不知道爱惜,糟蹋了东西,所以一直搁到今天,回头叫人检出来叫凤丫头给你送来,你好好地养息养息吧！

王　　(向宝玉)还不赶快给老太太道谢！

宝　　谢谢老太太！

凤　　(故作撒娇之态)唉！宝玉再怎么淘气,老太太也还是疼他的。到底是孙子值钱,将来宝玉中了状元,老太太就只要守着宝玉看看,也就可以当饭吃了,到了那个时候呵,我们这些人不知道老太太还会记得不记得啊！

贾　　(笑)也没见过这么赖皮赖脸的猴儿,得了些个好脸色就顺着杆儿往上爬了！(向众)唉！我面前呀,也亏得有个凤丫头给我解闷。(向王夫人)我们走吧,你也别着急了,宝玉看来是不妨的。(向凤姐)走吧,我也累了。

凤　　可不是,回头上了肝火又该拿我出气了！

贾　　我的儿,听你说得怪可怜见的,那么,你也回房去吧,孔雀裘我打发鸳鸯给他送来好了。

凤　　老太太怎么又忽然疼起我来了？唔,我明白啦！老太太嘴里说是让我回房歇歇去,心里说不定又想起什么更苦的差事给我做了,我不！还是让我

|||这不值钱的腿多跑一趟怡红院,送送孔雀裘吧。
贾　猴儿,你也太伶俐了!(向众)走吧!(忽然想起,对紫鹃)紫鹃,你先别回潇湘馆,就在这儿陪着宝玉,林姑娘那儿我打发琥珀去伺候。
紫　是!
贾　(向宝玉)你养养,别叫我跟太太担心!
宝　是。
贾　(向袭人等)你们小心伺候,别偷懒!
袭　是!
凤　老祖宗,这儿的事有我呢!你请回房吧。(向李妈妈)妈妈,你老人家也下去歇歇吧!
〔春燕打起门帘,凤姐、王夫人等拥着贾母下,袭人、紫鹃等送出门口。
〔袭人等回进来,春燕下,大家松了一口气。
袭　(轻轻地走到床边,见宝玉合眼躺着,走向紫鹃)睡着了!(松了一口气)都是你闹出来的!心病还得心药医,只好劳你的驾了,这是你自己招的,可怨不得我们!
紫　今天可真把我的魂都要吓掉了,你还来取笑我!
晴　活该!谁叫你的嘴那么伶俐,捏造了谣言哄他呢?
紫　得了,得了,嘴伶俐还能伶俐得过你晴雯吗?
袭　伶俐不伶俐先不用讲,闹到这时候,我们晚饭都没有吃哪!晴雯,我们先去吃饭吧!(向紫鹃)只好偏了你,你在这儿陪着他,回头我们吃完了再来换你。
晴　再不然爽性叫她们搬一份儿进来给你在这儿吃,你看怎么样?
紫　罢了,罢了!也别麻烦她们了!乱了这一阵子,我一些儿也吃不下,回头再吃吧!倒是我怪惦记我们那一位,她今天身子早就不受用,刚才听了这个消息,不知道又要急成什么样子了,过一会儿我回去看看她是正经!
晴　算了,你别想走!你走了,我们这位怎么办?你放心吧,林姑娘那儿老太太已经打发琥珀去了。
紫　只怕林姑娘心里不受用……
晴　早知道这会子要着急,刚才又何苦哄得他发疯呢?
紫　瞧你这张嘴!人家现在悔都悔不过来哪,你还尽管打趣我!

晴　事情已经这样了,后悔有什么用? 好了,我们可要吃晚饭去了,今儿个也好让你尝尝我们这位傻爷的劲儿!

紫　别在这儿唠叨,去吧! 去吧!

〔晴雯和袭人笑着下,从八角门进。

紫　(看着她们下去,轻轻地叹了一口气)唉! 〔转身悄悄地走到床边,看了一看宝玉,正想坐到床上。

宝　(忽然大笑,翻身坐了起来)哈哈哈哈!

紫　(大吃一惊,以为宝玉又犯疯病了)啊! 你怎么了?

宝　(开玩笑地反问)你怎么了?

紫　(自语,着急)糟了,又犯病了!

宝　(笑)谁犯病了?

紫　(惊惧)宝二爷,你怎么了?

宝　我不是很好吗?

紫　你到底是唬吓我还是怎的?

宝　谁唬吓你? 你看我不是完全好了吗?

紫　(埋怨地)好爷,今天我可给你吓够了,你真的全好了吗? 怎么睡得好好的忽然坐了起来呢?

宝　谁睡着了? 我是装睡哄她们的,好让她们吃晚饭去,其实你们的话,我全听见了。

紫　好了,就好了,我可要走了。〔说着要走。

宝　(诧异地)咦,老太太不是留下你陪我的吗? 这会儿上哪儿去?

紫　你好了,可是我们那位还不知道哭成什么样子了呢,难道不应该回去告诉她一声,让她好安心吗?

宝　(想了一想)也好,你赶快去看看林妹妹吧!(转念一想)唔,不,不,你这一去我的心又乱起来了,你还是别走吧! 好歹今晚陪我一下,林妹妹那儿,我回头打发一个小丫头去告诉一声就行了。

紫　小丫头哪儿说得清楚呢?

宝　那么等晴雯吃完了饭打发她去一趟吧!

紫　(没法)好吧!(坐下,叹了一口气)唉!

宝　(拉着紫鹃的手)你这会子还叹气呢,我问你,你为什么吓我?

紫　我不过是哄着你玩罢了,谁叫你认真呢?

宝　你说得有情有理的,哪像个玩话呢?

紫　(笑)告诉你吧!那些话都是我编的,林家现在真的没有人了,就是有,也是极远的族,又都不在苏州住,没有人能够来接她,再说,就是有人来接,老太太也不会放她去的。

宝　(忙接着说)就是老太太肯放她去,我也不会放她去的。

紫　真的吗?恐怕你只是嘴里说说的吧!现在你的年纪也一年年大了,连亲事都定下了,再过三两年你娶了亲,眼睛里还会有我们姑娘吗?

宝　(惊问)谁定亲?定下谁?

紫　今年年里我就听说老太太要给你定下琴姑娘呢,要不然,她为什么那么疼琴姑娘呢?

宝　(笑)人人都说我傻,现在看起来你比我更傻了,说定琴妹妹那不过是一句玩话罢了,她早就许给翰林家了,再说,我要是果然定下了她,还会有今天这样的事吗?(说着又急了起来)刚才在那边我发誓赌咒(指着项上挂着的玉)砸这个劳什子,你不是还劝过吗?这会子,我刚刚好一点儿,你又来怄我了,(气极,一面咬牙切齿)我但愿这回子立刻死掉,把心挖出来给你看、给她看,看清楚了之后连皮带骨,一概都化成一股灰,再化成一股烟,一阵大风,吹得四面八方都登时散了,这样才好![不禁流下泪来。

紫　(忙向前捂着宝玉的嘴,一面抽出手绢替他擦眼泪,又忙笑着解释)你这是何苦呢?你不用着急,这原是我心里着急,才来试你的。

宝　(诧异)这又奇了,你着急什么?

紫　你知道,我并不是林家的人,本来我也是和晴雯、袭人一伙的,老太太偏把我给了林姑娘使唤,林姑娘偏偏又待我那么好,待我比她从苏州带来的雪雁还要好十倍,一时一刻我们两个都离不开,我现在心里正愁呢,如果她回南边去,我是一定要跟她去的,可是我的全家又都在这儿,我舍不得离开家,也舍不得离开这般姐妹们,所以我心里老是疑惑不定,因此才想出这个谎话来问你,谁知道你就傻闹起来了。

宝　(笑)原来你着急的是这个。(高兴地)所以我说你比我更傻哩!告诉你,从此之后你用不着再急这个了(挪近紫鹃,秘密地)告诉你一句打皷的话吧!要活着,咱们一处活,不活着,咱们一处化烟化灰,你看怎么样?

紫　（不觉安了心）能这样就好了，只怕……

宝　（急）你难道还不相信我？（扯下脖子上挂的玉）我要这劳什子干什么？
　　〔又要砸玉。

紫　（又急又悔）快别这样了！（哄他）你听林姑娘来了！

宝　（忙坐好，倾听，忽然明白过来）你又在哄我了！

紫　（笑了）不哄你，我又有什么办法呢？

宝　你倒是说说看，到底相信不相信我的话？
　　〔外面有轻微的脚步声和轻轻咳嗽声。

紫　我相信，我相信！（倾听）呃，真好像是我们姑娘来了。
　　〔宝玉和紫鹃向通画廊的门看去，林黛玉上。

紫　（忙站起身来）姑娘，你这回子又出来干么？太阳落了山，外面的寒气更重了，你倘若因此受了凉（太息）唉！叫我怎么好呢？

黛　（抽咽）你好了吗？〔走近宝玉睡的床。
　　〔这时候紫鹃悄悄地从画廊门下

宝　好了！（向黛玉脸上细看）妹妹，你又哭过了，其实刚才我虽然发病，现在已经完全好了。

黛　（脉脉地）你知道她们说得多么怕人！

宝　一半是我装成那样哄她们的，你可别替我担心！

黛　唉！你真是我命里的魔星，一句玩话就疯疯癫癫起来了，叫那些嚼舌根的人四处传说起来，你叫我怎么做人？

宝　好妹妹，你别生气，我以后再也不会这样了！〔伸手替黛玉拭泪。

黛　（身体往后一退，站了起来）你要死了，这样动手动脚的干什么？

宝　（忙赔笑）我实在是说话忘了情，就动起手来，一时也就顾不得死活了！

黛　死了倒不值得什么，要丢了什么金，什么……

宝　（往前急怒地）你还说这些话，到底是想要咒我呢？还是想要气我？

黛　（看到宝玉急的情景，不觉后悔自己说话造次，忙笑着）你别急，我原是说错了，这有什么要紧，（略顿）看，你头上的青筋都暴了起来，还急了一脸的汗。〔一面说着，一面情不自禁地向前替宝玉拭汗。

宝　（看了黛玉半晌）你放心！

黛　（一怔）我有什么不放心，（悠悠地）我不明白你这话，你倒说说看，什么放心不放心的?

宝　（太息）唉！你当真不明白这话？难道我素日在你身上的心都用错了？连你的心思都体贴不着吗？那么，也就难怪你天天为着我生气了。

黛　（咳嗽）我真的不明白你的意思。

宝　好妹妹，你别哄我！你真的会不明白我的意思？要是这样，不但我素日用的心白费了，而且连你素日待我的好意也辜负了！（略顿）你都是因为不能放心的缘故，才弄成了一身的病，要是你但凡肯宽慰些，这病必就不会一天重似一天了！

〔黛玉听了这话，如轰雷掣电，细细想来，竟比自己肺腑里掏出来的更觉恳切，竟有千言万语要说，只是半个字也说不出来，只怔怔地瞧着宝玉，而不禁流下泪来。

〔宝玉也怔怔地望着黛玉说不出话来。

〔黛玉调转头去拭泪，紫鹃匆匆地跑上。

紫　二奶奶来了。

黛　（转身）我从后边儿走吧！

宝　（诧异地拉黛玉）这又怪了？你好好的为什么怕起她来了？

黛　（着急跺脚，悄悄地说，一边指着自己的眼睛）你看我的眼睛肿成这个样子，回头给她那贫嘴看见了，又该拿我们取笑了！

〔宝玉听了，连忙放手躺到床上，黛玉就三脚两步走到镜门边，转过镜后去了。

〔当黛玉刚走出去，小丫头就在门外嚷着：二奶奶来了，春燕打起门帘，凤姐上。

凤　（向紫鹃）宝兄弟可好一点没有？

紫　（迎前）好多了，二奶奶。

凤　紫鹃，你到外边去，把小丫头手里捧着的包袱给我拿进来！

紫　是，二奶奶！〔看看凤姐一眼下。

凤　（走到床边）宝兄弟！

宝　（欠身欲起）凤姐姐！

凤　（忙走近床，按住宝玉）不，你别起来！（趁势坐在床边）你好得多了吧？

宝　谢谢凤姐姐，我全好了！

241

凤　　想着要吃什么,尽管叫人上我那儿要去,别不说,知道吗?
宝　　是!
　　　〔紫鹃捧着一个包袱上。
紫　　二奶奶!包袱在这儿哪!
凤　　(急起)好,搁在床上吧!
　　　〔紫鹃放下包袱正想从八角门下,迎头碰见晴雯、袭人拉着手上。
袭　　(向紫鹃)你吃饭去吧!(回头见凤姐)二奶奶!
晴　　二奶奶。
凤　　怎么?你们到现在才吃晚饭吗?
袭　　可不是吗?都是我的这位小爷闹的。
晴　　紫鹃!(向紫鹃使眼色)我陪你吃饭去吧!
紫　　(知趣地)好!(向宝玉)二爷!我吃晚饭去了!(又向凤姐)二奶奶您多坐会儿!
宝　　你吃完了就赶快回来!
紫　　是!〔挽晴雯从八角门下。
袭　　(也知趣地)二奶奶!你陪一会儿宝二爷吧!我出去盼咐盼咐小丫头们。
凤　　(求之不得)好吧!
宝　　(向袭人)这会子你去做什么?
袭　　唉!各人总有各人的事,反正二奶奶陪着你呢,我一会儿就来。〔说着也从八角门下。
凤　　(又坐到床边用手抚摸着宝玉的前额)宝玉,你这会子可好了,你不知道刚才的样子,多么怕人哪!
宝　　真对不起凤姐姐!刚才一定又叫您担心受惊了!
凤　　可不是吗?我的心真到现在还七上八下的跳呢,(俯向宝玉)我说,宝兄弟!你以后可别再这样了,叫人怪心疼的!〔有些情不自禁起来。
宝　　(看着情形不对,忙坐了起来,打岔地,指着包袱)咦,凤姐姐,这包袱里是什么?
凤　　(惊起,恢复原态)你瞧,我这记性!(说着打开包袱)这就是老太太说的那个孔雀裘!〔一面抖开这灿烂的孔雀裘。
宝　　(看着不禁高兴起来)呵!多好看哪!

凤　可不是吗？老太太说的,这叫作什么孔雀裘,是孔雀毛织成的,这东西还是当年老国公手里的宝物,原是俄罗斯国进贡的东西,你瞧,老太太多疼你,刚才她叫我送来,告诉你,好好的养息,大后天是北静王的寿辰,穿了这件宝贝去拜寿!

宝　（忙回答）是!

凤　（一面叠了起来）回头交给袭人收藏起来!

宝　凤姐姐,你搁着吧!回头让她们来收拾好了!

凤　（边包边说）宝兄弟,别跟我客气!这些子小事算得了什么!（包好,仍旧放在床上）唉,宝玉,下回可千万别再这样发傻了……

〔以外小丫头报道：宝姑娘来了!春燕打起帘子,宝钗上。

钗　（一看见凤姐,忙前招呼）凤姐姐,你也在这儿?（转向宝玉）宝兄弟,这会儿可大好了?

凤　你怎么这会子才来?

钗　我本来有点不舒服,刚才听说宝兄弟病了,所以特地过来看看他,（向宝玉）你好些吗?

宝　好多了,谢谢宝姐姐!

钗　谢我倒不必,只要以后别再这么胡闹就好了,照这个样子,别说老太太和太太看着心痛,就是我看着,心里也……〔忽然止住,有无限娇羞的样子。

凤　心里也……心里也怎么样呀?你倒是说出来呀!

钗　（遮羞地）我不来了,凤姐姐,你凭着一张嘴会说,动不动就挑人家的短处,到处讨人厌。

凤　我自然讨人厌啰!又当家又贫嘴,肚子里又是一窍不通,哪像你哪!又能写,又能读,天赐的金锁,又有人疼……

钗　你瞧你这张嘴,人家不过说一句玩话,你就拉上这么一大堆,你别怕没人疼,我就疼得你活不成了!

凤　罢了,罢了。

宝　说些儿别的吧!别尽讲这些了!

凤　我知道,你是怕你的林妹妹听见了,又要怪我称赞宝妹妹是不是?

钗　凤姐姐,你怎么越快心直口快了?

凤　我呀,我就是这种地方讨人厌,好了,好了,说正经的,（向宝钗指着宝玉）

243

你瞧瞧,这样的人品,这样的门第,这样的根基家私,不会沾辱了你吧!

钗　(听了凤姐的话起身就走)呸!越说越不正经了!

凤　看,宝丫头急了,还不回来呢,走了倒没有意思了!

钗　坐了这早晚,我们也应该走了。

凤　对了,我也要走了,你等一等,我们一路走。(向宝玉)明儿我再来看你,好好地躺着吧!

宝　好,明儿见,宝姐姐明儿见,叫小丫头掌灯!

凤　你躺吧,不用你张罗了![说着宝钗和凤姐下。

宝　(看着她们下去,看着八角门)晴雯姐姐!晴雯姐姐!

　　[晴雯从八角门上

宝　你们怎么全走开了?

晴　(看着宝玉微笑)嗯,刚才不是二奶奶来的吗?

宝　二奶奶来了,你们就该躲起来吗?

晴　唔……不是宝姑娘也来过了吗?

宝　她们正经走了,紫鹃呢?

晴　吃着饭呢,你有什么事?

宝　我不过随便问一声,没有什么事。[说着躺下。

晴　我倒杯茶给你喝吧?

宝　也好。

　　[晴雯正走到园上倒茶。

宝　(忽然叫住)晴雯姐姐!哦,你别倒了,(隐秘地)晴雯姐姐,你别告诉袭人,悄悄地替我到林姑娘那儿去看看她做什么呢,她要是问起我,你就说我已经完全好了。

晴　(止步,诧异地)白目赤眼地跑去干什么呢?

宝　刚才她为我才眼睛都哭肿了,特为来瞧我,只是话没说完就让她们给吵散了,我怎么能够放心呢?

晴　去看她总要有句话说才像回事情呀!

宝　哎,我这回子实在想不出什么话说。

晴　我说,再不然就算是借一件什么东西,或者去送一件什么东西,要不然我去了你叫我怎么搭词儿呢?

宝　（想了一想）嗯,(伸手在床上拿了两条手绢给晴雯)也罢,你就说我叫你送这个给她吧!

晴　这又奇了,她要你这两条半新不旧的手绢干什么？林姑娘是顶喜欢爱干净的,她一定会生气的。

宝　放心,这会她准不会生气。

晴　（怀疑）哦？

宝　我的意思,她自然会懂得。

晴　她会懂？好吧！回头她要是生气。你可不能怪我,只怕到那时候呀！又得打躬作揖的去陪话了。

〔说着晴雯就往外走,紫鹃正好从八角门进来。

紫　晴雯,你上哪儿去？

晴　（回过头来）还不是我们这位爷的事吗？〔晴雯下。

紫　（走到床边）你可要吃些东西？

宝　不吃了,你坐下来陪我谈一会儿,我也就要睡了。

紫　（坐下,看了看宝玉又叹气）唉！将来你要是成家立了业,也这样疯疯癫癫的吗？

宝　快别谈这些话,我生平最讨厌那些沽名钓誉之流,我原是个俗人,我也不想立什么事,但愿能一辈子和你们这些人长在一处,也就心满意足了。

紫　你就是这种天生的下流脾气,总爱和女孩子们混在一起。

宝　你不知道,天地间云秀之气都凝结在女孩子的身上,我见了女孩子就神清气爽,见了男人就头昏脑涨,所以说女孩子的骨肉是水做的。

紫　好,好,女孩子的骨肉是水做的。（笑）那么男人的骨肉是什么做的呢？

宝　男人呵！男人的骨肉是泥做的！

紫　（笑）哈哈！真是奇谈了！

〔袭人从八角门上。

袭　什么事情这么可笑呀？

紫　二爷尽跟我说女孩子的好处,说的话我从来没听见过,所以就笑了！

袭　他呀！就是这个样子,可笑的事情还不止这一点呢……

〔一言未了,门外有人叫"袭人姐姐"的声音。

玉　（在外）袭人姐姐,袭人姐姐！

〔玉钏上，麝月跟着上。

玉　（走到宝玉床前，悄声地）我来告诉你一个信儿，方才我听见赵姨奶奶唧唧咕咕的，在老爷面前不知道说了些什么，我只听"宝玉"二个字，所以特地来告诉你一声，仔细明天老爷找你说话。〔说完转身要走。

袭　（忙向前）玉钏妹妹，喝杯茶。坐一会儿再走吧！

玉　不，晚了园子的门就关了！〔下。

麝　（跟到门口，向外）难为你了，玉钏妹妹！

宝　（听了玉钏的话顿时周身不自在起来）唉！赵姨娘跟我的冤家对头。又不知道在老爷跟前出了什么鬼花样了！（说着披衣坐了起来）怎么办呢？

紫　我看，也不会有什么事的，你只要把书温温熟，也就不怕她了。

〔袭人走到书桌边捧了一叠书给宝玉

宝　（拿着书）唉！真不知道从哪一本看起才好。

袭　别急，别急，慢慢地看吧！（剪烛花，向外）春燕！

〔春燕上。

春　什么事？

袭　今天晚上有事，你叫小丫头们别睡，小心侍候！

春　是。〔转身欲下。

袭　别走，你再去拿盏灯上来！

〔春燕下。

宝　唉！都是为了我，又叫你们不能睡！

袭　小祖宗，你只顾你自己吧！统共只有这一夜的工夫，你就暂且把心放在这几本书上吧！等过了这一关由你张罗别的也不至于误了什么。

〔宝玉无言，继续看书，袭人等焦急侍立，春燕掌灯和晴雯上。

袭　（接过灯，向晴雯道）你知了吗？〔把灯拿到床前。

〔春燕下。

晴　我刚才听春燕说，这怎么行呢，下午刚不舒服，这会又忙着读书，真弄出病来可就麻烦了。

麝　可是又有什么办法呢？

晴　（倒了一杯茶端给宝玉）你喝口茶吧！

宝　（抬起头见是晴雯）你回来啦！她……（连忙打住，看了袭人一眼，又看了看晴雯)夜静了冷气更重,你加上一件衣裳吧!〔接过茶杯。

晴　(指着书)你暂且把我们忘了不成吗?快把心用在这个上头吧!
　　〔一言未了,只见春燕慌慌张张地跑进来。
春　不好了,不好了,一个人打墙上跳过来了!〔众人大吃一惊。
晴　在哪里?
春　我刚才到下房去,刚走出门口,就看见一个人影子打墙上跳下来!
袭　(向春燕)赶快打发上夜的打起灯笼各处搜查一下。
　　〔春燕正欲下。
晴　慢着。(向宝玉)我有了主意了,咱们趁这个机会,赶快让宝玉装病,就说是吓着了。
麝　真是个好办法!
晴　(向春燕)你去叫上夜的各处仔细搜查,就说是宝二爷看见的!
春　是!〔下。
晴　(向麝月和袭人)你们打起灯笼到太太屋里去要安神药丸去,就说宝玉吓得颜色都变了,浑身发热呢。
麝　好。〔拉着袭人同下。
晴　(向紫鹃)你把床收拾一下,让宝玉睡下。
　　〔紫鹃起身理床,晴雯看着松了一口气。
宝　(忽然大笑)好计策,好计策!
　　〔晴雯扶宝玉躺下。

　　　　　　　　　　　　　　灯光大黑,第一幕,第一场完。

第二场

时:离第一场的后三天,初夜,天空有着星星。
地:同第一场。
人:袭人、麝月、平儿、晴雯、宝玉、黛玉、探春、春燕、紫鹃。
景:同第一场。

　　〔幕启:室内灯火辉煌,然而一个人也没有,片刻……
　　〔袭人从镜门上。

袭　（向内）麝月！麝月！
　　〔麝月从八角门上。
麝　什么事？
袭　好歹这屋子里也该有个人，点着三四个灯火总要小心点才好呀。
麝　瞧你说的，多早晚我不是在这里做着针线？（一边指着圆桌上的针线箩）刚才我去打发晴雯喝药，就给你抓着把柄开训啦！
袭　这又不是我一个人的事，我也不过提醒了你一句，爱听的就听着，要是不爱听就算了。〔转身赌气。
　　〔门外有人声。
平　（在外）袭人，袭人。
袭　谁呀？
　　〔平儿从外入，手里拿着一个包袱。
麝　原来是平儿姐姐！
袭　是你呀？这会儿怎么有空上这儿来？
平　我哪儿有空呀，刚才你的哥哥花自芳来回太太，说你母亲病重，要你回去看看，太太准下了，告诉了二奶奶，所以我们奶奶打发我来告诉你。〔走到桌边把包袱放下。
袭　哎呀！我妈也是上年纪的人了，这会子病重要我回去，想必不大妥当了。既然太太开恩，我少不得回去看一下。
平　我们奶奶说，叫你等几件颜色好的衣裳，再大大地打一大包袱衣裳拿着，手炉也要拿好的，多插戴一些首饰，打扮好了到奶奶那儿先给她瞧一瞧，（一面打开包袱）这是奶奶给你的石青团花天马皮褂子，还有各条玉色绸里子的哆啰呢包袱，叫你也带去，就是你妈好了也罢，要是不中用了，你就在家里都住几天。
袭　好姐姐，你回奶奶说她的话我全知道了，谢谢她赏的衣服。
平　这个我知道。你快去收拾吧！我叫小厮给你套上车，你回去的时候先到我们那儿去一下。
袭　知道了！
平　（说着站起身来）快要走了，快打扮吧！多搽些胭脂花粉，别叫人家看着我们府里的姨奶奶是个穷酸样儿。〔笑着往外走。

袭　你怎么也学起贫嘴来了？〔跟着平儿送到门边。

〔平儿下。

麝　（打趣地）姨奶奶，要不要丫头给您弄一盆洗脸水呀？

袭　（转过身）啐，没正经的！〔走到桌边拿了包袱从八角门下。

〔麝月走到床前，铺好被，正想坐下做针线，晴雯衣带零乱，鬓发蓬松，病态恹恹地从八角门上。

麝　（见晴雯）咦，你好好地躺着又起来干什么？

晴　我躺着怪闷的。

麝　药吃下可见好些？

晴　哪儿就这么娇嫩起来？我说不要吃药，偏是我们这位爷噜噜苏苏的一定要我吃，依我说饿两顿也就好了。

麝　这会子又没有你的事，我看你还是去躺躺吧！

晴　宝玉还没有回来吗？我刚才躺着仿佛听说袭人的妈病了，是吗？

麝　是的，刚才她的哥哥发人来接她回去，二奶奶还叫平儿送来一件褂子一条包袱呢！

晴　（冷笑）哼，同样是这屋子里的人，偏她就高贵些？

〔袭人换了一身鲜艳的衣服，一手拿着手炉，一手拿着包袱，花枝招展地从八角门上。

袭　（见晴雯）病了也不肯静静地躺着，又跑出来干什么？

晴　（且不回答袭人的话，只管上下打量着袭人）唷，好漂亮的人儿，这是谁家的奶奶呀？

袭　别打趣了，人家妈病着心里怪难受的！

晴　是妈病着心里难受呢？还是要离开宝玉心里难受呀？

袭　好了，好了，我不跟你们辩，我去了。这屋子的事你们也该小心些，早点打发宝玉睡，早上早点叫他起来。小丫头也该有人管管，别尽贪玩！

麝　知道了，难道屋里偏只有你能干，我们都是白吃饭的废物？要你这么唠唠叨叨的！

袭　我不过白说一声，你们能做那就更好了！

晴　你走了，我们还不该上紧些吗？赶明儿太太看我勤谨，也许一下子就把她每个月的公费分出二两银子来给我那也说不定呀。（板起脸）别跟我装神弄鬼的,什么事我不知道呀!
袭　唉!人家急得要死,你们还一个劲儿地跟我过不去!宝玉怎么还不回来?
麝　总还有一会儿,照说酒席也该散了,也许是北静王留着他谈天吧!
晴　你要是舍不得离开宝玉就别回去,少给我装这种孝女样子!
袭　得了,我不说了好不好,我走了,宝玉回来了告诉他一声。
麝　知道了,你去吧!
　　[袭人还想说些什么,然而终于没出口,慢慢地走向画廊门下,麝月送到门口,晴雯不动,只冷眼看着袭人下去。

(选自《紫罗兰》1944年第17期、1945年第18期,从目录看全剧共五幕八场,该剧未刊载完,该刊物便停刊了)

红 楼 梦

吴 天

序

吴 天

朋友们一听见把《红楼梦》改编成剧本,谁都不免摇头。这意思很明白:的确是一件吃力不讨好的事。就好像改编莎士比亚一样,大家都存了个别轻易乱动的心。

为了《红楼梦》是中国的经典之作,我们实在应该抱着这种态度。

可是要是谁都就此束手,静等大天才下降,似乎也不是什么完善的法子,因为一件事的成功,总得有若干人的耕耘和开拓,尽管成绩渺小,到底开了个端,给继起者许多参考之处。这原是不可避免的历史的运命。只要我们的态度认真,慎重从事,又何必计较那些?人本来是为了以往的和将来的人生的。

……

远在三年前,我一个人孤孤单单地住在乡下着手把《红楼梦》改为剧本,我原先有个笨重的想法,我想,既然要改《红楼梦》,索性是全部。于是我把它分为四部分开始动手,并且订下了名字,第一部叫《金玉缘》,从黛玉进贾府写到"葬花";第二部叫《大观园》,写到晴雯被逐;第三部叫《离恨天》,写到黛玉死;第四部叫《风月鉴》,写以后的事,我的意思想把《红楼梦》里的"人"与"事"全包罗在内。除此更想写一个序剧《太虚幻境》——作为引子。

当我刚写好一部时发觉了我这工作有改变方针的必要。因为这种写法虽说颇忠实于原著,可是对于剧本不大适合。它不大"戏剧的",而又欠完整的独立性,颇容易流入"连台好戏"的情境,无法做到像奥尼尔"三部曲"那样完整而又自成段落,于是我就此搁笔,无形放弃了。

　　这中间我花了好几个月的工夫,既一而再地熟读了《红楼梦》,也看了若干研究《红楼梦》的书籍,虽说没有完成什么,可却因此得了不少好处。我觉得我这几个月的时间并未白费。

　　往日看书那么轻率,这一次却一个字也不放松,我算是咀嚼了曹雪芹所写的情味;领略了他的情景。

　　看起来《红楼梦》是一部消极的,贯穿了悲观思想的出世之作。可是实际上却渗满了"血泪"的呼声。试想宝玉如此为祖母疼爱,阖家宝贵,而竟不获把他爱林黛玉的真心诉之于家庭,只好服从尊长,将真情隐藏(直到最后发疯时才一吐无余)。这是多么可悲的事。所以我说《红楼梦》是一部描写"真情"与"伦理"斗争的悲剧。它之所以能赢得无数读者的热泪也就是这个缘故。要不,那么气量窄的林黛玉,谁又会同情她?无非为了她"真"而已。

　　虽然,在今日我们似乎不必把贾林式的恋爱估计过高,也不必赞颂林黛玉的为人处世,让一个尖钻的肺病女性做我们的理想人物。

　　……

　　这么着,一搁搁了两三年。每日为了生活奔忙,一时也就忘了。可是偶然空下来也会想到。如果再编《红楼梦》,一定是这么编法。

　　怎么编法呢?

　　以人物为中心,我想可以得到下面几部:

　　一、以宝玉、黛玉、宝钗的三角恋爱为中心,描写大家庭的没落和那里面所生长的一群人物。

　　二、以王熙凤为中心写贾府中的丑恶。

　　三、以尤二姐、尤三姐为中心,写寄人篱下性格不同的两个女性的悲剧。

　　四、以薛蟠为中心写另一形态的公子哥儿。

　　虽然想过,可并未着笔。不过自己觉得写起来较有把握。因为曾经花过那么多工夫,进入过那种情景,也已经熟悉于那个时代和他们所用的语言了。

　　凑巧有个剧团打算大规模地演《红楼梦》,要我编写,于是我日以继夜地把想过的第一部写了出来,就是现在出版的这一本。名之为《红楼梦》,其实还是叫《金玉缘》或《贾林哀史》比较妥帖。可是为了他除去二人的罗曼史,还多少写到贾府的崛兴和没落,所以仍用其名。

当我费了老大气力写成时,却为了演出费用的浩大一时无法演出。这在我虽然是已第二次的不愉快,自己倒并不懊恼。我究竟在编写的过程中汲取了不少东西,又何必斤斤计较于演出不演出呢?

在这之后,我看了电影《红楼梦》,又看了京戏《林黛玉》。同时又听说上海和内地都有人改编《红楼梦》,忽然觉得自己的工作多余起来。继而一想,这又有什么要紧呢,自己原不是什么"大作家",不过是借以训练自己的编剧技巧,做一个"抛砖引玉"的工作罢了。我相信将来一定有精美的《红楼梦》剧本出现。我竭诚地期望着。

最后,我还得声明一句,我原是个"俗人",《红楼梦》里的雅士对我并无偏好。不过我还不至于将探春、尤三姐归为一类,湘云、袭人又归为一类(这种黑白轻重不分的分法,只有"雅士"可以如此!)。而为了剧本的需要,这里既没有探春,又没有尤三姐,更谈不到厚了湘云、薄了袭人。所以,未看剧本而事先大事担心的于瀛先生确成了无的放矢,落了空。可是我仍然感谢他那"过早"的关心,是为序。

全剧登场人物及其性格体态

女角

贾　母　　鬓发如银,慈祥而又尊爱子孙。深明大义。年轻时深善理家处世。

王夫人　　颇知礼仪,视事并不深察。

王熙凤　　模样标致,言谈爽利,心机深细,喜奉承,爱排场。素性好胜。脸酸心硬,是有名的"泼辣货"。

林黛玉　　多感,工愁,体弱多病。聪明俊秀,孤高自许。气量狭窄,嘴里爱刻薄人。一个中国古式的美人。所谓:"两弯似蹙非蹙笼烟眉,一双似喜非喜含情目,态生两靥之愁,娇袭一身之病,泪光点点,娇喘微微,闲静似娇花照水,行动似弱柳扶风,心较比干多一窍,病如西子胜三分。"

薛宝钗　　肌骨莹润,举止娴雅;行为豁达,随分从时;贞静和平,沉厚聪明。品格端方,容貌美丽。所谓:"唇不点而红,眉不画而翠,脸若银盆,眼如水杏,罕言寡语,人偶装愚,安分随时,自云守拙。"

史湘云　蜂腰猿背,鹤势螂形。豪爽,天真,放浪形骸,颇有男子气质。(夫死后则性格一变)

薛姨妈　性格慈祥,颇知进退。

袭　人　柔媚娇俏,细挑身子,容长脸儿。处事随和,深得主人欢心。外形沉静,人谓老实。

紫　鹃　事主忠心,性颇刚直。

晴　雯　水蛇腰,削肩膀儿,眉眼有点像黛玉,大有春睡捧心之态,性情爽利,口角锋芒。

鸳　鸯　鸭蛋脸,乌油头发,高高鼻子,两边脸上微微几点雀瘢。处事极有分寸,为贾母左右手。

★金钏儿　一个颇识风情的丫头。

香　菱　有点傻气,长得倒蛮标致。

刘姥姥　乡下老婆子,深知人情世故。

傻大姐　体肥面阔,浓眉大眼。心性愚顽,出言可笑。

平　儿　办事能干,系王熙凤之左右手。

雪　雁　年幼天真,不大懂事,一团孩子气。

★静　虚　深会迎逢,助纣为虐的姑子。

★小　旦　一个"可怜见"的唱戏的小丫头。

★小丫头若干

★仙女们

★绛珠草所化女角(黛玉)

男角

贾　政　端方正直。谦恭厚道,不善理财,又不知家事。只知读书。

贾宝玉　不喜读书,聪明过人,神采飘逸,秀色夺人。最喜在内帏厮混。原书中云:"面若中秋之月色,如春晓之花,鬓如刀裁,眉如墨画,鼻如悬旺,眼若秋波,虽怒时而如笑,即瞋视而有情。"又云:"面如傅粉,唇若涂朱,转盼多情,语言若笑。天然一股风韵,全在眉梢;平生万种情思,悉唯眼角。"

★贾　环　体态猥琐,举止粗糙。

太　医　老态龙钟,喜背医书。

锦衣府赵全　狐假虎威,一个典型的小人。

北静王　为人宽厚,年青秀美,性情谦和。

赖　大　贾府管家,甚为得力。

板　儿　一个没见过世面的乡下孩子。

门客甲

门客乙

小厮甲

小厮乙

锦衣军若干人

戏子若干人

神瑛侍者(即宝玉)

注:有★者,演出时可删。

布　景

序幕　太虚幻境

第一幕

第一场　省亲　贾母正室　正月十五日上元节

*第二场　训子　同右　数日后

第二幕

第一场　葬花　大观园内　次年落花时节

*第二场　撕扇　怡红院　接第一场

第三幕

第一场　试探　潇湘馆外　当年秋尽冬初

第二场　密告　怡红院内　接第一场

第三场　补裘　同右　二日后

第四幕

第一场　悲秋　潇湘馆内　次年秋

第二场　抄家　同一幕一场　同年冬

第五幕
第一场　绝粒　同四幕一场　数日后
第二场　辨伪　宝玉新房　接第一场
第三场　焚稿　同四幕一场　接第二场
注：有＊者演出时可以省去。

序　幕

太虚幻境

〔太虚幻境。

〔音乐。

〔赤霞神瑛侍者以甘露灌溉绛珠草。

〔几个仙女围绕着跳舞。歌唱："开辟鸿蒙，谁为情种？都只为风月情浓，奈何天，伤怀日，寂寥时，试遣愚衷。因此，上演出这悲金悼玉的红楼梦。"

〔稍停，绛珠草化为女身。

〔突然音乐转疾，云天中现出一大书。上书"红楼梦"。神瑛去看。仙女，绛珠草均不见。只闻歌声："都道金玉良缘，俺只念木石前盟。空对着山中高士晶莹雪，终不忘世外仙姝寂寞林。叹人间，美中不足今方信。纵然若齐眉举案，到底意难平。"

〔书开，出现绛珠草所化的人形（黛玉），又开，现宝钗。神瑛进入，均倏地不见。

〔仙女们跳舞，歌唱："一个是阆苑仙葩，一个是美玉无瑕。若说没奇缘，今生偏又遇着他。若说有奇缘，为何心事终虚话。一个枉自嗟呀，一个空劳牵挂；一个是水中月，一个是镜中花。眼中能有多少泪珠儿，怎禁得秋流到冬，春流到夏！"

〔……

〔云把一切遮了。

————舞台暗

第 一 幕

第一场 省　亲

［贾母正室。书栋雕梁。

［正面是走廊,挂着各色鹦鹉画眉等鸟雀。

［后面是厢房,碧纱橱,黛玉住的地方;前侧有一个门通上房和套间暖阁,这是贾母和宝玉住的地方。另一门通王夫人住处。室内陈设,富丽之至,有屏炕几……以及其他等物。

［时当元宵佳节,元妃省亲。约摸戌初时分。幕开时,台中空无一人,只听见远处音乐之声。

［稍停,傻大姐兴冲冲跑进来。

傻　雪雁!雪雁!(立在门帘处,指手画脚地向外望)快来呀,雪雁!

雁　(在内)嗳!来了!

傻　多好看哪!这么些……女神仙,男丫头。一个,两个,三个,……啊,太多了。……(见雪雁还不出来)雪雁,你怎么了?再不出来,我去啦!

雁　(在内)等等我啊!

傻　你不去,我可要去了。［要走。

［雪雁上,立在门口。

雁　好傻大姐,求你等我一等,把林姑娘吃的药煎好。

傻　不,回头看不见大姑娘娘娘,马上就要摆驾回宫了。

雁　(着急)我就来的。

［晴雯由外面上。

雯　(呵斥地)傻丫头,你们在这儿鸡毛子喊叫的干什么?看回头老太太听见了来捶你!

傻　(惊吓地)千万别,别……晴雯姐姐。我急着要瞧咱们大姑娘娘娘摆驾回宫,可是她——

雁　我要她等一会见。

傻　可是,大姑娘娘娘可不能等一会儿。

257

雯　（奇）什么大姑娘娘娘？

傻　啊呀！大姑娘娘娘就是大姑娘娘娘，又是大姑娘，又是娘娘，可不是大姑娘娘娘？

雯　（恍然）呸，娘娘选到宫里去当了妃子，还能这么让你乱叫唤！

　　〔外面音乐起。

傻　啊呀！回宫了！〔向外跑去。

雯　喂，我给二爷拿两件衣服一块儿去。（傻大姐已跑了）——这个死丫头。

　　〔晴雯走向内，雪雁哭。

　　〔袭人出。

袭　（叫住她）晴雯。

雯　（生气地）有什么吩咐，花大小姐。

袭　都跑了，屋子里一个人也没有。

雯　你是狗？

袭　呀？——（恍然）鬼丫头，你骂人！好，好，你去吧！可是你得带件衣服给二爷，回头冻着，老太太又该骂我们不当心了。

雯　（微含妒意）就是你疼宝二爷！

袭　丫头，今儿你是找上我了不是？问你，倒是送不送衣服去？

雯　我偏不送！〔下。

袭　（笑着，恨恨地）屋里就如你刁钻。（转对雁）别哭，你要去看娘娘省亲是不是？

雁　（停止哭，用手揉眼睛，点头）可是姑娘关照了要把药煎好，不煎好姑娘要骂的。

袭　去吧！姑娘不会骂你。

雁　（探头）你不知道我们姑娘的脾气。……

袭　（笑）我哪儿不知道，你只管去好了，药我给你煎。

雁　真的？（喜极）袭人姐姐，你真好。〔要去。

袭　把宝二爷衣服给带去。

雁　是！

　　〔袭人入内即出，手拿宝玉衣服交雪雁，雪雁下。

　　〔袭人剪烛，外音乐声。

〔紫鹃上。

袭　　你怎么巴巴地赶回来了？

鹃　　拿手炉。外面风大，我们姑娘受不起，病还没好全，回头又倒下来。

袭　　林姑娘身体也太单薄了。

鹃　　本来根子不好，接二连三地又没了爹妈，一个人寄住在这儿。也难怪，一提到就要哭。

袭　　这才叫老太太疼她，比自己的亲生女儿还疼。

鹃　　也叫缘分，要不，好端端的，我服侍老太太，怎么又来了这个林姑娘？

袭　　难说得很，我不就是老太太给宝二爷的？

鹃　　那是家里的主子，有什么说的？——(向内)雪雁！雪雁！把姑娘的手炉拿来。

袭　　她出去了。

鹃　　哦。(走进屋，在内)啊呀！药全泼出来了。〔出。

袭　　这孩子贪玩，我来照看着。

鹃　　可多谢你了。〔拿着手炉下。

〔鸳鸯上，在入口碰见紫鹃。

鸳　　(指她手中的手炉)早知你来，我也可以少跑一趟了。

袭　　什么事？鸳鸯姐姐。

鸳　　老太太看见外面起了风，深恐林姑娘遭了凉，关照我来拿手炉，也给二爷带件衣服去。

袭　　雪雁拿去了。(鹃下，对鸳)这儿坐坐，可累坏了。

鸳　　从早上一直站到这会儿，迎接娘娘，叩头行礼，侍候娘娘吃饭，听戏，宽衣，刚游过园子，这会儿叫宝姑娘、宝二爷他们作诗呢！

袭　　姑娘你看见了没有？

鸳　　怎么没看见，跟从前在家的时候也差不多，就是胖了些，大了些，看着让人怕。

袭　　穿上凤冠霞帔，吆五喝六地前呼后拥，自然让人怕。

鸳　　真威武，一对对的宫女太监，旗锣伞扇，鼓乐喧天。老太太，老爷，太太，本来要行礼的，娘娘说免了，就上去会见了。

袭　　(笑)二爷呢？

鸳　本来男人是不见的,后来娘娘问起,二爷就进去了。娘娘尽拉着问长问短。一听说横匾都是二爷题的,喜得无可不可,说是将来前程准好。

袭　(笑)二爷原本聪明,可就不用功。不念正经书。

鸳　专爱在咱们脂粉队里混。

袭　再也改不好的脾气,他说过女人是水做的,男人是泥做的,见了女人便清爽,见了男人就觉得浊臭过人。……

鸳　也真怪,你想谁见过含了块玉生下的孩子!

袭　(笑)所以才叫宝玉啊!

鸳　娘娘刚才还问起这块玉呢,要二爷好好保护着。别丢了,招来什么灾难。

袭　老太太一直关照,谁敢不当心!

鸳　将来二爷中了状元之后,(笑)总有你的好处。

袭　中状元?(摇头)本来就不用功,自打林姑娘来了,就更不肯放心在书本上。这会又来了宝姑娘——

鸳　不,宝姑娘为人忠厚、庄重,来了不到两个月,谁都合得来。难怪娘娘看中她,又知道她才情好,一喜欢就叫姑娘们即席题诗,说是有赏!

袭　赏什么?

鸳　左不过是些稀罕玩意儿——

袭　不知我们可有份儿?

鸳　有,有,你跟二爷讨好了,反正他的就是你的,你的就是他的,……

袭　(赧然)呸!我把你这小蹄子——〔追她。

　　〔平儿上。

平　嗐!〔二人停。

袭　平姐姐,你评评理看。

平　别忙——二奶奶呢?

鸳　在园子里,什么事要请示?

平　也不是什么大事,不过来了一个老婆子,叫刘姥姥,说是太太奶奶(娘家)的本家,要我来回一声。

鸳　请她在这儿等着好了。老太太她们一省完亲就回来。

平　(向外)进来啊!

〔刘姥姥挽了板儿进来,全是乡下打扮。刘姥姥见屋内摆设,头昏目眩。大家原以为是个像样的人物,见状,大为轻视。

姥　（点头咂嘴,不知所云）阿弥陀佛,阿弥陀佛!……

平　这边坐!

姥　（不敢坐,看见鸳鸯连忙行礼）姑奶奶,我这里——

平　（连忙阻止）不是,这是鸳鸯姑娘……〔鸳笑。

姥　哦,哦!（连忙对袭人）姑奶奶——〔袭笑。

平　不是,不是! 你等着吧! 奶奶还没有来呢!〔对外。

〔平儿、鸳鸯避开,下,袭人亦下。

〔刘姥姥见人走了,宽了一宽身子,东张西望。一个丫头倒茶。

姥　（受宠若惊）这个……折死我了……〔丫头下,她细看杯上花纹,又打量屋中各物。

〔板儿眼睛四面溜看,突然发现墙上的钟,趁姥姥不在意,跑了过去,又跑回,拉姥姥衣。

板　（要她看）外婆!

姥　什么?

板　……好大的秤锤!

姥　秤锤,哪儿?

板　（指钟）喏,喏,喏……

姥　（白他一眼）不许胡闹。〔可是自己又禁不住去看。

〔突然钟响。

姥　（吃了一惊）呀!

板　（大声）大秤锤响了。

姥　叫你别嚷。〔拍地一下,板儿哭了。

〔袭人上,姥姥尴尬。

姥　不许哭!

〔袭人摇手。外人声:"宝二爷,林姑娘。"

〔姥姥慌忙起立,宝玉扶黛玉上,坐下,袭人沏茶后下。

黛　笑什么?

宝　（拉着她的手）听我说哪,妹妹。

黛　（甩开）拉拉扯扯的像什么？那边坐着。（忽然发现刘姥姥）咦！

宝　哪儿来的乡下老婆子？

姥　（惊慌万分）我……刘姥姥，来给您老请安！（作礼，宝避开，她又向黛）奶奶……

黛　（掩鼻）快去，快去……

〔姥进退维谷。

〔袭人上。

宝　（厌恶地）什么人？

袭　说是太太的本家。

〔姥姥马上赶来。

姥　您老——

袭　宝二爷。

姥　就是衔了块玉养下来的少爷吗？（奉承地）长得真俊。（指黛）还有这位姑娘——

袭　林姑娘！

姥　真个是天仙下凡——天生一对！

黛　（大怒）哪儿来的老婆子！走，走！

袭　姥姥，外边等着吧！〔推姥下，板亦下。

宝　别生气了，可不是我说你生得美，谁不夸赞你。（黛掉头不理）别说这老婆子，娘娘可不也说了。（撅嘴哼起来）"云想衣裳花想容，春风拂槛露华浓，……"

黛　呸，有你这会儿吟诗的本领，何以刚才作诗还要人捉刀呢？

宝　我的好妹妹，要不是你肯帮忙，我可完了。嗳，不知怎么的，明明眼前的句子，怎么也想不起来，你说怪不怪？

黛　真正上场昏——可是你打算怎么谢我？

宝　我把娘娘赏赐下来的东西全送给你。

黛　不稀罕，我有。

宝　我给你扫地。

黛　你那扫地呀！好比鬼画符。

宝　那么我给你梳头。

黛　梳得不干净。

宝　那么让我来给你画眉毛——

黛　(正言厉色)胡说,越说越没上没下的了。[转身不理。

宝　(着急)好妹妹,千万饶我这一遭,要是有心欺负你,明儿我就死——

黛　(急掩其嘴)又胡说。

宝　来生投个女胎做你的丫头,和你一处玩耍,服侍你一辈子,任凭你打骂。

黛　(不禁掩口笑)一般吓得这个样儿。

宝　你还说呢！人家急的！

黛　谁叫你贫嘴薄舌的呢？——(伸一懒腰)我可要去息着了。(起立,宝玉紧随)你干什么？

宝　我也要去息着。

黛　你没有你的地方去？

宝　我要跟着你。

黛　我走了呢？

宝　我也走。

黛　我要回家去呢？

宝　我也——咦,你回到哪儿去？

黛　你不用管。

宝　骗人,你们林家一个人也没有了。

黛　就算没有地方去,要是我哪一天死了呢？

宝　我……(难过地)好妹妹,你别说这话好不好？

黛　那你别缠我。

宝　为什么？

黛　我——我要匀脸。

宝　我瞧着。

黛　洗手。

宝　更好,洗过了的水,让我洗。

黛　(笑)这种下流脾气,不知道哪一年才能改好。[进入内室,回身阻止。

宝　好妹妹,让我进来吧！

黛　(在门边)好好地坐在那儿,我送你一样好东西。

宝　什么东西？

黛　回头瞧好了。〔把门关上。

宝　你可不许骗我。（认真地坐下，稍停，宝玉起立）晴雯！晴雯！

雯　（在内）嗳！

宝　早上沏的枫露茶——

　　〔晴雯出，刚正施粉，手里边有胭脂。

雯　二爷要什么？

宝　哦！你在搽胭脂——好妹妹，赏给我吃了吧！（雯拿开）你嘴上的。

雯　人家刚搽上。

宝　我给你再搽。〔拉着晴雯不放。

雯　不。

　　〔金钏儿上。

钏　鸳鸯呢？快去搀扶着老太太。

雯　已经去了。

钏　（见宝玉拉着晴雯）你们在这又干什么？（见状，明了）别闹了。（对宝玉笑）娘娘的东西赏下来了。

宝　哪儿？

　　〔袭人出。

袭　我们也有吗？

钏　有。

袭　赏的什么？

钏　不是，娘娘姑娘答应送给我们一个人一件。

袭　谁？

钏　你猜猜看！

雯　宝姑娘。

钏　对了。

袭　我说么，除了她再没有别人。

宝　我倒要去看看，赏的是些什么？

钏　你的是红麝香朱两串，凤尾罗二端，芙蓉簟一领，金银镯子两对，宝姑娘跟你的一样，别的人只有两件。

宝　林姑娘的？

钗　也是两件。

宝　咦！怎么林姑娘的不跟我的一样，倒是宝姑娘的跟我一样，别是你弄错了吧！

钗　我亲眼看见的，哪儿会错？

〔傻大姐提了一只提篮上。

傻　来了，来了，大姑娘娘娘赏的好东西来了。

〔大家去瞧。

宝　（细看）奇怪！

〔黛玉出。

黛　什么事奇怪？

钗　林姑娘，我们在这儿瞧——

〔宝玉挥手叫他们别再说下去，丫头们都下。

黛　是娘娘赏的东西吗？

宝　（掩饰地拿开）也没有什么好看的，待一会老太太会分给我们。刚才你说送给我的东西呢？

黛　瞧！这不是！〔拿出一个玉穗子。

宝　（大喜）啊！玉穗子，几时做好的？

黛　来，我给你把玉穿上。

〔宝玉拿下玉来，黛玉给他穿上。

宝　这可好了，再不会丢了。好妹妹，你做的真好，赶明儿再给我做个香袋好不好？

黛　你倒好，得陇又望蜀了。你要是不好好戴着，我连这也不给你。

宝　（拉她）你答应再给我做个香袋吧！好妹妹，许了我吧！

黛　什么时候见过这么嘻皮赖脸地讨东西！放手！……我要去告诉老太太了。

凤　（在外）又是什么？林妹妹，告诉你们的凤姐姐我好了。（进，满面笑容）我叫老祖宗放心，宝弟弟一定是跟林妹妹先回来了。怎么样？可不在这儿。

宝　娘娘起驾了？凤姐姐。

凤　　早走了,老祖宗她老人家一个转身看不见你们俩,在那儿着急呢!

宝　　真的?〔要向外走。

凤　　还去做什么,老祖宗就要回来了。(笑嘻嘻地对黛玉)好妹妹,今儿可累了,快去憩着吧!

黛　　还好。

凤　　这两天药还吃吗?

　　　〔黛玉点头。

凤　　你要是少什么,只管告诉我,丫头婆子们招扶不好,也只管告诉我。这些下人都不是好东西,管得严点儿就背地里骂你,稍微管得松点儿,就闲散了。这几天忙着娘娘省亲,我就不得空来看你。好妹妹,你怎么不到我那儿去坐坐呢?

黛　　要去的,二嫂子。

凤　　宝兄弟,你可不能欺负你林妹妹呀,别说老祖宗不依,我也不许。——前天我送来的茶叶还好吗?

黛　　我正忘了,多谢想着。

凤　　(取笑地)你既吃了我们家的茶,怎么还不给我们家做媳妇儿!

黛　　(啐她)呸!没好话说!〔走。

凤　　别急,你听我说——

　　　〔外面人声:"老太太,好生走!"

　　　〔凤姐迎了上去。

凤　　老祖宗。〔忙去搀扶。

　　　〔鸳鸯、金钏等扶老太太上。薛姨妈、宝钗、王夫人后随。

宝
黛　　老太太,太太!

母　　(微点头)我可要坐了。(坐,丫头侍立。对薛姨妈)姨太太,别客气,你坐啊!(薛姨妈坐)林丫头,靠着我坐!(黛玉坐贾母旁)什么时候回来的?

宝　　回来了一会儿。

王　　回来了也该说一声,把老太太给急坏了。

凤　　老祖宗还好,可急坏了我这两条腿,巴巴地赶回来,宝兄弟正在跟林姑娘手拉手说笑呢！〔学样，大家笑。

母　（对宝玉）你林妹妹是该早点回来，体子薄，药罐不离身。我看连我们家里的几个算上，（对姨妈）还是宝丫头身体健。

姨　（笑）看起来还好，不过也成年吃丸药。

母　什么病？

姨　也不是什么大病，不过是胎里带来的热毒。后来有个和尚说了个仙方儿，吃了果然好。

母　什么巧方儿，这么灵？

凤　叫冷香丸。老祖宗，吃下去不但身体好，还会发出一股香气来，比熏的还强。

宝　真的？（向宝钗）宝姐姐，你那丸药赏我两粒吃吃好不好？

钗　药也是好瞎吃的？

〔宝玉拉钗到一边，贾母等吃烟喝茶。

钗　干什么？

宝　（低低地）让我闻闻。〔拉她衣袖。

〔钗挣扎。

母　宝玉，又跟你宝姐姐胡缠了。还不放手！〔宝玉放手。

姨　（对钗）宝丫头，你兄弟要什么就给他好了，干什么这么扭扭捏捏的小气样儿。

母　真孩子气。（对宝玉）过来，好好地坐在这儿，听大人讲话。（宝玉到贾母身旁坐下，她对姨）梨香院那几间房子还好住吗？（姨点头。贾母转对王夫人）你可得带去照应着点，虽说是亲姐妹，也别让姨太太委屈了。有什么只管说，大家至亲，别外道了。

凤　老祖宗放心，有我孙媳妇儿——

母　你这个泼辣货，就长一张油嘴。

凤　老祖宗嫌着我，我就不说。

母　（笑）说，说，你只管回我好了，你是当家人，原要问到你。

凤　我本来要回老祖宗，这个月二十一是薛大妹妹的生日。

母　这也用问，多少大生日都料理过，这会儿又拿捏起来。

凤　不是拿捏，是要讨老祖宗的示下。定什么菜，叫什么戏班子，我也可以趁势乐几天。

母　猴儿,把你乖的,原来你是要自己乐。(对钗)宝丫头,你爱吃什么,听什么戏,告诉你凤姐姐,叫她办去。凤哥儿,你听着,我拿出二十两银子来,你要做坏一点儿,我可不答应。

姨　(客气地)老太太,她这么大一个小人儿家,看别折坏了她。

凤　不是我多嘴,姑妈,有老祖宗出钱,我们不乐干什么!

母　好啊,你这个泼辣货。告诉你,我拿二十两,你们姑娘姊妹也得陪着拿银子。

凤　(作苦恼状)啊呀,老祖宗给孩子们做生日,既高兴要热闹,就说不得要多花费几两老库里的体己,这会儿又要我们赔上。偏留着金的、银的、圆的、扁的,压塌了箱子底。老祖宗看看,谁不是你老人家的儿女,难道将来只有宝兄弟顶你老人家上五台山不成?也太苦了我们啦!

〔大家笑。

母　你们听听这张嘴,我也算会说的了,怎么说不过这猴儿,你婆婆也不敢顶嘴,你就和我"啦"呀"啦"的。

凤　我婆婆也是一样疼宝玉,我也没处诉冤,倒说我犟嘴。〔作受委屈的样子。

〔大家又笑。

母　够了,凤辣子,你倒说预备下什么?

凤　倒是说啊!我在这儿想呢——

母　(对钗)宝丫头,你说说看。

姨　老太太,宝丫头一个小生日,算得什么,赶明儿过来叩头就算了。

母　不,姨太太,也别客气。(对宝钗)宝丫头,你只管说,爱吃什么?

钗　……

王　既然老太太要你说,你就说吧!

钗　老太太……

凤　说啊!点一两样。也好让我赶着办。

钗　就是上次老太太过生日吃的素菜好了。

母　好,好,(对大家)我就爱吃素菜,不过你们总得加几样清淡点儿的荤菜。到了那天,再到外面叫个好戏班子。

宝　（大乐）老太太,我们到园子里去摆酒席,听戏,饮酒,玩儿一个痛快。（手舞足蹈）宝姐姐,你说好不好？我们喝过酒就吟诗对了,老太太,我们再把云妹妹接回来,大家——

［外面人声:"老爷来了。"

王　你老子来了。

［宝玉马上肃立。

［贾政入。

政　（行礼）老太太辛苦了。

母　都料理好了吗？

政　儿子全逐一吩咐过,太监都已回宫了。

母　好吧！忙了一整天,你也该去息着了。

政　是——刚才娘娘赏的东西,老太太过目没有？［母摇头。

［鸳鸯拿了过来,大家看。

［贾环站在门边,欲进不进。

政　环儿！

环　老爷。

王　（看见了）这孩子,总是这么鬼鬼祟祟地。进来吧！

母　是你妈叫你领东西的吗？……（环不答）瞧你这猥琐样儿,人家总说我偏心,其实我倒不管你是不是姨娘生的,看看总得叫人欢喜。（取了东西）拿去……（环接了东西站一旁,贾母摇头）要是及得上宝玉儿一分,也好了。

政　（对环儿）还不快去！（环下,对母）娘娘吩咐,园子总名"大观园"取其洋洋大观的意思。

母　哦。

政　娘娘临去又吩咐,宝玉才分尚可,总得好好管教。

母　知道了,知道了,你只要少骂他几句就好了。

政　是。

［平儿探头,又退。

［静。

母　（对政）你还站在这儿干什么？

政　老太太没有什么吩咐？

母　快去吧！没有你的事。你在这儿，叫人闷得慌。

政　是。(下)

母　(对鸳)搁在哪儿，回头分别送去吧！

宝　(跳起)我来瞧瞧。(翻着)这个好，这个不好，这个——

母　宝玉，你这孩子，刚才你老子在这儿，怎么一句话也不说？不好斯斯文文坐在那儿！

宝　(顽皮地)是。〔真的坐下。

母　(对鸳)姨太太跟宝姑娘的放着。其余的，你点了分头送去。

鸳　是！(数)太太的跟姨太太的一样，六件，宝姑娘跟宝二爷的一样，四件，其余家里几个姑娘跟林姑娘一样，两件。

〔黛玉注意。

母　哦！哦！……宝丫头跟宝玉的一样！

鸳　是的，老太太。

宝　只怕是弄错了！

鸳　没有错，上面写着名字。

宝　(见黛玉不高兴的样儿，走过去)林妹妹，我送你两样。

〔黛玉不理，下，宝玉看了看大家，也跟下。

母　(起立)好了，我这副老骨头也得进去躺躺了。姨太太你随便坐坐！

姨　老太太请便吧！我们也该去了。

〔大家起立。

母　(对外面探头的平儿)谁在外面？

鸳　平儿。(对外)平姐姐进来，老太太问你。

〔平儿上。

平　老太太！

母　是找你奶奶有事吗？

平　也没有什么事，不过有个刘姥姥，说是跟太太亲戚，这会子来投奔咱们。

〔说完看王。

王　是怎么样的一个人？

平　一个乡下婆子，说是她亲家名叫王成，原和太太一家。

母　太太,你们有这么个本家吗?怎么我从来没有听说过。

王　(沉思半晌)……哦……我记起来了,原不是本家,是后来认的。

母　既然来瞧我们,也别简慢了她。

凤　太太,您看——

王　你瞧着办吧!(对姨)到我屋子里坐坐去,哥哥来了信。

　　［鸳鸯扶贾母下;金钏儿扶王夫人下,姨妈宝钗随后,袭人等亦下。

凤　你跑了来干什么?探头探脑地,就为了这个什么刘姥姥?

平　哪儿是这个,我是拿她打个岔儿。那项利息送来了。

凤　收下好了,也值得大惊小怪的。

平　我也知道,可是送得不足,只有一半,其余的一半,还得等月底送来。

凤　(怒)混账东西,讲好了的,他敢赖!看我不骂他个臭死的。

　　［熙凤平儿下。

　　［香菱上张望。

　　［袭人出。

袭　香菱姑娘,是接你们太太姑娘回去吗?在太太那儿!

菱　哦!［要下。

袭　香菱,回来,把你姑娘的东西带去。

菱　是娘娘赏的吗?——我就来拿。［下。

　　［黛玉出,宝玉从后面跟上。

宝　(拉黛)妹妹,犯不着为这点儿小事生气,你爱听什么戏,咱儿明儿就叫一个班子。爱吃什么?咱儿明儿叫一桌最好的菜。瞧,我这些全送给你。

黛　(见了东西,更加不高兴)去,去,去!我不稀罕。

宝　等会儿,我给你送过来,(对袭)袭人姐姐,给林姑娘拿到屋子里去。［袭人拿了下。

黛　我不要,本来么,我原不配受。

宝　这是从哪儿说起呢?……

黛　你有宝姑娘,贝姑娘,你去送她去。

宝　她跟我拿的一样,送她干什么。

黛　是啦,也只有她才配跟你一样。

宝　（知道话说错了,连忙央求）只怕是娘娘记错了,好妹妹,听我说——
黛　我不信,我原知道我是讨人嫌的。寄住在这儿,谁也看不上眼,没有爹,没有妈,孤苦伶仃,……（泪下）不像人家有钱有势,有人捧着——
宝　好妹妹,我要是有这个心,我就——
黛　不说呢,刚才你那高兴的样儿。
宝　你这么个明白人,难道连亲不隔疏,后不僭先也不知道？咱们是姑舅姊妹,宝姐姐是两姨姊妹,论亲也比你远,这府里,打老太太起,谁不疼你,宝姑娘不过是为人和气,大家敬她,爱她！
黛　是了,谁都敬她,爱她！我们原是奴才丫头,只有她才是宝贝姑娘,金玉人儿。她才配得上你这带玉的公子。
宝　（急）你……你又……
黛　玉穗子还我！
宝　好。（还她）拿去好了！
黛　（拿了就铰）横竖有别人替你做！
宝　啊！（阻止不及,已断,急了）好,我早就恨这劳什子,看我砸了,你瞧！
　　［拿下玉来就摔玉。
黛　啊！（赶来拉他）何苦来,你要砸它,不如砸它！［哭。
宝　要它做什么？爽性砸了它,一干二净。
　　［宝玉砸玉,黛玉阻止。
　　［袭人急出。
袭　啊呀！（抢下玉来）怎么回事？
　　［黛玉啜泣着下,宝玉呆坐。
袭　还不快给戴上。
宝　我不要。［又摔在地上。
　　［香菱上。
菱　（不知就里）二爷你扔什么？（拾起玉）就是那块胎里带来的玉吗？嘻,嘻,嘻,好玩得很！（念）"通灵宝玉"。（翻到反面看）"莫失莫忘,仙寿恒昌。"咦,这两句话倒跟咱们姑娘金锁上的两句话是个对儿。（高兴地）巧得很,巧得很！
　　［薛姨妈、王夫人、宝钗上。

姨	什么东西瞧得这么高兴,呆丫头。〔接过香菱递上的玉细看。
菱	可不是跟姑娘的是个对儿?
王	什么?宝丫头也有?
菱	姑娘的锁上也有八个字,是个癞头和尚送的。他说一定要刻在金器上,将来……
钗	(制止她)香菱!
王	拿来我瞧!
钗	……
姨	拿给你姨妈瞧瞧,怕什么?

〔宝钗拿出锁片。

王	(看锁片,念上面的字)"不离不弃,芳龄永继!"可真是个对儿。

〔袭人跑去看。

袭	二爷,快来看!

〔宝玉慢慢地走过去。

〔正在这时,黛玉上,见状,呆立。

〔香菱傻笑。宝钗低头,大家看着她。

——幕下

第二场　训　子

〔几天后,宝钗生日的下午。

〔布景同第一场。

〔幕开时,袭人一人坐在炕上,似在沉思。

〔外面锣鼓声。

〔稍停。王夫人,金钏儿上。

袭	(连忙起立)太太!
王	你怎么一个人在这儿,没有跟二爷去?
袭	回太太,屋里没人,灯烛得人照应。
王	好丫头,怪不得二奶奶说你做事老到,去吧,照应二爷也要紧。(袭人下,打了一个呵欠)我也累了,(坐在炕上)金钏儿,你给我捶捶腿。〔打盹。金钏儿捶腿,也打盹,摇头晃脑。

〔稍停,宝玉上。

宝　　妹妹,妹妹……(见王夫人)太太在这儿。〔停了足步,见王夫人睡着了,金钏儿也朦朦胧胧的,轻轻跑去将金钏儿耳朵上坠子一摘。

钏　　(睁眼)……

宝　　(悄悄地笑)就困得这么着吗?

钏　　〔笑,摆手,叫他出去,又合上眼……
　　〔宝玉走去又回,恋恋地从荷包里掏出一丸润津丹来,向金钏儿嘴里送,金钏儿也不睁眼,只管嚼了,宝玉过来拉着她的手。

宝　　(低低地)我和太太回了讨了你,咱们在一处吧!

钏　　……

宝　　(看了王夫人一眼)等太太醒了,我就说。

钏　　(推开宝玉,笑)你忙什么,"金簪儿掉在井里头,有你的才是有你的!"连这句俗语难道也不明白?(停止捶腿,王氏觉察,他们不知)我告诉你个巧方儿,你往东小院儿拿环哥们和彩云去,他们俩正在——

王　　(一个翻身,照金钏儿脸上就是一个嘴巴,用手指着)下作小娼妇,好好儿的爷们都叫你们教坏了,你这贱货!来人啊!
　　〔宝玉吓得一溜烟跑了。
　　〔袭人跑了出来。

王　　袭人,你把她妈叫来,带了出去。

钏　　(跪下,求)下次再不敢了,太太要打要骂,只管发落,别叫我出去。

王　　哼!

钏　　太太天恩,饶过我这一次。

王　　不行!(对袭)快去!〔袭人要去。

钏　　(抱王氏腿)太太,好太太,我跟太太十来年,这会子撵出去,我还见人不见人呢?

王　　少废话。快去,袭人,你马上送她到她妈那儿去,省得祸害。

钏　　太太……太太……

王　　快去!气死我了!
　　〔袭人拉金钏儿。

钏　　(突然,异样地沉着)别拉我。(向王夫人叩头)太太,我去了。

［袭人金钏儿同下。

王　这丫头，真想不到。……［也下。

［外面锣鼓声。

［稍停，黛玉出，不耐烦地看了看外面，躺炕上。

［紫鹃出，拿了一张毯子，为她盖上，黛玉睁眼。

鹃　姑娘，你不出去散散心吗！

［黛玉向她挥手，要她出去。

［紫鹃叹惋地退。

［外面热闹的锣鼓声，唱戏声。

［宝玉上，兴高采烈地。

宝　林妹妹。林妹妹！（黛玉不理）咦，（向紫鹃）睡着了？（紫鹃指黛玉，摇手，宝玉挨了过去）好妹妹，干吗一个人躲在这儿睡觉？我等了你那么久。（拉她）大伙在那儿听戏呢，老太太只问着你，你爱听哪一出，我来点。［紫鹃下。

黛　你爱听只管去听好了，这会子犯不着沾别人的光！

宝　（笑）这有什么难的，赶明儿你过生日我就特地叫个戏班来唱给你听，你说可好？

黛　哼，我可没那么大福气。比不得什么宝姑娘贝姑娘有什么金哪玉的，大家欢喜，我们不过是个草木人儿罢了。

宝　（着急）你又来了，好妹妹，除了别人，我心里要有这个想头，天诛地灭，下世不得人身。［急得直跳，脱衣。

黛　（笑，忙止着他）好没意思，平白地起什么誓呢。原来是——谁管你什么金什么玉的，我为的是我的心。

宝　我也为的是我的心，你难道就知道你的心，不知道我的心。

［黛玉低头不语。

黛　（半晌，抬头看他）你再不知道你太使人难受，就拿今儿的天气比，分明冷些，干吗你不穿披风呢？

宝　何尝没穿，瞧（指刚脱下的）这不是？给你一恼，我一急，刚脱下。

黛　还不快穿上。［给他穿上，黛玉又歪下。

宝　（拉她）去呀！

黛　哪儿去？

宝　听戏去，才吃了饭，睡觉停了食。

黛　我真的不想出去。自打那日贵妃娘娘回来省亲，直到今儿还没歇过来，浑身酸疼。

宝　酸疼事小，睡出病来事大。我替你解闷儿，混过困去就好了。

黛　（合上眼）我不困，只略歇歇儿，你别处去闹会子再来。

宝　（推她一下）我往哪儿去呢？见了别人就怪腻的。

黛　（笑）你既要在这儿，（指一边）那边老老实实地坐着，我们说话儿。

宝　我也歪着。

黛　你就歪着。

宝　没有枕头，咱们在一个枕头上吧！

黛　放屁，那边不是枕头。

宝　（看了一眼）那个我不要，也不知是哪个腌臢老婆子的。

黛　（笑）唉，真正，你就是我命中的魔星。请枕这一个。〔将自己枕的枕头抽了一个递给他。

宝　（忽然，起立，作嗅状）咦。

黛　什么？

宝　哪儿来的香气？

黛　没有啊？

宝　我明明闻见，……（向黛身上闻）好妹妹，你这是什么香？

黛　我有什么香？难道也有什么罗汉真人给我丸药吃下去变了奇香不成？我有的也只是那些俗香罢了。

宝　好，凡我说一句，你就拉上这些，不给你厉害，也不知道！〔两只手呵了两口，向黛玉胳肢窝作搔态。

黛　（笑喘息）宝玉，你再闹，我就恼了。

宝　（住了手，笑）你还说这些不说了？

黛　（讨饶）再不敢了。（一面理发，故作正经）我有奇香，你有暖香没有？

宝　（发忙）什么暖香？

黛　（笑）唉，蠢材，蠢材！你有玉，人家就有金来配你；人家有冷香，你就没有暖香去配她！

宝　（又恨又爱）方才告饶,这会更说狠了。〔又要伸手。

黛　（笑着,求饶）好哥哥,我可不敢了。

宝　饶你不难,只把袖子我闻一闻。〔拉了她袖子闻。

黛　（抽开）这,你可该去了。

宝　要去不能……好吧！咱们斯斯文文地说话。〔坐下。

黛　（躺下）你说吧！

宝　这几天你身子怎么样？

黛　还好。

宝　丸药吃完了没有？

黛　还有。

宝　你想不想扬州？

黛　……〔有点欲睡。

宝　别睡,别睡。（故作惊人之状）啊哟,你们扬州出了一件大事,你可知道吗？

黛　（惊起）什么事？

宝　（忍着笑）扬州有座黛山,山上有个林子洞。

黛　扯谎,我从来没有听说过。

宝　天下山水多着呢,你哪儿都知道,等我说完了你再讲。

黛　好,你说！

宝　这林子洞里有一群耗子精,这年腊月初七,老耗子升座议事,说:"明儿是腊八了,世上的人都熬腊八粥,如今我们洞里荣品少,得趁此打劫点儿才好。"于是拔了一支令箭,派了个能干小耗子去打听,不一会,小耗子回来了,说是山底下庙里果品不少。老耗子问有几样？小耗子道:共有五种,一是红枣,二是栗子,三是落花生,四是菱角,五是香芋。老耗子听了大喜,马上拔了一支令箭问:谁去偷栗？一个耗子接了令箭去了;又问:谁去偷红枣？又一个耗子接了令箭去了;末后只剩了香芋,只见一个极小极弱的小耗子应道:"我能去。"老耗子见他太怯懦,不准他去,小耗子道:"我虽年小身弱,却是法术无边,口齿伶俐,计谋深远,这一去管比他们偷的还巧。"众耗子道:"怎么比他们巧呢？"小耗子道:"我不学他们直偷,我只摇身一变,也变个香芋,混在香芋堆里,叫人瞧不出来，却暗暗地搬运，这不比直偷硬取的巧吗?"众耗子听了却说："好是好，只是不知道怎么个变法，你先去变个我们瞧瞧。"小耗子听了笑道："这个不难，等我变来。"说毕摇身一变，竟变了一个最标致美貌的小姐，众耗子叫道："错了，错了。"小耗子大笑着说："我说你们没见过世面，只认得果子是香芋，却不知道盐课林老爷的小姐林黛玉才是真正的香芋呢?"

黛　（走了过来，按着宝玉）我把你这个烂了嘴的，我就知道你是编派我呢！
　　［要拧他。
宝　（连忙央告）好妹妹，饶了我吧，再不敢了。
　　［熙凤、平儿同上。
凤　啊呀，林妹妹，又是宝兄弟欺负你吗？
黛　二嫂子快来帮我，宝哥哥在这编派我呢？
凤　宝兄弟，快规矩点，老祖宗正要我来瞧瞧，别又是姐儿俩拌嘴了。
宝　没有的事，我们正在这儿说笑玩儿。
凤　可不是，我就跟老祖宗说了，姐儿俩好还好不过来，哪儿有拌嘴的道理。倒是说，你们说些什么，这么开心，也让我听听。
　　［二人笑，不管。
宝　凤姐姐，你怎么不听戏去？
凤　说的是啊，老太太要我来叫你们。快去吧，史大妹妹也来了。
宝　（大喜）真的，在哪儿？
凤　正在前面跟老太太宝姐姐说长道短呢！
宝　我去找她去！（对黛）一块儿去找史大妹妹玩儿去！［拉了黛玉下。
　　［熙凤看着他们背影笑着摇头。
凤　（对平儿）快说，我就要到老太太跟前去。还得打发事情。
平　馒头庵的静虚师父巴巴地赶来有事求奶奶。
凤　我知道了，快说啊！（见他不说，性急地）你怎么也学起那些丫头扭扭捏捏的？
平　静虚师父说：事成了，要重重地谢奶奶。据我看——
凤　哼！我稀罕她谢我。——到底什么事？
平　这件事也没有什么？说是——

凤　什么,说啊!

〔静虚入。

虚　阿弥陀佛,二奶奶。

凤　(倒出乎意外)哦,你在外面。

虚　(满面堆笑)早要来给二奶奶请安了,只因胡老爷府里产了公子,叫请几位师父念三天血盆经。阿弥陀佛,就耽误到了今天。奶奶这向时气色好极了,什么时候请到小庵里去——

凤　好了好了,你快把事情说了,能干就干,少来这一套。

虚　(搭讪地)嗯,说起这事来,奶奶要是肯做,也算是一件功德。——阿弥陀佛,只因当日我在长安善才庵出家的时候,有个施主姓张,是个大财主,他的女孩子小名金哥,那年往我庙里来进香,不想遇见长安府大爷的小舅子李少爷,那李少爷一眼看见金哥就爱上了。

凤　哦——你怎么知道的?

虚　(扭捏地)我们出家人哪儿知道,还不是后来他们告诉我的。

凤　哦,后来呢?

虚　后来这个施大财主家立刻打发人来求婚,不想这个金哥已经受了原任长安守备公子的聘定。张家要想退亲,可是守备家不依,这一边李少爷又一定要娶,正在左右为难,守备家就不问青红皂白告到衙门里去。女家急了,只得托人上京来找门路——

凤　(半开玩笑地)就找到了你!

虚　(尴尬地)阿弥陀佛,我们出家人哪儿管得了这个事,再说也没这么大能耐。

凤　那你这会儿来——

虚　就是说啊!要求二奶奶行个好,成全他们。

凤　那我告诉你,你走错了门路了。

虚　二奶奶说哪儿话。——听说长安节度云老爷跟府上好,怎么求太太和老爷说说,写一封信去,求云老爷和那守备说一声,那怕他不依——要是肯行,张家哪怕倾家孝顺也情愿。

凤　(笑)哦,这事情倒不大,只是太太再不管这些事。

虚　太太即不管,奶奶就可以主张了。

凤　　（沉吟一下）我，（摇头）我也不等银子使，也不做这种缺德的事……
　　　［静虚失望，半晌。
虚　　唉，虽这么说，只是张家已经知道求了府上，如今不管，（反激地）张家不说不稀图他的谢礼，倒像府里连这点儿能耐也没有似的。
凤　　（受了激动）好吧，你是素来知道我的，凭是什么事，我说行就行，你叫他拿三千两银子来，我就替他出这口气。
虚　　有，有，这个不难。
凤　　我比不得他们扯篷拉纤地图银子，这三千两银子，不过是打发小厮作盘缠，几个辛苦钱，我一个子也不要，就是三万两，此刻我也还拿得出。
虚　　既这么说，就请奶奶马上开恩。
凤　　瞧你急的，你看我忙的哪一处少得了我，我既答应了你，自然给你了结啊！
虚　　（奉承地）这点子事，要在别人，自然忙的不知怎么样了，可是在二奶奶跟前，再添上些也不够二奶奶一办的，俗语说的："能者多劳。"谁不知道奶奶干练。
凤　　（转身对平）你琏二爷回来了没有？
平　　在房里呢！
凤　　正好。（对虚）可这三千两银子得马上送来。
虚　　我马上去拿去。（转身）二奶奶，我今儿特意带了些馒头孝顺二奶奶。
　　　［去拿提盒。
凤　　谁稀罕你那馒头。
虚　　一点儿小意思，平姑娘，你收着，还有大姐儿的寄名符。［递凤。
凤　　亏你没忘了。
虚　　奶奶的事哪儿敢？——还有送给宝二爷跟姑娘们的几样玩意儿，东西虽小，倒都是庵里师父传道的法器，带在身上可以去病消灾的。［拿出几样小东西。
凤　　搁在那儿，快去吧！
虚　　是！［下。
凤　　（指静虚留下的物）这些给老太太送去，要是问起我，就说有事开发，马上就来。（叫住她）我看看。（看）全不行。［拣了两样推开。

平　是。

　　（凤下。）

　　〔外面人声，宝钗、鸳鸯扶贾母上，宝玉黛玉随后。

母　（笑嘻嘻地）痛快痛快，还是宝丫头有心，尽点的是些我爱听的戏，宝玉，《西游记》里的猴儿好比你，——

黛　（对宝）听见了没有？你是猴儿。

宝　真的吗？那我就要大闹天空了。

钗　再闹些也翻不过如来佛手掌。老太太可不就是如来佛？

母　（笑）对了，对了。宝丫头，别瞧她不大开口，开起口来谁也抵不了她。

平　（走过来）老太太，刚才馒头庵静虚师父送来几样小玩意，说是给二爷姑娘们的，戴在身上可以避邪消灾。

母　哦！〔平儿拿了给贾母看，然后下。

宝　（看了一眼）哦，这些东西，没有好玩的。

母　（拨了一拨）搁在那儿，（忽然拨到一样，捻在手里）这个赤金点翠的麒麟，好像我看见谁家的孩子也带着一个的。

钗　史大妹妹有一个，比这个小些。

　　〔黛玉赶过去看。

母　还是你记性好。

鸳　宝姑娘有心，不管什么他都记得。

黛　（冷言）她在别的上头心还有限，唯有这些人带的东西上她才是留心呢！

　　〔钗转身不理。

宝　史大妹妹有？（连忙藏起，偷看别人，看见黛玉注视，不好意思，又掏出来，对黛笑）这东西有趣儿，我替你拿着。

黛　我不稀罕。

宝　你既不稀罕，我可就拿着了。〔放入袋中。

母　咦！云丫头呢？

宝　不是刚才跟我们一块儿来的吗？

鸳　云姑娘跟袭人姐姐在廊沿那儿谈体己呢！（指一处）那儿不是？

宝　我去叫她去。

母　别跑来跑去遭着风。

鸳　（对外）史大姑娘！

云　（在外）来了！

母　随她去吧！只要别站在风口。〔起立，走向内。

　　〔仍然是宝钗鸳鸯扶贾母下。

　　〔黛玉有点气恼地向内走去。

宝　（见她不高兴，搭讪上去）妹妹，你又到哪儿去？

黛　你管我。

宝　（黛玉走，宝玉跟）好妹妹，你听我说——

　　〔史湘云上。

云　（大步进，笑着叫）爱哥哥，林姐姐！你们天天一处玩儿，我好容易来了，也不理我一理儿。爱哥哥，爱哥哥，你倒说说看。

　　〔黛玉掩口笑。

宝　咦，好端端地笑什么？

黛　偏是咬舌子爱说话，连个"二哥哥"也叫不上来，只是"爱哥哥""爱哥哥"的，回来赶围棋儿，又该闹"幺爱三"了。

宝　（笑）你学惯了，明儿连你也咬起舌头来。

云　她再不放人一点儿，专会挑人，就算你比世人好，也不犯着见一个打趣一个。爱哥哥，你评评这个理。

黛　（忍不住，学她）爱哥哥，你评评这个理，我哪儿是打趣她，你听，她接爱（二）连三"爱哥哥""爱哥哥"地直叫唤。

云　我指出一个人来，你敢挑他，我就服你。

黛　谁？

云　你敢挑宝姐姐的短处，就算你有本事。

黛　我当是谁，原来是她，我哪儿敢挑她的短处呢？本来——

宝　（外面锣鼓声，用话扯开）我们去听戏去。瞧，外面正在唱的起劲。

云　（笑）这一辈子我自然比不上你，我只保佑着明儿得一个咬舌儿林姐夫，时时刻刻，你可听爱呀呃的去，阿弥陀佛，那时才现在我眼里呢？〔逃。

黛　这个鬼丫头。〔追了上去。

宝　（看见湘云几乎摔跤）当心绊倒，哪儿就赶上？（跑去拦阻，转身笑着对黛玉）饶她这一遭吧。

黛　我要饶着云儿，再不活着。〔仍要追。

云　（停了足步央告）好姐姐，饶我这遭儿吧。

　　〔宝钗出。

钗　（笑着和解）我劝你们俩看宝兄弟面上都撒开手吧。

黛　我不依，你们是一起的，都来戏弄我。

宝　罢了，谁敢戏弄你，你不说她吆爱三，她不会说你咬舌儿姐夫。

　　〔大家笑。

凤　（在外）又是什么事这么好笑。〔上。

云　凤姐姐，你说——

　　〔贾母、鸳鸯由内室出。

母　你们不去看戏在这儿闹什么？

凤　（撒开别人，迎上去）老祖宗不去，我们哪儿敢！

母　我把你这猴儿，背着我还不知道多热闹呢！

凤　不信，老祖宗问别人，我们一直就没听戏。〔作苦状。

母　好了，好了，快别装了，宝丫头，林丫头，大伙儿去吧！

　　〔赖大带了一个小旦上，傻大姐跟着。

赖　老太太要点出什么戏听听？（对旦）给老太太请安。

　　〔小旦叩头。

母　你几岁了？

旦　十三岁。

母　这么点儿年纪就唱戏，可怜见儿的。

　　〔大家围观。

凤　这孩子扮上活像一个人，你们再瞧不出来。

母　谁？

　　〔宝钗会意点头……

　　〔宝玉也点头……

云　（脱口而出）我知道，是像林姐姐的模样儿，瞧——

　　〔宝玉拉她一把，她瞪眼。

　　〔大家比着看，笑，黛玉深为不满，走开。

母　（对赖大）去吧！

旦　　谢老太太！〔仍由赖大领下。

凤　　我来扶着老祖宗。

〔大家下。

〔黛玉气恼地走入自己屋内。

云　　（对走在后面的傻大姐）傻大姐,给我把衣包收拾了。

傻　　姑娘不去看戏?

云　　不去看戏,马上就走,在这儿做什么？看人家脸子。

宝　　（挥手叫傻下）好妹妹,你错怪了我。

〔黛玉出,听见他们以下的谈话。

宝　　林妹妹是个多心的人,别人分明知道,只不肯说出来,也都是因为怕她恼,谁知你不防范,就说出来了,她岂不恼呢？我怕你得罪了人,所以才使眼色,你这会子恼了我,岂不辜负了我？要是别人,哪怕她得罪了人,与我何干呢？〔拉她。

云　　（摔开）你那花言巧语,别望我说,我原不及你林妹妹,别人拿她取笑儿都使得,我说了就有不是！我本也不配和她说话,她是主子姑娘,我是奴才丫头?

宝　　（急）我倒是为你为出不是来了,我要有坏心,立刻化成灰,叫万人拿脚踹。

云　　大正月里,少信着嘴胡说没要紧的歪话。你要说,说给那些小性儿行动爱恼人会辖治你的人听去,别叫我啐你。〔一转身赌气跑了。

〔宝玉追之不及,走了回来,向黛玉室内走去,刚进门被推了出来,里面将门关上。

宝　　（纳罕,向内,低声）好妹妹,好妹妹……

〔内不应,宝玉呆立。

〔半晌,黛玉开门,走出,满以为宝玉不在,见他还呆立,马上退回,被宝玉拦住。

宝　　凡事都有个缘故,说出来人也不委曲,好好的就恼,到底为什么呢？

黛　　（冷笑）还问我呢？我也不知为什么,我原是给你们取笑儿的,拿我比戏子,给众人取笑儿。

宝　　我并没比你,也并没笑你,你为什么恼我呢？

黛　你还要比？你还要笑？你不比不笑,比人家比了笑了的还厉害!

宝　……

黛　这还可恕,你为什么又和云儿使眼色儿,这安的是什么心？莫不是她和我玩,她就自轻自贱了？她是公侯小姐,我原是民间的丫头！设如我回了口,那不是她自惹轻贱,你是这个主意不是？你却也是好心,只是那一个不领你的情,一般也恼了。你又拿我作情,倒说我小性儿行动爱恼人,你又怕她得罪了我！我恼她,与你何干？她得罪了我,又与你何干呢？〔赌气入屋。

宝　(无言坐下)唉!

〔王夫人上。

王　一个人呆坐在这儿干什么？怪不得你老子说你不干正经,牛心古怪。……今儿你宝姐姐过生日,怎么这么没精打采？刚才宫里来了一道手谕,叫宝姑娘她们住进大观园去。你也随着进去读书。

宝　(喜)真的？(忘了刚才的事,走到门口)妹妹,妹妹!

黛　(在内)又来惹我,什么事？

宝　娘娘要我们住进大观园去,快来商量商量。

黛　(色缓和,走到门口)骗人!

宝　太太说的。

黛　(向王夫人请安)舅母!

王　是真的!

宝　你住哪一处！好妹妹。

黛　……(想了一想)潇湘馆好,我爱那几竿竹子,比别处幽静些。

宝　(拍手笑)正合我的主意,我也要叫你那儿住,我就住怡红院,咱们俩又近又都清幽……

王　瞧你高兴的样儿,还不去告诉你宝姐姐她们去。

宝　对了,我这就去。(拉了黛玉)管保她们开心死了。我们进去可以赏花,可以吟诗,可以钓鱼——

〔二人兴奋地跑下。

〔袭人急上。

袭　太太!

王　什么事？

袭　金钏儿好好地投井死了。

王　(吃了一惊)啊！你不是送她回她妈那儿去了吗？

袭　是啊！太太，我亲自交给她妈，可不知怎么刚才外面井上有人打水，看见金钏儿死在井里。

王　这是打哪儿说起！打哪儿说起？〔急向外走去。
　　〔贾政上。

贾　太太，什么事？这么慌慌张张？

王　(掩饰)也没有什么！

贾　(对袭人)宝玉呢？

袭　到前面老太太那边去了，老爷！

贾　嗯，刚才娘娘手谕，让他们姐儿们进大观园住。我担心的就是宝玉，这孩子，全不学好。年纪也不小了，不读书，就爱跟女孩儿鬼混。太太，我不常在家，老太太又护着他，这晌时他好了点儿没有？

王　(只好答应)好，好了点儿。

贾　(捻须微笑)那就好了，本来他是有点儿鬼才的，只瞧他作的那些诗词对联就知道，可就是不走正道，他能够学好，我也就放心了。

王　原是这样的，他……

贾　老太太在前面吗？把这事告诉她老人家！

王　我正要去呢，袭人，来！
　　〔王夫人，袭人下。

贾　(坐下，闻鼻烟)
　　〔贾环跑上，慌慌张张地。

贾　(大吓)你跑什么？环儿！带着你的人呢？由着你野马一阵乱跑。

环　(吃惊，呐呐地)我，……我……我原没跑，井里淹死了一个丫头，我瞧着害怕。

贾　(惊疑)什么？好端端谁去跳井，我家从来没有这事情。(大怒)来人！
　　〔两小厮上。

环　(跪下)老爷不用生气，这事别人都不知道，听说——
　　〔向内望。

〔贾政挥手叫小厮走开。

环　　听说宝玉哥哥今儿拉着太太的丫头金钏儿强奸不遂,打了一顿,金钏儿便赌气投井死了。这会儿——

贾　　(大怒)啊!这……这……拿宝玉来,来人啊!来人啊!

〔小厮二人众门客上。

贾　　拿宝玉来,快拿宝玉来。(小厮下,对环)你也不是好人,滚!(环下,对门客)今儿再有人劝我,我把这冠带家私一应就交与他和宝玉过去。我免不得做个罪人,把这几根烦恼髻毛剃去,寻个干净去处是了,也免得上辱先人,下生逆子之罪。唉!〔泪下。

门　客　老世翁,又生谁的气?

贾　　(摇头,对另一小厮)拿大棍绳子来。

小　厮　是!〔拿了绳棍上。

〔小厮带了宝玉上。

贾　　你,你……(气得说不出话来)你逼淫母婢,害死人命,你这畜生!(拿起小厮手中的棍子,对小厮)绑起来,推到里面去。这混账东西,今儿非把你打死不可!

〔两个小厮推宝玉下。

门客甲　(拦阻)老世翁,老世翁!

贾　　(对小厮)把门关上,(对大家)要是有人传信到外头去,立刻打死!〔下。

〔只听皮鞭声,哭声。

门客乙　啊呀,这可怎么好?

〔哭声低弱下去。

门客甲　都哭不出声音来了,(敲门)老世翁!别打了,不能打了!

〔晴雯进,见有男人在,忙退。

门客甲　(叫住)姑娘,快去给个信老太太,老爷打宝哥儿呢!

〔晴雯急下。

门客甲　够了,够了,老世翁,有什么话教训教训他好了。

贾　　(在内)你们问问他干的什么勾当,可饶不可饶?畜生!〔又打。

〔王夫人急上,推门。

王　　开门!开门!

贾　　今儿非叫他回出一句话来不可。

王　　（敲门）快开门，是我！

〔门开，王夫人冲了进去，死命拉了贾政出，贾政手中还拿着木棍。

贾　　平日都是你们宠的，明儿还要宠到弑父弑君呢！

王　　（哭）宝玉虽然该打，老爷也要保重，打死宝玉事小，倘或老太太一时不自在，岂不事大？

贾　　（冷笑）休提这话，我养了这不肖的孽障，我已经不孝了，平日里教训他一番，又有众人护着，不如趁今日结果了他的狗命，以绝后患。〔拿起棍子又要向内。

王　　（抱着他哭）虽说应当管教儿子，也要看夫妻份上。我如今已是五十岁的人，只有这个孽障，一定要拿他正法，我也不敢深劝。今儿定要弄死他，岂不是有意绝我呢！既要勒死他，索性先勒死我吧，我们娘儿们不如一同死了，在阴司里也得有个依靠。

〔小厮扶宝玉上，满身血迹，喘息，闭目。

王　　（抱着宝玉大哭）我的苦命的儿啊！

〔外面人声。

声　　老太太来了。

母　　先打死我！先打死我！

〔鸳鸯扶贾母上，黛玉，凤姐全上。黛玉哭。

母　　（喘息着）先打死我，再打死他，就干净了。

〔贾政迎上去。

贾　　（只好躬身赔笑）老太太有什么吩咐？何必自己来，只叫儿子过去吩咐便了。

母　　（厉声）你原来和我说话，我倒有话吩咐，只是我一生没养个好儿子，叫我和谁说去？

贾　　（含泪跪下）儿子管他也为的是光宗耀祖，老太太这话，儿子如何禁得起？

母　　呸，我说了一句话，你就禁不起，你那样下死劲打他，难道宝玉儿就禁得起了？你说教训儿子是光宗耀祖，当日你父亲是怎么教训你来的？〔不禁泪下。

贾　（勉强赔笑）老太太也不必伤感，都是儿子一时性急，从此以后再不打他了。

母　（冷笑）你也不必和我赌气，你的儿子自然要打就打，想来你也厌烦我们娘儿们，不如我们早离了你，大家干净。（对鸳鸯）叫人看轿。（对贾）我和你太太宝玉儿立刻回南京去。（对鸳）快去！

鸳　是！〔不动。

母　（对王夫人）你也不必哭了，如今宝玉儿年纪小，你疼他，他将来长大，为官作宦的，也未必想着你是他母亲了，你如今倒是不疼他，只怕将来还少生一点气呢！

贾　（叩头求告）母亲如此说，儿子无立足之地了。

母　（冷笑）你分明使我无立足之地，你反说起你来。只是我们回去了，你心里干净，看有谁来不许你打！（对丫头）死丫头，怎么不去预备轿子？

贾　老太太，千万请您息怒，饶过这一遭，儿子下次再不敢了。

凤　老太太，您也别生气了，老爷本也是好意，只是苦了宝兄弟。

母　（看着宝玉哭）瞧，打成这个样儿，我可怜的儿！〔大哭。

〔丫头们打手巾，倒茶。

王　宝玉，宝玉，你这孩子，我的儿，你干什么不学好？这会子惹你老子这顿痛打，倘若有个好歹，叫我靠哪一个呢？〔哭。

凤　老太太，太太，都别哭了，快看看宝兄弟的伤要紧。

〔大家看伤，贾政也流泪。

母　就没一处干净地方，好狠的心，儿子不好，原是要管的，总不该打成这个份儿。——（对政）你不出去，还在这里做什么？难道于心不足，定要眼看着他死了才算？

贾　（拭泪）是，是！〔退。

〔门客甲、乙亦退。

凤　快请王太医来瞧。

母　着人抬到里屋去，袭人，收拾好床铺。

袭　是！

〔母、王夫人下。

袭　二爷！〔动了一动宝玉。

宝　啊呀！

袭　（咬牙）我的娘，你但凡听我一句话，也不会到这个份儿。（细看）幸而没有动筋骨，倘若打出个残疾来，可叫人怎么样呢？

〔外丫头声：宝姑娘来了。

〔宝钗拿了丸药上。

钗　快点把这药用酒研开替他敷上，淤血热毒一散开就好，这药极灵的。（对宝玉）怎么了？宝兄弟！（宝玉点点头）早听人一句话，也不会有今日，别说老太太、太太心疼，就是我们看着心里也——〔眼红，低头，含泪弄衣带，黛玉一直在旁抽噎。

黛　……你可都改了吧！

〔宝玉突然地笑起来。

袭　小祖宗，这会儿你还笑？

宝　我一点儿不觉疼。

袭　呀？

宝　（自得其乐地）今儿我不过挨了两下打，你们就这样怜惜我，假若我一时有个什么意外，那你们该多难过？我这不该高兴吗？〔笑。

三人　胡说，胡说！〔一起掩他的嘴。

————幕急下

第　二　幕

第一场　葬　花

〔大观园中花木茂盛处，前有亭，曲栏后面是桥池。次年的春末，落花时节。园中有笑声。接着湘云和傻大姐上，她们手里拿着石榴花。

云　（四面张望）咦，宝姐姐不在这儿。

傻　云姑娘，瞧，我这朵石榴花多好，两个头。

云　什么两个头？（看）哦，这是重瓣儿，长得好，好比人一样，气派充足，长的就好。

傻　（扭脸）我不信，云姑娘，要说和人一样，我怎么没见过头上又长出一个头来的人呢?

云　(笑)你真是个傻大姐。(说教似的)天地间都赋阴阳二气所生,或正或邪,或奇或怪,千变万化,都是阴阳顺逆。……

傻　这么说起来,从古至今,开天辟地,都是些阴阳了。

云　糊涂东西,越说越不像话,什么都是些阴阳!这阴阳只是一些字罢了,阳尽了就是阴,阴尽了就是阳。

傻　这糊涂死了我,什么是个阴阳,没影没形的,我只问姑娘,这阴阳是怎么个样儿?

云　这阴阳不过是个气罢了。器物赋了,才成形质,譬如,天是阳,地就是阴,水是阴,火就是阳,日是阳,月就是阴。

傻　(笑,恍然地)是了,是了,我今儿可明白了。怪道人都管着日头叫太阳!算命的管月亮叫什么太阴星呢,就是这个理——

云　阿弥陀佛,到底儿明白了。

傻　这些东西,有阴阳,也罢了。难道苍蝇、蚊子、蝴蝶、蚂蚁、草儿、瓦片儿、砖头也有阴阳不成?

云　怎么没有呢!比如那片树叶儿,还分阴阳呢!向上朝阳的就是阳,背阴伏下的,就是阴了。

傻　(拿出手中扇)只是咱们这手里的扇子,怎么是阴,怎么是阳呢?

云　这边正面就是阳,那反面就是阴。

傻　(突然作惊疑状)这也罢了,怎么东西都有阴阳,咱们人倒没有阴阳呢?

云　(沉了脸)下流东西,好生走吧!越问越说出好的来了。

傻　(莫名其妙)这有什么不能告诉我的呢?(忽然恍悟起来)不用难我,我也知道了。

云　(忍着笑)你知道什么,倒说说看!

傻　姑娘是阳,我就是阴。

云　(用绢捂口大笑)哈!哈!哈……

傻　说得对了,就笑得这么样。

云　(忍俊不禁)很是,很是!

傻　人家说主子为阳,奴才为阴,我傻得连这个大道理也不懂得?

云　(大笑)你很懂得,很懂得!

傻　（对飞来蜜蜂）这蜜蜂儿是阴还是阳呢？

云　快别发傻劲儿，有人来了。

〔黛玉，紫鹃上。

云　林姐姐，林姐姐，找宝姐姐一块儿玩去。〔拉她就去。

黛　（摇头）不，你去吧！（伤感地）这会儿我想一个人……

〔湘云看了看紫鹃下。

鹃　姑娘，姑娘。

黛　（看着落花，喃喃地）春天又去了。

鹃　天气暖起来了。

黛　……

〔笑声。

鹃　瞧，史大姑娘，他们那边玩得多热闹。

黛　……

鹃　姑娘的脾气也太孤僻了点儿……不高兴的事想它作甚？

黛　谁说我不高兴？……我不过看见落花想起别的事罢了。北边的春天真去得早啊！

鹃　花落又关姑娘什么事？

黛　（摇头不理，半晌）花落了，什么时候再开？燕子去了，什么时候再来？到了明年……我们又在哪儿？

鹃　……

黛　（摇头）记得从前在南边家里，可是现在——〔拭泪。

鹃　虽说姑老爷、姑太太都不在了，可这儿寄住着就像家里一样……

〔雪雁上，手里拿了几样玩意儿。

雁　姑娘，姑娘！

鹃　不在屋子里坐着，又跑出来了。

雁　（举起手中物）姑娘，刚才宝姑娘着人送来这些东西，说是他们大爷打南边带回来的。〔给黛玉看。

黛　（稍一翻看，不禁伤感）南边的……〔拭泪。

鹃　（抱怨地，低声）都是你，姑娘刚给我劝好，你又拿东西来招她。

雁　（对黛）南边回不去了，想它做什么？这会子老太太、太太谁不待我们好，又有宝二爷，又有姑娘们，大家多热闹。〔黛玉转身不理。

鹃　够了，够了！拿去。〔雁下。

〔黛玉欲咳……

鹃　姑娘，瞧，快回去加件衣服，等一会儿还得吟诗作文地好半天。

〔黛玉、紫鹃下。

〔稍停，平儿、袭人同上，手里拿了些杯筷。

平　酒菜放在哪儿？

袭　（指一处）喏！

平　全摆好了。（见摆的样子特别）怎么这样摆法？

袭　这是老太太的意思。

平　谁给安排的？

袭　宝姑娘。

平　我说，嘿，也只有她。怪道我们奶奶一提到宝姑娘就夸赞……（摆好）我去请老太太去。

袭　（叫住她）平姐姐，这个月的月钱怎么到今儿了还没放？

平　（四面一望，悄悄地拉她到一边）你快别问，横竖再迟两天就放了。

袭　怎么？吓得你这个样儿。

平　这个月的月钱，我们奶奶早已支使了，放给人了。要等馒头庵的一笔钱来了才发放。

袭　什么馒头庵？

平　唔，先前馒头庵的姑子，为了一件事求我们奶奶，讲好三千两银子，只付了二千两，这会子那边想赖，你想奶奶怎么肯依？这两天正催逼着呢。

〔宝钗追一粉蝶上，闻人声，停住。

袭　什么事，值三千两银子！

平　这事说来也话长，里面关系着一条人命呢！——我告诉你，你可千万不能漏出去。事情是这样的，长安县有个姓施的人家，他儿子要娶一个已经聘了人家的女儿。男家不肯退亲，这么着，就打起官司来，这姓施的是个财主，他托了馒头庵的静虚师父来求奶奶，答应下三千两银子。

袭　哦！是这么件事。

平　这边奶奶就派了老爷的小厮去知照长安县，刚打点妥当，判下来。谁知

　　　　道那女孩儿一听见要退亲，就一条汗巾自尽了。那原先订下的男的，一
　　　　听说女的自尽，也跟着跳了河。

袭　　可怜！

平　　你说造孽不造孽？

袭　　……

平　　你可别说出去，倘若是传到老太太、太太、老爷耳朵里，那还了得。这件
　　　事谁也不能让他知道。……啊呀！我们只顾说，仔细有人悄悄地在外
　　　头听了去，这可不是好玩的，让我把窗推开。（宝钗着急）看看有人没
　　　有？〔推窗。

　　　〔宝钗本来要走开，急忙停步，情急中十分机警地故意放重脚步，笑着迎
　　　过去。

　　　〔平儿等一推窗，见宝钗在，呆住了。

钗　　（向她们二人反笑）你们把林姑娘藏在哪儿？

袭　　（喘急未定）哪儿见林姑娘了？

钗　　我才在河那边看着林姑娘在这儿蹲着弄水，我要悄悄地唬她一跳，还没
　　　有走到跟前，她倒看见我了，朝东一绕，就不见了，别是藏在里头了。
　　　（到亭子里面寻了一寻，回身走去）一定又钻到那边山子洞里去了，瞧蛇
　　　咬着了她！〔笑着追下。

平　　（拉袭）糟了，林姑娘刚才蹲在这儿，一定听了话走了。老爷太太知道
　　　了，那怎么好！……

袭　　要是宝姑娘听见还罢了，她跟你们奶奶好，不会说出去，偏巧是林姑娘，
　　　她本来嘴又快，不肯饶人的……你们奶奶来了！

　　　〔熙凤上。

凤　　（对平儿）你们俩又在说什么鬼话，鬼鬼祟祟地，一见我来就停住。……
　　　桌子摆好了没有？（对平儿）快去，接老太太去！〔二人下。

　　　〔宝玉上，手里拿了一本书，看看没有人，忘情地坐下看。

　　　〔风吹落花。

宝　　（心醉神迷地念）"花落水流红，闲愁着种，无语怨东风。"……

袭　　今儿怎么了，二爷，不去跟姑娘们玩耍，一个人捧本书念。

　　　〔宝玉微笑不答。

袭　什么书看得这么心醉？（去翻书面看）《西厢记》，又看这种不正经的脏书了。

宝　要是脏书，你怎么昨儿晚上拉着要我讲呢！

袭　（脸红）……我不过是为你好，回头老爷瞧见，你忘了去年那顿打了。
　　〔宝玉不理。

袭　我劝你还是丢了这个，读那些可以上进的书吧！一年大似一年，也该懂得些经济庶务了！

宝　（大觉逆耳）好了好了，我知道了。（惋惜）想不到目下闺阁里也染上这种禄蠹的风气。

袭　（摇头）……〔下。
　　〔宝玉继续看书。

宝　"落红成阵，风飘万点正愁人……"
　　〔一阵风过，树上桃花吹下一大斗来，落得满身，满书，满地。……宝玉起立，想抖下来……稍踌躇，兜了倾入水面，痴望。
　　〔黛玉荷花锄，纱囊，执花帚上。

黛　你在这儿做什么？

宝　（吃一惊，转身见是黛玉，笑）来的正好，你把这些花瓣儿都扫起来，撂在水里去吧！我刚才撂了好些在那里了。

黛　撂在水里，不好。你看这里的水干净，只一流出去，有人家的地方儿什么没有，仍旧把花糟蹋了。

宝　你说怎么办？

黛　（指前方）那犄角儿上，我有一个花冢，如今把它扫了，装在这绢袋里，埋在那儿，日久随土化了，岂不干净。

宝　（大喜，笑）待我放下书来帮你收拾。

黛　什么书？

宝　（着慌地，不知所适）不过是《中庸》《大学》。

黛　你又在我跟前弄鬼，瞧你这慌乱的样儿，趁早儿给我瞧瞧。

宝　妹妹，若论你，我是不怕的。你看了，好歹别告诉人，真是好文章，你要看了，连饭也不想吃呢！〔递了过去。
　　〔黛玉翻看，不禁神往。

宝　　这是《西厢记》，我还有本《牡丹亭》……那边，我们静静地瞧。

　　　〔二人到桥上坐下，翻瞧。

　　　〔远处笛声。

　　　〔袭人上，见宝玉黛玉二人亲密状，微露不高兴。

　　　〔宝钗上。

钗　　怎么了，姐姐一个人在这儿。

袭　　啊，宝姑娘。

钗　　这儿缺什么吗？

袭　　难得姑娘细心，再不缺什么了。

钗　　你们宝二爷呢？

袭　　（指远处）喏！

　　　〔宝玉、黛玉二人嘻笑。

袭　　（埋怨地）年纪也不小了，还像个小孩子似地，成天不干正经。这会儿又不知道弄些什么闲书来读，两个人嘻嘻哈哈的。

钗　　原是从小在一起长大的姑舅姊妹，又有什么……

袭　　可也应该有个分寸，我们奴才原不该说主子，不过做爷的总得有个礼数。

钗　　（钦佩地点头）唔，宝二爷也该学个大人样儿。总不能一辈子待在家里跟姑娘们混。

袭　　（埋怨地）姑娘这话就说得对了。我不知说过他多少遍，他总是当作耳边风，我们当奴才的，又能怎么！

钗　　姐姐错了，只要是为二爷好，有什么呢。再说，你本是老太太的人，给了二爷，原是要管管他的。……

袭　　再别谈这话了，将来老太太一发慈悲，也就放我们出去了。

钗　　这是说哪儿话呢！二爷怎么能离得开你？

袭　　（怨艾地，看黛玉一眼）从前二爷还听话，可是现在……

钗　　也别性急，慢慢儿地说说他，总会改过来的。

袭　　（激动地）要是个个像你姑娘这样读书明理，体贴人就好了。

钗　　（笑）你家里还有人吗？姐姐。

袭　　去年妈死了，这会儿只有哥哥嫂子。也没什么来往。

钗　哦，要是你高兴，只管到我那儿去。我还有许多话要跟你谈呢……

〔宝玉走过来，宝钗微笑。

钗　咦，怎么老太太还没来，云丫头又跑到哪儿去了？〔一笑走开，下。

宝　(对袭)怎么宝姑娘和你说得这么热闹，见我来就跑了。

袭　谁知道呢？〔下。

〔黛玉上。

宝　你说这本《西厢记》写得可好？(黛笑，点头，宝玉随口说)"我就是个多愁多病的身，你就是那倾国倾城的貌！"

黛　(嗔怒欲哭)你这该死的，又胡说了，好好儿的把这些淫词艳曲弄了来，说这些混账话欺负我，我告诉舅舅、舅母去。〔转身要去。

宝　(连忙拦住)好妹妹，千万饶我这一遭儿吧！要是有心欺负你，明儿我掉在池子里，叫个癞头龟吃了去，变个大王八，等你明儿做了一品夫人，病老归西的时候儿，我往你坟上驮一辈子碑去。

黛　(不禁失笑，揉眼)一般唬得这个样儿，还要胡说。呸，原来也是个"银样镴枪头"！

宝　(笑)你说说你这个呢，我也告诉去。

黛　你说你会过目成诵，我难道不能一目十行吗？

宝　(笑着收起书来)正经快把花葬了吧！

〔二人笑着携手同下。

〔稍停，贾母、鸳鸯、袭人、王熙凤、宝钗同上。

凤　老祖宗瞧瞧，安排得怎么样？

母　好极了，我就要这样，一个人一个儿，坐着宽敞些。谁爱吃什么就摆什么？谁安排的？

凤　宝姑娘。

母　(点头)我就知道是她，心细，做事有计算。咦，宝玉呢！这个猴儿，又跑到哪儿去了？

凤　刚才还在这儿的。

凤　(指桥那边)那不是！快来，宝兄弟，老太太叫你呢！

宝　(在外)来了！

〔湘云男装上。

母　（误以为是宝玉）快来，快来，宝玉儿！

云　（作宝玉声）来了，老祖宗！〔大家笑。

母　什么事呀！（大家不语，看清了）原来是你。

云　老祖宗，我装得不差吧！（对走来的宝玉）真的可来了，我可得让位了。
〔大家笑。
〔宝玉、黛玉上。

宝
黛　老太太！

母　还不快坐下，你们说作诗的呢？（对鸳鸯）摆起来，（对大家）你们作你们的，我原是来凑个趣。
〔鸳鸯、袭人排果菜。

凤　老祖宗，还是先吃起来吧！我瞧，他们不吃作不出诗来。

母　（对凤）猴儿，就是你嘴馋！好，吃吧！
〔大家安排酒菜。
〔平儿上。

凤　又是什么事？

平　那回打抽风的刘姥姥送了些瓜果野菜，说是……

凤　打发她去吧！

平　是！

母　什么刘姥姥？

凤　上一趟来过，自称是太太同宗的一个老婆子。

母　哦！不错，我记起来了，我正想个积古的人说说话。请来我见见。

凤　这可走远了。（对平儿）快去带她来！

平　就在外面。（对外）姥姥，快进来！
〔刘姥姥带了板儿上，见了这些姑娘，茫然不知所措。看见贾母连忙下拜。

姥　请老寿星安！
〔大家掩口笑。

母　（欠身）你好！（对鸳）快拿过椅子来，（对姥）请坐！

姥　（推板儿）叩头啊！（板儿不叩）在家里怎么说的，这孩子。

母　随他去吧,拿点果子去吃。

〔鸳鸯拿了果子给板儿吃。

母　亲家,你今年几岁了?

姥　七十五岁了。

母　这么大年纪了,还这么硬朗,我老了,不中用了。你们这些老亲戚,我都记不得了,亲戚们来来,我怕人笑话。我都不会。不过嚼得动的吃两口;闷了时,和这些孙子,孙女儿,玩笑一会子就完了。

姥　这真是老太太的福了,我们想这么着可惜不能。

母　什么福,不过是个老废物罢了。

〔大家笑。

母　我刚才听见说你带了好些菜来,我正想新鲜的吃一点。

姥　这些野意思,不过吃个新鲜,依我们倒想鱼肉呢,只是吃不起。

母　你要是高兴,住两天,我请你吃几顿家常便饭,也逛逛我们这园子,也尝尝园子里的果子。

凤　我们这儿虽比不上你们场院大,空屋子倒有两间。

母　(笑)凤丫头别拿她取笑,她是村里人,哪里搁得住你打趣!

姥　老太太,别说打趣,奶奶肯跟我们说话,已经是十二分把我们瞧在眼里了。

〔大家笑。

母　你们别笑。(指)这是姨太太!(对众姑娘)还不过来见见刘姥姥!

姥　别折死我了。(看见这些姑娘,眼花缭乱)啊呀!我的妈,从前只以为书儿上才有这样的美人儿。(一直瞧到黛玉)别是神仙托生的吧!

黛　这个鬼老太婆。〔掩鼻嫌恶地退开。

〔大家笑。

〔一只挂着的鹦鹉叫。"人来了,人来了!"

板　(指着鸟)大花雀儿,大花雀儿!

姥　不许乱叫!(看了看鹦鹉)嗳,谁知道城里不但人尊贵,连雀儿也变俊了,会说话。〔大家笑。

云　(走了过来)什么雀儿变俊了,会说话?

姥　瞧,这笼子里的黑老鸹子,又长出凤头来,说人话呢!

宝　　那是鹦哥儿!
　　　〔大家笑。
姥　　啊!啊,我说的嘿。(对花)瞧这花也怪,几会见过这种花红柳绿的玩意儿!
母　　哦,这是玫瑰花,外国种。(对鸳)掐两朵来。
　　　〔鸳鸯掐了奉给贾母。
母　　(拣了一朵戴上,对刘姥姥)老亲家,你也戴一朵。
凤　　不用老祖宗费心。(对姥姥)姥姥,过来,我给你打扮打扮!(横七竖八地给她插了一头)这可好了。
　　　〔大家笑。
姥　　(笑)我这头也不知修了什么福,今儿这么体面起来。
大家　你还不拔下来摔到她脸上,把你打扮得成个老妖精了。
姥　　(不以为意,笑)我虽然老了,年轻时也风流,爱个花儿粉儿,今儿索性做个老风流吧!〔大家笑。
　　　〔板儿看见桌上东西,想吃,姥姥阻止。
姥　　不许动。
板　　外婆,我饿!
姥　　小鬼,一点饿也经不起。
母　　老亲家,还没用过点心吧?
姥　　一早就往城里赶,不怕您笑话,中饭也没吃呢!
母　　啊呀,饿坏了那怎么行,快开饭,大家坐下吧!(对宝玉)宝玉儿,别瞎跑,靠着我坐。
　　　〔大家坐,袭人等摆酒菜。
母　　老亲家,你坐啊!
　　　〔姥姥站也不是,坐也不是,黛玉指着她给大家看,大家笑。
鸳　　(对袭人等,低声)天天咱们说外头老爷们吃酒吃饭,都有个凑趣的,拿他取笑儿,咱们今儿也得了个女清客了。
　　　〔宝钗等点头不语。
云　　咱们今儿就拿她取个笑儿。
姨　　你们又淘气了。

凤　不要紧的,姑妈。(对鸳鸯耳语,又低低地)再给她一副乌木镶银的沉筷子,让她菜夹不起来。

［鸳鸯向刘姥姥招手,对她耳语。姥姥点头。

鸳　(一板正经地)这是我们这儿的规矩,吃饭之前,先得说一套话,你只看我一抬手就站起来,大声嚷嚷。

［刘姥姥点头,归座。

母　(挥手)老亲家,不客气,请便吧!

姥　(站起来,高声大嚷)老刘,老刘,食量大如牛,吃个老母猪不抬头。［说完鼓着腮帮子,两眼直视。

［大家先瞧着,然后不禁大笑。独有凤姐、鸳鸯二人正颜。

姥　(坐下拿了筷子,觉得太沉)嗳! 金筷子。

凤　(对鸳)鸽蛋。

［鸳鸯放鸽蛋到姥姥面前。

姥　这儿的鸡也好,下的这蛋也小巧,怪俏的,我且吃一个。

［大家笑。

母　这定是凤丫头促狭鬼闹的,快别信她的话。

凤　(笑)一两银子一个呢! 姥姥,快尝尝!

［姥姥伸筷夹,夹不起,满碗乱转,好容易撮起一个来,才伸脖子要吃,偏又滑下来,滚在地下,忙到地下去捡,早给人捡去了。

姥　唉! 一两银子,也没听见个响声儿就没了。

［大家又笑。

姥　这筷子好沉,富贵人家,什么都怪,筷子像扁担!

母　谁这会子又把那筷子拿出来了,又不请客,摆大筵席。(大家不响)都是凤丫头支使的,还不换双乌木的来!

［鸳鸯为姥姥换了乌木镶银筷子。

姥　去了金的,又是银的,到底不及俺们那个伏手。

凤　菜里要是有毒,这银子下去就试得出来。

姥　呀,这菜里有毒,我们的那些,都成了砒霜了。［大嚼。

［大家笑。

母　我这儿还有!

〔大家把菜都推在她身边。

凤　　老祖宗，难得老亲家来，今儿也该喝几杯，行个酒令。

母　　好，好，拿酒来！（对袭人）关照唱戏的孩子外面等着。一边喝酒一边听戏。〔袭人下。

〔丫头拿酒。

凤　　既行令，还得叫鸳鸯姐姐来行才好。

〔凤姐拉了鸳鸯，对她使眼色。

鸳　　酒令大如军令，不论尊卑，唯我是主。违了我的话，是要受罚的。

大　家　自然，自然，快些说。

姥　　（站起要走）别这样捉弄人，我可要回家去了。

大　家　使不得，使不得。

〔大家拉她坐下。

姥　　（嚷）饶了我吧！

鸳　　再多话，罚一大盅！（站在当中）如今我说副骨牌儿，从老太太起，顺下去，每说一张牌，就要接着比一句，要比得好，比得像，无论诗词歌赋、成语、俗语都成，可不能不押韵，错了就罚他！

大　家　（会意）好，好！

鸳　　有了一副了：老太太！左边是张"天"。

母　　头上有青天。

大　家　好！

鸳　　中间是个五合六。

母　　六桥梅花香彻骨。

鸳　　剩了一个六合幺。

母　　一轮红日出云霄。

鸳　　凑成却是蓬头鬼。

母　　这鬼抱住钟馗腿。

〔大家笑，喝彩。

鸳　　（对黛玉）临到林姑娘了。……有了，左边是个"天"。

黛　　良辰美景奈何天。

〔宝钗看她一眼，她不知。

鸳	中间锦屏颜色俏。
黛	纱窗子没有红娘报。
	［宝玉拉她，她不理。
鸳	剩了二六八点齐。
黛	双瞳玉座引朝仪。
鸳	凑成篮子好采花。
黛	仙杖香桃芍药花。
鸳	（对湘云）史姑娘！
	［凤姐对湘云耳语，湘点头。
鸳	左边四五成花九。
云	桃花带雨浓。
大家	错了，该罚，该罚。
凤	快吃了酒，听刘姥姥的。
姥	我们庄稼闲了，也常会几个人弄这个儿，可不像这么好听就是了，少不得我也试试看。
大家	（笑）容易说的，你只管说，不相干。
鸳	（笑）左边大四是个"人"。
姥	（想了半天）是个庄稼人吧！
	［大家哄笑。
母	（笑）说得好，就是这么说。
姥	我们庄稼人不过是现成的本色，姑娘姐姐别笑。
鸳	中间三四绿配红。
姥	大火烧了毛毛虫。
大家	（笑）好！再说。
鸳	左边幺四真好看。
姥	一个葡萄一头蒜。
	［大家笑。
鸳	凑成便是一枝花。
姥	（两只手比着连自己忍不住笑）花儿落了结个大倭瓜。
	［大家大笑。

大　家　好,好,好。

母　拿大杯来。〔鸳鸯拿大杯。

姥　啊呀,太多了!

凤　我敬你一杯!

鸳　我也敬你一杯!

〔大家闹酒。

母　慢些,别呛着。

〔外面音乐。

姥　(醉了,手舞足蹈)啊!真是神仙境界!多好听,老太太,我像是腾云驾雾上了天了。

宝　(走到黛玉处)你瞧刘姥姥的样子。

黛　当日圣乐一奏,百兽齐舞,如今才一牛罢了。

〔大家笑。

〔乐止,刘姥姥几乎跌倒。

母　老亲家,咱们出去散散,也看看我们这园子。

〔大家起立。

母　这边走,当心那边青苔滑倒了。

姥　不相干,我们走惯泥地的。有什么——

〔正说着,一跤跌倒,大家笑。

母　(笑着骂)小蹄子们,还不搀起来。

〔刘姥姥爬了起来。

母　可扭了腰没有?(对鸳鸯)去给她捶捶。

姥　说得我这么娇嫩,成个大姑娘了,都要捶起来,还了得。(揉肚)哎哟,哎哟!

母　怎么了?

姥　肚子痛得厉害!

鸳　快来,快来!

〔刘姥姥、鸳鸯下。

〔贾母,薛姨妈,袭人等亦下。

宝　快来作诗,快来作诗。

钗　就是你忙。
黛　还作诗呢,全给这个什么刘姥姥搅翻了,这会儿肚子还疼呢!
云　作什么,宝姐姐,快说!
黛　每人一首咏牛的七律!
　　〔大家笑。
　　〔香菱上。
云　香菱姐姐,快来,你不是说过要学作诗吗?
钗　快别招她。几次三番央求我带她进园子里住,跟着学作诗呢!
宝　好啊!咱们正嫌人少。
钗　好了,好了,哪儿个个人有你那么闲。(对香菱)什么事?
菱　大爷回来了,要太太回去有事商量。
钗　太太跟老太太散散去了。(香菱呆看不走)快去啊!
　　〔香菱怏怏不乐。
云　别听你们姑娘的,回头你只管来好了。
　　〔香菱下。
云　宝姐姐,快出题啊,林姐姐,你限韵。
　　〔正在大家思索时,鸳鸯上。
鸳　云姑娘,你家里来了人,接你回去。
云　……
宝　(对鸳)告诉他,明儿回去。
鸳　已经来接过两次,太太说不能再不让大姑娘回去了。
云　(起立)……
宝　再多住一天,云妹妹。〔湘云犹疑。
鸳　快去吧,你们老爷想着见你。
钗　让她去吧!
　　〔湘云、鸳鸯下,宝钗、宝玉送行。
云　(在外)别送了。
钗　(在外)空了来啊!
云　(在外)一定来!
　　〔风,落花。

黛　明年花会再开,可是人呢?……
　　〔宝钗、宝玉走回,薛姨妈、香菱上。
钗　妈!
姨　又喝酒了吧!瞧你这样儿。〔抚她。
钗　妈!没有。
姨　快跟我回去吧!你哥哥等着你呢!(对宝)老太太叫你!
宝　哦!
姨　快去吧!
宝　(对黛玉)来啊!
黛　(摇头)……
　　〔宝玉下。
姨　好生走!(对钗)去吧!
钗　(对黛)你也回去吧!林妹妹!
黛　我就要回去的。
　　〔宝钗、香菱、姨妈齐下。
　　〔只剩黛玉一人呆立。
　　〔凄凉的笛声,风吹落花。
声　……只为你如花美眷,似水流年……
　　〔紫鹃上。
鹃　姑娘一个人在这儿!
黛　(痴,点头)
鹃　怎么你的眼睛——
黛　(用手巾拭)没什么。〔咳。
鹃　太阳快落山了,别冻着,姑娘!
　　〔杜鹃叫。
鹃　太阳落山了,回去吧!
黛　(慢慢抬头)回去?
鹃　是的,回去。——宝二爷呢?
黛　老太太叫去了。
鹃　宝姑娘呢?

黛　回去了。

鹃　史大姑娘？

黛　也回去了。

鹃　姑娘也回去吧！

黛　（仿佛不解）也回去？……回到哪儿去？

鹃　（不解）姑娘！

　　〔风中送来呜咽的断笛，如诉如泣。

黛　（忽然）紫鹃，你也有家吗？

鹃　（点头）有的。

黛　在哪儿？

鹃　（摇头）……

黛　那你也是……（执其手）……

鹃　没有父亲，没有母亲，从小卖到这儿来的。

黛　那你该知道没有家的人……〔垂头拭泪。

　　〔风吹花落。

鹃　花快落完了。

黛　春天就要去了。

　　〔静，笛声。

鹃　姑娘，回去罢！

　　〔杜鹃叫。

鹃　杜鹃鸟儿叫着，天晚了。

　　〔稍停。

黛　（微睁其眼）那双大燕子回来了吗？

鹃　姑娘忘了，它已经两天没有来了。

黛　它是再也不回来了。〔挥手。紫鹃一步一步退下。

　　〔静，风吹残余的落花，落满黛玉衣襟，她慢慢站起来放入锦囊，慢步走入丛林中。

　　〔风、杜鹃叫着。

　　〔宝玉忧郁地兜了一衣落花上，慢慢走向花冢。

　　〔不远处黛玉啜泣，宝玉停步。

〔听见黛玉凄切地低吟。

黛　"花谢花飞飞满天，红消香断有谁怜……"
　　〔宝玉痴，呆立。
　　〔远处吟诗声。

黛　"游丝软系飘春榭，落絮轻沾扑绣帘……"
　　〔宝玉惘然坐桥栏上，衣中花瓣落地。
　　〔风吹落树上仅剩的花瓣，蝴蝶似地飞满天空。

——幕徐徐下

第二场　撕　扇

　　〔怡红院宝玉卧室连同外面游廊。
　　〔幕开时，晴雯一个人嗑瓜子，扇扇乘凉。袭人笑着上。

雯　什么事这么高兴？
袭　你没看见呢！这个刘姥姥把人肚子都笑疼了。
雯　上次来过，硬跟太太攀亲的那个乡下老太婆？
袭　这回又来了，老太太叫她进来，二奶奶、鸳鸯逗得她取笑儿。刚才在园子里走走，她看见牌坊，就叩头，问她干什么？她说这是玉皇宝殿。
雯　我去瞧瞧去。
　　〔起立。
袭　二奶奶灌了她一肚子酒，弄得她颠颠倒倒的。
　　〔宝玉上。
宝　（忧伤地坐下）唉！
袭　又是什么？
宝　（忽然）春天为什么要来？
袭　（莫名其妙）春天为什么要来？……春天——
宝　为什么要去呢？
袭　要去——自然要去的。
黛　既然要去，为什么要来？……唉！〔无聊地扇扇。
　　〔晴雯、袭人二人对看。
袭　你喝茶吗？〔下。

雯　换衣服吧！〔为他换衣，失手把扇子砸落地上，骨子打折。

宝　（不高兴地）唉！蠢才，蠢才，将来怎么样，明儿你自己当家立业，难道也是这么顾前不顾后的！

雯　（冷笑）二爷近来气大得很，行动就给人脸子瞧，也不知道为什么总是这么不高兴，这会儿又来寻我的不是了，就是跌了扇子，也算不了什么大事，先时候，什么玻璃缸，玻璃碗不知弄坏了多少，也没有见过生气，这会子，一把扇子，就这么着，何苦来呢，嫌我们就打发了我们，再挑好的使，好离好散的倒不好。

宝　（气得浑身乱战）你不用忙，将来横竖有散的日子。

〔袭人从内间连忙走出。

袭　好好儿的，又怎么了？可是我说的，一时不来，就有事故儿。

雯　（冷笑）姐姐既会说，就该早来呀！省了我们惹的生气，自古以来，就只有你一个人会服侍，我们原不会服侍的。

袭　（竭力忍住气）好妹妹，你出去逛逛儿，原是我们的不是。

雯　（大为嫉视）哼哼，我倒不知道"我们"是谁？别叫我替你们害臊了，你们鬼鬼祟祟干的那些事，也瞒不过我！不是我说正经，明公正道的，连个姑娘，还没挣上去呢。也不过和我是的，那儿就称起"我们"来了。

袭　（脸红）……

宝　（站起来）你们越气忿，我明日便抬举她。

袭　（过去拉了他的手）她一个糊涂人，你跟她分证什么？

雯　（冷笑）我原是糊涂人，哪里配跟人说话，我不过奴才罢了。

袭　（急了，正言）姑娘到底是和我拌嘴，还是和二爷拌嘴，要是心里恼我，你只和我说，犯不着当着二爷吵，要是恼二爷，不该这么吵得万人知道。我才不过为了这事，进来劝开了。大家保重，姑娘倒寻上我的晦气，又不像恼我，又不像是恼二爷，夹棍带棒，总久是个什么主意，我就不说，让你说去。

〔袭人往外走。

宝　（向晴雯）你也不用生气，我也猜着你的心事了。我回太太去，你也大了，打发你出去，可好不好？

雯　（伤心地哭了）我为什么出去！要嫌我，变着法儿打发我去，也不能够的。

宝　我从没有见过这样吵闹，一定是你要出去，不如回太太，打发你去罢！
　　〔向门走去。

袭　(拦住，笑)往哪儿去！

宝　回太太去。

袭　(笑)好没意思，认真地去说，你也不怕臊了她。就是她认真要去，也等把气平下去了，等无事中说话儿回了太太也不迟，这会子急急地当一件正经事去回，岂不叫太太犯疑？

宝　太太必不犯疑，我只明说是她闹着要去的。

雯　(哭)我多早晚闹着要去的？不说生了气，拿话压派我。只管去回好了，我一头碰死了，也不出这个门儿。

宝　(不解)这又奇，你又不去，你又只管闹，我经不起吵，不如去了倒干净。〔仍然要去。
　　〔袭人阻止。

袭　二爷就放过这一遭吧！

宝　唉！……叫我怎样才好？这个心便碎了，也没有人知道！〔泪下。
　　〔袭人拭泪，晴雯呜咽。
　　〔黛玉上。

黛　怎么好好儿的哭起来了。(指旁边几上瓜子，打趣地)难道是为争瓜子吃，争恼了不成？
　　〔宝玉、袭人失笑，晴雯下。

黛　(笑)二哥哥，你不告诉我，我不问就知道了。(一面拍袭人肩膀笑)好嫂子，你告诉我，一定是你们两口子拌了嘴了。告诉妹妹，替你们和息和息。

袭　(摇她)姑娘，你闹什么？我们一个丫头，姑娘只是浑说。

黛　你说你是丫头，我只拿你当嫂子待。

宝　你何苦来替她招骂呢！这么着，还有人说闲话，还搁得住你来说这些个。

袭　(笑)姑娘，你不知道我的心，除非一口气不来，死了倒也罢了。

黛　(笑)啊呀你死了，别人不知怎么样，我先就哭死了。

宝　（认真地）你死了我怎么办？

黛　你这话说差了，我死了，与你什么相干，你是龙颜玉体，只有那些金玉人儿才说得上，我们不过是个草木丫头罢了。

宝　又怄人了。

黛　可不是！

宝　你再说，我就——〔拿起玉来作要摔状。

袭　（着急）二爷！

黛　（也着忙）你怎么了？〔阻止。

宝　好，我不摔，可是你答应给我重做的玉穗子呢？

黛　（笑）没有那么便宜。

宝　我明明看见你做好了。去，去，拿给我。（拉了黛玉就走）……哼，今儿你说酒令，《西厢记》《白牡丹》都说出来了。你知道不知道？

黛　（想起）哦！怪不得，宝姐姐只盯着我看。

〔二人下。

袭　晴雯，晴雯……跑了。〔下。

〔刘姥姥跌跌跄跄上。

姥　啊呀，我走到哪儿来了？姑娘，姑娘，咦，这是哪儿？……刚才是这儿吗？……哦，亭子，花儿，树儿，是的，是这儿，我的头怎么了？……那几杯酒多甜呀！（咂嘴）哈哈哈……咦，他们到哪儿去了？（走入内室，对着一幅美人画笑）姑娘们把我丢下了，叫我碰来碰去碰到这儿来了。（见她不答）咦，姑娘，你怎么不理我？（跑过去拉她，手撞在壁上）啊呀！什么？……（细看）一幅画儿，哪儿来这种凸出来的画？（用手摸）真是稀奇玩意儿！哈哈！……（走入里面）啊呀！阿弥陀佛，可不是个神仙境界！（指）这是什么！（又指）这是……啊呀！我的头！喝得太多了。（忽然看见穿衣镜里有她的影子）呀！亲家母，你也来了？想是见我这几天没家去，找我来了是不是？亏你找得来，这儿地方可大着啊！哪位姑娘带你进来的？……你好没见世面，见这儿的花好，你就没死活戴了一头……哈，你好不害羞？（羞她，见她也羞）怎么，你还好意思羞我！（指她）你，你，你瞧你那疯样儿！（一手碰到穿衣镜上）呀！这，这！别是什么穿衣镜吧！（用手摸）是的，是嵌在板壁当中的，（笑）错了。（手

311

碰着机关,突然门开)这是哪儿?(看见床)这可好了,让我歇歇!(倒在床上)好舒服啊!好像全是棉花……上了天……〔睡着了,打鼾。
　　〔鸳鸯、袭人同上。
袭　　只怕刘姥姥在哪儿迷失了。
鸳　　这个穷老婆子,今儿一顿酒够她受的!
　　〔二人走入,见姥,大惊。
鸳　　啊呀!瞧!
袭　　快推醒她,二爷知道了还了得。(推她)喂,起来,起来!
姥　　(惊醒,起来揉眼)谁啊?(吓)姑娘,我——该死,该死,我怎么睡着了!
鸳　　快跟我来,老太太在那儿问你呢!
姥　　可怎么好,怎么好?
　　〔袭人点香。
袭　　你只说醉倒在山子石上,打了个盹儿好了,千万别提到这儿来!
姥　　这是哪个小姐的绣房?这么精致,我就像到了天宫里似的。
袭　　这个吗?是宝二爷的卧房啊。
姥　　啊呀!二爷的,怪不得他像个女人……
　　〔三人下。
　　〔稍停,天色渐暗,晴雯不高兴地上,点亮屋内灯,然后拿起扇子,靠在外面枕榻上乘凉。
　　〔宝玉上。
宝　　(以为是袭人)你一个人,当心虫子咬了。
雯　　(翻身转过来)何苦又来招我!
宝　　哦,是你,……(笑着拉她手起来,二人坐下)你的性子越发娇惯了,先一会跌了扇子,我不过说了那么两句,你就说上那些话,你说我也罢了,袭人好意劝你,又拉上了她,你自己想想该不该?
雯　　怪熟的,拉拉扯扯地做什么?叫人看见什么样儿呢?我这身子本来不配坐在这儿。
宝　　你既知道不配,为什么躺着呢?
雯　　(不禁笑)嗤,你不来使的,你来了就不配了。起来让我洗脸蓖头去。
宝　　我来给你蓖。

雯　我没那福气……好吧,我也不去了。

宝　那么我们两个人做什么呢?怪没意思的。……有了,这么着吧!给我拿点果子来吃罢。

雯　可是,我一个蠢才连扇子还跌折了,哪儿还配打发取果子呢!倘或再砸了盘子,更了不得了。

宝　(笑)你爱砸就砸,这些东西原不过是供人所用。你爱这样,我爱那样,各有所爱。比如那扇子,原是扇的,你要撕着玩儿也使得,只是别生气时,拿它出气,就是爱物了。

雯　(笑)既是这么说,你就拿扇子来给我撕,我最喜欢撕扇子。

〔宝玉笑着递给她,晴雯撕,二人笑。

宝　撕得好,再撕响些。

〔袭人上。

宝　快来,快来!瞧撕扇子玩儿。

袭　啐,少作点孽罢!

〔宝玉跑过去,抢了她手中扇子,给晴雯撕,二人大笑。

宝　古人说,千金难买一笑,几把扇子,能值几何!

袭　(不以为然地)天黑了,二爷,玩笑也得看看时候。

雯　自然啦,二爷都是我们没天没夜地教坏了的。

宝　(怕她们再吵起来)一块儿进去吧!(突然站住)啊呀!我忘了……〔向外走。

袭　这会儿,还要到哪儿去?

宝　林姑娘那儿去拿玉穗子。

袭　明儿去吧!这么晚了,明儿老爷还得问书。

宝　(稍迟疑,勉强地)好吧!

〔宝钗上。

袭　宝姑娘来了,里面坐。

钗　不早了,你们也要睡了吧!

袭　还得赶着温书呢!

钗　是老爷要问吧!(笑)那我去了。

宝　再坐会儿,不碍事的,这种书少读点也罢。

钗　宝兄弟你也该多读些正经书。

宝　什么是正经书,难道就是八股吗? 宝姐姐,我一看见这东西就头疼,一点没有意思,全是硬做出来的,除了考举人进士,又有什么用?

钗　就算你不想中状元,做大官,也得懂点仕途经济的道理,日后也有个正经朋友,让你只在我们队里,搅得出些什么得来?

宝　(大觉逆耳)宝姐姐,想不到你也这样,我这里算是腌臜了你这样知经济的人。

〔钗窘。

袭　姑娘快别说他,前天云姑娘也说了他一次,他也不管人脸上过得去过不去。拿起脚来,就走了。幸好这是云姑娘,那要是林姑娘,不知又要闹得怎么样? 哭得怎么样呢!

宝　林姑娘从来说过这些混账话吗? 要是她也说过这些混账话,我早和她生分了。

袭　这也是混账话吗? 还不赔个不是,宝姑娘生气了。

钗　(笑)哪儿话,不过大家随便说说。

宝　宝姐姐,恕我顶撞了你,吃点瓜子罢!

〔大家笑。

雯　(埋怨地)天黑了,来了就不想走! 管他,关起门来,我可要去睡了。

〔黛玉上,手拿玉穗子。紫鹃拿一灯笼。

黛　你先回去,等一会再来接我吧!

鹃　是。〔下。

〔她一面看玉穗子微笑,一面敲门。

〔宝玉送瓜子。

钗　宝兄弟太客气了。〔笑。

雯　又是谁?

黛　是我。

雯　谁?

黛　我!

雯　都睡了,明儿来。

黛　是我,快开。

雯　（生气）管你是谁？二爷吩咐的，一概不许放人进来！

〔黛玉愣，呆。

〔风，雨，鸟啼。

〔黛玉听见屋内笑声，心痛，灯笼落地。

——幕缓缓下

第　三　幕

第一场　试　探

〔潇湘馆外。

〔黛玉扶着竹子调弄鹦鹉。紫鹃站在一边。

鹃　吃药了，姑娘。

黛　……

鹃　药快凉了，姑娘。

黛　（厌烦地）你到底要怎么，只是催我！吃与不吃，与你什么相干？

鹃　（笑）咳嗽得才好些，又不想吃药了。

黛　吃了又有什么用，不吃也罢了，横竖我是个没人问的人。（对鹦鹉）侬今葬花人笑痴，……

鹃　宝二爷这几天往学里去了，也难怪他没有来。

黛　谁问他来了？

鹃　我不过是说说罢了。

〔鹦鹉叫："侬今葬花人笑痴，他年葬侬知是谁？"

黛　（破颜）你这鬼东西。

鹃　瞧，姑娘这几句诗连鹦鹉都会念了。我说，姑娘也出去走走，散散心吧！（黛玉摇头）要不，到宝二爷那儿去坐坐也好。

黛　（生气地）不去。

鹃　昨儿我听袭人姐姐讲，今日宝二爷不去上学。

黛　他上学不上学关我什么？

鹃　不是我说，二爷待姑娘也算好了。

黛　（瞪她一眼）哼,你知道什么!
　　［二人走向屋内。
黛　……"试看春残花渐落,便是红颜老死时。"
　　［二人下。
黛　（在内）"一朝春尽红颜老,花落人亡两不知!"
　　［宝玉上,听见黛玉念诗,停住。
宝　（自语）花落人亡两不知!花落——人亡——两——不知!
　　［黛玉掀帘又出。
黛　谁?（见是宝玉）呸,我打算是谁,原来是这个狠心短命——唉!［回身就走。
宝　你且站着。（黛不理）我知道你不理我,只说一句话,从今以后撂开手。
黛　（勉强停住）请说!
宝　说两句话,你听不听呢?
　　［黛玉回头就走。
宝　唉,既有今日,何必当初?
黛　（站着）当初怎么样,今日怎么样?
宝　当初姑娘来了,不都是我陪着玩笑。凭我心爱的,姑娘要,就拿去;我爱吃的,听见姑娘也爱吃,连忙收拾得干干净净。收着等姑娘回来。一个桌子上吃饭,一个床儿上睡觉。丫头们想不到的,我怕姑娘生气,替丫头们都想到了。姊妹们从小儿长大,亲也罢,热也罢,和气到了底,才见得比别人好。如今谁望姑娘人大心大,不把我放在眼里,三日不理,四日不见的。我又没个亲兄弟、姐妹,也和你（一样）是独出,原以为你和我的心一样,谁知我是白操了这一番心,有冤无处诉。［哭。
　　［黛玉不禁泪下。……
宝　我也知道,我如今不好了,但只任凭着我怎么不好,可不敢在妹妹跟前有错处。便有一二错处,你或是教导我,戒我下次;或是骂我几句,打我几下,我都不灰心。谁知你总不理我,叫我摸不着头脑儿,少魂少魄,不知怎么样才好。就是死了,也是个屈死鬼。任凭高僧高道忏悔,也不能脱生。还得你说明了缘故,我才得超生呢?
黛　既这么说,为什么那一天晚上,我去了,你不叫丫头开门呢?

宝　呀？这话从哪儿说起,这一定是丫头们不好。记得春天刘姥姥来也有过这么一次,后来你不是弄明白了。

黛　我不信。定是你预先关照的。

宝　(急了)我要是这么着,立刻就死了。

黛　大清早上,死呀活的,也不忌讳,你说有呢就有,没有就没有,起什么誓呢?

宝　实在没有见你去。

黛　那你怎么这些日子来也不来呢?

宝　天天想来,一上学就没工夫,今儿好容易先生放学,一来了,你又生我的气。

黛　我就是生气,也不敢把你关在门外头。

宝　一定是丫头们懒得动,等我回去查问清楚,问了是谁,教训教训她们。

黛　(正颜)你的那些姑娘也该教训教训。只是论理我不该说。得罪了我的事小,倘或明儿宝姑娘来,贝姑娘来,也得罪了,事情可大了。

宝　(又是恨又是爱)你,你——

鹃　宝姑娘来了。

　　〔宝钗、香菱上。

钗　(笑着)颦儿,颦儿,我要找你算账!

宝　(笑)什么事?

钗　就为了颦儿要教她作诗,她一夜也没好睡,对着月亮整夜唧唧哝哝,也不知道说些什么,直闹到五更才睡下。没一顿饭的工夫,就爬起来,忙着赶来你这儿。她本来呆头呆脑的,再添上这个,可不成个疯子了。

黛　(笑对香菱)别理她,菱姑娘,拿来我瞧瞧。

菱　这是胡编的,不知道行不行。(递上)还像"吟月"吗?

黛　(念)"非银非水映窗寒,试看晴空护玉盘。……"

宝　好,好。

　　〔黛玉摇头……

钗　不像吟月,"月"字底下添个"色"字倒使得。

黛　(对菱)也难为你了,只是……还得推敲。去再作一首! 还是十四寒的韵。

宝　　可惜云姑娘不在,不然,咱们诗社可热闹了。

　　　[香菱跑到花台旁呆想。

钗　　瞧,(指她)可真成诗魔了。(对黛)都是你招的!

黛　　圣人说:诲人不倦。她既来问我,我岂有不说的?

宝　　明儿等云妹妹来,马上开一社,一定邀你,菱姑娘!

菱　　真的吗?(仍在思索)寒……珊……残……[慢慢走去。

宝　　(叫)宝姐姐,这些日子你干什么来了?(见黛玉走)林妹妹!

　　　[雪雁上。

雁　　二爷,袭人姐姐说,老爷叫你去呢。

宝　　老爷?

　　　[宝玉急急下。

　　　[黛玉咳嗽。

钗　　你咳嗽得怎么了?

黛　　还是老样子。

钗　　(扶她)进去坐坐吧!

黛　　不!(坐下)

钗　　给大夫瞧了没有?(黛点头)瘦多了!我瞧这里走的几个大夫,虽都还好,只是你吃他们的药,总不见效,不如再请一个高手的人来瞧一瞧,治好了岂不好?每年闹一春一夏,也不是个常法儿。

黛　　不中用!(伤感地)我知道我的病是不会好的了。[咳。

钗　　快别这么说,那天我看那药方上人身肉桂太多了,虽说益气补神,也不免太热。依我说,先以平肝养胃为要。每日早起拿上等燕窝一两,冰糖五钱,用银吊子熬出粥来,要吃惯了,比药还强。

黛　　(不禁感动)我也知道,虽然燕窝易得,可是我这病每年要犯,请大夫,熬药,人参肉桂,已经闹了个天翻地覆了。这会子我又兴出新文来,熬什么燕窝粥,老太太、太太、凤姐姐这三个人便没话说,那些底下老婆子丫头们,未免嫌我太多事了。

钗　　(点头)我只怕你不要。(打开包)已经给你带来点儿了。

黛　　(大为感动)你真是好人,宝姐姐,难为你这么关心。

钗　　要是你这儿不便,我可以叫家里丫头熬了送来。

黛　多谢你,我这儿有炉子。[又咳。

钗　瞧你这样儿,真让人心疼,这两天去回了老太太吗?(黛玉摇头)为什么?

黛　常常犯的老毛病。让老太太知道了又是送这送那,惊师动众的……你瞧,这儿这些人,瞧着老太太疼宝玉和凤姐姐,他们背地里还言三语四的,何况于我?不是什么正经主子,无依无靠,投奔了来的。何苦让他们咒我!

钗　这么说,我也和你一样。

黛　你怎么好比我?你有母亲,哥哥,家里有房有地。你不过亲戚情分,暂住一些时候,赶明儿你搬出园子,就回自己的家。我是一无所有,吃穿用度,一草一木,都是和他们家姑娘一样,那起小人岂有不多嫌的?

钗　(取笑地)将来也不过多费一副嫁妆罢了,如今也愁不到哪里?

黛　(红脸)人家把你当个正经人,才把心里的烦难告诉你听,你反来取笑我。

钗　虽说取笑,倒是真话?你放心,我在这里一日,与你消遣一日。你有什么委屈烦难,只管告诉我,我虽有个哥哥,你也是知道的。只有个母亲,比你略强些。咱们也算同病相怜,多一事不如少一事,我才不怕你嫌弃把燕窝带来。

黛　东西虽小,难得你这么体贴关心,我原是个多心的人,一向总以为你有心藏奸。哪儿知道,都是我的错。[泪下。

钗　好妹妹,别哭!你是个聪明的人!什么都看得开些,我没妹妹,你就好像是我妹妹一样,有什么烦难,只管告诉我好了!

[二人对泣。

[雪雁上。

雁　史大姑娘来了,在前边。[下。

钗　(连忙擦泪)她来了。[起立。

黛　(拭泪)谁都有父有母!

钗　(安慰地)别难过,(慨然)做个姑娘,将来总要丢下自己的家的。——云儿已经许了人家。

黛　真的?……我倒要问问她,她说一辈子不嫁人的。[也要去。

钗　你也别去,让我叫云儿到这边来!
　　〔湘云悄悄地上。
云　什么事找我。老太爷我来了。
钗　瞧,已经许了人家,还是这么不老实,小孩子脾气。
　　〔湘云羞怯。
黛　怎么了?那时候,你跟我说过,要跟男子一样,这会儿怎么又怕起难为情来了?
钗　别跟他说了,难得来一趟,里面坐下来,大家谈谈。
云　我给你们带来几样小东西,(对钗)这个给你,(对黛)这个给你!都是我叔叔宫里得来的……
钗　谢谢你!
云　你们这些时好吗?诗社开过没有?
钗　缺了你,大家就少了劲儿。你林姐姐又病了。
黛　我们刚才正在说,要是你在这儿就好了。
云　什么?
黛　香菱饭也懒得吃,觉也不想睡,一心想做个女诗家呢!
云　在哪儿?
黛　喏!〔香菱摇头摆尾上。
云　啊呀!〔见香菱呕心状,笑。
菱　(自语)"精华欲掩料应难……精华欲掩料应难……精华……"
钗　瞧她那自言自语摇头摆尾的样儿。
　　〔大家笑。
云　(走去)菱姑娘,你闲闲吧!
菱　(怔怔地)"闲闲"错了,错了,"闲"字是十五删,错了韵了。
　　〔大家大笑。
菱　(醒)啊!云姑娘怎么时候来的?
云　早来了,看着你作诗呢!
菱　(难为情)……
云　要学诗,得拜我做老师。
黛　怎么样,又是一个诲人不倦的。

钗　"人之患,在好为人师。"

云　宝哥哥呢?

黛　这会他忙着呢,十天半个月不打照面。〔咳。

钗　别站在风口。

黛　里边去。

钗　云儿,还是先到我那边去坐一会儿,这儿让林妹妹憩憩再来!

云　好,我正有话跟你谈!(对黛玉)一会儿见。〔黛玉下。

〔二人要下。

〔宝玉上。

宝　云妹妹,我巴着你来了那么多天,(拉她)快到我那儿去。

云　(退,淡淡地)……哦!

〔宝怔。

钗　大家都大了,还是这么孩子气。(见宝玉呆)来吧!大家斯斯文文地谈谈。

〔宝玉呆立。

云　(觉得刚才过分了,马上安慰地)爱哥哥,你怎么了?我有东西送你。

宝　(缓过气来)哦,哦!什么?

云　宝姐姐、林姐姐是一个香串子,你是一个荷包。

宝　什么香串子?我瞧瞧!

〔宝钗褪不下,宝玉细看她膀臂入神。宝钗羞,这时黛玉上。

云　快去看看林姐姐去,她刚才还怪你整年半个月不打照面呢!

宝　这是她多心,这些日子我忙着上学。

〔黛玉上。

云　(拉钗)快走!我就要走的。

宝　这么忙干什么,来了,还不多住几天。

〔云摇头。钗微笑。

宝　为什么?

钗　大妹妹就要是人家的人了,还能住在这儿!

〔宝玉呆。

钗　来不来,不来我们走了。

〔凤姐上。

凤　云妹妹，来了就往园子里跑，到底姐儿们交情好。
云　我就预备来看你的，凤姐姐。
凤　（打趣地）什么时候请我们吃喜酒啊！

〔湘云羞怯。

钗　快别说了！凤姐姐，你是来干什么的？
凤　我是来看看你们，（对宝玉）宝兄弟，快去，老爷那儿来了客，要你就去！
宝　（惊立）老爷又叫我！〔急下。

〔黛玉出。

凤　（看见黛玉，亲热地）好妹妹，这两天怎么样？我就是要来看看你。（对钗，云）你们这会儿是到老太太那儿去吗？我就来！

〔钗、云、菱下。

凤　这两天天天要来，总是别的事耽搁了。老太太老是问起你呢！咳嗽好一点儿吗？
黛　谢谢你，也就是这样儿。
凤　我叫她们丫头送来的人参肉桂送来了没有？
黛　是不是上个月底平姑娘送来的，早拿到了。
凤　啊呀，这些丫头真懒，我昨天还关照她们送点新鲜的来。回头我去问她们，混账东西，把我的话不当做一句话。（忙碌地）妹妹你好生保重，我还有事……唉，烦死人了……园子里这会儿冷静多了，云姑娘出了门，更不能常来了，宝姑娘又要搬出去！
黛　唉，全都散了！
凤　（有意无意地）赶明儿宝玉再定了亲！
黛　定亲？
凤　刚才老爷叫宝兄弟去，就是为了这件事。（试探地瞅着她）说是一个姓张人家的小姐。

〔紫鹃上，站一旁。

黛　（呆）哦！
凤　其实，（开玩笑地）现成的亲事，何必到外面去找！
黛　……

［袭人上，手拿外衣。
袭　宝二爷不在这儿？二奶奶！
凤　前边去了！
袭　天凉了，也不多穿件衣服。
凤　（见黛玉不说话）紫鹃，快招呼姑娘，别遭了凉！［下。
袭　二奶奶！［随后亦下。
鹃　姑娘，姑娘！燕窝熬好了。这会儿吃吗？
黛　……
鹃　怎么了？
黛　……［拭泪。
　　　［紫鹃扶黛玉要下。
　　　［宝玉上。
宝　讨厌，（见黛玉哭）妹妹，怎么又哭了？又是谁得罪了你？
黛　我何曾哭了？
宝　（笑）你瞧瞧，眼睛上的泪珠儿没干，还撒谎呢！［替她拭泪。
黛　（忙退）你要死了，又要动手动脚的。
宝　说话忘了情，不觉动了手，也就顾不得死活。
黛　死了倒不值什么，只是丢下了什么张大小姐、张二小姐，可怎么好呢？
宝　（急）你还说，到底是咒我，还是气我呢？
鹃　（和解）二爷，你别气，是我们姑娘说差了。
黛　（见他着急，不免后悔，赔笑）你别急，这有什么，筋部暴起来，急得这一脸汗。［拿手绢替他拭汗，紫鹃下。
　　　［二人对看，半天。
宝　你放心。
黛　（怔怔地）我有什么不放心的？我不明白你这个话，你倒说说，怎么放心不放心？
宝　你果然不明白这话？难道我平素在你身上的心都用错了，连你的意思都体贴不着？就难怪你天天为我生气了。
黛　我真不明白放心不放心的话。
宝　好妹妹，你别哄我，你真不明白这话，不但我素日白用了心，连你素日待我的意思也都辜负了。你都是因为这不放心的缘故，才弄了一身的病，要是宽慰些，这病也不会一天重似一天了。

　　　〔黛感动得流泪，支持不了，回身欲走。

宝　（上前拉住）好妹妹，你让我说一句话再走。

黛　（一面拭泪，一面推开他）有什么可说的，你的话我全知道了。〔急下。

宝　（发呆）……

　　　〔袭人上。

宝　（以为是黛玉）好妹妹，我的这颗心，从来也不敢说，今日大胆说出来。就是死了也是甘心的。我为你，也弄得一身的病，又不敢告诉谁，只好推着，等你的病好了，只怕我的病才得好呢。我睡里梦里也忘不了你……

袭　（推他）二爷，二爷！

宝　（惊醒）哦！

　　　〔袭人拉着宝玉下。

　　　〔紫鹃与雪雁上。

鹃　（低声）刚才你没听见说，宝二爷要定亲了。

雁　哦！真的？是我们姑娘吗？

鹃　（摇摇头）

雁　谁？

鹃　不知道……趁便你在老太太那儿看看风色。

　　　〔雪雁点头下。

　　　〔宝玉上。

鹃　宝二爷。

宝　你们姑娘呢？

鹃　里面躺着！

　　　〔宝玉向内走去。

鹃　姑娘刚闭上眼，累得慌。

宝　哦……〔停步。

鹃　……

宝　你怎么不去服侍？（见她衣着单薄，摸了一摸）唉，穿这么单薄，要是你再病了，那可怎么办？

鹃　二爷，别动手动脚的，一年大，二年小的，男女有别，叫人看着不尊重，姑娘常吩咐我们，不叫和你说笑。你近来瞧她，远着你还恐来不及呢？〔下。

宝　远着还恐不及……怪不得她……〔呆立，坐下，沉思。

〔雪雁上。

雁　（见宝玉如此，很为诧异，走过去）咦！……你一个人在这儿做什么？二爷！〔拉他。

宝　你又做什么来找我？你难道不是女儿？她既防嫌，不许你们理我，你又来寻我，倘被人看见，岂不又生口舌？快进去吧！

〔雪雁莫名其妙下。

〔稍停，紫鹃与雪雁上。

雁　（指宝玉）瞧！

〔宝玉擦泪，伤感。

鹃　（走过去）二爷。

宝　（抬头）咦，奇怪，你又来了。

鹃　刚才我说的话，不过是为的大家好，你就气在风地里哭，弄出病来还了得。

宝　（笑）谁赌气了？我因为听你说的有理，我想，你们既这么说，自然别人也这么说，将来谁都不理我了，我所以想到这里，自己伤心起来。

鹃　（挨着他坐下）你这个人真会呆想！

宝　（笑）刚才对面说话，你还走开，这会子怎么又挨着我坐？

鹃　（笑）……

宝　唉……我知道大家都远我，宝姑娘就要搬出园子，史大姑娘又许了人家，就只你们姑娘，从小在一起，这会子再不理我，叫我找谁去？这样儿过下去，一个人活着有什么意思？

鹃　本来是，二爷也大了，（故意地）明年姑娘回家去，二爷还不是一个人？

宝　（吃惊）谁回家去？

鹃　你妹妹回苏州去。

宝　你又瞎说了，苏州虽是原籍，因姑妈没了，姑父也过了世，没有人照应才接了来的。明年回去找谁？

鹃　（冷笑）你也太小看了人，你们贾家是大族，人口多，除了你家，别人只得一父一母，族中真个再没了人不成？我们姑娘来时，原是老太太疼她小，虽有叔伯，不如亲父母，所以接了住几年，大了该出阁，自然要送还林家的，难不成林家女儿在你贾家一世不成？林家就是穷到没饭吃，也是世代人家，断不肯将他家的人丢给亲戚，惹得人耻笑。所以早则明年春天，迟则秋天，这里纵不送去，林家也必有人来接的。

宝　（霍地站起）真的——

鹃　谁骗你？前天夜里姑娘还说了，叫我告诉你，将从前小时候玩的东西，有她送你的，叫你都打点了出来还她，她也将你送她的打点在那里呢！

宝　啊……〔失神落魄地走去，跌跌跄跄地失了常态。

〔袭人上。

袭　二爷，二爷！（见状，大惊）怎么回事？（扶了宝玉下，一面喊）二爷！二爷！

——幕缓缓下

第二场　密　告

〔怡红院内，宝玉卧室。

〔袭人扶宝玉上。

袭　二爷！二爷！（向内）晴雯！晴雯！

雯　（在内）嗳！干什么？

袭　快来，快来！二爷不好了！

〔晴雯急忙跑出。

雯　二爷，二爷！

〔宝玉不答。

袭　你看着他，我去回老太太、太太去。〔下。

雯　到底怎么一回事，二爷！怎么啦，二爷，你说话呀！……这可怎么好？袭人，袭人还不来？……二爷，二爷！你受了什么委屈？说呀！你怎么不说话呀？……（向外）坠儿，坠儿！你耳朵聋了！死人，还不快过来，快来守着二爷，我拿"驱瘟散"去。〔下。

［贾母、王夫人、鸳鸯、袭人上。

母　　宝玉儿,我的儿啊!……［哭。

王　　手都凉了,捏他也不疼。［哭。

母　　……

王　　(对袭人)死丫头,你们是怎么服侍宝二爷的?还不把紫鹃这贱丫头叫来。

母　　快去,快去!［鸳鸯下。

王　　宝玉儿,宝玉儿!

宝　　(呆呆地点头)唔!

王　　你怎么了?

宝　　呀?［摇头。

王　　老太太,我瞧快点找大夫。

母　　快,快,马上把王太医喊来!

袭　　是。［要下。

王　　你也别去,这儿也得要人,还有丫头呢?派个人到前面去。

袭　　(向内)晴雯,晴雯!

雯　　(在内)叫什么,我在这儿有事呢!

王　　谁?

袭　　晴雯!

　　［晴雯出,一直走向宝玉,没有向老太太等行礼。

雯　　二爷,二爷。(宝玉对她哭,见坠儿不在)小蹄子没有来,看我不揭你的皮。(大声)坠儿,坠儿!

袭　　晴雯!

雯　　(看见贾母,王夫人)老太太,太太!

王　　(大不为然)快到前面去,招呼林之孝请王太医来!

雯　　是!［下。

王　　晴雯这个丫头,怎么的,简直没有丫头样儿!

　　［紫鹃上。

鹃　　老太太,太太!

王　　(眼中出火,恨恨地)你这小蹄子,和他说了些什么,弄成这个样儿?

327

鹃　　我并没敢说什么,不过说了几句玩话。

王　　还站在这里!快去赔个不是去。

鹃　　(走了过去)二爷……都是我的不是……

宝　　啊!(哭了出来,一把拉住她)要去连我带了去,要去连我带了去。

母　　什么?

宝　　不要回去!不要回去!

母　　什么要回去?

鹃　　刚才是我说了句玩话,林姑娘要回苏州去。

母　　(拭泪,笑)我当有什么要紧大事,原来是这句玩话。(对鹃)你这孩子,素日是个伶俐聪明的,你又知道他有个呆根子,平白地哄他做什么?

　　　〔晴雯上。

雯　　老太太,林之孝请了王太医赶来了!

宝　　(跳起来)不得了,林家来接林妹妹回去了。

王　　我的儿,不是的,那是林之孝。

宝　　不,不,是来接林妹妹的,快打出去!

母　　哦!(对众人)你们打出去,打出去!(对宝)宝玉儿乖乖,那不是林家的人,林家的人都死绝了,再没人来接她,你只管放心吧!

宝　　凭他是谁,除了林妹妹,都不许姓林。

母　　没姓林的来,凡姓林的都打出去了。(对众)以后别叫林之孝,林之孝家的进园来,你们也别说"林"字儿。

大　家　(忍住笑)是!

宝　　(指橱子上一只船)那不是接林妹妹的船?

母　　快拿下来,扣住它。

宝　　给我,给我!

　　　〔袭人拿下,递给宝玉。

宝　　(掖在被中,拉着紫鹃)这可去不成了!

鸳　　老太太,王太医在外面等着呢!

母　　叫他进来好了,什么奇物儿,养也养他得下来,我还怕他。

　　　〔王夫人避入内间,王太医躬身进。

医　　老太太好!

母　(皱眉)你好!

〔王太医诊脉。

母　怎么样,王太医!

医　(起身)世兄这病,乃是急痛迷心,古人曾云:痰迷有别,有气血亏柔,饮食不能溶化痰迷者,有怒脑中痰急而迷者,有急痛壅寒者,此亦痰迷之症,系急痛所致,不过一时壅蔽,较别的似轻些。

母　(不耐烦)你只说怕不怕,谁和你背医书呢!

医　(躬身赔笑)不妨,不妨!

母　果真不妨?

医　实在不妨,都在晚生身上。

母　既这么着,请外头坐!开了方儿,吃好了呢!我另外预备谢礼——

医　不敢,不敢。

母　叫他亲自捧了送过去。

医　不敢,不敢。

母　要耽误了,我打发人去拆了太医的大堂。

医　不敢,不敢!

〔大家笑。

医　(发现说错了,站住)哦,绝不——

母　还不快去——吩咐外头,伺候王太医开方子。

〔太医鞠躬下,袭人跟下。

〔王夫人出。

王　老太太,这么说可以放心了。

母　唉,也不知道是哪一世的孽障,搅得人神不安。

〔袭人上。

袭　王太医说,先吃下这几粒丸药,躺一会再吃煎药。这丸药非常灵验……

母　快给他吃了!

〔袭人给宝玉丸药吃。

母　快到里面躺着去。

宝　晴雯,你别走开。

〔晴雯、袭人扶宝玉下,紫鹃随后。

329

王　老太太,你也憩憩吧!这里我来照应。

母　(起身)啊呀,这会子腰又疼了!

〔鸳鸯扶贾母下。

王　袭人!

袭　(上)太太有什么吩咐?

王　你过来!

〔袭人走进一步。

王　到底是怎么一回事?二爷吓得这个样儿。

袭　也不过是紫鹃几句玩话。

王　(稍沉吟)还有些什么,你只管回我!我看——〔摇头。

袭　实在没有——(低头稍一迟疑)今天,太太问,我本来要讨太太个主意,只是我怕太太疑心,不但我的话白说了,且连葬身之地都没有了。

王　我的儿,你只管说好了。……

袭　我也没有什么别的说,我只想讨太太一个示下,怎么变个法儿,以后竟还是叫二爷搬出园外住就好了。

王　(吃惊地)怎么!宝玉难道和谁作怪了不成?

袭　(连忙)太太别多心,并没有这话,这不过是我的小见识,如今二爷也大了,里头姑娘们也大了。

王　这会儿园子里也没住谁,不过宝姑娘,林姑娘几个人。

袭　虽说是姐妹们,到底有男女之分,日夜一处,起坐不方便,由不得叫人悬心。

既蒙老太太和太太的恩典把我派在二爷屋里,如今跟在园里住都是我的干系,倒不如预先防着点儿。

王　刚才二爷发病,你在哪儿?

袭　起先在林姑娘那儿。

王　你听见什么没有?

袭　没,没有什么!

王　(点头)哦,我知道了。

袭　二爷素日的性子,太太是知道的,他又偏好在我们队里闹,倘或不防前后,错了一点半点,不论真假,人多嘴杂,那起坏人的嘴,太太还不知道呢！二爷将来倘或有人说好，不过大家落个直过儿，设若叫人哼出一声不是来，我们不用说，粉身碎骨，还是平常，后来二爷一生的声名品行，岂不完了呢。那时老爷太太也白疼了，白操了心了。

王　（突然地）平日是你服侍二爷，还是晴雯？
袭　总是我们俩个人，晴雯和我。
王　（自语）怪不道——模样儿就像林姑娘。（起立）我不能让宝玉被一个丫头带坏了。让我回了老太太——
袭　太太，您是要——
王　不关你事！（正经地）怪不得众人背后面前都夸你。我只说你不过在宝玉身上留心，或是大家跟前和气，这些小意思，谁知你方才跟我说的全是大道理，正合我的心事。也难为你这么细心，提醒了我，真正好孩子，也罢了，我自有道理。只是还有一句话，你如今既说了这样的话，我索性就把他交给你了。……自然不辜负你！
袭　（低头，羞怯状）太太吩咐，敢不尽心！
　　〔王熙凤上。
凤　太太，宝兄弟全好了吧！
王　不碍了。
凤　阿弥陀佛，我早说了。咱们这种人家老太太、太太，这么行好。怎么会呢！
王　你手里拿的什么！
凤　正要回太太呢！大后儿是叔叔生日，老太太特地找出这件孔雀毛织的大氅来，说是要是还好呢，就穿着过去拜了寿就回来，不大好，也就算了。
王　（对袭人）收起来吧！——看什么？
袭　我瞧这大氅怪美的，来这府里这么好些时候，从来没见过。
凤　别说你，我也没瞧见过，老太太昨天翻东西翻了出来说是俄罗斯国进贡的，老太太再三关照穿着当心点。
王　可不是，快收起来吧！（对袭）你好生服侍二爷，（对凤）咱们走吧！〔二人下。
　　〔袭人亦下。

［晴雯上，拿船，打喷嚏。

宝　（在内）叫你穿上衣服，穿上衣服，回头冻着，遭了病。

雯　我的好二爷，当心你自己好了，只要你病好，就是我死了，也算不得什么。

　　［又是喷嚏。

宝　（在门口）你瞧，你——

雯　快去躺着！［下。

宝　我好了，还睡什么？（手里拿着晴雯衣服）穿上。

雯　小祖宗，快去吧！我会照顾自己的。

宝　那么你快进来。

　　［二人下。

　　［袭人拿药上，正欲下时，紫鹃出。

袭　二爷怎样了？

鹃　好了，躺在那儿呢！

鹃　阿弥陀佛！

宝　紫鹃，（在门口）紫鹃！别走啊！［追出。

鹃　二爷好了！我也该回去，看看姑娘去了。

宝　（佯狂）啊！啊！［倒。

袭　（拉着紫鹃）祖奶奶，你不能多留一会儿吗？（着急）瞧，二爷病又犯了！怎么办！怎么办？

鹃　（呆）二爷，二爷！

宝　（倏地起立）哈哈，骗你的，你可别走了。

　　　　　　　　　　　　　　　　——幕急下

第三场　补　　裘

　　［布景同上场，次日夜。
　　［袭人，晴雯在等宝玉回来。
　　［一只精致的自鸣钟滴滴答答地响着。
　　［晴雯在外间咳嗽，微有呻吟。

袭　好一点儿吗？

雯　（在内）唔！什么时候了！二爷还不回来。
袭　快寅初了，只怕又喝了酒了。
雯　……
袭　有我等，你睡吧？

［稍停，鸳鸯上。

袭　鸳鸯姐姐，这会儿你还没睡？
鸳　老太太不放心，要我来看看。二爷还没回来？
袭　是啊！这么晚了，跟他去的小厮也不回来给个信。可是没数目。
鸳　（四面看了一眼）晴雯呢？
袭　在外面。
鸳　还没好？
袭　唔。
鸳　她的事你知道吗？
袭　什么呀！
鸳　（低声）老太太刚才特为关照了，明儿一赶早就让她回去。
袭　干嘛撵她，她也没什么错？
鸳　老太太生气了，就是二爷年纪也不小了。常在姑娘丫头队里混不是事，跟前的人要是又不好，难保不被人带坏了。
袭　哦，是吗？
鸳　你别多心，（低声，指内）这就是说的她。明儿天一亮，太太要亲自来打发她回去。别让二爷知道，免得引起二爷的呆病。

［晴雯咳嗽，微微呻吟。

袭　（向她摇手，对内）晴雯，你睡着了吗？
雯　（在外）宝二爷回来了吗？
袭　还没有。
雯　（在外）谁在里面说话？
袭　没，没有谁呀！
雯　好像我听见谁说话的声音。
袭　哦，是是——
鸳　是我，晴雯姐姐，说是你不大舒服，来看看你的，好了吗？（走向门口）别起来,别起来。

雯 （在外）谢谢你牵记,一点儿小病,没有什么。

鸳 你好好躺着吧!明儿瞧个大夫,吃剂药就会好的。（走回）怎么了,二爷还不回来,我先走了。

袭 姐姐。

鸳 什么事。

袭 这个月的月例银子你拿到了没有?

鸳 没有啊!

袭 怎么到今儿还没发下来。

鸳 二奶奶说,钱挪到别的上面用掉了。你不知道呢,外面看起来,谁不说贾府上金银斗量,其实骨子里也亏,只是一个空架子。这是你不知道的,昨天二奶奶还背着老太太同我商量,暂时取老太太一箱东西拿去押钱花。

袭 再没钱,也不至于到这步田地吧!

鸳 （摇头）这样下去,不知道成何了局!这原不是我们奴才的事,可是看着总叫人寒心,老爷做官赔钱,家里就没有一个正经能干的主子,二爷更不用提了。

袭 只知道胡闹。唉!

鸳 老太太说,这样下去不是事,还是早点跟他定亲的好。

袭 （吃惊）定亲?

鸳 唔,确好前面老爷一个门客提起,说是一个张家,家道好,姑娘长得又俊。

袭 要是林姑娘知道,又是一场麻烦。

鸳 这有什么呢?横竖后来这事也没有说成。

袭 （不禁失声）没说成?

鸳 瞧你高兴的这个样儿!

袭 （羞）你!（转嗔）二爷结亲关我什么?

鸳 嗳呀!（取笑地）还要这样——好了,（拉她）咱们是好姐妹,有什么话不好说。——前儿太太说,要不碍着老爷讲话,早把你给二爷正式开了脸,收做主子奶奶了!

袭　（打她，她逃）狗嘴里吐不出象牙来，我把你——

〔二人笑。

〔宝玉上，脸色不高兴。

袭　你回来了！

鸳　二爷，怎么回来得这么晚？

宝　舅舅、舅母拉着一定不肯放……唉！

袭　什么事？唉声叹气的。

宝　老太太喜喜欢欢地给了这件大氅。谁知不防，后襟上烧了一块。（脱了下来）瞧！

〔二人看。

宝　老太太、太太知道了该怎么办？

袭　怎么好呢？明儿不穿也罢！

宝　今儿暖寿，明儿才是正日子，不穿怎么行？头一日就烧了，多扫兴！唉！

〔顿足。

鸳　老太太刚才还问起我呢！

雯　（在外）二爷回来了？

宝　唔，你睡着，不关你的事。

袭　我去看看，外面守夜的老太婆睡了没有？赶着送给一个能干的织补匠去，马上织补好，拿回来，明儿也就好对付了。

〔袭人拿了孔雀裘与鸳鸯同下。

宝　唉！

雯　（在外）二爷，你怎么还不睡？

宝　就睡了，你好一点儿了吗？

雯　（在外）唔！

宝　那天叫你穿衣服，你不听！

〔晴雯扶门上。

雯　二爷，什么事，你还不睡，袭人又到哪儿去了？

宝　（着急）我的好姑娘，起来干什么？昨儿就为了照应我闹病了，这会儿又起来干什么？

雯　要喝茶吗？〔要去倒茶。

宝　好了，快去吧，这会我不要人照应。

〔晴雯下，稍停，袭人上。

宝　怎么样？

袭　没有法子，人家都睡了，好容易找到一家能干的织补匠，他说从来没见过这种东西，不敢收，老婆子只好带回来了。

宝　唉，这可怎么办？

袭　也算碰得不巧……

宝　这是孔雀金线织的，说不定拿孔雀金线就像界线似的密了，还混得过去。

袭　孔雀金线是现成的，可是这会儿找谁去界？

〔晴雯上。

雯　什么东西，拿来我瞧瞧。——哦，让我来试试看。

宝　你？这如何使得。病得这个样儿，怎么能做活？

雯　（咬咬牙）拿线来，做着瞧吧！

宝　算了，身子要紧，明儿见了老太太，拼着一顿骂也就罢了，小刀，竹弓……

〔袭人递线及其他杂物给她。

宝　怎么行呢！瞧你这样儿！

雯　（挽了挽头发）不用你蝎蝎螫螫地，大不了多睡几天，哪里就会死呢！

宝　（扶她）就倚在我的床上做吧？将就些，看得过去就行了——你觉得冷吗？

雯　不！

袭　喝水吗？〔下。

雯　啊呀，你们这么服侍我，倒像个老太太了。

〔开始织补，不时停止。

宝　你累不累？（晴雯摇头，他拿了枕头给她靠着）这样好一点。

〔袭人拿水上。

宝　（去倒水）你喝杯水，息一会儿再做吧！

雯　好了，你去睡吧！小祖宗，明儿得了病，那可怎么好。

袭　二爷，你也睡吧！明儿还得一早起来！

宝　可是……

雯　你们都去睡，我一个人反倒定心些。

袭　二爷，你就睡吧！〔照应宝玉睡下。

雯　你也去睡吧！袭人姐姐。

袭　水在这儿，回头就睡在这儿好了！〔下。

雯　唔！（织补了一会，气喘）……唉。

宝　（爬起）你还是息一会儿吧！

雯　你怎么不睡？

宝　我睡不着……（为她添火）暖些吗？

雯　好了，快去睡去。

宝　不，让我陪着你。

　　〔静，外面风声、铁马声。

宝　听，铁马的声音。

雯　又起风了。

宝　（看）界得真好，不细心就看不出。

雯　（勉强笑）也不过胡混胡混罢了！

宝　早知如此，何必到外面找什么裁缝织补匠去。……奇怪，我怎么从来不知道你的针线这样好。

雯　二爷哪里会知道呢？

宝　所以说，我这人就不行。从前你在老太太跟前，咱们也常在一起，可也不大见你动过针线，可见一个聪明人不在常做。

雯　你又笑话我了。

宝　我这是说的真话。赶明儿我要多找些东西给你做。

雯　有的是人，哪儿少了我？

宝　可是，我一定要你。

雯　我要是走了呢？

宝　走了？谁说你要走。

雯　（笑）我不过是谈谈。

宝　不，咱们要一直厮守着。我不要你走，你再也不会走的……怎么你一向带理不理的。怎么也摸不着你的脾气。

雯　我们原是个丫头,怎么敢攀上主子。

宝　有一天,为了你跌了扇子,我说了两句,你生气了,后来我拿扇子你撕,大家多好玩。你还记得吗?(雯点头)我只希望我们能常常这样,常常这样。
　　〔风声更响。

宝　啊呀!好大风啊!别冻着。〔拿了斗篷给她披上。
　　〔钟敲四下。

宝　快天亮了,躺一会儿再做吧?

雯　只剩几针了。

宝　瞧你的脸发红。(用手扪)好烫。

雯　(咬牙,摇头,勉力做好)好了,好容易补完了。(支持不住)啊呀。
　　〔倒下。

宝　你怎么了?

雯　(摇手)没有什么。

宝　啊,满头的汗。(为她盖被,拿起大氅瞧)补得真看不出,就是去找俄罗斯国的裁缝,我看也不过如此。

雯　唉!哪里有那么好呢?睡吧!

宝　鸡都叫了!我看也不用睡了。你躺着,我跟你谈谈。

雯　谈什么呢?

宝　……随便谈什么。明儿请个大夫,给你发散发散,后儿包你就好了。

雯　过了明儿就好了。

宝　等你病好了,我们一块儿……打双陆、荡秋千……还有……撕扇子。

雯　……再做针线……再……
　　〔二人不知不觉睡着了。
　　〔鸡叫,天色大明。
　　〔阳光照着他们熟睡在一起。
　　〔外面人声。

袭　(在外)太太,早!
　　〔王夫人、袭人上。

王　宝玉,宝玉——(一见样子大惊)好啊!晴雯,你这骚蹄子!你——
　　〔宝玉、晴雯惊醒。

宝　（连忙起立）太太！

雯　（勉强支持）太太！

王　果然不错，是你勾引我的宝玉。

雯　太太，昨儿昨儿——

王　你还犟嘴，敢公然跟宝玉睡在一起，你这死不要脸的贱货。

宝　太太，这是——

王　（瞪他一眼然后对雯）狐狸精，（对袭人）去，去，去把她家里人找来带她出去。马上给我滚。

雯　（哭，跪下）太太！

王　我不能留下这个害人精。袭人，还不拉她出去。

雯　（跪进一步）太太！

王　袭人，拉她出去啊！

雯　（叩头）太太，太太！〔欲辩无从，看着宝玉，起立，欲跌。

　　〔宝玉不知如何是好。难过异常，想去扶她。

王　到哪儿去？〔宝玉停住。

　　〔袭人扶晴雯向门走去。

宝　（压捺不住，跪下）太太！

王　你要什么？

宝　求求您饶了她，别撵她出去。都是儿子的错，您看在她多年服侍孩儿的份上，饶过这一次吧！〔泪下。

　　〔静。

王　（凛然不理，对晴雯）哼，好得很，你把宝玉儿勾引得这样，他还舍不得放开你。（对宝玉）为了你替她求——

宝　太太！

王　（对袭人）马上带她去！

　　〔袭人推晴雯。

雯　（又羞，又悲，又气，更禁不住）啊。〔倒下。

宝　晴雯！〔跑了过去。

　　〔王夫人转身。

——幕下

第 四 幕

第一场 悲 秋

〔潇湘馆内,黛玉卧室,冷雨敲着竹叶响。

〔黛玉倚窗唏嘘。舞台黑暗。

黛　"……秋花惨淡秋草黄,耿耿秋灯秋夜长,已觉秋窗秋不尽,那堪风雨助凄凉。"……唉!

〔紫鹃点灯上。

鹃　姑娘,你怎么一个人坐在黑地里。

〔黛玉欲取出壁上琴。

鹃　姑娘是要弹琴吗?我给你焚香。

〔黛玉点头,欲弹又止。

鹃　(焚起香)燕窝完了,粥还要吃吗?

黛　随它去吧!

鹃　宝二爷关照老太太那边两天送一次。敢情是忘了。

黛　他哪儿把这些事放在心上。

鹃　我瞧二爷的心倒实,上一趟我只不过说了一句咱们要回苏州去,就急得那个样儿。

黛　……

鹃　(半自语地)一动不如一静,别的倒容易,最难得是从小一处儿长大,脾气,性情,彼此都知道……

黛　呸!你又嚼什么?

鹃　倒不是嚼什么,我只是一片真心为姑娘,替你想想这几年了,又没个父母兄弟,趁早儿老太太还明白硬朗的时节,做定了大事要紧,姑娘是个明白人,没听见俗语说的:"万两黄金容易得,知心一个也难求。"公子王孙虽多,可并不一定能挑出一个像二爷那样体贴的人来。

黛　这丫头,今儿敢情是疯了,说这些不识羞的话,我明儿回老太太,退你回去,我不敢要你了。

鹃　我说的是好话，并没有叫你为非作歹，你若回老太太，叫我吃了亏，又有什么好处？〔慢慢地下。

黛　唉！〔呆想……
　　〔雪雁、紫鹃同上。

雁　姑娘，宝二爷送燕窝来了。

黛　二爷呢？

雁　是我带回来的。

黛　（微失望）哦！

鹃　我说的吧！二爷不会忘了的。

雁　二爷还有东西要送姑娘呢！

黛　什么？
　　〔雪雁拿出两条旧手绢给黛玉。

黛　（不解）两条旧手绢，这是干什么的，别是你弄错了。

雁　我原也不懂，可是二爷说，姑娘自然知道。

黛　（呆想，突然悟，连忙）哦，放下来吧！
　　〔二人莫名其妙地下。

黛　（吟）难为他想到。可是……私相传递，让人知道了，该怎么说？……宝玉？宝玉！（兴奋起来，提笔在手绢上直书，边轻轻地念）"眼空着泪泪空垂，暗洒闲抛却向谁？尺幅鲛绡劳惠赠，为君哪得不伤悲？"〔抚琴，预备弹。
　　〔外面人声。

钗　（在外）你们姑娘在家吗？

鹃　（入）姨太太跟宝姑娘来了！
　　〔黛玉起来藏起诗，让座。

黛　姨妈，宝姐姐！

钗　你在干什么？

黛　也没做什么，倒是多少时候没见你来了，你怎么一搬出院子就不来坐坐！

姨　也不能怨你姐姐，家里事情少不了她，前天又闹不舒服。（细看黛）啊呀！大姑娘，你像又瘦了些，身体可得保重些啊！药还吃吗？

341

〔黛玉点头。

姨　吃药就好了,我和你姐姐没哪一天不惦记你,为了她哥哥的事,一直没定心过,家里又没人,幸好有你姐姐伴着我,解了我一时的闷。

黛　怪不得姨妈,急着要接宝姐姐回去,从前宝姐姐在时园子里多热闹,这会儿去的去,散的散了。

钗　(想起)你知道吗?妹妹,听说云妹妹过了门,变得斯文多了。

姨　一个大姑娘家,是该斯文点。她女婿文采好,为人平和,两个人正是一个对儿。

黛　想不到嫁得这么远,不能时常走动。

姨　啊!你们女孩儿家哪里知道,自古道:"千里姻缘一线牵。"管姻缘的有一位月下老人,预先注定,暗里只用一根红丝,把这两个人的脚绑住,凭你两家哪怕隔着海呢,若是有姻缘的,终究有机会做成了夫妻。要是月下老人不用红绳拴着,再不能到一处。比如你姐妹两个的婚姻,此刻不知在眼前,也不知在山南海北呢!

钗　妈,你说你的好了,又拉上了我们。(伏姨怀中笑)妈!咱们走吧!

黛　你瞧这么大了,离了姨妈她就是最老到的,见了姨妈,她就撒娇儿。

姨　(抚摸钗)唉!你这姐姐,就和凤哥儿在老太太前一样的,有了正经事,就有话和她商量;没有了事,幸亏她开我的心,我见了她这样,有多少愁不散呢!

黛　(感动流泪)她偏在这里做给我看,分明气我没娘。

钗　妈妈,瞧她这轻狂样儿,倒说我撒娇。

姨　(抚黛)别难过,好孩子,你见我疼她,不知我心里更疼你呢!只是外头不好带出来,他们这里人多嘴杂,不说你无依无靠,为人怜人疼,只说我们看老太太疼你,你也故意这么样呢!

黛　(笑)姨妈既这么说,我明日就认姨妈做娘,姨妈若是嫌弃,就是假意疼我。

姨　你不嫌,我就认了。

钗　(插入,故作严重)认不得的。

黛　怎么认不得?

钗　我哥哥还没提亲事……您细想来!〔向她母亲挤眼笑。

黛　（伏在姨妈身上）姨妈不打她，我不依！
姨　（摸着她）你别听你姐姐的话，她是和你玩的。
钗　真的，妈，明个和老太太求了聘做媳妇，不比外面寻的好？
黛　（赶上，要抓她，笑着）你越发疯了。
　　〔紫鹃上，敬茶。
姨　（笑着分开她们）别闹了，你哥哥哪儿消受得起，别糟蹋了你妹妹。那天和老太太谈起宝兄弟虽说是玩话，倒有点意思。老太太那么疼他，他又生得那样，若要是外头说去，老太太断不中意，不如把你林妹妹定给他，岂不四角俱全？
黛　（红脸，对钗）呸！我只打你，为什么招出姨妈这些老没正经的话来？
钗　这可奇了，妈妈说你，为什么打我？
鹃　（插入）姨太太既有这主意，为什么不和太太说去？
姨　这丫头，急什么，想必催着姑娘出了阁，你也要早些寻个小女婿去了。
鹃　（红脸）老太太真个是倚老卖老。
黛　你这个小蹄子，（拍手）阿弥陀佛。该，该，该。也碰了一鼻子灰去了。
　　〔紫鹃下。
　　〔宝玉上。
宝　姨妈，宝姐姐！你也来了。
　　〔宝钗微点头。
宝　怎么这久不见你来，快两个月了吧！
钗　……
宝　前些时听说宝姐姐不舒服，这会儿好了吗？
钗　……
宝　宝姐姐——
钗　妈，我们走吧！〔二人要走。
宝　姨妈，你让宝姐姐多谈一会儿，好不好？
姨　还是改天再来吧，家里事忙。
钗　妹妹保重！
姨　外面风大，姑娘别出来了。
黛　姨妈，恕我不送了！

〔二人下。
〔宝玉看着她们的后影发呆。
〔黛玉坐。

鹃　二爷,坐啊!
宝　哦!
〔二人半晌无语。
宝　奇怪,这会儿宝姐姐像是老躲着我,理也不理,姨妈也不搭理,难道怪我,她病的时候没去看她吗?
黛　只怕是吧!
宝　头几天我不知道,后来知道了也没去。
黛　可不是?
宝　老太太不叫我去,太太不叫我去,老爷不叫我去,我怎么敢去?
黛　她哪儿知道这个缘故?
宝　宝姐姐是会体谅人的。
黛　你别打错了主意,从前姐妹们在园子里作诗,赏花,饮酒,如今隔开了,你一点也不关心,她怎么不恼呢?
宝　难道她和我不好了?
黛　她和你好不好,我却不知道,我不过是照理而论罢了!
〔宝玉呆,黛玉不理看书。
宝　(跺脚)我想一个人生他做什么?天地间没有了我,倒也干净。
黛　原是有了我,便是有了人,有了人,便是有无数的烦恼生出来。(见他真的急了,安慰地)刚才我说的都是玩话,你别疑心,这会她哥哥出了事,心绪不宁,要赶着回去料理事务,哪里还有工夫应酬你,都是你自己心里胡思乱想,钻入魔道里去了。
宝　(恍悟笑)很是,很是。你的性灵比我竟强多了,怪不得有一次你和我说了几句禅语我对不上来:"我虽丈六金身还借你一茎所化。"
黛　(突然)我问你一句话,你如何回答?
宝　(盘腿,合手,闭目撅嘴)讲来!
黛　宝姐姐和你好,你怎么样?宝姐姐不和你好,你又怎么样?宝姐姐前儿和你好,如今不和你好,你怎么样?今儿和你好,后来不和你好,你又怎么样？你和她好，她偏不和你好，你怎么样？你不和她好，她偏要和你好，你又怎么样？

宝　（稍呆，然后大笑）任凭弱水三千，我只取一瓢饮。
黛　禅门第一戒是不打诳语的。
宝　有如三宝。
　　［黛玉低头。
　　［窗外老鸦叫。
宝　啊呀！老鸦叫，（走向窗）不知主何吉凶？
黛　（高兴地）人有吉凶事，不在鸟言中。［理琴欲弹。
宝　这个琴怎么这么小？（翻琴，发现题诗的绢幅，黛玉阻止不及）妹妹，赐给我看看，好不好。
黛　老脾气又来了，就爱乱翻东西。
宝　（念诗慢慢地泪下）眼空蓄泪泪空垂，暗洒闲抛却向谁？尺幅鲛绡劳惠赠，为君那……得……不……伤……悲！妹妹，（执其手）妹妹！
　　［黛玉见他哭亦泪下。
宝　（笑）好好儿的哭干什么？别哭，别哭，……［为她拭泪，她亦为宝玉拭泪。
　　［袭人上。
袭　二爷，哪儿没找到，快去吧，老爷那儿叫你就去呢！
宝　（惊）呀！老爷叫我！［急下。
黛　好生走，当心点儿，（对外）紫鹃给二爷掌灯！（对袭人）这么晚，老爷叫二爷又是什么事？知道么？
袭　只怕是为的老爷放外任，说不定日内要动身，少不得要关照几句吧！
黛　哦。
袭　姑娘！你安息吧！［下。
　　［黛玉呆看有泪的题诗手绢。
黛　（喃喃自语）任它弱水三千，我只取一瓢饮。［外面雨声，她拿了手绢，走入内室。
　　［紫鹃与雪雁同上。
鹃　你这会子也有了什么心事了？叫你不应。
雁　（低低地）你别嚷，今个我听了一句话，我告诉你听，奇不奇？（拉了她到屋角)姐姐,你听见了吗?宝玉定了亲了。

鹃　(大惊)这是哪里来的话,只怕不真吧?

雁　怎么不真?别人大概都知道,就只咱们没听见。

[黛玉上,听。

鹃　你哪里听来的?

雁　我听见鸳鸯对袭人说的,是个什么知府人家,家资也好,人才也好。

鹃　(想)奇怪怎么从没听说起,宝玉刚才还来过。

雁　总是老太太的意思,若一说起,怕宝玉野了心。所以不提起,后来她们看见我听见了,叮嘱叫我别露风讲出来。千万别让姑娘(指黛玉,黛玉急退)知道。

[鹦鹉叫:"姑娘起来了,快倒茶来!"

[紫鹃、雪雁吓了一跳。

鹃　(回头不见人,骂)鬼东西,吓死我了。(向雁摇手)别说啦。(走到台口,掀帘见黛玉呆立在内,大惊)姑娘,姑娘。

黛　你们——[晕。

鹃　姑娘!

[雪雁与紫鹃扶她躺在炕上,揉胸,喊叫,忙作一团。

鹃　拿八宝丹来。

雁　(看了一看)没有了。

鹃　吩咐外面买去!

雁　银子呢?……

鹃　快回老太太去!

[雪雁急下。

鹃　(给水,黛喝)姑娘!姑娘!(摇她)姑娘……

黛　(突然醒转)啊呀![吐出一口血来。

鹃　(看见血发呆)姑娘,你怎么了?[为她揉胸。

黛　回去,让我回去!

娟　(不解)回去?

[外面妇人赶人的声音,你这不成形的小蹄子,你是什么东西,敢来这园子里头搅混。

黛　（跳起来大叫）这里住不得了，快回去，快回去！〔指窗，两眼反插。
鹃　（对窗外，大声）什么人在这儿乱骂！
　　〔声音：我在骂我女儿。
鹃　快去！快去！
　　〔声音：是！
鹃　（看见黛玉如此，急）姑娘！姑娘！那是管地的老婆子骂她女儿。
　　〔熙凤、雪雁上。
凤　怎么了？（见样）啊呀！林妹妹！——（不胜悲伤状）这是哪儿说起，好好儿的，就晕倒了，去回老太太了吗？
雁　回了。
凤　（摇头）你们好好看着姑娘。〔要下。
鹃　（叫住）二奶奶！二奶奶！
凤　什么事？
鹃　我打算要问二奶奶支用一两个月的月银，本来吃药虽是公中的，零用钱就不够，姑娘又不肯要，只好这会儿——
凤　（低头稍沉吟）这么着吧！我送你们几两银子吧！这月钱是不能支的，一个人开了例，要是都支起来，那如何使得呢？你不知道，近来用出的多，进来的少，还不知打了多少饥荒，好吧，我就叫他们送来！〔下。
鹃　（对雁）我的姑奶奶，都是你闯的祸。
雁　谁料到她会听见！
　　〔鸳鸯上。
鸳　姑娘怎么了？
鹃　只有出的气没有进的气了。
雁　连人也不认识了。
鸳　怎么搞的？
　　〔大家伤心。
　　〔雪雁拉鸳鸯到屋角。
雁　鸳鸯姐姐！我问你一句，——先一会儿你们说，宝二爷说了亲，可是真的？
鸳　怎么不真的？

雁　多早晚放定的？

鸳　没有放定，不过说说罢了。

　　〔紫鹃注意听。

鸳　那是门客借着这事讨老爷欢喜，后来打听得那家要招女婿，马上就回绝了。

鹃　回绝了？

鸳　唔！说是这样的？就是天仙下凡，老太太也不一定欢喜。

雁　为什么？

鸳　老太太心里早有了人了。

雁　谁？

鸳　就是我们园子里的。老太太要亲上做亲的。凭谁来说，也是不中用。

雁　这是怎么说！白白的送了我们这一位的命了。

鸳　怎么？

雁　就是因为刚才我跟紫鹃提起这事，她听见了，一口气喘不过了，就成了这样子。

鸳　轻点说，轻点儿，别让听见。

雁　人事都不清了，左不过这一两天的事。

鹃　你们还在这儿多嘴，不好出去！索性逼着她死了完了！

黛　（听见了她们的对话，忽然醒转来）啊！（吐了一口痰，咳嗽）水，水！

鹃　（大喜，跑过去）姑娘你好了？〔给她水喝。

黛　唔！（半起身）那是谁？

鸳　我，姑娘，老太太就要看你来了。

黛　我没有什么，是谁大惊小怪去回老太太的？

鹃　姑娘你可好了，你不知道刚才——

黛　你们只当我就要死了呢！

鹃　姑娘别瞎说了。

　　〔贾母扶熙凤上。

母　（哭）我的儿！

黛　我好了，老太太！

母　（惊呆）啊？

凤　（差不多同时）奇怪！

——幕下

第二场　抄　家

〔景同一幕一场。

〔贾母歪在炕上，鸳鸯捶腰，王夫人、熙凤、宝玉围在一旁，大家笑着，外面人声。丫头们摆酒席。

凤　老祖宗，你可别高兴坏了。
母　都是你这猴儿惹的。
凤　原是大喜事，老爷升官进爵，又是过生日，不是喜上加喜，喜得不能再喜了吗？〔大家笑。

〔赖大上。

赖　回老太太、太太、二奶奶，外面舅老爷送了一班小戏子来道喜。
宝　在哪儿？
母　凤丫头快好好打发他们，等老爷朝里谢恩回来开唱。（看见宝玉要跑）宝玉，别跑，外面客人多。

〔凤同赖大下。

母　啊！我活了八十几岁，眼看着贾家一天好似一天，真叫人高兴。（对太太）太太，将来你活到我这么大，还不知道怎么好过呢！
太　都是老太太福气。

〔外面人声。

〔赖大上。

赖　史侯家来人道喜，说史大姑娘这会儿不便，改天来请安。
母　哦！〔赖大下。
宝　云妹妹回来了，快去接她来！
凤　她刚扶了灵柩回来，怎么好出门。
宝　（一瞪）什么？
凤　她女婿痨病死了。

〔宝玉呆……
〔人声。

〔声音：姨太太道喜来了。

〔熙凤拥薛姨妈上。

姨　老太太恭喜,恭喜!

　　〔大家笑迎,让坐。

宝　姨妈!

姨　老太太坐。

母　怎么宝丫头不来呢?又是家里事绊着了?

姨　唉!也别提了,自从她哥哥讨了媳妇回来,如今闹得也不像个人家了,两个人天天拌嘴,还要跟宝丫头闹。

母　依我劝,姨太太竟把他们别放在心上。我看宝丫头性格儿温厚和顺,虽然年轻,比大人还强几倍,要是都像宝丫头那样心胸儿、脾气儿,真是百里挑一的,不是我说句冒失话,给人家做了媳妇儿,怎么叫公婆不疼?家里上上下下的,何人不服呢!

姨　不中用,到底是个女孩儿家。——林姑娘呢?病好了吗?

母　那场病倒好了,只是林丫头身体总是老样儿,三日歹五日好的。……唉,怎么还不来?

　　〔宝玉下。

母　说起林丫头,那孩子要赌灵性儿,也和宝丫头不差什么,要赌宽厚待人里头,却不如她宝姐姐有担待,有个尽让的。

姨　(谦逊地)老太太也太说偏了,她一个小人儿家,懂得什么。

母　唉,宝玉呢?一溜烟不见了。

凤　只怕是看他林妹妹去了!

母　这孩子,他老子这一调任外官,他可是没笼头的野马了,这么大了,还好像个孩子似的,(忽然想起,对王)对了,上次有个人给宝玉提亲,后来怎么没下文?

王　老爷派人去打听了,说是女家太扣克,又要招女婿。

母　啊呀,那怎么行!我就这一个孙子,还要给人家,快别提!

王　就是这么说啊!

凤　(插入笑)不是我当着老祖宗太太们的面说句大胆的话,现放着天配的姻缘,何用别处找?

母　　（笑）在哪儿？

凤　　（笑看姨妈一眼）一个宝玉，一个金锁，老太太怎么忘了？

〔贾母等笑看姨妈，她也笑。

凤　　林姑娘来了。

〔紫鹃扶黛玉上。

黛　　老太太、舅母、姨妈，恭喜，恭喜！

大　家　你也喜！

母　　我的儿，这儿坐！（细看）你的脸色好多了。

〔宝玉跳着进。

宝　　奇事，奇事。

母　　什么？

宝　　（转身看见黛玉）妹妹，你已经来了，怪不得我没找到你，……妹妹身体可大好了？

黛　　多谢你，全好了，听说二哥哥身上也欠安，好了吗？

宝　　谢谢你。早好了，这些日子，忙着上学，也没能过去看妹妹。

黛　　我也没能够来看看二哥哥……

凤　　（笑）啊，两个人哪里像天天在一块儿的，倒像是客，有这一套话，可是人说的"相敬如宾"了。

〔大家笑。

黛　　（俯头羞怯）你懂得什么？

〔大家更笑。

凤　　（解悟自己说错，用话岔开）宝兄弟，你刚才说奇事，奇事，忽然停住了，究竟什么奇事？

宝　　我那里的海棠花今儿忽然开了。

王　　这原是三月里开的，这会儿已经十一月了。

凤　　想来是应在老爷升官这件大喜事上，今儿不但日子好，还是好日子呢！

〔向黛笑，黛玉也笑。

王　　原是林姑娘的生日，回头也要给她道喜呢！

母　　哦！可见我老了，什么事都糊涂了，昨儿还谈起，今儿（对宝玉）给你老子的事一高兴就忘了。（对黛玉）你今儿也该打扮打扮啊！（对紫鹃）快

351

去,紫鹃这丫头也不照应着点儿。

黛　原是我要这样的。

姨　啊呀。这可怎么办?我的礼也忘了带来了。林姑娘,我招呼她们去拿了来。[下。

[紫鹃拥黛玉下。

宝　(兴奋地)我去叫他们把那盆海棠花搬来。[下。

母　(笑)这孩子,将来他老子出去做官,还不知道要怎么无法无天呢!……今儿可真该欢喜,什么喜事都凑在一起。

凤　这都是老祖宗洪福齐天。

王　大家都沾光,连身体一直不好的林姑娘,这一阵子也从未闹过不舒服。

母　我正要说呢,上一趟林丫头病得也怪,好得也快,我只说是小人儿家,身体不好,宝玉和林丫头又是从小儿在一处的,哪儿知道都为了有些知觉了,所以我想,他们若尽着搁在一块儿,毕竟不成体统,你们怎么说?

王　(呆半晌)林姑娘是个有心计儿的,至于宝玉,笨头笨脑,不避嫌疑是有的,看起外面,却都还是个小孩儿形,像这会若是忽然把哪一个分出园外,不是倒露了什么痕迹了吗?古来说的:"男大当婚,女大当嫁",老太太想,倒是把他们的事办办的好。

母　(微皱眉)林丫头的乖僻虽也是她的好处,我的心里不把林丫头配他,也是为这点子,况且林丫头这样虚弱,恐不是有寿的,只有宝丫头最妥。

王　不但老太太这么想,我们也这么想,可是林姑娘也得给她说了人家才好,不然女孩儿长大了,哪个没有心事,倘或真与宝玉有些私心,要是知道宝玉定下了宝丫头,那倒反而麻烦了。

母　自然先给宝玉娶了亲,然后林丫头说人家,再没有先是外人后是自己的。况且林丫头年纪到底比宝玉小两岁,依你们这么说,倒是宝玉定亲的话,不许叫她知道了倒罢了。

凤　(对摆宴席的众丫头)你们大家听着,宝二爷定亲的事不许浑说,若是有多嘴的,提防他的皮。

众丫头们　是。

母　只不知道姨太太什么意思?

凤　老太太放心,刚才您没瞧姨妈的脸色吗?回头去求,没有不应的,这又是件大喜事,我说今儿是喜来喜去的喜不清嘛!

母　这事还得跟他老子商量商量。

〔赖大上。

赖　回老太太,太太!

凤　什么事,这么慌慌张张的!

赖　刚才贾雨村老爷来——

母　老爷谢恩去了,你没告诉他?

赖　贾老爷正从朝里来,他说老爷原本就要回来的,可是圣上又下了旨意,宣老爷上殿,问了好些,都是贪赃舞弊的事,听说圣上很不高兴,斥责了老爷。

母　(慌)这是怎么说的,快去问问要紧不要紧?

赖　是。〔下。

〔大家面面相视。

母　阿弥陀佛,别出什么事就好。

凤　(安慰)想来没有什么,老太太尽管宽心好了。

〔外面人声。

〔声音:老爷回来了。

王　阿弥陀佛!

〔贾政上。

政　老太太。

母　刚才赖大还进来说,贾雨村说圣上问了你许多事。

政　正是,这都是几个远族做的事,儿子叩头跪奏了,圣上再没有问下去,只叫我马上起程赴任。

母　那就好了。

政　我原不大料理家事,外面对子侄很有点闲话,这一去,又不知道什么时候回来,还望老太太时时留心教训。

母　这都是你太太、侄儿、侄媳妇的事。

王　老爷放心。

母　你到外面去招呼客人吧!(政要走)别走,我还有一件事,——宝玉年纪也不小了，你这一去又得好些时日，我的意思让你见了宝玉定了婚再走，你的意思怎么？

政　老太太只管做主好了，还问儿子做什么？

〔赖大上。

赖　酒席、戏班都预备好了，只等老太太、老爷、太太示下。

母　好吧，马上开起来！（对政）你也在这儿喝一杯酒再走。

〔宝玉跑上，后面小厮捧一盆盛开的海棠花。

宝　老太太！（一见贾政，马上立定）老爷！

政　一点儿不干正经，又弄什么？

宝　……不过是……一盆海棠开了。

政　也值得这么稀奇！

母　（立刻为他掩饰）原来我叫他搬来看，冬天海棠开花，也算是个喜事。

政　（对宝玉）过来！

宝　是。

政　这儿有件东西，北静王给你的，拿去！

宝　是！

母　什么？

政　一块玉，跟宝玉儿的那块差不多，上次王爷见了宝玉很欢喜，也看了玉，他说家里也有一块，今儿了特意叫我带回来的。

母　（看玉）真的！（比着看）虽说不如，也就不错了。（对宝玉）这块让你娘藏着，你自己的快戴起来吧，丢了可不是玩儿的。

〔宝玉戴上。

母　好好儿地坐在这儿，今儿是你老子好日子，快别惹他生气，赶明儿成了亲，就是大人了。

宝　……

〔大家对他笑，他发瞪。

母　大家坐起来吧！

〔大家坐，黛玉拉了鸳鸯到一边。

宝　姐姐她们干嘛对我笑？

鸳　（笑）不知道。

宝　什么成亲？

鸳　……

宝　跟我定了谁？

鸳　……

宝　好姐姐，告诉我啊！是不是林妹妹？

　　〔鸳鸯摇头。

母　宝玉儿，你在那儿干什么？快来啊！

鸳　快去，老太太叫你！

宝　（自语）订了亲，不是林妹妹？〔走去。

　　〔紫鹃扶黛玉盛装出。

黛　（对政）恭喜舅舅！

大家　这可像个寿星了。

凤　你该上座！

黛　不行不行！我哪儿敢。

母　今儿你就坐了吧！（对鸳鸯赖大）快去请各房太太、姑娘，丫头们也都来，今儿大家痛快痛快，热闹一下。（对政）你也坐坐！

　　〔薛姨妈、袭人、紫鹃、雪雁、贾环……等全上，拥了一堆。

母　大家坐下。

凤　（对丫头），叫那班戏子，就到这儿来伺候，唱一出吧！省得老太太走动。

母　好好！〔鸳鸯下。

　　〔赖大带领戏子上，唱戏正在热闹的时候，忽然一个小厮仓惶跑进。

厮　不好了，老太太、老爷、太太，不好了，不好了！

政　（大喝）什么事？

厮　多多少少穿靴戴帽的强盗来了。

政　胡说！〔要出去。

　　〔赖大上。

赖　堂官赵老爷来了，还带了好些锦衣军，老爷快去接去！老太太们快回避！（贾母等急下）已经到了！

　　〔赵全入。后随锦衣军。

政　（迎上去）请坐！请坐！

赵　（不理）来人。

军　喳！

赵　把前后门都把起来！

赵　（拿出圣旨）万岁有旨："贾赦贾政交通外官依势凌弱,辜负朕恩,有忝祖德,着提取质审,革去世职,钦此！"

政　（跪）万岁万万岁！

赵　快些查抄。

〔大家动手,一部分锦衣军出。

赵　哼！你们贾家也太没王法了！

政　（战战兢兢）小人不敢！

〔锦衣官甲、乙入。

甲　（跪禀）贾赦已经拿到。小的又在内房查处御用衣裙并多少禁用之物,不敢擅动,回来请示！

乙　（跪禀）东跨所查出房地契两箱,又一箱借票,都是违例取利。

赵　好个重利盘削。来人,带了贾政,回宫复旨。

〔正要抓贾政,锦衣官丙入。

丙　北静王到。

〔北静王上。

北　万岁有旨"锦衣府赵全听宣,说奉旨着锦衣官抄家查禁物,唯提贾赦质审,余交北静王查办。贾政姑念初犯,着即复旨,将功赎罪。钦此！"

赵　（起立,垂头）万岁,万万岁！（对众,泄气地）带了贾赦走吧！（对北）回王爷,刚才抄了不少禁用之物,还有两箱重利借据。

北　知道了。

赵　是！

〔官兵全下。

北　政老,政老！

政　（仍在跪着）犯官在这。

北　快起来！〔扶他起。

北　政老,方才老赵说有禁用之物,并重利欠票,这禁用之物,想来原是贵妃用的,我们声明无碍,独有借券,得想个法儿才好！

政　犯官实在不知,这都是犯官不理家务所致。

北　也罢,且先去复旨。

政　谢王爷!

北　(执其手)放心!

〔政送王下。

〔外面歌声:"宁国府,荣国府,金银财宝如粪土,吃不穷,穿不穷,算来总是一场空。"

〔稍停,袭人拉宝玉上,四面寻找。

袭　小祖宗,你是在哪儿脱衣服的?

宝　就是这儿。

袭　这玉丢了,可怎么办?就是赔一个也不行啊!(人声)老太太来了,这可怎么办。〔拉宝下。

〔王夫人搀贾母上。

王　老太太,都走了。

母　吓死我了。

王　总算没有什么大碍,老爷还是复职了。

〔凤姐上。

凤　老太太,老太太!〔哭。

〔大家对泣。

母　也别哭了,你抄了去的东西,我再给你一份。

凤　(止哭)谢……老太太!

政　儿子不孝。

母　唉,这原也不好怪你……

政　儿子不善理家,以致弄出这种事来。

母　唉。都是家人太多,照顾不来,难保有几个不肖的。你哥哥又是那样——

政　只是抄出几箱借据来,不知是哪里来的,我们家怎么好做这种事?

凤　(跪)老爷……

政　(出乎意料)你?……唉!

母　随她去吧!

政　（抬头）唉……我前面打听消息去。〔下。

母　宝玉呢！

王　那不是宝玉来了。

〔宝玉、袭人上，慌慌张张地四面张望。

母　我的儿，你没吓着吧？〔宝玉摇头。

宝　（对袭人）我说没有。

〔袭人仍在找寻。

母　干什么，袭人……

袭　……

母　宝玉儿，过来！（宝玉过来）你是看见的，你老子幸好没有获罪，你以后得好好儿的求上进啊！

宝　是！

母　我活到八十岁了，就你一个孙子。（抚宝玉）咦，你的玉呢？

宝　……

母　到哪儿去了？

〔静。

母　袭人，……这玉是命根子，丢到哪儿去了？

袭　（跪）老太太，不知道怎么的，二爷一转身，就不见了。

母　快去找啊。

袭　外面都找了。

母　这可怎么好，这可怎么好！

王　（对袭）快去园子里，屋里屋外，叫全家人找！

袭　是！

母　宝玉！

宝　（呆呆地）唔！

王　（在怀中掏出）假的倒在这儿，可是真的呢？

宝　（傻傻地）真宝玉，假宝玉，我是假宝玉。

母　我的儿，你怎么了？

宝　（傻笑）……

母　你好吗？

宝　（点头）好！假宝玉好。
母　糟了，他发傻了。早就说过玉就是命根子，丢了就没有灵性。（哭）啊！我的儿呀！
　　〔王夫人亦哭。
　　〔宝玉傻笑。
　　〔贾政上。
政　什么事？老太太！
母　……
政　不用难过，老太太！北静王已经复奏，主上甚是悯恤，哥哥也可从轻发落，儿子还是江西粮道。……借据也不追问了。（见母摇头）究竟为什么？老太太！
　　〔母指宝玉。
政　怎么？
凤　宝兄弟的玉丢了，这会儿神志不清起来。
母　瞧，他这失魂落魄的样儿，怎么好！我就这一个宝贝孙子，都是你们招的人来抄家，吓得他玉也丢了，人也昏迷了。
政　老太太也别难过，说不定丢在哪儿了。
母　他们都寻过了。
政　老太太也别着急，慢慢儿总会找着的。……儿子还得去料理去！〔下。
　　〔袭人上。
母　寻着了没有？
袭　没有。
母　这可完了，完了！〔宝玉笑。
袭　小祖宗你究竟丢在哪儿了？〔宝玉笑。
袭　（拉他）你在哪儿脱衣服的？指给我看看，好让我们找啊！
宝　就是——（乱指）这儿——这儿——
母　别拉他了，再经不起了。我早就说过，园子里不好住，花妖鬼怪的，前头仗着那玉能够辟邪，如今玉丢了，再不能去了。袭人，你先扶他到我屋里躺着，快吩咐外面传太医来。
袭　是。

　　　　［袭人扶宝玉下。

母　　这可怎么好呢？太太，你说怎么办？凤丫头平日你的主意多，怎么这会子一句话不说了？

凤　　（余痛未止）孙媳妇也没什么主意，我想，要是过几天还不好……

母　　怎么样？

凤　　不知道冲冲喜好不好？

母　　对了，对了！算命的不早就说过了，他命里是要得金命的冲压冲压，不然保不住。姨太太也曾说宝丫头的金锁也有个和尚说过，只等有玉的便是婚姻。焉知宝丫头过来不因金锁倒招出他那块玉来（对鸳鸯）去叫老爷来！…………慢着（对王）你看呢？

王　　老太太说的是正理。趁着老爷在家商议定了，选个好日子，定下宝姑娘来。

　　　　［袭人出。

袭　　（跪）老太太，太太！

王　　又是什么事？

袭　　这话本来奴才是不敢说的，这会子因为没有法儿了。

母　　快说！

袭　　宝二爷的亲事。老太太、太太既然定了宝姑娘，自然是件极好的事。只是奴才想着，老太太看去，宝玉和宝姑娘好些，还是和林姑娘好些？

母　　他们从小在一起，自然又好些。

袭　　不是好些，早就心投意合了，今年秋天，宝玉把我当着林姑娘，说了多少私情话，我一直没敢回老太太、太太，要是如今和他说娶宝姑娘，把林姑娘撩开，除非他人事不省，倘或明白些，不能冲喜，还要……

王　　刚才的话，他听见了没有？

袭　　他已经睡着了。

　　　　［大家呆。

母　　唉！这可叫人作了难了。……凤丫头，你倒出个主意啊！

凤　　（慢慢地）难倒也不难，这儿有个法子。只不知道姨妈肯不肯。

母　　你倒说说看。

凤　　依我想，只有个掉包儿的法子。

王　怎么掉包儿？
　　〔熙凤走到王夫人前耳语。
王　（点头）也罢了。
母　究竟什么巧法儿？
　　〔凤去耳语。
母　（笑）这法儿也只有你想得出。
　　〔宝玉出。
凤　宝兄弟，就要给你定亲了。
宝　（傻笑）定亲了？
凤　定的是林妹妹，好不好？
宝　（大笑）好好好！
　　〔黛玉上。
宝　（拉着她）妹妹，好妹妹！你知道吗？
　　〔大家异常惊慌。
凤　（连忙走过去岔开）妹妹，今儿是天过雨晴，双喜临门！
　　〔黛羞怯垂头。

——幕下

第　五　幕

第一场　绝　　粒

〔潇湘馆内，布景同四幕一场。
〔黛玉站在几前，紫鹃整理书桌。
〔雪雁拿了几枝梅花上，递黛玉，黛玉甚为兴奋地插入瓶中，突然高兴起来，折了朵插入发中，雪雁在旁呆看。
黛　（笑）你看什么？
雁　……
黛　还不把花瓶水装满。
雁　是！

〔雪雁取水上，黛玉照镜。

雁　（对鹃）姐姐，瞧姑娘多高兴，从来没见过姑娘这么有精神。

鹃　（微笑）可不是，要像这样，药也不用吃了，开年身子长得一定有宝姑娘那么结实。

雁　那就更美了。

黛　你们在那儿叽叽咕咕地捣什么鬼？

鹃　也没说什么，我们这儿给姑娘喜欢。

黛　（误会地）喜欢什么？

鹃　姑娘这几天精神又好，身子又好。

黛　哦！

鹃　可惜宝二爷丢了玉，有点疯疯傻傻的，不然瞧着了才高兴。

黛　……我身子好不好关他什么事。

〔紫鹃笑。

鹃　不知这两天宝二爷好些没有？姑娘那些日子常在一块儿，这一会也该去瞧瞧呀！

雁　对了，姑娘，我们到老太太那儿瞧瞧二爷去。

黛　我不去。

雁　为什么？

黛　……你要去你去好了。干吗拉着我？

雁　我去？

黛　雪雁，你去也好，就说姑娘问老太太、太太、二爷好。

〔雪雁要下。

黛　雪雁！（雪雁停）嗯……（无话可说）……

鹃　去呀！

〔雪雁下。

鹃　（喃喃地）阿弥陀佛，保佑二爷早日复原，早点把这件大事办了。

黛　你一个人在那儿说什么？

鹃　没有。我不过祷告菩萨，保佑姑娘终身大事——

黛　你这小蹄子，又胡说八道了。……

鹃　我不过说的是——

黛　还不快去,把我那只小箱子拿来。
鹃　干什么?
黛　我想归理归理。
鹃　这会子归理箱子?——(恍然)呀,我明白了!
黛　你明白什么?(紫鹃笑)去啊!
鹃　是。〔下。
黛　这个丫头——(自语)就在咱们这园子里,就在咱们这个园子里!(随手插花,讲一句插一朵)就在这园子里,不在这园子里,就在这园子里,不在这园子里……

鹦鹉声　"就在咱们这个园子里!"
黛　(吃了一惊,知是鹦鹉,笑)你这小鬼!
　　〔紫鹃拿小箱上。
　　〔黛玉整理,翻到剪碎的玉穗注意。
鹃　瞧,姑娘,这都是姑娘小时候跟二爷呕气铰了的,看它做什么?
　　(黛玉呆呆地看了一会,收起,拿起线来预备重做。
鹃　这才好啊!再做一个新的送给二爷,让人家也别笑话姑娘,脾气丑,心肠窄。
　　〔雪雁上。
鹃　二爷见着没有?
　　〔雁摇头。
黛　怎么了?
雁　老太太、太太、二爷一个都不在。只看见鸳鸯姐姐。我站了一会,就叫我回来,问好姑娘。
鹃　二爷到哪儿去了?
雁　不知道?
鹃　你这傻孩子——
雁　我没有看见,你叫我怎么知道呢?——对了,刚才史大姑娘在那儿,她说就要来看姑娘。
黛　(高兴)史大姑娘来了?
雁　唔,模样儿全变了,文文静静的,不像从前那样有说有笑的了。

黛　也难怪她，出门不到一年女婿就死了。

雁　哦，怪不得她戴着孝呢！

黛　紫鹃，把箱子收起来放好吧！〔下。

　　〔紫鹃收拾箱子，放在一边。

雁　姐姐，姐姐！

鹃　什么事？

　　〔她们走到一边。

雁　我告诉你一件怪事。

鹃　又是什么事？

雁　刚才我到老太太那儿，谁都没有见着，问她们老太太、太太、二爷在哪儿，她们又不肯说。

鹃　哦？

雁　看样子，……好像忙着什么大事似的。

鹃　什么大事？难道是……（向内看）要娶咱们姑娘吗？

雁　哪里是？……我偷偷地问一个小丫头，她说宝二爷要娶宝姑娘。

鹃　（大惊）什么？怪不得这些时候老太太、太太来也不来，原来……

雁　我们全蒙在鼓里。

鹃　姑娘还以为是她呢！别响，谁来了！

　　〔湘云着孝服上。

鹃　云姑娘，您来了！

云　你姑娘呢？

鹃　在里面，我来叫她！（向内）姑娘，史大姑娘来了！

黛　哦！（出）什么时候到的？

云　你好吗？〔黛点头。

　　〔鹃、雁同下，大家沉默。

黛　你……啊！我们多少时候不见了？

云　可不是！（抬头）唉！日子过得真快！

黛　从前天天在一起玩儿的。……你得有很多日子耽搁吧！

云　（苦笑）不，我明儿就要走的。

黛　明儿就走？

云　（点头）这一趟是为了送他的灵柩回来,要不然也不知道什么时候才能见着你们![不禁泪下。

黛　别难过,妹妹!人生了就是苦,谁能料得定呢!

云　（点头,喟叹）人生了就是苦,谁能料得定呢!

黛　记得从前一块吃、喝、玩、乐,多有趣,多热闹,这会儿大家都风流云散了。……你还记得吗?有一次为了你说我像小旦,我们还争吵过,如今想起来多可笑。

云　我说话原也太直了,你还怪我吗?

黛　说哪儿话呢,云妹妹,你真变了一个人。当先你那么精神,现在这么沉静?

云　……姐姐!我命苦![泪下。

黛　……别哭,谁不命苦呢?[也哭。

云　是的,（突然看她半晌）你也——（摇头,强笑）瞧,我已经是个倒霉的人了,还把你招得哭起来。我们这么久没见,该谈点高兴的事啊。

黛　是的,谈点高兴的事。

云　这一趟我回来满以为大家还是从前那么热闹,也许可以让我忘掉一些心里的忧闷,谁知道从老太太起,大家都没有从前那样有兴致了。

黛　这也难怪,虽说上趟抄家,没有什么,可是大家都吓着了,加上二哥哥又丢了玉,到现在还没有下落。一直病着。……

云　也许这一件大事过了,就好了,你说是不是?[笑。

黛　（哭会）你,你还是爱说笑。

云　我吗?……只怕二哥哥脾气还跟从前一样。……（羡慕地）……这也是天命,两个人原是一对前世的姻缘。

黛　你又瞎说什么?

云　我哪是瞎说?

黛　再瞎说我撕你的嘴?

云　撕我的嘴?……（突然大悟）哦!……（半晌）姐姐,你不知道今儿……（黛玉茫然）……哎!（突然流泪）……

黛　你怎么好端端地哭了?

云　不!（掩饰地）我为我自己哭,自己哭!

黛　（安慰）别想他吧。人死了不能复生！

云　多谢你劝慰。我该走了，还得去看看宝姐姐呢！

黛　再坐坐啊！

云　不了。（看见桌上香袋）这是你结的香袋,给谁的？……哦,是宝玉！（突然地,几乎抱了黛玉）姐姐,你要保重啊！回头我再来看你。

〔黛玉送湘云下。

黛　（狐疑）这是怎么了？……她说的话恍恍惚惚的,难道发生了什么事吗？不,不像……（微笑）前世的姻缘！……〔坐下结香袋。

〔风吹竹叶响。

黛　谁？（听）风吹竹叶子,响得好怪！

〔外面有人哭。

黛　谁在那儿哭？……进来！

〔傻大姐上,揉眼。

黛　哦,傻大姐。你也有什么伤心事吗？

傻　（一面哭）林姑娘,你评评这个理,她们说话,我又不知道,我就说错了一句话也不犯就打我呀！

黛　她们为什么打你,你说错了什么话了？

傻　为什么？就是为今儿我们宝二爷娶亲的事。

黛　（惊）呀！你说……宝二爷今儿娶亲——

傻　是呀！今儿宝二爷大喜的日子。头一宗,给宝二爷冲什么喜,第二宗,（对黛玉笑）赶着办了,明儿还要给林姑娘说婆婆家呢！〔紫鹃上。

黛　什么！〔哭……

傻　我又不知道,他们不叫人吵嚷,怕宝姑娘听了害臊,我只和袭人姐姐说了一句：咱们明儿更热闹了,又是宝姑娘又是宝二奶奶,这可怎么叫呢？林姑娘,你说我这话害着鸳鸯姐姐什么,她走过来就打我一个嘴巴,说我浑说,不遵上头的话,要撵我出去,我知道上头为什么不叫言语呢？你们又没告诉我,就打我。〔哭。

黛　啊！〔倒了下去……

傻　林姑娘,你怎么了？

鹃　啊呀！姑娘！（向外）雪雁！雪雁！（雪雁上）姑娘不好了！快回老太

太去!

〔二人扶她卧倒,雪雁急下。傻大姐亦下。

〔风吹竹凄凉地响,鹃擦泪。

——舞台暗

第二场 辨 伪

〔宝玉新房,结婚之夕。

〔外面人声。

〔宝玉坐着笑。看着袭人接进东西。

袭　你又笑什么?

〔宝玉笑。

袭　敢情是你又傻了?

宝　我才不傻呢!我笑你们傻!

袭　我们傻?

宝　可不是,哈哈哈,这些东西先打这儿送进园里,这会子又打园子里送回来,咱们的人送,咱们的人收,何苦呢?

〔袭人不答。

〔平儿和刘姥姥上。

平　你要看看新房,进来吧!

〔刘姥姥上,服饰好多了。

袭　刘姥姥,你怎么也来了!

姥　啊呀!姑娘,久已要来看你们,只是这些时,自家多了几亩田,生活忙不过来,今儿好容易抽了空,送些田里的东西来,恰巧又碰着二爷大喜,讨的又是……

〔平儿连忙拉她,不叫她说下去。

姥　(对宝玉)二爷,你大喜啊!

〔宝玉笑。

姥　怎么二爷这大好日子,外面一点也不知道!

〔袭人向她摇手。

〔姥姥不说下去了。

平　老太太呢？

袭　（低低地）去看林姑娘的病去了！

宝　（忽然）啊？林妹妹病了，我去瞧瞧去。

袭　（急阻）快别去！你林妹妹这会就要做新娘子了，她不害臊？她肯见你？你先定定心。

宝　谁说我不定心？我有一个心，已经交给林妹妹了，她要过来，横竖给我带来，还放在我肚子里。我自然定心了。

〔大家忍着笑。

〔贾母、王夫人、熙凤、鸳鸯上。

母　快去装新！时候到了。

袭　是！

凤　（对宝玉）林妹妹就要来了，你喜欢不喜欢？

〔宝玉大笑点头。

凤　林妹妹见你这么傻，是不肯嫁给你的！

宝　（正色）我不傻，我一点儿不傻，我一定要去瞧瞧林妹妹去，叫她放心。

〔向门口走去。

袭　快别跑，冲撞了林妹妹，她可不依你。好好儿等着。

宝　（笑）那么快来给我装新，来呀！〔拉袭人进内间。

凤　（对母）老太太，这事依我看，还得费一点儿周折。

母　怎么？

凤　还得去叫紫鹃来做伴娘，混过拜堂这一阵子才行，不然宝兄弟要是闹起来，姑妈面上不好看。

〔贾母（点头）……

凤　快去叫紫鹃来！〔平儿下。

〔贾母、王夫人、熙凤到内间。

姥　（对鸳鸯）姑娘，二爷大喜怎么这么简陋，一点儿不热闹，外面也没人知道。依我们乡下人说，也该铺张铺张，我们也好凑个趣——

鸳　你哪儿知道，姥姥，一来是冲冲喜，还不圆房，二来是这会儿家境不宽，这些还是用的老太太体己。

〔雪雁撞进来。

雁　老太太、太太！
鸳　（大惊）你来干什么？
雁　来回老太太一声——
鸳　什么事值得这么大惊小怪，林姑娘又犯病了？
雁　……
鸳　快快去吧，老太太忙二爷的喜事，还忙不过来呢？
雁　（哭）可是我们姑娘……
　　〔熙凤出。
凤　鬼丫头，你作死了，跑到这儿来哭！
雁　……我是来回老太太……
凤　快去，快去，什么天大的事，都过了这会儿来回，快去，别让老太太瞧见。
　　〔雪雁无法，正要下时，贾母、王夫人上。
母　咦，你跑来干什么？
雁　我来回老太太——
凤　（瞧她一眼）林姑娘有点不舒服。
母　唉！又是老毛病犯了是不是？叫她好生养着。这会儿我没工夫，过了明儿再来看她。
凤　千万别声张，一点儿小事，弄得惊师动众的，去吧！
雁　是！〔擦泪下。
姥　别急。我来瞧瞧你们姑娘！〔跟下。
　　〔宝玉上。
宝　雪雁！雪雁！
凤　宝兄弟！你叫谁呀？
宝　我叫雪雁。
凤　她没有来啊！
宝　刚才我明明看见的。……我要问问她，她们姑娘为什么还不来。（要向外去）雪雁！雪雁！
袭　林姑娘就要来的，你再这么急性子，林姑娘可要作恼，不理你了。
宝　不理我，看她晚上咱们两个人在一块儿的时候理我不理我？
　　〔大家啼笑皆非。

宝　（兴奋地走来走去）林妹妹打园子里来,为什么这么费事？还不来？

袭　等好时辰呢！

　　〔音乐由远而近。

外面人声　花轿到了！花轿到了！

宝　（跳起）来了,来了！

袭　慢着,慢着！

　　〔袭人扶宝玉下。

　　〔外面赞礼声。

　　〔声：良辰吉时已到,新娘出轿！

　　〔音乐。

　　〔声：……月下老人红线牵,良辰美景配佳缘,郎才女貌结秦晋,白首偕老永合欢,新郎新娘参拜天地,跪,拜,拜,拜,礼毕！

母　宝玉儿,好好坐着！

　　〔宝玉坐下又起立,走了两趟,终于按捺不住,去揭盖头,雪雁走开。

宝　（又惊又疑）啊！〔目瞪口呆。

　　〔大家惊,袭人扶他坐下。

母　宝玉儿,宝玉儿,你怎么啦？

　　〔凤扶了宝钗入内间,母、王夫人亦到里间。

宝　（对袭人）我是在哪儿？我是做梦吗？

袭　你今儿好日子,什么梦不梦地浑说。

宝　（指坐里间的宝钗）这一位美人儿是谁？

袭　（笑半晌）那是新娶的二奶奶。

宝　你说二奶奶到底是谁？

袭　宝姑娘。

宝　林姑娘呢？

袭　老爷做主娶的是宝姑娘,怎么浑说起林姑娘来！

宝　刚才明明是看见林姑娘,还有雪雁呢！……怎么说没有,你们这都是做什么？

凤　（出）宝姑娘在屋里坐着,别浑说,回来得罪她,老太太不依！

宝　不,我要去找林妹妹去,去找林妹妹去！

〔冲出。

袭　（拉住）二爷，二爷！

宝　不要拉着我，你们……

母　快点安息香，让他睡下，睡下！

〔大家强拉他睡下，他挣扎，鸳鸯点起安息香，他昏睡。

母　唉！真想不到，……（稍停）让他一个人静静地躺一会儿。

〔贾母、王夫人、熙凤下。

袭　二爷！二爷！

宝　（慢慢地醒来拉袭）我问你，宝姐姐怎么来了？我记得老爷给我娶了林妹妹，怎么被宝姐姐赶出去了，她为什么霸占住这里，你们听见林妹妹哭的怎么样了？

袭　林姑娘病着呢！〔宝钗出。

宝　我知道……（哭）我要死了，我有一句心里的话：只求你回明老太太，（执袭人手）横竖林妹妹也要死的，我如今也不能保，两处两个病人都要死的，死了越发难张罗，不如腾一处空房子，趁早把我和林妹妹两个抬在那里，活着也好一处医治服侍。死了也好一处停放，你依我这话，不枉了几年的情分。〔呜咽。

钗　（镇静地）你放着病不养何必说这种不吉利的话，……我虽是薄命，可是你死不得的……

宝　我死不得？

钗　老太太一生只疼你一个！指望着你成家立业，老爷太太一生的心血，只养了你一个儿子，……你死了，他们怎么样？就是林妹妹知道了，也不饶你的。

宝　（泣）让我起来，我要去看林妹妹。

袭　实告诉你吧！林妹妹已经亡故了。

宝　（跳起来）什么？亡故了？林妹妹，林妹妹！你等等我！（冲出）等等我，等等我！

——灯光暗

第三场　焚　稿

〔潇湘馆,同第一场。

〔外面刮着风,落着雪。黛玉奄奄一息。紫鹃坐在一边,雪雁在外。远处有音乐声。

黛　……

鹃　事情到了这个份儿,不得不说了,姑娘的心事,我们也都知道,至于意外的事,是再没有的,姑娘不信,只拿宝玉的身子说起,这样大病怎样做得亲呢?姑娘别听瞎话,自己安心保重才好!

黛　(苦笑)……

〔稍停。

黛　雪雁呢?

鹃　回老太太去了。

黛　别去了,……干嘛还去惊动别人?……

鹃　姑娘宽心,养养就会好的。

黛　……我自己知道……妹妹,你是我最知己的,虽是老太太派你服侍我,我拿你却当作我的亲妹妹……看待……,……这几年来,……你总该知道这……寄人篱下……

鹃　(忍着泪)等将来姑娘病好了,回苏州去好了。

黛　是的,我要回去,(长叹)我是要回去了!……〔咳。

〔风雪。

黛　好大的风啊!……谁来了?

鹃　没有谁啊!

黛　没有一个人……

鹃　姑娘,你安安静静地睡吧,睡吧!

〔稍停,平儿上。

平　紫鹃!紫鹃!

鹃　平姐姐,你来了——

平　快出来!

鹃　什么?

平　二奶奶叫你去,二爷那边用着你使唤。

鹃　干嘛用我?

平　你去就知道了。

鹃　(恼怒)平姑娘,你请吧!等人死了我们自然是出去的。这会儿林姑娘,还没断气呢!

平　你这算什么话,要说去向老太太说去。

鹃　这儿一个人也没有,你没看见吗?再说,我们守着病人,身上也不洁净——

平　姑奶奶,老实告诉你吧,只要你去搀扶一下新娘,要不是非你不可,也不来请你了。

鹃　你瞧,我走得开吗?一定要我们姑娘的丫头装点装点,去找雪雁吧。她刚到前头去了。

黛　紫鹃,紫鹃!谁?……

鹃　没有谁!

〔平儿无可奈何,下。

鹃　姑娘!……姑娘!……〔黛玉不应。

〔刘姥姥上。

姥　好黑啊!这园子变得这么荒凉了!〔一面拭雪。

鹃　你是谁?

姥　刘姥姥,我来看看姑娘的病的。(走过去)姑娘,姑娘……你好吗?……

黛　刘姥姥……谁?……想不到你……

姥　唉,想不到的事太多了,这么一个仙女似的姑娘,病成这个样子!……(拭泪)姑娘……不碍事的,只管养养就好。

鹃　(拉了她到一边)姥姥,你看姑娘——

姥　(摇头)……

〔二人拭泪。

姥　(低声)别哭了,还是料理料理要紧。

鹃　(哭着)怎么办好呢?这会儿一个人也找不着!〔音乐声。

〔湘云上。

云　林姐姐,林姐姐!

〔紫鹃摇手。

〔云过去探看。

云　（大惊）啊！……我来看你来了！（摇她她不应,大声）林姐姐,林姐姐!

黛　呀！……

黛　你怎么了？心里觉得好一点吗？（她看紫鹃,紫鹃拭泪,她明白了,同情地）什么都看开些吧！人生来就是苦！你说的好：谁又料得定呢？

黛　谁……谁……料得定……

云　林姐姐！

黛　谁？

云　我……你不认识我了吗？……（见黛玉不答,转身对鹃低声）看样子……（摇头）回了老太太没有？

袭　回了,那边正忙着。

云　雪雁呢？

鹃　二爷那儿叫去使唤去了！

云　（同情地,对姥姥）姥姥,我们前面去招呼两个人来。

姥　唉！什么都变得那么快。

〔二人下。

姥　（在外）好黑的路啊！

〔紫鹃哭,风,雨,雪。

黛　（微喘,回光返照,翻身）紫鹃,紫鹃!

鹃　（高兴地）姑娘！你好了？

黛　紫鹃妹妹。……（喘）我躺着不受用,扶我起来！

鹃　姑娘,你怎么好起来呢？

黛　不,扶我,我起来靠着。

〔紫鹃扶起黛玉,用软枕靠住。

黛　（指箱）我的箱子。……

〔紫鹃开箱。

黛　（指手绢）拿来,拿来！

〔紫鹃不解,黛玉咳。

鹃　哦！（拿了一条新手绢）可是这个？要揩？

〔黛玉摇头。紫鹃拿出那条题诗手绢,黛玉点头。

鹃　(递给她,见她发狠的样儿,异常难受)姑娘息息吧!
　　〔黛玉恨恨地撕,只是打颤。

黛　灯!灯!
　　〔紫鹃拿了灯,黛玉撂在火上,紫鹃拾不及,已成灰烬。
　　〔黛玉突然倒下。

鹃　姑娘,姑娘!
　　〔外面风,雪。

黛　(拉着她的手)我是不中用的人了,你服侍我几年,我原指望两个人总在一处,不想我……我先去了,……妹妹,我这里并没亲人,我的身子是干净的,你好好叫他们送我回去,送我……回……去……

鹃　姑娘,姑娘!

黛　(突然抬起半身来,用手指)宝玉,宝玉,你好——〔倒了下去。

鹃　(痛哭)姑娘!

宝　(在外)林妹妹,林妹妹!你等等我,等等我!
　　〔他推门急上。可是已来不及,他一见这情形,全明白了。慢慢地走过去,跪下。
　　〔铁马叮当,朔风怒吼!

——幕徐下

选自吴天编《红楼梦》(上海永祥印书馆1946年版)。

郁　　雷

朱　彤

第　一　幕

时：距今二百年前。
地：北京。
人：宝玉、黛玉、宝钗、薛姨妈、紫鹃、小红、莺儿、傻丫头、晴雯、袭人、丫鬟等。
景：已是深秋了，贾府大观园虽然林木葱茂，也不免有一点萧瑟的景象。傍晚的斜阳，似乎眷念大地的风光，不肯忽遽地归去，园内一排朝西的竹林，全身正披着金色大氅，在晚风中嚓嚓地絮语着。林右隐约地露出一片瓦屋，孤独而且寂寞地伫立着，好像是一个安静幽闲的小姑娘，脉脉地依偎在竹林的怀抱里，倾听他诉说终古不变的恋情。

偶然有一两只失群的乳燕，不知道从哪一片灰云里冒了出来，绕过竹林上空，寥落地飞走了，飞远了，慢慢地高了，终于消失在苍茫的暮色里。

　　屋内悄然无声。银红色的霞影纱帘深垂着。除了不知趣的秋风，间或窜进头来，用它的长舌舐着，卷着，惹得它一阵皱眉以外，它总是端端正正地深垂着，掩蔽着朱漆的窗牖，就好像掩蔽着一个少女多少岁月美丽的秘密。

　　屋内——

　　上首：一扇窗，一幢门，一张书桌；下首：一扇窗，一幢门，一张床铺。下首的门通厢房的。横首又是一张床，比较宽大些，也尊贵些。床的右边是一张高几，上面摆着一只古铜香炉，一股青烟正在袅袅地升起。左边是一座书架，堆了一些线装书，似乎有点疲倦了，显得很惫懒的神气。书架底下还放着一张琴，已经断了一根弦。再左边又是一副茶几和椅子。全屋充满了灰色和青色的情调。潇湘馆是寂寞的,潇湘馆的主人也是寂寞的呵!

〔幕启:一个紫衣的姑娘,轻轻地拂拭画架上的灰尘。另一个女孩子探头来。

小　红　(一个十六岁的女孩子,在贾府丫鬟中,算是薄有几分姿色的,情窦初开,很想找一个寄托的地方。但是她不是意志很坚强的人,她只能偷偷摸摸地传递些一风情,很怕别人窥破她的秘密,她受不住那些尖酸的言语和嘲讽的眼光。现在她匆匆忙忙地跑进来,脸上有点苍白,仿佛发生了什么重要事情)紫鹃姊姊!

紫　鹃　(一个热情的姑娘,十八岁了,还是一团孩子的赤诚。她长得很好看,娟秀而且大方;她生得又聪明,灵敏而且体贴;但她并不觉得自己是好看的和聪明的,有时她甚至于忘记了自己的存在。她站在庭院里,风来了,雨来了,她就会想:"那些可怜的小乳燕,哪儿是它们的家呢?"冬天到了,树木枯秃秃的,每逢黑夜沉下沁凉的脸来,大地嚓栗地匍匐的时候,她就会担心地问:"那些孤零零的小枝条,它们不骇怕吗?"她似乎忘记了她还是一个丫鬟,自六岁上下的年纪,她便没有了家,被卖到这个富贵的宅第来,十几年了,她就过着一种小燕子小树条儿的生活。人间的风雨,命运的黑夜,不知道什么时候,会降临在她的头上,但是她从来没有为自己担心过,有一个时期,她几乎完全为了别人活着。她是很实心的,谁待她有一分好处,她总是两分或者三分地还报人家。如今她把全副的感情,一股脑儿用在小主人身上。她自己并不是一个多愁的人,在她仁厚而真挚的心目中,世界有如一江春水,尽管不免碎石嶙嶙,而回波激洄,终究是很可爱的。可是为了小主人的命运,她也不免时常皱起眉来。现在她正在无心地拂拭一本书,听见说话的声音,她便立即抬起头来,诧异地——)小红,你怎么得空儿来的?

小　红　我来瞧瞧您的。

紫　鹃　(高兴)你请坐,你坐坐!我们姊妹们难得叙叙的。——自你派到琏二奶奶那里去了以后,我们就不常见面了。

小　红　我去了也快一年了。

紫　鹃　我和袭人姊姊还常常提起你来。

小　红　我也是念着你们。

紫　鹃　(怪她)你怎么不来玩呢？

小　红　我不得空儿。

紫　鹃　(从头到脚地看她)你胖多了。——嗯，你也出落得标致多了。
　　　　〔小红低下头来。

紫　鹃　你怎么不说话呢？

小　红　(恳求地)紫鹃姊姊！

紫　鹃　(轻声)琏二奶奶待你怎样？
　　　　〔小红摇头。

紫　鹃　怎么了？你说呀！

小　红　林姑娘呢？

紫　鹃　她喝酒去了。

小　红　她一个人去的？

紫　鹃　嗯。

小　红　她是打那边小亭绕过去的么？

紫　鹃　她素日是走那条路的。(诧异)你问这话做什么？

小　红　紫鹃姊姊，我求你一件事情。

紫　鹃　我们姊妹们都是一样的，几日不见，你倒变得生分了。

小　红　(迫切地)姊姊，我求你救救我！

紫　鹃　怎么？

小　红　(有点呜咽)我很不好，我说话叫林姑娘听去了！

紫　鹃　你是得罪了林姑娘？

小　红　不是，我没有——

紫　鹃　(急)别这样吞吞吐吐的。我们不是外人，有话你直说好了。

小　红　今日我和坠儿在花亭里玩，坠儿送我一块手绢儿，我收下了。——这件事叫林姑娘知道了。

紫　鹃　这也没有什么罪名呀。

小　红　那绢子不是坠儿的。

紫　鹃　哦！

小　　红　（哽咽）是我不好，我不该收。

紫　　鹃　我明白了，那绢子是男人的。

小　　红　嗯。

紫　　鹃　谁呢？

小　　红　是他——是——是——（扑在紫鹃的怀里）哦，紫鹃姊姊！

紫　　鹃　（温和地）告诉我，我不会告诉人的。

小　　红　（低低地）是芸——芸二爷。

紫　　鹃　谁？

小　　红　芸二爷。

紫　　鹃　好好的，他为什么送你手绢儿呢？

小　　红　我也不知道为什么。前些日子，我丢了一块手绢儿，我跟坠儿提过一句，谁知竟叫他听去了。

紫　　鹃　哦。

小　　红　他就悄悄把坠儿摘了去。他说他捡了一块，叫坠儿拿来给我瞧瞧，我瞧不是我的。

紫　　鹃　你就收下了。

小　　红　我没有。我叫坠儿还他，他不肯收，他说："算是我送她的好了。"坠儿又拿了回来。

紫　　鹃　后来呢？

小　　红　……

紫　　鹃　后来你就收下了。

小　　红　紫鹃姊姊，你要救救我！

紫　　鹃　这些事情林姑娘都知道了？

小　　红　嗯。

紫　　鹃　林姑娘说了什么没有？

小　　红　我没有看见林姑娘。我和坠儿正在花亭里谈着，就听见宝姑娘的声音："林丫头，你别跑。"随后宝姑娘绕了过来，问我们看见林姑娘没有，我知道她们是玩捉迷藏，林姑娘就躲在花亭的后面。

紫　　鹃　哦。——等她回来，我给你问问。

小　　红　你救我一命，保住我的脸，我来世结草衔环地报答你。

紫　鹃　快别这样说！我们都是姊妹，这算得了什么？

小　红　那我就拜托你了。前头还有事，我怕琏二奶奶叫人。

紫　鹃　你去吧。

　　　　〔小红走了两步，又站了下来。

小　红　紫鹃姊姊，我忘了告诉你一件事。

紫　鹃　你放心好了，我会替你说的。

小　红　不是我的事，你也留神一点儿。（悄悄地）我听说宝二爷就要定亲了。

紫　鹃　（一惊）这话是真的？

小　红　是真的。前日少奶奶和老太太谈心，漏了这么一句："宝兄弟也不算小了，园子里现放着一个姑娘，模样儿又好，又是亲上做亲，要定就定下吧。"

紫　鹃　这也未必说的林姑娘呀。

小　红　是啊，就不知道说的是谁。林姑娘和宝姑娘，一个是姑表妹，一个是姨表姐，都长得美人天仙似的，叫人往哪儿猜去？

紫　鹃　你这回去，不妨探探少奶奶的口气。

小　红　（忽然一拍手）哦，我想起来了。

紫　鹃　（紧张）什么？你想起什么？

小　红　少奶奶露过一句话，她说——

　　　　〔这时外面一个丫头的声音："两位姐姐谈心呀！"

小　红　（吃了一惊，回头一看）啊，莺儿！

莺　儿　（掀帘子进来一个丫鬟，她就是宝钗随身的侍婢，莺儿。已经十六岁了，模样儿虽不隽秀，却是憨态可掬，透着一种醇厚之相。她那张圆圆的脸，白里透红，很像七月天的荷花，现在她笑嘻嘻地问道——）林姑娘不在屋里吗？

紫　鹃　前头琏二奶奶过寿，林姑娘行礼去了。

莺　儿　我是送东西来的。我们少爷前儿打南边回来，带了点乡土东西，宝姑娘说，这是送林姑娘的。

紫　鹃　这又麻烦你了。

莺　儿　（一边放下红漆盘子，一边说）一会宝姑娘还要来玩呢。

小　红　（慌慌张张）哎呀，前头有事，我可要走了。

莺　儿　（一边拣东西，一边说）你瞧我刚来，就把红姊姊撵跑了。（望着小红的背影）红姊姊，你慢走啊！

　　　　［小红下。

紫　鹃　（欣赏的态度）这是花瓶，这是梳子。——这金鱼缸儿倒怪精致的。

莺　儿　（拿起一束纸花来）您瞧这纸花多好看，——也不知道是哪儿出的？

紫　鹃　那是苏州出的。

莺　儿　苏州？——林姑娘不是苏州人么？

紫　鹃　嗯，林姑娘老家还在苏州。自从林姑奶奶过世以后，——老太太心疼外孙女儿，就派人接来抚养，——已经快十年了。

莺　儿　（点头）哦，这就是了。（自言自语）我们宝姑娘还不是命苦。老爷早就去世了，亏着太太守节，带着一儿一女，投奔到贾府来。

紫　鹃　我说姨太太倒很像我们的太太，模样儿，举止儿，倒像是一个模子里印出来的。

莺　儿　自然哪，她们原是亲姊妹哪。（忽然想起来）紫鹃姊姊，我告诉你一个秘密？

紫　鹃　（大惊）秘密？

莺　儿　就是宝二爷和宝姑娘的事情——

紫　鹃　（紧张）他们可是要定亲了？

莺　儿　（愕然）定亲？——谁说的？

紫　鹃　怎么，你不是说这个？

莺　儿　我还不知道信儿呢？——这是哪个造的谣？

紫　鹃　（缓和下来）不相干，我是随便问问的。

莺　儿　我是说啊，我们姑娘为了宝二爷，哭了一场。

紫　鹃　（又奇怪起来）宝姑娘哭了？那为什么？

莺　儿　就是为着——我告诉你，你可不许告诉人。

紫　鹃　嗯，我不说。

莺　儿　就是啊，我们姑娘——（忽然听见声音）不好，有人来了！

紫　鹃　（谛听）是姨太太的声音。

莺　儿　还有宝姑娘和林姑娘呢！

　　　　［薛姨妈率领宝钗、黛玉上。

紫　鹃　（含笑）姨太太您好！宝姑娘！姑娘！

莺　儿　您的东西都挨户儿送齐了，姑娘。

薛姨妈　（随口问）都送齐了么？（她是一个四十左右的妇人，早年没了丈夫，抚养一儿一女，支撑着一份颇大的产业，饱经世故，做事异常圆通周到。现在很慈爱地——）颦儿，你这会身子怎样？

黛　玉　（一个十六七岁美慧的姑娘，有着卓越的风度和才情。因为太美了，她对于花开花落的感觉，也就特别的敏锐。因为太慧了，她不免有几分露骨的矜贵。她爱清净、淡雅，喜欢服御素色的衣履。然而那种简单自然的风韵，却掩饰不了她的眩人的艳丽。她有着一颗热烈的心，满怀着无比的热情，要向什么地方倾泻。她爱什么人的时候，她会爱得那个人皮肤灼痛，她也要求对方同等程度的反应。任何疏忽和怠慢，尽管在别人看来，就是细微得如同芥茉一样的，也会使她感觉得尖锐的痛苦。如果有一天，她发现她的感情扑了空，她的憎恨也是很可怕的。她也在热烈地怜惜着自己。她珍重她写过的一撇字，她穿过的一双鞋，她走过的一寸路，她抚摸过的窗前一片竹叶。世界上恐怕没一个人，像她那样顾念那已坠失的旧梦了。当她一人悄然静坐的时候，她常会卷弄一根偶尔脱落的青丝，默默地凝想它的柔弱，它的美丽，它的飘零，和它的寂寞的将来，以致潜潜地流下泪来。

如果她托生在一个幸福的家庭里，或者她会像一只活泼的小鸟一样，翱翔在自由的云际，高唱一些轻快的、愉悦的诗歌，自然也能动人心弦。不幸她自小就没了爸妈，流寓在外祖母这里。老人家虽然慈爱，姨妈们也不是不关切，但总比不上母亲的体贴入微。她有什么欢乐和悲哀，毕竟没有一个可以倾诉的人。经年累月，她永怀着一种难以排遣的记忆，渐渐地就变得烦躁而且多疑。她喜欢咀嚼别人的言语，有时甚至为了一句漠不相关的笑谑，她也可以通宵无眠。而她的偏激的性情，却又使她在高兴的时候，常常会从嘴里滑出一根伤人的细刺，不高兴的时候，甚至会掉下一柄亮晃晃的斧头。这样与人相处，往往苦了别人，也苦了自己，后来她索性与人疏远了起来。有人说她高傲，也有人说她孤僻。也许这两种议论都是不错的。她的体质自小就不很好，不是腰酸，就是咳嗽，病病恹恹的，成年难得有一天清爽。现在她又发了老病。刚从贾府道贺回来——)多谢姨妈。才晕了一阵,这会好了。

宝　钗　(一个贤惠温厚的姑娘,年约十八九岁,方方的脸,大大的眼睛,庄丽中透着雍容华贵,有大家闺秀的风范。她不多说话,但每一句话,必定经过细心的权衡,提防她用的字是不是太重了,或者太飘浮,日久她已经能够运用自如,恰如其分。她也从不窥探别人的秘密,就是由于一种偶然的机会,撞破了别人的隐私,她也只佯装不知道的样儿,免得招人嫌忌。在必需的时候,只要是她能够办到的事情,她总是很乐意地伸出她的援助的手,并且她没有一次把她的恩德放在嘴上,因此她在这里博得上上下下的称誉和尊重。她是一个很实际的人,她觉得"现实"是命定的,是不应该也不能反抗的,她尽力使自己成为"现实"的朋友。在她看来,反抗现实至少是一种不聪明的行为,调和与妥协乃是最稳妥的路。因此如果有一位摄影师,择定了某处名胜之区,要给她拍一帧单人肖像,无论她喜欢那里或不喜欢那里,她总会设法寻觅一个最适宜的位置,使她置身于风景之中,配合得自然而且美丽。她不是不聪明的,也不是没有决断的,不过她的聪明和决断,只有在这个范围以内,她才愿意充分地使用出来。有人说,她这种生活态度是最好的,我们不知道是不是这样。我们只知道,她确实借此避免了多少不必要的纠纷和痛苦,并且赢得了一种贤淑的令誉。她自己也很明白这种利益,养成习惯了,她自自然然就不会想到现实以外的事情。如果有一天,"现实"发生了不可弥补的缺陷,而她仍然不能不和它做朋友的时候,她也许会陷入一种绝望的隐痛里。没有幻想来安慰,没有勇气来革命,甚至于没有自由来表示爱和憎,她会怎样感到一种死样的悲寂!——但是目前她是不会想到这上头去的。她的家境很丰足,很有一些典当和田产。父亲过世了,她依傍着母亲投奔到姨母这里来。她们就在贾府旁宅分了几间房子,结了近邻,一切日用生计,都由她们自己开支。有时候她也到贾府这边来,寻找姊妹们说说笑笑,日子也就很容易地过去了。现在她陪伴黛玉回来,微笑地说道——)哥哥前儿回来,带了点南方的东西,这是你的一份,你留着玩罢!

黛　玉　那又多谢姊姊了。

宝　钗　哥哥回来的也巧,就碰上二弟定亲的事情。

黛　玉　天下的事情，真是想不到的。姨妈家的二表哥，也没听说，怎么就定起亲来了？

薛姨妈　（坐下，滔滔地，像是一个大学问家——）我的儿，你们女孩儿家哪里知道？自古道："千里姻缘一线牵。"管姻缘的，有一位月下老人，预先注定，暗里只用一根红丝，把这两人的脚绊住，凭你两家——哪怕隔着海国呢，倘若有姻缘的，终久会做了夫妇。

宝　钗　妈就相信这些事情！

薛姨妈　这倒不是迷信，这一件事，原是很难说的。——就比如你姊妹两个的婚姻，此刻也不知在眼前，也不知在山南海北呢！

宝　钗　（靠着她的妈妈，堵嘴）唯有妈妈说话，动辄拉上我们！（伏在妈妈的怀里）我们走罢！

黛　玉　（笑）你瞧，宝姊姊这么大了，离了姨妈，她就是最老到的。见了姨妈，她就撒娇儿！

薛姨妈　（叹了一口气）你这姊姊，就是这点好。有了正经事，就和她商量；没有了事，幸亏她哈哈儿。我见她这样，有多少愁不散的？

黛　玉　（流下泪来）她偏在我这里这样，分明是气我没娘的人，故意形容我！

宝　钗　妈，你瞧她这轻狂样儿，倒说我撒娇！

薛姨妈　（怜惜地）也怨不得她伤心，可怜没了父母，到底没个亲人。（抚摩黛玉的手）好孩子，别哭。你见我疼你姐姐，不知我心里更疼你呢！——只是外头不好露出来。这里人多嘴杂，不说你为人好，配人疼爱，只说我们看老太太疼你，我们也浇上水去了。

黛　玉　姨妈既这么说，我明日就认姨妈做娘。姨妈若是嫌弃，便是假意疼我。

薛姨妈　你不厌我，我就认了。

宝　钗　（一本正经地）妈，认不得的。

黛　玉　（质问）怎么认不得？

宝　钗　（反问）我且问你，我哥哥还没有接亲，为什么先给我兄弟定了，——是什么道理？

黛　玉　他不在家，或是属相生日不对，所以先说给兄弟了。

宝　钗　（摇头）不是这样。我哥哥已经相准了，只等来家就放定；也不必提出人来。我说你认不得，（挤眼儿发笑）你仔细想想去！

黛　玉　（伏在薛姨妈的怀里）姨妈不打她，我不依！
宝　钗　真个妈妈明日和老太太求了，聘作媳妇，岂不比外头寻的好？
黛　玉　（上前要抓宝钗）你要死了！
薛姨妈　（拦她）颦儿，你来！别听你姊姊的话，她是和你玩呢！（叹一口气，对宝钗）你哥哥那样不学好，连邢姑娘我还怕糟蹋了她，别说这孩子。（略缓）我想你宝兄弟，老太太那样疼他，若要外头说去，老太太断不中意，不如把你林妹妹定给他，岂不是好？
黛　玉　（抓住宝钗）我只打你！——为什么招出姨妈这些老没正经的话来？
宝　钗　（含笑）这可奇了！妈妈说你，为什么打我？
紫　鹃　（忽然跑过来，笑着）姨太太既有这个主意，为什么不和老太太说去？
薛姨妈　这孩子急什么？——想必催着姑娘出了阁，你自己也要早些寻一个小女婿儿去了？
紫　鹃　（脸上一红，扭身走了）姨太太真个倚老卖老的！
黛　玉　阿弥陀佛！——该！该！该！也臊了一鼻子灰去了！
　　　　〔众人都笑了起来。
宝　钗　（带笑）妈，我们走罢！——别尽打哈哈了，琏二嫂子又要派人来找啦。
薛姨妈　嗯，我们这就去。（对黛玉）好孩子，早点睡，明日也到我们那里玩玩。（对莺儿）你也跟我来罢。
莺　儿　嗯。
黛　玉　（送了两步）多谢姨妈和姐姐送我一程。偏偏我这身子不争气。（眼圈一红）我又不能——
宝　钗　（安慰她）妹妹，你歇歇罢！明儿留一坛酒，我们姊妹俩喝几杯。
黛　玉　姊姊，我不送了。
　　　　〔薛姨妈、宝钗和莺儿下。黛玉转过身来，看见桌上陈列的礼物，突然感到一种无端的凄凉，簌簌地流下泪来。
　　　　〔外面一声凄凉的叹息。
紫　鹃　（缓缓地走近她）姑娘，你是怎么了？
黛　玉　……
紫　鹃　宝姑娘送了这些东西来，姑娘看着该喜欢才是，怎么倒伤心起来？
　　　　〔外面又是一声叹息。随后窗前映出一个孤寂的影子，慢慢淡了，淡了。

黛　玉　你听这是谁在叹气？

紫　鹃　这是大奶奶的声音。

黛　玉　她还没有平静？

紫　鹃　没有。——她成天是这个样子。

黛　玉　（深沉的同情）哦。

紫　鹃　自从大少爷去世以后，白天就看见她呆呆望着天空，夜晚就轻轻地叹息……

〔外面一个丫头在喊："宝二爷来了！"

〔黛玉赶紧抹一抹眼睛，低下头去。宝玉上。

宝　玉　（一个青年公子，年约十七八岁，生得面目清秀，眉宇间隐隐有一种灵秀之气，仿佛蕴藏着多少飘渺绮丽的梦境。目光是和善的，聪慧的，时常露出一种过分天真的快乐。有人说他有点痴呆，他也许是的，因为无论是一泓水，或是一块顽石，都可以成为他的朋友，他会絮絮地向他们倾诉衷曲；而一株枯木，一瓣残花，也会勾引他平添无端的哀愁。他现在面对着一个黄金的世界：那里有春风嘘咈，百鸟婉转，阳光遍地。他尽可以引颈高歌，渴了，有的是肥桃硕橘，任他攀折品嚼。他也不妨寻幽觅胜，走遍人迹罕到的地方，累了，有的是绿草如茵，任他坐卧抚摩。就是偶然一只花丛的蜜蜂，螫破他的手指，或是一根玫瑰的利刺，扯破他的足踝，他不免大哭一场，但是那眼泪并没有悲哀的意义。我们毋宁说，它们倒很像是清晨的雨露，在幸福生活的微风中，那些晶莹圆润的珍珠却显得是一种更其高贵和华美的点缀了。他的无端的哀愁，也就好比是几朵淡淡的浮云，暂时飘过他的蔚蓝的心境，把他的幻梦装饰得瑰谲而多变化。有人担心秋天来了，他能不能经得起风雨的侵凌，我们也是这样地想。我们总觉得他不是一个性格很强的人。他怕寒冷，他嫌恶阴郁的天气，果真有一天他跌入了那样的世界，他会呼号的，会挣扎的，或者也会设法逃走的。但是他恐怕没有勇气来创造一个光明的天地。

不过现在他并没有想到这些。他现在很安乐，他有一颗好心，他不吝惜把他的安乐的果实分给别人尝尝，特别是分给那些珑玲美丽的姑娘们，他看见她们快乐，他也就有一种崇高的满足，这就很够了。他只盼望无限的春光无限的长。他在贾府青年子弟们中,是老太太独特钟爱的孙儿。姊姊是当今皇上的贵妃,祖先是世代的名臣,爸爸还袭着三品官员的禄位,现在奉遣出外去了。他成日就躲在祖母和母亲爱宠的怀里,度着优游的岁月。

这时他快快活活地进来,发现黛玉在垂泪,笑容骤然敛起,悄悄地走近她,体贴地——)妹妹,又是谁气着你了。

黛　玉　(勉强地笑)谁生什么气?

〔紫鹃向桌上努一努嘴,宝玉会意。

宝　玉　哪里来的这些东西,不是妹妹要开杂货铺啊?

紫　鹃　二爷还提呢!方才宝姑娘送了这些东西来,姑娘一看,就伤心起来了。——二爷来得很巧,替我们劝劝。

宝　玉　(装不懂)你们姑娘的缘故,想来不为别的,必是送来的东西少,所以生气伤心。等我明年叫人多带两船来,省得姑娘揩眼抹泪的。

黛　玉　(又好气又好笑)我又不是两三岁的小孩子,你也忒把人看得小气了!——我有我的缘故,你哪里知道?〔一边说,一边眼泪又下来了。

宝　玉　(乱扯)这是什么笔?叫什么名字?——这纸花倒好看,是什么东西做的?要它做什么用?——这个鱼缸儿可以摆在桌上。——那花瓶可以放在几上,当古董倒好玩呢!

黛　玉　(由不得笑起来)你不用在这里混搅了,到前头听戏去罢!

宝　玉　那花瓶是江西瓷,江西瓷是很有名的,对不对?

黛　玉　真啰唆!我还有事呢。(顺手从桌屉里拿出一个香袋来)没空跟你白扯。〔低头缝香袋子。

宝　玉　(依然乱扯)妹妹,这香袋可是做了送我的?

〔黛玉不理他。

紫　鹃　(知趣地)宝二爷,您坐一会儿,我给您泡杯茶。

宝　玉　嗯,你去罢。(望着黛玉做针线,搭讪着)妹妹,你把这香袋送我吧。

〔黛玉依旧不睬。

宝　玉　(心生一计)我忘了告诉你,前日你送我的那个香袋子,我丢了。

黛　玉　(中了计)什么?

宝　玉　(一本正经地)你送我的香袋子丢了。

黛　玉　（疑惑）我不信！

宝　玉　（要她相信）是真的。你瞧我平日戴的东西不是都没了？——你瞧瞧我这儿！〔摸摸他的胸前那一块地方。

黛　玉　（相信起来）倒是真的，今日你怎的没有戴东西？

宝　玉　别提了！我的东西都叫小厮们摘去了。

黛　玉　怎么？——叫小厮们摘了？

宝　玉　可不是，前日老爷捎了信来，夸奖我的诗做得好，赏了我两把南海扇子。我倒没有什么，小厮们可乐了，说，跟我这几年，也没有见过这般彩头儿。不由分说，就把我的东西全摘了去，当了犒赏了。

黛　玉　我的香袋呢？

宝　玉　也叫摘去了。

黛　玉　（有点气）你就这样叫他们摘去了不成？

宝　玉　我问他们要的，他们死赖活赖的不给。在这些事情上，我也沉不下脸来。

黛　玉　（冷冷地）哼！

宝　玉　（乘机抓住题目）你再做一个送我吧！

黛　玉　（鼻里的声音）我还做呢！

宝　玉　（发现有点异样）你生气了吗？

黛　玉　（变色）我就是下贱，也还不肯这样作贱自己的针线。多早晚你又做了诗，得了彩头，又给小厮们摘去了。——我还做它做什么？烂了手我也不做了。

宝　玉　（知道不对，慌忙地找出路，顺手就拿起桌上的香袋来）你还骗我呢，这不是你给我做的新袋子。

黛　玉　（一把抢过来）那算是我瞎了眼，油脂蒙了心，我白认了人了！

宝　玉　（亲切地）妹妹，你有病，你还撑着给我做袋子。深更半夜，你还控着头，你这一番心我知道——

黛　玉　（越发觉得委屈）我有什么心？我有什么心？我算是糟蹋我自己，我瞎了眼，撞了鬼了！

宝　玉　（有点不高兴）妹妹，你不能这样浑骂。

黛　玉　（发恨地拿起剪刀来）还不如剪了干净！

〔一刀把新袋子铰断了。

宝　玉　（着慌）怎么你把香袋子铰了？

〔黛玉伏在桌上哭了起来。

宝　玉　（软化）妹妹，你给我的东西，我并没有不好好地收着。

黛　玉　（哽咽着）你也不用哄我了！

宝　玉　我是真话。你的东西，我总是宝贝似的收着。凭什么东西我肯丢，我也不肯丢你的东西。

黛　玉　（含泪）你把我的香袋子拿出来看？

宝　玉　刚才我说丢了，那是骗你的。

黛　玉　你拿出来我看。

宝　玉　是上年我的生日送的？

黛　玉　嗯。

宝　玉　上头有根绿带子。

黛　玉　底下还有两朵兰花。

宝　玉　兰花旁边还有你绣的字。

黛　玉　你拿来看！

宝　玉　你真要看？

黛　玉　（伏下头去又哭了）没有袋子，你也不用哄我了。

宝　玉　你别哭别哭。（从里面掏出一个袋来）好，你看吧，你看……

黛　玉　（抬起头来，睫毛还有眼泪）哦。

宝　玉　这不是香袋是什么？

〔黛玉偏过头去。

宝　玉　这是绿带子，这是兰花。

黛　玉　……

宝　玉　你拿去看吧，你看吧！

黛　玉　（退却）我不看了。

宝　玉　（追击）你不是要看的么？

黛　玉　（退却的防御）我现在不看了。

宝　玉　（要求对方屈服）你觉得有点懊悔么？

黛　玉　（坚守阵地）我剪我自己的东西。

宝　玉　（穷追）你不懊悔。

黛　玉　……

宝　玉　你不觉得冤枉了人？

黛　玉　……

宝　玉　你怎么不说话呢？

黛　玉　（被围太急了，有点冒火）我不高兴说话，就不说话。

宝　玉　（用出了软攻最后一招）我知道你现在是远着我，懒怠给我东西了。

黛　玉　（依然不肯屈服）嗯，我就是懒怠给你东西。

宝　玉　（下不了台）既这样，我连这个香袋也还你吧！

黛　玉　（气抖了）你还我——你还我！

宝　玉　（大战爆发，颤颤的声音）好，你拿去，拿去——这是你的东西。（抛出手榴弹）你也把它剪了。

黛　玉　（决心作战）剪就剪——一齐剪了倒干净！〔拿起剪刀又要剪。

宝　玉　（慌了）哎，你疯了！（一把拦住剪刀，动手来抢）你放手，放手，你不能这样糟蹋自己的东西呀！〔夺下剪刀来。

黛　玉　（大哭）你欺负我的也够了！

宝　玉　妹妹，是我不好。

黛　玉　（哭诉）妈啊！……妈啊！〔忽然阻了过去。

宝　玉　（手足无措）紫鹃，你来！

紫　鹃　（在厢房里应着）等一等，水就要开了。

宝　玉　（急）叫你来就来！你还不快来！

紫　鹃　（伸出头来）怎么了？宝二爷！

宝　玉　你快来瞧瞧姑娘罢！

紫　鹃　（赶快跑了过来）哎，这是怎么了？（轻轻地推一推）姑娘！

宝　玉　她闭了气，你给她捶一捶。

紫　鹃　（装作严重地）姑娘的脸都变了色了！

宝　玉　变了色了？

紫　鹃　（吓他）手都冷了。

宝　玉　怎么？

紫　鹃　（边捶边叫）姑娘！姑娘！气儿都接不上了！

宝　玉　（痛苦地）啊！
紫　鹃　姑娘是没用的了，心也不跳，气儿也没了。〔哭将起来。
宝　玉　（急）你再捶捶！你抹抹她的胸。
紫　鹃　（又捶起来）姑娘！姑娘！
宝　玉　怎么样了？
紫　鹃　还不是那个老样子，就是这口气难得转，我服侍了这几年（哽咽）也算是得了结果了。〔垂泪。
　　　　〔宝玉伏在桌边大哭起来……
紫　鹃　宝二爷！
宝　玉　（哽咽着）嗯。
紫　鹃　你先别哭，这会儿好像松动一点。
　　　　〔宝玉抬起头来望着她。
紫　鹃　手脚有点软了。
宝　玉　啊！
　　　　〔外面喧嚣的锣鼓声，驮在秋风的背上，巍巍颤颤地窜进来。
紫　鹃　外面起风了。
宝　玉　你再叫叫她。
紫　鹃　风大得很，你关上窗子。
　　　　〔宝玉起身关窗的时候，黛玉哇的一声哭了出来。
紫　鹃　这可好了，这口气转过来了。
宝　玉　（欢喜的颤抖的声音）好了？
紫　鹃　姑娘，你心里怎么样？
　　　　〔黛玉一阵急喘。
紫　鹃　你胸口怎么样？
黛　玉　（微微地）有点难过。
紫　鹃　你要喝水么？
　　　　〔黛玉摇头，又是一阵急喘。
紫　鹃　快拿痰盂来，她要吐！
　　　　〔宝玉递过痰盂去。
紫　鹃　她吐了，——她还要吐！

宝　玉　你再给她捶捶。

紫　鹃　(边捶边说)还要吐!(黛玉大吐一阵)今天的药算是白吃了,全吐了!

宝　玉　……

紫　鹃　姑娘,你这会舒畅一点么?(黛玉点点头)我给你倒水嗽嗽口。
　　　　〔紫鹃去取水。

宝　玉　你这会好些么?

黛　玉　……

宝　玉　我真对不起你,我原来是看你的病的,不承望倒给你增了病,我又不能代你,我心里难过。
　　　　〔黛玉微微地咳嗽。

宝　玉　今天的事,全是我一个人不好。

黛　玉　……

宝　玉　(温和地)你现在好一点么?(不答)这是你的帕子,(拿起黛玉的旧手帕)你揩揩。(不答)我给你揩揩。
　　　　〔黛玉索性偏过身去了。

宝　玉　(还是温和地)你原谅我这一回,下次我再不敢招你生气了。

黛　玉　……

宝　玉　我心心念念,只要你高兴一点,可是我人笨,总叫你难过了才走。〔不觉流下泪来。
　　　　〔紫鹃取水回来,站在一边,已经有一会儿了,心中不忍。

紫　鹃　(劝解)宝二爷,你回去吧,今天不必说了。

宝　玉　我放不下心来。

紫　鹃　现在已经不早了,姑娘也要睡了,有什么话,明天说是一样的。

宝　玉　(最后一次恳求)妹妹,你不能给我一句话,叫我也放心一点走么?

黛　玉　……

宝　玉　(失望地)那么我走了。〔低头要走。

紫　鹃　(赶上去)宝二爷,你千万别挂在心里,姑娘这是病了,——她心里明白的。

宝　玉　嗯,我知道——我走了。〔宝玉低头走出去,紫鹃赶了出来。

紫　鹃　宝二爷,天黑了,你慢慢地走啊!

［隐约听见宝玉的声音："我看得见的。"
［紫鹃好一会才进来,很受感动的样子。

紫　鹃　你这会儿好些么,姑娘?
黛　玉　好些了。
紫　鹃　这是温水,你漱口。
黛　玉　嗯。［漱口。
紫　鹃　宝二爷临走很难过的样子。
黛　玉　(漱口)……
紫　鹃　今天前头唱戏,他悄悄地溜来的,也没有一个小厮跟着。他这会走了,又没有人掌灯,他要摸黑了。
黛　玉　……
紫　鹃　他心里不知道怎么惨呢!
黛　玉　(岔开)我有点累,我要睡了。
紫　鹃　我扶您上床去。(扶她走着)您今天辛苦了,您睡吧!(扶她上床)盖上被单儿,多盖一点,小心招了凉。
黛　玉　嗯,我知道。(忽然想起什么)紫鹃,你把那手绢儿拿给我。［一边说,一边就躺下去了。
紫　鹃　什么手绢儿?
黛　玉　放在桌上的那块。
紫　鹃　(回头看了一看)桌上没有手绢儿。
黛　玉　是块旧的,左边有一朵兰花儿。
紫　鹃　刚才宝二爷在这儿,他叫您揩脸的,是那一块么?
黛　玉　(勉强笑了一笑)我也记不清了。
紫　鹃　他带了走了。
黛　玉　那就是了。
紫　鹃　我给你拿一块新的。
黛　玉　不用了。
紫　鹃　(叹息)姑娘,我明白,您心里还是念着他。
黛　玉　外面好像有脚步的声音。
紫　鹃　(静听)嗯,有人来了!

黛　玉　怕是他又来了！
紫　鹃　姑娘，这回你可别不理他。
黛　玉　(一翻身)你就说我睡了！〔装睡。
紫　鹃　姑娘！姑娘！？——唉！姑娘这个性子！
　　　　〔进来的是一个十八九岁的女孩子，长得体面大方，不像是下人模样。
　　　　她就是贾府丫鬟中著名的袭人。性情温和，顺良，稳重而且细心。说话
　　　　很有分寸。不是为了切身的关系，她不大爱管闲事，也很少批评别人的
　　　　优劣。在丫鬟们当中，她俨然是一个首脑，最得主子的宠信。她很明白
　　　　自己这种地位，近来越发慎言慎行地做起姊姊的样儿来了。现在她为
　　　　了一件事情，特意跑到这里来，但是从她的脸上，我们找不出一点点不
　　　　自然的痕迹。
袭　人　紫鹃姊姊，你还没有睡么？
紫　鹃　还没有呢！袭人姐姐，你是来接宝二爷的？
袭　人　可不是？琏二奶奶的好日子，他一个人就溜了出来了。累得老太太好
　　　　找！——他也没有在这里？
紫　鹃　他在这里坐了一会儿，这才走了，怕是回前头去了。
袭　人　路上没有碰见，必是岔过去了。——姑娘呢？
紫　鹃　睡了。
袭　人　姑娘的病好些没有？
紫　鹃　好些了。
袭　人　(忽然轻轻地)你可知道我们那里出了奇事，海棠今日忽然开花了。
紫　鹃　九月里海棠还会开？
袭　人　可不是？老太太说，这花开得奇，是应着喜事儿。
紫　鹃　谁的喜事呢？
袭　人　这我就不知道了。
　　　　〔窗外忽然一声大叫："你不知道，我可肚里明白！"
紫　鹃　(连忙问)谁？这是谁？
袭　人　傻大姐儿。——你别听她的！
　　　　〔窗外露出傻大姐儿的脸，搽得红通通的，挤眉瞪眼儿，心里有什么，嘴
　　　　里就说什么，从来不懂得什么叫作秘密，所以人家叫她傻大姐儿。

傻大姐　（得意地）谁的喜事？就是宝二爷的喜事！

袭　人　傻大姐，你不许乱说。

傻大姐　（瞪眼竖眉）怎么我乱说？——宝二爷不是要定亲了？我听见——

袭　人　（赶紧拦她）好啦，好啦。你对，你走吧。

〔傻大姐拍手大笑："喽喽喽，我对喽！喽喽喽，我对喽。"——慢慢走远了。

袭　人　这个傻丫头，真是没办法。（对紫鹃）有空你来看看海棠花，免得又谢了。

紫　鹃　嗯，要来的。

袭　人　我走了，我找我们那位小祖宗去！

紫　鹃　你慢慢儿地走啊！

〔袭人下，紫鹃送她回来。

黛　玉　袭人走了么？

紫　鹃　走了。

黛　玉　她没有什么事情？

〔紫鹃走近黛玉床边，傍着床沿坐下。

紫　鹃　姑娘，今日袭人很古怪。

黛　玉　她说了什么了？

紫　鹃　袭人说，她们那里海棠忽然开花了。

黛　玉　哦！

紫　鹃　她说，老太太说的，这花开得奇，是应着一件喜事儿。

黛　玉　累了一天，你还嚼什么蛆？

紫　鹃　不是我说的，是老太太说的。

黛　玉　你睡吧！时候不早了。

紫　鹃　嗯，我脱衣服了——你还要灯么？

黛　玉　不要了。

〔紫鹃吹熄了灯，摸上了床，月光从窗隙里透了进来。外面鞭炮之声又起，隐隐听见大床上辗转反侧的声音。

紫　鹃　姑娘，你还没有睡着？

黛　玉　外面吵得很。

紫　鹃　你今天是绕小路过去的？

黛　玉　嗯。

紫　鹃　你和宝姑娘玩捉迷藏的么？

黛　玉　没有呀。你问这话做什么？

紫　鹃　我看见两个人在园里玩，必是看错了。——你这会心里觉得怎样？

黛　玉　我是一时闭了气，现在全好了。

紫　鹃　鞭炮渐渐息了。

黛　玉　嗯。

紫　鹃　这会倒得静的很。

黛　玉　……

紫　鹃　月亮已经升了起来，窗上还有竹叶的影子。

黛　玉　你好好地睡吧，别说话了。

紫　鹃　（亲切地）姑娘，我不想睡。

黛　玉　什么事情？

紫　鹃　时光好快，我跟你已经十年了。

黛　玉　嗯。

紫　鹃　那一年你刚来的时候，还只有六岁，老太太派了我来，我好生高兴，那时候你还有两根小辫子。

黛　玉　你天天代我梳辫子。

紫　鹃　我记得你顶喜欢扎绿绸带子。

黛　玉　嗯。

紫　鹃　那时你很骇怕，夜里总不叫吹灯。

黛　玉　我还要你陪着一块儿睡。

紫　鹃　对了，你还叫我跟你头并头的睡，到了晚上，你就讲一个故事。

黛　玉　嗯。

紫　鹃　有一回您讲大马猴，讲了一个通夜，第二天都不能起来了。您还记得么？

黛　玉　记得。

紫　鹃　你现在不讲故事了。

黛　玉　我现在有点心烦。

紫 鹃　姑娘,您不拿我当外人。
黛 玉　我从来没有事情瞒你。
紫 鹃　您好像有点心事,没有告诉我。
黛 玉　我就是有点心烦,我也说不上来。
紫 鹃　(动情地)姑娘!
黛 玉　嗯。
紫 鹃　我跟了您十多年了,没有好好地服侍您。
黛 玉　怎么?
紫 鹃　过去我做错了事,您总是担待我。
黛 玉　你这是什么意思?
紫 鹃　以后我再要做错了事,您还是不怪我么?
黛 玉　我们都是一块儿生根的人,过去一块儿长大,现在一块儿飘泊,将来也是一块儿赌命。
紫 鹃　(忽然兴奋起来)姑娘,我不睡了,我有话要对你说。〔披衣。
黛 玉　你起来了?你睡!你睡!
紫 鹃　(下床)不,我有一件事要告诉您。
黛 玉　有什么事呢?
紫 鹃　我说了,您不怪我么?
黛 玉　你说吧。
紫 鹃　(倚在黛玉的床边)我觉得日子一天一天地过去,年岁也一天一天地大了。
黛 玉　嗯。
紫 鹃　人事的变迁也很难定。
黛 玉　嗯。
紫 鹃　姑娘,您要趁早拿定主意!
黛 玉　什么?
紫 鹃　我瞧他倒是很实心。
黛 玉　谁?
紫 鹃　(响亮地)宝玉——宝二爷。
黛 玉　……

紫　鹃　比方说，今天姑娘的行事，就不免浮躁了些。

黛　玉　我怎么浮躁了？

紫　鹃　您怨他乱丢你的东西，但是他并没有丢，你就把香袋剪了。——您剪得也太快了一点。

黛　玉　你倒来替人派我不是。

紫　鹃　不说别的，单瞧他什么都给小厮摘了去，就只姑娘的香袋，他还宝贝似的收在里面，也就可以见他的心。

黛　玉　……

紫　鹃　他临走的时候，姑娘也没有给他一句话，他心里该多难受。

黛　玉　别说了，我都知道了。——我不要听。

紫　鹃　（赔笑）那么就不提这个。我说一个笑话给你听。

黛　玉　你变得嘴碎话多了。

紫　鹃　真是一个笑话。——前日我们园里来了一个疯子，姑娘可知道？

黛　玉　一个疯子？

〔厢房里忽然一声响动，随后就有"吱吱吱"的声音。

黛　玉　哎呀，厢房里闹鬼了！

紫　鹃　不要紧的，我来瞧瞧。

〔木板上仿佛有一阵小脚步的声音。

黛　玉　啊！有人走路。

紫　鹃　（惊叫）谁？谁？哦……没有东西——原来是鹦哥儿打翅膀。

黛　玉　我还当是耗子呢。

紫　鹃　（一边上床一边说）对了，我忘了告诉你，那疯子也带来一只耗子。

黛　玉　也带来一只耗子？

紫　鹃　姑娘，那怡红院前面不是有一棵大芭蕉么？

黛　玉　嗯，那芭蕉也有十多年了。

紫　鹃　前日晌午是大太阳，后来下了一场雨。

黛　玉　那场雨还不小。

紫　鹃　那疯子就站在芭蕉旁边，晒了两个时辰的太阳，又淋了一个时辰的雨，不言语，也不动弹。

黛　玉　真有这样的疯子？

紫　鹃　后来有人看见他,叫他回去,他已经是落汤鸡似的了。
黛　玉　你是编的,真有这样的事情,今日宝二爷怎么不提起?
紫　鹃　(扑哧一笑)他还提?他怎么好意思提?
黛　玉　怎么?
紫　鹃　他就是那个疯子!
黛　玉　(奇怪)他做什么那样呢?
紫　鹃　这就要问姑娘了。前日你到宝二爷那里去,跟他闹了什么别扭,你走了,他就一个人呆呆地站了半日。
黛　玉　啊!
紫　鹃　后来那个耗子就来了。
黛　玉　耗子是谁?
紫　鹃　耗子就是袭人。她看见宝二爷发呆地淋雨,连忙跑了过去,谁知宝二爷一把揪住,死也不放,大声地嚷了起来,吓得袭人一夜也没有睡觉。她不是胆小的耗子么?
黛　玉　他嚷些什么?
紫　鹃　我听晴雯告诉的,他还认是姑娘回来了,就大声地嚷道:"你的病我知道。我为了你,也弄了一身心病在这里。只怕你的病好了,我的才能好。"
黛　玉　真是胡说八道!
紫　鹃　他还说:"你放心,我就化成了灰,也是你的了。"
黛　玉　你这丫头疯了!
紫　鹃　我是一片真心为姑娘。
黛　玉　好了,别说了,我懒怠听,我要睡了。
紫　鹃　姑娘!姑娘!
黛　玉　……
紫　鹃　我说一动不如一静,我们这里就算是好人家。别的都容易,最难的是从小一块儿长大,脾气儿性格儿都知道了。
黛　玉　……
紫　鹃　姑娘!姑娘?你睡了?——你是真睡也好,假睡也好,我算尽到了心,我也替你愁了这几年了。又没有一个父母兄弟,谁是知冷知热的人。趁早儿,老太太还明白硬朗的时节,作定了大事要紧!公子王孙虽多,哪一个不是三房四妾,今儿朝东明儿朝西的?俗语道:"万两黄金容易得,知心一个也难求。"姑娘是明白人,还有不明白的么?

〔黛玉泛出轻微的鼾声。

紫　鹃　姑娘!!姑娘!(侧身静听)她倒是真睡了。今天也真累了。(叹息而又怜爱地)唉,姑娘这个身子,病病恹恹的……〔声音渐渐低微,听不见了。

〔月光映在寂寞的卧榻上,显得一种静穆的华贵。不久紫鹃也有鼾声泛漾出来。

〔黛玉轻轻地撑了起来,眼里满孕着晶莹的泪珠。她挣扎着来到书桌边,静静地弄着剪碎了的香袋子,露着一种无尽依恋的神情。窗外有萧萧的风声,和着远处传来一声两声秋虫的悲鸣。她慢慢抬起头来,猛然看见窗外的人影。

黛　玉　谁呀?外面是谁?

〔外面的声音:是我,是晴雯。

黛　玉　这早晚你还跑来做什么?

晴　雯　宝二爷叫我来送点东西。

黛　玉　我不要什么,你带回去好了。

晴　雯　是一块手绢儿,宝二爷说是借了你的。

黛　玉　(恍然)哦,那你就放下吧!

〔黛玉站了起来,半开窗户,接过一块手帕子。

晴　雯　宝二爷还问,姑娘可好些了?

黛　玉　好些了。

晴　雯　已经不早了,我不进来请安了。

黛　玉　你慢慢走吧。

〔外面的足声渐渐远去。黛玉将窗户完全敞开,迎接着透过竹林的皎洁的月光。微风也从叶隙中溜了过来,拂着黛玉长长的柔发,叫人感觉到一种庄严的幽静。

黛　玉　(低头弄着月光中的手帕,梦样的自语)手绢儿还是湿的——并且还是热的。这是水?还是泪?——水和泪也分不清了。

〔黛玉坐下来,低头在写什么。紫鹃翻一个身,嘴都咕咕唧唧的。

紫　鹃　(忽然声音高起来)日子一天一天地过去,年岁也一天一天地大了。——你要趁早拿定主意！

黛　玉　紫鹃，你怎么了？
紫　鹃　我们这里好算是好人家，脾气性情都知道的了！
黛　玉　紫鹃，醒醒！醒醒！
紫　鹃　我是一片好心为姑娘。俗语道："万两黄金容易得，知己一个也难求。"姑娘还有不明白的么？
黛　玉　（站起）你着了魔了！紫鹃！紫鹃！！
　　　　〔紫鹃翻了一个身，又泛漾出鼾声来。
黛　玉　这丫头真是疯了！梦里也是疯话。（一个人又坐下静静地写。一会儿站了起来，在莹洁的月光中，轻轻地诵着）

凭着你还没有黯淡的月华，

凭着你还没有消逝的热泪，

凭着你微风和竹叶两位高贵的证人，

黛玉愿意虔诚地禀告：

黛玉是已经决定的了。

〔她矜贵地将手帕抚在胸前，注视着天边的浮云，露出一丝含泪的微笑。随后她又慢慢地坐下来，拿着剪碎了的香袋子，慢慢地用手帕包起。当她再度撑起来的时候，她无力地倒在书桌上。屋内是死样的寂静。只有窗外还是在响着萧萧的风声，仿佛是幽怨，又仿佛是低诉，永恒地，无止境地，从那飘渺的遥远的地方来，又忧郁地踯躅到遥远的地方去了。低回凄迷，有如一个处女含泪的舞蹈。

紫　鹃　（忽然大喊了起来）海棠花开了！海棠花开了！
黛　玉　（惊起）紫鹃！醒醒！醒醒！
　　　　〔幕急闭。

第　二　幕

第一景

时：第三日晨。

人：宝玉、黛玉、王夫人、贾母、紫鹃、凤姐、小红、贾芸、傻丫头。
景：大观园里面最幽静的地方,一排茂密的翠竹,竹林前面不远,有一顺菊花盆儿,地上疏疏落落地散着菊花瓣子,淡红的,橘黄的,浅白的,五彩缤纷,就像是什么人在这里举行了盛大的婚礼,孩子们撒给姑娘的彩纸条儿。竹林后面一座小桥,没有人声的时候,还可以听见潺潺的水流,桥后就什么也看不见了。竹林对面有一座花亭,里面摆着石桌子、石凳子。亭后露出一张鸟笼,一只绿嘴的鹦哥儿,半身在和煦的阳光中,很快活地调理它的羽毛,一条碎石小径从东边蜿蜒过来,像美人的手臂样,一直绕过小亭,渐渐隐没在西边滋蔓的草丛中。有三条路通到这里:小桥后面是黛玉的潇湘馆,东边的小径一直伸到宝玉的怡红院,西边是贾府的正宅。

〔幕启：黛玉蹲在竹林前面,悠闲地拾着地上的菊瓣。路旁放着花帚、花锄和绢袋儿。宝玉从东边的小径上走来。

宝　玉　谁有那样的雅兴,一个人在那里拾花呀?
　　　　〔黛玉回头望了一望,又偏过头去了。
宝　玉　(意外的快活)原来是妹妹!——今天可大好了?
　　　　〔黛玉站起身来,预备走向小桥去。
宝　玉　你还记着前天的事吗?
　　　　〔黛玉开始前走。
宝　玉　(有点可怜)我知道你不理我,我只说一句话,以后再不打扰你了。
黛　玉　(站住,半个脸向他,冷冷地——)有什么话,请说吧。
宝　玉　两句说了,你听不听?
　　　　〔黛玉又转身前走。
宝　玉　(急了)既有今天,何必又有当初呢?
黛　玉　(全身转过来,严重地问)今天怎样,当初又怎样?
宝　玉　(紧紧抓住机会)嗳,当初妹妹来了,哪儿不是我陪着玩?我心爱的,妹妹要,就拿去。我喜欢的,听见妹妹也喜欢,连忙叫人送来。(略缓)我心里想着,姊妹们从小儿长大,亲也罢,疏也罢,和气到了底,才见得比别人好。(低沉)谁承望妹妹大了,人大心大,不把我放在眼里。(不胜幽怨地)我又没个亲兄弟、亲姊妹,和你一样,也是独出的,如今我连说话也没有份儿了!

〔黛玉低头不语。

宝　玉　（恳切地）前天的事情,我也知道是我错了;可是凭我怎么不好,你打我,骂我,我都不怨。（有点哽咽）谁知你总不理我,就像没有我这一个人似的,叫我怎么不难过?

黛　玉　（已经软了,但是又不愿明白地原谅他）多早晚你又生了气,检出我的香袋来还我,叫我有什么意思呢?

宝　玉　（异常柔顺地——）妹妹,我以后完全改了。我再不招你生气。你的东西,我一定好好地收着,凭什么皇天菩萨来,我也不叫拿去。一直收到我伸腿化灰的——

黛　玉　（紧）你又这样浑咒!

宝　玉　（笑了,服从地）你不叫说,我就不说了。（趁势恳求）妹妹,明儿你再送我一个香袋好吗?

黛　玉　那要瞧我的高兴了。

宝　玉　（调皮）你答应了,可别忘了!

黛　玉　（喜欢地骂）我才没见过你这样涎皮赖脸的人!

宝　玉　（像一个被赦免的囚徒那样高兴）妹妹,你那花瓣还没有拾完呢。

黛　玉　不拾了,我有点累,我要回去歇歇。

宝　玉　你别回去,我们到那亭里坐坐,我告诉你一桩趣事儿。

黛　玉　（开心地责备）今天天气分明凉些,你怎么倒脱了披风呢?

宝　玉　（知道她已经答允了,扣紧题目）那里有阳光,我们坐一会儿,也就暖和了。

黛　玉　（还要装腔）只坐一会儿,我就要走的。

宝　玉　（明白她是装腔）好,只坐一会儿。——我告诉你一桩趣事儿。

〔两人正走向花亭去,忽然听见竹林里一串清脆的声音:"好了!——这可应了我的话了!"

宝　玉　（抬头一看）啊,琏二嫂子!

凤　姐　（她是贾府中出名泼辣的人物:心狠,嘴利,手段辣。她懂得如何博得长辈们的欢心,也知道如何使得下人们凛然畏惧。而在一上一下之间,她从不会忘却自己的利益。在日常生活中,她倒是一个十足的唯物论者,她的聪明和机巧,又能够帮助她散布各种烟雾,把她的内心动机装得富丽迷离。她并不是一个很呆板的商人,有时她也不惜付出较小的牺牲,来换取她所预期的收获。虽然这样,次数多了,总不免要露出马脚来,她自己却还以为十分圆到。因为在她看来,旁人都比不上她聪明,一定摸不到她的高深所在。其实仔细想想,她也真是可怜得很。成天应付这个,盘算那个,心里嘴里,没有片刻的休闲,"心为形累",她也够苦的了。不过她并不觉得这种生活是苦的,每日她依旧怡然自得地运用她的数学公式,来拨动那生活的珠盘。现在她从竹林里绕出来,兴兴头头地嚷道——)我说不要紧,不要紧,老祖宗偏不信,偏要我说合,——你瞧两个不是对说对笑,倒像黄鹰抓住鸡子的脚,两个都扣了环了!

宝　玉　(连忙岔开)琏二嫂子,你可是看海棠花来了?

凤　姐　(用眼瞟一瞟黛玉)我问你,既有今日好的,为什么前日又成了乌鸡眼呢?

〔黛玉脸一红,偏过身去了。

宝　玉　(急于解围)我听见老太太叫你呢,二嫂子!

凤　姐　(望他一笑)叫我要走,不叫我也要走了!(走了两步)这里风大,你们可留神别着了凉啊!〔娉娉婷婷地走了。

宝　玉　(望着她的背影)二嫂子这张嘴真怕人。

黛　玉　(装作没有这回事)我问你,你才说什么趣事儿?

宝　玉　(一时记不上来)什么趣事儿?

黛　玉　问你啊!

宝　玉　哦,对了,我忘了告诉你,宝姊姊前日大哭一场。

黛　玉　(奇怪)为什么呢?

宝　玉　她哥哥气她的。

黛　玉　好好儿的,她哥哥做什么要气她?

宝　玉　他们闹了一场别扭。

〔两人进了花亭。

黛　玉　听说他哥哥很不学好。

宝　玉　嗯,他浑说话,造我的谣,传过来了,很不好听。

黛　玉　原来是这样?
宝　玉　姨妈嘀咕了两句,他就动了气,说宝姊姊大了,女心外向。
黛　玉　后来怎样呢?
宝　玉　后来宝姊姊就哭了。(同情)两眼哭得像核桃似的。
黛　玉　她哥哥真正无聊。
宝　玉　可不是!
黛　玉　人家原来是"天作之合",外向不外向,管他什么事?
宝　玉　(听着不对)我不懂你的话。
黛　玉　(拉着他的佩玉)我问你,你这里不是戴着一块宝玉?
宝　玉　嗯。
黛　玉　宝姊姊不是有一把金锁?
宝　玉　怎样?
黛　玉　(冷冷地)哼!
宝　玉　我果真不明白。
黛　玉　那还不是"天作之合"么?
宝　玉　(明白过来)我知道你又来怄我。刚才我告诉你的事情,是说着玩的。
黛　玉　(很严肃)我可是正经话。古人说:"天意不可违。"一个有"玉",一个有"金"。金玉良缘,这是再好的一对儿也没有了。
宝　玉　(禁止地)妹妹!
黛　玉　什么?
宝　玉　你再这样的说,我真玉也不要了。
黛　玉　那可不能。你的玉丢了,旁的不打紧,剩下人家的"金"配什么呢?
宝　玉　(忽然站起来,眼睛发直)我这颗心就是碎了,烂了,化成灰了,也没有人知道。
黛　玉　(有点急)你怎么啦?你坐下,坐下,慢慢地说。
宝　玉　(眼睛仍然死死地望着,喃喃地)妹妹,你放心!今天当着你,我也没有什么说的,我把我的心给你瞧,(摘下玉来)我给你瞧,——我给你瞧,(一把扔出去)这烂东西我也不要了!
黛　玉　(站起来,严重地)你这是做什么?
宝　玉　我把玉扔了!

黛 玉 （跺脚）快找！快找！（问他）你扔到哪里去了？

宝 玉 不管哪里，我不要了。

黛 玉 你快些找呀！

宝 玉 我不找，我不要了。

黛 玉 （一头哭将起来，伏在石桌上）我知道你是在恨着我，要派我的罪。你就是要派我的罪，也有别的法儿，不能扔那命根子呀！

宝 玉 （站在一边，没了主意）妹妹，我是明明我的心。

黛 玉 （着急）现在是什么时候？你快找那命根子，快找！——找不回来，我们就算完了。

宝 玉 我……

黛 玉 （跺脚）你快找呀！你真是要我的命。

宝 玉 （看她着急的样子，由不得不顺从她）我这就去，我找！我找！

黛 玉 （止泪）你扔到哪里去了？

宝 玉 好像是那边竹林里。

黛 玉 那一方呢？

宝 玉 我记不清了。

黛 玉 我的小菩萨，你就是这个性儿。你上前找，我往后，我们就在那棵大花竹下碰面。

宝 玉 你别急，我们慢慢地找。

黛 玉 去找呀！

宝 玉 我这就去。——慢慢地找，不要紧的。

黛 玉 我的小爷，急死人了，快些找罢！

　　　　〔两人走进竹林去了。

　　　　〔小红从亭旁边绕了过来，气喘喘的，脸上一块红一块白。后面跟着一个男人，二十岁上下的年纪，油光满面，有三分风流，七分俚俗，手上捧着一包东西。

小 红 二爷，你请回吧，叫人看见了不尊重。

贾 芸 这里没有人，我和你说一句话。

小 红 （显然不是讨厌他）有什么话呢？

贾 芸 前儿我托坠儿还你的东西，你收到了没有？

小　红　（脸上一红）那不是我的。
贾　芸　（温柔地）那是我的一点意思。
小　红　（忸怩）你做什么要那样呢？
贾　芸　这里是我送二奶奶的缎子，她没有收，你就留下吧。
小　红　（身子偏过去）我不要！
贾　芸　那你就是嫌东西微薄，瞧不起我了。
小　红　我……
贾　芸　（塞给她）你就收下吧，小红！
小　红　（半推半就）二爷真是——我——我这算是——〔东西已经接过来了。
贾　芸　（满心高兴）明天晚上我在这里等你。
小　红　明天我有事情。
贾　芸　那么后天？
小　红　会有人看见的。
贾　芸　不要紧，晚上——
　　　　〔西边小径那边传出老太太的声音："宝玉就在这里么？"
小　红　不好，有人来了！
贾　芸　后天我等你，不要忘了！
　　　　〔两人慌慌张张地走了。
　　　　〔于是一阵嘈杂的人声过后，一个鬓发斑白的老太太，首先巍巍颤颤地走出来，右手拄着一根拐杖，左臂搭在一个二十岁左右的少妇肩上。一个四十岁上下年纪的妇人，紧紧跟在后面。
凤　姐　宝兄弟才在这里的。——怎么这会就不见了？
王夫人　（一个心地厚道的妇人，头脑却很清楚，她尊敬她的婆婆，却不愿过分邀疼；她爱护她的孩子，却不愿过分放纵。她的性情谦和，感情不轻易流露，比方现在，她对于孩子的婚事，虽然已经胸有成竹，她却不透一点口风）两个和好了就好，免得老太太操心。
贾　母　（她有着富贵的老太太们所特具的性格，心地慈祥，儿孙心重，喜欢别人恭维，但是她自己并不是没有主张的。在人生旅途上，她已是饱经风霜了，因此她总觉得她的意见是最有根据和最权威的。她尊重传统，厌恶变动，就是一盏茶壶、一双绣鞋，她原来放在什么地方，永年古代，还是放在那里。谁要改变了它们原来的位置,无论移到什么地方,她总认为是不适宜的。她愿意世界永远是她心里想的、眼睛看的那种老样子。现在她慈爱地笑道——)今日天气晴和,他们倒会寻乐儿。

凤　　姐　方才两个有说有笑的,(故意夸张)林妹妹看见我,还有点害羞呢。

贾　　母　(微微不悦)人大了,就该庄重点才好。

凤　　姐　(趁势进攻)老祖宗,不是我大胆说一句,宝兄弟到了年纪,也该娶亲了。一来呢,早点抱个重孙子,叫老祖宗瞧着高兴;二来也算完了一桩大事。

王夫人　头里张道士倒很张罗,明儿托他察访察访,有什么清白人家的姑娘,就过来给个信儿。

凤　　姐　提起宝兄弟的亲事,这园里放着就有,何必别处去寻?——老祖宗必是有数儿的了。

贾　　母　依我说,婚姻大事,总以性情为主。性情要温顺,有食养才有福气。

凤　　姐　(微笑)太太,您听出老祖宗的意思?

王夫人　这是说的宝丫头?

贾　　母　若论相貌才情呢,林丫头也和她不差什么。就是性情外露,这点不好。

凤　　姐　老祖宗要是愿意,还是早点定下的好。

贾　　母　你这猴儿忙些什么?

凤　　姐　不是旁的,姑娘们大了,保不定有什么心思。我听说,林妹妹常常夜半起来,唉声叹气的。

贾　　母　(微微蹙眉)我们这样人家,女孩儿断不能存一点私心,叫外头人知道了,连祖宗也没了光彩。

王夫人　我瞧林丫头也是很谨慎的,还不是为了从小一块儿长大的缘故,没有旁的意思。

贾　　母　原是这样就好,也不枉我疼她一场。我虽没有念过书,书上的道理我还略懂一些,听也听的熟了,女孩子总要知道一点分别,就是心里有个什么意思,也不能叫人知道,就存在自己的心里好了。

凤　　姐　老祖宗,我倒要问一句呆话,这要存到几时呢?

贾　　母　瞧你素日是个聪明剔透的,这话可问的糊涂了——这还不是要到伸腿闭眼的一天?

凤　　姐　那是一辈子也没有人知道的了!

贾　母	可不是？古往今来，多少名媛命妇，立牌坊的，受诰封的，都是这样过来的——就是男人有个什么想法，也还是要埋在心里，才不愧是个正人君子。——这就是做人的道理。
凤　姐	怨不得人家说，老祖宗真是一个有学问的，经你老人家一点破，我这都明白了。
王夫人	（感叹似的）所以做人难啊！
凤　姐	（觉得说的远了，赶紧拉回）说来说去，老祖宗心里到底怎么样呀？
贾　母	赶明儿探探薛姨妈的口气。
凤　姐	那不用探，那还用说——

　　〔只见傻丫头疯疯癫癫而来，一边拍手，一边嚷道："喽喽喽，我对喽！喽喽喽，我对喽！"

凤　姐	（厉声）傻丫头，你嚷什么！

　　〔傻丫头没有听见，仍然嚷着："我对喽，喽喽喽！"一边嚷着，一边走了。

王夫人	别说了罢，留神叫傻丫头听了去。
贾　母	（站起来）坐也坐累了，我们找宝玉去。

　　〔这时紫鹃迎面而来。

凤　姐	紫鹃。你看见宝二爷么？
紫　鹃	我没看见，琏二奶奶。（行了一个礼）老太太！太太！
太　太	（问紫鹃）林姑娘呢？
紫　鹃	我就是来接林姑娘的。（指着五彩缤纷的菊花瓣儿）这里还有姑娘拿来的花帚儿，花囊儿，人就不知道哪儿去了。
贾　母	我们上怡红院瞧瞧去。（伸出一臂）凤丫头，还是你搀我。
凤　姐	（一边走，一边说）这真奇怪，一会儿两个人都不见了。

　　〔三人慢慢走向怡红院去了。紫鹃独自蹲在地上，收拾黛玉扔下来的花囊儿。小红仓惶地跑上来。

小　红	（轻而促）紫鹃姊姊！紫鹃姊姊！
紫　鹃	（回头一看）小红！
小　红	（紧张）我告诉您一桩事情。
紫　鹃	（忙忙站起来）什么？
小　红	我才听见的，二奶奶献了一个"计"，（四面望望）宝二爷就要定下宝姑

娘了。

紫　鹃　（大惊）这是真的？

小　红　老太太就要跟薛姨妈提亲呢！

紫　鹃　还没有提？

小　红　快了。

紫　鹃　（冷了半截）哦。

小　红　你快点想个法儿，你叫宝二爷——（忽然看见竹林里一个人影）哎呀！那不是宝二爷？

紫　鹃　（回头一看）嗯，是他。

小　红　（慌张）你劝劝他。——我走了。

紫　鹃　（追上去）你别忙，你说明白了走呀。〔跟小红一块下去了。

　　　　〔这时宝玉两手泥污，从竹林里绕出来，神气颓丧的样子，黛玉跟在后面。

黛　玉　找了半天，你找着了没有？

宝　玉　（嘟着嘴）没有。

黛　玉　（摇头）我不信。

宝　玉　我要是骗你，叫我来世变个毛毛虫，成日爬在地下，给千人踏，万人踩。

黛　玉　（扑哧一笑）你就是会赌咒。（又庄严起来）我看老太太查问起来，你是怎么回？

宝　玉　我就说丢了。

黛　玉　（像查问他似的）在哪里丢的？

宝　玉　屋里。

黛　玉　袭人她们不问事么？

宝　玉　那……那……

黛　玉　（又恢复了她自己的身份）我看袭人她们担不起。挨了骂不算，只怕还要撑了出去。

宝　玉　那我就说随便哪里丢了。

黛　玉　头里有个道士说的，这玉是你的命根子。丢了，你也就别想活了。

宝　玉　你也信那些胡话？

黛　玉　可是老太太们是相信的。老人家心儿肝儿地疼着你，要是查问起来，心里一急,有个三长两短,这个罪名可就有的背了。

宝　玉　（真急起来）那可怎么好呢！妹妹,你给我出个主意。

黛　玉　有什么主意,还不是要找？

宝　玉　真的,我什么地方都找遍了。烂草堆里,大树根下,哪里有个影子？

黛　玉　我也没有法子。

宝　玉　唉！〔拔脚要走。

黛　玉　干什么？

宝　玉　（愁眉苦脸地）我再去找找看。

黛　玉　（笑了起来）我看你也不必去了,有那工夫,你就在这里磕两个响头罢！

宝　玉　（喜出望外）原来是妹妹拾了！

黛　玉　（似喜欢似责备地）你啊！

宝　玉　（感谢地）妹妹！

黛　玉　我问你,你还摔不摔了？

宝　玉　不了。

黛　玉　你还使性不使性了？

宝　玉　不了。

黛　玉　（温柔地）你过来,我给你戴上。（宝玉伸过头来,黛玉给他戴了上去,他感到一种沁心的温暖。黛玉打趣地——）我说,这"玉"要是找不回来,可把人家的"金"急坏了！

宝　玉　（急）妹妹,你又这样说！

黛　玉　这有什么急戆了脸的？你既没有这个心,为什么又怕人说呢？

宝　玉　（诚恳地）妹妹,我们以后再别拌嘴了,我总是老老实实地听话,你也不拿言语塞我,我们永远快快活活地在一起。

黛　玉　（噘嘴）又是骗人的话。

宝　玉　真的。昨天我从你那儿回来,晚上我做了一个梦,我才懂得那个意思。

黛　玉　那么你说说看——可不许混扯混拉的。

宝　玉　昨晚我迷迷糊糊的,梦见一个姑娘——那姑娘是百里挑一的标致,有着纤细的身子,两条似蹙非蹙的眉毛,还有——

黛　玉　（笑了）留神诌掉了你的下巴胳子！

宝　玉　嗯,我梦见了那个姑娘。（梦幻似的呓语）多少年来,我就想跟她站近一点,她可是一直远着我,有时还故意不睬我,忽然这一日她改过来了,我快活地流下泪来。我止不住我的眼泪,慢慢地就流成了一条河。

黛玉　（听得出神）真有那么多的眼泪?

宝玉　（望着天边的浮云,仿佛寻找旧梦似的——）我的心就变成了一只精致的小船,我和她坐在上面,穿过两岸茂密的丛林,荡漾在这个快乐的河中。

黛玉　哦。

宝玉　（续续喃喃地）我摇桨来她唱歌,她唱的是那么动听,唱着唱着我们都睡了。我做了一个梦里的梦:我梦见宫殿、仙女、威武的将军和紫金袍子。

黛玉　（忽然想起来）我记得初来的时候,你就是穿着紫金袍子。你那个样子,就像是大戏上——就像是三娘教子里面那个不争气的小丑角儿。

宝玉　（反攻）你别说了,我也记得那时你揪着两根小黄辫子,你还没有脱了路上的风霜,猛一瞧,我还当是什么馒头铺里的小丫头。

黛玉　好,你骂人。

宝玉　是你先骂的。

黛玉　我不来了,你又欺负人。〔要哭的样子。

宝玉　（要求宽恕地）妹妹!

黛玉　（已经淌下两滴泪来）我们生来就是给人欺侮的。

宝玉　（忽然看见什么）哈,你瞧,那里一只好大的雁子!青色的雁子!

黛玉　（眼泪已经干了）哪里?哪里?

宝玉　那片云彩下面。

黛玉　哪一片云彩?

宝玉　（手指）那边——那片云下面。

黛玉　我还是没有看见。

宝玉　（笑起来）别看了!——远在天边,近哪,——近就在眼前。

黛玉　（明白过来）也不知道哪一个是呆雁子? 那一天站在芭蕉底下,直瞪瞪地晒了两个时辰,才是呆雁子呢。

宝玉　（委屈起来）都是为了你,我才急成那个样子。——这会你还来笑我!

黛玉　我又没有笑你。

郁　雷

宝　玉　你还来形容我！——我又不是自己要晒日头的,也是由不得主儿。

黛　玉　(有点歉然)你说嘛！后来那个梦怎样了?

宝　玉　我不讲了！

黛　玉　你说嘛,我要听。

宝　玉　我忘了。

黛　玉　(站起来)忘了就忘了,我要走了。

宝　玉　(慌张起来)我讲我讲。——我讲到哪里了?

黛　玉　你讲到——(扑哧一笑)我知道是哪里?

宝　玉　(一拍手)哦,我记起来了。我讲到威武的将军和紫金袍子——

　　　　〔这时紫鹃按急急忙忙走来。

紫　鹃　姑娘在这里啊！——您该吃药啦。

黛　玉　哦,我倒忘了。——真该走了。

宝　玉　可是我的"梦"还没有完呢。

紫　鹃　梦?什么梦?

黛　玉　(笑了)宝二爷在说一个梦。

紫　鹃　原来是这样。——姑娘吃完了药再听,不很好么?

宝　玉　(恋恋不舍)可是——

紫　鹃　姑娘一定回来的。

宝　玉　(恳求的目光)你一定回来?

黛　玉　(感觉着一种温暖)嗯,我要来的。

宝　玉　你别哄我！

黛　玉　(边走边说)你在这里等着罢。〔已经走了两步。

宝　玉　(又叫了起来)妹妹！

黛　玉　什么?

宝　玉　我的"梦"还没有完呢。

黛　玉　(报以感谢的微笑)哦,我就来的。

　　　　〔她慢慢走过小桥去,慢慢地远了。宝玉怅然望着她逐渐消逝的身影,爱慕和留恋,惆怅和期待,像杂草一样的,支支蔓蔓地缠绕着,盘着他的沉思的眉心。

紫　鹃　(看着他依恋的神情,心中不忍)人走了,别呆望了！

宝　玉　（惊醒来）哦，哦。
紫　鹃　（装作冷冷地）以后姑娘回家了，还有谁来听你说梦？
宝　玉　（一惊）你说什么？
紫　鹃　我说明儿回家去，哪个来听你说梦呢？
宝　玉　谁家去？
紫　鹃　自然是林姑娘。
宝　玉　哪儿的家？
紫　鹃　苏州。
宝　玉　你又在说白话。苏州虽是原籍，因没了姑妈，姑爹又去世了，明儿回去找谁？
紫　鹃　你也忒小觑了人家！——林姑娘虽没了父母，也还有叔叔伯伯。姑娘来时，原是老太太疼她年小，接来住几年的。如今大了，到了出阁的年纪，自然要送还林家的。
宝　玉　姑娘未必肯去。
紫　鹃　她为什么不去？
宝　玉　这里多少姐妹们，每日说说笑笑，玩得熟了，她怎么肯走？
紫　鹃　姐妹们总是要散的。
宝　玉　老太太又是肝儿肉儿地疼着她。
紫　鹃　老太太是上了年纪的人，不能跟她一辈子。
宝　玉　那么姑娘真的要走么？
紫　鹃　她觉得在这里很寂寞。
宝　玉　（摇头）我不信！
紫　鹃　我睡在姑娘的屋里，每夜三更过后，四周都静了，我一觉醒来，黑洞洞的，总是听见她翻来翻去的叹气——她不能睡觉。
宝　玉　哦！
紫　鹃　有时我们屋里还闹鬼。
宝　玉　（诧异）真有鬼么？
紫　鹃　有几次月色朦胧的夜里，我模模糊糊地醒来，就看见窗前一个披头散发的黑影。
宝　玉　（恐怖地）啊！

紫　鹃　那是一个女人的影子。——我听她伏在窗前低低地哭泣。

宝　玉　……

紫　鹃　我骇怕得很,不敢叫唤。有时我故意咳嗽一声,就看见那个披头散发的影子回过头来!

宝　玉　你看清楚了没有?

紫　鹃　在黯淡的月光下,我看见她苍白的脸——苍白的像一张蜡纸——

宝　玉　(紧张)是谁呢?

紫　鹃　那就是孤苦伶仃的林姑娘。

宝　玉　(痛苦地)哦。

紫　鹃　我问她怎么半夜三更起来,你猜她说什么?

宝　玉　她怎么说?

紫　鹃　她说:别人睡在温暖的床上,她却像是睡在漂漂荡荡的水上。

宝　玉　……

紫　鹃　她不知道要漂流到何方!

宝　玉　(眼圈红了)她太苦了。

紫　鹃　有一次我爬了起来,陪她站了一会,她指着窗外的青竹问我:"青竹快活呢,还是人快活?"

宝　玉　你怎么回她?

紫　鹃　我说"人快活"。

宝　玉　她说?

紫　鹃　她说她就比不上青竹。因为青竹还有"根",她连"根"也没有了。

宝　玉　……

紫　鹃　我跟姑娘也有十年了,姑娘遇事急躁点儿,多疑多病,也是有的,那是因为她心里太寂寞了。

宝　玉　这些我是知道的。

紫　鹃　如今她要走了,她有什么"不是",也可以叫人慢慢地忘了。

宝　玉　(心里一酸)你放心,老太太不会放她走的。

紫　鹃　老太太就是不放走。林家也是要派人来接的。

宝　玉　不会的。

紫　鹃　怎么不会?前儿就有人捎了信来,说,早则今冬,迟则明春,那里就有人

　　　　来接。

宝　玉　（一惊）这话当真？

紫　鹃　怎么不真？

宝　玉　姑娘愿意走么？

紫　鹃　这里没有"根"，她总是要走的。

宝　玉　你哄我，我不信！

紫　鹃　我还骗你呢。头里姑娘检点箱子，叫我将从前小时玩的东西，有你送她的，都理了出来，预备走时还你。

宝　玉　（眼睛直了）……

紫　鹃　我还检出一只小金鸭子，尾巴上刻着花纹，倒是怪精致的，是你送她的么？

宝　玉　（头上出汗）……

紫　鹃　她送你的东西，你也打点打点罢。这些年都像飞梭似的过去了，三两个月也快得很！

　　　　〔宝玉呆呆地望着她，不说一句话。

紫　鹃　宝二爷，你怎么了？（摇摇他）你怎么了？

　　　　〔袭人上。

紫　鹃　袭人姐姐，你快来！你来看看宝二爷！

袭　人　他在花亭里么？

紫　鹃　（有点着慌）你看，——宝二爷发呆呢！

袭　人　（吃惊）这是怎么了？

紫　鹃　宝二爷拉着问姑娘的病，问了半日，他就呆了，你劝他回去罢。（边走边说）我还有事呢！〔紫鹃下。

袭　人　宝二爷，宝二爷！！

　　　　〔宝玉呆呆地望着。

袭　人　你的披风拿来了，我给你穿上罢。

宝　玉　（挣扎不穿）你不要走！你不要走！

袭　人　怎么？

宝　玉　要走连我也带了走！

　　　　〔贾芸匆匆忙忙地跑来。

贾　芸　（恭恭敬敬）二叔，我给你请安。
宝　玉　（依然直着眼睛）你是谁？
贾　芸　是侄儿贾芸。——我讨二叔的示。
袭　人　你请回罢！宝二爷这会身子不好。
贾　芸　我讨二叔的示。侄儿给叔叔打听了一门好亲事，父亲在外县做税官，家里开了几个当铺……
宝　玉　（直着眼睛望着他）你是谁？
贾　芸　是侄儿贾芸。我讨二叔的示，听说叔叔要定亲……
宝　玉　（用手指着贾芸）了不得，他是来接人的——打他出去！打他出去！
袭　人　（急）走罢，芸二爷！
贾　芸　二叔，我是芸儿！——我瞧这门亲事——
宝　玉　打他出去！打他出去！〔宝玉巍巍颤颤地站了起来，两目瞪直，对准了贾芸扑过去，袭人一把抱住。
宝　玉　他是来接林妹妹的，——打他出去——打他出去！〔宝玉快要倒了下来。
袭　人　宝二爷！宝二爷！
贾　芸　（惊叫）哎呀！二叔疯了！二叔疯了！
　　　　〔幕急闭。

第二景

人：宝玉、黛玉、宝钗、紫鹃、袭人、晴雯、贾母、凤姐、莺儿、周大夫、丫鬟等。
时：前景闭幕后三小时。
景：同前。

　　〔幕启：阳光已经很微弱了，乌云渐渐从四面合拢来，小亭显得分外凄清。地上的菊花瓣子，也给秋风卷得四处流浪，令人陡生一种零落之感。硕大枯黄的梧桐叶子，不知道从什么地方，有时也会飘来一片两片，落在亭前的石阶上，或者是新砌的花冢上，越发增加了深秋的萧条。
　　〔袭人伫立亭内，凭栏西望，仿佛在伫盼什么，而实际是陷于沉思之中。晴雯悄悄从东边小径上走来，蹑手蹑脚的，绕到她的背后，突然在她肩上一拍。

晴　雯　（一个十七八岁的姑娘，宝玉第二个得宠的丫鬟，有一种窈窕的美和媚，聪明外露，到了一种不能掩饰的程度。热情和敏感，正和黛玉相仿。然而她没有黛玉高贵的教养和多病的体质，因此她的忧郁的色彩要淡些，暴露的成分也要显明些。她很爱说话，她的言语就像是一匹无缰的野马，常常踹着别人隐痛，她也毫不反顾。在这些地方，她是很招人反感的。现在她高声地——）好丫头，你一个人在这里做什么？

袭　人　（急忙转身）你这个冒失鬼！——吓死我了！

晴　雯　（低声问）她们还没有来么？

袭　人　我等了这一会子。丫头们去了一个时辰，老太太们怕也就要来了。——宝二爷这会怎样？

晴　雯　闹了一阵，现在睡了。

袭　人　你也跑了出来，屋里丢给谁照应？

晴　雯　（撇嘴）有紫鹃呢！他现在什么人也不要，就是拉着紫鹃不放。（讽刺地）这倒好，往后我们也乐得空着手儿。

袭　人　（低声地）晴雯，我瞧这花开得不大好。

晴　雯　怎么？

袭　人　我怕要闹出事来。

晴　雯　有什么事情？大夫说是急痛迷心，一两剂药就好的。

袭　人　我不是说这个。我是说宝二爷和林姑娘的事情。

晴　雯　他们常日就是一时哭，一时笑，还有谁不知道？

袭　人　虽是这样，究竟还是私下走小路儿的，这一次可闹开了。

晴　雯　这有什么？闹开了就闹开了，反正大家心里明白就是了。

袭　人　你不懂，走小路儿的，别人可以不管，闹开了就不行了。

晴　雯　哦，我懂了。

袭　人　你懂什么？

晴　雯　你是说，这一闹，宝二爷许就和林姑娘定了。

袭　人　那也要看老太太的意思罢！

晴　雯　所以你觉得不好？

袭　人　我不跟你胡扯。

晴　雯　绕了一个大弯儿,原来你还是为着宝姑娘!
袭　人　你说话可留点神——谁为了宝姑娘?
晴　雯　(单刀直入)你还赖呢!你的心打量我还猜不透?
袭　人　(一本正经)我的什么心叫你猜透了?
晴　雯　(像流水样的)也不知道是哪一个?常日尽在二爷跟前,瞅着有说话的缝儿了,就给宝姑娘上个好儿。(列举事实)宝姑娘劝他念书,你也带着劝一阵,拉三扯四的,很推崇了宝姑娘几句,这也罢了;上年二爷挨了打,宝姑娘来瞧他的伤,挨着床边坐了一会儿,你就巴巴地告诉说,宝姑娘还代他赶蚊子的,叫我们的呆爷很乱了一阵。
袭　人　宝姑娘的好处,这里上上下下都知道,不是我一个人编派出来的。
晴　雯　你生怕宝二爷和林姑娘好了起来,你就察三访四的,总想摸着他们的底儿。(问)昨日我送手绢儿回来,已经很晚了,你不是转弯抹角的,查问不清?
袭　人　我是惦记着呀!
晴　雯　头里二爷发了呆,把你认作林姑娘,吓了你一夜没有睡,是有那件事么?
袭　人　那又是什么罪过了?
晴　雯　我瞧你不是吓得不能睡,你是害了一夜的心病!
袭　人　(又急又气)你这死丫头,我撕你那张油嘴!
晴　雯　(忽然庄重起来)我打蛋儿告诉你一句罢:是娶了林姑娘,我们还有一点指望;是宝姑娘呢!——
袭　人　(急速地)快别嚷!(手一指)你瞧宝姑娘来了!
晴　雯　(吓了一跳)你说谁?——宝姑娘?
袭　人　你看嘛!
晴　雯　(向西边一望)啊,真的。——还有老太太、二奶奶!
袭　人　(埋怨她)你才大声嚷嚷的,别叫她们听去了。
晴　雯　我走了。(边走边说)你在老太太跟前,可多贴个好儿,也不枉多领了一份月钱!
袭　人　(追了两步,骂着)你这缺德短命的死丫头!
　　〔晴雯向怡红院跑去了。袭人踅回来,迎接着西边小径上过来的贾母、凤姐和宝钗。后面还跟着宝钗的丫鬟,莺儿。

袭　人　（请安）老太太！宝姑娘！琏二奶奶！
贾　母　你怎么跑了出来，不在屋里伺候着？
袭　人　宝二爷睡了，我来接老太太的。
贾　母　我们要接什么？——还是伺候他要紧。
凤　姐　宝二爷现在怎样了？
袭　人　好多了。——不过醒来还是会闹一阵。
贾　母　（对凤姐和宝钗）他睡了。我们且别吵他，让他安稳地睡一会。
宝　钗　老祖宗也累了，就在亭里歇歇罢！
贾　母　（点头）嗯，凤丫头，你扶我——
　　　　〔只听见袭人和莺儿同时喊道："不好了！——宝二爷又出来了！"
贾　母　（颤颤的声音）什——么？他——出——来了？
　　　　〔紫鹃苍白的脸，跟着宝玉从东边冲出来。宝玉直瞪瞪的眼睛，嘴里流着白沫。
紫　鹃　（拖着他的袖子）宝二爷，你不能这样啊！
宝　玉　（指手画脚，指着袭人和莺儿）撵他们走！他们是来接林妹妹的！
贾　母　（怜悯地）我的儿，你怎么了？
凤　姐　（指着宝钗）你认认这是谁？这是宝姐姐啊！
宝　玉　（怔住）你——你？
宝　钗　（和婉地）宝兄弟，是我。
宝　玉　（忽然大笑）哈哈！哈哈！（笑声突然止了，指着宝钗）你是来接人的。
宝　钗　（依然微笑）你再认认看，昨儿你还上我们屋里——
宝　玉　（两手挥舞）撵她走！撵她走！
贾　母　（怕宝钗难堪）宝玉！
莺　儿　（情急生智）宝二爷，（指着宝钗的胸前）你认得这金锁吗？
宝　玉　（瞪着眼睛）嗯？
莺　儿　金锁！
宝　玉　（歪着头）嗯？
凤　姐　（指着他的胸前）你瞧你那里一块佩玉！
宝　玉　（忽然大叫）了不得！妖怪！妖怪！
宝　钗　（勉强抑着痛苦，但是眼泪几乎出来了）宝兄弟这病不轻，老祖宗，我给请个大夫来罢。〔掉头欲走。

贾　母　（知道她难过，对丫鬟）莺儿，你好好陪着姑娘去。
莺　儿　（无限幽怨）姑娘，我们走罢！
　　　　〔两个低头下去了，宝玉仍然追上两步。
宝　玉　他们是来接林妹妹的，撵他们走啊！撵他们走啊！撵他们走啊！〔嘴里直吐白沫，瘫在贾母膝傍。
贾　母　（又急又怜）我的儿，你这是怎么了？
宝　玉　呼吐！呼吐！〔吐白沫，不动。
袭　人　宝二爷这是发病了，一会就会好的。
贾　母　（沉下脸来）都是你们这帮丫头，叫你们好好伺候，你们偏不知轻重，——
凤　姐　老祖宗，您瞧宝兄弟眼珠活动了。
贾　母　怎么，好了？
凤　姐　白沫也不吐了。
紫　鹃　宝二爷笑了。
贾　母　（从心里喜欢起来）我的儿，你才不是吓煞人！
凤　姐　（抬头一看）原来是林妹妹来了！
贾　母　林丫头？
紫　鹃　（喜出望外）啊，姑娘！
　　　　〔黛玉款款从东边小径上过来。素装素鞋，忧郁的脸，配上素净的发绺儿，越发显得一种难以比拟的孤清。
袭　人　（请安）林姑娘！
黛　玉　宝哥哥可是病了，老祖宗？
凤　姐　（插嘴）是啊，就是听说你要走了，他就病了。
　　　　〔黛玉脸上一红，微微低下头去。
贾　母　你可认得林妹妹？
　　　　〔宝玉笑嘻嘻地望着贾母。
凤　姐　你撵不撵她走？
宝　玉　（笑嘻嘻地）不。
黛　玉　（慢慢抬起头来，深情地，轻而缓——）你不舒服？

宝　玉　我做梦。

黛　玉　（眼睛微湿）啊！

宝　玉　（笑嘻嘻地）我的梦还没有做完。

凤　姐　（摸不着头脑）什么梦呀梦的？

贾　母　你别插嘴，你听他们说。

宝　玉　我梦见紫金袍子和威武的将军——

　　　　〔黛玉忍不住嘤嘤啜泣起来了。

紫　鹃　（急了）您怎么啦，姑娘？您——

黛　玉　（一面拭泪，一面微咽着）没有什么。（强笑）我好好的。

宝　玉　你听我说，我还梦见一条小河——

黛　玉　嗯。

宝　玉　还有一条小船。

凤　姐　什么小船？

宝　玉　我坐在那船上。（眼中放出清亮的光辉）晒日头啊，淋雨啊，日日夜夜，我守在那一条河边……

　　　　〔黛玉忍不住哭出来了，低头跑向怡红院去。

宝　玉　（忽然大叫）了不得，她走了！了不得……〔跟上去。

紫　鹃
袭　人　（追宝玉）宝二爷！宝二爷！

凤　姐　（扶着贾母，一边走，一边说）宝兄弟这病是为林妹妹起的了。

贾　母　（点头）嗯。不过我已经跟薛姨妈提了。

凤　姐　老祖宗提了？

贾　母　我想不到他是这样子。

凤　姐　这要等宝兄弟病好了，慢慢想法子，慢慢地……〔底下的话语，渐远渐微，听不见了。

　　　　〔乌云从四面合拢来，园子里陡然卷起一阵秋风。
　　　　〔宝钗和莺儿上。

莺　儿　（四面张望）人呢？

宝　钗　都走了。

莺　儿　等会要是大夫来了——

宝　钗　领他到怡红院去就是了。

莺　儿　(再看看无人)姑娘,方才我真代您生气。

　　　　〔宝钗沉默。

莺　儿　不晓得您知道不知道,老太太今儿跟太太说的——

宝　钗　(轻轻阻断她)莺儿!

莺　儿　您跟太太说,您不答应。

　　　　〔宝钗摇摇头。

莺　儿　您怎么不说话?

　　　　〔远远听见一阵长叹。

宝　钗　这是什么声音?

莺　儿　是大奶奶,大奶奶天天叹气。

宝　钗　自从大少爷死了过后——

莺　儿　嗯,(指着竹林那边远远一个人影)她就是一个人叹气。

　　　　〔慢慢影子不见了。

宝　钗　(叹息)她真可怜,她有话说不出。

莺　儿　您呢?您为什么不说话呀?——这是一生大事情。

宝　钗　(深沉的痛苦)唉。——这是做女孩子的命。

莺　儿　这不是命,姑娘,这是您的性子,您太不肯流露了,您……

　　　　〔怡红院那边又吵闹起来:"攮他们出去!攮他们出去!"

宝　钗　(站起来)又闹起来了!

莺　儿　姑娘走罢!——我们不要见他!

宝　钗　(一边走一边说)莺儿,你还小,你还不懂得做人的道理。

莺　儿　(愤愤不平)"做人做人",真是害死人啊!

　　　　〔宝钗和莺儿刚刚下去,宝玉和紫鹃便从东边上来,后面跟着一群丫鬟。

宝　玉　(对众丫头)她们是来接林妹妹的!——打她们出去!打她们出去!

丫　甲　紫鹃姐姐,老太太吩咐——

宝　玉　(大吼)打她们出去!打出去!

紫　鹃　(对丫头们)你们就回去吧。我会伺候二爷的。

宝　玉　(竖着眉毛,汹汹地——)她们还不走?——我跟她们拼了;我拿命拼了!

〔宝玉正要奔上前去,众丫头都吓退了。

紫　鹃　(温和地挽着宝玉)她们不来了。

宝　玉　(高兴起来)哈哈！哈哈——哈哈！

紫　鹃　二爷,你笑得我骇怕。

宝　玉　(止笑)你怕什么？我的心你还不明白么？

紫　鹃　你摘我出来做什么？

宝　玉　(轻轻地)我问你,林姑娘还走不走了？

紫　鹃　不走了。

宝　玉　林家不来接么？

紫　鹃　林家的人都死光了。

宝　玉　你做什么编出那些话来骗我呢？

紫　鹃　我是心里愁。

宝　玉　你愁什么？

〔紫鹃红了脸,低下头来。

宝　玉　(温和地)你告诉我,你愁什么？

紫　鹃　我怕宝二爷定了亲,就忘了林姑娘了。

宝　玉　(笑了)哦,原来你是愁那个,所以你是傻子。我告诉你一句话罢：活着,我们一块儿活着；不活着,我们一块儿化灰化烟,怎么样？

紫　鹃　你这话当真么？

宝　玉　我是装疯的。先前听了你的话,一时糊涂,早就明白过来了。我装疯叫他们避着,悄悄摘你出来谈几句,就是为了这个。

紫　鹃　你别装疯罢！你装疯叫人害怕。

宝　玉　我要装的,我要叫老太太们明白我的心。

紫　鹃　宝二爷,你想得真苦,不过你也太软弱了。

宝　玉　你不明白,我们这种人家,不能明白说的。我只有装疯才能叫他们知道。

〔天空彤云密布,有郁郁的雷声。

紫　鹃　嗯,打雷了,回去罢！

宝　玉　不要紧,这是秋天的闷雷,打不响的。

紫　鹃　这雷好像是跟什么人使气,又使不出来的样子,声音是沉沉的,郁郁的,

郁　雷

　　　　　只怕是叫云彩压住嗓子了。
宝　玉　嗯,那就像是我的声音,我喊不出来,也哭不出来,我只有沉沉的郁郁的,打着心里的闷雷。
紫　鹃　你的话我不懂。
宝　玉　我的嗓子也是叫云彩压住了,那云彩已经布了几千年,不知道压住了多少人的嗓子。
　　　　〔又是郁郁的雷声。
紫　鹃　你听那闷闷的声音!
宝　玉　那是可怜的声音啊!
　　　　〔众丫头领周大夫上。
众丫头　宝二爷!大夫来了,大夫给你瞧病!
宝　玉　(装疯)他们都是混账东西!他们都是混账东西!
众丫头　宝二爷,他是请来的大夫,有名的太医院周大夫!
宝　玉　撵他出去!他是骗人的东西!他哪里能懂"人"的病!
众丫头　周大夫,你别见怪,我们二爷是疯了!
宝　玉　我是疯子!你们都是呆子!几千年来你们都给有名的大夫骗了!他是骗子!你们是呆子!我是疯子!
众丫头　呀啊!二爷越疯越凶了!
宝　玉　那一般混账东西!你们走不走,走不走?我跟你们拼了。〔又要奔上前来,众丫头和大夫都吓退了。
紫　鹃　宝二爷,我怕!
宝　玉　不要紧。我是装的。(胜利地笑了)你瞧,我的方法好不好?我把他们吓走了!
紫　鹃　你又打了一阵闷雷!
　　　　〔天上又是一阵郁郁的雷声。
宝　玉　我的雷是打不完的。
紫　鹃　你听,那雷声又响了。
宝　玉　(苦笑)那是可怜的声音啊!
　　　　〔雷声仍然郁郁地响着,云更暗了。秋风吹动衰败的叶子,三片两片地从高空飘落下来,大地是凄清而且黯淡,紫鹃也沉默地苦笑起来。

〔幕缓缓闭。

第 三 幕

第一景

时：三个月以后。

人：黛玉、紫鹃、李纨、小红、凤姐、傻大姐儿、丫鬟等。

景：黛玉的绣房。布置如旧,只是窗前换了一幅紫色的布幔子,横首绣榻上,也加了一床貂皮毡儿,表示隆冬的景象。中央放着一架炭盆,煨火荧荧,已经不很旺盛了。地上、椅上和书架上,都罩上一层薄薄的尘埃,好像久未拂拭的样子。屋内什物也有点凌乱。

外面大雪方止,天气骤寒。一只觅食的麻雀,在窗外啁啾地叫着,显得异常冷清。

〔幕启：李纨和紫鹃在围火取暖。紫鹃注视着残余的灰烬,若有所思。李纨站了起来——

李　　纨　（一个三十岁左右的少妇,出嫁一年,丈夫便过世了。她寂寞地度着孀居生活,抚育着一个不懂事的遗腹子,消磨了多少绚烂的春天和潇洒的秋天。最初她还背地里流几滴眼泪,发几声轻微的叹息。日久眼泪尽了,她也不再悲叹。成日她只是默默地,默默地,没有一点愉快或痛苦的表情,她变得十分沉郁而且孤僻。人们欢乐的时候,她总是独自躲在楼上,数着天边那些遥远的星星。只有在别人患难的时候,我们还可以从她那久已消失了青春光彩的双眸里,看出一点同情的光辉来。现在她低声地——）紫鹃,你劝劝姑娘罢！——我要走了。

紫　　鹃　（跟着站了起来）姑娘就要出来的,大奶奶！

李　　纨　我劝了这半日,也没有什么可说的了；你记着我的话,早早服侍姑娘安睡,——知道吗？

紫　　鹃　嗯。

李　　纨　门户都关好了,窗帘也放下来。

紫　鹃　你是怕姑娘听见什么声音么，大奶奶？

李　纨　我怕风吹进来。

紫　鹃　（声音有点惨）你不说，我也早已知道了。

李　纨　唉！

紫　鹃　天下男人总是狠心的。

李　纨　这也不能怪他，他是疯子。

紫　鹃　哼！他疯？他是装疯？

李　纨　这事姑娘知道吗？

紫　鹃　（拿起床上未完工的香袋来）姑娘连夜还给他赶这个！

李　纨　（摇摇头）唉！……

紫　鹃　我想着就给姑娘难过。

李　纨　听说今天花轿就要过门了。

紫　鹃　（伏在床边哭起来）姑娘的命好苦啊！

李　纨　紫鹃！你不能这样——留神叫她听见了，——

紫　鹃　（勉强咽住，眼睛里含有泪珠）大奶奶，我心里难过，我忍不住——

李　纨　好孩子，我明白你的心。记着我的话，早早服侍姑娘睡罢！

紫　鹃　嗯。

李　纨　我走了，我明天来看她。

紫　鹃　（送了两步）明天你要来啊，大奶奶！

　　　　〔李纨下。紫鹃擦擦眼睛，回到床边来，慢慢抚摩香袋子。好像寻找什么遗失的旧梦似的，忽然听见窗外的声音。

　　　　〔窗外的声音：看呀，宝二爷做新郎了！

紫　鹃　（赶紧跑到窗口）傻丫头，你叫些什么？

傻大姐　紫鹃姐姐，才有趣呢，宝二爷做新郎官，真笑死人了！宝二爷笑死人了！

紫　鹃　你别嚷，好不好？

傻大姐　我要嚷嘛！（高声）宝二爷做新郎了！宝二爷做新郎了！

紫　鹃　（无法）你看，那边花轿来了！

傻大姐　哪里？哪里？

紫　鹃　（手指着怡红院）那边不是？怡红院那里站着一起人！

傻大姐　我倒要瞧瞧去——我瞧瞧去——多有趣啊！〔飞也似的跑走了。

〔紫鹃慢慢地垂下头来，把香袋摔向床铺去，微微地摇摇头，泪水又簌簌地落了下来。

　　〔屋内是死寂无声。窗外一阵风响，吹进一束枯黄的叶子。

　　〔黛玉自厢房款步出来，手里拿着一束蓝丝线。她的面容更清减了，鬓发也有点缭乱。

黛　玉　紫鹃，你呆呆地望什么？

紫　鹃　（惊觉）哦，姑娘！

黛　玉　大少奶奶呢？

紫　鹃　她走了，她说明日再来看你。

黛　玉　（点点头，感慨似的）她真是一个可怜的好人。自从大哥去世以后，她就是一个人孤零零的。（拿起床上的香袋来，换了题目）我的丝线还剩这一点儿，你看颜色配不配？

紫　鹃　姑娘，你又要做袋子？

黛　玉　还剩一个底儿，今日怕就可以完工了。〔预备做袋子。

紫　鹃　精神才好些，你就歇歇罢！

黛　玉　嗯。（有点头晕，用手扶着前额）他快过生了，我要赶一赶。

紫　鹃　昨日做到三更天，我睡了一觉醒来，你还没有睡呢！

黛　玉　（微笑，拿起香袋子）你瞧这样子好不好？

紫　鹃　样子好！（忽然看见黛玉头晕，倒在手臂上）姑娘，你的身子要紧。你这样赶活计，叫宝二爷知道了，心里也不安的。

黛　玉　（勉强抬起头来）不要紧，我是老病，一会儿就好了。

紫　鹃　（恳求）你歇一歇再做罢！

黛　玉　（仍然控着头做）你不知道我心里难过。头里我剪了他的袋子，我很对不起他。我总想再做一个送他，也就了了一桩心愿了。——外面还在落雪么？

黛　玉　今天天气好冷。

紫　鹃　脸盆里的水还结冰呢！

黛　玉　我的手指都僵了。——我说，紫鹃，明儿他过生日，我的病好了，我——我——哎呀！……唷……唷……〔丢下活计，赶紧握着手指。

紫　鹃　怎么？姑娘，你怎么？

郁　雷

黛　玉　我眼睛花了,我扎了手。

紫　鹃　(赶紧跑过去)哎呀! 你扎得好深! ——出血了,好多血!

黛　玉　你快把香袋拿过去,留神上面溅了血。

紫　鹃　你痛么,姑娘?

黛　玉　血! 血! ——叫你把香袋拿过去,你看上面溅红了!

紫　鹃　(拿过香袋去)不要紧,一点点儿。——你痛么?

黛　玉　还好!

紫　鹃　我给你包起来。〔撕一块布,预备给她包扎。

黛　玉　那血迹洗得掉么?

紫　鹃　(一边说)洗得掉的。——姑娘,你真太用心了!

黛　玉　(叹气)我现在没有用了!

紫　鹃　(恳求的眼光望着她)姑娘你不能再做了,你是跟自己拼命!

黛　玉　好,好,我歇一会儿,——我歇一会儿。紫鹃,你扶我起来走走。

紫　鹃　你就睡睡吧。

黛　玉　不,我要走走。坐了一会儿,人都是麻木的样子。

紫　鹃　(不得已)走两步,还是早点睡吧!

黛　玉　嗯。这会屋里好像明亮些。

紫　鹃　天已经放晴了。

黛　玉　你扶我到窗口看看。

紫　鹃　窗口有风,你别去罢。(看见黛玉自己要去)你别忙,我扶你去——我扶你去。〔扶她走向朝西的窗子。

黛　玉　我有三天没有看园景了,心里闷得慌。

紫　鹃　嗯,你睡了三天,这会身子还是软的。

〔黛玉到了窗口,凭窗外眺,紫鹃站在一边。

黛　玉　哦! 有的雪都化了,只剩下竹林里还有一片。

紫　鹃　嗯。

黛　玉　梧桐叶子都脱光了;——地上的草也枯尽了。

紫　鹃　嗯。

黛　玉　紫鹃,明年春天它们还会绿吗?

紫　鹃　春天百花都要开的。

429

黛　玉　哦,百花都要开的。——你瞧我还能看得见么?

紫　鹃　(禁止地)姑娘!

黛　玉　大奶奶说我还能够好的。

紫　鹃　姑娘,你太多虑了,白白地愁坏了身子。

黛　玉　那么我还是会好的。

紫　鹃　你当然是会好的。

黛　玉　(微笑)那就好了,——你瞧,怡红院那边怎么站了一堆人?

紫　鹃　嗯,很不少。

黛　玉　他们那样匆匆忙忙地做什么?

紫　鹃　只怕是宝二爷又闹起来了。

黛　玉　他的疯病还没有好么?

紫　鹃　没有。

黛　玉　什么时候才能好呢?

紫　鹃　大夫说,过了冬天就快了。

黛　玉　哦——过了冬天就快了。——你听外面有鼓乐的声音!
　　　　〔外面隐隐地有乐声。

紫　鹃　快过年了,是预备过年用的。

黛　玉　呵,又要过年了。过了年我们的病都好了,你高兴不高兴?

紫　鹃　心里放宽一点,就会好的。

黛　玉　你记得那天我们拌嘴的事情么?

紫　鹃　记得。

黛　玉　你害怕不害怕?

紫　鹃　嗯。

黛　玉　你说宝二爷要走的时候,显着很难过的样子,是么?

紫　鹃　嗯。

黛　玉　他是怎么样难过呢?

紫　鹃　他……〔有点哽咽。

黛　玉　哦,你记不清了,——你擦眼睛做什么?

紫　鹃　方才给风吹了。

黛　玉　你记得你还讲了一个疯子的故事么?

紫　鹃　记得。

黛　玉　那疯子拉着耗子讲了什么？你再说一遍给我听。

紫　鹃　那疯子说："我的病……"

黛　玉　你的声音有点哑。

紫　鹃　我是重伤风。

黛　玉　（亲切地）好妹妹，——你过来，——你靠近我一点——（闭着眼睛，像在深刻的回忆中）让我摸摸你的手。

紫　鹃　……

黛　玉　我来了十多年了。这些年来，我们白天在一块儿玩，晚上一块儿睡，夜里一块儿做梦，我们没有一天分过手。

紫　鹃　……

黛　玉　我总是把你当作亲妹妹看待。自我的爹妈去世以后，你就是我唯一的亲人了。

紫　鹃　（感动地）姑娘！

黛　玉　我什么都没有瞒你，只有一桩事情我没有告诉你。我也不是有心要那样的，仿佛有一种力量逼着我塞在心里。你记得么？我有几次半夜起来。——

紫　鹃　嗯，我还听见你低低地哭泣。

黛　玉　那就是我心里有话，我没有说出来，塞的日子久了，就变成无声的眼泪了。

紫　鹃　姑娘，你有心事，你还是说出来的好。

黛　玉　今日大奶奶来，谈了半日，我才知道她也是那样，好像给什么力量逼着，她一直把话咽在肚里，咽着咽着，她就变成一根木头似的人了。

紫　鹃　大奶奶真是木头一样的人，她不笑，也不哭，成日不说一句话，就是郁郁的，郁郁地过了一辈子。

黛　玉　我想着她，我就很骇怕，我不知道我会不会变成她那样的人，紫鹃，你再靠近一点，让我摸摸你的头发。（紫鹃站近一步，黛玉抚摸她的头发）你今天没有梳辫子。

紫　鹃　我今天起晚了。

黛　玉　（亲切地）我现在把什么都告诉你，你愿意么？

紫　鹃　（感动地）姑娘！

黛　玉　（变了愉快的口吻）我老实对你说罢，那晚你劝我的话，我全都听见了。

紫　鹃　哦。

黛　玉　那一晚我一直没有睡觉，我很难过，我知道他对我是很真心的。

紫　鹃　嗯。

黛　玉　你劝我的话，我也很明白，我心里是早已决定的了，我只没有告诉你。

紫　鹃　……

黛　玉　你听，那边怎么又有鼓乐的声音？

紫　鹃　是预备过年的。今年除夕，老太太还要热闹呢！

黛　玉　哦。快得很，一眨眼就是除夕了。

紫　鹃　……

黛　玉　你怎么不说话呢？

紫　鹃　（勉强地高兴）我听你说呢！

黛　玉　过了冬天我的病好了！他也好了，他又可以讲梦话了。——他的梦还没有完哩！

紫　鹃　嗯。

黛　玉　我的性子不好，以后我得改一改，我再不跟他拌嘴了。你说对么？

紫　鹃　嗯。

黛　玉　他还问我要香袋子，可怜要了几次了，这次我给他做一个新的。你瞧瞧我那里青线和蓝线都够用了么？

紫　鹃　（掩不住的悲音）都够了。

黛　玉　我想绣两个字在上面。你说青的好还是蓝的好？

紫　鹃　（哽咽着）蓝的好。

黛　玉　我说青的好。青色配他那一件孔雀袍子要鲜明些，你说是不是？（紫鹃有哭声）你怎么哭了呢？（黛玉睁开眼睛）我的手都沾湿了！

紫　鹃　（用手绢掩住眼睛）我没有哭，这里风大，我是迎风流泪的。

黛　玉　你来，你靠近我，别给风吹了。——好孩子，我给你揩揩。
　　　　〔紫鹃哇的一声哭了起来。

黛　玉　（关切地）你怎么了？你心里有什么委屈，你告诉我——你也不要瞒我呀。

郁　雷

紫　鹃　（抽搐着）姑娘，我——我难过，我——我——我——〔哇的一声又哭起来，挣脱了黛玉的手，跑到厢房里去了。

黛　玉　（追了两步）紫鹃！紫鹃！唉，这孩子也是太实心了。（一个人又回到窗前，眺望了一会儿，喃喃地——）太阳快出来了，——天气就会暖和的——花也要开了——人的病就会好起来——（陷入甜美的沉思中）那里有一条静静的小河——有人轻轻地摇桨，摇桨，嗯，——还有人唱歌——唱着唱着就睡了——睡着睡着就做了一个梦……

〔竹林里隐隐地有哭声传来。

黛　玉　（从沉思中醒过来）咦，那里怎么也有人哭？（提高嗓子）谁躲在那里哭？喂，是谁躲在那里呀？（看见了人）傻大姐儿，你好好的，为什么在这里伤心？

傻大姐　林姑娘！（哽咽）他们……他们……

黛　玉　别伤心了，你过来，谁欺负你了？慢慢说给我听。

〔窗前露出傻大姐儿的面影。

傻大姐　晴雯姊姊打——打——打我。

黛　玉　好好的，她为什么打你呢？

傻大姐　为什么？（完全没有悲哀的意思）就是为我们宝二爷娶宝姑娘的事情。

黛　玉　（声音有点颤抖）你——你再说一遍。

傻大姐　你还不知道么！——宝二爷要娶宝姑娘了！

黛　玉　（掩不住地颤抖）哦……哦……

傻大姐　我和袭人姐姐白说了一句："我们以后更热闹了，又是宝姑娘，又是宝二奶奶！这可怎么叫呢？"晴雯就走过来打我一个嘴巴。

〔黛玉木然，点点头。

傻大姐　林姑娘，你评评这个理，她为什么打我呢？

〔黛玉木然，点点头。

傻大姐　林姑娘，你为什么不说话！

黛　玉　……

傻大姐　今日有热闹瞧呢！宝姑娘就要过门了。——你要瞧瞧么？

〔黛玉神色惨变。

傻大姐　我走了，你歇歇罢！养养神，一会花轿就到了，我来喊你！

433

〔傻大姐儿走了,窗前已不见她的面影,但是还可以听见她的声音。

傻大姐 大家来瞧热闹啊!——宝二爷娶宝二奶奶了——大家来瞧热闹啊! 来瞧热闹啊!……

〔声音渐渐远了。屋内寂然。黛玉伏在窗前。外面又是一阵风,卷进两三片枯叶子,落在她的微紊的鬟发上。远处有乐声传来,悠扬悦耳。
〔紫鹃上。

紫 鹃 (一头走一头说)姑娘,方才我忍不住哭了,我是因为——(发现情形不好)姑娘! 姑娘!

黛 玉 ……

紫 鹃 (轻轻一推)姑娘,你怎么了?

黛 玉 (从梦中醒来)哦——哦。

紫 鹃 姑娘我喊了你这一阵子。

黛 玉 (微弱地)我好像在这里睡了一觉。

紫 鹃 你站了这半日,多半是累了,我扶你上床躺躺罢!

黛 玉 我不累,我要进去找一件东西。

紫 鹃 你还找什么;——我给你拿去。

黛 玉 (挣扎的声音)你不知道——我要自己去——你扶我到厢房里去!

紫 鹃 (扶她)姑娘,你的手好烫,你吹了风了!

黛 玉 (边走边说)我——我在这里睡觉了——我做了一场梦……

〔两人走进厢房去了,小红悄悄地进来。

小 红 紫鹃姊姊呢? 紫鹃! 紫鹃!

紫 鹃 (伸出头来)小红,你别嚷。

小 红 紫鹃姊姊,我跟你说一句话。

紫 鹃 林姑娘还在里面呢! 你有什么事情?

小 红 我给你告辞来了。

紫 鹃 你说什么?

小 红 我要走了,紫鹃姊姊!

紫 鹃 你要走?——你上哪儿去?

小 红 我也不知道——不过我是一定要走的。

紫 鹃 琏二奶奶不要你了?

小　红　她还没有撵我，我自己不能待在这里了。

紫　鹃　为什么呢？

小　红　头回的事情，多亏你护着我，我才遮住了这个脸。这回你可不能——⌊哽咽起来。

紫　鹃　哦。

小　红　（忽然下了决心）他又送我东西，我们的事情叫人知道了。

紫　鹃　二奶奶知道了么？

小　红　她还没有，不过我不能待在这里了；我在这里难受得很，他们都瞧不起我，笑我！

紫　鹃　啊！

小　红　紫鹃姊姊，前回你救了我，我还没有报你的恩；现在我要走了，我是来谢谢你的。

紫　鹃　（一酸）你到哪里去呢？

小　红　我还不知道。外头好像大得很，但是我还不知道哪里去的好。——我想我总有地方去的。

紫　鹃　唉！……

小　红　我走了，紫鹃姊姊！

紫　鹃　你慢慢地走啊！

　　　　⌈黛玉从里面出来，巍颤颤地拿着一包东西。

黛　玉　紫鹃，你来扶我，你扶扶我！

紫　鹃　（上去扶她）姑娘你找着了吗？

黛　玉　（傻笑）我——找着了。（颤抖的）你——扶——我上床去。

紫　鹃　你拿的什么东西呀！

黛　玉　我——找——着了。（笑）我——到底——找着了。⌈到了床边。

紫　鹃　你累了，姑娘，你躺一躺罢。

　　　　⌈黛玉气喘喘地靠在枕上，打开了小手绢包儿，露出上面的诗句和剪碎了的香袋子，还有一包诗稿。紫鹃伏在一旁看着。

黛　玉　紫鹃，你来！你来！

紫　鹃　嗯。

黛　玉　你再靠近一点，再近一点！

紫 鹃　嗯。〔走近床边。
黛 玉　（拿起新做的香袋子，傻笑）你说我这香袋子做得好不好？
紫 鹃　（赔笑）好！
黛 玉　（扬起手绢）你说我这兰花绣得好不好？
紫 鹃　好。
黛 玉　真好吗？
紫 鹃　好！
黛 玉　真是很好吗？
紫 鹃　（疑惑地望着）真好！
黛 玉　（又扬起手帕子）你瞧这上面的诗句写得好不好？
紫 鹃　（发现她不正常）姑娘，你太兴奋了。
黛 玉　你说呀！——你说！
紫 鹃　（无奈）写得好。
黛 玉　（得意地点头）都好！都好！紫鹃，你拿我的剪刀来。
紫 鹃　你这会还要剪刀做什么？
黛 玉　（坚决地）你拿来——我叫你拿来！
紫 鹃　你还要赶做新袋子么？
黛 玉　（点头，笑）嗯，我还要做新袋子。
　　　　〔紫鹃去取剪刀，黛玉突然坐起，用力撕手绢。
黛 玉　（边撕边说）我还要做，我要做，（咬牙）我还要做新袋子！（发现撕不动）我不成了，（再撕）不成了，（三撕）我是无用的了。〔无力地倒在床边。
　　　　〔紫鹃从抽屉里取了剪刀来。
黛 玉　（勉强地撑起，似乎用了极大的力量，带笑地——）好，你拿来了，你给我——我剪一朵花样子。
紫 鹃　你这会气喘喘的，还做什么呢？——你就歇一会儿罢！
黛 玉　（兴奋地）你拿给我！你拿给我！
紫 鹃　姑娘，你的身子要紧！
黛 玉　你把剪刀给我——（严厉地）你给我呀！
紫 鹃　（无可奈何）姑娘，你真是——（递过剪刀去）你也不要命了。
　　　　〔丫头丁从门口伸进头来。

丫头丁　紫鹃姊姊！

紫　鹃　你这会跑来做什么？

丫头丁　前头有事情，琏二奶奶叫你。

黛　玉　（高兴得很）好，你就去罢！紫鹃，你去帮忙罢！

紫　鹃　我没有空，你回琏二奶奶，我不去。

丫头丁　琏二奶奶吩咐我来的。

紫　鹃　我不去，你说我不能去。

丫头丁　我就这样回琏二奶奶么，紫鹃姊姊？

紫　鹃　你去回罢！你去回罢！

丫头丁　好，好，这是你说的，你说的！

〔丫头丁赌气跑了。

黛　玉　（高兴）怎么，气跑了？这倒好！（哼哼地傻笑）你不去也好，不去也好，你来看我剪花样儿！

紫　鹃　（恳求地）姑娘！

黛　玉　（傻笑，抖抖地拿起剪刀）你来看。你看我剪，（笑容骤然收敛起来，圆睁着眼睛，对准了手绢儿，猛力一剪，大叫）你看我剪的花样儿！〔忽然尖声惨厉地笑了起来。

紫　鹃　（大惊，赶上去抢剪刀）姑娘！姑娘！

黛　玉　（气力很大，精神充足）你别抢——我还有用——你别抢——（用剪刀往脸上乱戳，紫鹃死力抓住）什么都好，什么都好，——就是我这眼睛不好！

紫　鹃　（抓剪刀不放）姑娘，你放手罢，姑娘！

黛　玉　我要戳我的眼睛！我要戳我的眼睛！我白认了人！我——我——（寒冷地发抖）啰……哆哆哆……啰……哆哆哆……

紫　鹃　（把剪刀抢下来，一把抱住黛玉）姑娘！（悲声）姑娘的命苦啊！

黛　玉　（勉强挣扎）你过来！你过来！

紫　鹃　（略松）……

黛　玉　我要烤烤火，我有点抖，我心里抖——啰……哆……哆哆……哆哆哆……

紫　鹃　（松开）姑娘，火都快灭了。

黛　玉　不要紧,灭了的火也还是……哆哆哆……也还是有点暖的……哆哆哆……

紫　鹃　你盖上被窝睡睡罢,姑娘!

黛　玉　你把火盆挪过来——你挪过来!

紫　鹃　(迟疑地)姑娘!

黛　玉　你不挪过来?那我自己来烤烤……(慢慢走近火盆)那我——(突然在床边抓了一把纸稿,猛力扔在火盆中)哈哈!哈哈哈!哈哈!

〔炭盆的火立刻熊熊燃起来。

傻大姐　(忽然在窗外叫了起来)喝,又送嫁妆来了——十六只大红箱子!——喝,好细致的枕头哪!好漂亮的绣鞋哪!

〔黛玉大叫一声,昏了过去。紫鹃伏在黛玉的身上,悲切地喊着"姑娘!姑娘!"盆中火焰渐渐熄了,黑色的烟子一度浮游在空中,现在又像落叶一般慢慢地沉落下来。窗外吹过一阵悲苦的风,拂着黛玉的柔发,衬着她那因火光而映得酡红的脸,恰像一个微醉的美女,自如地蜷卧在苍茫缥渺的暮霭里,显得一种绝代的凄美。

〔火光终于全熄了。屋内越发布满了凄凉和感伤。舞台的灯光暂灭,黑暗中只听见紫鹃悲切的声音:"姑娘,醒醒罢!姑娘,醒醒罢!"

〔舞台再亮时,黛玉半身倚在床架上,无力地睁开眼睛。

紫　鹃　姑娘,你喝点水吧?

〔黛玉点点头。紫鹃倒了一杯热茶,扶着黛玉缓缓地坐起,倚着床边,黛玉呷了一口,摇摇头,紫鹃又把茶盅放在几上。

黛　玉　(微弱地)紫鹃妹妹,我不行了……我……我……

紫　鹃　(哀伤地)姑娘!

黛　玉　你听我这一句——我忘不了你——(眼前一黑,又慢慢撑起)我死了,你挖(用力地)挖下我的眼睛——你拿给他——(又晕了一阵)你说——你说……〔喘气,神色大变,倒下去了。

〔紫鹃伏在黛玉身上大哭起来。远远地听见凤姐的声音。

凤　姐　妹妹几时又病了?我早就要来看你,我总是——(走入房内)哎,这是怎么了?这是——?

〔李纨随入。

〔紫鹃摇头，不能成声。
〔李纨跑过去摸摸，默默无语。

凤　姐　（也跑上去看看，不觉流下泪来）我的妹妹，你病成这个样子，我们还不知道信儿！

李　纨　（悄悄地）要请老祖宗来一趟么？

凤　姐　（愁眉，已经没有眼泪了）老人家忙着宝玉的事情，只怕不得空儿。
〔紫鹃听说，又哭了起来。

凤　姐　那是紫鹃还在哭么？

紫　鹃　（咽住）嗯，二奶奶。

凤　姐　我不知道姑娘病了，要是知道，我早就来看她了。

紫　鹃　（抽搐着）……

凤　姐　我瞧姑娘这病，说重也重，说轻也轻，说不定就会转过来的。

紫　鹃　……

凤　姐　你是明白的孩子。前头有事要你，你就去吧！姑娘这里我派人来照应。

紫　鹃　（含泪望着她）二奶奶！姑娘病着，我不能走。

凤　姐　这自然是你的心。我们也知道。前头没有要紧的事情，我们也不会来叫你。

紫　鹃　我要伺候姑娘。

凤　姐　（严峻）紫鹃，你是家里长大的，你还不懂家里的规矩么？

紫　鹃　（乞求）二奶奶，我求求你！

凤　姐　（改了口吻，但是仍旧坚定地——）你去吧，你是明白的孩子，你的心我们懂的。〔紫鹃呜咽地站将起来。

凤　姐　你就去洗洗脸，换一身衣服，要鲜艳一点儿的，前头有喜事呢！我等你一齐走。
〔紫鹃恳求地望着她。

凤　姐　（坚定）你去吧，你去洗脸，我等你！
〔紫鹃知道无望了，呜咽地跑到厢房里去。

李　纨　（指黛玉）我瞧怕是很难了！

凤　姐　我这就去招呼预备睡的，穿的，提防有什么事情。

李　纨　她就这个贴身的丫头，就叫紫鹃留下吧！

凤　姐　前头真是要她。

李　纨　丫头多的很,单单挑她做什么呢?

凤　姐　嫂子,你不知道,这叫作"掉包子"。(附耳私语)——这会新娘就要到了,陪嫁的还没有穿戴,你说我们急不急?

李　纨　这样说,她还要整齐地扮起来?

凤　姐　可不是? 她还要插大红花,穿粉红鞋子。

李　纨　你们也是太难了。

〔紫鹃掩着手帕出来。

凤　姐　好了,你这就跟我走罢! 大嫂子,前头我走不开,这里的事拜托你照应。

李　纨　嗯,你们走罢!

紫　鹃　(悲声)姑娘,你的丫头负心地走了,你恨我么?〔大哭起来。

凤　姐　别哭了,走吧,脸上又哭得结结巴巴的!

紫　鹃　(哭诉)姑娘,我服侍你十年,我没想到我这会还要离开你。

凤　姐　(不耐烦)前头有喜事,你还要装个笑脸儿,也叫老太太、太太欢喜!

紫　鹃　(突然下了决心)我走了,我走了。琏二奶奶,我还要装笑脸儿? 我也会装的,我也会笑的!〔含泪地苦笑了起来。

凤　姐　这就对了,走罢,花轿就要到了,走罢!

紫　鹃　(走了两步,回头看看垂危的小主人,泪水又涌了出来,对李纨)大奶奶,我走了,我不能送姑娘,——你是知道的。

李　纨　(为之感动,同情地)好孩子,你去罢!

〔凤姐和紫鹃出去了。屋里只剩李纨一人。她慢慢地走到黛玉的床前,摸摸她的头,摸摸她的手,慢慢地跪了下去,给她整理额前的鬓发。黛玉微微翻动了一下,睁开了眼睛。

李　纨　妹妹,你要说什么话? (黛玉无语)你有什么委屈? (黛玉嘴唇动动,但是没有声音)你要坐起来么? (黛玉点头,李纨一臂撑着她坐起)你要什么? (黛玉用目示意)你要喝茶么? (黛玉摇头)你要蓝线? (黛玉摇头)你要那香袋子? (黛玉点头,李纨拿过来,黛玉伸手颤颤地接着,目光满含着无穷的怨恨,死力地向外一掷,但是没有掷好远,她便突然倒下了)

〔外面鼓乐声大作,人声嘈杂。

〔一个丫头在窗外喊:"大奶奶,你来看啊,大门那里拥进来一堆人!"

李　纨　我知道,你不要喊。

　　　　［一个丫头在窗外喊:"大奶奶来看啊,那些人抬了一个东西。"

李　纨　(站起来)叫你不要乱嚷,你听见没有?

　　　　［一个丫头在外喊:(分明没有听见李纨的话)喝,好大的东西,不知道是棺材还是花轿来了?

李　纨　(气极,轻轻地骂)真是糊涂东西!［匆匆忙忙地出去了。

　　　　［外面鼓乐声愈近,声音震耳,傻丫头呆头呆脑地跑进来。

傻大姐　(兴高采烈)林姑娘,花轿到了,你不去看看么?(慢慢走近黛玉床前,发见黛玉惨白的脸)你怎么了? 你病了么?(声音低郁)你的双眉紧蹙,你的脸色苍白,你——你——(黛玉翻了一翻眼睛,又紧紧闭上了)你闭了眼睛,你疲倦了么? ——哦,你疲倦了,你走了多少难走的路,——你一定是累了,(安慰她)你好好地睡吧,你睡吧! 你睡吧!

　　　　［一线阳光从窗外射进来,投在黛玉美丽的脸上,投在她的长长的睫毛上,凄恻动人。傻大姐儿瞧着室内无人,蹑手蹑脚地捡起地上溅血的香袋子,鬼鬼祟祟地瞥了黛玉几眼,又蹑手蹑脚地出去了。

　　　　［鼓乐声渐渐远去,音调婉约,有如送葬的和平歌曲。

　　　　［幕缓缓闭。

第二景

时：前景闭幕之时。

人：宝玉、宝钗、紫鹃、凤姐、傻大姐儿、贾母、袭人、晴雯、王夫人、丫鬟、喜娘及贺客等。

景：怡红院宝玉的新房,横首：一张楠木镂花的新床,上置狐皮毡、锦被、绣枕等等。

　　右首：临窗一具朱漆的茶几,两边两张朱漆的椅子。几上摆着一对喜碗盖儿。椅上垫着高高的丝锦垫子。窗台有一对紫色的花瓶,插着几束蜡梅,正是含苞欲放,娇艳动人,有如新嫁娘的盛妆。鹅黄洒花的窗帘现在深垂着,遮住了窗外两株婷婷的芭蕉和远处一丛披雪的竹林。外面的鼓乐声和鞭炮声,不时从窗隙里漏了进来。

　　左首：一张檀木的八仙桌子,配着两张檀木椅子,桌上放着一个大喜盘儿,盛着四色果子：蜜枣、花生、桂圆和瓜子。还有两座银制的烛台，擎着两根红通通的喜烛，焰火正在烁烁地跳着，像是几个顽皮的孩子，一会疯到这里，一会又疯到那里，兴高采烈，全屋越发显得喜气洋洋了。

两扇门：左接客厅，右通怡红院。

〔幕启：贾母坐在左边椅上。王夫人坐在贾母的对面。送礼的婆妈站在门口。袭人侍立一旁。外面有了丫鬟等。

袭　　人　你拿去罢！太太说，二两是敬使，二两喜钱……你拿去罢！

婆　　妈　（张嘴咧牙地笑了）唷，太太，这真是——又要你老人家破费，这真是——

贾　　母　一点点，别嫌少啊！

王夫人　别客气了，你拿去吧！

婆　　妈　多谢老太太、太太——这真是——这——（一面领钱，一面祝贺）少爷少奶奶同偕到老，万事如意呵！

贾　　母　今日冲冲喜，不敢惊动王爷。你回去说，改日行礼，请王爷过来赏光呵！

婆　　妈　王爷要来道贺的，王爷要来的。

贾　　母　你慢慢地走罢！

婆　　妈　谢赏呵，老太太、太太！（行礼）谢赏呵！（边走边说）老太太早点抱重孙呵！

〔外面一阵杂沓的脚步声。在"慢慢地走啊！慢慢地走啊！"之后，脚步声渐渐地远去。贾母笑容收敛了起来。

贾　　母　宝玉的婚事，外面的人都知道了。

王夫人　原是呢，早晨平西王也送了礼来。

贾　　母　明日宝玉病好了，他老子回来，是要补个大礼才好。

王夫人　嗯，要补礼的，要补——咦，宝玉呢？——宝玉！

袭　　人　方才宝二爷还在屋里的。

贾　　母　你去找找看，——怕是溜进客厅去了！

袭　　人　嗯。（自言自语）怎么一眨眼就不见了？（从左门下，隐约还可以听见她叫唤的声音）宝二爷！宝二爷！

贾　　母　宝玉这两日气色好多了！

王夫人　也看不出什么疯样儿。

贾　母　凤丫头猜的倒是差不离。

王夫人　但愿不出岔儿就好。明年给老祖宗添个重孙子,那时候——(看见晴雯伸进头来)晴雯,你做什么?

〔晴雯上。

晴　雯　花轿要到了,老太太!太太!

贾　母　(没听清楚)什么?

晴　雯　花轿快进门了!

〔外面鼓乐声起。

〔厅上有人在喊:"新郎预备啊!——花轿要到了!"

〔厅上儿童的声音:"看新娘啊!看新娘啊!"

贾　母　(有点急)宝玉呢?——宝玉!

王夫人　袭人!袭人!

袭　人　(半身进来)老太太,宝二爷不在客厅里。

贾　母　(听不清楚)你说什么?宝二爷怎么着?

袭　人　外头丫头们说,宝二爷到竹林那里去了!

王夫人　那还了得!你快追他回来——快追回来!

〔袭人赶紧追出房门,追宝玉去了。

贾　母　这是怎么好?难道他知道宝丫头的事情了么?

王夫人　该不会走了风声吧!

〔厅上小丫头们喊:"老太太,喜娘来了!"

喜　娘　(在客厅里,观众看不见她)恭喜啊!恭喜啊!

王夫人　你辛苦了,你歇歇吧!歇歇吧!

〔外面客厅里乱哄哄的,有孩子们的尖笑声、嗑瓜子声、女人们喊喊喳喳的谈笑声。一时鞭炮大作。

〔客厅里的来宾:"新娘要到了!新娘进大门了!"

贾　母　这是怎么好呢?怎么好呢?

〔外面又是一串鞭炮声,夹着院中清脆的对话。

女　的　你瞧!你瞧!新娘都到了,你还乱钻乱跳的!

男　的　我要去嘛!我要去嘛!

443

〔凤姐扭着宝玉，从右门上。袭人也跟着进来。

凤　　姐　老祖宗，宝兄弟叫我拦回来了——他还要乱跑！

宝　　玉　我要去嘛！我要去嘛！

贾　　母　（早已不气了，又疼又怨）我的儿，娶亲了，你怎么还是像野马似的，——这会新娘就要到了！

宝　　玉　（一下扑倒在贾母的怀里）老祖宗，我要去接妹妹嘛！

贾　　母　（怜爱地拍着他的头）好孩子，你规规矩矩地守着，不用接，妹妹就要来了！

宝　　玉　（抬头望着）老祖宗，你不哄我么？

贾　　母　（指着窗外）你听！你听！鞭炮都响了！

宝　　玉　（噘嘴）鞭炮响！——老是鞭炮响！——也不见个人影儿！

凤　　姐　这回是真来了，花轿已经到了大门了。

宝　　玉　她怎么还不进来呢？

凤　　姐　大门现在关着，要压一压新娘的气儿。

宝　　玉　（跳起来）那我开门去，我开门去，我等得急死了。（看见晴雯抿着嘴笑）晴雯？你笑什么？你哪里知道人心里急？——我有三个月没有看见林妹妹了！

贾　　母　（把他拉回来）傻孩子，新娘来了，总要关一关门，压压气儿，一会就开了，——这是规矩哪！

宝　　玉　（在贾母怀中撒娇）我不嘛——我不要关门嘛！

晴　　雯　（笑着）宝二爷，你这一滚，你的紫金袍子就要变成苦婆子的脸了！

宝　　玉　（站起）晴雯，你说什么？

晴　　雯　我说你的紫金袍子——

宝　　玉　怎么？我穿的是紫的？（看一看自己的衣服）真是紫的——我不穿紫的了，——我不穿紫的！

王夫人　（严厉）宝玉，你闹什么？你这样不像是一个新郎官。

宝　　玉　（不听）我换一件衣服。我就穿那件孔雀袍子吧！——袭人，你给我找出来。〔一边说，一边脱袍子。

袭　　人　（上前制止）宝二爷，你不能这样瞎闹！

宝　　玉　（强硬）你别管，我不穿紫的，我非不穿紫的！

贾　母　我的儿,你听我一句话。
　　　　〔宝玉暂静止下来,望着贾母。
贾　母　做新郎官的,总是要紫袍子。
宝　玉　那我不做新郎官了,我不做了！我不做了！
王夫人　(严厉地)你这闹的不像样子！
宝　玉　我不做新郎官了,我不穿紫袍子。〔脱下一半。
王夫人　(对丫鬟们)你们传话,叫新娘子不要来了,今天不做亲了！
　　　　〔宝玉脱了一半,听见王夫人的话,哇的一声哭了出来。
宝　玉　(哽咽)我要做亲嘛！我要嘛！
贾　母　(连忙哄他)我的乖儿,做亲。——你别哭——今天不能哭的。丫头们,你们不许传话,听见没有？
众丫头　(忍住笑)听见了,老太太。
贾　母　她们不去传话了。乖儿,你告诉我,你为什么不穿紫袍子？
宝　玉　(苦脸)林妹妹要笑我的。
贾　母　哦！
宝　玉　她说我穿了紫袍子,就像三娘教子里那个不争气的丑角儿。
　　　　〔众人忍不住笑了出来。
贾　母　你们不许笑。我的好孩子,她今天不会笑你的,今天娶亲,图个吉利,红色就是吉利。你懂么？
宝　玉　(自语)红的就是吉利。那我这就算是吉利。老祖宗——你说对不对？
贾　母　很对。孩子,你快穿上袍子罢！
　　　　〔外面鞭炮声又作。
　　　　〔外面众人的声音:"去看八人抬的花轿啊！去看花轿啊！"
宝　玉　(自语)红的就是吉利,我今天就是大吉利。(忽然对袭人)你才说什么？
袭　人　我说新娘就要来了！
　　　　〔外面众人声音:"看花轿啊！看花轿啊！"
　　　　〔厅上小孩的声音:"妈,花轿在哪里？我看不见嘛！"
　　　　〔厅上母亲的声音:"花轿进了二门——花轿就要到了！"
　　　　〔客厅里又是一阵骚动。
　　　　〔厅上丫头在喊:"老太太,姑奶奶回门了！还有姨奶奶、舅奶奶、老舅奶奶都到了！"

贾　母　（对王夫人）你出去吧！你去招呼招呼罢！

　　　　〔王夫人抢步出去，只听见厅上"端一碗莲茶子来""还要一碗"夹着"恭喜啊""恭喜"一类的声音。

凤　姐　宝兄弟，林妹妹娶来了，你喊她什么？

宝　玉　那还用说，我还不是喊她妹妹！

凤　姐　不对！不对！你这次可糊涂了。

宝　玉　那我喊她什么呢？

凤　姐　她不是妹妹了，你该喊她新娘子才对。

宝　玉　老祖宗，喊她"新娘子"使得么？

贾　母　（明白内文）乖儿，琏二嫂子说得对。她已经嫁过来了，你要是喊她妹妹，她会生气的。

宝　玉　（半信半疑）哦！（恳切地望着贾母）老祖宗，你别哄我，妹妹真的就要来么？

贾　母　自然是真的。

宝　玉　我怕她不肯来！

贾　母　她怎么不肯来？

宝　玉　我才走到竹林里，听见她那里隐隐有哭声。二嫂嫂，你听见没有？

凤　姐　我没有听见。

宝　玉　我还好像看见一个黑乌乌的东西。

贾　母　你别胡说！

宝　玉　是真的，我怕会出什么事情。

贾　母　就是有哭声，也不算什么？——新娘出嫁总是要哭的。

宝　玉　为什么呢？

贾　母　那是因为要出嫁了，从此就不算是娘家的人，心里自然难过。——有的还哭三天三夜呢！

宝　玉　（听得出神了）那么老祖宗，你从前也哭过的么？

　　　　〔众人都笑了，外面鼓乐声大作。啪噼啪噼的鞭炮声，也愈加逼近了。

　　　　〔厅上众人的声音："新娘到了！——新娘下轿了！看啊！看啊！——新娘到了！"

　　　　　［喜娘在门口叫："新郎请出来罢！——新郎请出罢！"
贾　母　别傻了，快点戴上帽子，预备行礼罢！
凤　姐　老祖宗，我扶你走在头里。袭人，你伺候宝二爷就来。［一边说一边扶着贾母下。
袭　人　（拿着帽子）宝二爷，你戴帽子。
宝　玉　（接过帽子，东张西望地——）花轿呢？花轿呢？——哦，那个红轿子，（对袭人）那是花轿不是？
袭　人　快些走罢——新娘就要下轿了！
宝　玉　（乐）林妹妹真的来了！（戴上帽子）我要好好地做新郎了——（笑起来）我真是快活，我真做新郎了！（走了两步，已经快出房门，忽然想起什么来）不对，不对，我丢了一件东西。（回头来找）我丢了东西。
晴　雯　你丢了什么了？
宝　玉　你们快找，你们帮着找。
袭　人　急死人了，我的小爷，你丢了什么了？
宝　玉　早晨我玩的香袋子，——那个蓝袋子。
晴　雯　（噘嘴）我道是什么要紧的东西？原来是那个烂家伙！天天就看见你念佛珠似的盘着，这会还要它做什么？
宝　玉　（要哭）我要嘛！我要嘛！
袭　人　别哭，不能哭，我们找，我们找。你丢在哪里了？
宝　玉　早晨玩的，我也记不清丢在哪儿了！
晴　雯　急死人了，外面喊你了，走罢！
袭　人　你瞧瞧那床上有没有？枕头底下也看看。
　　　　　［喜娘的声音："搀新亲家来了！搀新亲家来了！"
　　　　　［不知道是什么人的声音："放鞭炮！放鞭炮！"
　　　　　［外面又噼噼啪啪响起来。
晴　雯　新娘下轿了，快去罢！——回头来找。
宝　玉　（哭丧着脸）我不嘛！我要找嘛！
袭　人　原来在这里？在这皮毯底下。我的佛祖，你瞧是不是？
宝　玉　（大乐）你快拿来！你给我！（接过香袋，揣在身上）那还了得，没有这个，林妹妹要生气的。（郑重地摸一摸）我以后再不乱丢了，这个东西不

447

能丢的!

袭　人　（又好气又好笑）好了,别闹了,走罢!
晴　雯　新娘等急了,走罢! 走罢!
　　　　〔宝玉欢天喜地地走出去,袭人晴雯跟在后头,外面细乐起奏。傻大姐慌慌张张地跑来,门已经堵满了红红绿绿的丫鬟们,挤不出去了。傻大姐一会踮脚,一会伸头,总是看不见新娘,傻大姐于是急了。
傻大姐　你们让开——我看不见——你们让开——让我看看!
　　　　〔外面厅上的声音:"新郎新娘拜天地——叩首! 二叩首——三叩首!"
傻大姐　（更急）让开嘛——我挤你们——我挤,挤,挤!（外面有一个丫鬟在叫:"哎唷,压死我了。"）哦,我看见了,那个站在新娘旁边的是谁?——喂! 那是谁?（拧一个丫头的膀子）喂,喂,那是谁?（一个丫头在喊:"鬼东西,你拧什么?"）我看不见嘛!
　　　　〔晴雯从人群里挤了进来。
晴　雯　外头有事,你在这里混闹些什么?
傻大姐　（有点怕,解释）晴雯姐姐,我不是闹,我是要看新娘子。
晴　雯　（像大人管孩子似的）要看你就别闹,好好儿地站着。
傻大姐　我给闹糊涂了,晴雯姐姐,这新娘子倒底是谁?
晴　雯　你管她是谁!
傻大姐　好像是紫鹃还站在旁边。
晴　雯　是紫鹃怎么样? 规规矩矩地站着,不许说话。（预备重入客厅）听见没有?
傻大姐　这可见了鬼了!
晴　雯　（转身）什么?
傻大姐　林姑娘死了,她倒来做了陪嫁的!
晴　雯　（一惊）你又是满嘴里浑话!
傻大姐　晴雯姐姐,你不相信,我带着你去看。——林姑娘一个人死在床上,连气儿都没了。
晴　雯　（脸上仍然保持着严厉的颜色）你再要胡扯,我就撵你出去!
傻大姐　（觉得委屈）好,你欺负我! 你又欺负我!（一转身,有呜咽的声音）我不看了,我找可怜的林姑娘去!（边跑边说）林姑娘太可怜了!（从右门

〔下,隐隐还听见她叫唤〕林姑娘,林姑娘!

〔晴雯心里一酸,颓然倒在门旁的椅上。喜烛仍然煌煌地照着,黄澄澄的烛光,到处洋溢着吉庆和温暖。

〔外面大厅上的声音:"老太太、太太受头!——新郎新娘叩首!——一叩首!二叩首!三叩首!"

〔细乐悠扬声中,夹杂着一个女人咯咯的笑声。

〔袭人从人丛中挤了进来。

袭　人　晴雯,你一个人在这里么?

晴　雯　嗯。

袭　人　外面行礼,只听见里面嚷嚷嚷的。

晴　雯　傻大姐方才闹了一阵,叫我撵走了。

袭　人　你不出去看看么?

晴　雯　（摇头）我不想看了。

袭　人　我瞧今天的兆头不好。

晴　雯　怎么?

袭　人　你听听看,她又在笑了!

〔喜乐暂停,一个女人的笑声更尖锐了。

晴　雯　谁?

袭　人　紫鹃哪,紫鹃今天直是傻笑!

〔晴雯若有所悟地点点头。

袭　人　你明白她的意思么?

晴　雯　（叹息）唉!

〔怡红院里,有人在哀伤地叫唤着:"林姑娘!你漂流在何方?林姑娘!林姑娘!你漂流在何方?"分明是傻大姐儿的声音。

〔两人怔怔地听着,不禁毛发悚然。傻丫头的声音渐渐远了,袭人缓缓剔着烛心,陷于沉思中。忽然外面宝玉嚷起来:"你们走开!走开!——你们围着她做什么?"

〔门旁小丫头们喊:"不好了,宝二爷又疯了!"

袭　人
晴　雯　（同时）怎么?怎么?

［两人慌忙跑出去,舞台灯光忽灭。黑暗中观众一会听见"林姑娘,你漂流在何方?"一会听见"不好了,宝二爷疯了!"然后声音慢慢低沉下去,以致完全寂然了。

［两分钟后,灯光再亮时,宝玉手里揪着帽子,脸色苍白,气吁吁地跑进来。

宝　玉　我不做亲了!我不做亲了!

［贾母和凤姐急急忙忙地跟着进来。

贾　母　我的儿,你不能这样!

［紫鹃扶着新娘进来,后面挤着一大群贺客。

［贺客之一部:"闹新房啊!闹新房啊!"

［贺客之一部:"撒啊!撒啊!"

［立刻金色的纸团子、红色的纸团子、桂圆壳、瓜子壳,像雨点一样,纷纷投在宝钗的喜盖上、喜服上和紫鹃的发辫上。

宝　玉　你看,他们闹成什么样子?(瞪起眼睛,望着那一群贺客们)你们走不走?——走不走?

贾　母
凤　姐　宝玉!

［王夫人在客厅里面喊:"亲长们,对不住,宝玉是病了,对不住!"

［一个宾客的声音:"新房是要闹的,新房越闹越好!"

［王夫人:"你们请到正厅喝酒吧!请喝酒吧!"

［一个宾客的声音:"我们喝酒去,我们喝了酒再来!"

贾　母　(巍巍颠颠地)对不住,我的小孙子又发病了,你们喝了酒再来吧!喝了酒来吧!

［客厅上乱哄哄的,夹杂着:"走吧!喝酒去吧!""撒啊!""撒啊!"只看见一两个顽皮的小孩,伸进头来,倒底撒了一把铜钱。

宝　玉　(跳起来)这些小鬼头也来闹!(余怒未息)人家娶亲,他们倒像是看猴儿戏的!

凤　姐　宝兄弟,这是规矩!闹房是规矩啊!

宝　玉　什么规矩!我不要这个害人的规矩!

［客厅里渐渐地静了。

贾　母　（怜爱地）我的儿，你累了，你歇歇吧！
宝　玉　（扑哧笑起来）老祖宗，我不累，我也没有病，我是成心要把他们撺走的！
贾　母　好了，他们撺走了，你也别闹了！
宝　玉　（服从地）嗯。（眼光转到宝钗身上）倒是她，林——林——林——
凤　姐　（抢着）你叫新娘子！
宝　玉　嗯，新娘子可累了？
宝　钗　……
凤　姐　紫鹃，你代少奶奶回答。
紫　鹃　少奶奶不累，宝二爷！
宝　玉　（仔细地看了一看）新娘子像是胖些了？
宝　钗　……
凤　姐　紫鹃！
紫　鹃　（勉强挣扎着）冬天来了，人是会胖些的。
宝　玉　我念了你这多日子，今日也等了一天，你怎么不回我一句话？
　　　　〔紫鹃忍不住有哭声。
宝　玉　紫鹃！你怎么哭了？
凤　姐　她不是哭，她是笑！
紫　鹃　我不是哭，我是笑。〔笑了。
宝　玉　你别扯谎，新娘子上轿要哭，你自然也要哭的。老祖宗，你说是不是？
　　　　〔贾母点点头。
　　　　〔紫鹃用手帕拭泪。
宝　玉　（拍手，乐了）我猜对了吧？我猜对了吧？
　　　　〔宝钗沉默地垂着颈项，没有表情。
宝　玉　你怎么不说话呢，新娘子！
紫　鹃　宝二爷！她是害臊。
宝　玉　我说，那喜盖戴着好没意思，你给新娘子揭了吧！
紫　鹃　（请示）老太太？
凤　姐　就揭了吧！老祖宗！
贾　母　紫鹃，你就把那喜盖揭下来。
　　　　〔紫鹃取下喜盖子，慢慢放在桌上。宝钗侧面坐着，垂着颈项，烛光映在她长长的耳珠上,乌黑的头发上,和红润的脸颊上,十分艳丽动人。

宝　玉　我还是看不清楚。新娘子的发髻也改了样了?(一手提着烛台)我来瞧瞧。

凤　姐　(捏一把汗)宝兄弟,你别浑闹,新娘子会生气的。

宝　玉　我瞧瞧不要紧。(提高了烛台,走到宝钗的面前,宝钗微微地把头偏过去了)她又把头偏过去了,我一点也瞧不见。

贾　母　宝玉,你快点坐下来,把烛台放好。

宝　玉　新娘子,你心里觉得快活么?你要是快活,就点点头告诉我。

〔宝钗无动作。

宝　玉　她怎么不点头呢?

凤　姐　(命令地)紫鹃!!

紫　鹃　(勉强笑着)宝二爷,她是害臊呀!

宝　玉　(有点急)哦,害臊,害臊——害臊又是害臊。——她什么时候才肯说话呢?

贾　母　好孩子,我们这就散了。——你告诉我,你心里怎样?

宝　玉　我快活。

贾　母　称心了么?

宝　玉　称心。

贾　母　满意么?

宝　玉　满意。

贾　母　你还有什么要说的?

宝　玉　我娶了亲,我再没有话说了。以后我跟新娘子快快活活地过日子。我们好好地——咦,紫鹃!你怎么又要哭?

紫　鹃　(极力忍住)我是咳嗽——喀、喀、喀——我在笑呢?我也是心里快——快活。〔咯咯地笑起来。

宝　玉　(拍手)这可好了,这可应了老祖宗的话了!今天是吉利的日子,今天大家都快活。

凤　姐　我们散了,你还闹不闹?

宝　玉　不闹了。

凤　姐　你有病没有病?

宝　玉　我没有病。娶了少奶奶，就是有病也没有了。

贾　母　（笑起来）那我们走罢！（提高声音）袭人，你在外头好好地伺候着。

　　　　［袭人在外面"嗯"。

凤　姐　宝兄弟，我们走了，你可别使气，叫新娘子难受呀！

宝　玉　二嫂子，你放心，我叫她快活还来不及呢！

贾　母　这就好了，我们走罢！

宝　玉　紫鹃也要走吗？——紫鹃！怎么有眼泪？

凤　姐　她是笑出眼泪来了！

紫　鹃　对了，我是笑出来的眼泪，我今天也笑够了。（咯咯地笑起来）宝二爷，我快活，我心里快活啊！

　　　　［贾母先下。

凤　姐　走罢，别傻笑了！［边说边下。

紫　鹃　嗯，走了！我也走了！［咯咯地笑着出去了。

　　　　［远远地，在紫鹃的笑声消失了以后，屋内顿时寂静下来。宝玉轻步走到窗前，卷起鹅黄色的幔子，如银的月光潮似地泻了进来。他凝望着院外婆娑的月影，脸上泛出一丝幸福的微笑。他进入梦幻的世界。

宝　玉　（喃喃地）他们都走了，屋内是静静的；这里——仿佛这个世界里，只剩下我们两个和两个并肩的身影。（抬起头来，望着窗外的浮云）妹妹，你看这幽静的月光，这庭前的蕉影，这深垂的窗帷，是怎样泛漾出我们内心的恬馨和内心的安宁？我们有如置身瑶池的仙境。（祈祷的神气）多少年来，我们儿时的欢欣，我们的思慕、悬念、幻想和憧憬，不想全在今夜化成了感恩的热泪。（动情地）我不知道怎样才能表明我的衷曲和私情。妹妹！我今夜的感觉，不是"愉快"两字所能尽的，不是"幸福"两字所能穷的，我只觉得我获得了无匹的力量和生命，我逼得要感谢那苍苍的天，茫茫的地，冥冥的神，感谢他们的佑福和庇荫。（宝钗轻微地叹息。宝玉回头凝睇，愈动怜爱之情）我听见你轻微的叹息，你是慨叹昔日的坎坷和忧患么？但是昔日的坎坷已经填成了平地，忧患已经消散得无踪无影；我为你百日伴装的疯癫，不过衬出了此时的神智清明；你为我经年累积的抑郁，恰恰反映了今宵焕发的容光。妹妹！（有力地）我们如今有的是一片锦绣前程！（短促而兴奋地）我们懂得了生命的丰富和意义,我们知道什么叫作牺牲和同情,我们的意志捱过无数次的拷打、讯问、试验和锤炼,我们的心灵受过圣洁非凡的洗涤。(愉快地)从此我们步入人生的坦途:我的智慧和你的智慧并成一个大的智慧,我的愉快和你的愉快联成一个大的愉快,我们这样同心合力来创造一个锦绣的天地。(宝钗长长地叹息。宝玉走近她的面前,十分柔和地——)你还是不能忘怀我们那些稚气的争执和纠纷?那就是好像是汹涌的波澜和险峻的峰峦;有了它们,才显得江的壮阔和山的尊严。(逼近一步)妹妹!我记得怎样为了那金玉荒唐的神话,你逼得我急蛮了脸,赌咒发誓,我说我心里只有一个人——

宝　钗　(悲惨地恳求,但是轻声地)宝玉!

宝　玉　(再逼近了一步吹熄了烛光,几乎靠拢她)哦,你感动了,回忆的橄榄原来就有醉人的况味。(亲密地)妹妹,你记得吗?我说我的意中人只有一个,而那决不是佩戴金锁的人。她的笑靥没有你的忧愁能够萦绕我的心旌,她的温柔和宽厚也远不及你的热情和眼泪那样沁感我的神魂。我发誓我决不能和她——

宝　钗　(凄厉地恳求)宝玉!

宝　玉　(震惊退了一步)你的声音为什么那般嘶哑——

　　　　〔宝钗慢慢地转过身来,缓缓地抬头,月光映在她的丰腴而美艳的面影上,隐约地看见她的眼里浸着大大的珠泪。

宝　玉　(再退一步)你的眼睫盈满了晶莹的珠泪——

　　　　〔宝钗立起身来,面影全部显现。

宝　玉　(惊诧,后退,喃喃地——)你——你——你?……

　　　　〔宝钗前走一步。

宝　钗　(悲惨地)我求你不要太过残忍——

宝　玉　(继续后退)哦——哦。

宝　钗　你不要太过逼迫一个苦命的人——

宝　玉　(退至墙根)哦——哦。

宝　钗　我从没有企图破坏你的美梦,也不知道什么命运,叫我捱受这样残酷无比的毒刑;我在寒冷的战栗中,要看旁人穿上回忆的裳衣,我在绝望的深渊中,要看旁人驰骋希望的骏马;我在寂寞饥渴中,还要饮取讥讽的苦浆……（哀伤地）天啊，我为什么该受这样的凌辱和惨痛？〔她昏倒在椅上。

〔宝玉退出梦幻的世界。

宝　玉　（惊怖）袭人，袭人！

袭　人　噢！来了！来了！

宝　玉　袭人，你快来——快来！

袭　人　（从右门上）宝二爷，你怎么了？

宝　玉　（稍稍安定）你来咬咬我的手指。

袭　人　你又傻了，宝二爷！

宝　玉　你瞧瞧我是不是做梦？

袭　人　这是你娶亲的晚上，是你的好日子，——你没有做梦。

宝　玉　（怔怔地——）没有做梦？（喃喃）我没有做梦？（指着宝钗）那么那椅上的美人儿是谁？

袭　人　（笑了）是宝二奶奶。

宝　玉　（生气）你胡说，宝二奶奶！——宝二奶奶是谁？

袭　人　就是宝钗——宝姑娘。

宝　玉　那么林姑娘呢？

袭　人　你别乱说了，是宝姑娘——老太太给你定了宝姑娘。

宝　玉　（呆住了）你说是谁？你说是谁？

袭　人　（温和地）是宝姑娘。老太太瞧着宝姑娘好，给你定了的。

宝　玉　（恍然）我明白了，你们是拿紫鹃哄我的——

袭　人　（恳求地）宝二爷！

宝　玉　我也不要娶这个亲，我也不穿这个袍子，我找她去，——可怜妹妹不知道要怎样了！〔要奔出去。

袭　人　（急指宝钗）宝二爷，你看！你看！

〔宝玉回过头来，宝钗已经苏醒，慢慢撑起来，正向这边望着，眼里孕着晶莹的大珠泪。

宝　玉　（情不自禁地）唉！

〔屋内暂时寂静，外面有悠扬的歌声传来，歌词道：

滴不尽相思血泪开红豆，开不完春柳春花满画楼，睡不稳纱窗风雨黄昏后,忘不了新愁与旧愁;咽不下玉粒金波噎满喉,瞧不尽镜里花容瘦;展不开眉头,挨不明更漏。呀!恰似遮不住的青山隐隐!流不断的绿水悠悠!

〔宝玉走近窗前,倾听地痴了。歌声止,月光冷清地照着,一阵晚风吹来,窗前的梅红摇曳多姿,越发显得孤零可爱了。

宝 玉 (喃喃)这幽静的月光——这庭前的蕉影,(怜惜地摸着梅枝)这深垂的窗帷,——这如瑶池的仙境呵!——这难道都是梦吗?——这都是一场美梦吗?

〔宝钗缓缓起立,有点寒战,但是眼中微露希望之色。

袭 人 宝二爷,关上窗吧。天冷,宝姑娘要受凉了。

〔宝玉回过身来,看见宝钗两颊微酡,星眸含怨,痴痴地望着窗外的月影,像是恳求,又像是怨诉,心里十分不忍。

宝 玉 你——你——(不好意思,轻轻地,几乎不能听见)你冷吗?

〔宝钗微微一笑。

袭 人 关上吧,宝二爷!

宝 玉 哦。——哦(正要放下布幔子,窗外隐约地传来哭声)袭人,你听听。外面有人哭?

袭 人 没有声音,是树叶沙沙地响。

宝 玉 不,你听。(再听)深更半夜,是谁在那里嘤嘤啜泣?(留神听)又是那样哀婉动人?

〔窗外有人在劝说,听得出是傻大姐的声音:"别哭了,紫鹃姊姊!人死了。哭也哭不活了!——"

宝 玉 (十分激动)紫鹃!紫鹃!〔急奔了出去。

〔宝钗上前走了一步,猝然倒在地上。

袭 人 (惊叫)宝姑娘!宝姑娘!

〔幕急闭。

第 四 幕

时:三天以后的晚上。

郁　雷

人：宝玉、宝钗、紫鹃、小红、李纨、傻丫头、黛玉的幽灵。
景：大观园内的花亭。

　　〔幕启：月色朦胧的夜里，大地冷清清的。已经二更过后了，四周寂静。北风摇着竹林的瘦削的枝干，地上铺满了幢幢桠桠的影子，模糊不清，显着一种幽暗的恐怖。
　　〔一个中年女人，独自坐在花亭的石阶上，沉默地注视月光，轻轻地叹了一口气。
　　〔一个少女的影子，从竹林里窜了出来。

少　女　（蹑手蹑脚地走到花亭前面，忽然发现了那个中年妇人，立即后退。恐惧地——）你——你——你是——
中　妇　（镇定地）小红！
少　女　（向前仔细看看）哦！你是——你是——原来是大奶奶！
中　妇　深更半夜你还跑来做什么？
小　红　大奶奶，那竹林里面有鬼。
李　纨　什么？
小　红　那里有个乱茸茸的长发女鬼。一身灰黑色的衣裳，一会儿哭哭啼啼的，一会儿又咯咯地笑。
李　纨　啊！
小　红　那像是林姑娘的影子。
李　纨　你跟她说话没有？
小　红　我没有。——大奶奶，这些天了，林姑娘的影子老在我心里乱撞，夜里我简直不能睡觉。
李　纨　啊！
小　红　今天晚上我爬了起来，我站在桥边看了一会，我看见水里有人向我招手，那像是林姑娘，又不像是林姑娘。后来我就听见竹林里面有人哭泣，我赶紧跑了进去，就瞧见那个黑鬼，一手抓了一把泥土，咯咯地笑着。
李　纨　啊！
小　红　我就吓得赶紧跑出来了。
李　纨　这些天我也觉得古怪，老是听见鼓乐的声音。夜里静了，那声音也就格外的响亮。

小　　红　　大奶奶，你说，人死了，倒底有鬼没有？

李　　纨　　他们都说是有的。

小　　红　　我想也是有的。我就不知道做鬼快活不快活？

李　　纨　　你问这话做什么？

小　　红　　我是白问问的。我怕鬼，我又觉得做鬼很快活。

李　　纨　　（点头）有时候一个性灵自由的鬼，比一个不自由的人要快活。

小　　红　　（高兴地）是么，大奶奶？

李　　纨　　我是这样想。

小　　红　　那么林姑娘也未必很苦了。

李　　纨　　她要比我快活。

小　　红　　（同情地）大奶奶！

李　　纨　　我是一个活死人，而她死的时候还是活的。她还拿剪刀，她还要挖眼睛，她还有恨——只怕我死的时候，什么也没有了。

小　　红　　你不能这样想，大奶奶！

李　　纨　　是真的。——我死的时候只能叹一口气，叹一口没有气力的气，——这以后我就完了。我做鬼也是很静的，一定不会哭，也不会笑的。

小　　红　　（陷于深思中）……

李　　纨　　你想什么？

小　　红　　大奶奶，我想怎样做鬼呢！

李　　纨　　啊！

小　　红　　我想我是做一个会哭的鬼，还是不会哭的鬼？

〔外面一阵北风吹过来，竹林里传来凄厉的哭声。

李　　纨　　你听！你听！

小　　红　　嘿！那鬼又在闹了！

〔风愈紧，声音也愈觉凄厉。

李　　纨　　有点怕人。〔毛发悚然。

小　　红　　我们走罢，大奶奶。

〔忽然花亭后面一声"咕咚"的响。

小　　红　　哎呀！这是什么声音？

郁　雷

李　纨　走罢！我们走罢！

〔两人慌忙的散了，月色原来已经朦胧，天空乌云又慢慢聚拢来，大地更幽暗的可怕了。

〔花亭内一个男影慢慢爬起来，擦擦眼睛，扑扑身上的灰尘，呆呆地发了一会怔。

〔竹林里一个黑衣女影出现。

男　影　（走到花亭台阶，望了一望变幻的青天，呆呆地自语）完了，这是完了，再也看不见她了。（忽然发现女影）你是谁？（迎上前去）你是鬼？（有力地）你是鬼我也不怕，我就是来找鬼的。〔女影转身就走，男的跟着。

男　影　哦——你别走！你别走！

〔女影摸进亭内，伏在桌上哭了一阵。男影站在桌边，默默无言。一会男影也挨着石凳坐下了。女的连忙站起，走到小路上来，男的仍然在后面跟着。

男　影　紫鹃！你别走，紫鹃！

女　影　（转身）宝二爷，深更半夜，请你放尊重些。你这样跟来跟去，叫人看见了算什么？

宝　玉　我知道你恨我，紫鹃。

紫　鹃　你请回吧！这里不是我们说话的地方。

宝　玉　你只求你一件事情。

紫　鹃　你请回吧！我们没有什么可说的了。——这几天是你大喜的日子。

宝　玉　那天夜晚我听见你哭，我奔出来找你，你就不见了。

紫　鹃　请你不必提这个。

宝　玉　我知道你心里苦。

紫　鹃　我心里苦什么？你看我很会笑，你看，我笑给你瞧瞧！〔咯咯地笑起来。

宝　玉　（沉默地）紫鹃，有一个人比你还要苦……

紫　鹃　（更尖锐地笑了）哦，有一个人还要苦……对了，有一个人……〔咯咯地笑个不停。

宝　玉　你想想，我为什么这时候跑了出来？

紫　鹃　（笑出眼泪来，轻蔑地——）哼！

宝　玉　这几夜我一直睡在外间的大厅上，我想梦见她，醒来总是一场空。我怕她是不肯进我的房,今天我跑到这里来,我要在风雪的夜里来寻她,我只要看见一次,只要一次,我就是冻死了,我也是瞑目的了。

〔紫鹃止笑。

宝　玉　我又白做了一场梦。我恍惚听见两个女鬼谈话,等我惊醒来,什么也不见了,只有天上的白云是清的。

紫　鹃　……

宝　玉　我怕永远不能见她了。

〔紫鹃慢慢地抬头望着他。

宝　玉　(委屈的)紫鹃,我受了骗了。我害了她,我也害了自己了!

紫　鹃　你——你——你是——

宝　玉　我受了骗了!紫鹃!

紫　鹃　啊!

宝　玉　我有满腹的委屈无处声诉,我心痛如刀绞,我无处流泪。他们告诉我,姑娘过世了,我死了心。几次我摸到她那里,我只看见那一间空房子,那个窗帘子和药罐子,我——〔号啕大哭起来。

〔紫鹃一边流泪。

宝　玉　(勉强抑止下来)紫鹃,我也没有什么可说的了。眼泪哭不出我的悲痛,眼泪也哭不出我的伤情。从此永远有一个黑影子,永远印在我的心里。(沉痛)我写字,我念书,我走路,我睡觉,无论我做什么,那影子总是在我的心里晃,晃。啊!紫鹃(悲叹)我再不能有一日的欢乐。

紫　鹃　宝二爷!

宝　玉　(点点头)晃晃也好。(感情由激动而趋于沉郁)看见影子,总比看不见好。(凝神)我一瞌眼,我就恍惚她站在我的面前,她的音容,笑貌,还有那一身淡雅的素装,……

〔园子里又一阵萧瑟的风,吹着树叶索索地响。

紫　鹃　你听听,宝二爷。

宝　玉　(入神之态)这是她说话了。

紫　鹃　嗯,姑娘夜半起来,就是这样低低说话。

宝　玉　(忽然大声)你瞧!你瞧!那边姑娘真的回来了。

紫　鹃　(睁大眼睛)哪里!哪里?

宝　玉　(兴奋地)那边花亭里面不是？坐在左边石凳上的不是？

　　　　［黛玉的幽魂姗姗出。她穿着白色的宫装，配着白色的花朵和白色的珠链，有着一种不可仰攀的纯美和高贵。

紫　鹃　哦，哦。

宝　玉　她穿的是一身素装！

紫　鹃　是青色还是白色的衣裳？

宝　玉　姑娘没有鞋子，但是她的两足有如仙女的纯美！

紫　鹃　(情不自禁地——)姑娘！

宝　玉　你别嚷，——她站起来了！

紫　鹃　我怎么看不见？我看不见——

宝　玉　她手里拿着一块手绢儿。

紫　鹃　啊！

宝　玉　那上面还有娟秀的字迹？

紫　鹃　那是她写的诗句。

宝　玉　她念了……她念了……

紫　鹃　我听不见呀，宝二爷！

宝　玉　她流泪了。

紫　鹃　你劝劝她罢，姑娘真是——

宝　玉　姑娘慢慢下来了。

紫　鹃　她要走了么？

宝　玉　拦着她，拦着她！

紫　鹃　(急叫)姑娘！姑娘！

宝　玉　她下了石阶了！(叫唤)妹妹，你不能走！(扑了上去)你等等我！［扑了一个空，撞到石阶上，黛玉的幻影不见了。

　　　　［宝玉嘴里流出血来，脑壳青了一大块，两手污泥。

宝　玉　(伏在地上)你不能走呀！妹妹！

紫　鹃　宝二爷！你怎么了？［扶他起来。

宝　玉　她真的走么？［站了起来，脸上有紫血，眼角一块青肿。

紫　鹃　你的嘴出血了！

宝　玉　(痛苦地)啊！

紫 鹃　你不痛么？

宝 玉　我嘴里苦。

紫 鹃　我扶你走走罢！

宝 玉　（颤抖地）北风紧了，树木都在发抖！

紫 鹃　……

宝 玉　（指着竹林那边）你看看这空旷的世界，——这空旷的世界，——无边的荒凉啊！

紫 鹃　啊！

宝 玉　她永不回来了么？

紫 鹃　宝二爷，那边有个人影来了。

宝 玉　那不是妹妹么？

紫 鹃　那个人影近了！

〔黑影暂时止步，似乎很惊恐的样子。

宝 玉　（逼前一步）你不是妹妹？

黑 影　宝玉！

宝 玉　谁？你是谁？

黑 影　（颤抖的声音）宝……玉！

紫 鹃　（忽然笑起来）新二奶奶啊……新二奶奶啊！〔咯咯地笑走了。

宝 玉　（颓然倒在一株枯树上）啊。

〔半晌——

宝 钗　（温婉地）回去吧。

〔宝玉苦痛地望望她。

宝 钗　夜深了。

宝 玉　唔。

宝 钗　要落雪了。

宝 玉　唔。

宝 钗　四周静得很。

宝 玉　不要紧。

宝 钗　明天再来吧！

宝 玉　不。

宝　钗　我给你炖了燕窝汤，给你暖暖。

宝　玉　我不想吃。

宝　钗　（有点喑哑）那我先走了。〔低头欲走。

宝　玉　（心有不忍）你——

宝　钗　我不走。我就坐在那黑亭子里，等你。〔走了两步。

宝　玉　（痛苦地）宝姊姊！

宝　钗　怎么？

　　　　〔宝玉俯首无言。

宝　钗　说给我听吧。

宝　玉　（低沉地）我很对不起你。

宝　钗　（苦笑）不要说这个。

宝　玉　我管不住我自己。

宝　钗　我不怪你。

宝　玉　你跟我受苦，我白白辜负了你。

宝　钗　你还不是一样，你比我还苦。

　　　　〔宝玉沉默。

宝　钗　这是我们的"命"。

宝　玉　"命"？

宝　钗　嗯。

宝　玉　（喃喃地）这原来是"命"，……

宝　钗　是啊，知命安命，古来圣人贤人都是这样教训我们——

宝　玉　（忽然问）我们逃得出逃不出这个"命"？

宝　钗　逃？往哪里逃？

宝　玉　就往那个地方——

　　　　〔忽然林子里面传出咯咯的笑声。

宝　钗　你听听，什么声音？

宝　玉　这是紫鹃在笑。

宝　钗　她做什么？

　　　　〔接着池塘里"扑通"一声响。

　　　　〔傻丫头大声叫唤："救人啊！救人啊！"

宝　玉　（痉挛地抓着树干）啊！

宝　钗　（惊慌）不好，有人自尽了！〔三步两步跑向竹林去了。

宝　玉　（仰天大笑，随口吟道——）"无我原非你，从他不解伊，肆行无碍凭来去。茫茫着甚悲愁喜？纷纷说甚亲疏密？从前碌碌却因何？到如今，回头试想真无趣！"〔吟毕，他脱下披身的大氅，吊在枯树干上。这时雪花飘下，北风正紧。他缩着肩，低着头，慢慢走向黑暗里去了。

〔傻丫头抓着一个火把跑来——

傻丫头　（大叫）救人啊！救人啊！

〔她喊叫半天，没有应答。忽然看见树上吊着的大氅，她窜了过去——

傻丫头　（对着大氅）喂，喂，喊你救人你不应？你，你不应？（一把抓下来，目瞪口呆）哦，原来是个空架子！

〔宝钗急急忙忙上。

宝　钗　（边走边说）不是紫鹃投河，是小红自尽了。宝玉——

傻丫头　（张着嘴）小红死了！

宝　钗　（一怔）咦，傻丫头？

傻丫头　（嘻嘻地）嗯。

宝　钗　宝二爷呢？

傻丫头　我不晓得。

宝　钗　（指她手上的大氅）这是什么？

傻丫头　（忽然聪明起来了）您拿去，这是他脱下来的大氅。——二奶奶。

宝　钗　（接过去）人呢？

傻丫头　走了。

宝　钗　（空捧着大氅，茫然）哦。

〔雪花落得更紧了。

〔远远什么寺院里，传来迟重而单调的钟声。"当——当——当——当"一声一声地，在普遍的黑暗之中，不断敲碎软弱者的灵魂。

〔幕缓缓闭。

——全剧终

选自朱彤《郁雷》（上海名山书局1946年版）。